D1928365

WHISPER ISLAND

STURMWARNUNG

ELIZABETH GEORGE

STURM WARNUNG

WHISPER ISLAND

Roman

Aus dem Amerikanischen
von Ann Lecker-Chewiwi und Bettina Arlt

Weltbild

Die amerikanische Originalausgabe erschien 2011 unter dem Titel
The Edge of Nowhere.

In Gedanken an Corey Andrew Cavanaugh
1986–2007

Besuchen Sie uns im Internet:
www.weltbild.de

Genehmigte Lizenzausgabe für Verlagsgruppe Weltbild GmbH,
Steinerne Furt, 86167 Augsburg

Verlegt durch EGMONT Verlagsgesellschaften mbH, Köln
Übersetzung: Ann Lecker-Chewiwi und Bettina Arlt
Umschlaggestaltung: Jarzina kommunikationsdesign, Holzkirchen
Umschlagmotiv: Corbis, Düsseldorf
(© Newmann; © Ron Watts; © Michael Prince)
Gesamtherstellung: CPI – Clausen & Bosse, Leck
Printed in the EU
ISBN 978-3-86365-279-1

2015 2014 2013 2012
Die letzte Jahreszahl gibt die aktuelle Lizenzausgabe an.

Du musst dich nicht fürchten;
diese Insel ist voller Getöse,
Tönen und anmutigen Melodien,
welche belustigen und keinen Schaden tun.

Der Sturm
William Shakespeare

WIE ALLES BEGANN

Der letzte Tag von Hannah Armstrongs Existenz war zunächst ein Tag wie jeder andere. Sie erreichte 94 von 100 Punkten in einem Mathetest und nahm eine Einladung zu einem Kinobesuch am Ende der Woche an. Sie konnte an diesem Tag früher nach Hause, weil eine ihrer Mannschaftskameradinnen beim Volleyball einen Schmetterball auf die Nase bekommen und alles vollgeblutet hatte. Der Coach brach das Training ab, und alle Spielerinnen verließen die Turnhalle. Das war Hannah ganz recht. Sie spielte sowieso nur Volleyball, weil ihre Mutter, die unbedingt wollte, dass Hannah abnahm, darauf bestand.

Wie immer ging sie zu Fuß nach Hause. Sie trug ihr Audiogerät nicht, weil sie es außerhalb der Schule eigentlich nicht brauchte. Es sah aus wie ein iPod, gab aber keine Musik wieder. Stattdessen spielte es eine Art atmosphärisches Rauschen ab, das dafür sorgte, dass Hannah die unzusammenhängenden Gedanken anderer Leute nicht mehr hörte. Sie hatte diese abgehackten Gedanken, die sie selbst als Flüstern bezeichnete, seit ihrer frühesten Kindheit wahrgenommen. Dieses Flüstern drang jedoch wie ein schlecht eingestelltes Radio in ihren Kopf ein und machte für sie die Schule zum Albtraum. Deshalb hatte Hannahs Mom einen Apparat für sie anfertigen lassen, den sie

AUD-Box nannte. Diese Box trug sie seit ihrem siebten Lebensjahr.

Zu Hause steuerte sie direkt auf die Treppe zu. Sie wollte gerade oben auf ihr Zimmer gehen, als sie sah, wie ihr Stiefvater verstohlen dort herausgeschlichen kam.

Ihre Blicke trafen sich. *Verdammt … was macht sie … wird sie … warum hat sie nicht* drangen Jeff Corries Gedanken abgerissen und scheinbar willkürlich in ihren Kopf ein, so wie es das Flüstern immer tat. Sie blinzelte und runzelte die Stirn, als sie die Wortfetzen hörte, und fragte sich, was ihr Stiefvater in ihrem Zimmer getrieben haben könnte, außer sich erneut zu vergewissern, dass sie ihrer Mutter nichts davon erzählen würde, wie sie ihm bei seinen neuesten zwielichtigen Geschäften half.

Es war nicht so, als hätte sie ihm helfen wollen. Aber Hannahs Mom war Jeff Corrie völlig verfallen, was hauptsächlich an seinem Aussehen und weniger an seinem Charakter lag, und hatte ihm – blind vor Leidenschaft – erzählt, was in Hannahs Kopf vorging, wenn sie die AUD-Box nicht trug. Es hatte nicht lange gedauert, bis er einen Weg gefunden hatte, seinen eigenen Nutzen aus Hannahs Gabe zu ziehen. Er beschloss, sie in seinem Investmentbüro »anzustellen«, damit sie Kaffee, Sandwichs und Erfrischungen brachte, sie auf dem Tisch anrichtete und gleichzeitig dem Flüstern seiner Kunden lauschte, um ihre Schwächen auszuspionieren. Auf diese Weise brachten er und sein Kumpel Connor alte Leute um ihr Geld. Es war ein großartiges Geschäftsmodell, mit dem sie Millionen kassierten.

Hannah hatte ihm nie helfen wollen. Sie wusste, dass es falsch war. Aber dieser Mann jagte ihr genauso Angst ein wie die Tatsache, dass sein Flüstern, das, was er sagte, und sein Blick nie dasselbe ausdrückten. Sie verstand nicht, was das bedeutete. Ihr war jedoch klar, dass es nichts Gutes verhieß. Deshalb erzählte sie niemandem davon. Sie tat einfach, was man ihr sagte, und wartete auf das, was auch immer als Nächstes passieren würde. Sie hatte keine Ahnung, dass es genau an diesem Nachmittag passieren würde.

Jeff Corrie fragte: »Was machst du so früh zu Hause?« Er sah auf ihr rechtes Ohr, in dem sonst der einzelne Kopfhörer der AUD-Box steckte.

Hannah kramte die Box aus ihrer Tasche, klemmte sie am Bund ihrer Jeans fest und stöpselte sich den Hörer ins Ohr. Er kniff die Augen zusammen, bis er sah, wie sie die Lautstärke aufdrehte. Erst dann schien er sich zu entspannen.

»Das Training ist ausgefallen«, erwiderte sie.

»Dann mach deine Hausaufgaben«, sagte er.

Er ging an ihr vorbei die Treppe hinunter. Sie hörte, wie er schrie: »Laurel? Wo zum Teufel bist du? Hannah ist zu Hause.« Als müsste seine Frau deswegen irgendetwas unternehmen.

Hannah stellte ihren Rucksack in ihr Zimmer. Auf den ersten Blick sah alles genau so aus, wie sie es heute Morgen zurückgelassen hatte, nur dass jetzt ein Stapel frischer Handtücher auf ihrem Bett lag. Hatte Jeff ihn vielleicht dort hingelegt? Das wäre eine logische Erklärung. Trotzdem ging Hannah zum Nachttisch und überprüfte die Schublade.

Der schmale Streifen Tesafilm war abgerissen. Jemand hatte die Schublade geöffnet. Jemand hatte ihr Tagebuch gelesen.

Es reicht ihm nicht, dachte sie, dass ich ihm und seinem Freund helfe. Jetzt will er auch noch meine Gedanken kontrollieren. Na, viel Glück, wenn du herausfinden willst, was ich von der ganzen Sache halte, Daddy Jeff, spottete Hannah insgeheim. Glaubst du allen Ernstes, ich würde aufschreiben, was ich wirklich denke, und es in meinem Zimmer herumliegen lassen, damit du es lesen kannst?

Sie ging aus ihrem Zimmer und die Treppe hinunter. Sie hörte, wie sich ihre Mom und Jeff Corrie in der Küche unterhielten. Als sie in die Küche kam, wandte sie ihnen sogleich den Rücken zu, um nicht mitansehen zu müssen, wie sich ihr Stiefvater an den Hals ihrer Mutter schmiegte.

Er raunte: »Wie wär's mit jetzt?« Laurel lachte und schob ihn scherzhaft von sich weg. Aber Hannah wusste, dass ihrer Mutter diese Spielchen gefielen. Sie liebte den Kerl. Und ihre Liebe war so taub und dumm, wie sie blind war.

Hannah sagte: »Hi, Mom.« Sie öffnete den Kühlschrank und nahm eine Tüte Milch heraus.

Laurel erwiderte: »Hey. Zu Jeff sagst du nicht Hallo?«

»Den habe ich oben schon gesehen«, sagte Hannah und fügte hinzu: »Hat er dir das nicht gesagt, Mom?«, nur um zu sehen, wie sie darauf reagierte. Am liebsten hätte sie: Trau ihm nicht, trau ihm nicht! herausgeschrien. Aber sie durfte nur Andeutungen machen. Sie konnte nichts offen aussprechen.

Zwischen Laurel und Jeff trat einen Moment lang Schweigen ein. Die Kühlschranktür stand immer noch offen. Hannah verbarg sich dahinter und drehte die Lautstärke der AUD-Box herunter.

Er ist nicht … er kann nicht … musste das Flüstern ihrer Mutter sein.

Sie versuchte, Jeff zu hören, aber da war nichts.

Dann veränderte sich alles, und Hannahs bisheriges Leben nahm ein jähes Ende.

… die kleine Schlampe kommt dahinter … ein Einbruch … Überraschung … Connor … sie wird es wissen, wenn sie hört, dass eine Waffe … weil heutzutage tot nicht immer tot bedeutet …

Die Tüte rutschte ihr aus den Fingern und Milch schwappte über den Boden. Sie wandte sich abrupt um und ihre Augen trafen Jeffs Blick.

»Tollpatsch«, sagte er, doch ihm ging etwas ganz anderes durch den Kopf.

Sein Blick wanderte zu Hannahs Ohr und dann zur AUD-Box an ihrer Hüfte.

Sie weiß es, war das Letzte, was Hannah hörte, bevor sie aus der Küche rannte.

TEIL I

DIE KLIPPE

KAPITEL 1

Becca Kings Mutter Laurel hatte den Porsche-Geländewagen bei der erstbesten Gelegenheit verkauft, nachdem sie den kurvenreichen Abschnitt der *Interstate fünf* hinuntergefahren waren, der in Kalifornien als »The Grapevine« bekannt war. Sie verkaufte den Wagen unter Wert, aber Geld spielte keine Rolle. Aus San Diego zu verschwinden und den Porsche loszuwerden, hingegen schon. Sie tauschte ihn gegen einen Jeep Wrangler, Baujahr 1998, und sobald sie die Bundesgrenze zwischen Kalifornien und Oregon überquert hatten, hielt sie gleich wieder nach einem Händler Ausschau, dem sie den Jeep andrehen konnte. Ein Toyota RAV4, Baujahr 1992, kam als Nächstes. Aber mit dem fuhren sie lediglich bis zur Grenze nach Washington. Dort stieß Laurel den Toyota so schnell wie möglich ab, stellte dabei sicher, dass alles legal lief, und kaufte einen 1988er Ford Explorer, mit dem Mutter und Tochter seither unterwegs waren.

Becca stellte das Vorgehen ihrer Mutter kein einziges Mal infrage. Sie kannte den schrecklichen Grund, warum das alles notwendig war. Er war der gleiche, aus dem es Hannah Armstrong nicht mehr geben durfte. Denn sie und ihre Mutter waren auf der Flucht und ließen Haus, Schule und Namen zurück. Jetzt saßen sie in Mukilteo,

Washington, im Explorer. Das Auto stand rückwärts in einer Parklücke vor *Woody's Market*, einem alten Laden mit Holzfußboden, direkt gegenüber von Whidbey Island, das auf der anderen Seite des Wassers lag.

Es war früh am Abend und ein schwerer Dunstschleier, der sich noch nicht gänzlich zu einem richtigen Nebel verdichtet hatte, hing zwischen dem Festland und der Insel. Von hier aus betrachtet, war Whidbey Island nichts weiter als ein riesiger, von hohen Nadelbäumen gekrönter Felsbrocken, an dessen Fuß sich ein paar wenige Häuser wie eine Lichterkette an der Küste entlangschlängelten. Für Becca, die ihr ganzes Leben in San Diego verbracht hatte, wirkte der Ort bedrohlich und fremd. Sie konnte sich nicht vorstellen, auf dieser Insel, die so weit weg lag, ein neues Leben zu beginnen, damit ihr Stiefvater ihr nichts anhaben konnte. Laurel hingegen erschien die Insel wie ein Sicherheitsnetz, in dem sie ihre Tochter in der Obhut einer Freundin aus Kindertagen zurücklassen konnte, bis sie für sie beide einen dauerhaften Zufluchtsort in British Columbia eingerichtet hatte. Dort, glaubte sie, würde Jeff Corrie sie und Becca nicht aufspüren können.

Laurel war unglaublich erleichtert gewesen, dass ihre Freundin wegen Laurels langjährigem unkonventionellen Lebensstil keine Fragen gestellt hatte. Carol Quinn hatte sich nicht einmal überrascht darüber gezeigt, dass Laurel sie zwar darum bat, sich um ihre vierzehnjährige Tochter zu kümmern, ihr jedoch nicht einmal annähernd sagen konnte, für wie lange.

Anstatt irgendetwas zu hinterfragen, hatte Carol gesagt: »Kein Problem, bring sie zu mir, sie kann mir hier zur Hand gehen. Ich habe mich in letzter Zeit nicht sehr wohlgefühlt und könnte ein wenig Hilfe im Haus gebrauchen.«

»Aber wirst du es für dich behalten?«, hatte Laurel sie immer wieder gefragt.

»Bis ins Grab«, hatte Carol Quinn ihr versprochen. »Mach dir keine Sorgen, Laurel. Bring sie her.«

Jetzt ließ Laurel ihr Fenster ein paar Zentimeter herunter und bat Becca, dasselbe zu tun, damit die Windschutzscheibe nicht ständig beschlug. Es war Mitte September und ihr war überhaupt nicht klar gewesen, dass sich das Wetter so verändern würde. In Südkalifornien war der September der heißeste Monat des Jahres, die Hauptsaison für Waldbrände, die von Wüstenwinden angefacht wurden. Hier fühlte es sich jedoch bereits wie Winter an. Laurel zitterte und griff sich hinten aus dem Auto ein Sweatshirt, das auf dem Vorderrad von Beccas altem Zehn-Gang-Fahrrad lag.

Sie fragte: »Ist dir kalt?«

Becca schüttelte den Kopf. Sie atmete tief ein. Normalerweise tat sie das, um sich zu beruhigen, aber diesmal hatte es einen anderen Grund: Der Duft von Eiswaffeln lag in der Luft und er kam aus *Woody's Market*.

Sie waren schon im Laden gewesen. Becca hatte nach einem Eis gefragt, worauf Laurel automatisch entgegnet hatte: »In den Mund und direkt auf die Hüften.« Obwohl sie auf der Flucht vor einem Mörder waren, zählte sie immer noch unbeirrt die Kalorien, die ihre Tochter zu sich nahm. Aber Becca hatte Hunger. Sie hatten seit dem Mittagessen nichts mehr gegessen. Ein kleiner Imbiss würde ihre Oberschenkel bestimmt nicht wie Hefeteig aufgehen lassen.

Sie begann: »Mom …« Ihr Magen knurrte.

Laurel wandte sich ihr zu. »Sag mir, wie du heißt.«

Sie waren diese Übung seit ihrer Flucht aus San Diego fünfmal am Tag durchgegangen, daher war Becca nicht sonderlich darauf erpicht, es schon wieder zu tun. Sie verstand, wie wichtig es war, aber sie war ja nicht auf den Kopf gefallen. Sie hatte alles auswendig gelernt. Sie seufzte und wandte den Kopf ab. »Becca King«, antwortete sie.

»Und was ist deine wichtigste Aufgabe?«

»Carol Quinn im Haus zu helfen.«

»Tante Carol«, sagte Laurel. »Du sollst sie Tante Carol nennen.«

»Tante Carol, Tante Carol, Tante Carol«, wiederholte Becca.

»Sie weiß, dass du nur wenig Geld hast, bis ich dir mehr schicken kann«, erklärte Laurel. »Aber je mehr du ihr helfen kannst … Du verdienst dir damit praktisch deinen Lebensunterhalt.«

»Ja«, sagte Becca. »Ich werde mein Leben in vorübergehender Knechtschaft fristen, weil du einen durchgeknallten Psychopathen geheiratet hast, Mom.«

Oh Gott, was hat er dir nur angetan, du bist doch mein einziges …

»Es tut mir leid«, sagte Becca, als sie das schmerzerfüllte Flüstern ihrer Mutter hörte. »Es tut mir leid. *Es tut mir wirklich leid.*«

»Verschwinde aus meinem Kopf«, gab Laurel zurück. »Und sag mir deinen Namen. Deinen ganzen Namen diesmal.«

Zu Beccas Rechten befanden sich ein großer Parkplatz und die Hauptstraße, die beim Fähranleger endete. Leute schlenderten zu einer Imbissbude neben dem Hafenbecken. Ein durch den Dunst leuchtendes Schild verkündete, dass die Imbissbude *Ivar's* hieß, und es hatte sich eine Schlange von Kunden gebildet, die sich etwas zu essen kauften. Beccas Magen meldete sich noch einmal knurrend zu Wort.

»Sag mir, wie du heißt, Becca«, wiederholte Laurel. »Es ist wirklich wichtig.«

Auch wenn ihre Stimme ganz ruhig klang, schwang in dem sanften Tonfall *Los, komm schon, wir haben nur noch wenig Zeit, danach lasse ich dich in Ruhe* mit und Becca konnte spüren, wie die Gedanken ihrer Mutter, die im Vergleich zum Flüstern anderer Leute immer klar und deutlich waren, auf sie zuströmten und in ihr Gehirn eindrangen. Sie wollte ihrer Mom sagen, dass sie sich keine Sorgen zu machen brauchte. Sie wollte ihr sagen, dass Jeff Corrie sie vielleicht vergessen würde. Aber sie wusste, dass die erste Aussage zwecklos und die zweite eine glatte Lüge war.

Becca drehte sich wieder zu ihrer Mutter. Ihre Blicke trafen sich, und *Hört her meine Kinder und gebt gut acht auf Paul Reveres Ritt durch die dunkle Nacht* kam von Laurel.

»Sehr witzig«, sagte Becca. »Es wäre schön gewesen, wenn du in der sechsten Klasse noch irgendwas anderes auswendig gelernt hättest.«

»Sag mir, wie du heißt«, wiederholte Laurel noch einmal.

»Ist ja gut, ist ja gut. Rebecca Dolores King.« Becca schnitt eine Grimasse. »Mein Gott. *Muss* es wirklich Dolores sein? Ich meine, wer heißt heutzutage schon Dolores?«

Laurel ignorierte die Frage. »Woher kommst du?«

Becca antwortete geduldig, weil Geduld in diesem Augenblick das einzig Vernünftige war: »San Luis Obispo. Davor Sun Valley, Idaho. Ich bin in Sun Valley geboren, aber ich bin weggezogen, als ich sieben war. Meine Familie ist damals nach San Luis Obispo umgezogen.«

»Warum bist du hier?«

»Ich wohne bei meiner Tante.«

»Wo sind deine Eltern?«

»Meine Mom ist bei einer Ausgrabung in …« Becca runzelte die Stirn. Zum ersten Mal seit ihrer überstürzten Abreise aus Kalifornien konnte sie sich nicht daran erinnern. Es musste wohl daran liegen, dass sie so hungrig war, denn sie war nie in Topform, wenn sie Hunger oder Durst hatte. Sie sagte: »Verdammt. Ich kann mich nicht erinnern.«

Laurel ließ den Kopf gegen die Kopfstütze ihres Sitzes prallen. »Du *musst* dich erinnern. Es ist wichtig. Es geht um Leben und Tod. *Wo* sind deine Eltern?«

Becca sah ihre Mutter an und hoffte auf einen Hinweis, schnappte aber lediglich *im April 75 am Achtzehnten des Monats, was kaum einer mehr in Erinnerung hat* auf, was ihr keine große Hilfe war. Sie blickte zurück zu *Ivar's* Imbissbude. Eine gebeugt gehende Frau drehte sich gerade mit einer Schachtel in der Hand von der Theke weg, und sie sah so alt aus ... Da fiel es Becca wieder ein. Alt. Old.

»Olduvai-Schlucht«, platzte sie heraus. »Meine Mom ist bei einer Ausgrabung in der Olduvai-Schlucht.« Das war eine ausgemachte Lüge, aber kurz bevor sie vor Jeff Corrie geflohen waren, hatte Becca ein altes Buch darüber gelesen, wie ein ehrgeiziger Absolvent der Universität von Chicago Lucy alias *Australopithecus afarensis* in der Olduvai-Schlucht entdeckt hatte. Sie hatte selbst vorgeschlagen, aus ihrer Mutter eine Paläontologin zu machen. Sie fand, es klang romantisch.

Laurel nickte zufrieden. »Was ist mit deinem Vater? Wo ist dein Vater? *Hast* du keinen Vater?«

Becca verdrehte die Augen. Ihr war klar, dass dieses Fragespiel weitergehen würde, bis die Fähre kam, weil ihre Mutter auf keinen Fall an etwas anderes denken wollte. Vor allem wollte sie nicht darüber nachdenken, dass sie ihre Tochter in Gefahr gebracht hatte. Deshalb erwiderte sie: »Welchen Vater meinst du denn, Mom?«, griff in ihre Tasche, holte den einzelnen Kopfhörer ihrer AUD-Box hervor und steckte ihn sich ins Ohr. Sie drehte die Lautstärke auf und ihr Kopf füllte sich mit Rauschen, das sie beruhigte wie das Gefühl von Satin auf blanker Haut.

Laurel streckte die Hand aus und riss Becca den Kopfhörer aus dem Ohr. »Es tut mir leid, was passiert ist. Es tut mir leid, dass ich nicht so bin, wie du es gerne hättest. Das Dumme ist nur: Das ist niemand.«

Da stieg Becca aus dem Auto. Sie hatte genug Geld in ihrer Jeans, um sich etwas zu essen zu kaufen, und noch mehr Geld in ihrer Jackentasche. Sie hatte die feste Absicht, es auszugeben. In ihrem Rucksack war sogar noch mehr Geld, für den Fall, dass sie alles auf der Speisekarte ausprobieren wollte. Aber der Rucksack war mit ihrem

Fahrrad im Kofferraum des Explorers und wenn sie versuchte, ihn zu holen, würde ihre Mutter sie bestimmt davon abhalten.

Becca überquerte die Straße. Linker Hand konnte sie die Fähre einfahren sehen, und sie blieb kurz stehen und beobachtete, wie sie immer näher kam. Als Laurel ihr eröffnet hatte, dass sie die Fähre nach Whidbey Island nehmen würde, hatte Becca an die einzige Fähre gedacht, auf der sie je gewesen war: ein offenes Boot in Newport Beach, Kalifornien. Das Ding, das sich da näherte, war von einem ganz anderen Kaliber. Es war riesig, mit einem Innen- und Außenbereich und einem weit aufgerissenen Schlund an der Vorderseite, in den Autos einfahren konnten. Es war erleuchtet wie ein Flussdampfer und wurde von Möwen umkreist.

Die Schlange vor *Ivar's* Imbiss war kürzer geworden, als Becca dort ankam. Sie bestellte eine Muschelsuppe und vergewisserte sich vorher, dass sie nach Neuengland-Art mit Milch und Kartoffeln zubereitet war und somit schwindelerregend viele Kalorien hatte. Sie bat um einen zusätzlichen Beutel Cracker, die sie in der Suppe schwimmen ließ, und bezahlte mit Kleingeld. Sie legte sorgfältig eine Münze nach der anderen auf die Theke, und *oh verdammt, was soll der Mist, du dummes Huhn?* verriet ihr, dass die Verkäuferin darüber alles andere als erfreut war. Becca sah auch warum, als die Verkäuferin die Münzen mit Fingern ohne Fingernägel von der Theke fischen musste. Sie hatte sich die Nägel bis zum Nagelbett abgekaut. Es war ein hässlicher Anblick und Becca konnte der Verkäuferin ansehen, dass sie es hasste, sie zu zeigen.

Becca überlegte, sich zu entschuldigen, bedankte sich jedoch stattdessen nur und schlenderte mit ihrer Muschelsuppe hinüber zum Zeitungskiosk. Sie stellte die Plastikschüssel mit der Suppe ab und steckte den Löffel hinein, während sie zusah, wie sich die Fähre dem Festland näherte.

Das Essen entsprach nicht ihren Erwartungen. Sie hatte gedacht, dass es wie die Muschelsuppe ihres vorvorletzten Stiefvaters schmecken würde. Er hieß Pete und bereitete seine Suppe mit Mais zu, und Becca liebte Mais. Popcorn, Maiskolben, gefrorener Mais. Es spielte keine Rolle. Laurel behauptete, man füttere Kühe und Schweine mit Mais, damit sie fett wurden, aber da Laurel das über fast alles sagte, was Becca gerne aß, zerbrach sie sich darüber nicht weiter den Kopf.

Doch diese Muschelsuppe hier war einen Streit mit Laurel einfach nicht wert. Deshalb aß Becca sie nur zur Hälfte auf. Dann warf sie die Plastikschüssel in einen Mülleimer und rannte zurück zum Explorer.

Laurel telefonierte gerade. Ihr Gesicht sah ohne die übliche Sprühbräune grau und runzlig aus. Zum ersten Mal kam sie Becca alt vor, aber dann lächelte Laurel und nickte und fing an, auf die für sie typische Art loszuplappern, bei der niemand anderes zu Wort kam. Bestimmt textet sie Carol Quinn gerade wieder total zu, dachte Becca. Ihre Mom hatte sie seit ihrer Flucht zweimal am Tag angerufen, um sicherzugehen, dass jedes kleinste Detail ihres Plans unwiderruflich in Stein gemeißelt war.

Ihre Blicke trafen sich und Becca hörte: *niemand kommt zu Schaden*, aber der Gedanke brach abrupt ab, so wie eine Radiosendung abrupt abbricht, wenn jemand den Sender wechselt, und was als Nächstes über den Äther kam, war: *ein Licht wenn vom Land und zwei wenn von der See und ich am anderen Ufer werd stehn.* Es war wie das Rauschen aus der AUD-Box und funktionierte genauso gut. Laurel sagte etwas in ihr Handy und beendete das Gespräch.

Becca setzte sich auf den Beifahrersitz. Ihre Mutter fragte scharf: »War das Muschelsuppe mit Kartoffeln, die du da gegessen hast?«

Becca erwiderte: »Ich hab sie nicht ganz aufgegessen.«

Dann reite ich los und schlage Alarm, in jedem Dorf und auf jeder Farm ersetzte, was Laurel eigentlich sagen wollte, doch es spielte keine Rolle und Becca teilte ihr das auch mit: »Hör auf damit«, sagte sie. »Ich weiß sowieso, was du denkst.«

Laurel entgegnete: »Lass uns jetzt nicht streiten.«

Sie streckte die Hand nach ihrer Tochter aus und strich ihr durchs Haar. »Wenn die Fähre anlegt, wird Carol schon dort sein und auf dich warten«, sagte sie ruhig. »Sie hat einen Pick-up für das Fahrrad, mach dir deswegen also keine Sorgen. Sie weiß, wie du aussiehst, und falls sie noch nicht da sein sollte, wenn du ankommst, musst du einfach eine Weile warten. Sie wird dann sicher bald kommen. In Ordnung, Schatz? Hey, hast du gehört, was ich gesagt habe?«

Becca hatte es gehört. Sie hatte die Worte gehört. Sie spürte auch die Gefühle, die in ihnen mitschwangen. Sie sagte: »Es ist nicht deine Schuld, Mom.«

»Es gibt mehr als eine Art von Schuld. Wenn du das noch nicht weißt, wirst du's bald herausfinden, glaub mir.«

Becca griff nach ihrem Rucksack im Kofferraum des Fords. Laurel sagte: »Wo ist deine Brille? Du musst sie jetzt aufsetzen.«

»Niemand schaut mich an.«

»Du musst sie aufsetzen. Du musst es dir angewöhnen. Wo ist die Extrapackung Haartönung? Wie viele Batterien für die AUD-Box hast du dabei? Wie heißt du? Wo ist deine Mutter?«

Becca blickte sie an. *Hört her, meine Kinder, hört her, meine Kinder*, aber es war völlig unnötig, dass Laurel, die sich gerade nicht einmal an die restlichen Zeilen erinnerte, das Gedicht ständig wiederholte. Denn Becca konnte ihr genau ansehen, was los war. Jeder hätte es ihr ansehen können. Ihre Mutter hatte furchtbare Angst. Sie folgte allein ihrem Instinkt, so wie sie es immer tat. Aber da das beim letzten Mal dazu geführt hatte, Jeff Corrie zu heiraten, vertraute sie ihrem Bauchgefühl nicht mehr.

Becca beruhigte sie. »Mom. Ich werde schon klarkommen.« Sie

war überrascht, als sich Laurels Augen mit Tränen füllten. Ihre Mutter hatte kein einziges Mal geweint, seit sie San Diego verlassen hatten. Das letzte Mal hatte Becca sie in Tränen gesehen, als sie sich die Augen aus dem Kopf weinte, nachdem sie erfahren hatte, wer Jeff Corrie wirklich war und was er getan hatte. »Wir können nicht zur Polizei gehen«, hatte ihre Mutter ihr schluchzend erklärt, »Gott im Himmel, Schatz, wer würde uns das glauben? Wir können nichts beweisen.«

Deshalb hatte sie diesen Plan geschmiedet. Sie waren geflohen und jetzt waren sie hier am Rand der Welt. Und von hier gab es kein Zurück mehr.

Becca nahm die Hand ihrer Mutter. »Hey, Mom. Hör mal zu, was ich weiß«, sagte sie.

»Was weißt du?

»Rebecca Dolores King, Mom. San Luis Obispo. Meine Tante Carol auf Whidbey Island. Carol Quinn. Olduvai-Schlucht.«

Laurel blickte über Beccas Schulter. Der Verkehrslärm zeigte an, dass die Fähre angekommen war und Fahrzeuge ausfuhren.

»Oh Gott«, flüsterte Laurel.

»Mom«, sagte Becca. »Es ist alles in Ordnung. Wirklich.«

Sie schob die Tür auf und ging zum Kofferraum. Ihre Mutter stieg aus und folgte ihr. Zusammen hoben sie ihr Fahrrad heraus und befestigten die beiden Satteltaschen. Becca setzte den schweren Rucksack auf, kramte vorher aber noch die Brille mit ihren völlig nutzlosen Fenstergläsern hervor Sie setzte sie auf.

»Karte der Insel?«, fragte ihre Mutter.

»Ist im Rucksack.«

»Bist du sicher?«

»Ja.«

»Und Carols Adresse? Nur für alle Fälle.«

»Die habe ich auch.«

»Wo ist das Handy? Denk dran, da ist nur eine begrenzte Anzahl Minuten drauf. Meine Nummer ist schon eingespeichert. Nur für Notfälle. Sonst nichts. Das ist wichtig. Das darfst du nicht vergessen.«

»Ich werd's nicht vergessen. Und es ist in meinem Rucksack, Mom. Und an alles andere habe ich auch gedacht. Die AUD-Box. Ersatzbatterien. Mehr Haartönung. Alles.«

»Wo ist deine Fahrkarte?«

»Hier. Mom, es ist alles da. Versprochen.«

Oh Gott, oh Gott, oh Gott.

»Ich geh jetzt besser«, sagte Becca, während sie den Strom der Fahrzeuge betrachtete, der sich jenseits des Fährhafens in Richtung Stadt ergoss.

»Schau mich an, Schatz«, sagte Laurel.

Becca wollte sie nicht ansehen. Sie hatte Angst und brauchte nicht noch mehr Angst zu hören. Aber da sie wusste, wie wichtig es war, ihre Mutter zu beruhigen, wandte sie ihr den Blick zu, als Laurel sie aufforderte: »Schau mir in die Augen. Sag mir, was du siehst. Sag mir, was du weißt.«

Und da war kein nächtlicher Ritt des Paul Revere mehr. Da war nur eine einzige Botschaft.

»Du kommst zurück«, erklärte Becca.

»Das werde ich«, versprach Laurel. »So schnell ich kann.«

KAPITEL 2

Die Fußgänger und Radfahrer gingen als Erste an Bord. Sie waren eine recht große Gruppe, und Becca folgte ihnen. Die Passagiere mit Fahrrädern bewegten sich durch einen dreispurigen Tunnel auf einen Eingang an der Vorderseite der Fähre zu. Die Fußgänger steuerten auf eine Treppe zu. Einige kramten in ihren Taschen und Geldbörsen, woraus Becca schloss, dass es auf der oberen Etage etwas zu kaufen gab, vermutlich Essen oder heiße Getränke. Gegen beides hätte sie nichts einzuwenden gehabt, weil eine kühle Brise vom Wasser herüberwehte und sie vor Kälte zitterte und immer noch Hunger hatte.

Im vorderen Bereich der Fähre stellten die Leute ihre Räder ab. Becca tat es ihnen gleich. Sie hatte vor, zurück zur Treppe zu gehen, um sich etwas zu essen zu besorgen, doch das plötzliche Dröhnen von Motorrädern ließ sie innehalten. Der Lärm verstärkte sich, weil die Motorräder durch den Fährtunnel kamen. Obwohl es nur vier waren, klang es, als wären es zwanzig, und ihnen folgte eine Reihe von Achtachsern. Dahinter kamen die Pkws, die sich in vier Spuren anordneten, jeweils zwei auf beiden Seiten des Haupttunnels.

Der ohrenbetäubende Lärm wäre kein Problem gewesen, weil

Becca ihre AUD-Box dabeihatte. Sie steckte sich den Kopfhörer ins Ohr, drehte die Lautstärke auf und konzentrierte sich auf das Rauschen, das die AUD-Box von sich gab. Aber in diesem Augenblick sah sie das erste Auto, das durch den Seitentunnel einfuhr und gleich neben ihrem Fahrrad zum Stehen kam. Es war ein Polizeiwagen.

Wenn einem sprichwörtlich das Blut in den Adern gefrieren kann, passierte Becca genau das in diesem Moment. Sie konnte an nichts anderes denken als daran, was Jeff Corrie mit Sicherheit als Erstes unternommen hatte, als er feststellte, dass seine Frau und seine Stieftochter verschwunden waren: die Polizei rufen, sie beide als vermisst melden und die Öffentlichkeit alarmieren, um sie so schnell wie möglich zu finden, damit er Becca und das, was sein Flüstern ihr verraten hatte, für alle Zeiten auslöschen konnte. »Angriff ist die beste Verteidigung«, war schon immer Jeffs Lieblingsmotto gewesen, und wie hätte er besser in die Offensive gehen können? Becca konnte sich sogar vorstellen, wie das Flugblatt aussah, das er wohl entworfen hatte und wahrscheinlich überall verteilte. Es steckt bestimmt an einem Klemmbrett in dem Polizeiwagen, dachte sie bei sich, mit meinem und Moms Gesicht darauf.

Sie wandte sich langsam von dem Polizeiwagen ab, fest entschlossen, stur geradeaus zu schauen. Ein plötzliches Abwenden hätte womöglich Aufmerksamkeit erregt, und der Gedanke, sich keine zehn Minuten, nachdem sie ihre Mutter zurückgelassen hatte, zu verraten, war so schrecklich, dass sie das Gefühl hatte, Neonpfeile zeigten von der Decke der Fähre direkt auf sie hinunter, sodass der Polizist sicher gleich aus dem Wagen steigen und sie ausfragen würde.

Aber die Anspannung und die Ungewissheit, ob man sie bemerkt hatte, waren zu viel für Becca. Obwohl sie wusste, dass sie sich damit einem noch heftigeren Ansturm aussetzte, der wie Schlaghämmer in ihrem Kopf dröhnen würde, blieb ihr nichts anderes übrig: Sie drehte die AUD-Box leiser, um ein paar nützliche Informationen aufzuschnappen.

Es war fast unmöglich, irgendetwas deutlich zu hören. Da war: *Nancy verdammt,* und: *das Abendessen wird nicht,* und: *Nagellack überall im verdammten Auto,* und: *habe mit meinem Chef über die Situation gesprochen,* und: *William muss zum Friseur,* bis sie auf einmal von einer Wärme erfüllt wurde, die man als Allerletztes an diesem kalten, klammen Ort vermuten würde. Die Wärme wurde von einem Duft begleitet, der ebenso fehl am Platz war. Dort, wo ihr eigentlich Dieseldämpfe und Abgase von den Autos und Motorrädern in die Nase hätten steigen müssen, nahm sie den süßen Geruch von gekochten Früchten wahr. Der Duft war so stark, dass Becca zu dem Polizeiwagen herumwirbelte, noch bevor ihr richtig bewusst wurde, was sie tat.

Aber sie dachte nicht daran, was passieren könnte. Im Augenblick wollte sie nur herausfinden, wo diese Wärme und dieser Duft herkamen.

Da sah sie ihn zum ersten Mal, den Jungen, der ihr Leben völlig verändern würde. Er war etwa so alt wie sie und saß in dem Polizeiwagen. Er saß auf dem Beifahrersitz, nicht hinten, und unterhielt sich mit dem Polizisten. Sie blickten beide ernst, und der Kontrast zwischen ihnen hätte nicht größer sein können.

Der Junge war schwarz, tiefschwarz, und die Mitternachtsfarbe seiner Haut ließ den Polizisten neben ihm noch weißer erscheinen. Der Junge war außerdem völlig kahlköpfig, aber nicht, weil er krank war, sondern aus Überzeugung. Es stand ihm sehr gut, und im Gegensatz zu ihm hatte der Polizist eine Menge braun-grau meliertes Haar.

Während Becca den Jungen betrachtete, fiel ihr auf, dass er der erste Nichtweiße war, den sie in der Nähe der Fähre gesehen hatte. Es war nicht ihre Absicht, ihn anzustarren, und sie starrte ihn *nicht* an, als der Junge sie ansah. Als sich ihre Blicke trafen, verstärkten sich das

Gefühl der Wärme und der Duft von kochendem Obst, aber auf dieser Wärme trieb noch etwas anderes – Leere und Verzweiflung, die sie so nicht erwartet hatte. Und mit dem Schmerz des Jungen strömte ein einzelnes Wort zu ihr herüber, das dreimal wiederholt wurde: *Freude, Freude, Freude.*

Becca lächelte den Jungen schwach an, so wie man auf der Straße einem Fremden zulächelt. Aber die Leere wuchs daraufhin noch mehr, und als sie fürchtete, von ihr überwältigt zu werden, senkte sie den Blick. Der Polizist stieg im selben Moment aus dem Wagen. Er schloss sorgfältig die Tür und ging zur Treppe, während er eine Telefonnummer in sein Handy tippte.

Auch wenn dies ein günstiger Moment gewesen wäre, um sich dem Jungen zu nähern, hütete sich Becca davor. Sie beschloss, sich jetzt endlich etwas zu essen zu holen, was sie ja schon gewollt hatte, als der Polizeiwagen hinter ihr angehalten hatte.

Sie nahm den Rucksack ab, stellte ihn neben ihr Fahrrad und ging auf die Treppe zu. Sie konnte es nicht riskieren, dem Jungen einen weiteren Blick zuzuwerfen, aber als sie an dem Polizeiwagen vorbeiging, sah sie, dass auf der Seite *Island County Sheriff* stand.

Zufällig ging sie direkt hinter dem Polizisten die Treppe hinauf. Sie vermutete, dass er irgendeine Art Deputy oder vielleicht sogar der Sheriff selbst war. Er war offenbar bekannt, weil ihn die Leute, die auf der Treppe an ihm vorbeigingen, Dave nannten, fragten, wie es Rhonda ginge, und sich nach dem neugeborenen Baby seiner Tochter erkundigten. Becca zog den Kopf ein, damit er sie nicht bemerkte. Das war jedoch gar nicht nötig, weil sein Anruf angenommen wurde und er anfing, sich mit jemandem über irgendeine Klippe zu unterhalten.

Becca schnappte Gesprächsfetzen auf, aber kein Flüstern. Das Gespräch drehte sich darum, dass Daves Terminkalender nächste Woche zu voll war, es aber in der darauffolgenden Woche klappen könnte, »falls du da auch Zeit hast«. Und stellte die Klippe wirklich kein Risiko dar, so ungeschützt, wie sie war? Außerdem lungerte dort Du-weißt-schon-wer mit seinem kleinen Bruder herum. Da fing Becca an, sich Fragen über die Insel zu stellen. Sie war an Südkalifornien gewöhnt, das schon jede Art von Naturkatastrophen erlebt hatte: Erdbeben, Brände, Überschwemmungen, Trockenheit, Stürme und Erdrutsche. Aber jetzt wurde ihr klar, dass Naturkatastrophen möglicherweise auch hier an der Tagesordnung waren, und sie fragte sich, um welche es sich dabei handeln könnte, wenn sie etwas mit der Sicherheit von Klippen zu tun hatten.

Oben angekommen, blieb der Polizist stehen, um sein Gespräch in der Nähe der Aussichtsfenster fortzusetzen, während Becca der Menge zu einer Cafeteria folgte, vor der sich bereits eine Schlange gebildet hatte. Da sie ihr Geld gut einteilen musste, bis ihre Mom ihr mehr schicken konnte, entschied sich Becca für Kekse. Es gab eine Dreierpackung Kekse mit orangefarbenem Zuckerguss im Angebot. Sie vermutete, dass das etwas Besonderes sein musste, als ein kleines Mädchen hinter ihr sagte: »Schau, Grandma. Die sind diesmal gar nicht rosa«, worauf die Großmutter erwiderte: »Vielleicht sind die für Halloween.«

Halloween. Das Wort versetzte Becca einen Stich. Es war immer ihr Lieblingsfeiertag gewesen. Laurel sagte, das läge an den Süßigkeiten, die sie umsonst abstauben konnte, und wie wichtig es sei, dass »wir deine Zuckerabhängigkeit genauer unter die Lupe nehmen, Schätzchen, weil heutzutage Typ-2-Diabetes unter Jugendlichen deines Alters weit verbreitet ist«. Beccas Großmutter entgegnete dann gerne, dass es Becca zu Halloween doch immer so viel Spaß machte, zu erraten, welches Kind sich hinter welcher Maske versteckte, weil sich die Kinder jedes Mal durch ihr Flüstern verrieten. Ihre Großmutter hatte Becca überhaupt ermuntert, besonders auf die Gedanken von Kindern zu achten. »Die können sich noch nicht selbst etwas vormachen«, sagte sie stets.

Sie fehlte Becca sehr. Es fehlte ihr, zu hören: »Laurel, lass sie einfach in *Ruhe*, ja? Sie wird sich schon daran gewöhnen.« Und obwohl Laurels Antwort immer dieselbe war: »Ich will, dass sie *normal* ist, Mutter«, hatte Becca das Gefühl, etwas Besonderes zu sein, wenn ihre Großmutter darauf erwiderte: »Pah. Es gibt nichts Langweiligeres, als normal zu sein.«

Der Wunsch, normal zu erscheinen, war auch der Grund, warum Laurel auf die Idee mit der AUD-Box gekommen war. Sie hatte behauptet, dass es allein zu Beccas Wohl sei, damit sie sich in der Schule besser konzentrieren konnte. Aber auch wenn die AUD-Box Beccas Konzentration verbesserte, diente sie vor allem dazu, die Gedanken anderer Leute fernzuhalten. Vor allem natürlich die von Laurel.

Becca beachtete das Mädchen vor ihr in der Cafeteria-Schlange nicht, bis sie an der Kasse waren. Dann sah sie, dass sie einen in Folie eingewickelten Hamburger in der Hand hielt und mit zwei Jungs redete, die nicht weit von ihr entfernt bei dem Tisch mit den Gewürzen auf sie warteten. Einer der Jungs hatte lange Haare, Pickel im Gesicht und trug eine hochgerollte Skimütze auf dem Kopf; der andere war ordentlich angezogen und frisiert, hatte einen besorgten Ausdruck im Gesicht und schluckte ständig zwanghaft. Das Mädchen war sehr klein und durchtrainiert, es war kein bisschen Fett an ihr, nur Muskeln. Sie hatte sehr kurze Haare und ihr Tonfall klang schnippisch und gereizt. Alle drei wirkten, als wäre gerade irgendetwas im Gange. Während Becca sie beobachtete, kam ihr der Gedanke, dass Highschool-Kids wahrscheinlich überall ziemlich gleich waren.

Der langhaarige Junge murmelte: »Das traut sie sich doch nie im Leben«, als das Mädchen an der Kasse stand.

»Lass es lieber, Jenn«, sagte der nervöse Junge.

Becca dachte nur: Was lassen?, als Jenn der Kassiererin einen Zehn-Dollar-Schein für ihr Essen reichte.

Die Kassiererin nahm das Geld. Becca beobachtete den Austausch und bewunderte die lackierten Nägel der Frau, die im Gegensatz zu denen der Verkäuferin von *Ivar's* Imbiss hübsch anzusehen waren. Sie waren glatt und glänzten, und als sie Jenn das Wechselgeld zurückgab, fragte sich Becca …

»Hey«, sagte Jenn zur Kassiererin, »ich hab Ihnen einen Zwanziger gegeben.«

Becca meldete sich zu Wort, ohne nachzudenken. »Mann, es war ein Zehner. Ich hab's gesehen.«

Jenn wirbelte zu ihr herum. »Was zum … Willst du damit sagen, dass ich lüge oder was?« Und das wurde begleitet von: *wer zum Teufel … na klasse Dylan … noch mehr coole Ideen?*

»Oh, 'tschuldige! Nein«, sagte Becca. »Es ist mir nur aufgefallen, weil ich ihre Nägel betrachtet habe.« Dann fügte sie »Die sehen wirklich hübsch aus« an die Kassiererin gewandt hinzu, die auf sympathische Art rot anlief.

»Bist du pervers, oder was?«, fauchte Jenn, und zur Kassiererin: »Es war ein Zwanziger, und ich will mein Wechselgeld.«

»Es war wirklich kein Zwanziger«, beharrte Becca, als ein Mann aus einem Zimmer hinter der Theke kam. Er fragte, was das Problem sei, und das Mädchen namens Jenn legte sofort los.

»Ich sage Ihnen, was das Problem ist«, plusterte sie sich auf, als ihr der Jüngere ihrer beiden Begleiter warnend »Jenn …« zuraunte. »Ich habe ihr einen Zwanziger gegeben«, verkündete Jenn. »Die Tussi hier hat Halluzinationen.«

»Schauen wir uns das doch mal genauer an, okay?«, sagte der Mann daraufhin. Er drehte der Schlange von Kunden einen kleinen Bildschirm zu. Darauf war die Schublade der Kasse zu sehen, die bei jedem Öffnen gefilmt wurde. Der Mann drückte auf einen Knopf und es war deutlich zu sehen: Der Zehn-Dollar-Schein wanderte von Jenn in die Hand der Kassiererin. »Zieh ab«, sagte der Mann mit kalter Stimme. »Der Nächste bitte.«

Becca trat an die Kasse und bezahlte ihre Kekse. Aber zuvor zischte ihr Jenn ins Ohr: »Du blöde Zicke«, und verschwand mit ihren beiden Begleitern.

Eine Durchsage teilte allen Passagieren mit, dass es an der Zeit war, zu den Fahrzeugen zurückzukehren. Becca schloss sich der Menge an. Als sie an dem Polizeiwagen vorbeikam, achtete sie darauf, weder das Auto noch den Jungen oder den Mann darin direkt anzusehen, sah aber aus dem Augenwinkel die Schulter des Jungen, weil er gegen das Fenster lehnte.

Bei ihrem Fahrrad war alles so, wie sie es zurückgelassen hatte. Die Satteltaschen auf beiden Seiten waren prall gefüllt und ihr Rucksack war gegen das Hinterrad gelehnt. Sie setzte ihn wieder auf und blickte nach vorne, als der Fähranleger vor ihr sichtbar wurde. Sie sah, dass der Nebel hier dichter war als auf dem Festland und wie ein wogender grauer Schleier zwischen ihr und dem hing, was sich da vor ihr abzeichnete. Es waren offenbar hauptsächlich Bäume. Und zwar mehr Bäume, als sie je auf einmal in einer Gegend gesehen hatte, wo auch Leute wohnten.

Becca war von Kalifornien an eine Landschaft gewöhnt, die von karger Vegetation geprägt war und von Hügeln, die von Bauunternehmern bis zur ausgetrockneten Erde kahl geschlagen und dann mit Tausenden identisch aussehender Häuser dicht bebaut wurden. Hier lagen ein paar wenige Häuser, versteckt zwischen den Bäumen, in einem riesigen Wald: Douglastannen, Hemlocktannen und Zedern, die im Winter grün bleiben würden, sowie Erlen, Birken, Ahornbäume und Pappeln, die ihre Blätter abwerfen und Licht auf den Waldboden durchlassen würden.

Steile Hänge erhoben sich hier unmittelbar von einem Strand, an dem ein paar Häuser aneinandergereiht waren. Ihre hell erleuchteten Fenster hoben sich gegen die Dunkelheit ab.

Die Fährarbeiter warteten, bis sich eine Rampe von der Anlegestelle senkte. Dann öffneten sie die Absperrkette und gaben den Radfahrern und Fußgängern das Zeichen, von Bord zu gehen.

Die Fußgänger drängten nach links, während die Fahrradfahrer auf die rechte Seite zusteuerten. Becca schloss sich ihnen an und fand sich auf einer weitläufigen Hafenanlage wieder. Hier, wurde ihr bewusst, war alles riesengroß. Fähren, Bäume, Hafenanlagen, alles.

Sobald sie mit ihrem Fahrrad das Ende des Fähranlegers erreicht hatte, fing sie an, nach Carol Quinn Ausschau zu halten. Sie hatte nicht die geringste Ahnung, wie die Freundin ihrer Mutter aussah, aber sie ging davon aus, dass jemand mit einem Kleintransporter auf sie warten würde, in dem sie ihr Fahrrad verstauen konnte.

Aber da war niemand, nur ein Linienbus, der in Richtung Bundesstraße losfuhr, und ein paar Autos auf einem entfernten Parkplatz. Passagiere steuerten darauf zu und stiegen ein. Becca sah sich um, geriet aber nicht in Panik. Ihre Mom hatte Carol Quinn angerufen. Becca hatte gesehen, wie sie es getan hatte. Carol Quinn war unterwegs.

Becca wartete zehn Minuten. Sie aß einen Keks und ließ sich dabei Zeit, als aus den zehn Minuten zwanzig wurden. Die nächste Fähre legte an und wieder ab, ohne dass Carol Quinn erschien, um sie abzuholen. Nach der Abfahrt einer weiteren Fähre kramte Becca in ihrem Rucksack und holte das Handy mit Laurels eingespeicherter Nummer heraus.

Sie konnte ihre Mom nicht erreichen. »Dieser Teilnehmer ist zurzeit nicht erreichbar«, war die Meldung, die sie erhielt. Becca beschloss, noch eine Weile zu warten und es dann noch einmal zu versuchen, aber in der Zwischenzeit würde sie sich auf den Weg zu Carol Quinns Haus machen. Offensichtlich war sie durch irgendetwas aufgehalten worden und sie würde sie unterwegs bestimmt treffen.

Becca holte die Karte von Whidbey Island sowie Carol Quinns Adresse heraus. Sie suchte sich die direkteste Route zur Blue Lady Lane aus. Eine Straße, die von der Bundesstraße abging und Bob Galbreath Road hieß, würde sie geradewegs dort hinbringen. Sie wusste, sie war nicht gerade in Bestform für eine Fahrradtour, aber es schienen nicht mehr als neun Kilometer zu sein. Ein Klacks, dachte sie. Sie hatte ein Fahrrad mit zehn Gängen. Und damit konnte jeder neun Kilometer schaffen.

Wie sie feststellte, war das ein Trugschluss. Als sie zur Bundesstraße hinüberradelte, die vom Fährhafen wegführte, war Beccas erster Gedanke: Oh mein Gott, und ihr zweiter: Da komme ich nie hoch. Denn die Straße ging gleich von den ersten Metern an steil bergauf. Sie schlängelte sich aufwärts, weg von der Anlegestelle, dem Wasser und der Fähre, und verschwand im Nebel. Rechts befand sich eine Reihe von Geschäften, solide Gebäude, die sich am Boden festzuklammern schienen, um nicht ins Wasser zu stürzen.

Nach kaum hundertfünfzig Metern keuchte Becca bereits atemlos, und ihr Herz schlug so heftig, dass keine AUD-Box notwendig war, um jedes andere Geräusch um sie herum zu übertönen. Sie bog rechts auf einen kleinen Parkplatz ein. *Clinton Nail and Spa* kennzeichnete den Laden als Nagel- und Wellness-Studio und ein rotes Neonschild deutete darauf hin, dass er geöffnet war. Eine Lampe über der Tür warf einen pyramidenförmigen Lichtschein auf den Fußabtreter, und diesem Licht näherte sich Becca, während ihr das Herz so laut in den Ohren schlug, dass es klang, als würde eine Kanone abgefeuert.

Sie holte noch einmal die Karte heraus und versuchte, eine andere Route zu Carol Quinns Haus zu finden. Es gab keine. Deshalb beobachtete sie die Bundesstraße gute zehn Minuten lang, in der Hoffnung, einen Kleintransporter langsam vorbeifahren zu sehen, mit einer Frau am Steuer, die nach ihr suchte.

Vergeblich. Sie hatte keine andere Wahl. Sie machte sich wieder auf den Weg.

Das Strampeln war so mühsam, dass sie praktisch auf der Stelle trat. Sie schaffte es gerade so, im Schritttempo an einem niedrigen Bankgebäude, einem uralten Restaurant, das *Pizza! Pizza! Pizza!* anpries, und dem Polizeiwagen von der Fähre vorbeizuradeln, der auf dem danebenliegenden Parkplatz stand. Der Sheriff und der Junge saßen jetzt bestimmt im Restaurant und verputzten eine riesige Käse-Salami-Pizza. Als sie an einem Gebrauchtwagenhändler vorbeikroch, kam ihr der Gedanke, dass ihre Mutter den Ford hier gegen einen anderen Wagen hätte eintauschen können. Dieser Gedanke trieb ihr Tränen in die Augen, und sie wandte den Blick von dem Händler und allem, was er verhieß, ab und richtete ihn stur nach vorne, in der Hoffnung, die Straße, nach der sie suchte, irgendwo in der nebelverhangenen Ferne zu entdecken.

Stattdessen entdeckte sie ein *Dairy-Queen*-Schnellrestaurant. Ihr Herz machte einen Sprung und sie beschloss, dort eine Rast einzulegen. Sie würde sich einen Hamburger kaufen, eine Portion Pommes und einen Erdbeermilchshake. Das würde ihr helfen, ihre Angst in den Griff zu kriegen. Sie würde es *bestimmt* bis zu *Dairy Queen* schaffen, sagte sie sich, vor allem, wenn am Ziel eine leckere Mahlzeit auf sie wartete.

Doch wie sich herausstellte, wartete auch die Bob Galbreath Road auf sie. Sie lag nur ein kurzes Stück vor dem Restaurant und bot Becca eine weitere Option. Da die Schatten immer länger wurden und es bald dunkel sein würde, entschied sie sich, Vernunft vor Kalorien walten zu lassen. Sie machte sich wieder auf den Weg und fuhr die Bob Galbreath Road hinunter.

KAPITEL 3

Becca stellte recht schnell fest, dass die Bob Galbreath Road noch schlimmer war als die Bundesstraße, auf der sie gekommen war. Sie begann mit einem Stück, auf dem sie einfach bergab rollen konnte, fing aber schon nach knapp fünfzig Metern wieder an zu steigen. Nach weiteren zweihundertfünfzig Metern schien das Ende der Steigung erreicht zu sein, da ein Haus auf der Bergkuppe den Eindruck erweckte, dass der schlimmste Teil überstanden war. Aber als Becca oben ankam, sah sie, dass die Straße eine Kurve machte, auf die erst eine einladende Abfahrt und dann ein noch schlimmerer Anstieg folgte als zuvor.

Schon kurze Zeit später waren überall nur noch Bäume. Auf der rechten Seite, auf der sie fuhr, brach der Rand der Landstraße abrupt weg. Er wich einem Hang, der in nördliche Richtung steil abfiel und auf dem sich schmalstämmige Erlen in den Himmel reckten. Diese Bäume wuchsen auch auf der anderen Seite der Straße in Hülle und Fülle, und in dem Nebel bildeten die Blätter an den Ästen über ihr einen Tunnel, von dem Wasser auf ihre Brille tropfte.

Becca schüttelte den Kopf, um die Tropfen von den Gläsern zu bekommen, hütete sich aber, die Brille ganz abzunehmen. Denn so wie das triste Braun, das Laurel ausgewählt hatte, um ihre Haare von rotblond zu abgrundtief hässlich umzufärben, war die Brille jetzt Teil ihrer Persönlichkeit. Im Moment waren jedoch weder ihre Brille noch ihr Haar wichtig, und Becca wusste das. Am wichtigsten war, zu Carol Quinn zu gelangen. Aber die Blue Lady Lane schien ihr immer noch genauso weit weg wie der Mond, und mit jeder Umdrehung der Pedale fiel Becca das Atmen schwerer.

Als sie das fünfte Mal aus einem Wald herauskam und ein weiterer Berg vor ihr aufragte, spürte sie, wie sich ein Schluchzer ihrer Brust entrang. Sie war nicht sicher, ob sie nur nach Luft geschnappt oder tatsächlich geschluchzt hatte. Sie wusste nur, dass sie sich dringend ausruhen musste. Sie kam zu einer Stelle, an der die Straße nicht mehr ganz so schmal war, und stieg vom Fahrrad ab.

Ihr Herz donnerte wie eine Kesselpauke in ihren Ohren. Sie beugte sich über den Lenker ihres Fahrrads, um Atem zu holen. In dem Moment hörte sie eine herannahende Sirene, auf die unverzüglich flackerndes Blaulicht folgte.

Sie vermutete sofort das Schlimmste. Diese Vermutung wurde zur schrecklichen Gewissheit, als sich das herannahende Fahrzeug tatsächlich als Polizeiwagen entpuppte. Sie machte sich auf alles gefasst, doch der Wagen rauschte mit heulender Sirene an ihr vorbei, als wäre sie für seine Insassen unsichtbar.

Aber Becca sah sie. In dem kurzen Augenblick, als das Auto an ihr vorbeischoss, erkannte sie den Jungen von der Fähre wieder. Ihre Blicke trafen sich. Sie spürte die Leere in seinem Innern – die plötzlich verschwunden war. Was hatte er *getan*, fragte sie sich, um innerlich so leer zu sein? Wohin brachte man ihn?

Als die Polizeisirene in der Ferne verklungen war, herrschte Totenstille. Becca hatte keine Ahnung, wie weit sie noch fahren musste, vermutete jedoch, dass sie die Blue Lady Lane nicht erreichen würde, bevor die düsteren Schatten des Abends vollkommener Dunkelheit wichen.

Sie hatte nicht mehr als fünfzig Meter zurückgelegt, als sie hörte, wie hinter ihr ein Fahrzeug heranfuhr. Sie zwängte sich so weit wie möglich an den Straßenrand, doch die Motorengeräusche wurden nicht lauter. Wer auch immer sich ihr näherte, hatte wohl nicht die Absicht, an ihr vorbeizufahren. Sie wandte sich um und erblickte einen Kleintransporter, auf dessen Ladefläche mehrere Hunde unruhig hin und her liefen.

Halleluja, dachte Becca. Carol Quinn, endlich.

Der Pick-up fuhr an den Straßenrand und blieb stehen. Jemand stieg aus. Becca konnte eine Baseballkappe, Arbeitsstiefel und eine schwere Jacke erkennen.

Eine freundliche Frauenstimme fragte sie: »Stimmt was mit deinem Fahrrad nicht? Brauchst du eine Mitfahrgelegenheit?«

Natürlich, dachte Becca niedergeschlagen, das ist gar nicht Carol Quinn.

Sie versuchte, ein Flüstern zu erhaschen. Obwohl da diese Frau und Becca waren, war nicht das geringste Flüstern zu hören.

Becca war sich nicht sicher, was das zu bedeuten hatte. Die Tatsache, dass von dieser Frau kein einziger Gedanke zur ihr drang, verriet ihr, dass sie völlig anders war als alle Leute, mit denen Becca je zu tun gehabt hatte. Während Laurel behauptet hätte, eben das sei der Grund, warum Becca sie meiden sollte wie der Teufel das Weihwasser, hätte Beccas Großmutter sie zur Seite genommen und ihr zugeraunt: »Sowohl Abwesenheit als auch Anwesenheit von etwas bestimmen die Eigenart eines Menschen, Liebes.«

Becca zeigte daher auf ihr Fahrrad und antwortete: »Die Kette ist abgesprungen.«

Das war natürlich eine Lüge, wenn auch nur eine kleine, denn es hatte sich zumindest so angefühlt, als würde die Kette jeden Augenblick abspringen. »Ich bin auf dem Weg zur Blue Lady Lane«, fügte sie hinzu.

Die Frau sagte: »Dann ist das dein Glückstag. Ich fahre nach Clyde«, als wüsste Becca genau, was das hieß. Die Frau marschierte hinüber und erklärte: »Das Fahrrad legen wir hinten rein.«

Dann hob sie es an, als würde es mit seinen vollgepackten Satteltaschen gar nichts wiegen. Sie trug es zu ihrem Fahrzeug und hievte es über die Seite auf die Ladefläche. Zu den Hunden sagte sie: »Weg da, Jungs«, und zu Becca: »Spring vorne rein. Oscar macht dir Platz. Ich verstaue das hier nur richtig.«

Wie sich herausstellte, war Oscar ein gewöhnlicher Pudel, ohne das, was Becca »den pudeligen Etepetete-Haarschnitt« nannte. Er war schwarz und mit dem normalen Gurt angeschnallt. Da sich Becca nicht ganz sicher war, ob sie den Hund abschnallen sollte, wartete sie, bis die Frau die Tür öffnete und einstieg. »Worauf wartest du?«, fragte sie und fing an zu lachen, als ihr auffiel, dass der Gurt das Problem war. Sie sagte: »Entschuldige. Lass mich das machen. Komm hier rüber, Oscar.« Sobald sie den Hund losgeschnallt hatte, zog sie den Pudel auf ihre Seite und sagte dann zu Becca: »Diana Kinsale. Dich kenn ich gar nicht, und ich dachte, ich würde jeden auf der Südseite der Insel kennen.«

»Becca King«, erwiderte Becca. Den Rest dachte sie sich: Rebecca Dolores King aus San Luis Obispo, Kalifornien, davor Sun Valley, Idaho, wo ich geboren wurde. Ich fahre nicht Ski. Auch wenn man es eigentlich denken würde.

Diana Kinsale bemerkte: »Hübscher Name.« Sie legte den ersten Gang ein.

Becca schaute durchs Fenster nach hinten auf die Ladefläche. Da waren zwei Labradore und zwei Promenadenmischungen. Sie wandte sich an Diana: »Hundepension?«

Diana lachte. Sie nahm ihre Baseballkappe ab, und Becca konnte sehen, dass ihr Haar grau war. Becca fand das ziemlich merkwürdig. Sie konnte sich nicht daran erinnern, jemals eine Frau mit grauen Haaren gesehen zu haben, denn da, wo sie herkam, färbten sich Frauen die Haare, sobald sie die erste graue Strähne entdeckten. Aber Diana Kinsale verkörperte reine Natürlichkeit. Sie trug kein Make-up, und ihr Haar war nicht einmal richtig frisiert.

»Die gehören alle mir«, erwiderte Diana Kinsale und wies auf die Hunde. »Ich hatte nicht vor, mir gleich fünf Hunde anzuschaffen, aber eins führt immer gleich zum anderen und jetzt hab ich den Salat. Und du?«

»Ich habe keinen Hund«, sagte Becca. Sie fügte rasch hinzu: »Ich mag Hunde sehr, aber meine Mom ist allergisch.«

»Ah. Alles klar.« *Wer ist sie?*

Becca spürte einen Druck im Kopf. *Wer ist sie?,* war natürlich eine logische Frage. Wer ist deine Mom, diese Frau, die allergisch gegen Hunde ist? Und weiß sie überhaupt, dass du in der einbrechenden Dunkelheit und im dichten Nebel allein mit dem Fahrrad unterwegs bist? Aber diese Fragen blieben unausgesprochen. Selbst in ihren Gedanken.

Becca schaute Diana Kinsale verstohlen an. Diana Kinsale warf Becca einen Blick zu und sagte nichts. Sie drückte auf einen Knopf am Radio, und die Dixie Chicks plärrten in einer Lautstärke los, die ein entspanntes Gespräch unmöglich machte.

Es dauerte nicht lange, bis sie in der Clyde Street ankamen. Drei Dixie-Chicks-Songs später fuhr Diana in die Auffahrt eines grauen, schindelgedeckten Hauses, von dem aus man das Wasser überblickte, bei dem es sich, wie Becca später erfahren würde, um die Saratoga-Passage handelte. Unterhalb des Hauses stand eine Gruppe von kleinen Häusern direkt auf einer Sandbank. Auf der anderen Seite erhob sich eine weitere Insel aus einer Masse von Bäumen, Dunkelheit und einer Handvoll verstreuter Lichter von den Häusern, die an ihrem südlichen Ende standen.

Diana stieg aus dem Pick-up und Oscar folgte ihr. Die anderen Hunde fingen an, hin und her zu laufen. Als Becca ihr zur Ladeklappe des Wagens nachging, hatte Diana diese bereits heruntergelassen, und die vier Hunde sprangen von der Ladefläche und begannen, im Vorgarten herumzutollen.

»Wehe, ihr kackt mir in den Garten!«, schrie Diana, während sie das Fahrrad heraushievte und auf den Boden setzte. Dann befestigte sie die Satteltaschen und streckte Becca die Hand hin. »Ich hoffe, wir sehen uns mal wieder, Becca King«, sagte sie.

Becca streckte die Hand aus, um sie zu schütteln. Als ihre Hände sich trafen, schoss ein Kribbeln durch Beccas Arm, das sich anfühlte wie eine Mischung aus Elektroschock und eingeschlafenen Gliedmaßen, die wieder »erwachten«. Als sich ihre Blicke trafen, wusste Becca sofort, dass ihre Großmutter recht gehabt hatte. Manchmal weist die Abwesenheit einer Sache auf die Anwesenheit einer anderen hin. Die einzige Schwierigkeit lag darin, zu erkennen, was diese andere Sache war.

Diana sagte leise: »Es ist nicht immer deine Schuld.«

»Hä?«, erwiderte Becca, weil sie jetzt auf das Flüstern angewiesen war, um diese Frau zu verstehen. Und ohne das war sie sich nur zu bewusst, wie sehr sie sich an diesem Ort verlieren könnte.

»Die Kette an deinem Fahrrad«, fuhr Diana fort. »Sie muss gerichtet werden, aber es ist ganz normal, dass man so etwas erst bemerkt, wenn es zu spät ist. Bei dem Zustand deines Fahrrads ist es wirklich nicht deine Schuld, dass die Fahrt so hart war.«

Die Hunde kamen zurück. Sie fingen an, den Boden um Beccas Füße zu beschnuppern, und hatten sich schon bald an ihrem Bein hochgearbeitet, in die Nähe der Jackentasche, in der die letzten beiden Kekse steckten.

Diana sagte: »Die Hunde mögen dich. Das ist gut.« Dann wandte sie sich an die Tiere: »Fütterungszeit, Jungs!«, und die Hunde fingen an, im Chor zu bellen. »Komm vorbei, wann immer du willst«, sagte Diana und winkte Becca zu. Dann verschwand sie hinter dem Haus. Die Hunde folgten ihr.

Becca dachte noch rechtzeitig daran, das Fahrrad zu schieben. Sie glaubte, dass Diana Kinsale die Lüge mit der abgesprungenen Kette bestimmt durchschaut hatte, wollte aber dennoch den Schein wahren. Deshalb schob sie es bis zu einer Straßenlaterne in einiger Entfernung von Dianas Haus. Dort entfaltete sie die Karte, um zu sehen, wie weit die Blue Lady Lane von der Clyde Street entfernt lag.

Ihr wurde auf den ersten Blick klar, warum Diana gesagt hatte, dies sei ihr Glückstag. Die Blue Lady Lane ging von einer Straße am Ende der Clyde Street ab, und das Ende war durch das Stoppschild an der Straßenecke deutlich gekennzeichnet.

Dort fiel ihr auch sofort der Wagen des Sheriffs ins Auge, der auf der Bob Galbreath Road an ihr vorbeigerauscht war. Als sie das Ende der Clyde Street erreichte und in die Straße einbog, die zur Blue Lady Lane führte, sah sie das Auto sofort direkt vor dem Haus in der Mitte der Straße stehen.

Becca wusste es sofort. Sie hätte es nicht in Worte fassen können, aber etwas war passiert, und es war nichts Gutes. Zuerst dachte sie, die Polizei suchte nach ihr und wäre bereits dahintergekommen, wo sie zu finden sein würde. Aber dass mindestens acht Leute auf der Terrasse standen und das Haus hell erleuchtet war, schien auf etwas anderes hinzudeuten.

Sie schob ihr Fahrrad zu einem Gebüsch und betrachtete in seinem

Schutz das Haus. Davor war auf einem niedrigen Schild *Pferdehof* zu lesen, und Straßenlaternen erleuchteten die Hausnummer darauf. Sie kramte Carol Quinns Adresse heraus, wusste aber bereits, was sie da lesen würde, und tatsächlich: Die Hausnummern stimmten überein.

Sie schlich sich ein Stück weiter vor. Dann überquerte sie die Straße im Schatten der Bäume und erreichte den Wagen des Sheriffs, bevor sie bemerkte, dass der Sheriff zwar ausgestiegen war, der Junge aber noch darin saß.

Sie wollte gerade wieder zurückgehen, als der Junge ausstieg. Er rieb sich den Nacken und blickte zum Haus, das auf einer kleinen Anhöhe stand. Sie blieb wie angewurzelt stehen. Dann drehte er sich zu ihr.

Ihre Blicke trafen sich. *Leute gehen … jemand … wenn Tod einfach wäre … Freude Freude …* strich durch die Luft zwischen ihnen. Dann durchbrachen Stimmen die Dunkelheit um sie herum, als sich zwei Männer näherten, die den Weg vom Haus herunterkamen.

»Es tut mir so schrecklich leid, Mr Quinn. Wenn ich irgendetwas …«

Der Junge blickte in ihre Richtung und wieder zu Becca. *Geh*, sagte er lautlos. *Jetzt. Geh.* Er stieg wieder ins Auto.

Aber Becca konnte nicht gehen, bevor sie sich Gewissheit verschafft hatte, und schon kurz darauf verrieten ihr die Worte des anderen Mannes alles, was sie wissen musste. Sie konnte hören, dass er weinte. »Nur eine Woche«, schluchzte er. »Sie hat sich nicht wohl gefühlt, aber sie dachte, sie hätte nur eine Erkältung, und das dachte ich auch. Aber dann …«

»Sie ist nicht die Erste«, sagte der Sheriff. »Frauen und Herzinfarkt … Es fühlt sich nicht so an, wie sie sich das vorstellen. Und das wusste sie nicht.«

»Sie war so stark, Dave.« Er fing wieder an zu weinen.

Becca zog sich zurück. Sie kehrte zu dem Gebüsch zurück und

setzte sich. Sie stützte den Kopf in die Hände und lauschte dem Geräusch des davonfahrenden Polizeiwagens. Sie hatte keine Ahnung, was sie jetzt tun sollte.

Eine Stunde später waren alle gegangen, während Becca dasaß, nachdachte und versuchte, Laurel zu erreichen, was ihr jedoch nicht gelang. »Dieser Teilnehmer ist zurzeit nicht erreichbar«, war die Nachricht, die sie jedes Mal zu hören bekam und die bei Becca die schlimmsten Befürchtungen schürte. Am Ende hatte sie nur noch eine Hoffnung und einen Plan. Sie würde mit Carol Quinns Ehemann reden müssen.

Becca trat hinter dem Gebüsch hervor und ließ ihr Fahrrad und ihre Sachen zurück. Sie ging auf das Haus zu, und während sie näher kam, trat Mr Quinn aus dem Haus auf die Terrasse. Sie zögerte, halb hinter dem Rhododendron versteckt. Sie konnte ihn sehen, aber er konnte sie nur bemerken, wenn er wusste, wo er hinschauen musste, und das tat er nicht. Stattdessen blickte er hinaus aufs Wasser auf der anderen Seite der Straße. Aber Becca erkannte, dass er nichts Bestimmtes betrachtete, sondern nur ins Leere stierte.

Er zündete sich eine Zigarette an und rauchte eine Weile still vor sich hin, und Becca beobachtete ihn ebenso still. Dann drang *was jetzt … sie hat nie gedacht … kein Plan* zu ihr, vereinzelte Gedanken, wie Brotkrumen, die man Enten im Teich zuwarf. Aber die Gefühle, die in ihnen mitschwangen, machten sie so schwer wie Felsblöcke, die auf Becca zurollten, bis sie schließlich ins Licht trat.

»Mr Quinn?«

»Ja«, sagte er mit einem schweren Seufzer. »Wer bist du? Hast du dich verirrt?«

»Ich bin Becca King«, erwiderte sie. Und dann wartete sie, dass er den Namen erkannte, dass ihm klar wurde oder ihm wieder einfiel, wer sie war, wartete auf irgendeine Reaktion. Sie hoffte, er würde sagen:

»Oh ja. Das Mädchen, das Carol aufnehmen wollte, bis ihre Mom wieder zurückkommt.« Aber er sagte kein Wort. Daraus schloss Becca, dass Carol Quinn Laurels Bitte um absolute Verschwiegenheit tatsächlich mit ins Grab genommen hatte. Ihre Lippen fühlten sich steif und wund an, als sie murmelte: »Ich wollte nur … Herzliches Beileid.«

Aber er war schon wieder tief in Gedanken versunken, von denen keiner etwas mit einem Mädchen aus San Diego zu tun hatte, das vor einem Mann auf der Flucht war, der seinen Geschäftspartner bei einem vorgetäuschten Einbruch in dessen sündhaft teures Apartment ermordet hatte.

Becca ging zurück zu ihrem Fahrrad. Sie holte das Handy heraus und versuchte es noch einmal. Sie hörte die Worte ihrer Mutter. *Die Nummer ist einprogrammiert, Schatz. Wenn du auf die Eins drückst, wirst du automatisch mit mir verbunden. Aber nur im Notfall.*

Alles, was mit Carol Quinn zu tun hatte, war zu einem Notfall geworden, dachte Becca. Sie drückte die Eins und versuchte noch einmal, Laurel zu erreichen. Sie wartete wie auf heißen Kohlen, dass sich die Verbindung aufbaute. Aber die Nachricht war wieder dieselbe. »Dieser Teilnehmer ist zurzeit nicht erreichbar, dieser Teilnehmer ist zurzeit nicht erreichbar, dieser Teilnehmer ist zurzeit nicht erreichbar.«

Warte, sagte sie sich. Warte eine Weile. Handys hatten immer mal wieder keinen Empfang, und sie vermutete, dass dies auch in diesem Teil der Welt häufig passierte. Da waren Gebirgszüge und Gewässer und Inseln, und all das war bestimmt Grund genug, dass jemand eine Stunde lang nicht erreichbar war.

Warte also, warte, warte, sagte sie sich. Warte einfach, warte. Sie wollte nicht akzeptieren, dass Laurel, die ihre Flucht vor Jeff Corrie so perfekt geplant hatte, sie auf einer Insel zurückgelassen hatte, über die sie nichts wusste und auf der sie ganz auf sich allein gestellt war.

KAPITEL 4

In diesem Augenblick hatte Becca vor allen möglichen Dingen Angst. Sie war vierzehn Jahre alt und wie die meisten Mädchen in diesem Alter noch nie auf sich allein gestellt gewesen. Ihre Mutter war immer da gewesen, und ihre Großmutter auch, bevor sie an Brustkrebs gestorben war. Jetzt hatte sie bloß noch ein Handy, mit dem sie niemanden erreichen konnte, außer, sie wollte in San Diego anrufen und Jeff Corrie Guten Tag sagen. Laurel hatte alles sorgfältig geplant, aber der wichtigste Teil ihres Plans war gerade geplatzt.

Vor dem Haus, in dem Carol Quinn gewohnt hatte, überquerte sie die Straße. Der Mann war wieder hineingegangen, und sie konnte ihn durch die hell erleuchteten Fenster sehen. Sein Flüstern war für sie aufgrund der Entfernung und durch das Fensterglas hindurch nicht zu hören, aber sie konnte sich gut vorstellen, was er dachte: *Carol … Carol … was soll ich bloß tun …* Dabei lief er ziellos im Zimmer auf und ab.

Becca stand auf einer großen Wiese, die hoch über dem Wasser lag. Dort war ein Baumstamm, kahl und glatt wie ein Stück Treibholz, den jemand hochgeschleppt und als Bank hier hingestellt haben musste. Sie ging hin und setzte sich darauf. Sie versuchte, sich nur darauf zu konzentrieren, eine Antwort auf die Frage »Was soll ich jetzt machen?« zu finden. Um zu verhindern, dass die Panik sie übermannte, wühlte sie in ihrer Jackentasche nach den Keksen und aß einen davon. Sie kaute langsam, um Zeit totzuschlagen. Es begann, leicht zu regnen, und sie setzte die Kapuze ihrer Jacke auf. Dann betrachtete sie die Lichter auf dem gegenüberliegenden Ufer der Passage und fragte sich, wie weit Laurel wohl schon gekommen war.

Sie war nach British Columbia unterwegs, genauer gesagt nach Nelson, einer Stadt in den Bergen. Sie sagte, es habe mit *Roxanne* zu tun, dem alten Film mit Steve Martin und Daryl Hannah. Es war einer ihrer Lieblingsfilme und sie hatte die DVD und sah sie sich immer dann an, wenn es ihr nicht so gut ging. Dabei schien die Liebesgeschichte sie weniger zu interessieren als die kleine Stadt Nelson selbst, wo er gedreht worden war. Jedes Mal, wenn sie *Roxanne* guckte, studierte sie die Stadt regelrecht. Sie hielt den Film immer wieder an und betrachtete ganz genau die Umgebung. Das tat sie so oft, dass Becca schon dachte, sie *suche* jemanden, vielleicht einen Bewohner aus Nelson, der als Komparse mitwirkte. Aber sie kam nie dahinter. Denn während sie den Film sah, sagte Laurel im Kopf ein Gedicht auf. *Hört her meine Kinder und gebt gut acht auf Paul Reveres Ritt durch die dunkle Nacht.* Und als Becca sie einmal fragte, warum sie das tue, antwortete ihre Mutter: »Um mein Gedächtnis zu trainieren, mein Schatz«, als ob sie Angst hätte, der Film würde es aus ihrem Gedächtnis löschen. Dann fügte sie streng hinzu: »Und warum trägst du deine AUD-Box nicht?«

»Die AUD-Box ist doch zu deinem eigenen Schutz, Liebling«, hatte ihre Großmutter immer gesagt. »Natürlich soll sie auch die Privatsphäre der anderen schützen. Aber sie ist hauptsächlich dazu da, damit nicht dein Leben lang die Gedanken anderer Leute auf dich einprasseln.«

»*Du* hast doch auch damit gelebt«, antwortete Becca dann, denn von ihrer Großmutter hatte sie nicht nur die roten Haare geerbt, sondern ihre Fähigkeit, das Flüstern der anderen zu hören.

»Stimmt, aber deine Gabe ist stärker als meine. Es wird eine Weile dauern, bis du gelernt hast, damit umzugehen.«

»Muss ich dieses blöde Ding etwa bis an mein Lebensende tragen?«

»Nur so lange, bis du die Lautstärkeregler in deinem Kopf gefunden hast«, sagte ihre Großmutter. »Deine Mutter will dich bloß beschützen, Liebling. Es ist nur zu deinem Besten.«

Und das war nur allzu wahr. Hätte Becca den Kopfhörer der AUD-Box nicht herausgenommen, hätte sie Jeff Corries Flüstern nicht gehört. Dann hätte Jeff Corrie niemals ihren Gesichtsausdruck gesehen, der ihm verriet, dass sie wusste, wie er seinen Geschäftspartner aus dem Weg geräumt hatte. Und deshalb mussten sie vor ihm fliehen. Alles nur, weil Laurel sie beschützen wollte, koste es, was es wolle.

Aber im Augenblick merkte Becca nicht viel davon, dass ihre Mutter sie beschützte. Also aß sie den Keks so langsam wie möglich auf, indem sie jeden Bissen auf der Zunge zergehen ließ, nahm ihr Handy heraus und versuchte erneut, Laurel zu erreichen.

Wieder hörte sie nur die Nachricht: »Dieser Teilnehmer ist zurzeit nicht erreichbar.« Becca schrie frustriert auf und stopfte das Handy wieder in die Tasche. Sie wollte wütend auf ihre Mutter sein, aber das hätte sie auch nicht weitergebracht. Am liebsten wäre sie zu Diana Kinsales Haus zurückgegangen, um sie um Hilfe zu bitten. Aber dass sie auch ohne AUD-Box ihre Gedanken nicht hören konnte, beunruhigte sie. Sie hatte keine Ahnung, was es bedeutete, wenn sie vor jemandem stand, aber trotzdem sein Flüstern nicht hörte, und wusste deshalb nicht, wie sie darauf reagieren sollte. Aber auf dem Baumstamm konnte sie auch nicht sitzen bleiben, also stand sie auf und ging zu ihrem Fahrrad zurück.

Vor einer kleinen blauen Hütte in der Nähe von Carol Quinns Haus stand ein Ahornbaum, und darauf ging Becca jetzt zu. Er trug noch viel Laub und das Licht einer Straßenlaterne leuchtete durch die Äste. Hier war sie ein wenig vor dem einsetzenden Regen geschützt und packte ihre Karte von Whidbey Island aus.

Sie suchte die Straße nach Langley, denn das war die nächstgelegene Stadt, und sie war nicht sehr weit entfernt. Sie musste zurück zur Clyde Street, ein paar Kilometer bis ans Ende der Sandy Point Road fahren und rechts abbiegen, dann würde sie in das Stadtzentrum gelangen, oder zumindest das, was hier als Stadtzentrum galt. Aber sie wusste nicht, was sie dort erwarten würde, und sie war so müde, dass sie keine Ahnung hatte, was sie tun sollte, wenn sie dort ankam. Sie faltete die Karte wieder zusammen und ging zu ihrem Fahrrad zurück. Irgendetwas musste sie tun, deshalb stieg sie erst mal wieder aufs Rad.

Als sie an Diana Kinsales Einfahrt vorbeikam, blieb Becca stehen. In der Dunkelheit konnte sie hinter dem Haus die silbernen Umrisse des Zwingers erkennen, wo die Schatten der Hunde zu sehen waren, die umherliefen und sich ein Plätzchen für die Nacht suchten. Als Becca an die Hunde dachte, wurde ihr warm ums Herz. Sie waren so brav gewesen und hatten nur an ihr herumgeschnüffelt, anstatt sie anzuspringen.

Sie sah sich um. Im gleichen Augenblick ging das Licht auf Dianas Terrasse aus, und das wirkte auf Becca wie eine Einladung, näher zu kommen.

Neben Dianas Einfahrt wuchs ein riesiger Busch. Im Dunkeln konnte sie nicht erkennen, was es für ein Busch war. Aber er war dicht und wildwüchsig und hatte viele Dornen, mit denen sie Bekanntschaft machte, als sie die Satteltaschen von ihrem Fahrrad heruntergenommen hatte und das Rad zwischen seinen Ästen versteckte.

Als sie sich dem Zwinger näherte, fingen die Hunde an zu bellen. Da ging die Hintertür des Hauses auf und Becca suchte im Schatten

Schutz. Sie hörte Dianas Stimme: »Das reicht, Jungs. Still!«, woraufhin das Bellen erstarb. Die Hunde liefen aber weiterhin unruhig im Zwinger hin und her. Dann ging die Haustür wieder zu.

Becca wartete ab. Sie musste die Hunde irgendwie beruhigen, damit Diana Kinsale nicht noch einmal an die Tür kam. Ihr war kalt und sie steckte die Hände in die Taschen, wo sie den letzten Keks ertastete. Da wusste sie, wie sie ihr Vorhaben in die Tat umsetzen konnte.

Sie ging zum Zwinger und streckte ihre Hände aus, die von den Plätzchen und dem Zuckerguss ganz klebrig waren. Die Hunde stürmten herbei und jeder versuchte, ihr den Zucker von den Fingern zu schlecken. Begeistert beobachteten sie, wie Becca über den Zaun stieg und den Keks in Stücke brach, von denen sie eins für sich behielt und die anderen an die Hunde verteilte.

In der hinteren Ecke des Zwingers stand eine Hundehütte. Weil alle Hunde von Diana hineinpassen mussten, war sie so groß wie ein Hühnerstall und bot durchaus noch Platz für ein weiteres Tier. Und darauf hatte Becca es abgesehen: Sie kroch durch die Öffnung und schon hatte sie ein trockenes Plätzchen gefunden, an dem sie vor dem Regen geschützt war.

Die Hunde kamen ebenfalls herein und scharten sich um sie. Der Gestank war fürchterlich. Nichts roch schlimmer als nasse Hunde, außer vielleicht nasse Hunde auf ungewaschenen Hundedecken. Aber Becca war froh, dass sie überhaupt einen Schlafplatz gefunden hatte. Außerdem hätte sie sich die Hunde vermutlich sowieso als Schlafgefährten für ihre erste Nacht auf Whidbey Island ausgesucht. Denn während sie sich in ihrer Nähe ein Plätzchen suchten, kam einer der Hunde mit der Schnauze ganz dicht an ihr Gesicht heran und leckte ihr über die Lippen. Zwar wusste sie, dass er vermutlich nur noch einen Kekskrümel ergattern wollte, aber sie beschloss, diese zufällige Zärtlichkeit als Gute-Nacht-Kuss zu interpretieren.

Früh am Morgen wachte sie auf. Es war zwar noch dunkel, aber durch eine Ritze im Holz der Hundehütte konnte sie das erste schwache Licht des Morgengrauens sehen. Es hatte die Farbe von reifen Aprikosen und breitete sich langsam am Himmel aus.

Becca tat alles weh. Ihr Hals war steif von der Schlafposition, die sie zwischen den Hunden eingenommen hatte. Ihre Beine waren verspannt, ihr Rücken schmerzte und ihre Arme fühlten sich an, als hätte sie Gewichte gehoben. Sogar ihre Handgelenke taten ihr weh.

Sie roch nach Hund und hatte großen Hunger. Sie lag da, den Kopf auf den Arm gestützt, und wünschte sich – mehr noch als eine warme Dusche –, sie hätte am Abend zuvor im *Dairy-Queen*-Schnellrestaurant ein oder zwei Hamburger gegessen. Dazu zwei Portionen Pommes und einen Erdbeermilchshake, und als Nachtisch noch ein Eis mit Schokolade.

Langsam begann sie, sich zu bewegen. Die Hunde um sie herum rührten sich ebenfalls, gähnten ausgiebig und erfüllten die Luft mit ihrem Hundemundgeruch. Aber keiner von ihnen bellte. Sie gehörte nun zum Rudel und es gab keinen Grund, Alarm zu schlagen, wenn sie sich bewegte.

Zum Abschied tätschelte Becca jeden Einzelnen von ihnen. Sie kannte ihre Namen nicht, außer Oscars, aber der war offenbar im Haus. Sie stießen sie mit ihren Nasen an, und ein Hund winselte, während ein anderer zu einem riesigen Edelstahltrog trottete, der im Halbdunkel schimmerte, und geräuschvoll zu trinken begann. Becca war ebenso durstig wie hungrig, aber auch wenn sie jetzt zum Rudel gehörte, hatte sie auf keinen Fall vor, mit ihnen aus demselben Trog zu trinken.

An dem großen Busch neben der Einfahrt sammelte Becca ihre Satteltaschen wieder ein und zog ihr Fahrrad hervor. Im schwachen Licht konnte sie sehen, dass es ein Brombeerstrauch war, der wild und ungestutzt vor sich hin wucherte und noch die Früchte des Sommers trug. Doch sie hatte keine Zeit, ein paar Beeren zu pflücken, um ihren Hunger zu stillen. Diana Kinsale würde sicher bald auf den Beinen sein, und sie wollte es nicht riskieren, von ihr erwischt zu werden und ihre Fragen beantworten zu müssen.

Sie schob ihr Rad auf die Straße und machte sich auf den Weg nach Langley, den sie sich am Vorabend auf der Karte angesehen hatte. Sie erwartete nicht viel angesichts dessen, was sie bisher von Whidbey Island gesehen hatte, aber sie hatte kaum eine andere Wahl. Wenn sie dort angekommen war, konnte sie immer noch entscheiden, was sie als Nächstes tun würde. Und als Erstes würde sie noch einmal versuchen, Laurel anzurufen.

Sie erreichte das Ende der Clyde Street, auf der Diana wohnte, und legte einen kurzen Sprint ein, nachdem sie in die Sandy Point Road eingebogen war. Diese verlief parallel zur Saratoga-Passage, doch schon nach ein paar Minuten stellte Becca fest, dass die Straße genauso schlimm war wie die Bob Galbreath Road, nur ohne Kurven. Sie war kerzengerade, aber genauso hügelig und steil.

Außerdem war es furchtbar kalt. Beccas Atem kam in dichten, weißen Wölkchen aus ihrem Mund, und bald war sie ganz dankbar für die Anstrengung des Bergauffahrens, denn auf diese Weise wurde ihr wenigstens warm. Das galt allerdings nicht für ihre Hände, die sie während der Fahrt abwechselnd warm pustete.

Endlich erreichte sie das Ende der Straße, wo es nur noch nach links oder rechts weiterging. Vor ihr erstreckten sich scheunenartige Jahrmarktbuden und sie fuhr nach rechts weiter, denn laut Karte lag dort die Stadt. In diesem Augenblick sprang die Kette tatsächlich vom Zahnrad, Becca trat ins Leere, verletzte sich am gezackten Pedalrand und schrie vor Schmerz auf.

Sie stieg vom Rad und sah sich die Bescherung an. Sie musste es irgendwie wieder zum Laufen bringen. Leider wusste sie nicht, warum die Kette abgesprungen war. Musste die Gangschaltung geölt werden? Musste sie die Kette reinigen? Oder irgendetwas ersetzen?

Den Rest des Weges musste sie das Rad schieben, aber zum Glück war es nicht mehr weit. Endlich wurde die Straße ebener, und sie folgte ihrer Biegung. Schließlich breitete sich Langley im heller werdenden Licht des neuen Tages vor ihr aus. Der Ort war eingebettet in einen Wald, schlängelte sich einen Hügel hinab, auf dem hier und da ein Holzhaus stand, und stieg danach wieder sanft an. Es war eher ein Dorf als eine Stadt und lag auf einer Klippe, die hoch über den schäumenden Wellen aufragte. Becca schob ihr Rad an der Böschung entlang und steuerte auf eine Art Geschäftsstraße zu.

Sie stellte schnell fest, dass das Einkaufsviertel in Langley nur aus zwei Straßen bestand. Sie beschloss, die erste entlangzufahren, aus dem einfachen Grund, weil sie hügelabwärts verlief und sie sich auf ihr kaputtes Rad setzen und es rollen lassen konnte. Sie hatte keine Ahnung, was sie eigentlich suchte. Sie wusste nur, dass sie irgendwo etwas zu essen auftreiben musste.

Und sie hatte Glück. Nach kurzer Fahrt sah sie zu ihrer Rechten einen Parkplatz. Der war zwar nicht sehr groß, aber in diesem Dorf war eigentlich alles eher klein. Und auf einer Seite des Parkplatzes stand ein weißes Gebäude mit der Aufschrift *Star Store* in leuchtenden roten Neonbuchstaben über einer Flügeltür aus Glas. In dem Gebäude brannte Licht, und Becca konnte erkennen, dass es sich um einen Supermarkt handelte.

Sie schob ihr Rad bis zur Eingangstür. Zuerst wollte sie zur Sicherheit die Satteltaschen abnehmen, bevor sie das Geschäft betrat, aber es war weit und breit kein Mensch zu sehen, der sie hätte stehlen können, also ließ sie sie drauf. Das Gleiche galt für den Rucksack, den sie neben dem Rad abstellte.

Obwohl der *Star Store* innen hell erleuchtet war, versuchte Becca vergeblich, die Tür zu öffnen. Ungehalten murmelte sie vor sich hin und rüttelte am Griff. Nichts läuft so, wie es laufen soll, dachte sie bei sich. Es wurde langsam Zeit, Laurel noch mal anzurufen.

Becca drehte sich um und holte ihr Handy aus dem Rucksack, als ein kleines Wunder geschah. Hinter ihr öffnete sich die Supermarkttür und sie hörte jemanden sagen: »Hey. Tut mir leid, aber wir haben noch nicht geöffnet.«

Becca wirbelte herum. In der Tür stand ein Jugendlicher. In der einen Hand hielt er einen Schrubber, und mit der anderen hielt er die Tür halb auf. Sie wusste es zwar noch nicht, aber das war Seth Darrow. Er war achtzehn Jahre alt und wirkte auf den ersten Blick wie jemand, den sich Eltern weder zum Sohn noch zum Schwiegersohn wünschten: ein Schulabbrecher und Jazzgitarrist. Er trug weite Jeans, ein langärmeliges schwarzes T-Shirt mit der Aufschrift *Django Reinhardt Rocks* und darüber ein offenes Flanellhemd, außerdem Ohr-Plugs, einen Filzhut, komische Sandalen mit dicker Sohle und rote Socken. Seine langen Haare waren zu einem Pferdeschwanz zusammengebunden, und am Hals trug er einen engen Reif aus mundgeblasenen Glasperlen.

»Wir machen erst in zwei Stunden auf, sorry«, sagte er. Dann lehnte er seinen Schrubber an die Wand und ging hinaus in die Kälte. Er schlenderte zum Abfallcontainer, warf die Mülltüte hinein und wischte sich die Hände an der Jeans ab.

Becca starrte gebannt auf den Container. Ihre Gedanken wanderten rasch vom *Star Store* über die Lebensmittelabteilung und die Mülltüte zu dem, was wohl *in* der Mülltüte gewesen war. Doch der Junge schien zu ahnen, woran sie dachte, und sagte: »Vergiss es. Da ist absolut nichts drin, was dich auch nur entfernt interessieren könnte. Sonst würde ich den Müll nicht wegwerfen, sondern den Möwen geben. Glaub mir, mit dem Zeug, was da drin ist, kannst du nichts anfangen.« Er schlug mit der Hand auf den Müllcontainer, so wie andere Jungen stolz ihr Auto tätschelten.

Er kam auf sie zu. Becca merkte sofort, dass er in Ordnung war, denn das Gefühl, das er verströmte, hüllte sie ein wie warmes, duftendes Badewasser. Er blieb vor ihrem Rad stehen und sah es sich an. Dann warf er ihr einen kurzen Blick zu und hockte sich davor, um es genauer zu inspizieren. Er schüttelte den Kopf und brachte die Kette wieder dort an, wo sie hingehörte. »Bist du weit damit gefahren?«, fragte er. »Das Ding sieht aus, als hätte es zehn Jahre im Nebel gestanden.«

Diese Vermutung war beinahe zutreffend, denn wenn etwas ständig draußen stand und der salzigen Luft von San Diego ausgesetzt war, hatte das vermutlich die gleiche Wirkung, wie wenn es lange Zeit im Nebel stand.

Becca sagte: »Ja. Ist ziemlich schlimm. Ich muss es reparieren lassen. Oder so.«

»Auf jeden Fall. ›Oder so‹.« Dann stand er wieder auf und war ihr jetzt ganz nah. Und das veranlasste ihn zu seinem nächsten Kommentar: »Puh, du riechst wie ein Köter. Hast du in ’ner Hundehütte gepennt?«

»So ungefähr«, antwortete Becca. »Eigentlich wollte ich hier irgendwo was zu essen kaufen.«

»Echt? Tja, Pech gehabt. Um diese Zeit? Kannste vergessen.« Er sah auf die Uhr und sagte dann: »Mike macht als Erster auf. Der hat seinen Laden an der Ecke.« Er zeigte vage in eine unbestimmte Richtung. »First Street, Ecke Anthes. Da kriegst du Frühstück. Aber erst später«, fügte er hinzu.

»Tja, Pech gehabt«, ahmte sie ihn nach und machte Anstalten zu gehen, als er spontan hinterherschob: »Warte, ich kann dir vielleicht helfen. Aber du musst es für dich behalten, klar?«

Sie nickte, und er ging mit ihr zurück in den *Star Store*. Er nahm seinen Schrubber mit, lehnte ihn an eine der beiden Kassen und ging weiter in den Laden hinein.

Der Supermarkt war größer, als er von draußen aussah, fand Becca. Er hatte alles, was man brauchte, nur in klein: verschiedene Gänge mit Lebensmitteln und eine Obst- und Gemüsetheke. Es gab sogar eine Feinkost-Abteilung, und darauf steuerte der Junge mit ihr zu.

Er zeigte auf ein paar Tabletts hinter der Fleisch- und Käseauslage. »Das kann man zwar noch essen, aber nicht mehr verkaufen. Ich gebe das immer an wohltätige Vereine weiter, die mehrmals in der Woche Suppenküchen veranstalten und Essen an Bedürftige ausgeben. Mit dem Aufschnitt, den sie hier wegwerfen würden, mache ich Sandwichs für sie. Du kannst dir auch eins machen, wenn du willst.«

Er wusch sich die Hände und fing an, Brote zu schmieren. Becca tat das Gleiche und ging dann ebenfalls an die Theke. Schweigend standen sie ein paar Minuten nebeneinander und machten Sandwichs, bis er sie zufällig streifte und sie das große Loch in seinem Innern spürte.

Der Junge hatte einen großen Verlust erlitten, und ohne nachzudenken, sagte sie zu ihm: »Andere Dinge werden es bald ausfüllen, dann wirst du es kaum noch merken.«

Er hielt inne. »Was ist los?«

»Ach!«, antwortete sie rasch. »Ich meinte, wenn ein Loch im Brot ist, kann man es mit Senf zuschmieren. Weißt du?«

Er sah nicht aus, als würde er ihr das abnehmen. »Wer bist du?«

»Becca King«, antwortete sie. Das war das dritte Mal, dass sie einem Fremden diesen Namen nannte, und es war, als würde sie damit ihre neue Identität besiegeln. Und das war ein unangenehmes Gefühl.

»Becca King. Aha. Ich bin Seth Darrow«, erwiderte er.

»Seth Darrow. Aha.«

Er schien auf eine Reaktion zu warten. Als die ausblieb, sagte er: »Du bist wohl nicht von hier, was? Sonst wüsstest du Bescheid.«

»Bescheid? Worüber?«

»Über meinen Nachnamen. Was er bedeutet.«

Becca spürte, wie Seth sich langsam neben ihr entspannte. Es kam ihr vor, als hätte sie einen Test bestanden. Er sagte noch einmal ihren Namen und fragte sie dann, ob das die Abkürzung für Rebecca wäre, und sie nickte. Dann wollte er wissen, warum sie Becca genannt wurde und nicht Becky, wie die meisten anderen Mädchen mit ihrem Namen. Aber um das zu beantworten, hätte sie sich neue Lügen ausdenken müssen, und das wollte sie nicht. Deshalb sagte sie einfach, sie wisse es nicht, und dass sie erst gestern auf die Insel gekommen sei. Sie sagte, sie hätte eigentlich eine Weile bei Carol Quinn in der Blue Lady Lane wohnen sollen …

»Boah, schon wieder Pech gehabt.« Seth wusste offenbar, dass Carol Quinn tot war, und um das noch zu unterstreichen, fügte er hinzu: »Kleine Stadt. Da weiß jeder über jeden Bescheid.«

»Ja, wieder Pech gehabt«, stimmte Becca zu. »Meine Mutter war mit ihr befreundet. Schon seit sie Kinder waren.« Den Rest sollte er sich selbst zusammenreimen. Das taten Leute schließlich oft, wenn sie nur bruchstückhafte Informationen erhielten.

Gierig schlang sie ihr Sandwich hinunter. Seth ging zu einem Kühlschrank und holte eine Plastikflasche mit Orangensaft heraus. Die reichte er ihr und schüttelte den Kopf, als sie Kleingeld aus ihrer Jackentasche kramte. »Den geb ich dir aus.«

Er gab ihr noch ein eingepacktes Sandwich und sagte: »Für später. Nur für alle Fälle.«

Dann nahm er eine Serviette und einen Stift von der Feinkost-Theke und fing an, etwas darauf zu malen. Becca sah, dass es eine Karte war, eine ganz einfache, mit nur zwei Straßen auf der einen Seite und zwei anderen, die quer dazu verliefen. »First und Second Street«, sagte er, indem er darauf zeigte. »Und Anthes und Park Street.«

An der Kreuzung Second und Anthes Street sei eine öffentliche Toilette, die schon geöffnet habe und wo sie machen könne … was sie eben so machen müsse. In der Nähe sei die Bank und davor ein gelbes Haus, in dem das Touristenbüro untergebracht sei. Er machte ein Kreuz auf der Karte und ein zweites an der Kreuzung Second und Park Street.

»Um ein Uhr gehst du hierhin«, sagte er. »Zu dem kleinen weißen Haus. Aber geh nicht hinein oder klopf an die Tür. Da treffen sich die Anonymen Alkoholiker und die haben es nicht gerne, wenn man sie belauscht.«

»Okay«, sagte Becca gedehnt und wartete darauf, dass er weitersprach. Hielt er sie etwa für eine Alkoholikerin?

»Setz dich einfach draußen an den Picknicktisch und warte«, fuhr er fort. »Da ist eine Frau, Debbie Grieder, die immer zu den Treffen geht. Und die wird dir helfen.«

»Warum?« Wo war sie hier bloß hingeraten? Becca war es nicht gewohnt, dass man ihr Sandwichs schenkte und Leute ihr helfen wollten, die sie gar nicht kannte.

»Das ist einfach so«, sagte Seth. »Sie ist schon in Ordnung. Du brauchst sie um nichts zu bitten.«

»Und wie soll ich sie erkennen?«

»Das brauchst du nicht«, sagte er geheimnisvoll. »Sie wird wissen, wer du bist.«

KAPITEL 5

Seth ging mit ihr hinaus. Er sah sich noch mal ihr Fahrrad an. »So schlimm ist es nicht«, sagte er. »Ein Mountainbike wäre hier besser, aber ein Zehn-Gang-Rad geht auch, wenn man eine gute Kondition hat. Weißt du, wie man ein Zehn-Gang-Rad fährt?«

Becca hatte keine Ahnung, dass es dafür eine bestimmte Technik gab. Sie wusste nur, dass man einen Gang runterschaltete, wenn das Treten zu anstrengend wurde, und das sagte sie ihm. Darauf erwiderte er, dass sie sich auf ihre Beine verlassen solle, die ihr sagen würden, wann sie den Gang wechseln müsse, sonst würde sie die Schaltung ausleiern. Sie entgegnete, dass ihre Beine ihr lediglich mitteilen würden, wann sie absteigen und schieben müsse. Er lächelte und sagte: »Ich kann es dir zeigen. Aber nicht jetzt, denn ich muss arbeiten. Aber ich bin jeden Morgen hier. Hast du die Karte?«

»Nein. Die hast *du*«, sagte sie und blickte auf seine Hand.

»Ach ja«, antwortete er und hielt sie ihr hin. »Und denk dran. Debbie Grieder. Warte am Picknicktisch auf sie, okay?«

Becca nickte, stieg auf ihr Rad und fuhr los. Sie wusste, dass er ihr hinterhersah, aber das machte nichts, denn sie wusste auch, dass sie beide Freunde werden würden.

Sie fand die öffentliche Toilette und konnte sich dort ein bisschen frisch machen. Sie sah schlimmer aus als jemals in ihrem ganzen Leben und wusste sofort, warum Seth ihr vorgeschlagen hatte, zuerst hierherzukommen.

Das lag nicht nur daran, dass sie bei den Hunden geschlafen hatte. Die waren verantwortlich für den muffigen Geruch, den sie ausströmte, und der war schon schlimm genug. Aber Laurel hatte sie so zurechtgemacht, dass sie einfach scheußlich aussah und gar keine Ähnlichkeit mehr mit sich hatte, damit Jeff Corrie sie auf der Straße nicht erkennen würde.

Neben der hässlichen Farbe hatte Laurel ihren Haaren auch noch einen fürchterlichen Schnitt verpasst, bei dem ihre ungleichmäßig gestutzten Haare gerade einmal die Ohren bedeckten. Außerdem hatte sie mehr Make-up im Gesicht, als sie je in ihrem Leben getragen hatte. Sie sah aus wie jemand aus der Gothic-Szene: Die Schminke war völlig verlaufen, der Eyeliner sah aus wie Tränen aus Ruß, und die Wimperntusche hatte schwarze, verschmierte Halbkreise unter ihren Augen gebildet.

Becca nahm die falsche Brille ab und sah sich um. Sie entdeckte Wasser und Seife und wusch sich das Gesicht. Wenn sie sich mit dieser Debbie treffen würde, wollte sie nicht, dass diese einen falschen Eindruck von ihr bekam.

Als sie aus der Toilette herauskam, roch sie zwar immer noch nach Hund, aber wenigstens sah sie nicht mehr wie einer aus. Sie ging an die frische Luft, holte ihr Handy aus der Tasche und versuchte ein weiteres Mal, Laurel anzurufen. Insgesamt fühlte sie sich jetzt sehr viel besser. Das Sandwich von Seth Darrow und der Besuch in der öffentlichen Toilette hatten wesentlich dazu beigetragen. Diese beiden Dinge ließen sie wieder an die Möglichkeit glauben, dass alles gut werden würde.

Doch Beccas Zufriedenheit hielt nicht lange an. Wieder einmal verkündete man ihr, dass Laurels Handy nicht erreichbar war.

Dann beruhigte sie sich, indem sie sich sagte, dass ihre Mutter nachts irgendwo eingekehrt sein musste. Laurel war mit ihr zusammen die Route durchgegangen und hatte ihr gezeigt, welche Schnellstraßen sie nehmen musste, um nach Nelson, B. C., zu kommen. Und auf dem Weg hatte sie sicher irgendwo in den Cascades Rast machen müssen, in einer kleinen Stadt oder einem Motel mitten im Nirgendwo. Vielleicht war sie auch längst auf der anderen Seite der Berge, in einer Gegend, wo es keine Handymasten gab. Spätestens in ein paar Stunden würde sich das Problem von selbst behoben haben. Und da sie jetzt satt, aufgewärmt und einigermaßen sauber war, konnte Becca sicher noch so lange warten.

In der frischen Morgenluft war es kalt und klamm. Bis sie diese Debbie treffen sollte, musste Becca noch ein paar Stunden totschlagen. Also beschloss sie, ein bisschen Fahrrad zu fahren, um sich aufzuwärmen und den richtigen Gebrauch der Gangschaltung zu üben, so wie Seth es ihr erklärt hatte. Außerdem wollte sie die Gegend erkunden. Nicht dass es in diesem Dorf viel zu erkunden gab, aber immerhin würde so die Zeit schneller vergehen.

Langley war mit San Diego nicht zu vergleichen, wo die Hügel mit Kreosotbüschen bewachsen und die Häuser alle beige gestrichen waren und rote Ziegel auf dem Dach trugen. Hier gab es nur Fischerhäuschen mit Schindelverkleidung und moosbewachsenen Dächern. Und überall standen Bäume, die wild wuchsen, ungehindert wucherten und gerade anfingen, ihr Laub zu verfärben, um bald in einer farbenfrohen Palette von Rot-, Orange-, Gelb- und Goldtönen zu erstrahlen.

Becca fand ihren anfänglichen Eindruck bestätigt, dass Langley eine Art Miniaturstadt war. Sie entdeckte ein gedrungenes Rathaus aus Ziegelsteinen, in dem gleichzeitig auch die Polizeiwache untergebracht war, eine Bücherei mit lilafarbener Eingangstür, einen Pizzabäcker, mehrere Restaurants, eine verlassene Kneipe mit Namen *The Dog House* und vier Coffeeshops, die miteinander konkurrierten.

Becca verweilte schließlich an dem Ort, an dem sie sich schon immer am wohlsten gefühlt hatte: die öffentliche Bibliothek. Sie sah durch die Fenster und beschloss, zu warten, bis sie öffnete. Dann würde sie sich ein gemütliches Plätzchen suchen und dort bleiben, bis es kurz vor eins war. Sie würde sich ein Buch nehmen und lesen, und das Flüstern der anderen würde sie nicht stören. Bibliotheksgeflüster hatte nämlich eine beruhigende Wirkung auf sie, da die Leser in Gedanken immer in die Welten der Bücher eintauchten, die sie gerade lasen.

Es war zwölf Uhr dreißig, als sie die Bücherei verließ und Seths gemalte Karte konsultierte. Sie sah, dass sie die Straße, auf der sie stand, bloß hinaufzufahren brauchte, denn die Bibliothek lag an der Ecke der Second Street. Verfahren würde sie sich also schon einmal nicht. Allerdings ging es wieder bergauf, und als sie das kleine weiße Haus erreichte, von dem Seth gesprochen hatte, keuchte sie wie eine Dampflok.

Das Haus war kleiner als alle, die sie bisher gesehen hatte, und hatte noch nicht einmal einen kleinen Garten vor der Tür. Der Platz vor dem Haus war stattdessen zertrampelt und wurde von den Leuten, die an dem AA-Treffen teilnahmen, als Parkplatz genutzt. Aber in der Nähe der Eingangstür, von der die Farbe abblätterte, stand ein verwitterter Picknicktisch mit Bänken. Becca stieg vom Rad ab und schob es zum Tisch. Dann setzte sie sich hin.

Es dauerte nicht lange, bis das Treffen zu Ende war und die Tür aufging. Ein Schwarm von Menschen strömte heraus. Einige zündeten sich Zigaretten an, andere unterhielten sich und lachten, aber keiner von ihnen beachtete Becca. Wieder andere umarmten sich oder weinten. Becca beobachtete sie und wartete.

Sie steckte sich den Kopfhörer der AUD-Box ins Ohr. Das schien ihr in dieser Situation angemessen, um den Leuten ihre Privatsphäre zu lassen, von der ihre Großmutter immer gesprochen hatte.

Die Menge löste sich langsam auf, aber keiner von den Leuten kam auf Becca zu. Sie verabschiedeten sich voneinander oder versprachen, später zu telefonieren, und bald war der Parkplatz menschenleer. Nur Becca war noch da, mit ihrem Rad, ihrem Rucksack und ihren Satteltaschen. Außerdem stand noch ein alter Geländewagen auf dem Parkplatz, der aber aussah, als hätte sein Besitzer ihn vergessen.

Sie dachte schon, dass Seth sich wohl geirrt haben müsse, und überlegte, was sie als Nächstes tun sollte, als schließlich die Tür aufging und eine Frau herauskam, die sich eine Zigarette anzündete. Sie machte einen mütterlichen Eindruck, war etwas übergewichtig, aber nicht fettleibig, und hatte weiche Brüste, in denen Kinder versanken, wenn sie sie an sich drückte. Sie hatte kurzes Haar, aus dem die Färbung herauswuchs und einen grauen Ansatz zurückließ, und schlechte Haut vom jahrzehntelangen Rauchen. Auf ihrer Stirn prangte eine schlimme, zackige Narbe, und als sie anfing zu sprechen, stellte Becca fest, dass sie einen chronischen Husten und dunkel verfärbte Zähne hatte. Aber sie war ordentlich gekleidet, trug Jeans, Tennisschuhe, ein Oxford-Shirt und einen weiten Pullover. Als sich ihre Blicke trafen, nahm Becca deutlich den Duft von Babypuder wahr.

Es geschah genau so, wie Seth es vorhergesagt hatte. Die Frau kam direkt auf Becca zu und sagte zu ihr: »Ich bin Debbie Grieder. Und du siehst aus, als könntest du eine Umarmung gebrauchen.« Und bevor Becca antworten und entscheiden konnte, ob das wirklich stimmte, hatte Debbie sie schon von der Bank gezogen und in die Arme geschlossen. Becca empfand nichts als reinstes Wohlbehagen.

»Wie heißt du, Liebes?«, fragte Debbie.

»Becca King. In der Stadt sagte mir ein Junge, dass ich hierherkommen soll.«

»Tatsächlich?« Debbie fragte nicht, *wer* das gesagt hatte, und Becca überlegte, ob die Kinder von Langley wohl regelmäßig zu ihr kamen.

Debbie rieb sich die furchtbare Narbe auf der Stirn, und als hätte die Narbe ihr gesagt, was sie tun müsse, nickte sie und sagte zu Becca, sie solle mitkommen. Sie gingen zu dem alten Geländewagen, der zum Teil behelfsmäßig geflickt und zum Teil völlig verrostet war. Dann sagte sie: »Steig ein, Liebes. Ich nehm dich mit.«

»Aber ich habe mein Fahrrad hier und ein paar Sachen«, sagte Becca und zeigte auf das Fahrrad.

»Kein Problem«, antwortete Debbie. »Bring alles her. Passt schon.«

Sie wartete, bis Becca ihre Sachen aufgesammelt und ihr Rad zum Geländewagen geschoben hatte. Dann half sie ihr, Rad und Gepäck im Wagen zu verstauen, und danach stiegen die beiden zusammen ein.

Im Wagen roch es, als wären hier im Laufe der Zeit zwei Millionen Zigaretten geraucht worden. Debbie steuerte eine weitere Zigarette bei und kurbelte das Fenster herunter. Doch das nützte nicht viel, denn der Aschenbecher quoll von Kippen über und sogar auf dem Boden lagen welche herum.

Debbie machte Musik an, wie das Leute eben so taten, wenn sie nicht mit ihren Gedanken allein sein oder über ernste Themen sprechen wollten. Es lief Hard Rock. Doch ebenso abrupt, wie sie das Gerät eingeschaltet hatte, machte Debbie es wieder aus und fragte Becca: »Wo soll ich dich denn hinbringen, Liebes?«

Becca wusste nicht, was sie antworten sollte. Seth hatte ihr zwar gesagt, dass Debbie ihr helfen würde, aber er hatte nicht darüber gesprochen, wie diese Hilfe aussehen würde, und ob sie vielleicht selbst etwas dazu tun müsse.

Debbie musterte sie wie eine Mutter ihr Kind. »Du weißt nicht, wo du bleiben sollst, was? Suchst dir jede Nacht was Neues, ja? Bist du von zu Hause weggelaufen?«

Beccas Finger tasteten nach dem AUD-Box-Regler und sie schaltete ihn runter. Sie musste wissen, was Debbie dachte.

... red schon, Mädchen ...

Becca spürte, wie wichtig ihre Antwort sein würde, und dass Debbie die Wahrheit hören wollte. Sie mit einer Lüge abzuspeisen, hätte vielleicht zur Folge, sie zu vergraulen, denn Debbie hatte wohl schon viel im Leben verloren, weil sie von Menschen belogen worden war. Aber die volle Wahrheit konnte sie ihr nicht verraten, also entschied sie sich für einen Mittelweg.

»Ich soll meine Mutter hier treffen«, sagte Becca. »Sie hat mich abgesetzt und holt mich irgendwann wieder ab.«

»Irgendwann heute?«

»Ich weiß nicht genau ... Sie hat nur gesagt, dass ich auf sie warten soll.«

Und dann wartete sie auf Debbies Reaktion. Sie fügte hinzu: »Also suche ich tatsächlich einen Platz zum Schlafen. So lange, bis sie zurückkommt.«

»Wie alt bist du denn, Kleines?«, fragte Debbie.

Becca wollte erst schwindeln, doch dann überlegte sie es sich anders. »Im Februar werde ich fünfzehn.«

»Und deine Mom hat dich einfach so in Langley abgesetzt?«

»Ich soll nur auf sie warten«, sagte Becky. »Sie kommt ja zurück.«

»Vierzehn?«

»Fast fünfzehn«, ergänzte Becca.

Debbie sah sie prüfend an, doch dann wurde ihr Gesichtsausdruck weicher, und sie wiederholte: »Fast fünfzehn.« Sie legte den Gang ein und fügte nachdenklich hinzu: »Sieh einer an.«

Becca wusste nicht, was sie damit meinte, aber früher oder später würde sie es schon herausfinden.

KAPITEL 6

Debbie fuhr an den Stadtrand zu einem alten Motel namens *The Cliff*, das Becca am Morgen auf ihrer Fahrt in die Stadt gar nicht bemerkt hatte. Es machte auch nicht viel her. Es bestand aus zehn Zimmern, mit ein paar verrosteten Terrassenstühlen aus Blech vor den Türen, und traurigen Blumenbeeten ohne Blumen. Vor dem Motel waren japanische Ahornbäume gepflanzt, die gerade ihre volle herbstliche Farbenpracht in Rot, Gold und Umbra entfalteten.

Zunächst fürchtete Becca, Debbie wolle ihr ein Motelzimmer besorgen, denn für mehr als ein oder zwei Nächte hätte sie nicht bezahlen können. Doch dann sagte Debbie: »Hier wohne ich«, und Becca schloss daraus, dass sie zu den armen Leuten gehörte, die ihren ganzen Besitz verloren hatten und gezwungen waren, in Motels zu wohnen. Doch dann stieg Debbie aus dem Wagen und ging mit ihr zur Rezeption, dem einzigen Gebäudeteil, der eine zweite Etage hatte. Sie lief durch das Büro hindurch und in die Wohnung, die dahinter lag.

Die alten Möbel erinnerten Becca an das Haus ihrer Urgroßmutter. Die Wohnung war altmodisch eingerichtet, mit Ahornholz und Kissen mit Fransen, aus denen zum Teil die Füllung herausquoll. Vor dem Sofa stand ein Couchtisch, auf dem diverse Ausgaben des *National*

Geographic und Reisemagazine aufgeschlagen herumlagen. Zum Teil waren Seiten herausgerissen und lagen auf dem Boden oder waren zu Collagen verarbeitet worden, die an den Wänden hingen, neben Bildern von Kindern und Erwachsenen. Vermutlich Debbies Familie, dachte Becca bei sich.

Als Debbie weiter in die Küche ging, fragte Becca: »Sind das Ihre Kinder?«

»Kinder und Enkel«, antwortete Debbie. »Ich habe einen Bärenhunger. Lass uns was essen, bevor ich die Indianer abholen muss.«

In der Küche holte Debbie Würstchen aus dem Kühlschrank und warf sie in einen Topf mit Wasser, der auf dem Herd stand. Dann nahm sie Brötchen, schnitt sie auf, legte sie in eine Pfanne und stellte diese ebenfalls auf den Herd. Sie machte sich eine neue Zigarette an, nahm einen Zug und hustete. Der Husten saß tief und kam aus ihrer Brust, und Becca wollte ihr sagen, dass Rauchen ungesund war. Aber sie ahnte, dass Debbie immer nur eine Sache auf einmal in ihrem Leben angehen konnte, und das Raucherproblem war offenbar noch nicht an der Reihe.

Während das Wasser heiß wurde, sagte Debbie zu ihr: »Du kannst hier wohnen, während du auf deine Mutter wartest. Das Motel gehört mir und ich treffe hier die Entscheidungen.«

»Wow. Das ist …«, setzte Becca an. »Aber ich habe nicht viel Geld.«

Debbie winkte ab. »Mach dir *darüber* keine Sorgen.« Mit der Zigarette im Mundwinkel ging sie wieder zum Kühlschrank und reichte Becca nach und nach diverse Flaschen und Packungen, die Becca auf dem Rand des Tisches ablegte, der schon ziemlich vollgestellt war: Senf, Ketchup, Relish, gehackte Zwiebeln in einer Tüte, geraspelter Cheddarkäse und eingelegte Chilischoten. Dabei redete Debbie weiter. »Ich kann von Glück sagen, dass ich das Motel habe.« Und Becca ahnte, dass darauf wichtige Informationen folgen würden. »Ich habe es zwar nicht selbst aufgebaut, aber mein Vater. Und zum Glück habe ich es nicht geerbt, sonst würde meinem Ex auch ein Anteil zustehen. Aber mein Dad lebt noch, in so 'ner Rentnersiedlung in Oak Harbor. Ich führe das Motel für ihn und wir teilen den Gewinn.«

Becca nickte und fragte sich, wie dieser Gewinn wohl aussehen mochte. Das Motel wirkte ziemlich alt und heruntergekommen. Und mit den zehn Zimmern konnte sie bei den Touristen auch nicht viel holen.

Debbie schnippte Zigarettenasche ins Spülbecken. »Jedenfalls wohne ich hier mit meinen beiden Enkeln Chloe und Josh. Sie sind in der ersten und dritten Klasse und ein paar ganz Liebe. Du wirst sie mögen.«

Die Eltern der Kinder erwähnte Debbie nicht, und Becca fragte auch nicht nach. Denn während sie ihre Namen nannte, hörte Becca außerdem Folgendes: *sollen nicht für ihre Sünden büßen …* Daraus schloss sie, dass es die Eltern gewesen sein mussten, welche die Sünden begangen hatten.

Sie betrachtete den Küchentisch, auf dem Zeitschriften, Zeitungen und Malbücher herumlagen. Außerdem war dort ein Millenium Falke von Lego und ein Stapel Zahlenbilderbücher, die sie als Kind so gerne gehabt hatte.

Als die Würstchen heiß waren, kippte Debbie das Wasser aus, schob die Sachen auf dem Tisch mithilfe eines Zollstocks so weit wie möglich an die Wand und reichte Becca einen Hotdog und ein paar Papierküchentücher, die wohl als Teller und Serviette zugleich dienen sollten. Debbie belud ihr Würstchen mit allem, was da war: mit Mayonnaise, Senf, Ketchup, Zwiebeln, eingelegtem Gemüse, Relish, Käse und kalten Chilis. Sie legte sogar noch ein paar grüne Oliven mit Pimentkörnern obendrauf. Becca nahm nur Senf und fragte sich, ob der Hotdog wohl in Debbies Mund passen würde.

Doch das war kein Problem, denn Debbie entpuppte sich als wahre

Meisterin im Hotdog-Essen. Außerdem konnte sie gleichzeitig kauen und sprechen, und zwar ohne dass man das Essen in ihrem Mund sah, und dazu war schon eine gewisse Begabung nötig.

»Weißt du, was wir machen, Becca?«, sagte sie mit vollem Mund. »Wir machen ein Tauschgeschäft. Es kann nicht schaden, was zu lernen, wenn du und deine Mutter eine Weile auf Whidbey Island bleiben wollt.«

»Okay«, sagte Becca langsam. Sie war nicht sicher, was Debbie im Sinn hatte, aber die Aufklärung ließ nicht lange auf sich warten.

»Du kannst hier umsonst im Motel wohnen, und dafür arbeitest du ein bisschen für mich. Ich zahl dir auch was dafür, damit alles seine Richtigkeit hat. Das Motel muss mal wieder auf Vordermann gebracht werden, und ab und zu könntest du auf die Kinder aufpassen. Hauptsächlich auf Chloe, denn Josh hat in der Schule inzwischen einen großen Beschützer gefunden. Was hältst du davon?«

Becca nickte. »Ich kann so was ganz gut. Renovieren und so. Und Saubermachen. Und wo ich herkomme, war ich schon ganz oft Babysitten.«

»Dann wäre das ja geklärt«, sagte Debbie und hielt ihr die Hand hin, um die Abmachung zu besiegeln. »Wenn deine Mutter zurückkommt, können wir ja eine neue Regelung finden.« Aber Becca hatte den Eindruck, als würde Debbie nicht so ganz daran glauben, dass das in naher Zukunft geschehen würde.

Als sie mit dem Essen fertig waren, zündete sich Debbie eine Zigarette an und stand auf, um Becca ihr Zimmer zu zeigen. »Komm, wir holen deine Sachen aus dem Auto«, sagte sie. »Dann kannst du schon mal auspacken, bevor ich die Kinder abhole. Die werden sich bestimmt freuen, dich kennenzulernen.«

Sie gingen wieder durchs Büro, wo Debbie einen Schlüssel vom Brett nahm, das wie ein riesiger Farnwedel geformt war. Dort hingen noch neun weitere Schlüssel, jeder mit einem anderen Anhänger. Beccas Schlüssel hatte die Nummer 444, als wäre das Motel ein riesiger Las-Vegas-Komplex, und der Anhänger passte dazu: ein Spielautomat in der Größe eines Scheckhefts. Auf dem Weg nach draußen erklärte Debbie ihr, dass die Schlüssel aus den Tagen stammten, als Hotels noch richtige Schlüssel hatten, und dass ihr Vater sie auf seinen vielen Reisen für Boeing gesammelt hatte. Er hatte eine ganze Schachtel davon als Andenken, und als er das Motel baute, beschloss er, ein paar davon zu benutzen. Natürlich stimmten die Nummern nicht und waren auch nicht in der richtigen Reihenfolge, aber bei zehn Zimmern fand sie das nicht so schlimm.

Becca sah, was sie meinte, als sie an den Zimmertüren vorbeigingen, die willkürlich nummeriert waren, um zu den gestohlenen Schlüsseln zu passen. Zimmer 444 war das dritte, und die Tür war verzogen und ließ sich schwer öffnen. Debbie musste sie mit der Schulter aufstoßen. Ihre erste Aufgabe würde darin bestehen, die Tür abzuschmirgeln, dachte Becca, oder sie mit einem Hobel zu bearbeiten, wenn sie einen fand.

Ihr fiel sofort positiv auf, dass das Zimmer sehr sauber war. Es war aber auch schon sehr altmodisch und einfach eingerichtet. Doch für ein Mädchen, das seine erste Nacht auf Whidbey Island in einer Hundehütte verbracht hatte, war es himmlisch. Es hatte zwei Betten, zwischen denen ein Tisch mit Lampe stand, eine Kommode, die man auch als Schreibtisch nutzen konnte, einen Stuhl mit gerader Rückenlehne, eine Uhr, einen Fernseher ohne Fernbedienung und ein paar Malen-nach-Zahlen-Kunstwerke an der Wand.

Das Badezimmer entsprach genau Beccas Vorstellungen. Sie badete täglich und wusch sich ebenso oft die Haare, und wonach sie sich gerade am allermeisten sehnte, war ein langes, warmes Bad. Die Handtücher waren zwar nicht so flauschig wie bei ihr zu Hause, aber sie waren sauber und weiß.

Debbie stand hinter ihr. »Wir müssen noch über die Regeln sprechen. Ich habe nur zwei. Keine Jungs über Nacht und kein Stoff. Alles klar?«

Becca spürte, dass ihre Zustimmung für Debbie wichtig war. Sie nickte. »Ich kenne sowieso keine Jungs, und Stoff nehme ich auch nicht. Sie meinen doch Drogen, oder? Ich nehme keine Drogen.« Drogen wären das Letzte, was Becca ausprobieren würde. Sie hatte schon genug Probleme mit dem Flüstern anderer Leute. Wer wusste, was passieren würde, wenn sie bekifft oder high wäre.

»Ja, Drogen«, sagte Debbie. »Aber auch Alkohol. Vor allem Alkohol. Ich weiß, wie junge Leute sind und dass es oft schwer ist, Nein zu sagen. Aber du musst es mir versprechen, sonst kannst du die Sache vergessen. Dasselbe gilt, wenn du mich anlügst. Ganz gleich, worum es geht. Und ich merke das sofort, glaub mir.«

»Versprochen«, sagte Becca. »Kein Alkohol, keine Drogen, keine Jungs und keine Lügen.«

Dann sprach sie ein Thema an, das ein wenig heikel war. Vor allem in Anbetracht dessen, was Debbie gerade über das Lügen gesagt hatte. »Ich muss zur Schule gehen. Mom hat gesagt, sie meldet mich an, wenn sie zurückkommt, aber es ist mein erstes Jahr und die ersten Wochen habe ich schon verpasst. Und wenn Mom nicht bald kommt, hinke ich schnell hoffnungslos hinterher.« Das war zwar nur zu drei Vierteln wahr und zu einem Viertel Lüge, aber Becca wollte herausfinden, ob Debbie wirklich merkte, wenn jemand log.

Debbie sah sie lange und durchdringend an, und Becca hörte sie flüstern: *Reese … versuch zu finden … lieber süßer Schatz …* Doch dann erstarb das Flüstern, wie es oft geschah, wenn ein Gedanke zu schmerzlich war. Doch eine kleine, spitze Nadel löste sich daraus und landete nahe Beccas Herzen. Und als sie vor Schmerz zusammenzuckte, traf Debbie ihre Entscheidung.

»Ich melde dich an. Kein Problem. Hast du irgendwas dabei? Papiere oder Unterlagen?«

»Die Unterlagen von meiner letzten Schule, mehr nicht. Sonst habe ich nichts. Geburtsurkunde oder Passfotos oder so.«

»Das reicht«, bemerkte Debbie. »Die Schule wird kein Problem.«

Ihre Stimme klang plötzlich sehr streng, viel strenger als kurz zuvor, als sie über das Lügen gesprochen hatte. Sie war hart wie ein Fels, glatt und starr wie Marmor. Deshalb fragte Becca: »Warum nicht?«, ohne sich etwas dabei zu denken.

Debbie lächelte, aber es war kein fröhliches Lächeln. In diesem Lächeln spiegelte sich die Aussicht auf Vergeltung wider. »Warum es kein Problem wird? Weil vor ein paar Jahren die Sekretärin der Highschool meine Tochter getötet hat.«

Debbie äußerte sich nicht weiter zu dem Thema, und als sie Becca in Zimmer 444 allein ließ, war diese viel zu froh, endlich baden zu können, um noch länger darüber nachzudenken. Sie genoss das Bad, und sich danach in der Dusche die Haare zu waschen, war die reinste Wonne. Als sie fertig war, wischte sie den beschlagenen Spiegel ab und dachte an Laurels Anweisungen.

»Make-up. Massenweise Make-up, Schatz. Vor allem um die Augen. Es geht nicht darum, dass du gut aussiehst, so leid es mir tut. Es geht darum, dass Jeff Corrie dich nicht erkennt, selbst wenn du ihm irgendwo eine Tasse Kaffee servieren würdest.«

Alles in Becca sträubte sich dagegen. Welches Mädchen in ihrem Alter machte sich schon gerne freiwillig hässlich? Aber schließlich war sie nicht hier, um ihren Traumprinzen zu finden. Also fing sie widerwillig an, ihr Gothic-meets-Rinnstein-Make-up aufzulegen. Wenigstens würde sie jetzt nicht mehr schlecht riechen.

Sie war gerade fertig, da hörte sie draußen vor ihrem Badezimmerfenster einen kleinen Jungen rufen: »Das gilt nicht! Der war viel zu fest getreten!« Und ein anderer Junge mit tieferer Stimme antwortete lachend: »Alter, wenn du nicht mal *den* schnappst, hast du aber echt ein Problem.«

Das war sicher Debbies Enkel Josh, der mit seinem neuen Freund auf dem leeren Grundstück nebenan Fußball spielte. Sie hob den Badezimmervorhang an, um nachzuschauen. Als sie die beiden draußen sah, verschlug es ihr den Atem. Das kann kein Zufall sein, dachte sie. Denn Joshs älterer Freund war der Junge von der Fähre und im Wagen des Sheriffs vor Carol Quinns Haus.

Rasch ließ sie den Vorhang wieder fallen. In dem Augenblick klopfte es an die Tür.

»Becca?«, rief Debbie Grieder. »Bist du da? Komm raus, Chloe möchte dich begrüßen.«

Becca hatte keine Wahl. Schließlich gehörte das zur Abmachung. Sie hoffte bloß, dass sie dem dunkelhäutigen Jungen nicht über den Weg laufen würde, obwohl sie nicht genau sagen konnte, warum es ihr widerstrebte, in seiner Gegenwart zu sein.

Draußen wartete Debbie mit einem kleinen Mädchen, das ihre Hand hielt. Das Mädchen hatte riesige Augen, die die Farbe von Kornblumen hatten. Sie trug einen Overall und pinkfarbene Gummistiefel, die farblich zu ihrem Hello-Kitty-T-Shirt passten.

»Das ist Chloe«, präsentierte Debbie ihre Enkelin. »Und das ist unsere neue Freundin Becca, Chloe.«

Chloe stand mit offenem Mund da und Becca konnte es ihr nicht verdenken. Nur mit Gesichtstätowierungen hätte sie noch schlimmer ausgesehen als mit diesem Make-up. »Hey, Chloe. Magst du lieber Barbie oder Bratz?«

Chloe grinste übers ganze Gesicht und rief: »Barbie!«

»Ich auch«, sagte Becca. »Ich habe bloß keine hier. Du?«

»Ich habe tausend Barbies.«

»Darf ich die mal besuchen?«

Chloe sah ihre Großmutter an. »Grandma … Angucken darf sie sie doch, oder? Aber sie müssen in meinem Zimmer bleiben. Gehen wir in mein Zimmer, sie besuchen?«

»Von mir aus«, sagte Debbie. »Aber erst muss sie Josh Guten Tag sagen.«

Becca lächelte, biss aber hinter den geschlossenen Lippen die Zähne zusammen. Da bleibt mir wohl nichts anderes übrig, dachte sie. Gleich würde sie dem gut aussehenden schwarzen Jungen gegenüberstehen.

Sie folgte Debbie auf die andere Seite des Motels, wo auf dem verlassenen Grundstück ein Ahornbaum stand, dessen Blätter sich am Rand dunkelrot verfärbten, und üppiges wildes Gras bis zu einer Klippe wuchs. Hier wucherten Brombeerbüsche und Schaumspieren, die einen trugen violette Früchte und die anderen cremefarbene Blüten. Die Jungs spielten Fußball, und der ältere von beiden lachte, während er den Ball geschickt auf das behelfsmäßige Tor zubewegte. Der kleinere Junge hing an seiner Hüfte und schrie: »Das gilt nicht! Du hast ihn mir weggenommen!«

Der dunkelhäutige Junge stolperte, beide verloren den Halt, fielen ins Gras und lachten.

»Hey, Jungs!«, rief Debbie ihnen zu. »Kommt mal her und begrüßt Becca King.«

Der ältere Junge stand als Erster auf. Dabei schnappte er sich den kleineren und klemmte ihn sich unter den Arm wie einen Football. Er lachte und rief: »Angriff und Touchdown!« Der kleine Junge quietschte, bis er ihn wieder absetzte.

Dann drehte er sich um. Becca wappnete sich für das, was jetzt passieren würde. Er sah sie an, die Augen so dunkel wie seine nachtschwarze Haut. Und da war es schon wieder. Irgendetwas wanderte von ihm zu ihr, während ein flüchtiger Gedanke den nächsten jagte.

... ach könnte doch ein Mensch ... Freude ...

... könnte Ärger bedeuten ... heißblütig ... Kinder ...

Dann kam der Junge über die Wiese zu ihnen. »Was geht, Chloe?«, fragte er und strich dem Mädchen sanft über den Kopf. Dann sagte er zu Becca: »Ich bin Derric. Bist du neu in Whidbey?«, als hätte er sie noch nie zuvor gesehen.

»Jep«, erwiderte Becca und kam sich völlig dämlich vor. War das alles, was ihr einfiel?

Er lächelte. So weiße Zähne hatte Becca noch nie gesehen. Seine Haut war so glatt, dass es aussah, als wäre sie aufgemalt. Wie sie so vor ihm stand, hätte sich Becca am liebsten das scheußliche Make-up vom Gesicht gewischt, zehn Kilo abgenommen und geschrien: »Eigentlich bin ich rotblond!« Aber gleichzeitig hasste sie sich dafür. Wie albern, dachte sie bei sich.

»Ich glaube, ich habe dich auf der Fähre gesehen«, stellte Derric fest.

»Ich dich auch«, bestätigte Becca.

»Seht ihr«, sagte Debbie. »Auf Whidbey Island seid ihr damit so gut wie verheiratet. Kommt, Leute! Jetzt gibt's erst mal was zu naschen.«

Bei dem Wort *naschen* gab es für Josh und Chloe kein Halten mehr. Chloe schrie: »Popcorn!«, und Josh rief: »Kekssandwich!«, und beide rannten auf das Motel zu. Ihre Großmutter folgte ihnen.

Derric lief neben Becca her und bildete mit ihr die Nachhut. Er war sehr groß und bewegte sich wie ein Tänzer.

Er sagte leise: »Ich hab dich gestern vor Carol Quinns Haus gesehen. Das warst du doch, oder?«

Sie warf ihm einen flüchtigen Blick zu. »Ja. Warum hast du mir gesagt, dass ich weggehen soll?«

Einen Augenblick lang sagte er nichts. Sie sah ihn an. Dann erwiderte er ihren Blick und schluckte. »Ich habe nicht die geringste Ahnung«, antwortete er.

KAPITEL 7

Mehr als eine Stunde, bevor sie zur Schule aufbrechen musste, war Becca schon fertig. Am Vorabend hatte sie ihre nach Hund stinkenden Klamotten in der Badewanne gewaschen, aber wegen der Kälte und der Feuchtigkeit hingen sie immer noch triefend von der Duschvorhangstange, als Debbie an ihre Tür klopfte. Debbie sah sie und sagte: »Du musst deine Wäsche nicht selber waschen, Liebes. Ich kann sie mit unserer in die Maschine werfen.«

Becca erwiderte: »Oh, nein. Das geht nicht«, weil sie das Gefühl hatte, dass Chloe und Josh sowieso schon für einen riesigen Wäscheberg sorgten, vor allem Josh. Am Vortag hatte er sie beim Essen gefragt, ob sie mit ihm und Derric das Steilufer hinunterrutschen und am Rande des Wassers nach toten Krebsen suchen wollte. Debbie hatte ihr kaum hörbar »Da sind keine« zugeraunt, für den Fall, dass Becca Angst davor hatte, sie anfassen zu müssen. Becca hatte Ja gesagt und der kleine Junge hatte vor Freude gestrahlt. Dennoch fand sie es nicht richtig, Debbie auch noch ihre Wäsche aufzuhalsen, ganz gleich, wie viel sie mit den Kindern spielte.

Debbie erwiderte: »Na schön, wenn du meinst.« Aber Becca konnte spüren, dass sie ihre Gefühle verletzt hatte, auch wenn ihr nicht ganz klar war, warum. Debbie sagte weiter: »Es gibt hier einen Waschsalon. Der liegt aber ganz oben am Berg, am Ende der Second Street, fast ganz auf der anderen Seite der Stadt. Du wirst dich ganz schön abstrampeln müssen.«

»Das macht nichts. Ich kann die Bewegung gebrauchen«, erwiderte Becca.

»Wie du willst, Liebes.« Debbie verließ das Zimmer 444 und zündete sich eine Zigarette an. Becca wusste, dass sie es tat, um ihre Gefühle zu betäuben, und fragte sich, ob es etwas mit Debbies Tochter zu tun hatte. Sie hätte nicht genau sagen können, wie sie darauf kam, außer dass sie im Vorbeigehen ein einzelnes Foto von einem jungen Mädchen gesehen hatte, das zwischen anderen Bildern an Debbies Wand hing. Sie schien genauso alt zu sein wie Becca.

Josh und Chloe saßen draußen in Debbies Geländewagen. Da ihre Schule auf dem Weg zu Beccas Highschool lag, würde Debbie sie zuerst absetzen. Beide Schulen waren auf der Maxwelton Road, nicht weit vom *Cliff Motel*, und die Fahrt dorthin führte eine kurvenreiche, waldgesäumte Straße entlang: Riesige Douglastannen, in deren dunklen Schatten Farne in Hülle und Fülle wuchsen und die Blätter der Rebhuhnbeeren schimmerten.

Als sie an einem schmalen Weg vorbeikamen, der im Unterholz verschwand, teilte Josh Becca mit, dass in den Wäldern der Umgebung ein weißer Hirsch umherstreife. Nur wer *ganz viel Glück* habe, bekäme ihn überhaupt zu Gesicht, verkündete er. Der Hirsch würde genauso schnell wieder verschwinden, wie er auftauchte, und wer ihn sah, dem stehe ein lebensveränderndes Ereignis bevor.

Becca sah Debbie an. Debbie sagte zu Josh: »Streng immer schön deine Gehirnzellen an, Kumpel, das kannst du am besten«, und verdrehte die Augen, um Becca einen Wink zu geben, dass er sich gern Dinge ausdachte. Becca gefiel das an ihm, sie konnte nur nicht sagen, welches von beiden er sich ausgedacht hatte: das mit dem lebensverändernden Ereignis oder das mit dem weißen Hirsch.

Als sie die Kleinen vor ihrer Schule absetzten, wartete Debbie, bis sie beide durch die Eingangstür gegangen waren. Dann wartete sie noch ein wenig länger, als mache sie sich Sorgen, sie könnten Reißaus nehmen, sobald sie wegfuhr. Aber in ihrem Gesicht zeichnete sich mehr als nur Sorge ab und Becca wusste, dass sie in diesem Moment Debbies Flüstern hätte hören können, wenn das Rauschen der AUD-Box in ihrem Ohr es nicht übertönt hätte.

Es war sowieso an der Zeit, die AUD-Box zu erwähnen, weil Becca aus Erfahrung wusste, dass Kopfhörer in der Schule ohne eine Erklärung nie besonders gut ankamen. Sie hatte auch schon eine parat, die sie Debbie präsentierte, als diese vom Parkplatz fuhr.

Sie leide unter auditiver Wahrnehmungsstörung, erklärte sie Debbie und benutzte dabei denselben Jargon, den Laurel immer wieder verschiedenen Schulvertretern gegenüber gebraucht hatte. Es gehe darum, störende Nebengeräusche auszuschalten, damit sie sich auf das Wesentliche konzentrieren könne. Deshalb trage sie dieses Gerät bei sich (sie zeigte Debbie ihren Kopfhörer und die Box, die an ihre Jeans geklemmt war). Sie wolle nicht, dass die Leute dachten, sie höre Musik oder so was.

Debbie warf Becca einen Blick zu, der verriet, dass sie gerade den Wahrheitsgehalt von Beccas Worten abschätzte. Sie sagte: »Auditive Wahrnehmungsstörung?«

»Ich kann oft nicht unterscheiden, worauf ich mich konzentrieren muss«, erklärte ihr Becca weiter. »Dieses Ding hilft mir dabei. Man nennt es AUD-Box. A-U-D. Sie blendet die Geräusche aus, auf die ich nicht hören soll.«

Debbie nickte, den Blick wieder auf die Straße gerichtet. »AUD-Box«, sagte sie. »Ich werde dafür sorgen, dass sie Bescheid wissen.«

Als sie auf den Parkplatz der South Whidbey Highschool fuhren, hatte der Unterricht bereits begonnen. Debbie brachte den Geländewagen auf einem Stellplatz, der mit *Nur für Personal* gekennzeichnet war, mit einem Ruck zum Halten und ging mit Becca zum Schulgebäude. Es ähnelte einer Schuhschachtel mit einem angehängten Backsteinanbau. Und in diesen Anbau ging Debbie mit Becca hinein.

Linker Hand stand ein Schreibtisch aus Birkenholz. Dahinter saß eine Schülerin, die als Empfangsdame arbeitete. Debbie marschierte auf sie zu und verkündete: »Wir müssen mit Ms Ward sprechen, Hayley.«

Hayley erwiderte: »Ms Ward?«, und sah dabei Becca an. Sie lächelte sie an, sagte: »Hi«, und fügte dann hinzu: »Ich sag ihr kurz Bescheid, Mrs Grieder«, bevor sie den Flur hinunterlief.

Becca schaute ihr nach. Sie drehte die Lautstärke der AUD-Box herunter und schaute verstohlen zu Debbie, weil Debbie in den vier Wänden dieser Schule wie ausgewechselt war. Auf einmal wirkte sie wie jemand, der sich für eine Schlacht wappnete. Aber anstatt eine Waffe aus ihrer Jackentasche zu ziehen, sagte Debbie bestimmt: »Gib mir die Unterlagen, Liebes.«

Die Unterlagen waren in Beccas Rucksack, und sie kramte sie heraus. Sie waren ein wenig verknittert und hatten absolut nichts Amtliches, aber etwas Besseres hatte Laurel in der kurzen Zeit nicht besorgen können. Außerdem hatte ihr Carol Quinn versichert, dass sie sich um den Rest kümmern würde, sobald Becca da war.

Debbie überflog die Unterlagen und gab Becca ein Blatt zurück. Hayley kam mit einer etwas verhuscht aussehenden Frau zurück.

Die Frau sagte freundlich: »Hallo, Debbie«, wobei ihr Gesichtsausdruck Becca an einen Hund erinnerte, der sich auf eine Tracht Prügel gefasst machte. »Hayley sagt, Sie möchten mit mir sprechen?«

Da erkannte Becca, dass ein Gefühl der Macht durch Debbie

strömte. Es hatte sie komplett verändert. Von ihrer sanften Seite war nichts mehr zu spüren. Debbie sagte: »Das ist meine Nichte Becca King. Sie wird eine Weile bei mir wohnen. Meine Schwester möchte, dass sie in die Schule geht. Können wir das arrangieren? Sie hat auch ein Hörproblem. Becca, zeig Ms Ward die AUD-Box.«

Debbie reichte der Frau die dürftigen Unterlagen, die das Mädchen ihr gegeben hatte. Becca hörte, wie zwischen den beiden Frauen unzusammenhängende Gedanken hin und her flogen:

Unterlagen ... Unsinn ... Impfpass ... können nicht erwarten ... wann wird es ... Schwester? ... da könnte ja jeder ...

Es war ein Machtkampf, der nicht offen ausgetragen wurde, und die ganze Zeit stand dieser Tod groß und unausgesprochen zwischen Debbie und Ms Ward.

Becca wartete darauf, dass etwas passierte. Die Stimmung war angespannt; es kam ihr so vor, als könne jeden Moment die Luft um sie herum explodieren. Schließlich sagte Ms Ward: »Ach, wie nett. Kommen Sie mit«, und führte sie den Flur hinunter in ein anderes Empfangszimmer. In diesem stand ein weiterer Schreibtisch aus Birkenholz mit einer Namensplakette, auf der *Stephanie Ward, Sekretärin* zu lesen war. Dahinter befanden sich die zwei kleinen Büros der Schulberaterinnen. Eine Beraterin war für die Anfangsbuchstaben A bis L, eine für die Buchstaben M bis Z zuständig.

Ms Ward forderte sie auf, Platz zu nehmen, und holte ein paar Formulare aus ihrem Schreibtisch. Sie fragte Becca, ob es ihr in San Luis Obispo gefallen habe, während ihr Flüstern *Gott ... was für ein Make-up* ausrief. Einen Augenblick lang verstand Becca nicht ganz, worauf sich die Frage eigentlich bezog, vor allem, da Ms Ward gleichzeitig *wie zum Teufel soll ich das* in einer Lautstärke dachte, als schreie sie es heraus.

Becca erwiderte, dass es ihr in San Luis Obispo ganz gut gefallen habe, die Sonne dort aber sehr stark gewesen sei und sie wegen ihrer empfindlichen Haut vorsichtig habe sein müssen.

Ms Ward sagte: »Na, hier wirst du damit keine Probleme haben. Ich hoffe, der Regen stört dich nicht zu sehr.«

»Er hält Mädchenhaut jung«, warf Debbie ein. Sie spuckte die Worte *Mädchen* und *jung* aus, als wären sie reines Gift.

Ms Ward tippte etwas. Mehrere Formulare mussten ausgefüllt und unterschrieben werden, und Debbie blieb regungslos sitzen, bis Ms Ward mit jedem einzelnen fertig war. Becca hatte keine Ahnung, um welche Formulare es sich dabei handelte, hatte aber so ein Gefühl, dass das, was Debbie Grieder über Ehrlichkeit gesagt hatte, nicht auf diese Situation zutraf.

Als alle Formalitäten geregelt waren und Ms Ward Becca, soweit es ihr möglich war, eingeschrieben hatte, sagte die Sekretärin zu ihr: »Komm, ich stell dich der Schulberaterin vor, Becca.« Sie führte sie zu einem Büro, an dessen Tür ein Schild mit dem Namen Tatiana Primavera hing. Eine Frau saß am Schreibtisch und telefonierte.

Becca fragte sich, was für ein Name Tatiana Primavera war, als Debbie, die hinter ihr stand, ihr leise zuflüsterte: »Eigentlich heißt sie Sharon Prochaska.«

Becca sagte: »Was?«

»Das ist ihr richtiger Name. Sharon Prochaska. Sie hat ihren Namen geändert, als sie auf die Insel gezogen ist. Das kommt gar nicht so selten vor. Azure St. Cloud war früher Phyllis McDermott und Sage Sorrell hieß einmal Susan Jones. Du verstehst schon.«

Tatiana Primavera beendete ihr Telefongespräch. Sie sagte: »Hi, Deb«, als Ms Ward dazu ansetzte, sie vorzustellen. Sie stand auf, scheuchte die arme Sekretärin aus dem Büro und nahm ihr dabei die Akte aus den Händen, während sie Debbie fragte: »Wen haben wir denn hier?« Zu Becca sagte sie: »Du hast ein Hörproblem, ja?«, nach einem Blick auf das, was Ms Ward offensichtlich über die AUD-Box notiert hatte.

Becca erläuterte noch einmal die Funktion der AUD-Box und zeigte sie Tatiana Primavera. Tatiana bat sie, ihr das Gerät zu geben, und steckte sich den Kopfhörer ins Ohr, um sich zu vergewissern, dass da auch wirklich keine Musik herauskam. Becca musterte ihren Gesichtsausdruck, während sie dem Rauschen zuhörte. Sie hoffte, das Ganze war eigentümlich genug, dass sie damit durchkam.

»Ungewöhnlich«, war Ms Primaveras Kommentar, als sie Becca die AUD-Box zurückgab. Sie machte sich eine Notiz, stopfte sie in die Akte und wandte sich ihrem Computer zu. »Dann legen wir mal los«, sagte sie.

Es gab nicht viel zu tun. Da es Beccas erstes Jahr an der Highschool war, konnte sie ein Fach frei wählen, alle anderen waren Pflichtfächer. Als Wahlfach entschied sie sich für Jahrbuch. Damit konnte sie nicht viel falsch machen.

Ms Primavera hämmerte in die Tasten und drückte zum Schluss auf *Drucken*. Sie müsse schnell zum Drucker, den Stundenplan holen, erklärte sie ihnen, und in der Zwischenzeit ... Sie öffnete ihre unterste Schreibtischschublade und holte ein Glas Geleebonbons heraus. Sie sagte: »Willkommen auf der South Whidbey High, Becca. Greif zu«, und verschwand durch die Bürotür.

Becca nahm sich eine Handvoll Süßigkeiten und stopfte sie in ihre Jackentasche. Ein Bonbon steckte sie sich in den Mund.

Als Tatiana Primavera zurückkam, hatte sie den Stundenplan in der Hand sowie einen Zettel mit einer Spindnummer. Zu Debbie sagte sie: »Du kannst sie jetzt bei mir lassen. Ich kümmere mich darum, dass sie ihr Klassenzimmer findet.«

Debbie erklärte Becca, dass sie sie nach der Schule abholen würde, jedoch nicht vom Parkplatz. Und ab morgen würde sie mit dem Fahrrad fahren müssen, weil Josh und Chloe andere Schulzeiten hätten. Heute würde sie Becca noch einmal abholen und auf der anderen Seite der Straße bei der Wasseraufbereitungsanlage auf sie warten.

Becca spürte, dass Debbie es nur noch mit Mühe in dem Gebäude aushielt. Das Gefühl der Macht, das sie vorhin wahrgenommen hatte, war mittlerweile abgeklungen.

Bevor Debbie ging, sagte Tatiana zu ihr: »Dann bis nächste Woche, denke ich.« Debbie wusste offenbar, worauf sie anspielte. Es schien ihr jedoch nicht zu gefallen, weil sie mit den Schultern zuckte und erwiderte: »Wenn du meinst. Ich hoffe, du weißt, was du tust.« Etwas zwischen ihnen blieb unausgesprochen, aber die AUD-Box blockte alle Hinweise darauf ab, was das sein könnte.

Als Debbie weg war, sagte Tatiana: »Dann wollen wir mal.« Sie schaute auf eine Wanduhr, verkündete: »Geschichte«, und marschierte aus dem Büro.

Bei der Anmeldung blieb sie stehen, um mit Hayley zu sprechen, und winkte Becca herüber, damit sie sich zu ihnen gesellte. »Neue Schülerin«, sagte sie zu Hayley. »Becca King, das ist Hayley Cartwright.«

Hayley lächelte. Sie war auf eine altmodische Art hübsch, mit strohblondem Haar, das zu einem ordentlichen Bob geschnitten war. Sie hatte einen schnurgeraden Pony, eine randlose Brille und große blaue Augen. Als sie aufstand, um etwas von einem Aktenschrank zu nehmen, konnte Becca sehen, wie groß sie war.

Sie reichte Becca eine Art Kalender und erklärte ihr, dass es der Leichtathletik-Terminplan sei. »Willkommen bei den Falcons, Becca.« Obwohl sie es recht freundlich sagte, ging ein Gefühl der Traurigkeit von ihr aus, das nur kurz aufblitzte, als wäre es etwas, das sie vor neugierigen Blicken verbergen musste.

Tatiana sagte: »Nettes Mädchen«, als sie Becca aus dem Büro scheuchte. »Zeit, in den Unterricht zu gehen.«

Tatiana summte beim Gehen vor sich hin. Sie trug Stöckelschuhe, die sie größer machten und ihre üppige Oberweite zum Wippen brachten. Sie war die erste Person, der Becca auf dieser Insel begegnete, die kein solides Schuhwerk trug.

Sie gingen durch einen großen Raum, den Tatiana als den »alten Gemeinschaftsraum« bezeichnete. Auf der einen Seite befand sich eine Reihe Fenster, auf der anderen eine Wand mit schwarzen Brettern und dazwischen viele Tische. In einer Ecke des Raums führte eine Treppe nach oben zu den Klassenzimmern. Tatiana brachte Becca zu einer Tür und öffnete diese mit Schwung. Sie bedeutete Becca mit dem Kopf, dass sie als Erste hineingehen solle.

Als Becca das Klassenzimmer betrat, spürte sie sofort, wie sich alle Augen im Raum auf sie richteten. Sie schaute auf den Boden, um den neugierigen Blicken zu entgehen, weil sie nur zu genau wusste, wie sie aussah, nämlich so, wie Laurel es gewollt hatte. Und das war übel, extrem übel – von ihrem gefärbten Haar bis zu ihren Sportschuhen. Sie verspürte den starken Drang, aufzusehen und der Klasse mitzuteilen: »Ich bin in Wirklichkeit viel hübscher. Ehrlich.«

Die Neugierde der anderen Schüler fühlte sich für Becca an wie Welpen, die um ihre Füße herumsprangen. Sie waren unglaublich froh über diese Unterbrechung. Vorsichtig schaute sie zum Lehrer hinüber, um zu sehen, ob er der Grund dafür war.

Er hieß Mr Powder. Er warf erst Becca und dann Tatiana einen Blick zu. Seine Miene verriet, dass er sie beide nicht ausstehen konnte, so wie er alles nicht ausstehen konnte, was auch nur das Geringste mit der South Whidbey Highschool zu tun hatte. Der falsche Mann am falschen Ort, dachte Becca. Er würde sich bestimmt als miserabler Lehrer entpuppen.

Tatiana reichte ihm Beccas Stundenplan und er unterschrieb ihn. Dann wandte er sich der Klasse zu und sagte zu Becca: »Setz dich da drüben hin. Leute, das ist …«, er warf einen Blick auf den Stundenplan, bevor er ihn zurückgab, »… Becca King. Danke, Ms Primavera.«

Letzteres hatte er hinzugefügt, weil Tatiana immer noch im Raum war und er sie loswerden wollte, das war nicht zu übersehen. Aber sie sah sich um und meinte: »Gut. Setz dich neben Derric. Derric, könntest du sie heute auf dem Schulcampus herumführen, damit sie ihre Unterrichtsräume findet?«

Becca schaute entsetzt auf. Es *musste* mehr als einen Derric geben, dachte sie. Der erste Derric, dem sie begegnet war, hatte zu alt ausgesehen, um ein Highschool-Neuling zu sein.

Aber es war tatsächlich der Derric von der Fähre, der Derric, den sie vor Carol Quinns Haus getroffen hatte, der Derric, der Josh Grieders Beschützer war und höchstwahrscheinlich viel Zeit im *Cliff Motel* verbringen würde.

»Manche Dinge sind vom Schicksal bestimmt«, hätte Beccas Großmutter dazu gesagt.

Becca hätte darauf »*Welche* Dinge?« erwidert, eine Frage, auf die sie unbedingt eine Antwort brauchte, als sie durchs Zimmer ging, um sich auf den freien Platz neben diesem Jungen zu setzen.

KAPITEL 8

Für Becca war es ein ganz eigenartiges Gefühl. Zum ersten Mal seit jenem schrecklichen Moment in der Küche in San Diego, als sie Jeff Corries Flüstern gehört und begriffen hatte, was er getan hatte, fühlte sie sich in Sicherheit. Neben diesem Jungen zu sitzen, mit dem sie kaum ein Wort gewechselt hatte, gab ihr das Gefühl *vollkommener* Sicherheit, und sie wusste nicht, warum.

Sie konnte nicht umhin, immer wieder auf Derrics Arm zu starren. Er war entblößt, ruhte auf dem Rand des Pults, und war muskulös. Sportler, schloss sie.

Ihr Gefühl der Sicherheit dauerte nicht lange an. Die Tür des Klassenzimmers sprang mit einem lauten Knall auf, als Becca gerade ihr Heft aufschlug. Ein Mädchen kam herein. Becca erkannte sie sofort und dachte nur: Oh nein. Es war das Mädchen von der Fähre, das versucht hatte, die Kassiererin zu täuschen.

Mr Powder blickte von der anderen Seite des Raums zu ihr hinüber und sagte: »Du bist jetzt schon zum zweiten Mal zu spät, Jenn. Beim nächsten Mal musst du nachsitzen. Verstanden?«

Jenn antwortete ihm nicht, weil sie Becca erblickt hatte, und ein riesiger Schwall unglaublich derber Schimpfwörter kam von ihr herübergeströmt der selbst das Rauschen der AUD-Box übertönte. Sie sagte zu Becca: »Das ist mein Platz.«

Mr Powder fuhr unbeirrt fort: »Versuch morgen pünktlich zu sein. Oder noch besser: Komm einfach mal ein paar Minuten früher. Geh nach hinten.«

Becca senkte den Blick auf ihr brandneues Heft. Sie konnte spüren, wie sehr es Jenn in den Fingern kribbelte, es ihr wegzunehmen und den Umschlag zu zerreißen. Aber stattdessen stapfte sie nach hinten und fläzte sich auf einen Stuhl. So viel zum Thema Sicherheit, dachte Becca. Sie hatte sich dieses Mädchen offensichtlich im Handumdrehen zur Feindin gemacht.

Becca spürte, wie sich Derric neben ihr bewegte, und warf ihm einen schnellen Blick zu. Sie sah, dass er mit den Fingern das Zeichen für »alles bestens« machte. Seine Finger waren lang und feingliedrig, und das Zeichen, das sie formten, war ganz allein für sie bestimmt. *Mach dir keine Sorgen*, teilten sie ihr mit, so als wüsste Derric, was sie gerade empfand.

Mr Powder fuhr mit dem Unterricht fort. Niemand hörte ihm zu, und wer konnte es ihnen verdenken? Seine Stunde war sterbenslangweilig und er klang so, wie kalter Haferbrei schmeckt. Er änderte seinen Tonfall kein einziges Mal. Als am Ende der Stunde endlich die Schulglocke erklang, hatte Becca das Gefühl, sie hätte über eine Woche in dem Raum gesessen.

Während die Schüler anfingen, auf den Flur zu drängen, sprach Derric sie an. Mit seinen 1,80 Metern überragte er sie um einiges, sodass er sich nach vorne beugen musste, um ihr mit einem Grinsen zu sagen: »Ich würde dir ja gerne sagen, dass seine Stunden nicht immer so öde sind, aber das wäre gelogen. Was hast du als Nächstes?«

Sie schaute auf ihren Stundenplan. »Physik«, erwiderte sie.

»Komm. Ich zeig dir, wo der Raum ist.«

Die Mittagspause war um elf, nach der zweiten Stunde. Derric hatte ihr gesagt, sie solle vor dem Unterrichtsraum warten, er würde sie dort abholen und ihr zeigen, wie die Dinge im neuen Gemeinschaftsraum liefen. Deshalb stand sie jetzt vor dem Klassenzimmer und bemühte sich, unauffällig zu bleiben. Aber als er schließlich auftauchte, hatte er Jenn im Schlepptau, so als hätte sie sein Versprechen gehört, Becca zu zeigen, wo es Mittagessen gab, und sich überlegt, wie sie ihr am besten Magenschmerzen bereiten konnte.

Die Blicke, die das Mädchen ihr zuwarf, gaben ihr unmissverständlich zu verstehen, dass sie so schnell wie möglich tot umfallen sollte, und Jenn sagte: »Ich kann's nicht fassen, dass du auch die *Mittagspause* mit ihr verbringen musst.«

Sie schob ein Fluchen hinterher, bei dem sich ihr Gesicht hässlich verzog. Becca spürte, wie Derric das Wort abwehrte, so als versuche er, sich mit erhobenen Händen vor einer faulen Tomate zu schützen, sagte jedoch nichts.

Becca stellte fest, dass die South Whidbey Highschool kein bisschen wie die Schule war, auf die sie in San Diego hätte gehen sollen. Dort waren ihres Wissens zweitausendfünfhundert Schüler eingeschrieben, sodass sie zu unterschiedlichen Zeiten zu Mittag essen mussten. Hier aßen alle Schüler offenbar zusammen, wobei sich etwa sechshundert Jugendliche über zwei Gemeinschaftsräume, den neuen und den alten, verteilten. Sie folgte Derric und Jenn und erkannte den Gemeinschaftsraum vom Morgen wieder. Sie drehte die Lautstärke der AUD-Box auf, um das Flüstern Hunderter Leute auszublenden.

Derric blickte einmal hinter sich, um sich zu vergewissern, dass sie noch da war. Jenn lenkte seine Aufmerksamkeit absichtlich wieder auf sich. Becca fragte sich, ob Jenn ihr zeigen wollte, dass der Junge ihr gehörte. Am liebsten hätte sie ihr gesagt, sie solle sich keinen Zwang antun. Solange sie wie eine wandelnde Müllkippe mit Make-up aussah, bestand sowieso nicht die geringste Chance, dass er sich für sie interessierte.

Fast jedes Mädchen, dem sie begegneten, grüßte Derric. Viele der Jungs ebenso. Nur dass die Jungs ihn nicht Derric nannten. Sie riefen ihn Nyombe oder Big Math oder Der. Das alles kam Becca sehr merkwürdig vor, weil es Derrics erstes Jahr an der Highschool war und ihn deswegen eigentlich alle hätten links liegen lassen müssen.

Sie stellten sich in die Essensschlange und Jenna zwängte sich forsch zwischen Becca und Derric. Als sie an der Reihe war, wusste Becca, dass sie bei ihrer Essenswahl vorsichtig sein musste. Debbie hatte ihr kein Geld fürs Mittagessen gegeben, was sie auch nicht erwartet hatte, und sie musste mit dem Geld, das sie noch übrig hatte, sparsam umgehen. Daher kaufte sie sich lediglich ein Erdnussbuttersandwich und beachtete Jenn nicht weiter, als diese an der Kasse zu ihr sagte: »Willste mal sehen, wie viel *Kohle* ich dabeihab, Alte?« Aber die Bemerkung war reine Gehässigkeit, weil Jenn ihr Mittagessen von zu Hause mitgebracht hatte. Offenbar hatte sie sich nur in die Schlange gestellt, um in Derrics Nähe zu bleiben.

Als sie sich den Weg zu einem Tisch bahnten, änderte sich Beccas Eindruck, dass Derric bei allen beliebt war. Ein Junge beugte sich plötzlich weit nach hinten, als Derric hinter ihm vorbeiging. Er tat es so schnell und heftig, dass er mit Derrics Tablett zusammenstieß. Offenbar hatte er beabsichtigt, Derric das Tablett aus der Hand zu schlagen, damit sein Essen auf dem Boden landete, aber Derric war zu schnell und wich ihm mühelos aus. Dennoch sprang der Junge sofort auf und stänkerte los: »Hey, pass gefälligst auf, du Arschloch!«

Becca erkannte den Jungen an seinem pickeligen Gesicht und der hochgerollten Skimütze auf seinem Kopf. Er war mit Jenn auf der Fähre gewesen und hatte sie dazu angestiftet, die Kassiererin reinzulegen. Er saß mit einer Gruppe Jungen zusammen, die genauso angezogen waren wie er, genauso schlechte Haut hatten und genau dieselbe Einstellung an den Tag legten. Alles an ihnen deutete darauf hin, dass sie Kiffer waren. Sie grinsten und warteten auf Derrics Reaktion.

»Krieg dich wieder ein, Dylan«, sagte Jenn und stieß den Jungen aus dem Weg.

»Oooh«, erwiderte Dylan, »der Große Der lässt sich von einem *Mädchen* beschützen.«

Um den Tisch herum herrschte Totenstille, während alle gespannt darauf warteten, was als Nächstes passieren würde. Becca konnte spüren, wie die Anspannung durch Derrics Körper pulsierte, während er überlegte, wie er am besten darauf reagieren sollte. Ein Blick genügte, um zu sehen, dass er den anderen Jungen mit dem kleinen Finger abfertigen konnte. Dylan war dürr wie ein Besenstiel. Seine weiten Klamotten versuchten zwar, es zu verbergen, aber er hatte Handgelenke wie ein Zehnjähriger.

»Hey, ich lasse Mädchen auch meine Hausaufgaben machen«, gab Derric zurück. »Das solltest du auch versuchen, wenn du eine finden kannst, die das für dich tut.«

»Wenn Schweine fliegen können, vielleicht«, warf Jenn ein.

Dylan kniff die Augen zusammen, als seine Tischkumpane anfingen zu lachen.

Derric marschierte davon. Jenn folgte ihm. Becca bildete die Nachhut. Sie hörte, wie Dylan seinen Freunden sagte, was sie ihn alles könnten, als er sich mit vor Wut hochrotem Hals wieder hinsetzte.

Im Laufe des Tages erfuhr Becca mehr über Derric, während er ihr zeigte, wo ihre restlichen Stunden stattfanden. Sein vollständiger Name lautete Derric Nyombe Mathieson. Er stammte ursprünglich aus Uganda und war als Achtjähriger von einer Familie auf Whidbey Island adoptiert worden. Er erzählte ihr, dass er zwar schon sechzehn sei, aber erst jetzt auf die Highschool gekommen sei, weil er bei seiner Ankunft in den USA kein Wort Englisch gesprochen habe. Mit einer Offenheit, die ihn umso sympathischer machte, fügte er hinzu, dass er damals in *keiner* Sprache hatte lesen, schreiben oder rechnen können, was noch weiter zu seinen Problemen beigetragen habe. Deshalb hatte seine Mom ihren Job aufgegeben und sich eine einjährige Auszeit genommen, um ihn zu Hause zu unterrichten, und danach musste er das Verpasste nur noch nachholen.

»Ich bin in Uganda nie in die Schule gegangen«, erklärte er. Als Becca ihn fragte, was er stattdessen gemacht hätte, antwortete er mit einem Schulterzucken: »Hab mich über Wasser gehalten«, und das war's. Sie spürte, dass er nicht weiter darüber sprechen wollte, obwohl sie in seinem Flüstern auch *Freude* heraushören konnte, und über etwas, das ihn »Freude« empfinden ließ, musste ein Junge doch reden wollen, dachte sie.

Am Ende des Tages begleitete Derric sie nach draußen auf den Parkplatz. Jenn war nicht dabei. Das gab Becca die Gelegenheit, ihm dafür zu danken, dass er ihr Gesellschaft geleistet hatte, vor allem in der Mittagspause. Er erwiderte: »Ist schon in Ordnung. Es ist nicht einfach, die Neue zu sein. Besonders, wenn sich alle anderen schon kennen.«

Jemand rief Derrics Namen. Jenn trat aus einer der sechs Doppeltüren am Ende des Schulgebäudes, und als sie sich näherte, sagte Derric leise zu Becca: »Hey, du brauchst vor Jenn keine Angst zu haben. Die ist eigentlich ganz in Ordnung.«

Das war das *Letzte*, was Becca glauben wollte, weil sie das Gefühl hatte, in Treibsand zu versinken, als das Mädchen zu ihnen kam.

Bevor Jenn die Chance hatte, irgendeine Bemerkung loszulassen, fragte Becca: »Weißt du, wo die Wasseraufbereitungsanlage ist?«

»Warum?«, wollte Jenn wissen. »Willst du dich endlich mal waschen?«

»Meine Mitfahrgelegenheit wartet dort auf mich«, erwiderte Becca.

»Bei der *Wasseraufbereitungsanlage*? Wow. Da will wohl jemand auf keinen Fall mit dir gesehen werden.«

Derric sagte freundlich: »Sie ist gleich auf der anderen Seite der Maxwelton Road. Wir können dich hinbringen, wenn du …«

»Nein, können wir nicht«, unterbrach ihn Jenn. »*Du* hast eine Jazzprobe und ich Sport.«

»Kein Problem«, sagte Becca. »Ich werd's schon finden. Danke.«

»Holt dich Mrs Grieder ab?«, fragte Derric.

»Ja. Sie hat gesagt …«

»*Derric*. Komm schon.« Wenn es nach Jenn ginge, hätte Becca *überhaupt* nicht mit ihm sprechen dürfen.

Aber Derric beachtete sie nicht. »Josh ist sicher mitgekommen«, sagte er zu Becca. »Ich muss ihm Hallo sagen.« Und an Jenn gewandt fügte er hinzu: »Bis später, okay?«

Jenn verzog keine Miene. Aber sie machte auf dem Absatz kehrt und marschierte davon.

Derric begleitete Becca zum Wagen. Aus der Ferne rief Josh: »Hey, hey, hey!«, als sie näher kamen. Debbie stand neben dem Geländewagen und rauchte eine Zigarette, während sie auf Becca wartete.

Bei Derrics Anblick stieg Josh blitzschnell aus dem Auto. Er brüllte: »Schlag ein!«, und Derric lachte und tat ihm den Gefallen. Dann legte er den Arm um Josh und wuschelte ihm durchs Haar. »Hast du Lust, mitzukommen und dir Jazzmusik anzuhören?«, fragte er.

»Ja!«

Derric sah zu Debbie. »Wir haben eine Bandprobe. Kann er mitkommen? Mom bringt ihn zurück zum Motel, wenn sie mich abholt.«

»Bitte, Grandma«, bettelte Josh. »Ich hab Derric noch nie Saxofon spielen hören.«

Debbie war einverstanden und schenkte ihrem Enkel und dem

Jungen aus Uganda ein seltenes Lächeln. »Vielleicht kannst du ihm was beibringen«, sagte sie.

»Wie in der Straßenband!«, rief Josh.

Derric meinte, er würde sehen, was sich machen ließe, während er Josh die Hand an den Hinterkopf legte und scherzhaft zudrückte. Dann zog er einen kleinen, gefalteten Zettel aus seiner Tasche und reichte ihn Becca.

»Wir werden uns wahrscheinlich ziemlich oft bei Debbie sehen, wenn ich mit Josh abhänge, aber hier ist meine Telefonnummer, falls du noch irgendwelche Fragen wegen der Schule hast«, sagte er.

Debbie zog die Augenbrauen hoch, als wollte sie sagen, dass *das* eine interessante Entwicklung war. Becca steckte den Zettel in ihre Jackentasche, bedankte sich und wandte sich schnell ab, damit niemand sah, wie sie rot wurde.

Sobald sie mit Chloe zwischen ihnen im Geländewagen saßen, fragte Debbie grinsend: »Mal abgesehen *davon*, wie ist es sonst so gelaufen?«

Becca erwiderte, es sei ganz okay gewesen. Sie erzählte Debbie, dass Derric Mathieson sie den ganzen Tag begleitet habe.

Debbie sagte: »Liebes, wie hast du so schnell das große Los gezogen?«

»Was für'n Los?«, fragte Chloe. »Grandma, was hat sie denn gewonnen?«

»Sie hat den ganzen Tag mit Derric verbracht«, erklärte ihr Debbie.

»Wie Josh, meinst du?«

»Ganz anders als Josh.«

Becca wusste, dass Debbie sich über sie lustig machte, aber das war in Ordnung, weil sie sehen konnte, dass Debbie zur Abwechslung einmal viel unbeschwerter war, so als hätte man ihr eine große Last von den Schultern genommen.

Chloe wollte wissen, ob Becca ihr fester Babysitter werden würde. »Grandma geht zu einer Menge Treffen und lässt uns nicht gerne allein. Manchmal gehen wir mit, aber dann müssen wir im Auto sitzen, und das ist *doof*. Stimmt's, Grandma?«

»Manchmal«, erwiderte Debbie. »Das lässt sich nicht ändern.«

»Wohnst du jetzt für immer bei uns?«, fragte Chloe hoffnungsvoll. »Wo ist deine Mom? Wir wohnen bei Grandma, weißt du. Weil unser Dad im Gefängnis ist.«

Da spürte Becca, wie zwischen Debbie und ihr eine Schranke herunterrasselte, wie das Fallgitter von einer Burg. Die Unbeschwertheit, die gerade eben noch von ihr ausgegangen war, löste sich im Nichts auf.

Becca sagte: »Das habe ich nicht gewusst, Chloe. Das ist wirklich traurig.«

»Ja«, erwiderte Chloe. »Er muss sein Leben wieder in Ordnung bringen, sonst muss er sterben, stimmt's, Grandma? Und unsere Mom …«

»Das reicht jetzt«, schnitt Debbie ihr das Wort ab.

Chloe fing an zu protestieren. »Aber du hast gesagt …«

»Es reicht!«, fuhr Debbie sie an.

Chloe sank auf ihrem Sitz zusammen. Becca sah, dass sie sich schlecht fühlte, so als hätte sie einen schlimmen Fehler begangen.

Da Becca gleich neben dem kleinen Mädchen saß, nahm sie ihre Hand. Sie war warm und feucht und fühlte sich wie die Innenseite eines Welpenohrs an. Sie drückte sie leicht. Chloe schaute zu ihr auf und drückte zurück.

KAPITEL 9

Becca erwartete nicht, etwas von Derric zu hören oder ihn, außer in der Schule oder wenn er Zeit mit Josh verbrachte, zu sehen. Sie hatte auch bestimmt nicht vor, ihn anzurufen. Es war nett von ihm, dass er ihr seine Telefonnummer gegeben hatte, aber ihr war klar, dass es eben nur nett gemeint war und sonst nichts. Irgendetwas anderes als eine freundliche Geste da hineinzuinterpretieren, wäre völlig bescheuert gewesen.

Aber in ihrer ersten Woche schaute er immer wieder nach Becca und vergewisserte sich, dass sie sich in der Schule zurechtfand. Becca spürte dann jedes Mal, wie Jenn sie mit unheilvollen Blicken durchbohrte.

Jenn ließ ihn so wenig wie möglich aus den Augen. In der Schule sah Becca ihn daher eigentlich nur in der Jahrbuch-Stunde allein, dem einzigen Fach, das sie außer Geschichte gemeinsam hatten. Ab und zu redete Becca auch in Geschichte mit Derric. Obwohl er sich ihr gegenüber nicht anders verhielt als gegenüber anderen Leuten, konnte sie spüren, wie sehr Jenn das gegen den Strich ging.

Becca war sich nicht sicher, warum Derric weiterhin so freundlich zu ihr war. So wie sie momentan aussah, konnte sie ihm kaum gefallen.

Sie wollte ihm sagen, dass er sie nicht mehr unter seine Fittiche zu nehmen brauchte, wenn das der Grund war, warum er so nett zu ihr war. Aber sie tat es nicht, weil sie ihn mochte und sich in seiner Gegenwart so seltsam sicher und geborgen fühlte. Außerdem war da noch die *Freude*. In Gedanken sagte er es ununterbrochen, wie ein Mantra.

Freude war mehr oder weniger sein einziges Flüstern. Er sagte es, wie andere Leute: »Bleib ruhig«, oder: »Verhau's nicht«, oder: »Lass dir nichts anmerken«, vor sich hin sagten. Die Tatsache, dass er sich daran erinnern musste, glücklich zu sein, gab ihr jedoch Rätsel auf. Für Becca schien es darauf hinzudeuten, dass er etwas zu verbergen hatte. Das hatten sie also gemeinsam.

Laurel war Beccas Geheimnis. *Wo bist du, Mom?* war ihre *Freude*. Seit sie erfahren hatte, dass Carol Quinn tot war, hatte sie Laurel dreimal am Tag angerufen, aber keiner ihrer Anrufe war durchgegangen. Sie tat ihr Bestes, um nicht in Panik zu geraten. Ihre Mutter würde sie *nie* im Stich lassen, das wusste sie. Schließlich sagte sie sich, dass die Handys, die Laurel in dem *Seven-Eleven*-Laden in San Diego gekauft hatte, scheinbar nichts taugten. Becca erinnerte sich daran, dass Laurel dem Händler keine einzige Frage gestellt hatte. Sie hatte ihm einfach nur ihre Kreditkarte hingelegt und das war's.

Jeden Tag nach der Schule erfüllte Becca ihren Teil der Abmachung mit Debbie und machte die Motelzimmer sauber. Nach zehn Tagen fand sie in einem der Zimmer fünf Dollar auf der Kommode. Sie fand auch einen Pulli, der im Bad hinter der Tür hing, und brachte ihn Debbie, als sie mit der Arbeit fertig war. Debbie war in ihrer Küche und machte Hausaufgaben mit Josh und Chloe, die am Tisch saßen.

Becca zeigte Debbie den Pulli, den sie gefunden hatte, woraufhin *muss ihn schicken … mehr verdammt … Geld …* von Debbie zu ihr drang. Daraus schloss Becca, dass sie den Pulli seinem Eigentümer würde schicken müssen. Das veranlasste sie dazu, auch die fünf Dollar herauszurücken, die sie auf der Kommode gefunden hatte. Aber zu ihrer Überraschung wollte Debbie sie nicht annehmen.

»Das behältst du. Das ist schließlich dein Trinkgeld, Liebes«, und ihr Flüstern widersprach dem nicht.

Wie Becca bereits festgestellt hatte, stimmten Debbies Gedanken oft nicht mit dem überein, was sie sagte. Ungeachtet dessen, was sie Becca übers Lügen gesagt hatte, war Debbie selbst nicht immer ganz ehrlich. Becca wusste nicht, warum. Sie war sich jedoch sicher, dass es mit Debbies Tochter Reese zu tun hatte.

Als das Telefon klingelte, setzte sich Becca zu den Kindern an den Tisch und schob Chloe ein Stück die Bank rüber. »Mathehausaufgaben? Äks«, bemerkte sie, und Chloe stimmte ihr zu, während Debbie ans Telefon ging.

Sie sagte zu jemandem: »Ja, klar. Sie ist hier. Wie geht's deiner Mom?«

Sie hörte einen Moment lang zu und erwiderte dann: »Sag ihr, sie soll nicht so viel arbeiten«, und reichte Becca daraufhin den Hörer. Sie wackelte mit den Augenbrauen, um anzudeuten, dass jemand Besonderes am Apparat war, und eine Sekunde später erfuhr Becca, dass es Derric war.

Sie nahm an, dass es etwas mit ihren Hausaufgaben zu tun hatte. Geschichte oder Jahrbuch wahrscheinlich, aber zu ihrem Entsetzen hatte sie plötzlich einen totalen Aussetzer. *Hatten* sie Hausaufgaben? Was hatten sie auf?

Doch wie sich herausstellte, ging es gar nicht um Hausaufgaben. Derric erzählte Becca: »Ein paar Leute treffen sich am Goss Lake zu einem Rad-Zeitfahren. Hast du Lust, mitzukommen? Wir nehmen unsere Räder mit. Na ja, irgendwie logisch bei einem Rad-Zeitfahren.«

Becca verstand nicht ganz, was er meinte, konnte aber hören, dass ihn der Anruf ein wenig nervös machte, und das fand sie süß. Als sie jedoch Jenns unverkennbar bissige Stimme im Hintergrund wahrnahm, sagte sie schnell, sie sei nicht sicher, ob sie kommen könne. Sie müsse erst nachfragen, ob es im Motel noch mehr zu tun gebe, und ob sie ihn in ein paar Minuten zurückrufen könne?

Er sagte: »Ja klar«, und fügte hinzu: »Du hast meine Nummer noch, ja?«

Sie verriet ihm nicht, dass sie sie auswendig konnte. Manche Dinge waren peinlich und manche Dinge waren *oberpeinlich*.

Sie legte auf und sagte zu Debbie: »Ein paar Leute treffen sich am Goss Lake und …«

Debbie unterbrach sie: »*Was für* Leute?«, weil ihr Flüstern wissen wollte, ob *Drogen … Oxycodon heutzutage …* mit im Spiel waren.

Becca wusste, dass sich Debbie *immer* Sorgen machte, wenn sich junge Leute irgendwo trafen, ganz gleich, wer diese jungen Leute waren. Sie beruhigte sie: »Nur ein paar Leute von der Schule, hat Derric gesagt«, was nicht ganz der Wahrheit entsprach, aber auch nicht wirklich gelogen war.

Debbie fragte, wie sie dort hinkommen würde, und ihr Flüstern ergänzte: *mich brauchst du erst gar nicht zu fragen*.

Darauf erwiderte Becca, ohne zu überlegen: »Oh, Sie müssen mich nicht hinfahren.«

Ihre Großmutter hatte das immer »ins Flüstern treten« genannt. Um es zu überspielen, fügte Becca hinzu: »Ich fahre mit dem Rad. Das machen alle, hat Derric gesagt. Am See findet ein Rad-Zeitfahren statt.«

»Liebes, mit deinem Fahrrad schaffst du es nie bis Goss Lake«, sagte Debbie. Sie erklärte Becca, dass der See kilometerweit entfernt lag und nur eine klassische Whidbey-Island-Straße dorthin führe. Becca wusste, was das bedeutete: Berge und Kurven ohne Ende.

Sie sagte: »Oh«, und wusste, dass sie traurig klang, weil sie sich traurig *fühlte*, obwohl sie nicht darüber nachdenken mochte, warum das so war. Schließlich trafen sich nur ein paar Leute und fuhren mit dem Fahrrad um den See herum, und die Tatsache, dass Derric Mathieson sie angerufen hatte, um sie einzuladen, bedeutete auch, dass sie selbst bei dem Zeitfahren würde mitmachen müssen. Und da sie *das* hundertprozentig in den Sand setzen würde, war es sowieso besser, wenn sie zu Hause blieb. Auch wenn ihre Fahrkünste merklich besser wurden, weil ihr Rad ihr einziges Fortbewegungsmittel darstellte, war sie immer noch weit davon entfernt, mit einer kilometerweiten Berg-und-Talfahrt fertigzuwerden.

Gute Neuigkeiten für Jenn, dachte Becca. Sie wäre alles andere als begeistert gewesen, wenn Becca King auf der Bildfläche erschienen wäre.

Am Ende ging Becca zum *Star Store*. Er lag nur eine kurze Fahrradfahrt vom Motel entfernt, am Steilufer oberhalb der Saratoga-Passage vorbei, die Cascade Street hinunter und dann um die Ecke in die Second Street. Im Laden schlenderte sie ein wenig durch die Gänge, mit ihren fünf Dollar Trinkgeld, die zumindest teilweise ausgegeben werden wollten. Sie angelte sich eine große Tüte Doritos für sich und zwei Minikürbisse für die Kinder. Sie stand an der Kasse und wollte gerade bezahlen, als eine Stimme hinter ihr sagte: »Zum Schnitzen sind die 'n bisschen zu klein, meinst du nicht?«

Es war Seth Darrow. Er grinste. »Dacht ich's mir doch, dass du's bist. Wie geht's, wie steht's? Hängst du immer noch mit Hunden ab?«

Das verwirrte sie, bis sie sich an ihre erste Nacht in der Hundehütte und an ihren strengen Hundegeruch am nächsten Morgen erinnerte. Sie sagte: »Du hattest recht. Ich wohne jetzt im Motel. Debbie ist klasse.«

»Ich wusste, dass sie dir hilft.«

Nachdem sie alles bezahlt hatte, begleitete Seth sie nach draußen. Er holte seinen Filzhut aus seiner Hosentasche, zog ihn fachmännisch zurecht und setzte ihn auf. Dann sagte er: »Ist alles in Ordnung? Was treibst du so den ganzen Tag?«

»Nicht viel«, erwiderte sie, und aus irgendeinem Grund wirkte er darüber enttäuscht. Sie hatte keine Ahnung, was er wissen wollte oder warum er überhaupt irgendetwas wissen wollte. Aber er war ein netter Kerl, und deshalb fügte sie hinzu: »Na ja, *eigentlich* wollte ich mich heute mit ein paar Leuten von der Schule am Goss Lake treffen, aber ich kann nicht hin.«

Sein Gesicht hellte sich auf. »Leute von der Schule? Warum kannst du nicht hin?«

»Debbie meinte, dass ich es wahrscheinlich nicht bis dahin schaffen würde. Auf dem Fahrrad, weißt du?« Sie deutete mit dem Kopf in Richtung ihres Rads, das diesmal neben dem Müllcontainer stand.

Seth sagte: »Oh ja. Um bis zum See hinauszufahren, brauchst du auf jeden Fall ein besseres Fahrrad.«

»Das stimmt wahrscheinlich. Aber ich hatte irgendwie das Gefühl, dass Debbie sich zu viele Sorgen macht und vielleicht deshalb nicht wollte, dass ich hingehe.«

Seth erwiderte: »Das liegt vermutlich an der Sache mit ihrer Tochter. So ist Reese gestorben. Auf ihrem Rad.«

»Oh.« Becca hatte das nicht gewusst. Nur, dass Ms Ward, die Schulsekretärin, an ihrem Tod schuld war.

Sie hätte gern mehr darüber erfahren, aber Seth meinte, er sei nur kurz in den Laden gekommen, um seinen Gehaltsscheck abzuholen, und sagte: »Sammy und ich können dich zum Goss Lake fahren, wenn du magst.«

»Wer ist Sammy?«, fragte sie. Seth schenkte ihr ein breites Grinsen.

»Komm, ich stell ihn dir vor«, erwiderte er.

Wie sich herausstellte, war Sammy Seths Auto. Es war ein alter VW Käfer, Baujahr 1965. Das Auto war ganz neu hergerichtet und so glänzend lackiert, dass sich Beccas Gesicht darin spiegelte.

Bevor sie den *Star-Store*-Parkplatz verließen, zeigte Seth neben der Tür auf ein Gebäude, das wie ein kleines Landhaus aussah, senffarben gestrichen war und einen kleinen Vorgarten hatte. Das, erklärte er ihr, war das Gemeindezentrum. »Wenn du mal andere Leute als die von der Highschool treffen willst, solltest du hierherkommen. Nach der Schule und am Wochenende. Ich spiele dort manchmal Schach. Und Gitarre mit meinem Trio. Es ist ein guter Treffpunkt.«

Sie zuckelten die Second Street hoch, während Seth Becca erklärte, dass es verschiedene Routen zum Goss Lake gab. Debbie habe aber mehr oder weniger recht gehabt, was die Fahrt dorthin betraf. Ganz gleich, welche Strecke man nahm, es ging ständig steil bergauf.

Seths Weg führte direkt bis ans Ende der Second Street und auf eine Straße namens Saratoga Road. Diese führte immer wieder durch Wälder und an Wiesen und Sumpfgebieten vorbei und schlängelte sich hoch oben an der Passage zwischen Whidbey und Camano Island entlang.

Als sie Goss Lake erreichten, konnte Becca durch die Bäume nur einen schmalen Teil des Sees ausmachen. Er lag offenbar völlig windgeschützt in einer Senke verborgen.

Überall waren junge Leute. Die meisten flitzten auf der Straße, die um den See herumführte, in dieselbe Richtung. Andere standen mit Stoppuhren am Straßenrand und brüllten den Radfahrern ihre Zeiten zu. Becca sagte zu Seth: »Wow. Es soll irgendeine Art Zeitfahren sein. Ich hätte nicht gedacht, dass so viele Leute daran teilnehmen.«

Seth beobachtete die Radfahrer einen Moment lang und ließ die Hände auf dem Steuer ruhen, während er Sammy vor dem Stoppschild am Rande der Strecke, der die Radfahrer folgten, im Leerlauf ließ.

»Sie bereiten sich wahrscheinlich auf ein Wettrennen vor und drehen Runden um den See«, erklärte er. »Vermutlich eine Wohltätigkeitsveranstaltung. Auf der Insel findet *ständig* irgendeine Wohltätigkeitsveranstaltung für den einen oder anderen guten Zweck statt. Du wirst dich daran gewöhnen.«

Sie beobachteten die Radfahrer noch ein wenig länger und Seth sah sich jeden, der vorbeifuhr, ganz genau an.

»Suchst du jemand Bestimmten?«, fragte Becca.

Er sagte: »Wer? Ich? Nee.« Er wehrte die Idee mit einer Handbewegung ab. »Und du? Mit wem bist du hier verabredet?«

»Mit ein paar Leuten«, erwiderte sie.

»Jetzt weiß ich mehr«, witzelte er.

»Derric Mathieson«, sagte sie.

Auf das, was als Nächstes passierte, war Becca nicht gefasst. Die Stimmung im Wagen sank schlagartig auf den Nullpunkt, so als wäre mit einem Mal alles Leben aus dem alten VW gesaugt worden. In der Leere hörte Becca: *Scheißkerl … hat nicht … oh ja, alles klar … als hätte ich wirklich geglaubt …*

Becca sah vorsichtig zu Seth hinüber. Seine Augen waren wie erloschen, und ihr wurde unwohl zumute.

Als er endlich etwas sagte, klang es misstrauisch und fast ein wenig ausweichend. »Ich muss dich hier rauslassen. Zu viele Fahrräder auf der Straße. Wahrscheinlich hängen alle beim Bootssteg ab. Da fängt das Rennen bestimmt an.«

Er zeigte nach rechts. Der Steg sei nur ein kleines Stück die Straße hinunter, erklärte er ihr. Da finde sie bestimmt jemanden, der sie später mit zurück nach Langley nehmen könne. »Ich kann nicht bleiben«, sagte er. »Frag einfach jemanden nach einer Mitfahrgelegenheit, okay?«

Er klang beunruhigt, als täte es ihm leid, sie hier allein zu lassen.

Aber *auf keinen Fall, auf keinen Fall … das Letzte, was ich brauche … Wichser, Arschloch,* ging ihm durch den Kopf, und der Ausdruck auf seinem Gesicht blieb unverändert. Becca hatte das Gefühl, seine Gegenwart nicht länger ertragen zu können. Sie musste so schnell wie möglich von ihm weg, selbst wenn es bedeutete, dass sie später den ganzen Weg nach Langley zurücklaufen musste.

Becca ging die schmale Straße in die Richtung hinunter, die Seth ihr angezeigt hatte. Die Fahrräder zischten an ihr vorbei. Die Leute entlang der Straße riefen den Fahrern Zeiten und Ermunterungen zu. Becca fing ein paar der Gedanken auf, die den vorbeisausenden Radfahrern durch den Kopf schossen. Natürlich konnte sie diese Gedanken niemandem zuordnen, weil sie wie Blätter im Wind durch die Luft wirbelten. Da waren die wilden Flüche von jemandem, der das Radfahren satthatte. Andere unzusammenhängende Worte verrieten ihr, dass ein paar Jungs beim Fahren die Hintern bestimmter Mädchen bewunderten. Jemandem war heiß, und viele hatten Durst. Aber die Stimmung war ausschließlich freundlich und unschuldig. Ganz anders als diese letzten Augenblicke mit Seth.

Becca fand den Bootssteg. Am Anfang des Wegs, der zum Parkplatz führte, stand ein Tisch, und an diesem Tisch saßen drei Jugendliche mit einem Stapel Papiere, während zwei Jungs die Zeiten aufschrieben, die ihnen die Leute mit den Stoppuhren durchsagten. Einer von ihnen war Derric. Er sah Becca, lächelte und winkte ihr zu.

»Du bist ja doch gekommen!«, rief er. »Komm rüber. Pass auf die Fahrräder auf.«

Als sie vorsichtig den Weg überquerte, sah sie, wie er einem seiner Kollegen am Tisch ein Klemmbrett gab. Dann kam er herüber und schenkte ihr sein strahlendstes Lächeln.

»Wie bist du hergekommen? Hast du's mit dem Fahrrad geschafft?

Ganz schön beeindruckend … für ein Mädchen«, sagte er und grinste wieder.

Sie entgegnete: »Schön wär's. Seth Darrow hat mich hergefahren. Aber er konnte nicht bleiben.«

Derric sagte: »Oh, schade«, aber Becca hörte in seinem Flüstern: *knapp knapp knapp*. Es entfuhr ihm wie ein Seufzen, wie dahintreibende, schwere, dunkle Regenwolken. Er fügte hinzu: »Jedenfalls bin ich froh, dass du hier bist«, und in Gedanken: *nett*, sowie: *viel zu knapp*, und dann: *fühlt … Freude*.

Sie fragte sich, was das alles zu bedeuten hatte. Fand er es nett, dass sie da war? Empfand er »Freude«, wenn sie in der Nähe war? Aber warum sollte er das tun, wenn er sie doch kaum kannte?

»So ist das«, sagte er mit einem Schulterzucken.

Sie spürte, wie sie völlig erstarrte, als hätte er auf ihre Gedanken geantwortet. Sie sagte: »Hä?«

»Es ist immer schade, wenn jemand nicht Teil von etwas sein will, weißt du?«, erwiderte er.

»Oh«, sagte sie. »Seth.«

»Ja. Seth.«

Derrics Gedanken waren nicht voller Schimpfwörter und Boshaftigkeiten, als er Seths Namen aussprach, aber die dunklen Wolken kehrten zurück und mit ihnen der Geruch von Rauch, als brenne nicht weit von ihnen entfernt ein Feuer. Becca sagte zu Derric: »Kennst du Seth? Ich gehe mal davon aus. Hier scheint ja jeder jeden zu kennen.«

»Oh ja«, antwortete Derric. »Ich kenne Seth«, und sein Tonfall verriet Becca, dass etwas Schlimmes zwischen ihnen vorgefallen war. Er nahm Beccas Arm und führte sie weiter von der Straße weg. Sein Griff war fest und sie dachte, er wollte ihr etwas sagen. Aber dann fügte er hinzu: »Wir müssen aus dem Weg gehen. Wenn ein Fahrer die Kontrolle verliert, wird noch einer von uns verletzt.«

Ein Schwall wilder Flüche ergoss sich über sie. Ohne etwas sehen zu können, wusste Becca, wer sich ihnen da näherte. Sie war nicht überrascht, als Jenn mit quietschenden Reifen am staubigen Straßenrand zum Stehen kam.

»Was zum Teufel machst *du* hier? Geh aus dem Weg! *Siehst* du nicht, was hier los ist?« Noch mehr wilde Flüche folgten, aber Becca spürte, dass Jenn sie nicht vor Derric aussprechen wollte. Hätte Derric nicht neben ihr gestanden, mit seiner Hand auf ihrem Arm, wäre Jenn mit Sicherheit auf sie losgegangen, so viel war Becca klar. »Hier läuft gerade ein Zeitfahren und du stehst im Weg! Was ist los mit dir? Bist du geistig zurückgeblieben, oder was? Ich dachte, du könntest sowieso nicht kommen. Warum bist du überhaupt hier? Machst du dir Sorgen, hier könnte irgendwo 'ne *Kasse* rumstehen?«

Becca wich einen Schritt zurück. Jenns Wut war viel stärker als der Rauch von Derrics Flüstern.

Derric verstärkte den Druck auf ihren Arm und sagte: »Seth hat sie hergefahren. Es ist alles in Ordnung, Jenn.«

Jenn riss die Augen weit auf. Sie johlte laut los. »Seth *Darrow*? Wow. Du bist 'ne echte Überfliegerin, was?«

Ihr Blick wanderte von Becca zu Derric und dann von Derrics Hand zu Beccas Arm. Dann erblickte sie die *Star-Store*-Tüte mit den Kürbissen und den Doritos in Beccas Hand. Mit einem spöttischen Grinsen sagte sie: »Und was ist da drin? Dein Mittagessen oder deine Ausbeute?«

Becca stammelte: »Das ist … na ja … da sind Kürbisse drin.« Die ganze Sache war ihr zu peinlich, um auch noch die Doritos zu erwähnen. Jenn war drahtig wie ein Gepard und musste nicht unbedingt mitkriegen, warum Becca gerade dabei war, wie ein Hefekloß aufzugehen. Sie fügte betreten hinzu: »Die sind für Debbies Enkelkinder.«

Jenn verdrehte die Augen. »Du bist ja *so* eine Heilige. Als wüssten nicht alle, warum du mit diesen Kindern herumhängst, Beck-kaaa.« Sie schüttelte den Kopf, lachte und fuhr los.

Als sie weg war, bemerkte Becca, dass Derrics Hand immer noch auf ihrem Arm lag, er seinen Griff aber gelockert hatte. Jetzt tätschelte er sie beschwichtigend, und sein Flüstern sagte: *tut mir leid ... oh Mann ... bescheuert*. Er sprach jedoch nichts laut aus. Schließlich sagte *sie* etwas.

»Warum hasst sie mich so?«, fragte sie.

Derric nahm seine Hand von ihrem Arm und berührte kurz ihre Schulter. »Es liegt nicht an dir. Okay?«

»Woran liegt es dann? Ich habe nämlich nichts getan, außer einen Zehner und keinen Zwanziger zu sehen.«

Derric blickte sie verwirrt an. »Was?«, fragte er.

»Ach, nichts«, sagte sie. »Es ist bescheuert. Vergiss es.«

KAPITEL 10

Die erste Arbeit, die Becca draußen für Debbie erledigen musste – als Gegenleistung für das kostenlose Zimmer im Motel –, kam am Samstag auf sie zu, nach dem Ausflug zum Goss Lake. Es sei keine schwere Arbeit, sagte Debbie ihr am Morgen, aber sie würde sich schmutzig machen. Doch es müsse nun mal sein.

Es stellte sich heraus, dass die Arbeit die gesamte Motelfront umfasste. Dort erstreckten sich nämlich die Blumenbeete entlang der beiden Straßen, an deren Kreuzung das Motel stand, und trennten den Trakt mit den Zimmern von den Parkplätzen. Vor ihrer Zimmertür stellte Debbie einen Eimer mit Gartengeräten, einen riesigen Behälter mit Pflanzendünger und zwei Dutzend Beutel mit Blumenzwiebeln ab. Im Herbst müsse gepflanzt werden, sagte sie. Sie selbst fuhr mit Chloe und Josh einkaufen.

Nachdem Debbie und die Kinder unter großem Getöse abgerauscht waren, holte Becca ihr Handy aus der Tasche. Sie hatte immer wieder versucht, Laurel zu erreichen. Und jedes Mal war es ihr wieder nicht gelungen. Becca fing langsam an, sich den Ernstfall auszumalen: dass Jeff Corrie ihre Mutter aufgespürt hatte. In diesem Fall hätte Laurel sofort ihr Handy verschwinden lassen, um zu verhindern, dass er

Beccas Aufenthaltsort ausfindig machte, denn mit dem Handy konnte ihm das gelingen.

Becca versuchte es erneut, aber wieder kam keine Verbindung zustande. Sie redete sich ein, dass alles in Ordnung sei, *alles in Ordnung, alles in Ordnung*. Dann steckte sie das Handy wieder in die Tasche und begann mit ihrer Arbeit. In jeder Tüte waren mehr als ein Dutzend Blumenzwiebeln, und bei insgesamt zwei Dutzend Tüten würde sie eine ganze Weile beschäftigt sein.

Sie hatte noch nie zuvor Blumenzwiebeln eingepflanzt, denn in San Diego gediehen sie nicht so gut. Also kippte sie den Inhalt der ersten Tüte auf den Boden, nahm eine Zwiebel in die Hand und überlegte, welche Seite wohl nach unten gehörte. Irgendwie erschien es ihr logisch, die Zwiebel mit dem spitzen Ende zuerst in die Erde zu stecken, also tat sie das auch. Nachdem sie die ersten vier Beutel eingepflanzt hatte, fuhr hinter ihr ein Wagen auf den Parkplatz. Sie stand auf und klopfte sich die Hose ab, um den potenziellen Gast zu begrüßen.

Es war ein VW und er gehörte Seth. Auf dem Beifahrersitz hockte ein gelber Labrador. Kaum hatte Seth seine Tür aufgemacht, um auszusteigen, sprang der Hund über seinen Schoß aus dem Auto und galoppierte auf Becca zu. Er wedelte so heftig mit dem Schwanz, dass sein ganzes Hinterteil mit ihm hin und her schwang. Bevor sie ihn aufhalten konnte, stand er schon im Blumenbeet und fing an zu graben.

»Gus!«, schrie Seth. »Hey, hör auf damit! Tut mir leid, Becca. Er ist noch klein.«

Besonders klein fand Becca ihn nicht, aber vermutlich meinte Seth, dass er noch sehr jung war. Jedenfalls war er schlecht erzogen, denn er schien Seth überhaupt nicht zu beachten und buddelte munter weiter. Er gebärdete sich, als läge der köstlichste Knochen der ganzen Welt in Beccas Blumenzwiebelbeet vergraben.

Seth zerrte ihn weg und schimpfte mit ihm. Aber Gus schien das nicht zu kümmern. Er sprang an Seth hoch und schleckte ihm über den Mund.

»Bah!«, rief Seth gutmütig und holte eine Leine vom Vordersitz. Er befestigte sie an der Stoßstange, machte Gus daran fest und ging dann zu Becca, um zu sehen, was sie machte.

Sie war gerade dabei, ein paar weitere Zwiebeln in die Erde zu befördern, und sagte ihm, sie pflanze sie für Debbie. Da fragte Seth sie, was ihrer Meinung nach mit den Zwiebeln passieren würde.

»Wieso? Da werden im nächsten Frühling Blumen draus. Tulpen und Narzissen und …« Sie sah auf eine der Tüten. »Und Hyazinthen.«

»Ach so. Aber das wird bei denen nicht klappen.«

»Warum nicht?«

»Weil du sie falsch herum eingepflanzt hast.«

»Oh nein!« Becca nahm eine Zwiebel in die Hand und betrachtete sie. »Und ich dachte, spitze Enden kommen immer nach unten!«

»Wie viele hast du denn schon eingepflanzt?«

»Vier Tüten.«

»So ein Pech.« Er kratzte sich den Kopf und sah erst zum Hund und dann zu ihr. »Was soll's! Ich helfe dir. Wenn du mir auch hilfst.«

»Womit?«

»Mit Gus.«

»Was hast du denn vor?«

»Ich will mit ihm in den Wald, in die Saratoga Woods, und ein bisschen laufen. Wir müssen uns aber beeilen, sonst beißt er irgendwann seine Leine durch.«

Und es ging wirklich schneller, zumal Seth das Graben übernahm.

Sie waren gerade fertig geworden, da kam Debbie mit Josh und Chloe zurück. Seth war dabei, verstreute Erde zusammenzufegen und sie ins Blumenbeet zu kippen, und Becca sammelte die leeren Tüten und Geräte ein. Dann hörte sie den Wagen und drehte sich um, während Debbie einparkte.

Josh und Chloe sprangen aus dem Wagen und schrien: »Hundi! Hundi!«, und Gus fing an zu springen und zu bellen und versuchte, sich loszureißen, um zu den Kindern zu laufen. Die Gefühle, die von ihnen ausgingen, waren weich und süß wie Marshmallows. Doch als Debbie ausstieg und die Tür zuknallte, hörte Becca energisches und wütendes Flüstern. *Kiffer* … *Loser* … Dabei warf Debbie Seth böse Blicke zu. Dieser stand an dem Blumenbeet, das am weitesten von Debbies Auto entfernt lag, drehte sich um und musterte sie wachsam.

Dann nickte er und sagte: »Hallo, Mrs Grieder.«

»Was hast du hier zu suchen, Seth Darrow?«

»Seth hat mir mit den Zwiebeln geholfen«, sagte Becca rasch. »Ich war so blöd und hab sie falsch herum eingepflanzt.«

Gus bellte und hüpfte immer noch, und die Kinder knieten vor ihm auf dem Boden. Gus leckte ihre Gesichter ab und versuchte, sie anzuspringen. Da fragte Josh Seth: »Dürfen wir ihn von der Leine lassen?«

»Bloß nicht«, antwortete Seth lachend. »Dann läuft er sofort weg. Aber wenn ihr wollt, könnt ihr seine Leine festhalten. Er heißt übrigens Gus. Hier …« Er ging zum VW und löste die Leine von der Stoßstange. Dann reichte er sie Josh, den der Hund sofort quer über den Parkplatz zerrte, um das Motel herum zog und zum leer stehenden Grundstück schleifte. Chloe lief ihnen lachend hinterher und Becca spürte die Freude der Kinder. Sie war ebenso groß wie der Schmerz ihrer Großmutter.

Seth schien es auch zu spüren. Aber wahrscheinlich wusste er, was dahintersteckte, dachte Becca. Er machte rasch die Tür seines VW auf und klappte den Fahrersitz nach vorne. Über die Schulter sagte er zu Debbie: »Ich habe Becca was mitgebracht, Mrs Grieder. Das hier ist besser als das, was sie gerade hat, und ich hab ja jetzt Sammy …«

»Wer ist Sammy?«, fragte Debbie misstrauisch. »Ich dachte, der Hund heißt Gus.«

»Sammy ist mein Auto«, sagte Seth. Er steckte den Kopf ins Auto und fing an, im Kofferraum etwas frei zu rütteln.

Becca hatte keine Ahnung, wie er es geschafft hatte, es da hineinzubekommen, aber Seth holte ein Fahrrad aus seinem VW-Käfer heraus.

»Ein Mountainbike. Einundzwanzig Gänge. Schon ein bisschen alt, aber es läuft einwandfrei, und ich habe es auch geölt. Ich zeig dir, wie man damit fährt.«

»Was, *jetzt*?« Debbie sah in die Richtung, in die die Kinder mit Gus gelaufen waren und von wo jetzt aufgeregtes Bellen erklang. »Tut der Hund den Kindern auch nichts?«

»Nein. Aber ich geh ihn trotzdem mal holen.« Seth lehnte das Fahrrad ans Auto, lief um das Motel herum und rief: »Hey, du dummer Hund!«

Becca sah Debbie an und Debbie betrachtete das Fahrrad. *Nicht* … schwang in der warmen Herbstluft zwischen ihnen.

Becca wusste nicht genau, worauf es sich bezog. Aber nach dem, was Seth ihr über Debbies Tochter erzählt hatte, hatte es bestimmt mit deren Fahrradunfall zu tun. Sie sagte zu Debbie: »Ich habe ein Geschäft mit ihm gemacht.«

Debbie riss ihren Blick vom Fahrrad los. »Was?« Dann holte sie rasch eine Packung Zigaretten aus der Jacke.

»Ich habe Seth versprochen, ihm mit Gus zu helfen, weil er mir mit den Zwiebeln geholfen hat.«

»Wieso braucht er mit Gus Hilfe?«

»Er will mit ihm laufen gehen.«

»Wo?«

»In den Saratoga Woods.«

Da hörte Becca, wie in Debbies Kopf die Alarmglocken schrillten, und zwar so laut, als würden in der ganzen Stadt tatsächlich Glocken läuten. Danach hörte sie: *na klar … laufen … sicher …*, woraus sie schloss, dass Debbie ihr nicht glaubte.

»Ich habe es ihm versprochen«, fuhr Becca fort. »Schließlich hat er mir auch geholfen, und ich will mich revanchieren. Soll ich vorher noch irgendwas anderes für Sie machen?«

»Nein«, sagte Debbie, und in dem Augenblick kam Seth mit den Kindern und dem Hund um die Ecke gebogen, und jetzt hielt *er* Gus' Leine fest. »Nein, geh du ruhig in den Wald. Wenn du unbedingt willst.«

Als Chloe und Josh das hörten, fingen sie an zu quengeln, dass sie auch mitgehen wollten, und Seth sagte: »Klar. Je mehr, desto besser«, und sah Debbie fragend an.

»Zeit fürs Mittagessen«, sagte Debbie zu den Kindern.

»Ich habe Thunfischsandwichs dabei«, sagte Seth. »Nur zwei, aber wir können sie ja teilen.«

Doch Debbie antwortete kurz angebunden: »Kommt nicht infrage. Die Kinder bleiben hier. Viel Spaß, Becca.«

Damit ging sie zur Ladefläche des Pick-ups, riss die Klappe auf und fing an, die Einkaufstüten herauszunehmen.

Sie sprachen nicht über Debbie, während sie sich vom Motel entfernten. Gus hechelte auf dem Rücksitz und der VW ratterte die abschüssige Second Street hinunter, wo ein Haufen Leute vor einem Coffeeshop mit Namen *Useless Bay Coffee* an Tischen saßen, aßen und tranken. Von einer kleinen Bühne drang Gitarrenmusik zu ihnen. Der Gitarrist war ziemlich gut. Seth fuhr etwas langsamer, um zuzuhören.

Er sagte zu Becca: »Das bin ich in sechs Monaten. Gypsy-Jazz.«

»Du kannst *so* spielen?«, fragte sie beeindruckt.

»Gitarre spielen ist mein Leben«, verriet er ihr.

Es war ein strahlender, kühler Tag, und Becca wurde wieder einmal klar, wie anders dieser Ort war als die Stadt, die sie kannte. Wenn in San Diego die Sonne schien, war es warm. Hier fing nur das Laub an zu leuchten und der Himmel erstrahlte in einem intensiven Blau.

Die Saratoga Woods lagen ein paar gewundene, baumbewachsene Kilometer von der Stadt entfernt, gegenüber der Saratoga-Passage, deren Wellen im strahlenden Sonnenschein glitzerten und wogten. Der Wald war dicht und wälzte sich auf einer breiten Wiese einen Hügel hinauf. Sie verließen die Straße und fuhren auf einen Parkplatz, auf dem schon fünf Autos und ein Lieferwagen standen, den Becca sofort erkannte. Diana Kinsale, die Frau, die sie an ihrem allerersten Abend auf der Insel mitgenommen hatte, war auch hier im Wald. Wahrscheinlich war sie mit ihren Hunden unterwegs, genau wie Seth, dachte Becca.

Seth nahm Gus zunächst an die Leine und erklärte Becca, dass er ihn erst frei laufen lassen würde, wenn sie an der Wiese vorbei und auf einem der Wanderwege angekommen sein würden. Wenn er davor alleine loslaufen würde, hätten sie keine Chance, ihn jemals wieder einzufangen. Dazu war er zu schnell und der Wald zu dicht. Und riesig.

Becca hatte ihre AUD-Box nicht dabei. Sie hatte sie nicht getragen, als sie die Blumenzwiebeln eingepflanzt hatte. Und sie war auch nicht noch einmal in ihr Zimmer gegangen, um sie zu holen, bevor sie mit Seth losgefahren war. Das Erste, was sie hörte, als sie die Wiese überquerten, war ein unterschwelliger Flüsterteppich, kaum hörbar, aber unverkennbar. Und mit dem Flüstern nahm sie einen fast unmerklichen Geruch wahr, den sie aber sofort erkannte.

Sie drehte sich um und sah dorthin, wo sie gerade hergekommen waren. Kein Mensch war in der Nähe. Auf dem Platz standen nur die Autos, der Lieferwagen und eine Informationstafel, deren Überdachung Schutz vor schlechtem Wetter bot. An einen der Pfosten, welche das Dach stützten, war ein Fahrrad gekettet.

Becca sah von dem Fahrrad zum Wald. Eine Welle warmer, süßer Luft wogte ihr entgegen, wie ein von Sonnenlicht erwärmter Windhauch. Nur dass hier kein Wind wehte. Alles, was sie spürte, war dieser Duft, der Duft nach gekochten Früchten.

Sie sah Seth an, doch der schien nichts bemerkt zu haben. Als sie zu einem Wanderweg kamen, der in den schattigen Wald hineinführte, beugte er sich zu Gus hinunter und machte ihn von der Leine los.

Sie begannen mit ihrer Wanderung. Fünf Minuten lang war alles ruhig. Sie liefen auf einem Weg entlang durch den Wald, der Boden federte unter ihren Schritten und es roch nach fauligem Laub. Gus lief vor ihnen her, schnüffelte an jedem Stock, hob sein Bein an einem Heidelbeerbusch und kam wieder fröhlich zurückgaloppiert, um sich von Seth ein Leckerli zu holen.

Dann erklang von irgendwoher Gebell, und da ging es los. Gus hob den Kopf und bellte freudig zurück. Seth begann zu ahnen, was er vorhatte, und brüllte: »Gus, du bleibst hier!« Aber da war der Hund schon losgelaufen. Irgendwo im Wald waren andere Hunde, und die musste Gus unbedingt begrüßen. Der Labrador rannte los wie der Blitz und verschwand zwischen den Bäumen.

Seth sagte: »Verdammt! Ich muss ihn wieder einfangen«, und rannte ebenfalls los. Er rief: »Gus, bei Fuß! Bei Fuß!«, während er hinter ihm herlief.

Becca folgte ihnen. Aber Gus' Bellen wurde immer leiser und bald sah sie auch, warum. Sie kam zu einer von Bäumen gesäumten Gabelung und hatte nicht den geringsten Anhaltspunkt, in welche Richtung Seth und der Hund gelaufen waren.

Becca blieb stehen. Die Luft war kühl unter den hoch aufragenden Zedern, Hemlock- und Douglastannen. Und sie war voll von Geflüster. Dieses Flüstern war überraschend laut, wenn man bedachte, dass kein

Mensch in der Nähe war. Fast so, als würde sich hinter jedem Baum jemand verstecken. Das Flüstern erzählte von Sehnsucht und Hoffnungslosigkeit und offenbarte Verwirrung, Wut und Verzweiflung. Es kam aus allen Richtungen zugleich.

Becca war es gewohnt, das Flüstern anderer zu hören. Schließlich hatte sie schon damit angefangen, als sie erst vier Jahre alt war. Aber diese Art von Flüstern war zu viel für sie. Ihr wurde schwindlig und es war, als ob das Geflüster sie herumwirbeln würde, während sie versuchte, die verschiedenen Stimmen zu unterscheiden. Und unter all diese Stimmen mischte sich Derrics süßer Duft wie ein steter Unterton.

Also war er tatsächlich hier. Ebenso wie Diana und ihre Hunde. Und die Autos auf dem Parkplatz wiesen darauf hin, dass außer ihnen noch andere Leute im Wald waren. Sie alle führten irgendetwas im Schilde. Und sie waren nicht weit weg.

Sie musste sich für einen Weg entscheiden. Erst rief sie Seth. Und dann Gus. Tatsächlich kam ein Bellen zurück, aber sie hätte nicht sagen können, aus welcher Richtung. Also entschied sie sich willkürlich für den Weg auf der linken Seite, der schon nach knapp fünfzig Metern steil bergauf führte. Sie kletterte über die freiliegenden knorrigen Wurzeln einer uralten Zeder und streifte riesige Holunderbüsche.

Da hörte sie einen Schrei. Es klang nach Seth. Sie schrie zurück, doch als Antwort kam nur das Gebell von mehreren Hunden. Der Weg wurde immer schmaler und steiler, machte eine Haarnadelkurve, war dann von Felsbrocken versperrt und brach schließlich aus dem dicht bewaldeten Gebiet aus, in einen fast baumlosen Abschnitt. Das unerwartete Sonnenlicht blendete Becca und sie stolperte. Sie spürte wieder das Schwindelgefühl von eben, kippte nach hinten und streckte dabei die Hand aus, die einen Baumstumpf streifte, auf den sie sich langsam setzte. Vom Klettern war sie ganz außer Atem. Außerdem hatte sie sich völlig verlaufen, und das ärgerte sie.

Sie versuchte, das Flüstern nicht zu beachten und sich zu konzentrieren. Plötzlich kamen Hunde auf sie zugelaufen. Sie bellten aufgeregt und einer von ihnen sprang sie an und warf sie vom Baumstumpf.

Danach wurde sie von unzähligen Hundenasen beschnüffelt, bis jemand rief: »Hunde!« Becca wusste, dass es Diana Kinsale war. Sie hatte die Hunde schon erkannt, da sie vor allem an ihrer Jackentasche schnüffelten, in der die Zuckerkekse von der Fähre gelegen hatten. Becca stand auf und schob die Tiere zur Seite, als Oscar, der schwarze Pudel, sich zu ihnen gesellte und seine Leine dabei hinter sich herzog. Direkt hinter ihm war Gus. Sie versuchte, ihn festzuhalten, als er nah genug war, aber er ließ sich nicht fangen.

Diana befahl: »Alle Hunde zu mir!«

Und sofort gehorchten sie – alle außer Gus, der in sicherer Entfernung von Becca dastand und mit leuchtenden Augen und wedelndem Schwanz darauf wartete, dass die Jagd weiterging. Diana sagte zu Becca: »Haben sie dich umgerannt? Das tut mir leid. Sie tun nichts, aber sie dürfen nicht … Hey! Du bist doch das Mädchen mit dem Fahrrad. Becca, oder?«

Becca stand auf und behielt Gus im Auge. »Sie haben mich nicht umgerannt. Ich saß auf dem Baumstumpf und bin abgerutscht.«

»Brauchst du eine Leine für den Hund?«, fragte Diana. Sie nahm dem Pudel die Leine ab. »Oscar braucht eigentlich gar keine. Du kannst sie gerne haben. Ist das dein Hund?«

»Gus? Nein, der gehört Seth.«

»Seth Darrow?«, fragte Diana, und das klang so, als würde sie nicht nur Seths Namen kennen, sondern auch noch einiges mehr über ihn wissen. »Wo ist er denn langgegangen?«

Als Diana sie das fragte, fiel Becca wieder auf – genau wie an dem Tag, an dem sie sich zum ersten Mal begegnet waren –, dass sie bei ihr kein Flüstern hören konnte. Dabei war das doch gar nicht möglich, denn soweit Becca wusste, gingen allen Menschen Gedanken durch den Kopf. Und die, bei denen das nicht so war, waren tot. Aber diese Diana war sehr lebendig. Trotzdem hörte Becca ihre Gedanken nicht. Und das lag auch nicht daran, dass sie im Kopf ein Gedicht aufsagte, um ihre Gedanken zu verstecken, so wie Laurel: *Hört her meine Kinder und gebt gut acht auf Paul Reveres Ritt durch die dunkle Nacht.*

»Wo ist er langgegangen?«, wiederholte Diana.

»Seth? Ich weiß nicht. Er war zu schnell für mich.«

»Das hier ist der Weg zu den Putney und Metcalf Woods«, klärte Diana sie auf und zeigte auf den Weg, den sie gekommen war. »Ist er hier langgegangen?«

»Ich glaube nicht. Aber ich kann es nicht beschwören. Ich habe Lärm gehört und … tut mir leid, aber ich muss Gus einfangen.«

»Hier, nimm die Leine«, sagte Diana. »Du kannst sie mir später zurückgeben. Du weißt ja, wo ich wohne.«

»Meinen Sie wirklich?«

»Klar.«

Becca bedankte sich und lief in die Richtung, in die Gus zuletzt verschwunden war. Natürlich war er längst über alle Berge, aber sie rannte trotzdem weiter. Erst rief sie nach Gus und dann nach Seth. Schließlich sah sie den Hund vor sich auf einem Farnstrauch im Schatten liegen, denn dank seines leuchtenden Fells war er gut zu erkennen. Er hechelte, seine Pfoten waren matschverschmiert und sein Fell schmutzig. Aber er wirkte wie im siebten Himmel.

Er ließ sie näher kommen und im ersten Augenblick fürchtete sie, dass er sich verletzt hatte. Aber vermutlich war er einfach nur erschöpft und blieb deshalb sitzen. Und ließ sich deshalb auch anstandslos an die Leine nehmen.

»Okay, gehen wir«, sagte Becca. »Genug gespielt. Jetzt müssen wir Seth suchen. Bring uns zurück zum Auto.«

Sie waren nicht weit vom Anfang des Wanderwegs entfernt, wo sie den Wald betreten hatten, als Becca merkte, dass das Flüstern aufgehört hatte. Sie hielt inne und lauschte. Sie hörte weder Vogelgezwitscher noch bellende Hunde noch Geschrei. Jedes Gefühl, das ihr vorher die Luft zugetragen hatte, war verschwunden.

Noch schlimmer aber als das Verklingen des Flüsterns war der Geruch. Der süße Duft, der ihr vorher durch die Luft entgegengekommen war, war nicht mehr da. Sie spürte überhaupt nichts mehr. Beccas Magen begann sich zusammenzuziehen.

»Derric«, sagte sie. Dann: »Derric?« Und auf einmal wusste sie es – ohne genau zu wissen, was. Sie schrie: »Derric!«, und lief los.

Sie wusste nicht, wohin sie lief und warum, aber Gus schien zu spüren, dass etwas nicht stimmte. Und er schien zu wissen, wo es langging, denn er rannte voraus. Sie liefen den Weg hinab und kamen auf der Wiese heraus, die am Rande der Saratoga Woods lag. Aber anstatt zum Parkplatz zurückzulaufen, bogen sie nach rechts ab.

Sie liefen am Waldrand vorbei und auf eine Farm zu, die auf der Südseite der Wiese begann. Doch bevor sie sie erreichten, schlug sich Gus wieder in den Wald. Hier, am äußersten südwestlichen Ende, fing ein anderer Weg an. Er war schmal und stieg sofort steil an, erst den Hügel oberhalb der Farm und dann im Wald, wo er immer noch steiler wurde und immer höher hinaufführte.

»Derric?«, rief Becca, während sie lief. Gus zog an der Leine. »Derric!«

Gus stürmte voraus und bellte, aber Becca konnte nicht mit ihm Schritt halten, also ließ sie seine Leine los und ließ ihn alleine weiterlaufen. Er hetzte knapp fünfzig Meter den Weg hinauf, und als sie schon dachte, sie würde ihn nie wieder einfangen können, blieb er stehen und beschnüffelte aufgeregt den Boden.

Da kam Becca auf die Idee, dass sie vielleicht Seth suchten und sie

Derric nur deshalb weder hören noch spüren konnte, weil er den Wald längst verlassen hatte. Also rief sie jetzt: »Seth! Seth!«, so wie sie vorher nach Derric gerufen hatte.

Als sie bei dem Hund ankam, lief er weiter, aber er kletterte nicht weiter hinauf und blieb auch nicht auf dem Weg. Stattdessen raste er einen Abhang hinunter, und da sah Becca, woran er vorher geschnüffelt hatte.

Es war der deutliche Abdruck eines Schuhs mit seltsamer Sohle. Daneben stand ein Heidelbeerbusch, an dem ein paar Äste abgebrochen waren. Am Boden vor dem Busch waren Anzeichen eines Aufpralls.

Becca wollte nicht hinsehen. Sie wollte nicht wissen, was da unten war. Doch dann hörte sie Gus winseln, und da wusste sie, dass unten am Fuße des Abhangs etwas nicht stimmte.

Dort lag ein Junge, reglos und still, ganz unten in der Schlucht. Er lehnte an einem Baum und sein Bein stand in einem unnatürlichen Winkel ab.

»Derric!«, rief sie, denn sie hatte ihn sofort erkannt. Auch wenn sie nicht wusste, warum Gus neben ihm saß und den Kopf auf Derrics unnatürlich verdrehten Oberkörper gelegt hatte.

KAPITEL 11

Becca merkte gar nicht, dass sie wie eine Wahnsinnige um Hilfe rief, während sie den Abhang hinunterstolperte. Das erzählte Seth ihr später. Und noch viel später erfuhr sie von anderen, dass ihre Stimme laut durch die Bäume gehallt war und Krähen, Schleiereulen und Adler aufgeschreckt hatte, die sich danach über den Saratoga Woods in die Luft erhoben hatten.

Irgendwo weit weg hörte sie Seth rufen, und Gus fing an zu bellen. Er war von seiner kauernden Position neben Derric aufgestanden und seine Nackenhaare richteten sich auf. Sie begriff, dass sie ihm Angst einjagte, und hörte auf zu schreien und sagte nur noch Derrics Namen.

Dieser blutete stark am Kopf, und Becca traute sich nicht, ihn zu bewegen. Aber sie musste ihn berühren. Also beugte sie sich über ihn und legte ihre Lippen auf seine. Da war kein Flüstern, aber das hatte sie auch nicht erwartet.

Sie war erst seit einer Minute bei ihm, aber es kam ihr vor wie zwanzig, und sie wusste, dass sie keine Zeit zu verlieren hatte. Sie stand wieder auf und sah sich um. Sie brauchte dringend Hilfe.

Sie hatte ihr Handy dabei und holte es heraus. Doch sie hatte keinen Empfang. Zu viele Bäume, zu viel Laub, zu weit unten in der Schlucht, zu tief im Wald. Sie musste aus dem Wald heraus.

»Ich komme wieder«, sagte sie zu Derric. »Ich hole nur Hilfe.« Und dann fügte sie hinzu, obwohl sie nicht wusste, warum: »Derric, geh nicht.«

Dann begann sie ihren Aufstieg.

Als sie wieder auf dem Weg war, fing sie an zu laufen. Gus rannte hinterher, aber sie kümmerte sich nicht mehr um ihn. Er würde schon alleine klarkommen. Derric war im Augenblick wichtiger.

Sie erreichte die Wiese. Sie sah auf ihr Handy und hatte endlich Empfang.

Becca wählte den Notruf, was ihr nicht leichtfiel, weil ihre Finger so zitterten. Am anderen Ende erklang eine Frauenstimme.

»Hilfe!«, sagte Becca. »Wir brauchen Hilfe. Wir sind im Wald. Schicken Sie einen Krankenwagen. Ein Junge hatte einen Unfall. Er wurde schwer verletzt und ich glaube, sein Bein ist mehrfach gebrochen, und er hat Blut …«

»Name, bitte?«

»Er heißt Derric Mathieson. Er liegt in der Nähe des Wanderwegs …«

»Ich meine *Ihren* Namen.«

»Aber …«

»Name und Geburtsdatum, bitte. Und Ihre Adresse.«

Becca nannte die Adresse. »Saratoga Woods. In der Nähe vom Parkplatz. Gegenüber der Saratoga-Passage. Wissen Sie, was ich meine? Auf der Saratoga Road.«

»Ich weiß, wo Sie sind. Ich brauche Ihren Namen und Ihre Heimatadresse, Miss.«

Sie weiß, wo ich bin? Becca sah sich panisch um. Gab es hier irgendwo Kameras? Wie konnte sie bloß …?

»Ich sehe Sie auf meinem Schirm, Miss. Ihr Handy wird bei mir angezeigt. Deshalb weiß ich, wo Sie sind. Ich brauche Ihren Namen und Ihre Adresse.«

»Sie müssen einen Krankenwagen schicken!«, schrie Becca. »Und zwar sofort!«

Sie beendete das Gespräch und sah sich panisch um. Sie durfte nicht hier sein, wenn der Krankenwagen kam. Sie hatte so ein Gefühl, als würde die Polizei gleich mitkommen. Ihr mysteriöser Anruf hatte bestimmt Verdacht erregt.

Da kam Seth aus dem Wald gerannt. Als Gus ihn sah, lief er auf ihn zu. Becca tat es ihm gleich.

Seth rief: »Hey! Was ist los?«

Sie kam atemlos auf ihn zu und sagte: »Notruf. Ich hab angerufen. Drüben im Wald. Er ist verletzt. Da ist dieser Wanderweg …« Sie zeigte dorthin, wo der Weg am Ende der Wiese begann. »Ich hatte Gus, und er fing an zu laufen und …« Sie griff Seths Arm. »Gleich kommt der Krankenwagen, aber dann darf ich nicht mehr hier sein, Seth. Du musst hierbleiben und ihnen den Weg zeigen.«

Dann drehte sie sich um und lief weg, denn mehr konnte sie jetzt nicht mehr tun. Wenn der Krankenwagen kam, würden sie ihr Fragen stellen und ihren Namen aufschreiben. Schlimm genug, dass sie von ihrem Handy aus angerufen hatte, denn dadurch konnten sie sie zurückverfolgen. Das kam in jeder Krimiserie vor. Wenn man mit dem Handy telefonierte, konnten sie einen ganz leicht finden.

In dem Augenblick wurde ihr schlagartig klar, dass sie das Handy loswerden musste. Ein einziges Mal hatte sie es benutzt, um *nicht* Laurel anzurufen, und das konnte ihnen beiden zum Verhängnis werden. Als sie über die Wiese zurück zum Parkplatz lief, suchte Becca eine Stelle, wo sie das Handy verstecken konnte. Sie hoffte, obwohl die Chance gering war, dass sie später zurückkommen und es sich würde wiederholen können. Also brauchte sie einen Platz, den man nicht so leicht entdeckte und wo das Handy vor dem Regen geschützt war.

Die Informationstafel, dachte sie. Dort, wo das Fahrrad, das bestimmt Derric gehörte, am Dachpfosten festgemacht war. Das Gestell war nicht hoch, also brauchte sie sich bloß auf die Zehenspitzen zu stellen und das Handy auf einen Dachsparren zu legen. Vorher wischte sie noch ihre Fingerabdrücke ab. Für alle Fälle.

Becca war ein ganzes Stück vom *Cliff Motel* entfernt und wusste, dass sie nicht die ganze Zeit rennen konnte. Dazu war sie nicht fit genug. Trotzdem fing sie an zu laufen und versuchte, ein gleichmäßiges Tempo beizubehalten. Sie war knapp einen Kilometer von den Saratoga Woods entfernt, als sie die Krankenwagensirene hörte. Sie stand an einer dicht bewachsenen Straßengabelung. Die eine Straße führte den Hügel hoch und sah aus wie die Auffahrt zu einem Privatgelände, und die andere verschwand zwischen den Bäumen und war als Zugang zu den Metcalf Woods bezeichnet. Auf einem Schild stand *Parken verboten*, aber es war trotzdem ein Wagen da, und das kam Becca gerade recht. Sie ging um den Pick-up herum, bei dem die Aufschrift *Smugglers Cove Blumenfarm* auf der Fahrertür prangte, und hockte sich dahinter, um sich zu verstecken, während der Krankenwagen, der Derric zu Hilfe kam, an ihr vorbeirauschte.

Als die Luft rein war, machte sie sich wieder auf den Weg. Sie lief weiter die Straße entlang und fing an zu beten.

Becca wusste, dass Menschen lebten und starben, aber sie wollte nicht, dass es schon Derrics Zeit war, zu gehen. Also betete sie, dass alles gut würde. Für ihn und für sie. Und für ihre Mutter.

Als die Saratoga Road in die Second Street überging, bog Becca rechts ab. Sie überquerte rasch den kiesbedeckten Parkplatz der katholischen Kirche und gelangte auf die Third Street, die hinunter ins Dorf führte.

Der Fußabdruck hatte nichts zu bedeuten, versuchte Becca sich zu beruhigen. Wahrscheinlich gab es eine Milliarde Fußabdrücke in den Saratoga Woods. Dass der, den sie gesehen hatte, noch frisch und fast vollständig erhalten war, hieß nur, dass jemand vor Kurzem auf diesem Weg gewandert war. Und dass er genau an der Stelle war, wo Derric den Abhang hinuntergestürzt war …? Zufall, ganz einfach. Außerdem würde Derric sich wieder erholen. Er *musste* einfach.

Am Ende der Third Street lief Becca über eine dichte grüne Wiese bergauf bis zur Cascade Street, welche den Wiesenrand Richtung Westen und Osten säumte. Ein paar fette Kaninchen saßen auf der linken Seite, rupften gemächlich das Gras und ließen sich nicht einmal verscheuchen, als Becca an ihnen vorbeilief. Sie waren viel zu sehr damit beschäftigt, sich Winterspeck anzufressen.

Gerade als Becca am Parkplatz des *Cliff Motels* ankam, hörte sie einen Hubschrauber über sich. Er flog tief, und das bedeutete, dass er zu den Saratoga Woods unterwegs war. Sie wollte sich – wie eine Weile zuvor – einreden, dass auch das ein Zufall sei, aber dann konnte sie das Gefühl nicht abschütteln, dass der Hubschrauber sehr wohl etwas mit dem Krankenwagen und Derric zu tun haben musste. Sie dachte an das Blut an seinem Kopf und wusste, dass sein Zustand ernst war. Aber sie wusste jetzt auch, dass er noch lebte. Denn sonst wäre kein Hubschrauber mehr nötig, um ihn abzuholen.

Becca musste Debbie Bescheid sagen, dass sie wieder da war. Schließlich hatte ihr von vornherein nicht gepasst, dass sie mit Seth in den Wald gefahren war. Ihr Flüstern war beinahe eine Warnung gewesen, dass etwas Schlimmes passieren würde, und sie hatte recht behalten. Aber das sollte Debbie nicht wissen, also musste sie vorsichtig sein.

Sie versuchte, sich zu beruhigen, indem sie ein paarmal tief einatmete. Dann ging sie hinein.

Sie waren alle in der Küche. Debbie und die Kinder saßen am Tisch und hatten jeder ein Stück Papier vor sich liegen. Darauf hatten sie Kürbisse gemalt, von denen jeder nun ein eigenes Gesicht bekam.

Chloe rief aus: »Becca ist wieder da!«, und Josh sagte: »Wir machen Entwürfe. Guck mal meinen, Becca.«

Die Kinder malten auf, was sie Halloween mit ihren Kürbissen machen würden. »Wir kaufen sie auf der Third Street, und du bekommst auch einen«, sagte Chloe. »Grandma sagt, dieses Jahr bekommen wir Extragroße. Josh will einen, der so groß ist wie dieser Tisch, aber Grandma sagt, sie müssen alle gleich groß sein.«

»Die kommen aus dem Garten von jemandem«, vertraute Josh ihr an. »Deshalb sind sie nicht ganz perfekt.«

»Und deshalb sind sie billig«, sagte Debbie. Sie stand vom Tisch auf und fragte: »Wer von euch will Quesadillas?«

Becca spürte, wie die Fühler von Debbies Misstrauen sie abtasteten, und hörte die dazu passenden Gedanken: *ganz zerkratzt … Zweige in den Socken … wo warst du bloß? … oben beim Findling, was? … sieh mir in die Augen … hat er mit dir gemacht?*

Becca fürchtete ihr Misstrauen und machte sich Sorgen wegen des Flüsterns, aber mehr als alles andere hatte sie Angst, weil sie ihr Handy hatte zurücklassen müssen. Und plötzlich merkte sie, dass sie einen Bärenhunger hatte, mehr als je zuvor in ihrem Leben.

Sie hätte sehr gerne eine Quesadilla, sagte sie Debbie, und ob sie ihr beim Käseschneiden helfen könne.

»Nein, setz dich hin und mal ein Kürbisgesicht, Liebes. Es findet ein Kürbis-Schnitzwettbewerb statt und der Sieger wird von Tamara Primavera ermittelt.«

Debbie fing an, Quesadillas zu machen, und eine Weile dachte

Becca, alles wäre in Ordnung. Aber als das Essen auf dem Herd stand, drehte sich Debbie zu ihr um und fragte: »Hat Seth dich nach Hause gebracht, Liebes? Ich hab seinen alten VW gar nicht gehört.«

Becca sagte: »Ich bin vom *Useless Bay Coffee* hergelaufen. Da hat jemand Gitarre gespielt.« Und sie hoffte, Debbie würde daraus schließen, dass Seth dort geblieben war, um dem Musiker zuzuhören.

Debbie sah sie durchdringend an, aber Becca wandte den Kopf ab und nahm sich ein paar Blätter Papier. Sie starrte darauf, als denke sie über ein Kürbisgesicht nach, aber sie wusste genau, dass das Thema Seth Darrow zwischen ihnen noch nicht abgeschlossen war. Es gab etwas, das Debbie ihr verheimlichte. Und was noch schlimmer war: Sie schien es nicht einmal sich selbst eingestehen zu wollen.

TEIL II

SARATOGA WOODS

KAPITEL 12

Als Seth Darrow Becca King hinterhersah, wie sie zum Parkplatz der Saratoga Woods zurücklief, wusste er nicht, was er von all dem halten sollte. Zum Glück wusste er aber, was er zu tun hatte: Er brachte Gus zu Sammy, ließ ihn in den Wagen springen und stellte ihm eine Schale mit Wasser hin. Wäre er nicht mit dem Auto gekommen, hätte er ein Problem gehabt. Aber so würde Gus ruhig auf dem Beifahrersitz bleiben und bis zum Jüngsten Tag auf Seth warten. Ohne Leine auf den Waldwegen herumzulaufen, musste er ihm noch beibringen. Aber im Auto war Gus brav wie ein Lamm.

Dann ging Seth zur Wiese zurück, wo Mrs Kinsale ihm mit ihren Hunden entgegenkam. Als sie sich trafen, erzählte er ihr, was passiert war. Auch, dass ein Krankenwagen auf dem Weg hierher sei.

»Wo ist er?«, fragte sie.

»Ich habe ihn nicht selbst gesehen. Ich weiß nur, dass er gestürzt ist und sich schwer verletzt hat.«

Diana Kinsale fragte ihn nicht, woher er das wusste, sah ihn aber ernst an.

»Ich gehe zurück und suche ihn«, sagte sie. »Zeig den Sanitätern den Weg, wenn sie kommen.«

Sie lief zu ihrem Geländewagen und sperrte die Hunde darin ein. Dann rannte sie auf den Weg am Wiesenrand zu.

Ein paar Minuten später waren die Sirenen des Krankenwagens zu hören. Ihr Geheul schreckte andere Leute auf, die sich im Wald aufhielten, und nach und nach kamen sie alle heran. Kinder kamen von einer alten, überwucherten Landebahn zurück, die früher mal ein Architekt hatte anlegen lassen, weil er hier Häuser für reiche Leute bauen wollte, die am Wochenende mit dem Flugzeug auf die Insel kommen sollten. Die Kiffer aus dem Dorf kamen von einem Felsen heruntergeklettert, der so groß wie ein Haus und tief im Wald eingegraben war. Vermutlich war er in der Eiszeit von einem Gletscher von Alberta in Kanada bis hierher getragen worden. Wanderer kamen aus den Putney Woods herüber, die einen gewundenen Pfad, der durch mehrere Hektar Rebhuhnbeergestrüpp, Farn, Brombeerbüsche und Tannen führte, mit den Saratoga Woods verbunden wurde.

Darunter war auch Jenn McDaniels, die aus dem Wald gerannt kam. Sie war von oben bis unten nass geschwitzt und trug ihre Sportsachen, weil sie für den Insel-Triathlon trainierte. Sie lief und fuhr Fahrrad im Wald, und das wusste Seth. Aber normalerweise tat sie das viel näher bei sich zu Hause, und zwar auf dem südlichen Teil der Insel. Deshalb verstand er nicht, was sie hier wollte. Das galt auch für das Mädchen, das jetzt von rechts aus dem Wald gelaufen kam.

Das Mädchen war Hayley Cartwright. Sie wohnte weit von diesem Wald entfernt. Und der Lieferwagen der Cartwrights stand nicht mal auf dem Parkplatz. Wie war sie also überhaupt hierhergekommen? Und was machte sie hier?

Seth hatte keine Gelegenheit, sie zu fragen. Er sah sie zwar an, aber sie schaute weg und ihre Gesichtsfarbe verriet ihm, dass sie gerade mehr vor ihm verheimlichte als an dem Tag, als sie mit ihm Schluss gemacht hatte. Sie konnten nicht miteinander sprechen, weil Jenn als

Erste bei ihm war und fragte: »Was ist los?«, während die Kiffer hinter ihr angeschlendert kamen.

»Ein Junge ist gestürzt«, antwortete er.

»Krass, Alter«, sagte ein Kiffer. »Und wer bist *du*? Der Nachrichtenmann?«

Ein anderer kicherte und Seth drehte sich zu ihm um. Sie waren total high und grinsten bis über beide Ohren. Er sagte zu Jenn: »Der Krankenwagen ist unterwegs«, was eigentlich nicht zu überhören war. »Mrs Kinsale ist oben bei ihm. Ich warte, um denen zu zeigen, wo sie langmüssen.«

»Ah, jetzt weiß ich's: Du bist der Verkehrspolizist!«, gluckste einer.

»Bin schwer beeindruckt«, sagte ein anderer.

»Halt die Klappe, Dylan«, fuhr Jenn ihn an, »und kriech zurück in deine Höhle.«

»Oh, jetzt hab ich aber Angst«, sagte Dylan.

»Schluss jetzt, Jungs«, sagte Hayley. Dabei sah sie ihn nicht an. Die Erinnerung an ihre Trennung war noch frisch und schmerzhaft. Sechs Wochen zuvor hatte sie ihn mit einem anderen betrogen. Er hätte damit rechnen müssen, aber er hatte es nicht getan. Er hätte clever genug sein müssen, um einzusehen, dass es niemals mit ihnen klappen würde, aber das war er nicht gewesen.

Da bog der Krankenwagen von der Saratoga Road in den Parkplatz ein. Seth ging auf ihn zu, während der Wagen Kies und Staub aufwirbelte. Ein Sanitäter stieg aus und Seth schilderte ihm kurz und knapp die Situation. Er zeigte über die Wiese, dorthin, wo der Wanderweg begann, der von ihrer Position aus nur undeutlich zu erkennen war. Der Sanitäter nickte und stieg wieder in den Krankenwagen ein, der dann quer über die Wiese fuhr. Am Waldrand hielten sie an. Mit einem Koffer voller medizinischer Geräte und einer Trage liefen sie los.

Jenn lief ihnen neugierig hinterher. Auch ein paar von den Leuten, die aus dem Wald gekommen waren, folgten ihnen. Die Kiffer blieben, wo sie waren. Ebenso Seth, denn Hayley hatte sich auch nicht von der Stelle bewegt, und er wollte mit ihr reden. Es war seltsam, dass sie hier ganz alleine in den Saratoga Woods war. Und obwohl Seth wusste, dass es ihn nichts anging, hatte er doch eine Begabung, sie zum Sprechen zu bringen, und die würde er nutzen.

»Und, Hayley?«, sagte er. »Bist du immer noch zusammen mit …«

»Hör auf.« Sie hatte zugesehen, wie der Krankenwagen weggefahren war und die Leute hinter ihm herliefen. Sie drehte sich zu Seth um. Er hatte nur den einen dummen Gedanken: Wie hübsch sie war. Dass sie schon immer hübsch gewesen war. Und das Netteste an ihr war, dass sie das selbst nicht wusste.

»Okay, Seth?«, fuhr sie fort. »Hör einfach auf.«

»War doch nur eine freundliche Frage«, erwiderte er. »Du wolltest doch, dass wir Freunde bleiben.«

»Du weißt doch gar nicht, was das heißt«, entgegnete sie.

»Oh, das hat wehgetan, Mädel«, sagte Dylan Cooper. Er und seine Kumpel hatten sich zusammengerottet und tuschelten kichernd miteinander. Dabei redeten sie sich an mit *Alter, Kumpel, Schwuchtel* und *Arsch*.

»Schnauze!«, rief Seth in ihre Richtung.

»Oh Mann, ey, jetzt krieg ich aber echt Angst.«

»Halt die Klappe«, sagte Hayley. »Und geh einen Joint rauchen.«

»Nur wenn du mitrauchst«, sagte Dylan.

Darüber lachten die anderen laut.

Seth fasste Hayley am Arm und sagte: »Was machst du hier ganz alleine, Hayley?«

»Und was machst *du* hier ganz alleine?«, entgegnete sie.

»Ich bin nicht alleine. Gus ist im Auto.«

»Oh, verzeih, dass ich keinen Hund habe, mit dem ich in den Wald gehen kann!«

»Vor allem: Wie bist du hergekommen? Wo ist euer Wagen? Bist du von der Keller Road gekommen?« Eigentlich ging ihn das nichts an, aber irgendwas stimmte hier nicht.

»Wenn du es unbedingt wissen willst«, antwortete sie, »der Wagen ist am Eingang von den Metcalf Woods. Und da bin ich hergekommen. Bist du jetzt zufrieden?«

»Am Metcalf-Eingang?« Seth hätte am liebsten gesagt: Meinst du den mit dem großen Schild, auf dem steht *Parken verboten*? Und dass man sein Fahrzeug an der Keller Road abstellen soll, wenn man in den Wald will? Und wo man seinen Wagen wunderbar verstecken kann, damit keiner, der vorbeifährt, ihn sieht? *Den* Eingang meinst du, Hayley? Aber das sagte er nicht, denn bei der Vorstellung, dass Hayley noch mehr vor ihm verheimlichen könnte, als er dachte, wurde ihm ganz mulmig zumute. Deshalb wiederholte er bloß: »Am Metcalf-Eingang? Warum hast du denn *da* geparkt?«

Sie antwortete: »Meine Güte, Seth, was spielt das für eine Rolle?«, womit sie eigentlich meinte: Was geht dich das eigentlich an?

Er wollte anfangen, mit ihr zu diskutieren, aber in dem Augenblick fuhr der Wagen des Sheriffs auf den Parkplatz. Als sie ihn sahen, verzogen sich die Kiffer schnell in den Wald. Ein Polizist stieg aus und beobachtete ihre Flucht. Er zog eine Sonnenbrille aus der Brusttasche seines Hemds und blinzelte dorthin, wo der Krankenwagen über die Wiese gefahren war, bevor er die Brille aufsetzte. Er kam auf Seth und Hayley zu.

»Hast du den Krankenwagen gerufen?«, fragte er Hayley.

Und Hayley sagte: »Ich hab niemanden gerufen.«

»Macht mal eure Jackentaschen leer. Und zeigt mir, was in euren anderen Taschen ist.«

»Was soll das?« Seth wusste genau, was der Polizist wollte. Becca hatte wohl ein Handy benutzt, um den Krankenwagen zu rufen. Er stellte sich dumm. »Was soll sie denn bei sich haben?«, fragte er. »Ist das eine Drogenrazzia, oder was? Kommen Sie schon, Mann. Lassen Sie sie in Ruhe.«

»Schon gut«, sagte Hayley und reichte dem Deputy ihre Tasche. »Aber ich verstehe nicht …«, wollte sie weitersprechen.

»Lassen Sie sie in Ruhe«, sagte Seth erneut. »Sie hat nichts getan.«

Der Deputy sah ihn an. Seine Brillengläser waren zu dunkel, als dass Seth seine Augen sehen konnte, aber sein Mund war ein schmaler Strich, als wäre er mit einem Lineal gezeichnet worden. Diesmal klang Hayley vorsichtiger. »Schon gut, Seth.«

Sie wartete, bis der Deputy fertig war, der ein Handy suchte, das sie natürlich nicht hatte. Hayley *besaß* nicht einmal ein Handy. In ihrer Familie wäre das ein Luxus gewesen.

Der Polizist durchsuchte die Tasche und gab sie ihr dann zurück. Er sagte zu ihnen: »Ihr bleibt hier«, und lief über die Wiese.

Irgendwann kamen die Sanitäter mit Mrs Kinsale, die hinter ihnen herlief, aus dem Wald. Zwischen ihnen trugen sie eine Trage. Daran war eine Stange mit einem Tropf befestigt, und als die Sanitäter ihren Patienten in den Krankenwagen laden wollten, kam der Deputy zu ihnen und sie unterhielten sich.

Was dann passierte, war sehr seltsam. Der Junge wurde in den Krankenwagen geschoben und ein Sanitäter stieg hinten mit ein. Der andere stieg auf den Fahrersitz, aber anstatt den Wagen zu starten, wartete er. Der Krankenwagen fuhr nicht los. Das hieß entweder, dass der gestürzte Junge tot war und man sich deshalb nicht mehr beeilen musste, oder dass er so schwer verletzt war, dass sie einen Hubschrauber bestellt hatten, weil man ihm die lange Fahrt bis zum Krankenhaus in

Coupeville, bei der man die halbe Insel überqueren musste, nicht zumuten konnte.

Hayley sagte: »Oh Gott. Er ist bestimmt tot.«

Und Seth wurde eiskalt, von Kopf bis Fuß.

Im Wald gestorben. Das wäre schlimm.

Der Deputy kam auf sie zu gerannt.

Seth fragte ihn: »Was ist los, Mann? Was ist passiert?«

Auf dem Namensschild des Polizisten stand Deputy Picarelli, und er war ein Mann von gedrungener Gestalt, der wahrscheinlich in seinem Leben schon viele Fleischpasteten auf den Bauernmärkten gegessen hatte. Er warf Seth einen Blick zu, der so viel sagte wie: Wenn hier einer Fragen stellt, dann bin ich das.

Dann sagte er: »Komm mit. Und sag den anderen, dass sie auch kommen sollen«, wobei er auf die Leute zeigte, die auf der Wiese waren.

Seth trommelte alle zusammen, nur die Kiffer konnte er nicht finden, weil die längst über alle Berge waren. Als sich alle versammelt hatten, saß der Deputy noch in seinem Wagen, sprach über Funk und hatte das Fenster hochgekurbelt, damit ihn keiner belauschte. Als er fertig war, machte er die Fahrertür auf und fragte die Umstehenden vom Wagen aus nach ihren Namen.

Die tippte der Deputy in ein Laptop, das am Armaturenbrett befestigt war und ziemlich viel Beifahrerplatz in Anspruch nahm. Bei jedem neuen Namen nickte er und sagte: »Okay. Sie können gehen. Wir melden uns wieder«, obwohl keiner genau wusste, zu welchem Zweck.

Dann kam Seth an die Reihe, um seinen Namen zu sagen. Er brauchte ihn nicht zu buchstabieren, denn auf der Insel wohnten so viele Darrows, dass der Deputy sicher mindestens einen von ihnen kannte. Seths Großvater war einer von fünf Söhnen, die alle noch auf Whidbey Island lebten.

Deputy Picarelli nickte und tippte Seths Namen in sein Laptop. Seth krempelte seine Jeans hoch und wollte gerade gehen. Doch da schlug die Situation um.

Picarelli stieg aus dem Wagen, machte die Tür zum Rücksitz auf und sagte zu Seth: »Steig ein«, und das war keine freundliche Aufforderung zu einer Spazierfahrt.

KAPITEL 13

Seth hatte gerade noch genug Zeit, dafür zu sorgen, dass Gus versorgt war. Er sagte zu Hayley: »Gus ist in Sammy. Kannst du ihn mit zu dir nehmen …«, bevor die Tür zufiel, während er hinten im Streifenwagen saß.

Sie nickte, rief ihm aber hinterher: »Seth! Was hast du *getan*?«

Der Deputy fuhr vom Parkplatz auf die Saratoga Road und dann nach Süden.

Seth fragte ihn: »Verraten Sie mir jetzt endlich, was los ist?«, aber Picarelli erwiderte nur: »Richterlicher Haftbefehl, Kleiner. Ich muss dich auf die Wache bringen.«

Richterlicher Haftbefehl? Warum sollte ein Richter seine Verhaftung angeordnet haben? Ihm fiel kein einziger Grund ein. Dennoch war er ein klein wenig erleichtert, weil es, ganz gleich, warum man ihn nach Coupeville brachte, nichts mit dem Vorfall hier zu tun hatte.

Als sie etwa dreißig Minuten später bei der Polizeiwache ankamen, ging Seth davon aus, dass der Streifenwagen davor anhalten würde. Aber das passierte nicht. Stattdessen öffnete sich ein großes Tor und sie fuhren in eine riesige, hohe und ausgesprochen Furcht einflößende Halle. Sie hatte etwas von einer Garage, aus der es kein Entkommen gab, besonders, als sich das Metalltor mit einem lauten Knall schloss. Das Geräusch hatte etwas Endgültiges und erreichte die gewünschte Wirkung: Es erschreckte Seth beinahe zu Tode.

Er kannte diesen Ort. Nicht, weil er schon einmal hier gewesen war, sondern weil er Teil der Geschichte von Whidbey Island war. Gleich hinter der dicken Metalltür vor ihm befand sich ein kleiner Raum mit einem Tisch, auf dem ein Alkoholtestgerät lag, und einem Stuhl davor. Dort musste jeder, den man des übermäßigen Alkoholkonsums verdächtigte, ins Röhrchen blasen. In eben diesem Raum hatte auch ein Junge, der nur ein Jahr älter war als Seth, eine Waffe aus seinem Hosenbund gezogen und zwei Polizisten erschossen.

Deputy Picarelli stieg aus dem Wagen und öffnete Seths Tür. Er packte ihn am Arm und zog ihn auf die Füße. Seth fragte sich, ob der Polizist aus irgendeinem unerfindlichen Grund dachte, er wäre betrunken Auto gefahren.

Die Dinge klärten sich auf, als sie an dem Alkoholtestgerät vorbeimarschierten und schließlich im Anmeldebereich ankamen. Auch wenn an diesem Ort niemand lächelte oder es für nötig hielt, die eintreffenden Versager zu grüßen, informierte man sie zumindest darüber, warum man sie verhaftete. Verhaftet zu werden hieß, dass Seth alles aushändigen musste, was er bei sich hatte, man seine Fingerabdrücke nahm und ihm schließlich mitteilte, dass er es versäumt hatte, zwei Strafzettel für zu schnelles Fahren zu bezahlen. Den ersten hatte er bekommen, weil man ihn mit knapp hundertzwanzig Sachen auf der Bundesstraße 525 erwischt hatte, und beim zweiten war er mit hundert über die Langley Road gebrettert. In beiden Fällen hatte er versucht, noch rechtzeitig die Fähre zu erreichen. Aber auf der Insel nahm die Polizei so etwas sehr ernst. Sie hatte etwas gegen Raser, und erst recht gegen die, die ihre Bußgelder nicht bezahlten, wenn man sie erwischte.

Seth hatte die Bußgelder völlig vergessen. Er sagte: »Hey, ich kann doch jetzt noch bezahlen«, obwohl er gerade einmal fünf Dollar und achtunddreißig Cent bei sich hatte.

Man erklärte ihm höflich, dass es nicht so einfach sei, jetzt, da die Dinge schon so weit fortgeschritten waren und bereits ein Haftbefehl gegen ihn erlassen worden war. In diesem Fall betrage die Kaution tausend Dollar, die er natürlich gerne bezahlen könne, wenn er wolle. Andernfalls würde er die Nacht im »Hotel Einzelzelle« verbringen und könne dem Richter in Oak Harbor morgen per Videokonferenz erklären, warum er meinte, seine Bußgelder nicht bezahlen zu müssen.

»Aber ich hab's vergessen, ich hab's nur vergessen!«, beteuerte er, was ihn nicht weit brachte. Nur in den Verhörraum, in den er gesperrt wurde und wo er, so sagte man ihm, »seine Möglichkeiten abwägen« könne.

Der Verhörraum war in einem Gelb gestrichen, das an dreckige Bananenschalen erinnerte. Darin waren ein Tisch, ein Stuhl, ein Hocker und ein riesiges Panoramafenster mit Ausblick auf eine Reihe von Monitoren sowie auf den Polizisten, der dafür zuständig war, sie im Auge zu behalten. Dass es ebenfalls zu seinen Aufgaben gehörte, Seth im Auge zu behalten, wurde ziemlich offensichtlich, als er Seth von seinem Platz aus zuwinkte, mit der Hand erst eine verneinende Geste machte und dann so tat, als würde er an einem Strick um seinen Hals ziehen. Seth interpretierte dies als Warnung, sich nicht zu erhängen, während er im Verhörraum eingesperrt war. Kein Problem, dachte Seth. Er hatte sowieso nichts, mit dem er das hätte bewerkstelligen können, es sei denn, er benutzte seine Socken.

Er setzte sich auf den Hocker und nicht auf den Stuhl, so wie man es ihm gesagt hatte. Dann legte er die Arme auf den Tisch, stützte den Kopf in die Hände und fragte sich, wie es jetzt weitergehen würde. Seine Eltern würden über seinen momentanen Aufenthaltsort alles andere als begeistert sein.

Als er die Bombe hatte platzen lassen, dass er die South Whidbey

Highschool verlassen wollte, hatten sie zunächst angenommen, Seth würde lieber die alternative Schule besuchen, die in Bayview Corner in einem Schulhaus aus dem Jahre 1895 untergebracht war. Als er dann die *noch* größere Bombe platzen ließ, dass er überhaupt nicht mehr vorhatte, zur Schule zu gehen, waren sie nicht in Panik geraten, so wie andere Eltern es getan hätten. Sie kannten seine Lernbehinderungen. Sie kannten sein Talent und seine Leidenschaft für die Gitarre. Sie waren selbst Künstler. Deshalb hatten sie ein ernstes Gespräch mit ihm geführt und ihm ihre Bedingungen für das neue Leben genannt, das er für sich ausgesucht hatte: ein Nachhilfelehrer, der ihm helfen sollte, seine Berufsbefähigungsprüfung auf dem zweiten Bildungsweg zu machen, ein Nebenjob und regelmäßige Proben mit dem Trio, mit dem Seth in den vergangenen vier Jahren Gypsy-Jazz à la Django Reinhardt gespielt hatte. Bisher war es ihm gelungen, zwei der drei Bedingungen zu erfüllen: Er hatte den Job im *Star Store* und probte und trat regelmäßig mit dem Trio auf. Mit der ersten Bedingung tat er sich jedoch unglaublich schwer.

Seine Eltern wussten das nicht. Sie gingen davon aus, dass er die Zeit, in der er nicht bei der Arbeit war, mit Lernen und Gitarrespielen verbrachte. Daher wollte er die Aufmerksamkeit seiner Eltern nicht mehr als unbedingt nötig auf sich lenken, und das bedeutete, dass sie auf keinen Fall erfahren durften, dass er im Bezirksgefängnis saß. Als Künstler konnten sie es sich sowieso nicht leisten, die Kaution für ihn zu zahlen, ebenso wenig wie seine Bußgelder.

Nach etwa zwanzig Minuten ging die Tür auf. Seth blickte auf und sagte: »Ich hab das Recht auf einen Anruf. Ich möchte jemanden anrufen.«

Der Deputy sagte: »Willst du eine Cola oder ein Sandwich?«

Seth wiederholte: »Ich möchte jemanden anrufen.«

Der Deputy nickte und ging. Seth wartete. Nach einer Weile fragte er sich, ob diese Typen sich für Alexander Graham Bell hielten und das Telefon erst noch erfinden mussten. Schließlich kam ein anderer Polizist herein, der im Vergleich zu seinem Kollegen so aussah, als hätte er es mit dem Gewichtheben in seiner Garage etwas übertrieben.

»Ich warte immer noch darauf, dass ich meinen Anruf machen darf«, sagte Seth zu ihm.

Der Polizist erwiderte: »Die Dinge haben sich geändert. Der stellvertretende Sheriff ist unterwegs hierher. Er wird mit dir sprechen wollen.«

»Warum? Habt ihr Typen nichts Besseres zu tun? Hier geht's um einen unbezahlten Strafzettel. Na schön, *zwei* Strafzettel. Aber was ist das hier? Der größte Polizeieinsatz, den Whidbey Island je gesehen hat?«

»Wir haben einen Tatort zu untersuchen, Kleiner«, erklärte der Polizist. »Er will mit dir darüber reden.«

Einen Tatort? Seth schluckte schwer. Mit so viel Überzeugung wie nur möglich sagte er: »Ich bin gerade erst von den Saratoga Woods hierhergekommen. Fragen Sie diesen Picarelli. Er hat mich hergebracht. Wie soll ich da ein Verbrechen begangen haben?«

»Eben dort ist das Verbrechen begangen worden«, erklärte ihm der Deputy.

Zwei weitere Stunden vergingen. Seth verließ den Verhörraum nur ein Mal, um aufs Klo zu gehen, erfuhr aber nichts Neues. Das Einzige, das er mit Sicherheit wusste, war, dass er in Schwierigkeiten steckte.

Schließlich gestatteten sie ihm seinen Anruf. Liegt wohl daran, dass der stellvertretende Sheriff aus irgendeinem Grund nicht aufgetaucht ist, dachte er. Darüber war Seth ein wenig erleichtert. Wenn sich der stellvertretende Sheriff so wenig für ihn interessierte, konnte er ihn doch kaum eines Verbrechens verdächtigen, oder?

Was den Anruf betraf, so hatte Seth sich entschieden, wen er anrufen wollte. Da seine Eltern das Geld für seine Kaution nicht aufbringen konnten, sollten sie sich auch nicht den Kopf darüber zerbrechen müssen, ob sie sich das Geld irgendwo leihen oder ihren einzigen Sohn in einer Gefängniszelle mit einer Decke, einem Kissen und einer auf Beton zusammengerollten, dünnen Matratze schmoren lassen sollten. Stattdessen rief er seinen Großvater Ralph Darrow an. Es würde eine Weile dauern, bis er Coupeville mit dem Wagen erreichte, aber Seth wusste, dass er das nötige Geld mitbringen würde, um ihm aus der Patsche zu helfen, weil das einfach Ralphs Charakter entsprach.

Sein Großvater ließ nicht lange auf sich warten. Er musste seinen alten Ford bis an die Grenzen seiner Belastbarkeit gepeitscht haben, und als Seth seinen Großvater sah, bereute er, dass er ihm nicht gesagt hatte, sich Zeit zu lassen. Aber das war nicht Ralphs Art, wenn es um Familie ging. Ebenso wenig war es seine Art, Vorträge zu halten oder Vorwürfe zu machen.

Stattdessen strich sich Ralph, als er und Seth sich gegenüberstanden, über seinen grau melierten Schnurrbart und ging auf den Jungen zu. Er legte ihm die Hand in den Nacken und sagte: »Lieblingsenkelsohn, du bringst ein wenig Spannung in mein Leben. Hast du irgendwas zu sagen?«

»Nein«, erwiderte Seth.

Auf dem Weg von Coupeville zurück zur Newman Road, wo Ralph wohnte, sprachen sie kein Wort. Es war dunkel und er konzentrierte sich gern beim Fahren. »In meinem hohen Alter ist ein Wildunfall das Letzte, was ich brauche«, sagte er immer.

Ralph redete gern wie ein alter Insel-Hase, der er irgendwie auch war. Aber darüber, was er sonst noch war, redete er nie: Absolvent der Universität von Stanford, Doktorand des California Institute of Technology und Kernphysiker. Er hatte jedoch festgestellt, dass er lieber mit seinen Händen arbeitete als mit dem Kopf. Nach nur wenigen Jahren draußen in der Welt, die vom Berufsverkehr auf kalifornischen Autobahnen und langen Arbeitszeiten im Labor bestimmt gewesen waren, hatte es ihn zurück nach Whidbey Island gezogen, wo er ein neues Leben als Schreinermeister begonnen hatte.

Sein Haus stand auf der Ostseite der Newman Road. Diese bildete einen Halbkreis, der an der Bundesstraße seinen Anfang nahm und an dem Weg ins Stadtzentrum von Freeland endete. Ein holpriges Stück Straße führte zu seinem Grundstück. Es war absichtlich nicht gepflastert, weil Ralph Straßenpflaster nicht ausstehen konnte. Wenn es ganz nach ihm gegangen wäre, hätte er den Boden völlig unberührt gelassen und noch nicht mal ein Haus darauf gebaut. Aber das war lange vor dem Tod seiner Frau gewesen, und Seths Großmutter hätte niemals in Betracht gezogen, ihre Kinder in einem Zelt großzuziehen. Deshalb hatte Ralph das Haus schließlich gebaut, und zwar mit seinen eigenen Händen. Jetzt stand es seit nunmehr zweiundvierzig Jahren behaglich in einer Senke des riesigen Grundstücks.

Als sie im Haus waren, zündete Ralph ein Feuer an und zeigte auf einen der beiden Sessel, die davorstanden. Er machte es sich auf dem anderen bequem und streckte die Füße auf einer aus Flusssteinen gefertigten Kaminplatte aus.

Seth setzte sich zu ihm. Er sah sich in dem Zimmer um, das er schon sein ganzes Leben lang kannte, und stellte fest, dass es keinen einzigen Gegenstand enthielt, den sein Großvater nicht selbst hergestellt hatte. Alles außer einem Bilderrahmen auf dem Kaminsims mit einer Fotografie, auf der Seth, seine Eltern sowie Ralph mit Seths Schwester bei ihrer Abschlussfeier an der South Whidbey High posierten. Während Seth das Bild betrachtete, fiel ihm wieder ein, dass Hayley dieses Foto gemacht hatte. Aber das war ein ebenso wunder Punkt wie die

Tatsache, dass seine Schwester Sarah mit einem Stipendium in Stanford studierte, während er hier sein Leben als frischgebackener Ganove der Familie fristete.

Seth seufzte. Ralph schaute ihn an und wartete. Er konnte sehen, was Seth betrachtete, und wusste, dass der Stachel, vom Schicksal nicht mit denselben Gaben bedacht worden zu sein wie seine ältere Schwester, tief saß.

Schließlich sagte Seth: »Als ich auf der Bildfläche erschienen bin, waren die intelligenten Gene wohl schon alle aufgebraucht.«

»Was meinst du damit?«, fragte Ralph.

»Ich meine Sarah. Nach ihr hat's für mich nicht mehr gereicht. Es ist so, als wäre ich das Truthahnsandwich und sie das Thanksgivingessen.«

Ralph lachte in sich hinein. »Die meisten mögen das Thanksgivingessen nur wegen der Sandwichs, die es später gibt«, erwiderte er.

»Du weißt schon, was ich meine, Grandpa. Manchmal habe ich einfach die Nase voll.«

»Wovon?«

»Davon, der Versager der Familie zu sein.«

»Siehst du das so?«

»Wie sonst?«

Ralph nickte und dachte ein paar Augenblicke darüber nach, während das Kaminfeuer knackte und knisterte. Dann schlug er mit den Händen auf die Armlehnen seines Sessels und stand auf. »Komm mal mit, Junge«, sagte er.

Ralph marschierte zur Tür, wo er sich seine alte Jeansjacke und eine Taschenlampe schnappte. Seth drückte er eine zweite Taschenlampe in die Hand. Er ging raus und fing an, auf den Wald zuzulaufen.

Oh-oh, dachte Seth. Er musste sich um Gus kümmern. Er musste seinen VW holen. Aber er kannte seinen Großvater zu gut. Wenn

Ralph sich etwas in den Kopf gesetzt hatte, konnte Seth nichts tun, um ihn davon abzubringen, und das war jetzt der Fall. Daher trottete Seth hinter ihm her.

Ralph stapfte zum Wald hinter seinem Haus und auf einen Weg zu, der zwischen den Bäumen verschwand. Der Weg war nicht mehr als ein schmaler Trampelpfad, den Ralph durch dichte, wild wuchernde Vegetation gehauen hatte. Tiefer im Wald kamen sie zu einem zweiten Weg. Dem folgten sie und schlugen dann noch einen dritten Weg ein. Da wusste Seth, wohin sein Großvater ihn führte, auch wenn ihm noch nicht klar war, warum.

Es war eine Lichtung, die ungefähr so groß war wie vier Parkbuchten. Auf ihr waren zwei Hemlocktannen so nah aneinandergewachsen, dass sie mit ihren Ästen ein V bildeten. In diesem V befand sich ein Baumhaus.

Und gegenüber vom Baumhaus stand auf der Lichtung eine alte, aus einem Baumstamm gehauene und von Flechten überwucherte Bank.

Als sie die Stelle erreichten, setzte sich Ralph auf die Bank. Seth gesellte sich zu ihm und beide richteten den Schein ihrer Taschenlampen auf das Baumhaus, das eineinhalb Meter über dem Boden schwebte und über eine Leiter zugänglich war.

Es war kein gewöhnliches Baumhaus. Es hatte eine Aussichtsterrasse und zwei verglaste Fenster, die man öffnen konnte. Aus seinem Metalldach ragte ein Metallschornstein mit einem Schutzgitter, was auf einen Kaminofen im Innern des Hauses schließen ließ.

Ralph zeigte auf die Hütte und sagte: »Das hier, mein Junge, ist nicht das Werk eines Familienversagers.«

»Ich sollte es öfter benutzen«, entgegnete Seth. »Ich habe dir damit zu viel Arbeit gemacht, um dann nichts damit zu machen.«

»Das Wichtige war nie, es zu benutzen, sondern es zu bauen. Schau es dir an, Seth. Darin steckt eine Menge künstlerisches Geschick, und der Künstler warst du.«

»Nein, war ich nicht. Du hast mir gezeigt, was ich tun muss.«

»So fangen wir alle an. Wissen wird weitergereicht. Aber derjenige, der dieses Wissen entgegennimmt, muss das Talent und die Fertigkeiten haben, etwas daraus zu machen.«

Seth musterte das Baumhaus. Auch wenn es nur aus einem einzigen Raum bestand, wusste er, dass man darin wirklich wohnen konnte, weil Ralph beim Bauen auf Qualitätsarbeit bestanden hatte. Es war schnee- und wasserdicht, und wenn man den Ofen anschürte, war es innen schön warm.

Während sie gemeinsam das Baumhaus betrachteten, fragte Ralph: »Wo ist Sammy, Seth?«

Seth erwiderte, dass der VW auf dem Parkplatz der Saratoga Woods stand.

»Und Gus?«, fragte Ralph.

»Der ist bei Hayley.«

Ralph schaute weg. Er verzog die Lippen und strich sich über den Schnurrbart. »Hayley«, sagte er schließlich und seufzte. Dann murmelte er: »Es gibt ein Holz, das sich nicht glätten lässt, ganz gleich, wie sehr man sich anstrengt. Es geht einfach nicht, Seth.« Damit meinte er, dass Seth endlich loslassen musste, dass er Hayley und die ganze Sache loslassen musste, um sein Leben weiterleben zu können.

»Ich weiß«, erwiderte Seth, »aber ich schaff's einfach nicht.«

»Und wie hat dich diese Einstellung bisher weitergebracht?«

»Überhaupt nicht«, räumte Seth ein.

»Warum gehst du da überhaupt hin?«, wollte Ralph wissen. »Warum gerade die Saratoga Woods?« Seth war klar, dass Ralph ihn das wegen Gus fragte. Er wollte wissen, warum Seth mit dem Labrador in die Saratoga Woods gegangen war, obwohl dieser Wald so riesig war und Gus noch nicht genügend abgerichtet war, um dort frei herumzulaufen.

»Es war keine besonders gute Idee«, antwortete Seth missmutig. »Es war falsch von mir.«

»Das kannst du laut sagen, und ich bin froh, dass du es einsiehst«, erklärte Ralph. »Also lass uns das in die Hand nehmen.«

KAPITEL 14

Mit *das* meinte er, als Erstes Sammy zu holen. Ralph und Seth fuhren am Lone Lake vorbei, der wie eine Silbermünze im Mondschein schimmerte, und über der reglosen Wasseroberfläche wölbte sich ein Sternenzelt.

Aus dem Schweigen seines Großvaters schloss Seth, dass es schwer auf ihm lastete, dass sein Enkel sich die meiste Zeit wie ein Versager fühlte. Und er wusste, dass es noch schwerer auf ihm lastete, dass Seth noch nicht über Hayley Cartwright hinweggekommen war.

Sie erreichten die Saratoga Woods aus der entgegengesetzten Richtung, aus der Seth am Nachmittag gekommen war. Diese Strecke führte durch einen Nadelwald, der in der Dunkelheit pechschwarz erschien und hier und da von schmalen, mit Moos und Farnen überwachsenen Pfaden durchtrennt wurde.

In den Saratoga Woods parkte Ralph den Pick-up neben dem armen kleinen Sammy. Der VW sah zu dieser abendlichen Stunde traurig und verlassen aus. Seth dachte, sein Großvater würde ihn einfach absetzen und wieder nach Hause fahren, aber stattdessen stellte Ralph den Motor ab und stieg mit Seth aus.

Seth bedankte sich bei seinem Großvater: dafür, dass er seine Kaution gezahlt, ihm ein riesiges Sandwich gemacht und ihn zurück zum Wald gefahren hatte. Ralph nickte und räusperte sich dann. Da dämmerte es Seth, dass sein Großvater ihm etwas zu sagen hatte.

Und zwar: »Das ist keine gute Zeit für Gus, Junge.«

»Was?«, fragte Seth.

»Der Hund sollte eine Weile bei mir bleiben«, erklärte Ralph.

Das tat weh, und Seth war überrascht, wie sehr. Ralph hatte ihm den Hund geschenkt, und dass er ihm Gus mit acht kurzen Worten einfach so wieder wegnahm, war wie ein Fausthieb direkt unter sein Herz.

Ralph wusste das natürlich und fügte deshalb hinzu: »Es ist wegen der Sache mit dem Wald, Junge, das ist alles.«

»Und das heißt?«

»Du kannst einen Hund nicht erziehen und gleichzeitig sein Freund sein, Seth. Erst kommt die Erziehung und dann die Freundschaft. Du hast den Kopf einfach zu voll mit Dingen, um die du dich dringend kümmern musst. Einen Hund zu erziehen, gehört nicht dazu. Nimm dir ein paar Wochen Zeit und bring deinen Kram in Ordnung. Gus wird es gut bei mir haben.«

»Es ist wegen Hayley, stimmt's?«, fragte Seth bitter. »Es passt dir nicht, dass ich ihn Hayley und nicht irgendjemand anders gegeben habe, als mich der Deputy mitgenommen hat.«

Ralph schüttelte den Kopf. Er wollte seinem Enkel gerade erklären, dass Hayley Cartwright nur Teil des Problems war, als plötzlich ein Telefon anfing zu klingeln. Er und Seth blickten einander an und sahen sich nach der Quelle des Geräuschs um. Gleichzeitig steuerten sie auf die überdachte Informationstafel zu.

Das Klingeln hörte auf und setzte einen Moment später wieder ein. Es war ganz einfach, dem Klang zu folgen. Ralph nahm das Handy von einem der Dachsparren über der Informationstafel herunter.

Seth hörte nur, was Ralph sagte, der das Gespräch so begann wie immer. »Hallo … Was soll das heißen, ›wer ist da‹? Wer zum Geier ist *da*? … Ich hab das Klingeln gehört und bin dem Geräusch gefolgt, *so* habe ich … in den Saratoga Woods, außerhalb von Langley … Haben Sie sie noch alle? … Ma'am, ich bin zweiundsiebzig und meine Augen auch. Ich werd 'nen Teufel tun und da heute Abend noch hinfahren. Ich bin die Strecke heute schon mal gefahren … Sie können gern jemanden vorbeischicken, der's holt … Ralph Darrow … Damit habe ich absolut kein Problem.«

Er klappte das Handy zu und steckte es in die Tasche. »Polizei. Jemand hat heute mit diesem Ding die Notrufzentrale angerufen wegen irgend 'nem Jungen, der im Wald gestürzt ist. Weißt du was darüber?«

Seth schüttelte den Kopf.

Ralph musterte ihn gute dreißig Sekunden lang. »Ich kann dir nicht helfen, wenn ich nichts weiß«, stellte er klar.

»Da gibt's nichts, was du wissen müsstest«, gab Seth zurück.

Seths Großvater fuhr die gleiche Strecke zurück, die sie gekommen waren. Sie führte an der *Smugglers Cove Blumenfarm* vorbei, wo Hayley Cartwright und ihre Familie wohnten. Seth dagegen fuhr nach Langley zum *Cliff Motel.*

Dort fiel ihm ein, dass er gar nicht wusste, welche Zimmernummer Becca hatte. In mehreren Zimmern brannte Licht, aber er hielt es für keine gute Idee, an alle Türen zu klopfen, um nach ihr zu suchen. Das bedeutete, dass er Debbie Grieder fragen musste, wo Becca untergebracht war.

Er ging zu ihrem Büro. Die Tür war nicht verschlossen und ein Klingeln machte Debbie darauf aufmerksam, dass ein potenzieller Gast hereingekommen war. Sie trat von hinten aus ihrer Wohnung, und als sie die Tür aufmachte, konnte er Chloe und Josh hören, die fernsahen und vergnügt quietschten.

Seth sagte in seinem höflichsten Tonfall: »Hi, Mrs Grieder. Ich dachte, ich schau kurz vorbei, weil Becca etwas in meinem Auto vergessen hat. Aber ich weiß nicht, in welchem Zimmer sie ist.«

Debbie musterte ihn wie eine Lehrerin, die argwöhnte, er könnte Läuse haben. »Was?«, fragte sie.

»Ihr Handy. Es muss ihr aus der Tasche gefallen sein. Ich hab es erst jetzt bemerkt.«

Debbie streckte die Hand aus. »Ich geb's ihr.«

Seth erwiderte: »Ich muss auch etwas mit ihr besprechen. Ich meine, nur ganz kurz. Es wird nicht lange dauern.«

Er wollte schon hinterherschieben, dass es Debbie Grieder sowieso nichts anging, schließlich war sie nicht Beccas Mutter, aber er riss sich zusammen. Er war zwar kein akademischer Senkrechtstarter, aber auch nicht völlig auf den Kopf gefallen.

»Lass das Mädchen in Ruhe, Seth Darrow. Sie ist vierzehn Jahre alt«, sagte Debbie.

»Ich weiß. Ich interessiere mich ja auch gar nicht für sie.«

»Und was willst du dann von ihr?«

»Gar nichts. Gus ist heute Nachmittag im Wald abgehauen und ich wollte ihr nur sagen, was passiert ist.«

Debbies Gesichtsausdruck zeigte, dass sie ihm ungefähr so viel Glauben schenkte, wie der Behauptung, der Mond sei aus Limburger Käse. Sie sagte jedoch: »Zimmer 444. Fass dich kurz.«

Seth nickte und ging rückwärts aus dem Büro, damit Debbies scharfe Blicke sich nicht in seinen Rücken bohrten. Er ging zu Beccas Zimmer und klopfte an die Tür.

Als sie aufmachte, war Seth überrascht, dass sie bereits im Schlafanzug war. Dafür schien es ein wenig früh. Auch trug sie weder ihre Brille noch ihre übliche dicke Schicht Make-up, was sie ganz anders aussehen ließ. Und ihre Augen waren rot, als hätte sie geweint.

Seth wollte Mitgefühl für sie empfinden, aber ihr Anblick brachte alles schlagartig wieder zurück. Vor allem die langen Stunden im Gefängnis, in denen er sich wegen der Reaktion seiner Eltern Sorgen gemacht, über seine gescheiterte Beziehung mit Hayley nachgedacht und darauf gewartet hatte, dass die Polizei ihn verhörte … In seinem Kopf überschlugen sich die Gedanken über das, was er Becca alles sagen wollte, über die Schwierigkeiten, in denen er jetzt steckte, dass er jetzt sogar seinen Hund verloren hatte, über den Ärger, den er seinem Großvater bereitet hatte, und …

Plötzlich hielt sich Becca die Ohren zu. »Hör auf! Es tut mir leid! Es tut mir *leid!*«, schrie sie und fing an, auf dem Boden neben ihrem Bett herumzukramen.

Seth konnte sehen, dass sie etwas suchte, aber was sie schließlich fand, brachte ihn endgültig auf die Palme. Sie schnappte sich einen Kopfhörer, stopfte ihn sich ins Ohr und drehte die Lautstärke an einem Gerät auf, das aussah wie ein iPod. Seth dachte: *Was? Sie hört Musik?* Da brach es wütend aus ihm heraus.

»Was machst du da? Hast du sie noch alle? Wir müssen reden. Man hat mich ins Gefängnis gesteckt. Weißt du das? Sie stellen Fragen. Dann hat dein Handy angefangen zu klingeln und mein Großvater hat es gefunden, und … Könntest du dieses blöde Teil aus dem Ohr nehmen und mir zuhören?«

»Es hat geklingelt? Das Handy hat geklingelt?«, erwiderte sie und fing ohne ersichtlichen Grund an zu weinen.

»Es war die Polizei. Sie haben versucht, deinen Anruf nachzuverfolgen. Mein Großvater bringt es ihnen. Oder sie holen es bei ihm ab. Was weiß ich. Könntest du bitte die Musik ausmachen?«

»Es ist keine Musik!«, schrie Becca. »Wenn du so wütend bist, kann ich dich nur damit hören. Hör selbst.«

Sie zog sich den Kopfhörer aus dem Ohr und gab ihn Seth. Atmosphärisches Rauschen dröhnte ihm so laut in den Ohren, dass er zusammenzuckte. *Verdammt, wer ist diese Tussi?*, ging es Seth durch den Kopf. *Kommt die von einem anderen Stern?*

Seth sah, dass sie jetzt richtig weinte. Sie hatte sich ein Kissen geschnappt und drückte es fest. Als sie zu sprechen versuchte, brachte sie die Worte nur in großen Schluchzern heraus.

Aus diesen Schluchzern konnte sich Seth die Geschichte zusammenreimen, die Becca ihm erzählte, weil sie jetzt keine andere Wahl mehr hatte. Ohne das Handy hatte sie jede Möglichkeit verloren, mit ihrer Mutter Kontakt aufzunehmen. Ohne das Handy war sie völlig auf sich allein gestellt, und sie würde durchdrehen, wenn sie jemandem nicht zumindest einen Teil der Wahrheit erzählte.

Ihr Stiefvater hatte höchstwahrscheinlich seinen Geschäftspartner ermordet, und *er* wusste, dass *sie* wusste, dass er es getan hatte. Außerdem hatte er sie benutzt, um ihm zu helfen, Leute um ihr Geld zu bringen, die eine sichere Kapitalanlage suchten. Becca hatte jedoch nicht gewusst, um wie viel Geld es sich dabei handelte und was Jeff Corrie damit anstellte und dass das der Grund war, warum er seinen Geschäftspartner ermordet hatte. Aber aufgrund der Art, wie sie es herausgefunden hatte, konnte sie nicht zur Polizei gehen und das alles erzählen, weil sie ihr nicht glauben würde. Und als ihr das alles klar geworden war, hatten sie und ihre Mom die Flucht ergriffen. Jeff Corrie würde aber schon bald versuchen, sie aufzuspüren. So viel stand fest.

»Ich wusste, was sie wollten, verstehst du?«, schluchzte Becca. »Ich wusste, was sie brauchten. Ich wusste, wie … Wenn Jeff das Richtige sagte … Ich wusste, was er ihnen sagen musste, und ich dachte, es würde ihnen bei ihren Geldanlagen helfen. Jeff meinte, dass sich Leute manchmal vor Veränderungen fürchten und deshalb nicht immer die richtigen Entscheidungen für sich treffen und dass ich ihm Anhaltspunkte geben könnte, was er sagen müsste …«

Seth kam sich wie eine Zeichentrickfigur vor, die sich gegen den Kopf schlagen musste, um alles zu verstehen. Was redete sie da?

Das Einzige, was er wirklich begriffen hatte, war die Sache mit ihrer Mom. Ihr Handy war die Verbindung zu ihrer Mom, das Handy war weg, und das war schlimm. Aber so wie Seth die Sache sah, könnte es noch schlimmer sein. Vielleicht war die Tussi völlig durchgeknallt.

»Das Telefon«, sagte Becca. »Ich brauche das Telefon.«

»Die Cops werden es zurückverfolgen«, erklärte er ihr. »Wenn sie es in die Hände bekommen, werden sie es zurückverfolgen.«

Er setzte sich aufs Bett. Becca stand auf und setzte sich neben ihn. Ganz vorsichtig und behutsam legte Seth ihr einen Arm um die Schultern.

»Ich glaube nicht, dass sie es zurückverfolgen können«, sagte Becca. »Wir haben die Handys in einem Supermarkt gekauft.«

»Und wie habt ihr dafür bezahlt? Hat deine Mom Bargeld benutzt?«

»Ich glaube … Sie hat nie mit Bargeld bezahlt. Sondern mit Kreditkarte.«

Mehr wusste Becca nicht, außer dass ihre Mutter die einzige Nummer eingespeichert hatte, die sie brauchte: die Nummer von Laurels eigenem, neu erworbenem Telefon.

»Wenn sie eine Kreditkarte benutzt hat«, meinte Seth, »wird die Polizei sie finden.«

Becca schluckte. Sie war am Boden zerstört. Sie hatte versagt, sie hatte ihre Mutter im Stich gelassen, und wie es aussah, auch Seth. Sie sagte zu ihm: »Was ist mit *dir*? Ich verstehe nicht, warum du im Gefängnis gelandet bist.«

Seth erzählte ihr die Kurzfassung seines erlebnisreichen Tages. Er sprach von unbezahlten Strafzetteln und erzählte, dass sein Großvater die Kaution für ihn gestellt hatte. Die Sache mit Gus und Hayley sowie ein paar andere Details ließ er aus. Aber dann stellte Becca eine Frage, die fast alles ans Licht brachte.

»Aber du kannst die Strafzettel doch bezahlen, oder? Ich meine, sie werden dich nicht einsperren, wenn du sie bezahlst.«

Wenn alles glimpflich verlief, würden sie ihn nicht einsperren, aber da war noch etwas anderes, das sie nicht wusste. Er sagte vorsichtig: »Ich kann die Strafzettel bezahlen. Grandpa greift mir unter die Arme, wenn ich ihn darum bitte. Aber da ist noch was anderes.«

»Was?«

»Derric Mathieson. Da ist diese Sache zwischen ihm und mir.«

»Was für eine Sache?«

»Es hat mit Hayley zu tun.«

»Hayley Cartwright?«

»Er ist der Grund, warum wir uns getrennt haben. Sie und Derric hatten einen Abend was miteinander und ich hab sie erwischt.«

Becca schwieg einen Moment lang, während sie diese Information verarbeitete. Sie sagte langsam: »Aber er ist erst in seinem ersten Highschool-Jahr und …«

Seth warf ihr einen höhnischen Blick zu. »Hm … als würde das 'ne Rolle spielen. Er ist sowieso schon sechzehn. Und sie auch. Und was macht das schon, dass sie zwei Jahrgänge über ihm ist? Hayley ist das egal. Hayley sind viele Dinge egal. Würde es *dir* etwas ausmachen, wenn der Typ … Vergiss es. Jedenfalls ist das der Grund, warum …«

Die Tür flog auf und Debbie Grieder stand da.

Seth nahm den Arm von Beccas Schultern und zog sich so schnell wie möglich ein Stück von ihr zurück. Aber an Debbie Grieders Gesichtsausdruck konnte er sehen, dass er nicht ungestraft davonkommen würde.

KAPITEL 15

Debbies Gesicht war feuerrot vor Wut. Die Narbe auf ihrer Stirn loderte weiß wie ein Blitz. Sie marschierte ins Zimmer wie ein Bulldozer, der auf seinem Weg alles platt walzte. Sie redete in einem leisen, scharfen Tonfall, weil das Zimmer neben Beccas besetzt war, aber sie musste auch gar nicht schreien, weil ihr Gesichtsausdruck schon laut genug brüllte.

Becca hatte sich den Kopfhörer ihrer AUD-Box nicht wieder ins Ohr gesteckt und schreckte vor dem Ansturm von Debbies Gedanken, die auf sie einprasselten, zurück. Sie vermischten sich mit Seths Flüstern und dem, was sie beide laut aussprachen. Das Ergebnis war völliges Chaos in Beccas Kopf. Sie senkte den Blick, aber das ließ sie erst recht schuldig aussehen.

»Was ist hier los?«, wollte Debbie wissen. »Ich hab gesagt, dass hier niemand übernachten darf.«

Du bist hier gewesen … glaubst du, ich weiß nicht … wie es anfängt, und dann …

»Ich hab gesagt, keine Jungs.«

Es ist immer dasselbe …

»Du und ich hatten eine Vereinbarung, und du brichst …«

Lügen … immer lügen sie einen an …

»Mrs Grieder, es ist nicht so, wie Sie denken.«

Du bist hier gewesen … wer du bist … du glaubst, ich weiß nicht … Drogen … wie du war er … der Kampf … Jungs führen nichts Gutes …

»Wie viele Mädchen versuchst du in dieser Stadt noch zu …«

»Ich? Hey, ich versuche überhaupt nichts. Ich bin nur gekommen, um …«

Total durchgeknallt … halt … reiß dich zusammen …

»Zeig mir das Handy. Zeig mir sofort das Handy.«

Verlier nicht die Kontrolle … vergiss nicht … Gott möge mir … verrückt … Saratoga Woods, wie immer …

»Du hast gesagt, du würdest mit dem Hund laufen gehen. Und, wo ist der Hund jetzt? Sag's mir. Wo ist er?«

»Gus? Er ist bei Hayley. Als die Cops aufgetaucht sind, habe ich sie gebeten …«

Mein Gott … im Wald … dort sind die Drogen …

»Cops? Polizei? Was hast du angestellt? Weil's mit Hayley nicht geklappt hat, bist du jetzt wohl hinter *ihr* her, was?«

»Ich bin hinter niemandem her, Mrs Grieder.«

Bleib cool, bleib ruhig, sie rastet aus … nicht hier …

»Warum bist du hier? Und warum sagst du nichts, Becca King?«

Weil, dachte Becca, weil … weil. Weil die Worte im Zimmer herumflogen wie böse Geister, die nach jemandes Seele schrien. Weil sie nicht sagen konnte, welche Gedanken wem gehörten. Aber vor allem, weil sie die Augen nicht vom Boden losreißen konnte, und das lag wiederum daran, dass sie den Blick nicht von Seths Schuhen abwenden konnte. Er trug dieselben Sandalen wie jedes Mal, wenn Becca ihn getroffen hatte, nur dass sie vorher nie ihre Sohlen gesehen hatte. Doch so wie er jetzt dasaß, konnte sie ihr Profil genau erkennen, und ihr Anblick und ihr Aussehen und was das bedeutete …

Becca konnte nicht wegschauen, und sie konnte auf keinen Fall Debbies Frage beantworten. Aber das schien auch nicht mehr wichtig, weil Debbie sich wieder Seth zuwandte.

»Also, warum bist du hier? Und wo ist das Handy, das du ihr unbedingt bringen wolltest? Oder hast du ihr etwas ganz anderes vorbeigebracht? Was hast du dabei gehabt? Zeig's mir.«

Dann fing sie an, wie eine wild gewordene Hexe im Zimmer herumzurennen. Sie öffnete und schloss Schubladen, riss die Schranktüren auf, schaute unter die Betten und …

Nicht hier … oh Mann … nicht schon wieder … nicht so … Herrgott noch mal … wo es immer endet … genau wie Sean …

»Okay, okay!«, schrie Seth. »Die Cops haben das Handy. Ich wollte, dass sie es weiß. Ich hab mir gedacht, dass sie irgendwann danach suchen würde. Deshalb bin ich hierhergekommen, um es ihr zu sagen. Okay?«

Aber *Cops* und *Handy* und *das das das* und *was hast du getan* und *Lügner … Lügner genau wie Sean* prallte von den Wänden ab wie Bälle in einem aufblasbaren Spielhaus.

Becca spürte, wie sich diese Gedankenfetzen in ihr Gehirn bohrten, und dass sie sich gleich übergeben würde, wenn sie dem Ansturm nicht bald ein Ende machte.

Sie schrie: »Es ist wegen Derric. Wegen Derric. Jemand hat ihn heute Nachmittag in den Saratoga Woods einen Abhang hinuntergestoßen. Seth war dort, und ich war dort, und der Hund ist verschwunden, und man hat Derric ins Krankenhaus gebracht. Es ist wegen Derric, okay? Es ist wegen Derric. Ich dachte, er wäre gestürzt, aber jemand hat ihn gestoßen. Genau das ist passiert.«

Dann schaute sie zu Seth hinüber. Er blickte zugleich misstrauisch und verängstigt, und sie wusste sofort, dass er in ihrem Gesicht las. Aber er hatte keine Ahnung, was sie außer dem verletzten Derric noch im Wald gesehen hatte, und sie konnte es ihm nicht sagen. Nicht hier, nicht jetzt und vielleicht sogar nie.

Seth sagte in einem Atemzug: »Ich verschwinde«, und ließ den Worten sofort Taten folgen. Kurz nachdem die Tür hinter ihm zugefallen war, konnten sie Sammy davonbrausen hören.

In der Leere, die Seth hinterlassen hatte, konnte Becca Debbie atmen hören. Ihr Flüstern drang, wie ihr Atem, stoßweise zu ihr. Sie schnappte *auf keinen Fall, nicht schon wieder vermasseln, sie nutzen, oben beim großen Felsen passiert alles* auf, aber erst, nachdem sich Debbie weggedreht hatte. Sie ging zur Tür und sagte, sie müsse Josh erzählen, was Derric zugestoßen sei. Doch bevor sie aus Beccas Zimmer trat, hielt sie noch einmal inne.

Sie sagte: »Ich führe kein Stundenhotel für Highschool-Schüler. Keine Jungs mehr in deinem Zimmer. Ist das klar?«

Becca nickte und Debbie ließ sie allein.

In diesem Moment wurde Becca bewusst, dass ihr Aufenthalt im *Cliff Motel* schon bei der nächsten kleinen Meinungsverschiedenheit beendet werden konnte. Auch wenn sie keine Ahnung hatte, wohin sie gehen könnte, falls Debbie sie rauswarf, hatte sie das Gefühl, dass sie sich wohl besser nach einer neuen Bleibe umsehen sollte. Sie hatte auch Angst, Debbie könnte sie bei der South Whidbey Highschool anschwärzen, aber daran könnte sie sowieso nichts ändern. Sollte die Situation dort zu brenzlig werden, würde sie die Schule eben verlassen müssen.

Am Montagmorgen nach dem Vorfall mit Debbie schob Becca gerade ihr Fahrrad von der Motelveranda, als Debbie aus ihrem Büro kam. Becca hatte die AUD-Box noch nicht eingeschaltet, weil auf ihrer Fahrt zur Schule eigentlich nie Flüstern zu hören war. Aber Debbies Anblick ließ Becca innerlich erbeben, sodass sie nach der AUD-Box tastete und sich den Kopfhörer ins Ohr steckte, als Debbie auf sie zukam.

Debbie sagte: »Es tut mir leid wegen gestern Abend. Das war nicht richtig von mir. Ich hätte nicht so mit dir reden dürfen.«

Becca umklammerte ihren Fahrradlenker fester. Sie war es nicht gewohnt, dass sich Erwachsene bei ihr entschuldigten. Sie sagte: »Ist schon okay. Ich versteh das.«

»Das ist es ja, das tust du nicht. Wie könntest du auch?«

Debbie blickte zum Büro hinüber. Die Kinder mussten schon bald zur Schule, und sie hatte nicht viel Zeit zu reden. Dennoch mussten bestimmte Dinge gesagt werden, und Debbie wusste das besser als jeder andere, weil sie in den Jahren, seit sie ihren letzten Schluck Bier getrunken hatte, eine Menge Erfahrung darin gesammelt hatte, Dinge auszusprechen.

»Es gibt Dinge in meiner Vergangenheit, von denen ich mich nicht mehr beeinflussen lassen darf. Manchmal vergesse ich das, und dann passiert es doch. Aber du kannst nichts dafür. Ich hätte es nicht an dir auslassen dürfen.«

»Das ist schon in Ordnung.« Becca wünschte, sie hätte ihre AUD-Box *nicht* eingeschaltet, weil sie sehen konnte, dass Debbie jetzt Sachen durch den Kopf gingen, die ihr hätten helfen können zu verstehen, was los war. Sie erkannte es daran, dass sich Debbie, wie jedes Mal, wenn es um persönliche Dinge ging, eine Zigarette anzündete.

Sie sagte zu Becca: »Du musst Seth Darrow aus dem Weg gehen, Liebes. Du musst mir da einfach vertrauen. Ich kenne ihn. Es gibt Seiten an Seth … Du musst ihm einfach aus dem Weg gehen, okay?«

»Grandma!« Chloe stand an der Tür zum Büro. Sie sah, wie sich Debbie und Becca unterhielten, und sagte: »Warum hast du heute nicht mit uns gefrühstückt, Becca? Es gab Pfannkuchen und Würstchen. Warum bist du nicht gekommen?«

»Ich war zu spät dran«, rief Becca ihr zu. »Ich muss zur Schule.«

»Du kommst auch noch zu spät, wenn du nicht gleich einen Zahn zulegst«, ermahnte Debbie ihre Enkeltochter.

»Josh hat meine Unterwäsche versteckt.«

»Sag deinem Bruder, wenn er deine Unterwäsche nicht sofort rausrückt, ziehe ich ihm meine über seine Kleider.«

Chloe lachte und flitzte zurück ins Büro. Man hörte, wie sie den Namen ihres Bruders rief.

Debbie sagte zu Becca: »Ich kann dein Handy für dich zurückbekommen. Ich kenne den stellvertretenden Sheriff recht gut.«

Becca wusste, dass das nicht passieren durfte. Wenn Debbie das Telefon zurückholte, würde die Spur direkt zu Becca führen. Eine Spur bedeutete Fragen. Fragen bedeuteten Antworten.

Sie sagte: »Das brauchen Sie nicht. Es war ein Wegwerftelefon und hatte nur noch eine Minute Sprechzeit drauf. Ich wollte es in den Abfall werfen, aber in der ganzen Aufregung habe ich es wahrscheinlich fallen lassen.«

»Soll ich dir ein neues besorgen?«

Becca schüttelte den Kopf. Das hatte wenig Sinn. Die Polizei hatte das Telefon, das sie brauchte, mit der eingespeicherten Nummer ihrer Mutter. Aber trotzdem durfte sie dieses Telefon momentan nicht in ihre Nähe lassen. Ihre Augen wurden feucht und sie blinzelte heftig und schnell.

»Das ist wirklich nett von Ihnen, aber es ist nicht nötig. Ich kenne sowieso niemanden, den ich anrufen könnte.«

Debbie legte den Kopf schief. Sie erwiderte: »Du kennst *mich*, Liebes. Was letzte Nacht passiert ist … es tut mir wirklich leid.«

Becca radelte, so schnell sie konnte, zur Schule. Die Strecke war größtenteils eben, sodass die Fahrt nicht besonders anstrengend war.

Dennoch merkte sie, dass es mit dem Radfahren jeden Tag besser klappte.

Kurz vor der ersten Schule, die sie auf ihrem morgendlichen Weg immer passierte, sah sie linker Hand auf der anderen Seite der Straße etwas Weißes aufblitzen. Sie sah es nur aus den Augenwinkeln und drehte den Kopf, um zu sehen, was es war, so tief verborgen im dunklen Grün des Waldes. Das war ihre erste Begegnung mit dem weißen Hirsch. Einen Augenblick lang stand er da wie eine Marmorstatue, mitten auf einem ausgefahrenen Weg. Bei seinem Anblick schnappte Becca nach Luft und stieg auf die Bremse. Ein weißer Hirsch. Er beobachtete sie.

Dann war er weg, in einem Sprung, mit dem er mühelos zwischen den Bäumen verschwand. Er war so schnell, dass Becca dachte, sie hätte ihn sich möglicherweise eingebildet. Ein durch die Bäume fallender Sonnenstrahl vielleicht. Oder ein altes Laken, das von einem Ast hing. Aber tief in ihrem Innern wusste sie, dass es der Hirsch gewesen war, und erinnerte sich daran, was Josh ihr darüber erzählt hatte. Dem weißen Hirsch zu begegnen, kündigte große Veränderungen an.

Bei der South Whidbey High rollte sie im Leerlauf auf den Parkplatz. Sie hievte sich ihren Rucksack auf die Schulter und steuerte auf die sechs Doppeltüren zu, durch die sie neben den neuen Gemeinschaftsraum gelangte.

Ein Polizeiwagen fuhr an ihr vorbei. Sie zog den Kopf ein. Dass ein Polizist in die Schule kam, konnte so ziemlich alles bedeuten, aber nach dem, was mit Derric passiert war, wusste Becca, dass die Anwesenheit eines Cops nichts Gutes verhieß.

Sie schaltete die AUD-Box aus und nahm den Kopfhörer aus dem Ohr. Vielleicht verrät mir das Flüstern der anderen, was los ist, dachte sie. Von überall prasselten Gedanken auf sie ein, ausgelöst durch das, was die anderen Schüler gemeinsam mit Becca gerade beobachtet hatten.

Cops … dafür ist jemand dran … neben der Kappe … Party mit Nyombe … Homecoming-Ball … Mann, er ist so scharf … was ich will … Aaron hat 'nen Dachschaden … Courtney dreht total durch … wenn er mich gefragt hätte, hätte ich … weiß nicht, sein Bein oder … Penner … jetzt habe ich eine Chance bei ihr …

Becca machte eine der sechs Türen auf. Im Schulgebäude deckte sich das, was die Leute aussprachen, mit ihrem Flüstern. Sechs Mädchen saßen an einem Tisch im neuen Gemeinschaftsraum, zwei von ihnen weinten. Vier Jungs in College-Jacken liefen vorbei und waren in ein ernstes Gespräch mit einem Sporttrainer vertieft. Schüler standen in Grüppchen beieinander und tauschten mit besorgten Mienen die neuesten Gerüchte aus. Dann lief Tatiana Primavera vorbei und steuerte mit ihren Stöckelschuhen auf das Verwaltungsbüro zu. Sie sah aus wie jemand, der unheimlich wichtige Dinge zu erledigen hatte.

Dann hörte Becca: »Warst du dort?«

Sie wusste, wer da redete, noch bevor sie sich umdrehte und Jenn McDaniels erblickte.

»Seth Darrow war dort, also musst du auch dort gewesen sein, da ihr zwei euch ja so *nahesteht*.«

Jenn war nach Becca in den Gemeinschaftsraum gekommen. Für ein so zierliches Mädchen gelang es ihr ausgesprochen gut, wie eine Naturgewalt zu erscheinen, die kurz davor war, das zu tun, was Naturgewalten üblicherweise so tun: explodieren, toben, zerstören, überschwemmen. Becca hörte die Schimpfwörter in Jenns Flüstern. Sie fragte sich, wie oft Jenn sie laut aussprach.

»Er liegt im Koma.« Jenn lächelte höhnisch und fügte hinzu: »Vergiss nicht, Seth davon zu erzählen. Oder hat er es *dir* erzählt? Ich wette, er ist jetzt *superglücklich*.«

Becca schloss daraus, dass Seth weder der Polizei noch irgendjemandem sonst erzählt hatte, dass sie zu dem Zeitpunkt auch im

Wald gewesen war. Diana Kinsale wusste es auch, aber etwas an dieser Frau sagte ihr, dass sie Becca genauso wenig verraten würde. Sie war unglaublich erleichtert. »Im Koma? Derric? Wovon *redest* du?«

Jenn lachte herb. »Oh, als *wüsste* ich nicht, worauf du es abgesehen hast, seit du ihn das erste Mal getroffen hast.«

»Seth?«

»Stell dich nicht so dumm, Dickerchen. Und hast du in letzter Zeit mal in den Spiegel geguckt? Als hättest du *je* eine Chance bei Derric.«

Bevor Becca etwas erwidern konnte, brachte ein ohrenbetäubendes Pfeifen den ganzen Gemeinschaftsraum zum Schweigen und eine Stimme ertönte über die Lautsprecheranlage.

»Hier spricht Schuldirektor Vansandt. Alle Schüler sind aufgefordert, sich zu einer Versammlung in die Aula zu begeben. Sie beginnt in zehn Minuten.«

Becca wusste nicht, wo die Aula war, fand es aber recht schnell heraus, weil die Schüler aus dem neuen Gemeinschaftsraum auf den großen Gang mit den sechs Eingangstüren strömten. Sie gingen nicht nach draußen, sondern nach links und verschwanden kurz darauf um eine Ecke. Interessanterweise folgte ihnen Jenn McDaniels nicht. Sie machte sich, an Becca vorbei, in die entgegengesetzte Richtung auf. Sie stieß Becca mit der Schulter heftig aus dem Weg, sagte: »*'tschuldigung*, Speckschwarte«, und ging denselben Flur entlang wie Tatiana Primavera kurz zuvor, so als hätte sie etwas mit dem Schuldirektor zu besprechen.

In der Aula drängten die Schüler aneinander vorbei, um einen Sitzplatz zu ergattern. Auf der Bühne stand ein Rednerpult. Daneben waren auf beiden Seiten Stühle aufgereiht, vier auf der einen und drei auf der anderen Seite.

Becca fand sich inmitten des Gedränges wieder, während sie sich gedanklich ganz darauf konzentrierte, was Jenn ihr gesagt hatte. Sie wusste nicht, was genau es bedeutete, wenn jemand im Koma lag. Sie wusste, dass Leute Komas überlebten, aber sie wusste auch, dass sie manchmal jahrelang dahinvegetierten und nie wieder aus dem Koma erwachten. Oder wenn sie erwachten, waren zehn Jahre vergangen, und alles um sie herum hatte sich verändert.

Das wünschte sie Derric nicht. Allein der Gedanke war ihr unerträglich. Sie wollte, dass es ihm gut ging und er »Freude« empfand, so wie er es sich ständig selbst vorbetete und so wie sein Lächeln andere Leute glauben ließ, *dass* er sich freute, weil sie den Rest von ihm, der aus Sonnenlicht, aber auch aus Traurigkeit bestand, nicht spüren konnten.

Becca dachte an Seth und daran, was Jenn über ihn gesagt hatte – wie sehr er sich über die Nachricht freuen würde, dass Derric im Koma lag. Sie dachte auch darüber nach, dass Seth niemandem von ihr erzählt hatte und insbesondere der Polizei gegenüber nicht erwähnt hatte, dass sie dort gewesen war und die Notrufzentrale angerufen hatte. Dann wanderten ihre Gedanken zu Diana Kinsale, ihren Hunden, Seths Hund und dem Nichts, das von Diana Kinsale ausging, während alle anderen die Luft mit Flüstern erfüllten. Und weil sie es jetzt, da Derric im Koma lag, nicht länger beiseiteschieben konnte, dachte sie auch an den Fußabdruck oben am Steilhang. Er war bestimmt nicht mehr zu sehen gewesen, nachdem die Rettungssanitäter wieder gegangen waren. Sie hatten ihn höchstwahrscheinlich verwischt, als sie Derric den Steilhang zum Weg hinauftrugen. Das bedeutete, dass Becca die Einzige war, die von diesem Fußabdruck wusste, es sei denn, Diana Kinsale hatte ihn auch gesehen.

Aber sie konnte jetzt nicht darüber nachdenken. Sie würde sich zwingen, nicht darüber nachzudenken.

Sie fand einen freien Platz in der Mitte einer Sitzreihe. Dort senkte sie den Kopf und kramte in ihrem Rucksack nach ihrem Geschichtsbuch. Mr Powder hatte einen Test angekündigt, und selbst die Tatsache, dass einer seiner Schüler im Krankenhaus im Koma lag, würde Mr Powder nicht daran hindern, an diesem Vorhaben festzuhalten. Sie konnte sich also mit Lernen beschäftigen. Das würde sie ablenken.

Doch sie kam nicht weit. Jemand klopfte auf ein Mikrofon und sagte: »Ist es an?«

Sie blickte auf und sah Mr Vansandt, der neben dem Rednerpult stand.

Er war nicht allein. Sechs andere Erwachsene waren mit ihm auf der Bühne, und da sie nach vorne in den vollen Zuschauerraum blickten, der auf einen Schlag verstummte, erhob sich Flüstern im Saal, wenn auch nur für einen kurzen Moment. Becca hörte: *einer dieser kleinen Versager,* und: *schau mich an, Dave* und: *was hat er da gemacht,* und: *mein Job mein Job,* und: *mit Klagen zu rechnen,* und: *interessiert sie nicht wirklich, schau sie dir an*, aber diese Gedanken hätten von jedem stammen können. Oder auch nur von einer einzigen Person.

Mr Vansandt bat alle, aufzustehen und das Treuegelöbnis zu sprechen, woraufhin er die ernste Ankündigung machte, auf die alle warteten. Er sagte ihnen, dass ein Angehöriger der Falcons in den Saratoga Woods schwer verletzt worden sei. Die meisten unter ihnen kannten ihn, erklärte er. Derric Mathieson. Er erläuterte, dass Derric im Krankenhaus von Coupeville auf der Intensivstation liege. Er liege im Koma und habe außerdem einen dreifachen Beinbruch erlitten.

Bei diesen Worten ging ein Raunen durch den Saal und ein Mädchen in der Menge schrie dramatisch: »Oh nein!«

Becca zog sich geistig an einen anderen Ort zurück, wo sie noch einmal darüber nachdachte, was Derric-liegt-im-Koma alles bedeuten könnte. Sein Sturz war schlimm genug gewesen, aber die Sache mit dem Koma machte ihr Angst.

Becca konzentrierte sich wieder darauf, was auf der Bühne passierte. Mr Vansandt redete davon, dass alle Türen offen stünden und man weitere Berater an die Schule geholt habe. Sie seien die ganze nächste Woche für alle Schüler da, die das Bedürfnis hätten, zu reden. Er stellte sie alle nacheinander vor. Tatiana Primavera war natürlich eine von ihnen, aber die anderen Namen kannte Becca nicht. Sie vergaß sie in dem Augenblick, in dem sie sie hörte, weil bestimmt gleich noch mehr auf der Bühne passieren würde. Eine Person, die noch nicht vorgestellt worden war, war der Mann in Polizeiuniform.

Der Schuldirektor beendete seine Ansprache damit, wo die neuen Berater alle in dieser Woche zu finden wären. Er fügte hinzu, dass in jeder Mittagspause ein Klassenzimmer für Gruppengespräche offen stehe. Dann schloss er mit den Worten, dass Derrics Vater jetzt mit ihnen darüber reden wolle, wie sie zu Derrics Genesung beitragen könnten, denn: »Derric ist ein Falcon und er *wird* wieder gesund werden.«

In diesem Moment stand der Mann in der Sheriffuniform auf und ging zum Mikrofon. Und da stellte Becca fest, dass Derric Mathiesons Adoptivfamilie weiß war.

KAPITEL 16

Becca erkannte den Mann. Da das Rednerpult heller erleuchtet war als die Stühle darum herum, hatte er nicht weiter ihre Aufmerksamkeit erregt, und sie wusste lediglich, dass er aus dem Büro des Sheriffs kam. Aber als er in das grelle Licht des Rednerpults trat, sah Becca, dass er Derrics Begleiter von der Fähre war.

Sein Gesicht war wie versteinert. Becca wusste sofort, dass der Gedankenfetzen *was hat er da gemacht*, den sie im Saal unter dem anderen Geflüster aufgeschnappt hatte, von ihm ausgegangen war. Was jetzt von ihm zu kommen schien, klang wie: *bitte Gott … bestrafen … ich schwöre … nicht weil … schwarz, schwarz, schwarz …*

Sein Gesichtsausdruck war so hart, dass die versammelten Schüler bei seinem Anblick sofort verstummten, vor allem diejenigen, die immer noch lautstark auf die Neuigkeit von Derrics Verletzungen reagierten. Mit der Stille, die sich über alle legte, wurde ihr Flüstern stärker. Becca erhaschte nur lose Gedanken, zusammenhanglose Worte wie: *was ist mit … unheimlich … gibt es … je … glaubt er … wie tot? … Koma … Derric, Derric … etwas Neues …*

Das Flüstern wurde von wild durcheinanderschwirrenden Gefühlen begleitet, wie Vögel, die hoch oben an der Decke zwischen den Lampen umherflatterten. Das veranlasste Becca, sich umzuschauen. Was ihr dabei auffiel, gab ihr zu denken. Denn im Gegensatz zu ihrer Schule in Kalifornien schien unter allen Anwesenden kein einziger Jugendlicher zu sein, der nicht weiß war.

Da verstand sie zumindest einen Teil der umherschwirrenden Gedanken. Derrics Vater fragte sich, was für einen Schlamassel er angerichtet hatte, als er einen schwarzen Jungen an diesen Ort gebracht hatte, an dem er nie richtig dazugehören würde. *Rosine auf Weißbrot,* nannte sein Flüstern es.

In diesem Moment wollte Becca von ihrem Sitzplatz aufspringen. Sie wollte Derrics Vater sagen, dass er unrecht hatte. Sie wollte ihm sagen, dass keiner der hier Anwesenden so dachte, dass das einzige Flüstern, das *schwarz, schwarz, schwarz,* herausschrie, von ihm selbst kam.

Er fing an zu sprechen. Er berichtete, dass Derrics Mom im Krankenhaus an seiner Seite sei und man sich dort sehr gut um ihn kümmere, er aber die wohlwollenden Gedanken und Gebete aller mit Sicherheit gebrauchen könne. Dann fuhr er in einem anderen Ton fort, einem Ton, dessen Entschlossenheit keinen Zweifel darüber ließ, was als Nächstes kommen würde. In den Saratoga Woods seien Dinge vorgefallen, als Derric dort gewesen sei, die genauer untersucht werden müssten. Er hoffe, dass sich *alle,* die sich an diesem Tag dort aufgehalten hatten, am Ende der Versammlung melden und ein Formular unterschreiben würden, damit man sie einzeln befragen könne.

»Keiner von euch steckt in Schwierigkeiten.« Mathieson schaute über das Rednerpult in den Zuschauerraum. »*Keiner.*«

Aber sein Flüstern sagte: *nur du, und wenn ich weiß, wer du bist, schwöre ich bei Gott*, während er damit schloss, dass man sich das Formular auch in Ms Primaveras Büro abholen könne, wenn man es lieber unter vier Augen unterschreiben wolle. Dann verlagerte er sein Gewicht und wechselte dabei gleichzeitig das Thema.

»Ich weiß, viele von euch möchten gerne etwas tun, um Derric zu helfen. Jetzt habt ihr die Gelegenheit dazu.«

Dann nickte er jemandem in der ersten Reihe zu. Jenn McDaniels stand auf und ging die Treppe hinauf auf die Bühne.

Jenn hatte ein Klemmbrett bei sich und stolzierte zum Rednerpult. Ganz offensichtlich genoss sie es ungemein, im Mittelpunkt des Interesses zu stehen. Becca erschien sie wie ein menschliches Hochspannungskabel: voller Energie, aber tödlich, wenn man ihm zu nahe kam.

Jenn sagte ins Mikrofon: »Okay, die Sache läuft so«, als erläutere sie die Geschäftsbedingungen. »Wir brauchen Leute, die mit Derric so viel Zeit wie möglich in Coupeville verbringen, denn die Ärzte sagen, dass man ihn unter anderem dadurch aus dem Koma holen kann, indem man mit ihm redet, ihm vorliest und ihm Musik vorspielt oder ähnliche Sachen macht. Und dafür ist das hier da.«

Das war ihr Klemmbrett, das sie hochhielt, damit die anderen Schüler es sehen konnten. »Ich organisiere die Aktion, und das Ganze läuft so.«

Ein leises Raunen ging durch den Saal, als die Schüler anfingen, sich leise zu unterhalten. Jenn redete weiter. Von dort oben hört sie sie bestimmt nicht, dachte Becca. Was sie ebenfalls auf keinen Fall hören konnte, war das anschwellende Flüstern, welches das Raunen der Schüler begleitete. Das waren ihre lautlosen Gedanken, die sich hauptsächlich darum drehten, was der Sheriff gesagt und was er tatsächlich damit gemeint hatte. Dieses Flüstern geriet immer mehr in Widerstreit mit dem hörbaren Raunen, sodass sich in der Luft ein Gewitter zusammenbraute. Alle Gedanken schienen ihren Schwerpunkt zu verlagern und drehten sich plötzlich um Derric und Jenn und Jenn und Derric und was es zu bedeuten hatte, dass Jenn oben auf der Bühne stand und alle herumkommandierte.

Für wen hält die sich … was soll das Ganze … meine Güte es ist nur … so offensichtlich …

Für Becca heizte sich die Atmosphäre im Saal noch mehr auf, als sich das Murmeln und das Flüstern, das es begleitete, mit Fragen aus dem Zuschauerraum vermischte, zu denen schließlich *den ganzen Laden hier verklagen … während ich zuständig bin … Dave, Dave bitte … mein Job steht auf dem Spiel … du bist dafür verantwortlich …* hinzukam. Und dann schallte ihr ein so lautes Flüstern entgegen, dass jemand es ebenso gut in ein Megafon hätte brüllen können: *es wissen, wenn wir dieses Handy zu der Person zurückverfolgen, die es benutzt hat …*

Und das war das letzte Flüstern, das Becca hörte, bevor sie in Ohnmacht fiel.

Das Büro der Krankenschwester befand sich nur ein paar Türen vom Sekretariat entfernt. Zwei ältere Schüler trugen Becca dorthin, was ihr peinlicher war als die Tatsache, dass sie in Ohnmacht gefallen war.

Die Krankenschwester hatte schlimmen Kaffee-Mundgeruch, aber sie war zumindest nett. Sie bat die Jungs, Becca auf dem schmalen Bett abzusetzen, und legte ihr die Hand auf die Stirn.

»Du hast Fieber. Wir müssen deine Mom anrufen. Ich glaube, ich kenne dich noch nicht. Wie heißt du?«

»Becca King. Aber mir geht es schon wieder gut. Ich habe heute Morgen einen Test und …«

»Bist du deswegen nervös?« Die Krankenschwester steckte ihr ein digitales Thermometer in den Mund.

Becca wollte nicht, dass man ihre Temperatur maß. Ihr war nicht heiß. Ganz im Gegenteil, ihr war so eiskalt, dass sie mit den Zähnen klapperte. »Mir wird es gleich wieder besser gehen. Ich hab mich bloß verrückt gemacht wegen des blöden Tests.«

Die Krankenschwester legte ihr eine Decke um die Schultern und sagte: »Rühr dich nicht vom Fleck. Und behalt das im Mund. Ich muss die Akte mit deinen Infos holen.«

Dann verließ sie das Zimmer und steuerte auf das Sekretariat zu.

Becca spürte, wie Panik in ihr aufstieg. Es gab keine Infos über sie, die sie im Sekretariat holen konnte. Abgesehen von diesem kleinen Problem hätte sie auf Whidbey Island eigentlich unauffällig bleiben sollen, was ihr bisher nicht sehr gut gelungen war. Zuerst der Anruf aus den Saratoga Woods, dann ihr plötzliches Verschwinden aus dem Wald, als die Polizei auf dem Weg war, und jetzt das. Sich ein wenig schwindlig zu fühlen, war eine Sache. Vor der versammelten Schülerschaft der South Whidbey Highschool in Ohnmacht zu fallen, eine andere.

Sie wollte raus aus dem Zimmer der Krankenschwester, wusste aber, dass sie die Situation damit nur schlimmer machen würde. Sie hatte also keine andere Wahl als abzuwarten, was als Nächstes passieren würde, und sich zu überlegen, wie sie sich aus diesem Schlamassel herausmogeln konnte. Was als Nächstes passierte, überraschte sie jedoch.

Die Krankenschwester kam zurück und sagte mit einem Kopfschütteln: »Kannst du's glauben? Ms Ward sagt, das Schloss an ihrem Aktenschrank für K klemmt. Sie hätte eine Karteikarte für dich ausfüllen müssen, aber sie ist mit ihrer Arbeit hinterher. Na, sind wir das nicht alle?«

Sie ging zu ihrem Schreibtisch, holte das schmale Telefonbuch der Insel heraus und sagte: »Du hast Glück, dass du heute in Ohnmacht gefallen bist. Ich arbeite auch noch an einer anderen Schule, und wenn es morgen passiert wäre, hättest du Pech gehabt.« Sie schlug das Telefonbuch auf. »Wenn ich Ms Ward richtig verstanden habe, bist du Debbie Grieders Nichte. Ich kenne Debbie. Gehörst du zu ihrem Bruder?«

»Schwester«, erwiderte Becca, die sich daran erinnerte, was Debbie Ms Ward erzählt hatte.

»Oh!«, sagte die Krankenschwester und runzelte nachdenklich die Stirn.

»Eigentlich«, sagte Becca schnell, »geht's mir jetzt schon wieder gut. Ich kann zurück in den Unterricht.« Sie nahm das Thermometer aus dem Mund.

Die Krankenschwester kam herüber und hielt es ins Licht. Sie musterte es und sagte: »Hm. Sieht aus, als wäre alles in Ordnung. Deine Stirn war aber schrecklich heiß.«

Ihre Tage, dachte sie offenbar.

»Ja. Ich hab heute Morgen nicht gefrühstückt. Ich glaube, das war's, zusammen mit dem Test und der Hitze in der Aula.«

»Du *musst* frühstücken. Ihr Mädels. Immer auf Diät.« Die Krankenschwester musterte sie eindringlich. »Ist es das? Lässt du das Frühstück ausfallen, um abzunehmen?«

Becca wünschte, es wäre so. Sie erwiderte: »Schön wär's!«

»Was meinst du damit?«

»Schauen Sie mich doch an. Ich weiß, dass ich fett bin.«

Die Krankenschwester legte das Thermometer auf ihren Schreibtisch. *Meine Güte,* zeichnete sich in ihren Bewegungen ab, obwohl es noch nicht aus ihr herausgebrochen war. Sie ging zurück zum Bett und bat Becca, aufzustehen. Sie betrachtete sie, nahm ihr Handgelenk, legte ihre Finger darum und drückte vorsichtig ihren Arm.

»Wie um alles in der Welt kommst du darauf, dass du fett bist? Du bist einfach nur kräftig gebaut. Das nennt man vollschlank. Ob du's glaubst oder nicht, so *sollten* Frauen sogar einmal aussehen. Du musst nichts weiter tun, als deine Masse ein wenig zu verteilen. Treibst du Sport?«

»Ich fahre jeden Tag Rad.«

»Warte noch einen Monat. Dann wirst du topfit sein. In der Zwischenzeit nimm das hier.« Sie holte einen Energieriegel aus ihrer

Tasche und reichte ihn Becca. »Und lass das Frühstück nicht wieder ausfallen, in Ordnung? Warte mal. Du brauchst einen Passierschein, um zurück zum Unterricht zu gehen.«

Mit dem Passierschein in der Hand zog Becca los. Unterwegs musste sie an der Anmeldung der Schule vorbei, wo Hayley wieder Telefondienst hatte. Jenn war auch da, mit ihrem Klemmbrett, und gab Hayley die Anmeldeliste. Als Becca das sah, blieb sie stehen und sagte: »Ich möchte mich auch für einen Besuch bei Derric eintragen.«

Hayley sah auf. Sie lächelte und sagte: »Du bist Becca. Wir haben uns an deinem ersten Tag hier kennengelernt. Das ist echt nett von dir, dass du mithelfen willst. Schließlich bist du ja noch neu hier.«

»Derric hat mich herumgeführt. Ich habe Geschichte mit ihm. Und Jahrbuch.«

»*Und* sie fährt voll auf ihn ab«, fügte Jenn hinzu und verdrehte die Augen. »Als hätte sie auch nur die *geringste* Chance.«

Hayley reichte Becca die Liste, und Becca unterschrieb unter Hayleys Namen. Sie vermied es, Hayley anzusehen, weil sie sich daran erinnerte, was Seth über sie und Derric gesagt hatte. Die ganze Zeit versuchte sie, die Schimpfwörter zu ignorieren, die von Jenn zu ihr drangen. Es war schwierig. Sie waren heftiger als je zuvor.

Sie gab die Liste zurück. Jenn riss sie ihr aus den Händen wie jemand, dem man sein entführtes Baby zurückbringt. Sie marschierte davon, während Hayley Becca leise zuflüsterte: »Er ist ein netter Kerl. Ich kann verstehen, dass du ihn magst.«

Es war nett von ihr, das zu sagen, und Becca konnte spüren, dass Hayley es ehrlich meinte. Ihre Worte erstaunten sie allerdings ein wenig. War Hayley mit Derric zusammen oder nicht? Becca wollte mit dem älteren Mädchen reden, obwohl eine merkwürdige Traurigkeit wie der Duft welker Veilchen von ihr ausging. Aber sie musste in ihre Klasse, weil sie jetzt Unterricht bei Mr Powder hatte, und ihm würde ein kurzer Blick auf den Passierschein der Krankenschwester genügen, um sich auszurechnen, wie lange sie vom Zimmer der Krankenschwester zu seinem Unterrichtsraum gebraucht hatte.

Jenn lauerte ihr vor dem Verwaltungsbüro auf. Sie sagte: »Gehen wir zusammen in den Unterricht, Beck-*kaaa*?« Das unterlegte sie mit noch mehr abschätzigen Bemerkungen über Beccas Körpergröße und die Kleider, die sie trug.

Nach allem, was heute Morgen passiert war, war das endgültig zu viel für Becca. Sie tastete in ihrer Tasche nach dem Kopfhörer der AUD-Box und steckte ihn sich ins Ohr. Die AUD-Box war wie immer am Bund ihrer Jeans befestigt, und sie fingerte am Lautstärkeregler herum und drehte ihn voll auf. Das Rauschen übertönte, was Jenn dachte, konnte aber nicht überdecken, was sie zu sagen hatte.

»Ich dachte, ich klär dich mal über etwas auf, bevor du dein Hochzeitskleid kaufst, Beck-*kaaa*. Ich hoffe, du hast nichts dagegen, ich mach nämlich deinen Traum nur ungern kaputt.«

»Geschenkt«, sagte Becca.

»Gut. Schlau bist du auch. Eine der Cheerleaderinnen, Courtney, hat es nämlich auf Derric abgesehen, und das wissen alle. Und für wen, glaubst du, würde er sich entscheiden, wenn er zwischen ihr und dir wählen müsste?«

KAPITEL 17

Jenn McDaniels hin oder her, Hayley Cartwright oder Courtney, die Cheerleaderin, Becca war entschlossen, nach Coupeville zu fahren und Derric zu besuchen.

Ohne ihn war die Schule unerträglich. Sie vermisste seine Aura, das Gefühl der Sicherheit, das sie umgab, wenn er in der Nähe war. Sie vermisste die Wärme, die er ausstrahlte, und den Duft, der um ihn herum die Luft erfüllte. Er war etwas Besonderes für sie, so wie es bisher noch kein Junge gewesen war, und auch dieses Gefühl vermisste sie.

Nach ein paar Tagen hatte das Interesse der anderen Schüler für Derrics Zustand beträchtlich abgenommen. Die Ereignisse in den Saratoga Woods wurden von anderen Dingen verdrängt. Football-Spiele und Cheerleadertreffen lenkten die Schüler ab. Und auch der Homecoming-Ball lag nicht mehr in allzu weiter Ferne. Aber das alles interessierte Becca nicht. Sie rechnete sowieso nicht damit, dass irgendjemand sie fragen würde. Nicht bei ihrem Aussehen. Sie war momentan nicht gerade der Traum aller Jungs.

Seit dem Abend, als Debbie die beiden in ihrem Zimmer erwischt hatte, hatte sie Seth Darrow nicht mehr wiedergesehen. Seitdem hatte sie alles getan, um Debbies Befürchtungen, sie beide betreffend, zu zerstreuen. Sie war morgens zur Schule gegangen, nach der Schule ins Motel gekommen, hatte ihre Hausaufgaben gemacht, mit Chloe gespielt, versucht, Josh zu beruhigen, der sich Sorgen um seinen großen Beschützer machte, und die Zimmer der abgereisten Gäste gereinigt. Aber da sie sich verpflichtet hatte, bei Derrics Genesung zu helfen, musste sie irgendwie nach Coupeville kommen, wo er im Krankenhaus lag. Und Seth war der Einzige, der ihr dabei helfen konnte.

Ihr fiel wieder ein, dass er ihr vom Gemeindezentrum erzählt hatte, wo sich die Jugendlichen von Langley immer trafen.

Ein paar Tage, nachdem Derrics Vater bei der Versammlung gesprochen hatte, ging Becca los, um Seth zu suchen. Sie hatte die Zimmer der abgereisten Gäste sauber gemacht und ging zur Rezeption, um Debbie zu sagen, was sie vorhatte. Aber Debbie war nicht da, also hinterließ sie ihr eine Nachricht. Dabei achtete sie darauf, die volle Wahrheit zu sagen: Sie wolle zu Seth Darrow, damit er sie nach Coupeville bringe und ihr zeige, wo das Krankenhaus sei. Und dann würde sie ihn fragen, welchen Bus sie nehmen müsse, um später alleine hinfahren zu können, wenn sie an der Reihe war, Derric Gesellschaft zu leisten. Dann ging sie los.

Das Gemeindezentrum war auf der Second Street, ein umgebautes Haus, das vier Funktionen auf einmal hatte: Es diente als Coffeeshop, Antiquariat, Kunstgalerie und Treffpunkt für junge Leute. Es war senfgelb gestrichen und draußen standen Tische und Stühle.

Im Gebäude entdeckte Becca Seth in einem der hintersten Räume, wo er Gitarre spielte. Er wurde begleitet von einer Mandoline und einem Bass. Sie waren richtig gut, und die Musik erinnerte Becca an die anspruchsvollen Klänge, die sie an dem Tag gehört hatte, als sie mit Seth in den Wald gefahren war. Es war eine Mischung aus Jazz und Flamenco, und sie blieb im Hintergrund stehen und hörte zu. Als Seth sie sah, nickte er ihr zur Begrüßung zu. Als sie mit dem Stück fertig waren, steckten die drei Jungs die Köpfe zusammen und berieten sich. Sie kritzelten etwas auf ihre Noten und verabredeten sich für den nächsten Tag, um im *Mukilteo Coffee* zu proben. Dann klatschten sie sich ab und packten ihre Instrumente zusammen.

Becca setzte sich neben Seth. Ein paar Strähnen hatten sich aus seinem Pferdeschwanz gelöst, und er steckte sie sich hinters Ohr.

»Hey«, sagte er zur Begrüßung. »Was gibt's?«

»Ihr seid *echt* gut.«

Seth schien sich über das Kompliment zu freuen. »Das war Django Reinhardt«, sagte er. »Gypsy-Jazz. Und was machst du hier?«

Sie sagte ihm, dass sie jemanden brauche, der sie zum Krankenhaus fahren und ihr zeigen würde, welchen Bus sie nehmen müsse, um später alleine hin- und zurückzukommen. Sie fragte ihn, ob er Zeit hätte, ihr zu helfen, und er antwortete: »Klar. Ich brauch nur noch ein paar Minuten.«

»Ich habe auch Geld für den Sprit«, sagte sie und zog einen verknitterten Fünf-Dollar-Schein aus der Tasche.

»Kein Problem. Steck dein Geld wieder ein«, erwiderte er.

»Wo ist Gus?«, fragte sie.

Er schüttelte den Kopf. »Mein Großvater hat ihn immer noch.«

Seth packte seine Noten ein und klappte den Notenständer zusammen. Er legte seine Gitarre in den Koffer und schob die Möbel wieder dorthin, wo sie vorher gestanden hatten. Als er aufstand, sah Becca, dass er schon wieder die Sandalen anhatte, die er fast immer trug, und ihr wurde ein wenig mulmig. Bisher hatte sie noch niemand anderen gesehen, der solche Sandalen trug. Das machte ihr Sorgen, aber sie schob den Gedanken beiseite.

Sie gingen zusammen zum Parkplatz vor dem *Star Store*, wo Seths alter VW in frisch polierter Pracht glänzte. Auf dem Weg dorthin erzählte Becca von der Schulversammlung. Dabei musste sie die ganze

Zeit nur daran denken, was Seth über Hayley und Derric gesagt hatte. Sie hörte zwar sein Flüstern, aber darin drehte es sich nur um Gus. Seth vermisste ihn. Er wollte ihn zurückhaben, aber er wusste nicht, wie er seinen Großvater überzeugen konnte.

Sie wollten gerade in den VW einsteigen, als Becca hörte, wie jemand fröhlich ihren Namen rief. Sie drehte sich um und sah, wie Debbie Grieder, mit Chloe und Josh an den Händen, auf sie zukam. Es war Chloe gewesen, die gerufen hatte.

Debbie ließ sie los, und Chloe hüpfte auf sie zu.

»Wir gehen zu *Sweet Mona's*«, teilte sie ihr mit. »Und wir dürfen uns ein Eis oder einen Keks aussuchen, oder, Grandma?« Dabei drehte sie sich zu Debbie um.

»Ganz genau«, sagte Debbie und ihr Blick wanderte von Becca zu Seth, und dann wieder zurück zu Becca.

»Wir waren in der Klinik und haben unsere Grippeimpfung bekommen«, sagte Chloe und zeigte dabei vage in Richtung der Bibliothek. »Und Grandma hat gesagt, danach würden wir zu *Sweet Mona's* gehen. Willst du mitkommen?«

Becca konnte ihr nur schwer folgen, weil ein Wust von Gedanken auf sie einstürmte, die alle gereizt oder wütend klangen: *der hat bestimmt was genommen … ein Ende machen, bevor es zu spät ist … verdreht ihr den Kopf …* Und von der anderen Seite kam: *verkorkste alte Kuh … Sean … was will die eigentlich von mir … Loser.*

Sie konnte die Mischung aus Geflüster und Gesprochenem nicht mehr ertragen und unterbrach beides, indem sie Debbie sagte, dass sie ihr eine Nachricht im Motel hinterlassen habe, dass sie nach Coupeville wolle, um Derric im Krankenhaus zu besuchen.

Bei der Erwähnung von Derrics Namen bekam Josh große Augen. »Ich will auch zu Derric«, sagte er zu seiner Großmutter. »Bitte! *Bitte!*«

»Dazu bist du noch zu klein, Joshua«, erklärte Debbie ihm, ohne gereizt zu klingen. »Sie würden dich gar nicht reinlassen, Schatz. Becca wird dir erzählen, wie es ihm geht, wenn sie nach Hause kommt. Heute Abend gibt es Tacos«, fügte sie zu Becca gewandt hinzu. »Ich hoffe, du bist dabei.«

Becca sagte, dass sie auf jeden Fall mitessen würde. Sie würde ja nicht lange unterwegs sein, nur nach Coupeville und zurück.

»Soll ich was zum Nachtisch mitbringen?«, fragte sie noch, um Debbie milde zu stimmen.

»Klar, das wäre schön«, antwortete diese. »Dann bis später.«

Aber Debbie blieb mit den Kindern noch stehen und schien darauf zu warten, dass Seth in den Wagen stieg. Als er das tat, sagte sie – diesmal so leise, dass nur Becca es hören konnte –: »Sei bitte vorsichtig. Du weißt nicht, wozu dieser Junge fähig ist.«

Als sie auf der Landstraße waren und Richtung Norden nach Coupeville fuhren, beschloss Becca, Seth zu erzählen, was Debbie zu ihr gesagt hatte. Dann fragte sie ihn geradeheraus, was Debbie Grieder eigentlich gegen ihn hätte.

Er griff nach dem Hitzeregler des alten VW und stellte ihn an. Die Tage wurden kälter und heute sah es noch dazu nach Regen aus.

»Drogen«, antwortete er. »Sie glaubt, ich nehme Drogen. Wegen Sean, ihrem Sohn. Wir haben uns eine Zeit lang öfter gesehen. Er hat mir Schach beigebracht.«

»Er ist im Gefängnis, oder?«, sagte Becca. »Joshs und Chloes Dad.«

Seth warf ihr einen überraschten Seitenblick zu. »Das hat Debbie dir erzählt? Dass er im Gefängnis ist?«

»Die Kinder haben so was erwähnt. Stimmt das denn nicht?«

»Doch. Überrascht mich nicht, dass es dir die Kinder erzählt haben und nicht Debbie selbst. Kann mir vorstellen, dass Mütter über so was nicht gerne reden.«

»Was hat er denn gemacht?«

»Er war auf Meth und ist ausgerastet, hat einen Polizisten angegriffen, der ihn mitnehmen wollte. Hat ihn fast erwürgt und wurde wegen versuchten Mordes verurteilt. Und so bald kommt er nicht mehr aus dem Knast raus.«

Seth fuhr langsamer, denn der Wagen vor ihm bremste, weil drei Rehe über die Landstraße liefen. Der Wald erstreckte sich hier praktisch bis zur Straße.

»Das ist auch eine Seite von Whidbey Island«, sagte Seth.

Einen Moment lang dachte Becca, er würde die Rehe meinen und wie sie einem plötzlich vors Auto laufen konnten. Aber dann sprach er weiter.

»Sean wurde zwei Jahre nach der Highschool methabhängig. Vorher hatte er keine Probleme. Er hat zwar Gras geraucht und getrunken, aber das war alles noch im Rahmen. Bis er mit Meth anfing. Das hat ihn total verändert, er war gar nicht mehr er selbst. Aber so ist das nun mal bei Meth.«

»Woher weißt du das von ihm? Das mit dem Meth, meine ich?«

»Habe ich doch gesagt. Sean hat mir Schach beigebracht. Im Gemeindezentrum.«

Becca fragte sich, was das für eine Beziehung war, zwischen Seth und Debbie Grieders Sohn. Und was das über Seth aussagte. Schließlich hatte nicht jeder einen Methamphetamin-Abhängigen in seinem Bekanntenkreis.

»Hat er … hat Sean auch die Schule abgebrochen, so wie du?«

Er runzelte die Stirn. »Ich bin nicht methabhängig, falls du *das* meinst. Ich sehe vielleicht blöd aus, aber total behämmert bin ich nicht. Ich nehme keine Drogen.«

»Tut mir leid. Das habe ich auch nicht gemeint … Ich dachte nur, wenn jemand die Schule abbricht …«

Seth schlug leicht auf das Lenkrad. »Ich hatte eine Lernschwäche, okay? Und zwar von Anfang an. Schule war die Hölle für mich. Nur deshalb habe ich abgebrochen.« Er schüttelte den Kopf. »Warum denken die Leute eigentlich immer … Ach, vergiss es.«

Hayley … Hayley, hallte es die ganze Zeit in seinem Kopf, während er sprach, und der Schmerz, der mit dem Gedanken einherging, war unüberhörbar.

Da musste Becca wieder daran denken, was Jenn gesagt hatte. Hier in Seths Auto konnte sie einiges herausfinden, und seine Gedanken, die sich nur um Hayley drehten, stachelten sie an, mehr zu erfahren. Aber sie wusste nicht genau, wie sie das anstellen sollte.

»An dem Abend, als ich auf die Insel kam, habe ich Jenn gesehen. Sie war auf der Fähre. Ich glaube, mit ein paar Kiffern.«

»Wundert mich überhaupt nicht. Das Mädel hat ein echtes Problem. Die muss endlich mal ihr Leben in den Griff kriegen.«

»Kürzlich hat sie gesagt …«, Becca wollte alles auf einmal loswerden, »sie hat gesagt, dass eine von den Cheerleaderinnen auf Derric steht, und dass jeder es weiß. Und da habe ich mich gewundert, denn du hast doch gesagt, Hayley und Derric hätten was miteinander …«

Vollkommene Stille. Nicht mal ein Flüstern. Dann fuhr Becca fort: »Du hast mir doch erzählt, dass du und Hayley Schluss gemacht habt, weil sie und Derric …«

»Was?« *Geht dich einen Scheißdreck an.*

Becca schluckte. Die Botschaft war angekommen, laut und deutlich. Fast hätte sie darauf geantwortet.

»Also habe ich mich gefragt«, fuhr sie schnell fort, damit er sie nicht unterbrechen konnte, »ob das vielleicht gar nicht stimmt. Vielleicht hast du dich ja geirrt.«

Er drehte den Kopf ruckartig zu ihr um und kniff die Augen zusammen. »Und warum interessiert dich das, Becca?«

Normalerweise war Seth immer locker drauf, aber jetzt war er richtig ruppig und wurde ihr fast ein bisschen unheimlich.

Becca sah hinaus und betrachtete die Landschaft. Sie dachte an seine Sandalen und an die Sohlen, und an das, was sie gesehen hatte. Und was der Anblick dieses einzelnen Fußabdrucks in der weichen Erde über den Jungen aussagte, mit dem sie gerade im Auto saß.

Schließlich antwortete sie: »Ich weiß auch nicht. Wahrscheinlich spielt es gar keine Rolle. Aber oft machen die Leute ein großes Theater um etwas, das sich irgendwann als harmlos herausstellt.«

Seth rutschte auf seinem Sitz hin und her. »Ach ja? Für mich war es ganz und gar nicht harmlos.«

In dem Augenblick wünschte Becca sich, er hätte irgendetwas anderes gesagt.

KAPITEL 18

Das Krankenhaus befand sich auf der Hauptstraße von Coupeville, die bis zur Bucht hinunterführte. Seth hatte Becca gesagt, dass sie einmal umsteigen müsse, wenn sie den Bus von Langley hierher nehmen wolle. Und wenn sie an die Wartezeiten und die vielen Haltestopps dachte, die der Bus unterwegs machte, wurde ihr klar, dass es nicht so leicht sein würde, Derric regelmäßig zu besuchen. Daher bat sie Seth um noch einen Gefallen, als sie vor dem Krankenhaus hielten.

»Würdest du wohl so lange auf mich warten, während ich kurz hineingehe, um nach Derric zu sehen?«

»Kein Problem«, sagte Seth und zuckte die Schultern.

»Bist du sicher?«, fragte sie.

»Ja. Ich warte hier auf dich«, antwortete er. »Die Tür ist da vorne …« Er wollte gerade dorthin zeigen, als etwas anderes seine Aufmerksamkeit erregte.

Becca versuchte, herauszufinden, was er sah. In dem Augenblick streifte der Gedanke *Hayl* ihr Haar, so wie ihre Großmutter ihr immer übers Haar gestrichen hatte. Sie hielt nach Hayley Cartwright Ausschau, aber was Seth gesehen hatte, war nur ein Lieferwagen, den sie an seinem Logo erkannte: *Smugglers Cove Blumenfarm*.

Als Becca ausstieg, folgte Seth ihr. »Ich glaube, ich komme mit rein«, sagte er zur Erklärung. »Soll ich dir was aus der Cafeteria mitbringen?«

Becca brauchte nicht erst sein Flüstern zu hören, um zu wissen, dass er nicht mitkam, um sich etwas zu essen zu kaufen. Er wollte zu Hayley. Sie konnte sich nicht vorstellen, dass irgendetwas Gutes dabei herauskommen würde, vor allem, wenn Hayley wegen Derric im Krankenhaus war, aber sie sagte nichts, außer: »Glaubst du, die haben Obst? Eine Banane oder so? Hier hast du Geld.«

Sie gab ihm das Geld, das sie ihm vorher für den Sprit angeboten hatte, und diesmal nahm er es an. Sie hoffte, dass er dann tatsächlich in die Cafeteria gehen und sich nicht auf die Suche nach Hayley machen würde.

Im Krankenhaus waren sehr viele Leute und sehr viel Geflüster. Becca musste unwillkürlich blinzeln, als die Geräuschflut sie bestürmte, und steckte sich rasch den Kopfhörer ihrer AUD-Box ins Ohr.

Dann ging sie mit Seth zum Empfang, wo sie eine kräftig gebaute Frau fragten, in welchem Zimmer sie Derric Mathieson finden würden. Die Frau legte eine Hand aufs Herz und schenkte ihnen ein gerührtes Lächeln. »Also, ich muss schon sagen. Das ist eine feine Sache, was ihr alle für den Jungen und seine Familie tut.« Sie schüttelte den Kopf, als wolle sie sagen: Wunder gibt es immer wieder!

Dann reichte sie ihnen ein Klemmbrett und sagte: »Macht einen Haken hinter eure Namen. Der stellvertretende Sheriff will wissen, wer alles kommt.«

Im Klemmbrett steckte eine Kopie der Liste, die Jenn aufgesetzt hatte. Becca sah, dass Jenns Name der nächste auf der Liste war. Da wusste sie, dass sie nur kurz bei Derric bleiben konnte, denn Jenn hier anzutreffen, wäre das Letzte, was sie wollte. Sie hatte sich eigentlich extra einen Tag ausgesucht, an dem Jenn McDaniels *nicht* kommen wollte.

Sie machte einen Haken hinter Jenns Namen und hielt Seth das Blatt hin. Er sah darauf, blickte sie an und machte einen Haken hinter dem Namen, der unter Jenns Namen stand. Er lautete Terry Grove, und den Namen fand er ganz cool.

Er lächelte die Frau am Empfang an und gab ihr das Klemmbrett zurück. Sie sagte ihnen, wo sie Derric finden würden, und dass sie hoffe, sie hätten etwas zum Vorlesen mitgebracht.

»Lesen ist am besten«, sagte sie. »Der Klang von vertrauten Stimmen ist sehr wichtig. Aber manchen Leuten, die einen bewusstlosen Patienten besuchen, der an Maschinen angeschlossen ist, fällt nach einer Weile nichts mehr ein, was sie noch sagen könnten.«

»Das wird uns nicht passieren«, erwiderte Becca. »Wir haben ihm viel zu erzählen.«

Auf dem Weg zu Derrics Zimmer liefen sie Hayley über den Weg. Alle drei blieben abrupt stehen. Hayley wurde knallrot im Gesicht und Becca hörte, wie Seth schluckte, als würde er ein Stück Beton herunterwürgen.

»Hallo«, sagte Hayley. Ihr Blick wanderte von Seth zu Becca und dann wieder zurück zu Seth.

Seth sagte: »Alles klar, Hayley?«, und stopfte die Hände in die Hosentaschen.

Becca sagte auch Hallo und tastete nach dem Regler ihrer AUD-Box, um ihn herunterzudrehen. Vielleicht konnte das Flüstern der beiden ihr helfen, die Situation besser zu verstehen. Aber sie hörte nur: *mehr Lügen … na toll … Hayl*, und kurz bevor Hayley zu sprechen begann: *ich weiß nur, dass …*

»Wollt ihr zu Derric?« Sie sah Seth an, aber Becca antwortete.

»Wie geht es ihm? Ist jemand bei ihm?«

»Sein Vater ist gerade raus, um mit jemandem zu sprechen. Wollt ihr reingehen?« Wie schon die Frau am Empfang nannte auch Hayley ihnen die Zimmernummer. Sie sah immer noch Seth an, also antwortete *er* diesmal.

»Ich warte hier. Geh du rein, Bec.«

Becca wusste, dass er mit Hayley sprechen wollte. Sie hielt das zwar für keine gute Idee, aber es gab Situationen, in denen man Leute einfach nicht von ihrem Plan abbringen konnte, so unvernünftig er auch war. Also ging sie weiter und ließ Seth zurück, während dieser langsam auf Hayley zuging, die ihrerseits die Hand hob, um ihn zu bremsen.

Als Becca das Zimmer betrat, schaltete sie die AUD-Box nicht wieder ein. Deshalb bemerkte sie sofort die Musik, als sie die Tür leise hinter sich schloss. Zuerst dachte sie, sie käme aus einem Lautsprecher in der Decke. Doch dann stellte sie fest, dass die Musik sie umgab und in ihrem Kopf war, genau wie sonst das Flüstern. Denn es *war* auch ein Flüstern, ein anschwellender Klang, der von Derric ausging.

Während sie sich dem Bett näherte, wurde die Musik lauter. Es sind Blechbläser, dachte Becca. Saxofone, Trompeten, Posaunen, Tuben und Trommeln. Zunächst klang es noch verhalten, doch je näher sie ihm kam, desto lauter wurde es.

Derric lag völlig reglos da, ein Farbenspiel der Kontraste. Der Bettbezug, die Kissen und das Laken waren schneeweiß, ebenso wie der Verband an seinem Kopf. Aber seine Haut hatte die Farbe von Zartbitterschokolade, was nur durch die Farbe seiner Fingernägel unterbrochen wurde, die hellrosa schimmerten, kurz geschnitten waren und glatt wie das Innere einer Muschel.

Er hing an einem Tropf, und die Kanüle war an seinem Arm festgeklebt. Ein Schlauch steckte in seiner Nase, und an seine Brust war ein Monitor angeschlossen, der seinen Herzschlag kontrollierte. Doch er atmete selbstständig.

Seine Lippen waren aufgesprungen, und es sah schmerzhaft aus. Becca wünschte, sie hätte Lippenbalsam dabei. Wahrscheinlich würde er es sowieso nicht spüren, aber auf diese Weise hätte sie wenigstens etwas für ihn tun können. So kam sie sich völlig nutzlos vor. Aber wenigstens konnte sie mit ihm sprechen.

»Hallo«, sagte sie. Und dann: »Ich bin Becca King, die aus der Schule.«

Und da verstand sie plötzlich, was die Frau am Empfang gemeint hatte. Denn was sollte man jemandem sagen, der sich auf der Schwelle zwischen Leben und Tod befand?

Sie überlegte und sah sich im Zimmer um, und erst da fielen ihr die ganzen Blumen, Ballons, Karten und Stofftiere auf. An der Tür hing eine alte College-Jacke und an der Wand eine Karte von Afrika.

Sie ging zu der Karte, auf der Uganda mit einem blauen Textmarker hervorgehoben war. Insgesamt steckten drei kleine Fähnchen auf dem Land. Auf einem stand *Derric,* das auf Kampala steckte, auf dem zweiten stand *Mom* und auf dem dritten *Dad.* Die beiden letzteren steckten in unmittelbarer Nähe zueinander, während Kampala etwas weiter weg war, und Becca schloss daraus, dass dort Derrics leibliche Eltern geboren worden waren.

Dann sah sie sich die Karten an, die überall im Raum verteilt waren. Und sie las die Texte auf den Blumenkärtchen. Sie fragte sich, wie es wohl war, so beliebt zu sein. Sie selbst hatte in San Diego nur wenige Freunde gehabt. Hiermit war das nicht zu vergleichen. Schließlich fiel ihr ein, dass sie ihm gar nichts mitgebracht hatte. Nichts, das ihre Zuneigung ausdrücken würde, sollte er plötzlich aus dem Koma erwachen.

Da wurde ihr klar, dass sie trotz ihrer Gefühle für ihn eigentlich keinen Platz in seinem Leben hatte. Sie war schließlich die Neue an der Schule, während die anderen Schüler, die hier durch Karten, Blumen und Ballons vertreten waren, ihn schon lange kannten. Aber sie wollte *auch* dazugehören und wünschte, sie hätte irgendetwas dabei …

Sie steckte die Hand in die Jackentasche, um zu sehen, ob sie nicht etwas fand, und wenn es nur ein Kaugummi wäre.

Da berührten ihre Finger ein Stück Papier. Sie holte es heraus und sah, dass es die Telefonnummer war, die Derric ihr an ihrem ersten Schultag gegeben hatte: ein Zettel mit seinem Namen und einer Nummer darauf, sonst nichts. Sie drehte den Zettel um, nahm einen Stift vom Tisch und schrieb auf die Rückseite: »Gib ihn mir zurück, wenn du wieder wach bist.«

Anstatt ihren ganzen Namen darunterzusetzen, unterschrieb sie mit »B«. Dann nahm sie seine Hand und legte den Zettel hinein.

Doch als sich ihre Finger berührten, geschah etwas Merkwürdiges. Die Musik veränderte sich. Sie wurde schneller und war auf einmal höher und klang nach einem ganzen Orchester mit professionellen Musikern. Und neben der Musik hörte Becca nun auch *Freude Freude*, und da wusste sie, dass es Derrics Flüstern war, in dem sich dieses Wort immer und immer wiederholte.

Sie spürte, wie eine Woge von seiner Hand zu ihrer herüberschwappte. Aber anders als eine Welle ebbte sie nicht wieder ab. Sie blieb da und bewegte sich zwischen ihnen hin und her, und Becca erkannte, dass es eine Welle der Freude war. Reines Glück. Und weil sie das auch spürte, wollte sie Derric gar nicht wieder loslassen. Es war schon lange her, seit sie das letzte Mal solch ein Gefühl des Friedens empfunden hatte.

Sie sah auf sein Gesicht und suchte nach irgendeinem Anzeichen, nach irgendeiner Verbindung zu dem, was sie bei ihm spürte, und schaute dabei vor allem auf seine aufgeplatzten Lippen. Denn sie bewegten sich ganz leicht und schienen zu lächeln. Sie wanderte mit ihrem Blick von den Lippen zu den beiden halbmondförmigen Schlitzen seiner halb geöffneten Augen.

Sie wäre am liebsten dort hineingekrochen. Wie herrlich wäre es, sich nur einen Augenblick lang in seinem Kopf treiben zu lassen! Doch das Flüstern gestattete ihr diesen Zugang nicht. Allein der kurze Kontakt zwischen ihren Fingern hatte das möglich gemacht.

Aber es gab auch ein Problem. Ganz gleich, was er fühlte und wie gerne sie dieses Gefühl mit ihm geteilt hätte: Becca wusste, dass Derric an einem finsteren Ort war. Und er musste von dort zurückkommen, zurück in die Welt und zurück zu den Menschen, die ihn liebten. Aber sie wusste auch, dass er das gar nicht wollte. Und ohne diesen Willen würde er für immer bleiben, wo er war.

»Nein«, sagte sie zu ihm. »Derric, das geht nicht.«

Werde, hörte sie ihn flüstern. *Freude. Werde.*

Becca suchte Seth. Sie wollte, dass ihr jemand sagte, was sie mit dem neu gewonnenen Wissen über Derric anfangen sollte. Aber die einzigen beiden Menschen, die das gekonnt hätten, waren nicht da. Sie waren nicht zu erreichen, und das nicht nur vorübergehend. Ihre Großmutter war längst tot und begraben und Laurel hatte ein Handy, dessen Nummer Becca nicht kannte.

Sie fand Seth im Foyer des Krankenhauses, wo er noch immer mit Hayley sprach. Sogar von der anderen Seite des Raumes aus konnte Becca die Intensität ihres Gesprächs spüren. Von keinem von beiden ging ein Flüstern aus, was bedeutete, dass sie sich ihr Flüstern sagten, und das war nicht gut.

»Das ist damit gemeint, wenn jemand sagt, dass man erst nachdenken und dann sprechen soll«, hatte Beccas Großmutter ihr einmal gesagt. »Tu nie beides gleichzeitig.«

Aber Seth und Hayley taten gerade genau das, und dabei konnte nichts Gutes herauskommen.

Becca ging zu ihnen. Sie musste wenigstens Seth retten, wenn ihr das schon bei Derric nicht gelang. »Hallo. Wir können jetzt gehen«, sagte sie und tat dabei so, als hätte sie gar nicht gemerkt, dass sich die beiden stritten.

»Eine Minute noch, ja?«, bat Seth, und dann drang ein Flüstern an Beccas Ohr. Es klang wie: *zwing mich nicht*, und Becca wollte schon fragen: »Zwing dich nicht wozu?«, aber sie konnte es sich verkneifen und sagte stattdessen: »Na gut. Ich warte da vorne«, und zeigte auf einen künstlichen Philodendronbusch auf der anderen Seite des Raumes, in sicherer Entfernung. Seth gab keine Antwort, ebenso wenig wie Hayley. Sie waren zu sehr mit sich selbst beschäftigt.

Becca ging zu dem Stuhl neben der Plastikpflanze. Aber dann geschah das, was sie unbedingt hatte vermeiden wollen. Derrics Vater kam in den Eingangsbereich. Er trug seine Sheriffuniform und er war nicht allein. Jenn McDaniels war bei ihm. Als sie Seth und Hayley sahen, gingen sie zu ihnen, und das war Beccas Glück.

Der letzte Mensch, dem sie begegnen wollte, war der stellvertretende Sheriff von Whidbey Island, und wenn er tausendmal Derrics Vater war. Sie konnte es sich nicht leisten, seine Aufmerksamkeit zu erregen, solange das Problem mit Jeff Corrie noch nicht gelöst war.

Wenn sie durch den Hauptausgang hinaus wollte, konnte sie das Foyer nicht verlassen, ohne gesehen zu werden. Also ging sie mit gesenktem Kopf in die andere Richtung und weiter in das Krankenhaus hinein. Hier musste noch irgendwo anders ein Ausgang sein, dachte sie sich. Sie musste ihn nur finden, und zwar bald.

Schließlich kam sie zur Notaufnahme, nachdem sie durch die Tür gestürmt war wie ein Verbrecher auf der Flucht. Und dort strömte eine Vielzahl von Geräuschen auf sie ein. Flüstern und Gesprochenes. Von überall zugleich.

Hinter einem mit Vorhang abgeteilten Bett schrie jemand vor Schmerz. Ein anderer rief: »Mein Kopf tut so weh!«, und aus einem Lautsprecher ertönte: »Dr. Shapiro, Dr. La Rue.«

All diese Stimmfetzen sprangen sie an wie Paintball-Munition, die auf sie abgeschossen wurde, und bald konnte Becca kaum noch atmen, geschweige denn denken. Sie wusste nur, dass sie hier rausmusste, und schließlich sah sie in der Ferne eine Glastür. Auf die rannte sie zu und gelangte endlich ins Freie.

Sie fühlte sich, als hätte sie einen Asthmaanfall. Es dauerte eine Weile, bis sich ihre Brust langsam entspannte und sie wieder normal atmen konnte. Als sie sich besser fühlte, machte sie sich auf die Suche nach der Bushaltestelle. Sie konnte nicht darauf warten, dass Seth sie nach Langley zurückbrachte. Erstens war der Sheriff bei ihm, zweitens würde Jenn nur Ärger machen, und drittens war er viel zu sehr mit Hayley beschäftigt. Wer wusste, wie lange es dauern würde, bis Seth überhaupt merkte, dass Becca nicht mehr da war, und sich fragte, wo sie hingegangen war.

Die Bushaltestelle befand sich auf der anderen Seite der Hauptstraße, die weiter in die Stadtmitte von Coupeville hineinführte. Becca überquerte sie und beeilte sich, weil von rechts ein Fahrzeug angefahren kam. Es war ein Pick-up, der zweimal laut hupte, so als wolle er Becca warnen, schnell von der Straße zu gehen, wenn sie nicht überfahren werden wollte. Der Wagen fuhr rechts ran, und Becca dachte schon, der Fahrer wolle ihr eine Standpauke halten, weil sie einfach so über die Straße gelaufen war. Doch dann sah Becca die Hunde auf der Ladefläche und einen weiteren Hund auf dem Beifahrersitz, und im selben Augenblick ging die Fahrertür auf, und eine Frau lehnte sich aus dem Wagen.

Diana Kinsale rief ihr zu: »Hallo, Becca King! Ich habe dich in den letzten paar Wochen öfter gesehen als Leute, die ich seit dreißig Jahren kenne. Was machst du denn in Coupeville? Du bist doch nicht etwa mit dem Rad hierhergefahren, oder?«

Becca ging auf den Wagen zu. Die Hunde auf der Ladefläche drängten sich alle auf ihre Seite, um sie zu begrüßen, und wedelten wild mit dem Schwanz. Oscar, der im Wagen saß, blinzelte nur zur Begrüßung, ganz wie es sich für einen Pudel ziemte. »Soll ich dich wieder zur Blue Lady Lane mitnehmen?«, fragte Diana.

Becca antwortete, dass sie zwar nicht zur Blue Lady Lane müsse, aber tatsächlich nach Langley zurückwolle, und Diana forderte sie auf, einzusteigen.

»Du musst dir den Sitz wieder mit Oscar teilen«, sagte sie. Der Pudel war wieder angeschnallt, und Diana machte ihn los und schob ihn ein Stück zur Seite. »Wo geht's denn heute hin?«, fragte sie, während sie sich wieder in den Straßenverkehr einfädelte.

Becca sagte Diana, dass sie im *Cliff Motel* bei Debbie Grieder wohne. Zuerst wollte sie noch hinzufügen, dass Debbie ihre Tante sei, doch dann überlegte sie es sich anders. An dem Abend, als Becca Diana zum ersten Mal gesehen hatte, wollte sie zur Blue Lady Lane. Aber was hätte sie dort zu suchen gehabt, wenn Debbie Grieder ihre Tante wäre?

Becca war mit Diana allein im Wagen und trug auch nicht ihre AUD-Box, und deshalb hätte sie zumindest bruchstückhaft Dianas Gedanken hören müssen, nämlich ihre Reaktion auf das, was sie ihr gerade erzählt hatte. Aber sie hörte nichts, genauso wenig wie zuvor. Becca dachte wieder darüber nach, was das wohl zu bedeuten hatte. Schließlich hatte ihre Großmutter ihr beigebracht, dass *alle* Menschen in Gedanken flüsterten, alle außer denen, die tot waren. »Sogar Buddha hat geflüstert«, sagte sie immer. »Sogar der Papst flüstert. Und Jesus Christus hat auch geflüstert.«

Doch ihre Großmutter hatte ihr Flüstern kontrollieren können, und auf einmal sah Becca Diana mit ganz anderen Augen. Vielleicht wusste sie ja, dass es Menschen gab, die das Flüstern anderer hören konnten – Menschen wie Becca.

Da sagte Diana: »Und? Wie läuft es so?«

Einen Moment lang dachte Becca, sie würde ihre Fähigkeit, Gedanken zu hören, meinen, aber dann fiel ihr wieder ein, dass sie von Debbie Grieder erzählt hatte, und antwortete: »Ganz gut. Ich helfe ein bisschen im Motel mit, und ihre Enkel sind super. Aber Debbie mag einen meiner Freunde nicht.«

»Welchen Freund denn?«

»Seth Darrow. Er hat mich heute Nachmittag mitgenommen.«

»Und nimmt dich nicht wieder mit zurück?«

»Er hatte etwas zu besprechen, mit einem Mädchen. Hayley Cartwright.«

»Hayley kenne ich.«

»Sie haben sich im Krankenhausfoyer unterhalten.«

»Im Krankenhaus? Was habt ihr denn *da* gemacht?«

»Ich wollte Derric Mathieson besuchen. Und Hayley war wohl auch seinetwegen da.«

»Aha.« Diana wirkte nachdenklich. Becca merkte, dass Diana mehr wusste als sie, aber sie fragte nicht nach. Das wäre unhöflich gewesen, und außerdem ging es sie ja auch nichts an. Stattdessen sah sie aus dem Fenster und beobachtete, wie die Ebene von Coupeville allmählich dem Waldgebiet wich, während der Pick-up die schmale Landstraße entlangfuhr.

In der Fahrerkabine war es warm. Der Rhythmus, den die Unebenheiten auf der Straße verursachten, war angenehm gleichmäßig. Diana streckte die Hand aus und machte Musik an. Dies alles lullte Becca ein. Oscar neben ihr war weich und warm, und bald wurde sie ganz schläfrig. Und nickte irgendwann ein.

KAPITEL 19

Eine Bodenwelle auf der Straße weckte sie auf. Es dämmerte bereits, aber Becca konnte erkennen, dass sie eine schmale Straße entlangfuhren und in einen noch schmaleren Kiesweg einbogen, der zwischen zwei Ziegelsteinsäulen hindurchführte und von Tannen beschattet war. Diana hatte die Scheinwerfer eingeschaltet, und in ihrem Licht konnte Becca sehen, dass sie auf einem Friedhof waren. Überall standen Grabsteine im Schatten riesiger Bäume.

Der kleine Weg machte eine Biegung, und sie kamen zu einem Teil des Friedhofs, wo weniger Bäume standen. Hier stellte Diana Kinsale ihren Wagen ab. Dann sagte sie zu Becca: »Ich muss nur schnell Charlie einen Besuch abstatten. Du hast doch kein Problem mit Friedhöfen, oder? Manche Leute mögen nämlich keine Friedhöfe.«

Becca hatte überhaupt kein Problem mit Friedhöfen. Seit frühester Kindheit waren ihre Mutter und Großmutter mit ihr dorthin gegangen, nachdem klar geworden war, dass die Fähigkeit, Flüstern zu hören, bei Laurel eine Generation übersprungen hatte und sich bei Becca umso stärker zeigte.

»Hier kann sie zur Ruhe kommen«, hatte ihre Großmutter immer gesagt, wenn sie sie aus dem Wagen hob. »Wenn du an das Paul-Revere-Gedicht denkst, wird sie dich ignorieren, und wenn ich noch meine Gedanken ausblende, wird sie nichts mehr hören.« Dann war Becca losgestapft und zwischen den Gräbern herumspaziert und hatte ausnahmsweise mal überhaupt kein Flüstern gehört.

Deshalb sagte Becca zu Diana: »Ich mag Friedhöfe.«

Diana entgegnete: »Ich auch. Und die Hunde auch. Ich lass sie mal ein bisschen herumlaufen.«

Sie ließ die Ladeklappe des Pick-ups herunter, und die Hunde sprangen sofort vom Wagen und liefen aufgeregt zwischen den Gräbern umher. Diana nahm ein paar eingetopfte Chrysanthemen von der Ladefläche und bat Becca, einen kleinen Metallkoffer mitzunehmen. Dann ging sie zu einem Grab, vor dem eine Steinbank stand und auf dessen schlichtem Grabstein eingemeißelt war: Charlie Kinsale, geliebter Lebensgefährte.

An den Lebensdaten sah Becca, dass er schon sehr lange tot war, aber der Stein sah aus wie neu. Und als Diana die beiden Chrysanthementöpfe vor dem Grabstein abgestellt hatte und ihr Köfferchen öffnete, wusste Becca auch, warum. Diana entnahm ihm alte Tücher und Poliermittel und machte sich an die Arbeit.

Als sie fertig war, platzierte Diana die Chrysanthemen zu beiden Seiten des Steins, ging zum Wasserhahn, um Wasser zu holen, und goss sie dann ausgiebig.

»Ich würde sie lieber einpflanzen, aber dann gehen sie ein«, erklärte sie Becca. »Es hat eine Weile gedauert, bis ich kapiert hab, dass sie hier nicht gedeihen. Komm, wir setzen uns kurz hin.« Sie ging zu der Steinbank, klopfte mit der flachen Hand darauf und rief: »Hunde, herkommen«, und von verschiedenen Ecken des Friedhofs kamen ihre Hunde angerannt.

Sie scharten sich um ihre Füße und schnüffelten an ihren Taschen in Erwartung eines Leckerbissens. Sie holte ein paar Stückchen Trockenfutter hervor und gab sie ihnen. Die Hunde wedelten eifrig mit dem Schwanz.

»Charlie ist schon so lange tot, aber ich vermisse ihn noch immer. Doch ich glaube, das ist normal, wenn jemand stirbt, den man geliebt hat.«

Der Gedanke, jemanden zu vermissen, war für Becca auf einmal wie ein Vogel, der zu nah an ihrem Gesicht vorüberflog. Plötzlich spürte sie die Qual, die damit verbunden war. Auf einmal hatte sie so große Sehnsucht nach ihrer Mutter, dass sich ihre Augen mit Tränen füllten. Lange würde sie sie nicht mehr zurückhalten können, und dann müsste sie erklären, warum sie weinte. Da stand sie abrupt auf und lief ein Stück von der Bank weg, nur so weit, wie Dianas Scheinwerfer reichten.

Diana kam hinter ihr her und legte ihr den Arm um die Schulter. »Ich wollte dich nicht traurig machen, tut mir leid.«

Und aus irgendeinem Grund fiel bei dieser Berührung alle Angst und Sorge, die sich in ihr aufgestaut hatte, seit sie auf der Blue Lady Lane zum ersten Mal vergeblich versucht hatte, ihre Mutter anzurufen, von ihr ab.

»Ist schon gut«, sagte sie. »Alles in Ordnung. Ich sollte wieder los.«

»Vorher will ich dir noch etwas zeigen.«

Sie ging mit Becca ein Stück auf dem Kiesweg zurück, an Zedern vorbei und zum äußersten Ende des Friedhofs. Hier stand ein Grabstein, auf dem ein Engel kauerte. An dem Stein war ein Foto angebracht, und Becca konnte es gerade so erkennen, ebenso wie die Schrift auf dem Stein. Dort stand *Theresa Grieder*, und sie war vierzehn Jahre alt gewesen, als sie starb.

Becca sagte: »Oh«, und neben ihr sagte Diana leise: »Das ist der Grund, warum Debbie so ist, wie sie ist. Sie würde alles tun, um den Tod ihrer Tochter ungeschehen zu machen.«

Sie schwieg einen Augenblick. Dann fügte sie hinzu: »Aber wir alle würden gerne die eine oder andere Sache in unserem Leben verändern, nicht wahr?«

»Seth hat mir erzählt, dass sie einen Fahrradunfall hatte«, sagte Becca. »Aber Debbie sagte, Ms Ward von der Highschool hätte sie getötet.«

Die beiden betrachteten den Stein. Das Todesdatum verriet Becca, dass Reese Grieder seit fünfzehn Jahren tot war.

»Seth und Debbie sagen beide die Wahrheit«, sagte Diana. »Aber wie bei jeder Geschichte sind es die Details, auf die es ankommt. Denn neben Reese, Ms Ward und dem Fahrrad war auch noch ein Reh in den Unfall verwickelt. Es sprang direkt vor ihnen auf die Straße. Ms Ward wollte dem Reh ausweichen, Reese wollte dem Reh ausweichen, und so sind sie zusammengestoßen. Reese wurde von Ms Wards Auto erfasst. Und sie hatte keinen Helm auf.«

»Das ist ja schrecklich«, sagte Becca.

»Wenn Debbie die Zeit zurückdrehen könnte, würde sie Reese hinterherfahren. Sie redet sich ein, dass sie das Unglück hätte verhindern können.«

»Aber das geht doch gar nicht.«

»Du sagst es«, stimmte Diana zu. »Wir können nicht noch mal von vorne anfangen, und wir können nicht ändern, was einmal geschehen ist, so sehr wir es auch versuchen.«

Becca fiel auf, dass das Grab nicht gepflegt war. Auf dem Grabstein wuchsen Flechten. Das machte sie noch trauriger, und Diana, die das zu bemerken schien, sagte zu ihr: »Debbie bringt es nicht fertig, herzukommen, und niemand traut sich, ihr zu sagen, dass der Stein aufgrund der Witterung langsam verrottet.«

Sie hakte sich bei Becca ein und die beiden kehrten wieder um und gingen zurück zum Wagen. Diana sagte: »Wenn wir nicht begreifen können, warum etwas geschehen ist, suchen wir manchmal lieber jahrelang vergeblich nach dem Grund, als dass wir versuchen, den Schmerz zu ertragen und darüber hinwegzukommen. So sind wir Menschen nun mal.«

TEIL III

THE DOG HOUSE

KAPITEL 20

Hayley Cartwright wusste, dass Seth Darrow den Grund für ihre Trennung niemals würde begreifen können. Er redete sich ein, es läge an Derric, aber das war nur wegen seines mangelnden Selbstbewusstseins. In Wahrheit hatte ihre Trennung herzlich wenig mit Derric zu tun.

Doch Seth war davon überzeugt. Seit dem Abend, als er eigentlich mit seinem Trio in Lynwood auftreten sollte. Als er dort mit seinen Freunden ankam, stellten sie fest, dass der Veranstalter aus Versehen noch eine andere Band, *Paranoid Amber*, gebucht hatte. Danach hatte er schlechte Laune, was Hayley ihm auch nicht verdenken konnte. Immerhin hatte er extra eine Fahrkarte für die Fähre gekauft, war quer durch die halbe Stadt gefahren und mit seinem Trio pünktlich am Spielort erschienen, nur um zu erfahren, dass jemand Mist gebaut hatte. Und diesmal war es nicht seine Schuld.

Als er dann wieder auf der Insel war, wollte er sich im Kunst- und Kulturzentrum von Langley ablenken. Auf dem Plakat waren eine Tanzgruppe und Musiker aus Ruanda angekündigt, und da Seth im Leben nichts mehr liebte als Musik, ging er hinein, um sie sich anzusehen.

Dort waren die üblichen Verdächtigen. Immer, wenn irgendwo eine Musik- oder Tanzveranstaltung stattfand, kamen die alternden Hippies der Insel aus dem Unterholz gekrochen. Derric und Hayley waren auch da und tanzten. Sie waren zusammen zum Konzert gegangen, was aber nicht bedeutete, dass sie etwas miteinander hatten. Bei Hayley war es reines Interesse, und für Derric war es ein Ausflug zurück zu seinen Wurzeln. Auch wenn er nicht aus Ruanda, sondern einem anderen Teil Afrikas stammte. Derric hatte an diesem Abend so glücklich gewirkt, wie Hayley ihn noch nie gesehen hatte.

Aber davon hatte Seth nichts mitbekommen. Alles, was er sah, war, dass Hayley mit Derric zusammen war, einem groß gewachsenen, gut aussehenden, muskulösen, sexy Jungen, der gleichzeitig ein Musterschüler und hervorragender Sportler war. Abgesehen von ihrem ähnlichen Musikgeschmack war er praktisch alles, was Seth nicht war. Und er war genau das, was Mädchen sich Seths Meinung nach wünschten, und was er selbst gerne gewesen wäre.

Nachdem sie getanzt hatten, mussten sie und Derric lachen, weil sie eigentlich gar nicht tanzen konnten. Aber das traf auf fast alle Leute im Raum zu, außer auf die Gruppe aus Ruanda. Sie und Derric umarmten sich und schaukelten hin und her, wie das eben Leute so machten, wenn sie Spaß hatten und sich amüsierten. Und dann küssten sie sich. Ganz spontan. Derric hielt dabei ihr Gesicht in den Händen, und Hayley umfasste seine Hüften.

Und das sah Seth, aber er stellte sie nicht sofort zur Rede. Stattdessen rauschte er ab, und sie wusste zunächst gar nicht, dass er überhaupt da gewesen war. Später am Abend brachte Derric sie zu ihrem Wagen auf dem Parkplatz. Sie standen noch eine Weile davor und unterhielten sich und dann küssten sie sich noch einmal, und das gefiel ihr. Aber das war alles. Es machte ihr Spaß, Derric zu küssen. Mehr nicht.

Sie wusste nicht, dass Seth sie von seinem VW aus beobachtete. Sie hörte, wie ein Wagen startete und zu ihnen heranfuhr. An Seth hatte sie in diesem Augenblick überhaupt nicht gedacht. Aber dann hörte sie seine Stimme: »Gut gemacht, Hayl«, und Seth warf Derric einen bitterbösen Blick zu. Dann ließ er den Wagen aufheulen und fuhr weg.

Am nächsten Tag rief sie bei ihm zu Hause an und bat seine Mom, ihm zu sagen, dass er sie zurückrufen solle. Als er das nicht tat, versuchte sie es noch drei Mal. Und tatsächlich erwischte sie ihn beim dritten Mal. Er lag noch im Bett und Hayley bat Seths Mutter, ihn zu wecken. Als er endlich ans Telefon ging, fragte sie ihn: »Ist Schluss? Oder was soll das alles?« Und er antwortete auf seine typische, lakonische Art: »Du kannst mich mal, Hayley.«

Was für ein bescheuerter, blöder, bekloppter, geisteskranker Idiot, war ihre erste Reaktion. Schön, sie hatte Derric Mathieson geküsst. Es hatte ihr gefallen. Und wenn es sich ergäbe, würde sie ihn vielleicht wieder küssen. Na und? Was war schon dabei? Aber Seth ließ es sich ja noch nicht einmal erklären.

Wenn das so war, sagte sie sich, war er es nicht wert, dass sie überhaupt einen Gedanken an ihn verschwendete. Um sich abzulenken, stürzte sie sich in den Unterricht und fand Trost in der Jazzband, in der Blaskapelle und in der gemeinsamen Zeit mit Derric. Sie waren kein Liebespaar, sondern nur gute Freunde und unterhielten sich die meiste Zeit über Uganda und darüber, woran er sich dort noch erinnern konnte. Und das hatte einen bestimmten Grund: Hayley wollte später für das Friedenskorps in Afrika arbeiten.

Ihre Mutter war alles andere als begeistert von der Idee. Ihr Vater wusste nicht einmal davon. Sie hatten genug andere Sorgen und keine Zeit, darüber nachzudenken, wo Hayley hingehen würde, sobald sie alt genug war. Und ihr Vater war die größte von allen Sorgen. Also weigerte sich ihre Mutter, mit ihr darüber zu sprechen. *So* sah das Leben auf der Cartwright-Farm aus. Es gab so viel, über das nicht gesprochen wurde, dass sie sich die meiste Zeit nur noch über das Wetter unterhielten oder darüber, wer was auf der Farm machte, um den Betrieb eine weitere Woche aufrechtzuerhalten, während man so tat, als wäre alles in bester Ordnung.

Hayley war dies alles so leid. Seth wusste natürlich nichts davon. Und kurz bevor sie ihm im Krankenhaus von Coupeville über den Weg lief, hatte sich die Situation bei ihr zu Hause noch weiter verschlechtert.

Sie waren nicht mehr zusammen, also ging es ihn überhaupt nichts an, warum sie hier war, und darüber wollte er wahrscheinlich mit ihr sprechen. Also nahm sie sich vor, ihm zu sagen, dass es schließlich aus sei zwischen ihnen und er sie nicht zur Rede zu stellen habe, wenn sie nach Coupeville ins Krankenhaus fahren wolle. Aber wie sich herausstellte, wollte er mit ihr über den Vorfall in den Saratoga Woods sprechen, weil sie ihm erzählt hatte, sie habe den Wagen am Eingang zu den Metcalf Woods geparkt, wo man eigentlich gar nicht parken durfte. Außer man hatte einen Grund dazu, zum Beispiel, weil man nicht gesehen werden wollte.

Seth spielte darauf an, was jeder wusste. Von den Metcalf Woods zu den Saratoga Woods zu gelangen, war nicht so leicht. Man musste sich schon genau auskennen oder eine Karte dabeihaben. Jedenfalls würde kein vernünftiger Mensch diesen Zugang ohne Grund wählen.

Also fragte Seth sie an jenem Nachmittag: »Warum hast du euren Wagen bei den Metcalf Woods geparkt? Du hast dich dort mit ihm verabredet, richtig? Warum macht ihr so ein großes Geheimnis daraus? Es weiß doch sowieso jeder Bescheid.«

»Ich habe keine Geheimnisse, Seth«, antwortete sie schnippisch und natürlich war das eine glatte Lüge.

So fing ihr Streit an. Erst ging es um Derric, dann um die Tatsache, dass Seth die Schule abgebrochen hatte, und schließlich darum, dass

Seths Großvater ihm den Hund weggenommen hatte. Hayley warf ihm vor, dass er sich nicht einmal bemüht hatte, einen Nachhilfelehrer zu bekommen. Schließlich ging er schon seit letztem Januar nicht mehr zur Schule. Dieser Streit hatte keinen Anfang und kein Ende. Sie bombardierten sich nur gegenseitig mit Vorwürfen und sagten sich unverzeihliche Dinge, die zu vergeben viel Nachsicht erfordern würde.

Aber für Nachsicht war keine Zeit, denn während sie noch diskutierten, betrat Derrics Dad zusammen mit Jenn McDaniels das Krankenhaus. Jenn ging zur Empfangsdame, um die Liste zu überprüfen, während der stellvertretende Sheriff zu Hayley und Seth herüberkam. Er begrüßte Hayley und nickte Seth zu, der murmelte, dass es ihm leidtue, dass er seine Strafzettel nicht rechtzeitig bezahlt hatte. Doch das interessierte den Sheriff im Moment wenig, und Hayley hätte ihm das am liebsten gesagt, aber da kam Jenn McDaniels zu ihnen und sagte: »Die blöde Liste stimmt hinten und vorne nicht mehr. Ich muss alles neu machen.« Da spürte sie, dass zwischen Seth, Hayley und Sheriff Mathieson irgendwas in der Luft lag, und wusste instinktiv – sie hatte immer den richtigen Riecher –, dass etwas nicht stimmte. Sie ließ den Blick zwischen Hayley und Seth hin- und herwandern. Sie ahnte, dass sie sich gestritten hatten. Und das könnte Ärger geben, befürchtete Hayley.

Danach machte Seth sich aus dem Staub, und das war Hayley nur recht. Sie hatte keine Lust mehr, mit ihm zu sprechen, denn das war sowieso sinnlos. Stattdessen ging sie mit Sheriff Mathieson in Derrics Zimmer, während Jenn zum Empfang zurückkehrte, ihre kostbare Liste vor neuen Besuchern rettete und herauszufinden versuchte, wie sie durcheinandergeraten war.

In Derrics Zimmer näherte sich der Sheriff fast andächtig dem Bett. Hayley hielt sich aus Rücksicht im Hintergrund. Derrics Vater berührte zärtlich die Stirn seines Sohnes und sagte: »Na komm, kleiner Mann. Es ist Zeit, aufzuwachen.«

Die Bezeichnung »kleiner Mann« kam Hayley irgendwie unpassend vor. Schließlich war Derric nicht nur über 1,80 Meter groß, er überragte seinen Vater auch um einiges. Aber vermutlich hatte Dave Mathieson ihm diesen Kosenamen schon ganz am Anfang gegeben, als er zu ihnen gekommen war.

Der Sheriff beugte sich über ihn und gab Derric einen Kuss auf die Stirn, dann nahm er seine Hand und hielt sie fest. Als er Derrics Finger öffnete, fiel etwas heraus. Hayley stand in der Nähe der Tür, konnte aber sehen, dass es ein Stück Papier war.

Dave Mathieson las laut vor, was auf dem Zettel stand: »Gib ihn mir zurück, wenn du wieder wach bist. B.«

Er verzog den Mund und sagte: »Kinder!«, und legte Derric den Zettel wieder in die Hand. Hayley dachte sofort, dass er von Becca stammen musste. Aber *was* sollte er ihr geben, fragte sie sich.

Dann kam Jenn McDaniels herein und sagte: »Jemand hat sich für mich ausgegeben, kannst du dir das vorstellen? Kurz nach dir, Hayley. Hast du irgendjemanden gesehen?« Sie tat so, als wäre das ein schlimmes Verbrechen.

Hayley vermutete, dass es Becca gewesen war. Wer sollte es sonst gewesen sein? Aber sie hatte nicht vor, es Jenn McDaniels auf die Nase zu binden. Sie hatte keine Ahnung, warum Becca sich unter falschem Namen hier hereingeschlichen und Derric den seltsamen Zettel in die Hand gedrückt hatte. Doch eins stand fest: Sie würde es früher oder später herausfinden.

Dann sagte der Sheriff: »Eure Mitschüler scheinen ja ganz wild darauf zu sein, ihn zu besuchen. Hoffentlich bleibt das so. Aber ... ich würde ganz gerne noch mal mit euch über den Tag im Wald sprechen. Kommt mit. Ich spendiere euch eine Cola.«

»Hat eine von euch ein Handy?«, fragte der Sheriff sie. Er war mit ihnen in die Cafeteria gegangen, wo sie sich statt Cola einen riesigen Brownie teilen durften und jede eine Tüte Milch bekam.

Hayley dachte zuerst, Dave Mathieson müsse telefonieren. Sie wusste, dass Jenn auf keinen Fall ein Handy haben konnte. Ihre Eltern waren so arm, dass sie sich gerade mal Schuhe leisten konnten. Also griff sie in ihre Handtasche.

»Ich habe eins«, sagte sie. »Meine Mom hat mir eins gekauft, weil …« Aber den Grund konnte sie ihm nicht sagen. Weil Hayley jederzeit erreichbar sein musste, für den Fall, dass auf der Farm etwas passierte. Denn davon wusste der Sheriff nichts, und das sollte auch so bleiben.

»Wo ist dein Handy, Hayley?« Der Sheriff klang ein wenig gereizt, und darüber wunderte sie sich. Sie holte ihr Handy aus der Tasche und sagte: »Mom hat gesagt, sie will mich immer erreichen können.« Und das war nicht einmal gelogen. Welche Mutter wollte nicht ihr Kind zu jeder Tageszeit überwachen können?

Sheriff Mathieson nahm ihr das Handy aus der Hand, sah es sich an und sagte: »Ist das zufällig ein Ersatzhandy?«

»Nein«, sagte sie. »Warum?«

»Weil wir den Besitzer eines Handys suchen, das in den Saratoga Woods zurückgelassen wurde, am Informationsstand, dort wo die Wiese beginnt.«

»Er hat es bestimmt verloren«, meinte Jenn.

»Er hat es versteckt. Ralph Darrow hat es gefunden und abgegeben. Es ist ein Wegwerfhandy, aber wir werden den Besitzer bald finden. Die wenigsten Leute haben eine Ahnung, wie leicht wir sie aufspüren können.«

Während er sprach, beobachtete er Hayleys Reaktion, doch ihr hallte noch der Satz *Ralph Darrow hat es gefunden* in den Ohren, und sie fragte sich, was Seth wohl mit der ganzen Sache zu tun hatte. Sie sagte nichts, aber das brauchte sie auch nicht, denn der Sheriff sprach weiter, ließ sie aber nicht aus den Augen.

»Handys haben Seriennummern, und die führen uns zu den Geschäften, wo sie gekauft wurden. Dort können sie uns sagen, *wann* sie verkauft wurden. Und wenn wir das Datum haben, können wir entweder die Kreditkartenbelege zuordnen oder den Käufer auf einer Überwachungskamera identifizieren. Das ist eine Menge Arbeit, aber es ist nur eine Frage der Zeit, und das ist es bei der Polizei ja meistens.« Er zuckte die Schultern, starrte Hayley aber noch immer durchdringend an. »Früher oder später werden wir also herausfinden, wer das Handy gekauft hat, und das wird uns zu dem Mädchen führen, das den Krankenwagen für Derric bestellt hat. Sie weiß, was passiert ist. Und *ich* will es auch wissen.«

Derric ist ausgerutscht und abgestürzt, *das* ist passiert, wollte Hayley sagen. Aber sie ahnte schon, dass der Sheriff eine andere Theorie hatte. Die einzige andere Möglichkeit war, dass Derric den Abhang hinuntergeschubst, -gestoßen oder -geworfen worden war. Doch sie vermied es, das Gespräch in diese Richtung zu lenken.

Dann fragte Sheriff Mathieson: »Was wisst ihr darüber, was an dem Tag im Wald passiert ist? Und was habt ihr eigentlich dort gemacht?«

Jenn fing an. Sie sagte, sie sei mit ein paar anderen laufen gewesen, um für den South-Whidbey-Triathlon zu trainieren. Sie waren in den Putney Woods, wegen der vielen Wege und dem Rundparcours, der dort eingerichtet war, aber als sie die Sirene hörten, kamen sie über den Coral Root Link herüber. Sie hatten an der Lone Lake Road geparkt und waren von dort aus gelaufen, denn da gab es einen Parkplatz. Wären sie von der Keller Road gekommen, hätten sie auf dem Seitenstreifen parken müssen, und da sie nach dem Laufen noch ein wenig zusammensitzen wollten, war der Parkplatz an der Lone Lake Road …

Hayley fragte sich, ob sich Jenn im Klaren war, wie verdächtig das alles klang. Sie selbst nahm sich vor, überzeugender zu sein, und bereitete sich in Gedanken auf die Frage vor, die ihr der Sheriff in etwa einer Minute stellen würde. »Und du, Hayley?«

Sie sagte, sie habe ihre kleine Schwester Brooke zum Tanzunterricht nach Langley gebracht. Und da es sich nicht lohnte, für anderthalb Stunden zur Farm zurückzufahren, fuhr sie zum Wald, um dort spazieren zu gehen, bis Brookes Tanzstunde zu Ende war. Sie hätte auch im Dorf herumlaufen können, aber in den Geschäften war sie schon tausendmal gewesen, also beschloss sie, stattdessen in den Wald zu fahren.

Da sagte der Sheriff: »Warst du dort mit Derric verabredet, Hayley? Du kannst es mir ruhig sagen. Ich weiß doch, wie das bei euch Jungen und Mädchen manchmal so ist.«

Sie spürte, wie ihr Gesicht ganz heiß wurde und knallrot anlief. Es war nur *eine* Antwort möglich, wenn sie nicht ihr ganzes Leben vor ihm ausbreiten wollte. »Ich war allein. Ich hatte doch nur neunzig Minuten.«

Was eigentlich keine richtige Begründung war. Sie hatte das Gefühl, sie müsse noch etwas hinzufügen, aber dann hätte sie eine vollständige Erklärung abgeben müssen. Und das kam für Hayley nicht infrage. Niemand hatte eine Ahnung, was geschehen war und sie hatte nicht die Absicht, daran etwas zu ändern.

KAPITEL 21

Diana Kinsale fuhr Becca nach Langley zurück und sie saßen schweigend zusammen im Auto, wie alte Freunde, die nicht unbedingt reden mussten, wenn sie zusammen reisten. Das war Becca sehr angenehm.

Die Fahrt dauerte nicht lange. Als sie vor dem Motel anhielten, kam Debbie aus dem Büro gelaufen. Man sah ihr an, dass sie gewartet hatte.

Sie kam in dem Augenblick die Verandatreppe herunter, als Becca die Beifahrertür des Pick-ups öffnete. Becca schnappte auf: *Was zum Donnerwetter … so revanchierst du dich*, aber mehr konnte sie nicht hören, denn da stieg Diana aus und fing an zu sprechen.

»Ich habe deine Helferin aus Coupeville mitgebracht«, sagte sie. »Wie geht's dir, Debbie? Wir haben uns ja ewig nicht gesehen.«

Debbie antwortete ihr nicht. Stattdessen sagte sie zu Becca: »Du warst stundenlang weg. Du hast doch gesagt, Seth würde dich nach Coupeville bringen, um dir zu zeigen, wie du mit dem Bus dorthin kommst.«

»Ja. Hat er auch. Aber er hat seine Exfreundin getroffen, und sie haben sich unterhalten und …«

»Er hat dich einfach dort sitzen lassen?«

Um zu verhindern, dass Seth in ihren Augen noch schlechter dastand, sagte sie: »Nein, so war's nicht. Aber während Seth sich unterhalten hat, habe ich Mrs Kinsale getroffen, und sie hat angeboten, mich mitzunehmen.«

»Aber du warst so lange weg. Ich habe mir Sorgen um dich gemacht. Es hätte doch alles Mögliche passieren können.«

Und zusammen mit dem Gesagten strömte ihr Flüstern auf Becca ein: *mit ihm ... Schulabbrecher ... kommt davon, wenn sie Drogen ... halt das nicht mehr aus ...*

Becca hätte sich am liebsten die Ohren zugehalten und Debbie gesagt, dass sie nicht ihre Mutter sei und sich deshalb auch keine Sorgen um sie zu machen brauche. Und dass Debbie Seth gar nicht so gut kannte, wie sie dachte, und aufhören solle, schlecht von ihm zu denken. Aber dann fiel ihr ein, dass sie Seth selbst gar nicht so gut kannte.

»Tut mir echt leid«, sagte Becca stattdessen. »War blöd von mir.«

»Es ist zum Teil meine Schuld, Debbie«, schaltete sich Diana ein. »Wir waren noch auf dem Friedhof, weil ich Charlie besuchen wollte. Tut mir leid. Aber es ist wirklich schön, dich zu sehen. Sollen wir nicht mal zusammen einen Kaffee trinken gehen? Im *Useless Bay Coffee*? Wenn du mal Zeit hast?«

Debbie sagte: »Sicher«, aber sowohl ihr Gesichtsausdruck als auch ihr Flüstern drückten eher aus: *nie im Leben*. Außerdem hörte Becca *denkt wohl ... sie zurückbringen ... na klar*, was sie traf wie Geschosse aus einer Luftpistole.

Auf einmal war Becca sehr müde. Sie bedankte sich bei Diana und wollte in ihr Zimmer gehen. Aber als Diana wegfuhr, rief Debbie ihr hinterher: »Nachtisch hast du ja wohl nicht mitgebracht. Aber was ist mit den Tacos? Chloe und Josh warten immer noch auf dich.«

Also begleitete Becca Debbie in ihre Wohnung, wo Chloe und Josh nebeneinander auf dem Sofa saßen und sich ein altes Video von *Dschungelcamp* ansahen.

»Grandma hat alle Folgen aufgenommen«, verkündete Chloe. »Am besten finde ich, wenn sie Käfer essen müssen.«

»Oder Schlangen«, ergänzte Josh. »Schlangen finde ich auch toll.« Dann rutschte er von der Couch und fragte besorgt: »Hast du Derric gesehen? Kommt er bald wieder zum Spielen?«

Becca berührte seine Schulter und drückte sie sanft. »Ich habe ihn nur ganz kurz gesehen«, sagte sie. »Er hat fest geschlafen, aber er kommt bestimmt wieder zum Spielen her. Nur noch nicht so bald.«

»Och«, sagte Josh enttäuscht.

»Wolltet ihr nicht mit Becca Tacos essen?«, fragte Debbie, um ihn abzulenken. »Jetzt ist sie ja da. Wie sieht's aus? Chloe?«

»Tacos!«, schrien die beiden sofort, rannten in die Küche und riefen: »Komm, Becca!«

Dies gab Debbie die Gelegenheit, Becca leise zu fragen: »Wie geht es ihm denn? Ich wusste nicht, was ich Josh sagen sollte.«

»Er liegt immer noch im Koma«, antwortete Becca, und als Debbie mitfühlend nickte, ging es ihr gleich ein wenig besser. Aber dann kam von Debbie: *geschieht ihm ganz recht … was er getan hat*, und Becca empfand dieses Flüstern wie einen Schlag ins Gesicht. Sie blinzelte und wandte sich ab.

Doch dann sagte Debbie: »Der arme Junge. Tut mir wirklich leid, das zu hören.« Und komischerweise klang sie dabei absolut ehrlich. Entweder war sie eine gute Lügnerin, oder ›*geschieht ihm ganz recht*‹ bezog sich auf jemand anders. Und das zu unterscheiden war die Schwierigkeit beim Flüstern.

Dann seufzte Debbie und sagte: »Ich weiß ja nicht, wie du zu kalten Tacos stehst, aber wenn du welche möchtest, kannst du sie haben.« Und als Becca auf dem Weg in die Küche an Debbie vorbeiging, legte diese ihr den Arm um die Schultern und drückte sie.

Nach der kurzen Umarmung wollte Becca ihr gerne erzählen, dass sie das Grab ihrer Tochter gesehen hatte, obwohl sie wusste, dass sie sich damit auf gefährliches Terrain begeben würde. Doch es tat ihr leid, mit anzusehen, wie Debbie sich quälte und wünschte, sie könnte den Tod ihrer Tochter rückgängig machen, wo dies doch die einzige Sache war, an der sie nichts ändern konnte.

Deshalb sagte sie: »Als Mrs Kinsale auf dem Rückweg am Friedhof angehalten hat, um Blumen auf das Grab ihres Mannes zu stellen, hatte sie auch die Hunde dabei und ließ sie auf dem Friedhof herumlaufen.«

»Die und ihre Hunde.« Debbie klang vorsichtig, aber sie schien nicht böse zu sein. Also sprach Becca weiter.

»Ich bin mit ihnen mitgelaufen und hab versucht, sie zu fangen. Und da habe ich das Grab Ihrer Tochter gesehen.«

Sofort schoss eine Wand zwischen Debbie und Becca in die Höhe, und in Beccas Ohren fühlte es sich an wie ein Druckabfall, als folgende Satzfetzen sie trafen: *der Helm … sie weiß Bescheid*. Und dann kam: *nein, nein, nein* angeweht wie ein Orkan, wie der Wüstenwind, der San Diego heimsuchte. Der gnadenlose, staubtrockene Santa-Ana-Wind, der alles verdorren ließ, was auf seinem Weg lag.

Becca sagte: »Das ist ein hübsches Bild von ihr. Das auf ihrem Grab.«

Doch Debbie sagte nur: »Wir machen die Tacos in der Mikrowelle warm.«

KAPITEL 22

Seth Darrow grübelte eine Woche lang über seinen Streit mit Hayley nach, bis er es schließlich nicht mehr aushielt und mit jemandem darüber reden musste. In der Zeit hatte er gemacht, was er immer machte. Er arbeitete morgens im *Star Store*, er probte mit seinem Trio, er hielt sich im Gemeindezentrum auf und er ging seinen Eltern aus dem Weg, um ihre Fragen nach dem Nachhilfelehrer nicht beantworten zu müssen. Aber nichts von alledem konnte ihn von Hayley ablenken.

»Vergiss sie, Lieblingsenkelsohn«, hätte sein Großvater zu ihm gesagt. Aber das konnte Seth einfach nicht. Und nach einer Woche hatte er auch vom Grübeln genug und wollte reden. Egal, mit wem. Egal, worüber.

Und mit wem hätte er besser reden können als mit seinem Großvater? Außerdem hatte Ralph immer noch Gus, und Seth wollte seinen Hund endlich zurückhaben. Also fuhr er zur Newman Road.

Ralph war im Garten und stand auf einer Trittleiter. Er pflückte die verwelkten Blüten von seinen eindrucksvollen Rhododendronbüschen und warf sie auf den Boden.

Gus hatte auf der Veranda gelegen und gedöst, aber offenbar hörte er den Wagen und erkannte ihn auch. Denn als Seth in den Garten gelaufen kam, stürmte Gus auf ihn zu, bellte, hüpfte und schleckte ihm die Wange.

Ralph blieb stumm, während Seth und sein Hund sich begrüßten. Sie wälzten sich auf der Wiese und liefen zusammen im Kreis. Dann holte Seth Gus' Ball aus der Tasche und fing an, ihn zu werfen.

Da sagte Ralph: »Du machst sein ganzes Training zunichte. Dadurch gewöhnst du ihm nie ab, einfach wegzulaufen. Du musst konsequent bleiben, Seth.«

»Wenn ich einen Ball oder Futter dabeihabe, ist er brav. Er würde alles tun, um was zu fressen zu kriegen.«

Ralph schüttelte den Kopf. »Jetzt lass ihn in Ruhe und mach dich nützlich. Stell die Leiter mal woandershin.«

»Wo willst du sie denn haben?«

»Was glaubst du wohl? Vor dem nächsten Rhododendronbusch natürlich, was sonst?«

Ralph klang gereizt, aber Seth wusste, dass er nur so tat. Eigentlich machte es ihm Spaß, sich in seinem Garten abzurackern. Trotzdem fragte Seth ihn: »Wirst du das alles zwischendurch nicht mal leid?«, und zeigte dabei auf die riesige Wiese und die unzähligen Pflanzen. »Das Grünzeug wächst immer weiter, und du kaufst immer höhere Leitern. Wo soll das bloß mal enden?«

»Es endet, wenn ich sterbe«, antwortete Ralph trocken. »Einen kräftigen Rhododendronbusch überlebt man nicht so leicht.«

Er steckte die Hand in die Hosentasche und holte einen Krokantriegel heraus. Den brach er in zwei Stücke und gab Seth die eine Hälfte. »Ich liebe die Dinger«, sagte er. »Die bleiben in den Zähnen stecken, und man hat den ganzen Tag was davon.«

Eine Weile kauten sie auf ihren Riegeln herum, während Gus ihre Füße beschnüffelte. Ralph zeigte auf eine Grenzmauer aus Felsbrocken, auf der eine Ranke wuchs, und sagte: »Das verdammte alte Gestrüpp dahinten hat schon wieder den ganzen Sommer nicht geblüht. Seit fünf Jahren hege und pflege ich die Dinger, aber ich habe noch keine einzige Blüte gesehen.«

Seth sah sich um. »Ehrlich gesagt, wundert es mich, dass hier überhaupt was blüht.«

»Da gibt es nichts zu wundern. Schließlich kümmere ich mich darum. Und das Gleiche habe ich auch bei dem Zeug auf der Mauer gemacht, aber es nützt nichts. So ist das nun mal beim Gärtnern. Manchmal gewinnt man und manchmal verliert man, und meistens hat man nicht die geringste Ahnung, warum.«

Seth kraulte Gus hinter den Ohren, sah dabei aber seinen Großvater an. »Grandpa, ich hab getan, was ich konnte, um Hayley meine Liebe zu beweisen, aber trotzdem hat sie ihn mir vorgezogen. Sie hat mich despektiert …«

»Dieses Wort gibt es nicht, Junge. Auch wenn manche Leute das Gegenteil behaupten.«

Seth seufzte. »Sie respektiert mich nicht, sonst wäre sie nie mit einem Jungen zusammen, der sie nicht annähernd so lieben kann wie ich. Das macht mich ganz … Ich muss irgendetwas unternehmen, aber ich weiß nicht, was.«

Ralph biss von seinem Riegel ab. Er sah Seth nicht an, sondern betrachtete einen seiner Rhododendronbüsche und sagte: »Bist du ganz sicher? Weißt du *so* gut Bescheid über andere Leute?«

»Das habe ich nicht gesagt. Aber ich brauche Hayley, Grandpa. Ich brauche sie auf meiner Seite, aber da ist sie nicht.«

»Und was heißt das: ›auf deiner Seite‹?«

»Sie soll meine Entscheidung respektieren. Die Schule abzubrechen, meine ich. Am Anfang hat sie das auch. Sie sagte, sie könnte verstehen, wie schwer das für mich ist und dass Musik mir wichtiger ist, und mit den Jungs den Durchbruch zu schaffen und Platten zu verkaufen …«

Seth trat gegen den Rasen. Gus, der in der Nähe saß, sprang auf, ließ den Ball fallen und bellte. Seth warf den Ball so weit, wie er konnte, und der Hund verschwand hinter der Wiese, wo der Teich seines Großvaters lag.

»Wenn der Hund jetzt ins Wasser springt, machst du ihn aber wieder sauber«, sagte Ralph. Im Mund bewegte er das Stück Riegel mit der Zunge hin und her, um mehr von dem Geschmack zu haben. Dann sagte er: »Raus mit der Sprache. Was hat das Mädchen gemacht, dass du glaubst, sie sei nicht mehr auf deiner Seite?«

»Was soll das heißen: ›Was hat sie gemacht?‹ Das habe ich doch gerade gesagt. Sie ist mit ihm zusammen. Es ist aus zwischen uns. Und als ich sie im Krankenhaus gesehen habe, tat sie so, als ob … keine Ahnung. Ich weiß es doch auch nicht!«

Ralph nickte. Er trug eine Baseballkappe, und sein langer grauer Pferdeschwanz fiel durch die Öffnung am Hinterkopf. Er nahm die Kappe ab und machte sie etwas enger.

Ohne Kappe klebte sein Haar platt am Schädel, und er sah sehr alt aus, denn jetzt konnte Seth seine tiefen Falten auf der Stirn und um die Augen herum erkennen.

Ralph sagte: »Ganz genau.«

»Was?«

»Was du am Schluss gesagt hast. Dass du es nicht weißt. Es ist genau das Gleiche wie mit der Pflanze auf der Mauer. Ich habe alles getan, damit sie blüht, aber sie blüht nicht und damit muss ich mich abfinden. Vielleicht blüht sie irgendwann einmal, vielleicht auch nie. So ist das Leben.«

»Hayley ist aber keine Pflanze.«

Gus kam in den Garten zurückgelaufen, mit dem Ball im Maul und matschigen Pfoten. Er war zwar in der Nähe des Teiches gewesen, aber nicht *im* Teich. Immerhin.

Ralph sagte: »Mein Junge, du kannst Hayley nicht zwingen, dich zu lieben. Du kannst es zwar versuchen, aber glaub mir, es wird nicht klappen.« Er hob die Blumenschere auf, mit der er den Rhododendron beschnitten hatte, und steckte sie hinten in die Tasche seiner Jeans. Er nickte in Richtung Leiter und sagte: »Kannst du mir tragen helfen? Ich glaube, ich habe genug für heute.«

Sie trugen die Leiter in die Gartenhütte, die hinter Ralphs Haus neben einem kleinen Erlenhain stand. Die Leiter war zu groß und passte nicht ganz hinein, aber die Hütte hatte ein überhängendes Dach, also war sie trotzdem vor Regen geschützt. Seth stellte sie ab, und Gus beschnüffelte sie.

Dann fuhr Ralph fort: »Warum warst du wirklich in dem Krankenhaus, Seth? Verfolgst du das Mädchen etwa?«

»Ich wusste doch gar nicht, dass sie da war.« Seth erzählte ihm von Becca: wer sie war und dass er ihr zeigen musste, wo das Krankenhaus war und wie sie mit dem Bus nach Coupeville kommen würde. Sie habe ihn gebeten, sie hinzufahren, und er habe eingewilligt. Aber er wusste nicht, dass Hayley auch dort sein würde.

»Und was hat Becca gemacht, während du mit Hayley beschäftigt warst?«

Seth ließ den Blick sinken. »Mist«, antwortete er.

»Sie hat ›Mist‹ gemacht?«

»Ich weiß nicht, was sie gemacht hat. Ich habe gar nicht mehr an sie gedacht. Nach dem Gespräch mit Hayley war ich so fertig mit den Nerven, dass ich einfach losgefahren bin.«

»Hm.« Ralph holte ein altes Cowboytaschentuch hervor und wischte sich die Hände ab. »Da musst du ja ganz schön übel dran gewesen sein.«

Und als Seth nickte, sagte er: »Verstanden«, und ging zum Haus.

Seth lief hinter ihm her. Dann tat Ralph etwas, womit er nicht gerechnet hatte. Er legte im Gehen seinen Arm um Seths Schultern. »Junge, nicht alles im Leben dreht sich um dich. Und je früher du das lernst, desto besser.«

»Gut. Okay. Schon klar, Grandpa. Aber ich versteh nicht, was das mit Hayley zu tun haben soll.«

Ralph kicherte. Und was er jetzt tat, hatte Seth *noch* weniger erwartet. Er drückte ihm einen Kuss auf die Schläfe und sagte: »Mach noch mal 'ne halbe Stunde Ballwerfen mit Gus. Dann ist er müde, und ich hab meine Ruhe. Und dann fährst du zur Cartwright-Farm und sagst Hayleys kleiner Schwester Brooke Guten Tag. Die vermisst dich bestimmt schon.«

»Die ist doch erst zwölf.«

»Du sollst sie nicht heiraten, Junge. Du sollst ihr Guten Tag sagen. Das schaffst du schon.«

Die *Smugglers Cove Blumenfarm* stand auf einem Stück Farmland nördlich vom South Whidbey State Park. Jahrzehnte zuvor war das Land aus einem dichten Waldstück herausgeschält worden. Als Seth dort ankam, fuhr er nicht direkt auf die lange Zufahrt, sondern blieb an der Straße stehen und betrachtete die Farm.

Sie hatte ihm schon immer gefallen. Sie wirkte wie ein Anwesen aus dem 19. Jahrhundert und war so, wie eine Farm sein sollte: umgeben von hügeligem Land, die Gebäude rot angestrichen, ein Traktor vor der Tür und vier Klafter gestapeltes Holz an einer überdachten Stelle nahe des Wohnhauses.

Für Seth war sie perfekt. Doch Hayley hatte immer gesagt, sie käme ihm nur perfekt vor, weil er nicht hier leben und arbeiten musste. Außerdem fand sie es albern, dass die komplette Farm in derselben roten Farbe gestrichen war. »Das spart viel Geld, sagt Dad. Aber sie hätten doch wenigstens für das Wohnhaus eine andere Farbe nehmen können.«

Seth gefiel das Haus so, wie es war. Er fand es schön, wie es sich auf seinem kleinen Hügel leicht von der Straße abhob, während hinter ihm der Wald aufragte. Ihm gefiel auch, dass der lange, niedrige Hühnerstall nah an der Straße stand und den vor langer Zeit mit der Hand aufgemalten Schriftzug *Smugglers Cove Blumenfarm* trug. Die Farben verblassten allmählich, aber auch das gefiel ihm, denn das Verblassen symbolisierte für ihn Dauerhaftigkeit, und es machte ihn froh, zu wissen, dass manche Dinge immer so blieben, wie sie waren.

Er bog in die Zufahrt ein, die – wie viele Zufahrten auf der Insel – nicht gepflastert war. Vor langer Zeit war hier eine feste Schicht Kieselsteine verlegt worden. Aber inzwischen hatten die vielen Fahrzeuge, die hier im Laufe der Jahre entlanggefahren waren, Spuren gebildet, und dazwischen wuchs Moos im Winter, kriechender Hahnenfuß im Frühling und wildes Gras im Sommer. Der Herbst war die Übergangsphase. Da setzten die Regenfälle ein, und der Boden wartete erst eine Weile, bis er neue Gewächse hervorbrachte.

Seth ruckelte auf das Haus zu. Dabei kam er an der Wiese vorbei, wo Mrs Cartwrights Pferde grasten. Er sah zu ihnen hinüber und wunderte sich, dass die Stuten gar keine Fohlen hatten. Dies war doch die Jahreszeit dafür, denn auf der Farm wurden Pferde gezüchtet.

Der Lieferwagen war auch nirgends zu sehen. Ebenso wenig wie der alte Geländewagen der Familie. Der Truck stand normalerweise neben der Scheune, und der Geländewagen hatte seinen Parkplatz nahe beim Haus neben einem alten Ahornbaum. Heute lag an dieser Stelle ein Haufen Holz. Die Menge entsprach den vier Klaftern, die die Familie brauchte, um über den Winter zu kommen.

Sonst war das Holz immer ordentlich gestapelt. Darauf legte Mr

Cartwright besonderen Wert, und er fing immer sofort damit an, sobald das Holz geliefert wurde. Außerdem waren die riesigen Gemüsebeete im Herbst immer schon längst bepflanzt. Seth fragte sich, was das alles zu bedeuten hatte. Als Erstes kam ihm der Gedanke, dass Mr Cartwright seine Familie verlassen hatte. Und das wäre sehr schlimm.

Es sah nicht so aus, als ob jemand zu Hause wäre, aber Seth stieg trotzdem aus dem VW aus. Er lief den Steinweg entlang zur Veranda, und als er die Stufen hochstieg, sah er durch die dünnen Vorhänge, dass drinnen Licht flimmerte. Das bedeutete, dass jemand Fernsehen guckte, und er klopfte an.

Hayleys Schwester Brooke kam an die Tür. Sie hielt sie nur so weit auf, dass sie bequem in der Tür stehen konnte, aber nicht weit genug, um ihn hereinzulassen. Sie musterte ihn und sagte: »Hallo, Seth.«

»Hallo. Ich war gerade in der Gegend und wollte Guten Tag sagen.«

»Quatsch«, sagte Brooke. »Hier kommt man nicht einfach so zufällig vorbei.«

»Na gut.« Er wich ihrem Blick aus, fühlte sich ertappt und sagte: »Dann also ›Hallo!‹«, und ergänzte mit einer Geste über die Schulter: »Warum habt ihr dieses Jahr gar keine Fohlen?«

»Mom hat die Stuten nicht decken lassen. Das war ihr zu aufwändig.«

»Warum?« Der Aufwand bestand in den Deckgebühren und den Tierarztkosten, aber sonst … Schließlich brauchten die Cartwrights Geld, und mit der Pferdezucht konnten sie einiges verdienen.

»Ich weiß nicht«, sagte Brooke und zuckte die Achseln.

»Ist sonst noch jemand zu Hause?«

»Nur Cass und ich.«

»Hayley nicht?«

»Sie hat Probe mit der Jazzband.«

»Deine Eltern auch nicht?«

»Die sind in der Stadt.«

»Einkaufen oder was?«

»Keine Ahnung. Mir erzählt ja eh keiner was.« Brooke sah hinter sich ins Haus.

Von dort konnte Seth Fernsehgeräusche hören. Es lief kitschige Musik. Dann lachte Cassie, und er vermutete, dass sie sich einen Zeichentrickfilm ansah, den Brooke mit ihr zusammen gucken sollte.

Seit der Zeit, als er mit Hayley zusammen war, hatte sich Brookes Verhalten ihm gegenüber sehr verändert. Damals war sie immer ganz begeistert, wenn er kam, und wollte ständig im Auto mitgenommen werden. Heute wusste Seth nur eins: Wenn sie nicht so gut erzogen wäre, hätte sie ihm längst die Tür vor der Nase zugeknallt.

Er sagte: »Sag mal, Brooke, stimmt irgendwas nicht?«

Sie drehte sich wieder zu ihm um. »Was soll denn nicht stimmen?«

»Das Holz ist nicht gestapelt. Die Gemüsebeete sind nicht bepflanzt. Da dachte ich … Ist alles in Ordnung? Ihr habt doch keine Probleme, oder?«

»Wir haben keine Probleme«, sagte sie. »Ich pass bloß auf Cassie auf, und Hayley ist nicht zu Hause, okay?«

»Zu Hayley wollte ich auch gar nicht«, sagte er. »Können wir uns nicht ein wenig unterhalten? Lass mich doch rein.«

»Lieber nicht«, sagte sie. »Ich muss jetzt wieder rein.« Und damit machte sie langsam die Tür zu, die mit einem wehmütigen Klicken schloss.

KAPITEL 23

Es dauerte ziemlich lange, mit dem Bus nach Coupeville zu fahren, weil sie umsteigen musste und die Busse unterwegs oft anhielten. Daher hatte Becca genug Zeit, ihre Mathehausaufgaben zu machen, bis sie im Krankenhaus ankam. Aber sie war ungeduldig und wollte so schnell wie möglich zu Derric. Deshalb nervte sie die lange Fahrt. Doch immerhin konnte man auf der Insel umsonst Bus fahren, und das entschädigte sie für einiges.

Die Sonne schien, aber die Temperaturen waren an diesem Tag beträchtlich gefallen. Als Becca sich dem Krankenhauseingang näherte, riss der Wind Laub von den Bäumen, die auf der anderen Seite des Parkplatzes standen. In diesem Teil des Landes kam der Winter sehr früh, und kurz nachdem das letzte Laub gefallen war, musste man schon mit dem ersten Frost rechnen.

Im Krankenhaus drehte Becca ihre AUD-Box lauter, um das unangenehme Flüstern auszublenden, das wie Fledermäuse über ihr an der Decke hing. Am Empfang erfuhr sie, dass die Liste, wo man sich eintragen musste, nicht da war.

»Das Mädchen hat sie mitgenommen«, sagte die Frau am Empfang, was bedeutete, dass Jenn McDaniels auch hier im Krankenhaus war. Sie wollte ihr nicht über den Weg laufen, aber sie wollte unbedingt zu Derric. Also musste sie das eine in Kauf nehmen, um das andere zu ermöglichen.

Jenn saß draußen vor Derrics Tür. Sie runzelte die Stirn und übertrug die Anmeldeliste auf ein neues Blatt Papier. Sie murmelte ungehalten vor sich hin: »Ihr sollt nur euren Namen auf die Liste schreiben, sonst nichts. Und wenn ihr herkommt, sollt ihr einen Haken hinter eure Namen machen.« Dann sah sie hoch und sah Becca. Da runzelte sie noch mehr die Stirn, und Becca war froh, dass sie dank der AUD-Box Jenns Flüstern nicht hören konnte.

Sie sagte: »Warum kommst du eigentlich immer wieder her? Du kanntest ihn doch gar nicht richtig.«

Becca antwortete nicht. Jenn hatte *kanntest* gesagt, statt *kennst*, und einen kurzen, schrecklichen Augenblick lang befürchtete sie das Schlimmste. »Es geht ihm doch gut, oder?«

»Er liegt im Koma, du Schwachkopf. Wie soll es ihm da gut gehen?«

Als Jenn das sagte, waren ihre Gesichtszüge vor Gehässigkeit ganz verzerrt, und das fand Becca schade, denn eigentlich war Jenn ziemlich hübsch. Doch das konnte man gerade nicht erkennen, denn die Wut in ihr wurde immer größer, nahm alle ihre Gedanken ein, und Becca fühlte sie auf sich zurollen. Also ging sie aus der Schusslinie und betrat Derrics Zimmer.

Dort zog Becca sich den Kopfhörer der AUD-Box aus dem Ohr und ging auf Derrics Bett zu. Im Zimmer war es ganz still, und nur der Monitor war zu hören, auf dem die Ärzte ablesen konnten, dass Derrics Herz kräftig schlug. Becca hatte in der Schule gehört, die Untersuchungen hätten ergeben, dass seine Körperfunktionen normal seien und auch sein Gehirn normal arbeite. Er wachte bloß nicht auf und keiner konnte sagen, warum. Es war sogar ein Spezialist aus Seattle gekommen, aber der konnte ihnen auch nichts Neues sagen.

Sie griff nach seiner Hand mit den langen glatten Fingern, nahm sie in ihre beiden Hände und drückte sie fest. Dann schloss sie die Augen und flüsterte: »Bitte, Derric«, und plötzlich hörte sie Geräusche: das Rascheln von Kleidern, das Lachen von Kindern und eine hohe Stimme, die immer wieder *Derrrrrr-ick* rief, was fast wie Gesang klang. Danach hörte sie noch mehr Gelächter und die Klänge einer Blaskapelle.

Aber das war alles, und es half Becca nicht, die Situation besser zu verstehen. Nachdem sie ein paar Minuten an seinem Bett gestanden hatte, ließ Becca ihn schließlich los. Sie setzte sich auf einen Stuhl, den sie so nah wie möglich an sein Bett rückte. Dann holte sie ein Buch aus ihrem Rucksack. Es war das einzige Buch, das sie aus San Diego mitgebracht hatte, und sie hatte es heimlich in ihre Tasche geschmuggelt. Dieses Buch konnte lebensgefährlich für sie sein, denn ihre Großmutter hatte die Widmung »für meine süße Hannah« hineingeschrieben, als sie es ihr vor fünf Jahren geschenkt hatte.

Becca schlug das Buch auf und fing an, Derric vorzulesen, genau wie die anderen Schüler, wenn sie ihn besuchen kamen. »Mrs Rachel Lyndes Haus stand dort, wo die Hauptstraße von Avonlea durch eine kleine Senke führte.«

Und bald passierte das, was ihr immer passierte, wenn sie ein gutes Buch las. Sie vertiefte sich völlig in die Geschichte des Mädchens Anne Shirley und seines Lebens auf der Prince Edward Island.

Becca kam es vor, als hätte sie schon sehr lange gelesen, als sie hörte, wie jemand den Raum betrat.

Hat der Junge ein Glück, begleitete die Krankenschwester, die geschäftig zum Tropf eilte, um einen neuen Beutel einzulegen. Sie lächelte Becca zu und sagte leise: »Ich hoffe, ihr macht weiter so. Es ist wichtig für ihn, Besuch zu bekommen.«

Becca streckte sich und legte das Buch auf den Tisch neben dem

Bett. Da sah sie, dass etwas Neues neben dem Telefon stand, außer den Blumen und dem albernen Stoffvogel, die schon letztes Mal da gewesen waren. Ein gerahmtes Foto war so aufgestellt, dass Derric es würde sehen können, wenn er die Augen öffnete. Becca nahm das Foto in die Hand, und als die Krankenschwester das Zimmer wieder verließ, sah sie es sich näher an.

Es war nicht auf Whidbey Island aufgenommen worden. Soweit Becca wusste, gab es hier keine Gemeinde mit afrikanischen Kindern, und schon gar nicht mit afrikanischen Kindern, die in einer Blaskapelle spielten. Aber genau das zeigte das Foto: eine kleine Blaskapelle, deren Musiker alle Kinder waren, und unter ihnen, deutlich zu erkennen, der kleine Derric, wie er – mit einem riesigen Saxofon in den Händen – in die Kamera grinste. Um die Kapelle herum standen weitere Kinder, die lachten und klatschten, aber viel jünger waren als die Musiker. Eines von ihnen hatte seine Arme um Derrics Hüfte geschlungen, und ein anderes hockte auf seiner Schulter. Und auch die anderen Mitglieder der Blaskapelle waren von Kindern umringt.

Derric musste auf dem Foto etwa sieben Jahre alt sein und er sah so glücklich aus, dass Becca ihre Hand nach ihm ausstreckte, sanft seine Wange berührte und erneut seine Hand umfasste.

Freude … Freude … Freude. Jetzt begriff Becca endlich, was das bedeutete. Es bezog sich auf die Musik, die er spielte und die Freude, die die Kinder beim Zuhören empfanden. Sie fragte sich, ob ihm jemand solche Musik vorspielte, anstatt ihm vorzulesen. Sie konnte sie deutlich hören, deshalb wusste sie, wie wichtig sie Derric war. Sie hätte es gerne jemandem erzählt, aber es war keiner da, also ließ sie sich von der Musik davontragen, so wie er es auch tat. Sie saß da und hörte zu. In der einen Hand hielt sie das Bild, und mit der anderen umfasste sie Derrics Hand.

»Ist alles in Ordnung?«

Sie zuckte zusammen. Vor lauter Schreck ließ sie – anstelle von

Derrics Hand – das Foto fallen. Es fiel auf den Boden, und das Glas zersprang. Sie rief: »Oh, nein!«, drehte sich um und sah, dass eine Frau den Raum betreten hatte, die sie noch nicht kannte.

Sie hatte grau meliertes, langes Haar, das zu einem Pferdeschwanz zusammengebunden war. Ein paar Strähnen hatten sich gelöst und umrahmten ihr Gesicht. Sie trug Jeans, schwarz-weiße Stoffturnschuhe und ein Sweatshirt mit Kapuze und der Aufschrift *Mariners*. Die Frau eilte herbei, hob das Foto wieder auf und sagte: »Ups«, und Becca sagte: »Tut mir wirklich leid. Ich habe mich so erschreckt. Ich war mit den Gedanken ganz woanders.«

»Nichts passiert«, sagte die Frau lächelnd. »Ich besorge einen neuen Rahmen, und das Bild ist ja nicht beschädigt. Ich bin übrigens Rhonda Mathieson, Derrics Mom. Du bist sicher Becca.«

Seltsam für Derric, begleitete ihre Worte, aber Becca hatte keine Gelegenheit, darüber nachzudenken, was sie damit meinte, denn von der Tür erklang: »Allerdings. Das ist Beck-*kaaa*.«

Jenn kam herein. Ihr Blick fiel sofort auf das zerbrochene Glas auf dem Boden, und sie sagte: »Toll. Was hast du *jetzt* schon wieder angestellt?«

Eine Reihe hässlicher Wortfetzen folgte der Bemerkung in Gedanken. Außerdem hörte sie: *grüne Bohnen,* und: *ein paar Minuten auf der Sonnenbank*, was von Derrics Mom stammen musste. Becca griff nach dem Kopfhörer ihrer AUD-Box und steckte ihn sich ins Ohr. Als Jenn das sah, kräuselte sie die Lippen und kniff misstrauisch die Augen zusammen.

»Das hat sie nicht mit Absicht gemacht«, sagte Rhonda. »Ist ja bloß ein Bilderrahmen, mehr nicht.«

Aber Jenn schien das anders zu sehen. In ihren Augen war es das größte Verbrechen aller Zeiten. Becca wandte sich ab, um Jenns Gesichtsausdruck nicht sehen zu müssen, und stellte fest, dass Rhonda sich zu Derric umgewandt hatte. In ihrem Blick war so viel Liebe, dass Becca ihr am liebsten erzählt hätte, dass sie spüren konnte, was in ihm vorging, wenn sie seine Hand hielt. »Er ist da drin«, wollte sie Rhonda Mathieson sagen. Aber nicht, solange Jenn dabei war.

Rhonda nahm das Buch in die Hand, das Becca auf dem Tisch liegen gelassen hatte, und sagte: »Hast du ihm aus *Anne auf Green Gables* vorgelesen?« Und als Becca nickte, fuhr Rhonda fort: »Gute Wahl.«

»Eigentlich habe ich es gar nicht ausgesucht«, sagte Becca. »Es hat eher *mich* ausgesucht.«

Jenn zugewandt, sah sie, dass diese die Augen verdrehte. Becca streckte die Hand aus, um Rhonda das Buch abzunehmen und in ihrem Rucksack zu verstauen, doch es war zu spät. Rhonda klappte das Buch auf und las die Widmung. Sie sah auf, gab Becca das Buch zurück und fragte: »Wer ist denn Hannah?«

»Keine Ahnung. Das Buch ist aus einem Antiquariat«, sagte Becca, obwohl sie merkte, dass ihr Gesicht bei der Lüge knallrot wurde. Aber weitere Erklärungen blieben ihr erspart, denn in diesem Moment kam die nächste Person von Jenns Liste herein.

Es war eine der Cheerleaderinnen aus der Highschool, ein lebhaftes, selbstbewusstes Mädchen. In der einen Hand hielt sie eine Bibel und in der anderen ein paar Luftballons. Sie sagte: »Oh, hallo!«, betrachtete die Anwesenden nacheinander und schien die Stimmung zwischen ihnen zu spüren, was vor allem an Jenns Gesichtsausdruck lag, der jetzt nicht viel einladender war als vorher gegenüber Becca. Sie sagte zu Rhonda Mathieson: »Ich bin die Leiterin der Bibelgruppe. Courtney Baker. In meiner Gruppe sind siebenundsechzig Schüler.« Sie sprach hibbelig und quirlig, wie junge Mädchen es oft tun, wenn sie nervös sind. »Wir treffen uns immer in der Schule und beten für Derric.«

»Bla, bla, bla«, murmelte Jenn abfällig. Dann schlenderte sie zur Tür und verließ den Raum.

Die Cheerleaderin fing an, die Luftballons am Fußende des Bettes festzubinden, und Becca ergriff die Gelegenheit, um sich von Derric zu verabschieden, indem sie seine Hand berührte. Im selben Augenblick zeigte der Monitor an, dass Derrics Herz schneller schlug. Becca sah erst auf den Monitor und dann zu Rhonda.

Rhondas Gesichtsausdruck sprach Bände, auch wenn sie es nicht laut sagte. *Wer bist du wirklich, und warum reagiert mein Sohn so stark auf deine Berührung?*

Becca versuchte gerade, umständlich ihren Rucksack aufzusetzen, als Rhonda aus Derrics Zimmer kam. Jenn hatte ihren Platz vor der Tür wieder eingenommen und schrieb weiter ihre Anmeldeliste ab. Rhonda sah von Becca zu Jenn und sagte dann: »Kommt ihr mit in die Stadt, ein Eis essen?«

Becca sah zur Tür von Derrics Zimmer und Rhonda sagte mit freundlichem Lächeln: »Ich glaube, sie wird noch eine Weile drinbleiben. Sie will ihm das gesamte Buch der Richter vorlesen. Jenn, du kommst auch mit. Du brauchst mal eine Pause.«

Jenn machte ein Gesicht, als würde sie lieber Strychnin nehmen, als mit Becca King ein Eis essen zu gehen. Becca nahm rechtzeitig den Kopfhörer aus dem Ohr, um zu hören: *kann es nicht lassen …*, bevor das Geflüster der anderen Leute, die auf dem Flur an ihnen vorbeiliefen, zu viel für sie wurde. Sie setzte den Kopfhörer schnell wieder ein und sagte: »Das wäre toll. Danke, Mrs Mathieson.«

»Rhonda.« Rhonda sah Jenn an. »Komm mit, Jenn.«

Als sie auf dem Parkplatz in Rhondas Auto einstiegen, setzte sich Jenn wie selbstverständlich auf den Vordersitz, und Becca ließ sie gewähren. Es schien Jenn wichtig zu sein, vorne zu sitzen, und sie hatte nichts dagegen, hinten einzusteigen, wo sie nicht so auffallen würde. Der Rücksitz war übersät mit alten Lokalzeitungen und Flugzetteln von wohltätigen Organisationen: eine Suppenküche für Arbeitslose, ein Tierheim, ein Orchester, ein Theater, eine Naturschutzorganisation … Auf der Insel brauchte jeder Geld, und die Wohltätigkeitsvereine schossen wie Pilze aus dem Boden.

Becca war noch nie im Stadtzentrum von Coupeville gewesen. Es befand sich am äußersten westlichen Ende der Penn Bay und bestand – wie in Langley – hauptsächlich aus zwei großen Straßen, hinter denen kleine Häuser und viktorianische Villen auf einem ansteigenden Hügel standen. Die Gebäude waren sehr malerisch und bunt gestrichen. Zwischen ihnen verlief ein Pier, der bis zum Hafen führte und an dessen Ende ein Werftgebäude stand. Auf einer riesigen zweiflügeligen Tür war in weißen Buchstaben C-o-u-p-e-v-i-l-l-e zu lesen.

Rhonda parkte vor einem alten Wirtshaus, das *Toby's* hieß und wo eine Fliegengittertür vom Wind hin- und hergeschleudert wurde. »Da vorne, Mädels«, sagte sie und zeigte auf die andere Straßenseite, wo vier Holzstufen zu einer Eisdiele hinaufführten. Drinnen standen drei kleine Tische, die alle frei waren. Eigentlich war es schon zu kalt, um noch Eis essen zu gehen.

»Sucht euch was aus«, sagte Rhonda. »Ich nehme einen Bananensplit.«

Jenn bestellte einen Eisbecher mit Vanilleeis, Schokoladensoße und Erdnüssen, und Becca hätte eigentlich gerne einen Erdbeerbecher gegessen. Aber ihr klang noch immer Laurels Spruch in den Ohren: »In den Mund und direkt auf die Hüften«, also bestellte sie nur ein Mandelgebäck. Da musterte Jenn sie verächtlich, als wolle Becca vor Rhonda die Brave spielen. Rhonda bestellte aber noch eine Kugel Erdbeereis zum Gebäck dazu und sagte, dass sie nicht so ein schlechtes Gewissen hätte, wenn die beiden auch sündigen würden.

Dann aßen sie eine Weile stumm ihr Eis und Becca bemerkte, dass Jenn zum ersten Mal, seit sie sie kennengelernt hatte, zufrieden wirkte.

Vermutlich waren Eiscreme, Schokoladensoße und Erdnüsse die einzige Möglichkeit, ihre Wut zu besänftigen, die ihr Flüstern durchzog wie ein tödliches Gift.

Rhonda löffelte ihren Bananensplit und sagte: »*Anne auf Green Gables* war auch mein Lieblingsbuch, als ich in eurem Alter war, Becca. Und es passt perfekt zu Derrics Situation, denn schließlich wurde er ja auch adoptiert, genau wie Anne.«

»Er hat mir erzählt, dass Sie sein Waisenhaus in Uganda besucht haben«, sagte Becca.

Rhonda erzählte, dass sie einmal mit ihrer Kirchengruppe in einer Mission ausgeholfen hatte, die Straßenkinder aufnahm. In Kampala lebten Tausende von obdachlosen Kindern auf der Straße, weil so viele Erwachsene an Aids starben. »Wir glauben, dass Derrics leiblichen Eltern dasselbe passiert ist, aber genau wissen wir es nicht«, sagte sie. »Er war erst fünf Jahre alt, als er von den Mitarbeitern der Mission aufgegriffen wurde. Er hatte mit acht anderen Kindern hinter einer Bar in der Stadt gelebt, wo sie sich eine kleine Hütte aus Pappe und Blech gebaut hatten. Das älteste von ihnen war zehn und das jüngste noch nicht einmal zwei.«

Langsam schob Becca den Teller mit dem Erdbeereis von sich weg. Jenn aß unbeirrt weiter, so als hätte sie Rhonda Mathieson gar nicht zugehört. Aber vielleicht kannte sie die Geschichte schon und es machte ihr nicht mehr so viel aus. Becca konnte sich nicht vorstellen, sich jemals an so etwas zu gewöhnen. Er war erst fünf Jahre alt gewesen und hatte alleine auf der Straße gelebt.

Rhonda sagte: »Als ich Derric zum ersten Mal gesehen habe … Diesem Lächeln konnte ich einfach nicht widerstehen. Wir haben ihn adoptiert und es hat alles wunderbar geklappt. Genauso wie Anne Shirley in deinem Buch von Matthew und Marilla adoptiert wurde, Becca.«

»Aber Marilla wollte sie anfangs gar nicht haben.«

Rhonda sagte nichts. Sie dachte wahrscheinlich nach, aber Becca konnte nichts hören, weil sie den Kopfhörer im Ohr hatte. Dann lächelte Rhonda flüchtig und sagte: »Nein. Anfangs nicht, stimmt. Sie wollte Anne zuerst gar nicht haben. Das hatte ich ganz vergessen.«

Rhonda ging zur Theke und wollte noch ein paar Mandelkekse kaufen, »um sie Dave mitzubringen«. Becca sah Jenn zum ersten Mal an, seit Rhonda begonnen hatte, ihre Geschichte zu erzählen. Diese hatte inzwischen ihr Eis aufgegessen und schien innerlich zu kochen. Ihre Augen durchbohrten Becca mit unverhohlener Feindseligkeit.

Becca sah hinunter auf ihren Teller, auf dem das Eis geschmolzen und auch das Gebäck ungegessen liegen geblieben war. Sie fragte sich, ob Jenn wohl gerade dachte, was für eine Geldverschwendung es gewesen war, Becca ein Eis zu spendieren.

»Ich hab keinen Hunger«, versuchte sie, sich zu rechtfertigen. »Willst du meinen Kuchen haben?«

Da flüsterte Jenn empört: »Spinnst du komplett? Als ob ich deine Reste aufessen würde! Du hast sie wohl nicht alle!«

Becca machte gerade ihre Geschichtshausaufgaben, als Debbie bei ihr anklopfte und den Kopf durch die Tür steckte. »Ich muss zu einem Treffen«, sagte sie und wies mit einer Kopfbewegung in Richtung Second Street, wo sie und Becca sich zum ersten Mal gesehen hatten. »Kannst du so lange auf Chloe und Josh aufpassen? Es dauert nur eine Stunde. Ich muss mich dort mit einer Frau treffen …«

Sie meinte damit eine der Frauen bei den Anonymen Alkoholikern, denen sie half. Das wusste Becca, weil sie schon öfter mitgehört hatte, wie Debbie am Telefon mit jemandem sprach, dem sie half, mit dem Trinken aufzuhören. Becca sagte, kein Problem. Sie würde sowieso langsam über ihren Hausaufgaben einschlafen.

In Debbies Wohnung hinter der Motelrezeption machte Josh seine Hausaufgaben für Heimat- und Sachkunde, während Chloe versuchte, alle Adjektive aufzuschreiben, die ihr einfielen, um das Bild auf einer Postkarte zu beschreiben, die sie von ihrer Lehrerin bekommen hatte. Für jeden Gegenstand auf der Karte musste sie zwei Adjektive finden, und Chloe fand diese Aufgabe einfach nur blöd.

Becca war ganz ihrer Meinung. »Aber wenn ihr mit den Hausaufgaben fertig seid, machen wir was Schönes«, kündigte sie an.

»Was denn?«

»Einen Malwettbewerb.«

»Und was können wir gewinnen?«, fragte Josh ohne Umschweife.

»Wir gehen zu *Sweet Mona's*, und der Gewinner kann aussuchen, was wir essen.«

Mehr brauchte Josh nicht zu hören, und Chloe machte sowieso alles nach, was ihr Bruder tat. Die Kinder erledigten ihre Hausaufgaben in Rekordzeit und wollten mit dem Wettbewerb beginnen, bevor Becca die Gelegenheit hatte, mit ihrer eigenen Aufgabe weiterzukommen. Sie musste den ersten Akt vom *Kaufmann von Venedig* lesen. Und das war mindestens genauso mühsam wie die Beschäftigung mit Geschichte.

Sie legte das Buch beiseite und sagte: »Na gut. Hier kommt eure Aufgabe: Ihr müsst mich malen, und das beste Bild gewinnt.«

Chloe protestierte, dass sie Becca nicht malen könne. Da würde Josh sofort gewinnen. Aber Becca beruhigte sie und sagte, der Wettbewerb bestehe darin, Becca an ihrem Lieblingsort zu malen. Und wer das erriet und richtig malte, der würde gewinnen. »Es geht nicht um die beste Zeichnung, sondern darum, wer richtig rät«, erklärte sie Chloe.

Das konnte auch Chloe akzeptieren und die Kinder machten sich sofort mit ihren Malsachen an die Arbeit, während Becca weiter versuchte, herauszufinden, worum es im *Kaufmann von Venedig* eigentlich ging. Aber sie war müde, und ihr war warm, und bald fielen ihr die Augen zu.

Sie schreckte aus dem Schlaf hoch, als die Tür zum Büro zufiel. Sie wollte gerade aufspringen, als sie hörte, wie Debbie mit jemandem sprach. Die beiden kamen ins Wohnzimmer, und die andere Person war Tatiana Primavera, die Schulberaterin von der Highschool.

Debbie sagte: »Sieh mal, wen ich auf dem Weg von der Chorprobe aufgegabelt habe.« Und ihre Enkel fragte sie: »Seid ihr mit den Hausaufgaben fertig? Was macht ihr da?«

»Einen Wettbewerb«, sagte Josh.

»Wir malen Becca«, sagte Chloe.

Debbie fragte: »Tatsächlich? Becca sieht aber schon ganz müde aus. Ihr könnt morgen weitermachen. Becca muss ins Bett, und ihr auch.«

»Nein! Das geht nicht!«

»Grandma!«

»Kinder, schön brav sein.« Debbie und Tatiana Primavera tauschten Blicke aus, und man merkte ihnen an, dass die neue Situation ihre Pläne durchkreuzte.

Becca sagte: »Ich kann noch ein bisschen bleiben. Und ich glaube, sie sind sowieso gleich fertig. Wie weit seid ihr? Noch zehn Minuten. In Ordnung?«

»Zehn Minuten, Grandma!«, schrie Chloe.

Debbie verzog zuerst das Gesicht und sagte dann: »Aber keine Minute länger.« Dann ging sie mit Tatiana Primavera in die Küche. Sie ließ Wasser laufen und klapperte mit Geschirr, was darauf schließen ließ, dass sie Kaffee kochte. Gleichzeitig flüsterten die beiden miteinander. Doch das war ein *echtes* Flüstern und nicht das, was Becca immer über die Luft zugetragen wurde.

Dieses Flüstern konnte sie deutlich hören. Wenn die beiden normal gesprochen hätten, hätte sie wahrscheinlich gar nicht darauf geachtet. Aber das Flüstern ließ vermuten, dass es sich um ein Gespräch unter Erwachsenen handelte, und was immer Erwachsene zu besprechen hatten, konnte für sie wichtig sein. Also saß sie ruhig da und versuchte, so viel wie möglich von dem Gespräch aufzuschnappen.

Es war Tatiana, die gerade sprach: »… und jetzt will Dave in die Schule kommen und sie suchen. Ich sage ihm immer wieder, dass es wahrscheinlich eine falsche Spur ist. Sicher war es irgendeine Schülerin, die nach dem Unfall nervös geworden ist und deshalb nicht dort geblieben ist, bis der Krankenwagen da war. Aber das glaubt er nicht. Er ist sicher, dass sie der Grund dafür ist, dass Derric im Wald war. Ich kann ihn einfach nicht vom Gegenteil überzeugen. Und dann hat er die Besitzerin von dem Handy ausfindig gemacht und mir den Namen gesagt …«

»Bist du sicher, dass das der gleiche Name war, den du gehört hast?«, fragte Debbie skeptisch. »Das ist doch schließlich schon eine Weile her, oder?«

»Ja, schon. Kurz nachdem sie gestorben ist. Aber ich hab den Namen behalten, weil ich eigentlich dachte, ich würde alle Freunde von Carol kennen. Sie hieß Laurel. Und von der hatte ich noch nie gehört.«

Becca erstarrte. Jeder Muskel ihres Körpers spannte sich an.

»Vielleicht war es ja Laura, und nicht Laurel«, schlug Debbie vor.

»Nein, es war Laurel. Ich weiß genau, dass das der Name war«, sagte Tatiana. »Ich bin ganz sicher. Offenbar hat sie an dem Abend angerufen, als Carol zusammengebrochen ist, und deshalb ist Pete nicht ans Telefon gegangen. Aber sie hat eine Nachricht hinterlassen, und Pete hat sie mir vorgespielt, weil er sie so merkwürdig fand: ›Carol, hier ist Laurel. Ich wollte nur sichergehen, dass ihr beide euch gefunden habt. Und denk daran: Sie heißt nicht Hannah, klar?‹ Komisch, oder? Aber genau das hat sie gesagt. Und da der Name Laurel nicht sehr gängig ist, ist Dave davon überzeugt, dass das dieselbe Laurel Armstrong war, die er sucht. Deshalb will er jetzt …«

»Fertig!«, schrie Josh in dem Moment. Er sprang auf und wedelte mit seinem Papier vor Beccas Gesicht herum.

»Ich auch, ich auch, ich auch!«, rief Chloe. »Jetzt musst du entscheiden, wer gewonnen hat.«

Das kam ihr gerade ziemlich ungelegen. Becca wollte viel lieber wissen, was Tatiana Primavera noch zu sagen hatte. Sie sah sich die Bilder an: Auf dem einen war Becca im Wald und las ein Buch, und auf dem anderen saß sie auf einem Sofa und las ein Buch. »Das ist ja toll! Ihr habt beide gewonnen. Super!«

»Das gilt nicht!«, schrie Josh.

»Du musst dich für eins entscheiden«, quengelte Chloe.

»Aber ihr habt es *beide* richtig erraten«, sagte Becca. »Mein Lieblingsort ist überall dort, wo ich lesen kann. Also habt ihr *beide* gewonnen. Wir gehen am Samstag zu *Sweet Mona's*, okay? Und ihr dürft euch was aussuchen. Aber jetzt packt eure Stifte wieder weg.«

Das beschäftigte die beiden eine Weile. Becca konnte sich wieder der Küchentür nähern und hörte, wie Tatiana sagte: »Ich habe ihm gesagt, dass die Stimme auf Carols Anrufbeantworter nicht nach einem Mädchen klang. Aber er lässt sich nicht davon abbringen. Du kennst Dave ja. Er will sie unbedingt finden. Wenn Carol noch leben würde, könnte sie die Sache aufklären, aber so wie die Dinge stehen …«

So wie die Dinge stehen, dachte Becca. Sie sah sich noch einmal die beiden Bilder an: Becca im Wald und Becca auf dem Sofa. In ihrem Kopf entstand gerade ein neues Bild: Becca auf der Blue Lady Lane bei Carol King an ihrem ersten Abend auf Whidbey Island. Wann hatte Laurel Carol Quinn wohl angerufen, fragte sie sich. Und warum war sie nicht nach Whidbey zurückgekommen, um ihre Tochter zu suchen, nachdem Carol Quinn sich nicht mehr bei ihr gemeldet hatte?

KAPITEL 24

Hayley fand sehr schnell heraus, dass Seth einen Abstecher zur Farm gemacht hatte. Brooke wartete nicht lange, um es ihr zu erzählen. Sie sagte, er habe vorbeigeschaut, um Hallo zu sagen, und habe behauptet, er sei gekommen, um *sie* zu besuchen. Aber *sie* wusste, dass er in Wirklichkeit nur wissen wollte, was Hayley so trieb.

»Er hat sich überall umgeschaut«, fügte Brooke vorsichtig hinzu. »Er hat sofort gesehen, dass hier nicht alles in Ordnung ist, Hayley.«

Hayley erwiderte: »Hier ist alles in Ordnung«, aber Brooke warf ihr nur einen traurigen, wissenden Blick zu. Sie sagte: »Wenn du meinst«, und zog davon.

Jetzt war Hayley in der Schule und machte sich Sorgen. Wenn Seth zur Farm gekommen war, hatte Brooke bestimmt recht. Es hatte mit Hayley zu tun. Und wenn es mit Hayley zu tun hatte, hatte es auch etwas mit den Saratoga Woods zu tun. Sie und Seth hatten dieses Thema noch nicht ausdiskutiert.

Sie leistete gerade ihre Stunde Telefondienst an der Anmeldung ab, als Derrics Vater wieder in der Schule auftauchte. Er sah ganz und gar nicht gut aus. Seine Augen waren blutunterlaufen und er hatte so stark abgenommen, dass sein Gesicht schlaff herunterhing. Dave Mathieson war immer die Sorte Mann gewesen, die andere Leute als »kräftig« bezeichneten, worunter Hayley so viel verstand wie »vor Gesundheit strotzend«. Aber das konnte man jetzt nicht von ihm behaupten.

Sie sagte: »Hi, Sheriff Mathieson. Wie geht es Derric?«

Der Polizist schüttelte den Kopf. »Unverändert. Seine Werte sind gut, aber er wacht einfach nicht auf. Die Ärzte machen eine Menge Tamtam um irgendwelche neuen Tests. Sie wollen ihn nach Seattle ins dortige Kinderkrankenhaus bringen und ein Spezialistenteam aus Ohio holen.« Er rieb sich mit den Händen übers Gesicht.

Hayley sagte: »Ich weiß, dass er aufwachen wird. Es ist nur eine Frage der Zeit.«

Sie wusste nicht, warum, aber Dave Mathieson erwiderte darauf: »Manchmal trifft man einfach die falsche Entscheidung.« Dann atmete er tief durch und wechselte das Thema. »Ich habe einen Termin mit Ms Ward und der Schulberaterin für die Buchstaben A bis L. Ms Primavera?«

Sie antwortete: »Alles klar«, aber bevor sie den Hörer abheben und die beiden Frauen anrufen konnte, um ihnen Bescheid zu sagen, dass er hier war, wollte er von ihr wissen: »Laurel Armstrong, Hayley. Ist sie hier an der Schule?«

Hayley schüttelte langsam den Kopf, während sie sich den Namen durch den Kopf gehen ließ. »Ich weiß nicht. Sie könnte eine der jüngeren Schülerinnen sein«, erwiderte sie. »Eine der Neuntklässlerinnen vielleicht. Warum?«

»Sie hat das Handy gekauft, mit dem die Notrufzentrale angerufen wurde, an dem Tag im Wald.«

Hayley riss die Augen auf. »Wie haben Sie das herausgefunden?«

»Wie ich schon sagte, haben diese Handys Seriennummern«, erklärte er. »Und die hat uns zu einem *Seven-Eleven*-Laden in Südkalifornien geführt.«

»Und das hat Sie auf die Spur von Laurel Armstrong gebracht?« Polizeiarbeit ist der Hammer, dachte Hayley, genau wie im Fernsehen.

»Und das hat uns wiederum zu ihrer Kreditkarte geführt. Ich glaube zwar nicht, dass die Karte dem Mädchen gehört, das angerufen hat, aber wir müssen alles genau unter die Lupe nehmen. Die Polizei dort unten hilft uns mit den Nachforschungen und überprüft die Rechnungsanschrift der Karte. Vielleicht wurde sie oder das Handy ja gestohlen. Das müssen wir klären.« Er schaute sich um und über seinen Augen lag ein Schleier, als würde er nichts von dem wahrnehmen, was er sah. Schließlich sagte er: »Jedenfalls ...«, was Hayley daran erinnerte, dass sie Ms Ward und Ms Primavera anrufen sollte. Sie nahm den Hörer ab und informierte beide, dass Sheriff Mathieson auf sie wartete.

Aber sie konnte sehen, dass der Polizist noch aus einem anderen Grund zur Highschool gekommen war. Sie hoffte nur, dass es nichts mit ihr zu tun hatte.

Als Hayley nach der Schule zum Pick-up ging, sah sie, dass das Polizeiauto immer noch auf dem Gästeparkplatz stand. Sie blickte hinüber, als der Sheriff gerade aus dem Verwaltungsgebäude kam. Der Ausdruck auf seinem Gesicht verriet ihr, dass seine Suche nach dieser Laurel Armstrong erfolglos geblieben war.

Er war nicht allein. Ms Primavera war bei ihm. Sie redete mit ihm und sah so aus, als würde sie allmählich die Geduld mit Derrics Vater verlieren. Vermutlich sagte sie ihm gerade, dass er seine Zeit verschwendete, wenn er an der South Whidbey Highschool nach jemandem suchte, der Derric schaden wollte, weil es da einfach niemanden gab und auch niemals geben würde.

Vielleicht hoffe ich das auch nur, dachte Hayley.

Sie ging weiter zum Pick-up. Doch dann hörte sie, wie Dave Mathieson ihren Namen rief, und drehte sich um. Sie sah noch, wie er etwas zu Ms Primavera sagte, worüber diese die Stirn runzelte und die Augen verdrehte, und beide danach getrennte Wege gingen. Der Polizist marschierte auf Hayley zu.

Als er bei ihr war, sagte er: »Wie's aussieht, hattest du recht. Keine Laurel Armstrong. Es gibt eine Cindy Armstrong in der neunten Klasse, aber sie sind nicht verwandt.« Er lächelte müde. »Jetzt stehen wir wieder ganz am Anfang. Wir müssen wohl abwarten, was die Polizei in Kalifornien herausfindet.«

»Ach Gott.« Hayley wartete ab. Sie vermutete, dass den Sheriff noch etwas anderes beschäftigte.

Er setzte an: »Du und Derric habt dieses Jahr ziemlich viel Zeit miteinander verbracht, oder? Du kennst ihn recht gut.«

»Wir sind nicht zusammen oder so.«

»Sicher. Das weiß ich. Aber was ich nicht weiß, ist: Was zum *Teufel* hatte er in den Saratoga Woods zu suchen, Hayley? Du sagst, er war nicht mit dir dort. In Ordnung, das glaube ich dir. Aber er hatte nicht den geringsten Grund, dort zu sein. Es sieht ihm nicht ähnlich, allein wandern zu gehen, und selbst wenn er es an dem Tag getan hat, warum ist er dann mit dem Rad den ganzen Weg bis zu den Saratoga Woods gefahren, wenn die Putney Woods viel näher sind?«

Hayley schüttelte den Kopf und runzelte die Stirn. »Ich weiß es nicht, Sheriff Mathieson.«

»In diesem Wald gehen Dinge vor sich«, sagte Dave Mathieson. »Ich weiß es, Hayley. Da oben bei dem großen Felsen laufen Sachen ab. Das war schon immer so.«

»Derric ist kein Kiffer, falls Sie das meinen«, erklärte Hayley. »Er redet nicht mal über Drogen. Und an der Schule hat er auch nichts mit den Kiffern zu tun. Und das würde er doch bestimmt, wenn er Drogen nehmen würde, oder? Ich meine, es ist nicht so, als wäre er fies zu ihnen oder so. Es interessiert ihn einfach nicht. Weil, wenn er …« Hayley brach ab, als sie bemerkte, dass der Sheriff sie merkwürdig ansah. Ihr ging sofort auf, dass sie gedankenlos vor sich hin geplappert hatte. Das war dumm.

Dave Mathieson fragte: »Was hast du an dem Tag wirklich in dem Wald gemacht? Du, Hayley. Nicht Derric.«

»Sheriff Mathieson, ich nehme auch keine Drogen.«

»Warst du wegen dieser Laurel Armstrong dort?«

»Ich kenne sie nicht mal. Ehrlich.«

»Aber irgendetwas ist da vor sich gegangen. Ich weiß es, und du weißt es auch. Es hat etwas damit zu tun, was Derric zugestoßen ist, und das ist der Grund, warum er mit dem Rad den weiten Weg von zu Hause gefahren ist, anstatt in einem näher gelegenen Wald wandern zu gehen. Das ist vermutlich auch der Grund, warum du deinen Pick-up drüben bei den Metcalf Woods geparkt hast. Ihr wolltet alle nicht gesehen werden. Hab ich recht?«

»Nein, wirklich. So war es nicht.«

Der Sheriff schüttelte den Kopf. »Hayley, früher oder später werde ich dahinterkommen. Das kannst du auch allen anderen ausrichten, die dort waren.«

KAPITEL 25

Seth hatte bei *Casey's Corner* gerade seine Tankfüllung bezahlt und lief zurück zu seinem VW, als er Mrs Cartwright aus dem Lebensmittelladen auf der anderen Seite des Parkplatzes herauskommen sah. Sie schleppte etwa sieben oder acht Einkaufstaschen zum Familiengeländewagen. Dabei verhedderten sich die Taschen immer mehr. Er fuhr schnell hinüber, kurbelte das Fenster herunter und sagte: »Warten Sie, ich helfe Ihnen.«

Sie versuchte, die Tüten zu entwirren und gleichzeitig die Autoschlüssel in ihrer Handtasche zu finden. »Danke, Seth«, sagte sie und lächelte ihn an. Als er geparkt hatte und wieder zu ihr herübergejoggt war, erklärte sie ihm: »Die Sachen hier müssen hinten in den Kofferraum. Warte mal kurz.«

Mrs Cartwright setzte die Einkaufstüten zusammen mit ihrer Handtasche ab und angelte die Schlüssel heraus. Seth sah, dass sie Besorgungen gemacht hatte. Der Kofferraum war voll mit mehreren Kisten Einmachgläsern, zwei riesigen Säcken Gerste und Hafer und drei großen Beuteln Hühnerfutter.

Sie öffnete die Beifahrertür und lehnte sich über den Fahrersitz, um auch die Fahrertür und die anderen Türen zu öffnen. Seth ging mit ein paar Einkaufstaschen zur Fahrerseite, und sie folgte ihm mit dem Rest und erklärte: »Ich muss die Tür reparieren lassen. Man kann das verflixte Ding zwar absperren, aber nicht wieder aufschließen. Und selbst wenn sie nicht abgesperrt ist, kriegt man die Tür von außen nicht auf. Ich sag's dir, es geht alles den Bach runter.«

»Mein Großvater könnte die Tür bestimmt für Sie reparieren«, schlug Seth vor. »Ich kann ihn fragen, wenn Sie möchten.«

»Vielleicht komme ich drauf zurück«, erwiderte Mrs Cartwright. Dann fügte sie hinzu: »Brooke hat mir erzählt, dass du vorbeigeschaut hast, um Hallo zu sagen.«

»Ja, habe ich«, antwortete Seth, aber bei dem Gedanken an seinen Abstecher zur Farm und an die Zustände dort lag ihm etwas völlig anderes auf der Zunge. Schließlich sagte er: »Hey, danke, dass Sie auf Gus aufgepasst haben. Sie wissen schon, an dem Abend, als mein Großvater ihn abgeholt hat.«

Mrs Cartwright wirkte einen Moment lang verwirrt. Dann sagte sie: »Oh! *Der* Abend. Keine Ursache. Gus war die ganze Zeit in Hayleys Zimmer.«

Hayley. Da. Sie hatte den Namen ausgesprochen. Jetzt war also ein guter Zeitpunkt, sich nach ihr zu erkundigen und zu fragen, wie es ihr ging und was sie so machte und ob Mrs Cartwright wusste, wie ernst es Hayley mit ... Aber Mrs Cartwright stieg in ihren Wagen und sagte: »Danke für deine Hilfe, Seth«, und tätschelte ihm die Hand.

Sie startete den Wagen, der erst beim zweiten Versuch ansprang. Aus dem Auspuff kam eine pechschwarze Abgaswolke.

»Da ist wohl 'n Ölwechsel fällig. Sagen Sie lieber Mr Cartwright Bescheid. In dem Zustand sollten Sie nicht zu lange mit dem Wagen herumfahren«, bemerkte Seth.

Nervös erwiderte sie: »Ja, ja. Ich sag's ihm«, und legte den Gang ein. Der Motor ging stotternd aus.

Seth dachte, dass das Getriebe oder die Kupplung eine Inspektion gebrauchen könnte, wollte aber nichts mehr sagen. Stattdessen erkundigte er sich: »Wie geht's Hayley?«

Mrs Cartwright sah ihn an, als wäre er ein verirrtes Hundebaby. Seth gefiel das nicht, aber da er die Frage nicht wieder zurücknehmen konnte, musste er sich ihre Antwort anhören. »Sie hat viel zu tun. Ich sehe sie nicht oft. Sie verbringt viel Zeit im Krankenhaus bei Derric Mathieson. Du kennst doch Derric, oder?«

»Ja. Ich kenne ihn«, erwiderte Seth. »Alle kennen ihn.«

Mrs Cartwright nickte und legte den Kopf schief. Sie lächelte ihn freundlich an und sagte: »Wir mögen dich, Seth. Wir mögen dich alle.«

Er antwortete: »Alles klar«, und sie fuhr rückwärts aus ihrer Parkbucht Mit schwerem Herzen blickte er ihr nach, als sie davonfuhr.

In diesem Augenblick fühlte er sich schrecklich allein. Er trat gegen den Asphalt, und da sah er Mrs Cartwrights Handtasche hinter dem Geländewagen stehen. Er hatte sie vergessen, als er die Einkaufstüten aufgehoben und zur Wagentür getragen hatte. Zum Glück war das Auto beim Ausparken nicht darübergerollt, aber jetzt lag die Tasche mit all ihren Sachen mitten auf dem Parkplatz.

Er ging hin und hob sie auf. Am besten brachte er sie ihr vorbei. Zumindest würde sie sich dann eine weitere Fahrt von der Farm zu *Casey's Corner* sparen.

Auf der Bundesstraße musste Seth an zwei roten Ampeln halten, bevor er die Bush Point Road erreichte, die ihn direkt zur *Smugglers Cove Blumenfarm* bringen würde. Daher lag er ein paar Minuten hinter Mrs Cartwright und als er sein Ziel erreichte, stand der Geländewagen an seinem Platz und die Einkaufstüten waren ins Haus gebracht worden. Da der Kofferraum immer noch voll war, öffnete er ihn – mit Mrs Cartwrights Handtasche über der Schulter – und schnappte sich die

Kisten mit den Einmachgläsern. Auf dem Weg zur Tür kam er am Holzstoß vorbei. Das Holz war immer noch nicht weggeräumt worden.

Mrs Cartwright war überrascht, ihn zu sehen. Dann erblickte sie die Handtasche, die von seiner Schulter baumelte. »Ach, du meine Güte. Ich hab sie nicht mal vermisst«, sagte sie und hielt die Fliegengittertür für ihn auf.

Er ging in die Küche, wo die Einkaufstüten auf dem Boden standen. Aus einer war der Inhalt herausgepurzelt. Die Familienkatze schnupperte an einer Kirschtomate und ließ sie über den Boden rollen.

Seth stellte die Kisten mit den Einmachgläsern auf der Arbeitsfläche ab und fragte Mrs Cartwright, ob er das Brennholz für sie aufstapeln solle.

»Oh, das ist lieb von dir, aber das ist nicht nötig, Seth. Bill hatte nur noch keine Zeit dafür.«

»Das macht mir nichts aus. Ich mach solche Arbeiten gerne. Es ist ein schöner Tag und … ich hab nichts anderes vor«, versicherte Seth.

Mrs Cartwright warf einen Blick in Richtung der Scheune, die man vom Küchenfenster aus teilweise sehen konnte. Sie sagte: »Na schön. Danke, Seth. Das ist sehr nett von dir.«

»Keine Ursache.«

Er ging wieder nach draußen zum Holzhaufen.

Das Holz war vom Regen völlig durchnässt. Es hätte gleich, nachdem es geliefert worden war, im Holzschuppen aufgestapelt werden müssen. Seth fragte sich, ob die Cartwrights einen weiteren Klafter Holz für ihren Gebrauch würden kaufen müssen, bis diese vier Klafter richtig trocken waren. Allerdings bezweifelte er, dass sie sich das leisten konnten.

Er machte sich an die Arbeit. An dieser Art Tätigkeit – Ordnung ins Chaos bringen – hatte er Spaß. Das, sagte sein Großvater gerne, erfreue den menschlichen Geist.

Seth arbeitete etwa zwanzig Minuten ohne Pause, legte dann eine kurze Rast ein und zog sein Flanellhemd aus. Er wandte sich wieder dem Holzhaufen zu und lud sich eine weitere Ladung auf die Arme, als er eine männliche Stimme rufen hörte: »Sag bloß nicht, meine Frau hat dich dazu gezwungen.«

Seth blickte auf und sah, dass Mr Cartwright mit einer Flasche Wasser in der Hand aus der Scheune auf ihn zukam. Er bewegte sich behutsam, so wie jemand, der plötzlich barfuß über einen Kiesweg laufen musste. Nur trug Mr Cartwright schwere Arbeitsstiefel, und Seth überlegte, ob er sie womöglich gerade einlief und Blasen an den Füßen hatte.

Mr Cartwright deutete mit dem Kopf auf das Holz und sagte: »Ich hätte mich früher oder später selbst drum gekümmert, aber ich bin für jede Hilfe dankbar. Ich hab geackert wie ein Verrückter.« Er zeigte mit dem Daumen in Richtung der Scheune, aber Seth konnte sich nicht vorstellen, was er dort gemacht hatte. Auch lachte er ohne ersichtlichen Grund. »Jedenfalls hab ich dir das hier mitgebracht.« Er streckte die Hand aus und hielt Seth die Wasserflasche hin.

Seth griff danach und bedankte sich, aber bevor er die Flasche überhaupt berührte, fiel sie zwischen ihnen auf den Boden. Es war einer dieser eigenartig perfekten Unfälle. Die Flasche traf genau im richtigen Winkel auf ein Stück Holz, zerbarst in tausend Stücke, und der Inhalt verteilte sich auf Mr Cartwrights Jeans.

Mr Cartwright fing an zu lachen, aber sein Gelächter war schrill und merkwürdig. Es war kein fröhliches Lachen, weil Seth weder in seinem Gesicht noch in seinen Augen Freude erkennen konnte. Seth sah auch, dass Mr Cartwrights Hände zitterten, und vermutete, Hayleys Dad könnte einen über den Durst getrunken haben.

Mr Cartwright zog ein Taschentuch aus seiner Hose und wischte sich über die Augen. »Ach, was soll's, komm, ich helf dir, Seth«, sagte er und beugte sich vor, um drei Holzscheite aufzuheben. Aber er war nicht in der Lage, sie bis zum Holzstapel zu tragen, ohne zwei davon wieder fallen zu lassen, und den dritten warf er so nachlässig auf das gestapelte Holz, dass zwei Scheite, die Seth ordentlich hingelegt hatte, wieder herunterfielen. Mr Cartwright lachte noch einmal so merkwürdig. »Ups. Tut mir leid.«

Seth hätte ihm am liebsten gesagt, dass er allein weitermachen würde. Aber es war Mr Cartwrights Farm und Mr Cartwright konnte tun und lassen, was er wollte. Selbst wenn er nur Chaos anrichtete, konnte Seth ihm das kaum ins Gesicht sagen.

Schließlich rettete ihn Mrs Cartwright, die aus dem Haus kam. Sie hatte zwei Flaschen Wasser bei sich und einen alten, verblassten blauen Klapphocker. Sie sagte fröhlich: »Ihr zwei arbeitet zu viel«, und stellte den Hocker hin. Sie fügte hinzu: »Setz dich, Billy-Boy, und ruh dich ein bisschen aus.«

Seth bedankte sich für das Wasser und trank seine Flasche aus, während Mrs Cartwright ihren Mann drängte, sich auf den Hocker zu setzen. Er ließ sich nicht lange bitten, nörgelte aber: »Du bist schuld, wenn ich völlig verweichliche, Julie«, und rührte seine Flasche Wasser nicht an.

Seth machte sich wieder an die Arbeit. Aber er konnte spüren, dass Mr Cartwright ihn beobachtete, ja vielmehr anstarrte, und das so eindringlich, dass die Intensität seines Blicks ihm ein Loch in den Rücken zu bohren schien. Er dachte, er machte möglicherweise etwas falsch, und blickte zu dem Mann hinüber. Mrs Cartwright massierte ihm die Schultern, während sie den Kopf schief legte und ihren Blick liebevoll auf Seth ruhen ließ. Mr Cartwright schaute verärgert und stieß ihre Hände von seinen Schultern.

»Ich hab gesagt, ich verweichliche noch völlig«, fuhr er sie an. »Hör gefälligst damit auf, Julie.«

Sie nahm die Hände herunter und presste die Lippen zusammen, und Mr Cartwright sagte zu Seth: »Man tritt 'n bisschen langsamer und schon wird man ständig von 'nem Haufen Frauen betüdelt, als wär man ein Invalide.«

»Ein Haufen Frauen?«, fragte Seth lächelnd zurück. »Hört sich gut an, finde ich.«

Ich würde mich schon mit *einer* Frau zufriedengeben, dachte er, und diese Frau war eigentlich noch ein Mädchen, und dieses Mädchen war Hayley. Da gab Mr Cartwright eine Art Schnauben von sich. Seth blickte auf und sah, dass Hayleys Dad weinte. Außer diesem einen Schnauben gab er keinen weiteren Laut von sich, während ihm Tränen das Gesicht hinunterliefen. Seth wandte sich ab, machte sich wieder daran, wie ein Besessener Holz aufzustapeln, und wartete darauf, dass irgendjemand etwas sagte oder tat, aber nichts passierte.

»Nun ja«, kam schließlich von Mrs Cartwright. Sie klatschte in die Hände, als wollte sie die beiden Männer auf sich aufmerksam machen. »Ich geh wieder ins Haus und mach euch zwei ein paar Sandwichs. Junge Männer wie ihr müssen anständig was essen.«

Seth fragte sich, ob ihr gar nicht aufgefallen war, dass ihr Mann weinte. Da sie hinter ihm gestanden hatte, war das durchaus möglich. Aber ihre Stimme und der scharfe Blick, den sie ihm zuwarf, verrieten Seth, dass sie es wusste und ihm zu verstehen gab, dass er es nicht erwähnen sollte. Das war ihm nur recht, denn einen erwachsenen Mann zu fragen, warum er lachte und weinte und stolperte und Sachen fallen ließ, war so ziemlich das Letzte, wonach Seth der Sinn stand.

Deshalb sagte er: »Danke. Das wäre nett.«

»Gut«, erwiderte sie. »Ich hab noch etwas Schinken übrig.«

Sie streckte die Hand aus, um ihrem Mann auf die Beine zu helfen. Er wich abrupt von ihr zurück. »Julie, sehe ich so aus, als bräuchte ich deine Hilfe?«

Ihre Augen wurden glasig, aber sie trat zur Seite und wartete, bis er sich hochgerappelt hatte. Dann ging sie mit ihm in Richtung des Hauses und blieb die ganze Zeit eng an seiner Seite. Auch wenn sie darauf achtete, ihn nicht zu berühren, so warf sie ihm immer wieder Seitenblicke zu, als rechnete sie damit, dass er jeden Moment über seine eigenen Füße stolperte.

Etwas stimmt mit ihm nicht, dachte Seth. Und mit Mrs Cartwright auch nicht.

Als Seth später am Grundstück seines Großvaters ankam, sah er, wie Ralph mit einem alten Holzschläger Tennisbälle durch die Gegend schlug. Er beförderte die Bälle die Böschung hoch in Richtung Abstellplatz, und Gus fegte mit hängender Zunge den Weg hinauf, um sie zurückzuholen.

Der Hund stürmte an Seth vorbei und warf ihn um, sodass Seth in einer riesigen Mahonie landete. Dabei zerbrach er mehrere Zweige, und scharfe Blätter zerkratzten ihm das Gesicht. Er sagte: »Hey, pass doch auf, Gus«, aber darauf zu achten, keine Menschen über den Haufen zu rennen, gehörte in diesem Moment nicht zu den Prioritäten des Labradors. Seth rappelte sich auf und zupfte sich die Blätter aus den Kleidern.

»Was zum Henker treibst du da?«, rief Seth seinem Großvater zu.

Ralph rief zurück: »Ich versuche, diesen Hund so richtig auszulaugen, damit er heute Nacht durchschläft, anstatt am Schaukelstuhl deiner Großmutter herumzukauen.« Er fügte hinzu: »Wir machen das schon seit einer Stunde. Meinst du, ich hab ihn bald so weit?«

»Häng noch 'ne Stunde dran«, gab Seth zurück. »Komm, ich mach weiter«, sagte er und gesellte sich zu seinem Großvater auf den Rasen.

»Dann wechsle jetzt mal die Wurfrichtung«, erwiderte Ralph und reichte ihm den Tennisschläger. »Schlag den Ball zum Teich hin. Ich glaube, im Gebüsch hat er schon genug Schaden angerichtet, und wenn du auf den Teich zielst, könnt ihr zwei nicht viel kaputt machen. Oder schlag den Ball in den Wald, wenn du magst. Dann muss er länger danach suchen.«

Seth entschied sich für den Wald und schmetterte den Ball in diese Richtung. Gus sauste hinterher und fegte durchs Farnkraut. In weniger als einer Minute kam er mit dem Tennisball im Maul zurück. Er kaute energisch darauf herum, bevor er ihn vor Seths Füßen fallen ließ.

Ralph beobachtete das Ganze und sagte dann: »Also. Was hast du auf dem Herzen, Lieblingsenkelsohn? Ich würde ja gerne glauben, dass du mich einfach nur besuchen willst, aber in letzter Zeit tauchst du immer nur dann auf, wenn du über irgendwas reden willst.«

»Wenn ich dich besuche, rede ich auch mit dir«, gab Seth zurück.

»Du weißt schon, was ich meine.«

Also erzählte Seth seinem Großvater von den Cartwrights: dass er auf Ralphs Anregung hin zur Farm gefahren war, aber sofort gemerkt habe, dass dort etwas nicht stimmte, dass er noch einmal dort gewesen sei, um Mrs Cartwrights Handtasche zurückzubringen, und dass Mr Cartwright sich seltsam benommen habe. Er schloss mit: »Grandpa, ich glaube, er war betrunken. Total besoffen. Er konnte nicht mal gerade gehen oder ein Stück Holz auf den Stapel legen, ohne es runterfallen zu lassen.«

Ralph dachte darüber nach, während Seth den Ball erneut in den Wald schmetterte. »Mitten am Tag betrunken zu sein, sieht Bill Cartwright nicht ähnlich. Ich hab ihn früher immer im *Dog House* getroffen, als es die Kneipe noch gab, aber dort hat er sich nie betrunken. Daran würde ich mich erinnern.«

»Jetzt *ist* er betrunken«, erwiderte Seth. »Und ich hab mir gedacht, dass das vielleicht der Grund ist, warum Hayley sich so komisch verhält. Als würde sie nicht wollen, dass ich weiß, dass ihr Dad trinkt. Als wäre es ihr peinlich oder so.«

Ralph sagte: »Seth …«, und klang enttäuscht. Das rief Seth wieder ins Gedächtnis, was ihm sein Großvater über diese Denkweise gesagt hatte, und er schob schnell hinterher: »Ich weiß, Grandpa. Nicht alles dreht sich um mich. Ich weiß, du denkst, dass *ich* denke …«

»Jetzt bist du völlig auf dem Holzweg, mein Junge.« Ralph nahm Seth den Tennisschläger ab und schlug den Ball diesmal zum Teich, damit Gus ihn holte.

»Was meinst du damit?«

»Du schließt aus dem, was du gesehen hast, dass Bill Cartwright trinkt, stimmt's? Aber dann bist du auch nicht anders als die Leute, die dich wegen deines Aussehens für einen Drogenabhängigen halten, oder?«

»Das ist total unfair!«, protestierte Seth. »Nur, weil ich nicht mehr in die Schule gehe, weite Jeans trage, lange Haare und Ohr-Plugs habe …«

»Du verstehst, worauf ich hinauswill. Die Dinge sind nicht immer so, wie sie scheinen. Das könnte auch hier der Fall sein.« Ralph wartete, während Gus vom Teich zurückgerannt kam. Er hatte statt des Balls einen alten Gummistiefel gefunden. Das war eine köstliche Abwechslung, und der Hund machte sich sofort daran, auf ihm herumzukauen.

Ralph sagte: »Nimm ihm das verdammte Ding weg, bevor er daran erstickt.« Gerade als Seth es machen wollte, sagte Ralph: »Seth, soll ich dir in dieser Sache einen Rat gebe? Ich frage nur, weil Leute selten gute Ratschläge annehmen, und wenn du sowieso nicht vorhast, auf mich zu hören, spare ich mir lieber die Worte und werfe dafür diesen verdammten Ball noch ein, zwei Stunden durch die Gegend.«

»Ich werde auf dich hören«, erwiderte Seth.

»Dann hör mal gut zu: Zieh keine voreiligen Schlüsse, was die Sache mit den Cartwrights betrifft. Und sag Hayley kein Wort darüber, was du gesehen hast.«

KAPITEL 26

Becca saß im neuen Gemeinschaftsraum gleich um die Ecke von der Essensschlange. Auf der anderen Seite des Raums lauerte Jenn McDaniels den Schülern auf, die ein- und ausgingen. Sie hatte ihre Anmeldelisten dabei und schrieb die Namen aller Schüler auf, die bereit waren, nach Coupeville zu fahren.

Jenn machte sich Sorgen um Derric. Becca konnte es jedes Mal, wenn sie über ihn redete, in ihrem Flüstern hören. Sie wusste auch, dass die Ärzte ebenso besorgt waren. Bei einem ihrer Krankenhausbesuche hatte sie mitbekommen, wie sich ein Arzt mit einer Krankenschwester leise über Bakterien im Gehirn unterhalten hatte, die ihre Opfer jahrelang in einen tiefen Schlaf versetzten. Aber sie weigerte sich, zu glauben, dass das auf Derric zutraf. Auch wenn Jenn sie nicht leiden konnte, vermutete Becca, dass sie darüber genauso dachte.

So als spürte Jenn, dass Becca sie gerade beobachtete, blickte sie in ihre Richtung. Sie hob eine Hand, als wolle sie ihr zuwinken, und stand halb von ihrem Sitzplatz auf. Das überraschte Becca und sie dachte, Jenn hätte plötzlich ihre Einstellung ihr gegenüber geändert, doch sie wurde wieder von der Realität eingeholt, als Sheriff Mathieson direkt an ihr vorüberging. Er war hinter Becca in den Gemeinschaftsraum gekommen. Sie zog schnell den Kopf ein und tat so, als müsste sie ein Buch aus ihrem Rucksack holen. Er marschierte an ihr vorbei, setzte sich zu den Schülern drei Tische weiter und fing ein Gespräch mit ihnen an.

Auf der anderen Seite des Raums hatte Jenn ihr Klemmbrett mit den Anmeldelisten genommen. Der Polizist sah angestrengt aus und Becca erkannte, dass Jenn besorgt war, Derrics Vater könnte den jungen Leuten etwas erzählen, worüber *sie* Bescheid wissen müsste. Schließlich hatte sie, was die Krankenhausaktion zu Derrics Genesung betraf, alles an sich gerissen und allen mitgeteilt, dass sie mehr Zeit als jeder andere an seiner Seite verbrachte und so gut wie jeden Nachmittag mit dem Bus nach Coupeville fuhr. Ständig gab sie Geschichten über ihre Besuche bei Derric zum Besten. Becca hatte es im Geschichts- und im Englischkurs mit angehört: dass Jenn im Zimmer gewesen sei, als Derrics Vater vorbeigekommen sei, um ihn zu sehen, und dass er nach einem Gespräch mit einem der Ärzte geweint habe. Angeblich hatte er ihr auch anvertraut, dass er Angst um Derric hatte und sich schrecklich fühlte, weil er nicht die ganze Zeit für ihn da gewesen sei. Er habe ihr sogar erzählt, dass er Zweifel habe, ob es das Richtige sei, ein Kind aus Afrika zu adoptieren und dieses Kind auf eine ausschließlich weiße Insel wie Whidbey Island zu bringen und dann von ihm zu erwarten, sich dort nahtlos einzufügen. Aber *das* sei ewig her, habe Jenn zu Dave Mathieson gesagt, und dass er sich deswegen wirklich keine Sorgen mehr zu machen brauche.

Für Becca hörte es sich so an, als würde das Mädchen ihr Territorium abstecken. Sie hatte ein komisches Gefühl dabei und hielt sich von ihr fern, während sie gleichzeitig versuchte, so viele Informationen wie möglich über Derrics Zustand aufzuschnappen.

Becca sah, wie Jenn ihren Tisch verließ, ihr Klemmbrett fest an sich gedrückt. Sie marschierte los und bewegte sich durch den Raum auf den Sheriff zu. Die Schüler, mit denen er sprach, schüttelten alle den Kopf und beantworteten jede seiner Fragen mit einem ernsten Nein.

Sheriff Mathieson stand auf. Jenn beschleunigte ihren Schritt und hob winkend die Hand. Er sah oder beachtete sie jedoch nicht und ging stattdessen zum nächsten Tisch weiter, wo er sich hinsetzte und seine Fragen von Neuem stellte.

Becca wünschte, sie könnte hören, was genau er die Schüler fragte, denn wieder schüttelten sie verneinend die Köpfe. Sie hoffte, etwas zu erhaschen, sobald er zu dem Tisch direkt neben ihr kam, jedenfalls sofern Jenn sich ihm nicht in den Weg stellte.

Jenns Gesichtsausdruck ließ jedoch keinen Zweifel daran, dass sie das nur zu gern tun würde. Becca hatte wegen des Lärms im Gemeinschaftsraum die AUD-Box eingestöpselt, musste den Kopfhörer aber nicht aus dem Ohr nehmen, um Jenns Flüstern zu verstehen, weil ihr alles, was sie dachte, ins Gesicht geschrieben stand. Ihre Miene sagte: *Ich bin hier die Ansprechperson*, und: *Warum redet er nicht mit mir?*, und: *Was ist mit mir, ich habe doch so viel für Derric getan?*

Aber der Sheriff bemerkte nichts von alledem. Er stand von dem Tisch auf, an dem er saß, ging zum nächsten gleich neben Beccas und stellte eine Frage, bei der Becca das Gefühl hatte, jemand hätte eine Handgranate mitten in ihr Leben geworfen.

»Ich suche nach einer Laurel Armstrong«, sagte er. »Hat einer von euch diesen Namen schon mal gehört?«

Becca hatte das Gefühl, als würde sie sich in einen Betonblock mit hämmerndem Herzen verwandeln. Sie wollte sofort Reißaus nehmen, aber abgesehen von ihren Augen und Ohren wollte der Rest ihres Körpers ihr nicht mehr gehorchen. Natürlich würden die Schüler diese Frage mit Nein beantworten, woraufhin sich der Sheriff dann an ihren Tisch setzen würde. Sie hatte jedoch keine Ahnung, wie sie verhindern konnte, dass ihr Gesicht ihm all das offenbarte, was sie vor ihm zu verbergen versuchte.

Aber dann geschah ein Wunder. In der Mitte des neuen Gemeinschaftsraums fing eine Gruppe Kiffer an, Jenn McDaniels zu schikanieren. Sie hatten den Sheriff offensichtlich nicht bemerkt. Denn einer der Jungs packte Jenn am Arm und tat so, als wollte er sie küssen, während ein anderer aus vollem Hals »Derric, oh Derric, meine große Liebe bist *duuu*« wie einen Countrysong johlte und dann hinterherschob: »Denn Jenn vermisst dich wie das Kalb ihre *Kuuh*«, woraufhin der Rest der Gruppe wie ein Rudel Hyänen loslachte.

Becca erkannte den Jungen, der Jenn am Arm festhielt. Er war mit ihr auf der Fähre gewesen. In einer Mittagspause hatte er sich auch mit Derric angelegt. Dylan, dachte Becca. Sein Name war Dylan.

Jenn riss sich von ihm los. »Reiß dich zusammen, Dylan!«, fauchte sie ihn an, woraufhin Dylan antwortete: »Reiß *du* dich zusammen.«

Ein anderer Junge sagte: »Die ist doch voll lesbisch«, als ein dritter einwarf: »Wir wissen schon, was du aufreißen willst, du Freak.«

Sheriff Mathieson hatte das Ganze beobachtet. Fast alle anderen hatten es auch gehört. Der Polizist stand von seinem Platz auf und ging hinüber zu den Jungs.

»Was ist hier los?«, wollte er wissen und sein Tonfall ließ keinen Zweifel daran, dass die Jungs in ernsten Schwierigkeiten steckten.

Dylan lief dunkelrot an, sodass er schon fast einer Aubergine glich. Die anderen Jungs fingen an zu stottern. Der Sheriff beugte sich über ihren Tisch, ganz nah an Dylans Gesicht heran. Er fragte etwas lauter: »Ich habe dich gefragt, was hier los ist. Du hast etwas über Derric gesungen, woher kennst du ihn? Wie heißt du? Warst du im Wald, als er verletzt wurde?«

Dylan wurde schlagartig kreidebleich.

Jenn sagte höhnisch: »Ja, Dylan. Warst du auch im Wald?«

Das brachte den Polizisten erst recht in Fahrt, denn er sagte: »Sollte Derric dich dort treffen? Du machst jetzt lieber den Mund auf, bevor ich …«

»Hey. Immer langsam«, meldete sich einer der anderen Jungs zu Wort.

Dave Mathieson ging einen Schritt auf ihn zu. In diesem Moment schaltete sich Ms Primavera ein. Becca wusste nicht, woher sie aufgetaucht war, aber die Schulberaterin legte Sheriff Mathieson eine Hand auf den Arm und redete ganz leise auf ihn ein. Dann sagte sie zu den Jungs: »Müsst ihr nicht gleich im Unterricht sein?« Von Jenn McDaniels nahm sie nicht die geringste Notiz.

Die Jungs sprangen auf, als hätten sie Feuer unterm Hintern. Der Polizist berührte kurz Ms Primaveras Hand, die immer noch auf seinem Arm lag. Becca sah, wie sich ihre Finger verschränkten, woraufhin die Schulberaterin ihre Hand herunternahm. Der Sheriff sagte etwas zu ihr, und als wäre nichts gewesen, verließen sie den Gemeinschaftsraum. Jenn blieb allein zurück, während die starren Blicke der anderen Schüler auf sie gerichtet waren. Sie wirbelte herum und verschwand durch die Türen, die zum Theaterflur und den Musikräumen führten. Niemand sagte ein Wort zu ihr.

Leider marschierte Jenn durch dieselbe Tür aus dem Gemeinschaftsraum wie die Jungs, die sie gerade drangsaliert hatten. Becca sah es und wusste, dass das nur Ärger bedeuten konnte.

Sie zögerte kurz. Jenn war ein echtes Miststück und Becca schuldete ihr nichts. Aber Jenn hatte zumindest versucht, Derric zu helfen. Das sprach schließlich für sie.

Auf dem Flur sah Becca, dass die Jungs, die Sheriff Mathieson zur Rede gestellt hatte, immer noch bei den Türen zu den Musikräumen herumlungerten. Sie standen in der Nähe der Mädchentoiletten, auf die Jenn jetzt zusteuerte. Das war auch den Jungs nicht entgangen, die langsam auf sie zugingen und sie umzingelten.

»Was ist eigentlich mit dir *los?*«, wollte Dylan wissen.

»Was soll das mit dem Klemmbrett?«, fügte ein anderer hinzu. »Bist du jetzt so 'ne Art Schulvertreterin?«

Jenn schoss zurück: »Warum haltet ihr nicht einfach die Klappe und macht mal was Nützliches?«, und versuchte, sich an ihnen vorbeizudrängen.

»Mit *dir*?« Dylan lachte. »Im Leben nicht.«

Zwei der anderen Jungs packten sie an den Armen und ihr Klemmbrett fiel zu Boden. Dylan fing an zu singen: »Sie will es, sie will es. Mach's mir, mach's mir, Derr-*rick*!«, während seine Begleiter anzügliche Bewegungen mit den Hüften machten.

Becca warf ihren Rucksack zur Seite und schrie: »Hey! Lasst sie gefälligst in Ruhe!« Sie konnte sehen, dass Jenn kurz davor war, in Tränen auszubrechen.

»Ohhh! Da kommt die *Gattin* der Lesbe!«

Und ein anderer Junge schrie: »Schmalzhaar auf Beinen!«

Sie lachten dämlich. Aber Beccas Einmischung lenkte sie lange genug ab. Jenn riss sich von ihnen los und rannte zur Toilette.

Die Jungs wollten sich auf Becca stürzen, aber in diesem Augenblick kam der Musiklehrer aus seinem Unterrichtsraum und fragte scharf: »Was ist hier los?« Das genügte, damit sie davonhuschten wie Ratten von einem sinkenden Schiff.

Becca sah ihnen nach und hörte nur undeutlich, wie der Musiklehrer sie fragte: »Ist alles in Ordnung?«

Sie nickte, auch wenn das alles andere als der Wahrheit entsprach. Denn während die Jungs sich so schnell wie möglich aus dem Staub machten, sah Becca etwas, das ihr den Atem verschlug. Dylan trug genau die gleichen Sandalen wie Seth.

Becca hatte keine Zeit, über diese Entdeckung nachzudenken, weil der Musiklehrer neben ihr stand und darauf wartete, dass sie etwas sagte. Deshalb bedankte sie sich und schnappte sich Jenns Klemmbrett und ihren eigenen Rucksack. Sie ging ins Klo, um Jenn zu suchen.

Diese war über eines der Waschbecken gebeugt. Sie wirbelte blitzschnell herum. Sie weinte und Becca spürte sofort, dass das nichts Gutes verhieß. Ein toughes Mädchen wie Jenn McDaniels und weinen? Jetzt konnte alles nur noch schlimmer werden.

Sie war nicht sicher, wie sie die Sache angehen sollte, aber das spielte keine Rolle. Jenn sprach zuerst.

»Was willst du?«, fauchte sie. »Warum verfolgst du mich? Mein Gott, du bist so eine erbärmliche Niete, mit deiner hässlichen Brille und deinen bescheuert gefärbten Haaren. Du gehörst hier nicht hin. Du wirst hier *nie* dazugehören. Warum bist du überhaupt hierhergekommen?«

Die Wucht, mit der Jenn ihr diese Worte entgegenschleuderte, hielt Becca davon ab, ihr zu sagen, was sie wusste: über Dylan, über seine Sandalen, über den Wald und den Fußabdruck, den sie gesehen hatte, und über die Saratoga Woods selbst. Daher hielt sie Jenn lediglich das Klemmbrett hin. Aber Jenn nahm es nicht an.

»Was?«, schrie Jenn. »*Was?* Glaubst du etwa, ich brauche dich, um mich zu verteidigen? Lass mich in Ruhe. Du mischst dich überall ein, obwohl niemand irgendwas mit dir zu tun haben will. Kapierst du's nicht, Fettkloß?«

Becca legte das Klemmbrett auf den Boden. Sie wusste, das Beste war jetzt, zu gehen. Aber Jenn hatte andere Pläne. Als Becca sich zum Gehen wandte, eilte Jenn um sie herum und pflanzte sich breitbeinig vor ihr auf.

»Warum verfolgst du mich? Was *willst* du? Ich weiß, was du da versuchst abzuziehen. Das ist nur allzu offensichtlich.«

Becca zog die Augenbrauen zusammen. Endlich konnte sie wieder sprechen. »Ich verstehe nicht …«

»Na klar. Du *verstehst* es nicht. Du gehst nur dorthin und liest ihm aus deinem bescheuerten Buch vor und tust so, als würdest du gar nicht versuchen, mit ihm ins Bett zu steigen. Dabei wissen wir *beide*, dass es dir nur darum geht, oder?«

»Das ist nicht …« Becca wich langsam zurück.

Das war offensichtlich genau das, was Jenn wollte. Sie schubste sie, schnappte sich Beccas Rucksack und fing an, darin herumzuwühlen. »Wo ist es? Wo ist dieses bescheuerte Buch?«, schrie sie und kippte den Inhalt des Rucksacks auf den Boden.

»Welches Buch?«

»Ach, *komm.* Du weißt genau, wovon ich rede. Du stellst dich dumm, aber das ist alles nur Theater. Sobald du die Chance hast …«

»Du spinnst doch«, sagte Becca. Sie beugte sich vor, um ihre Sachen einzusammeln.

Jenn schubste sie noch einmal. Becca verlor das Gleichgewicht und fiel hin. Der Kopfhörer ihrer AUD-Box rutschte ihr aus dem Ohr und auf den Boden. Jenn schnappte ihn sich und riss so fest daran, dass die AUD-Box gleich hinterherkam. Jenn schleuderte sie voller Gehässigkeit an die gegenüberliegende Wand.

»Du bist so eine Loserin!«, kreischte sie. »Du und deine Bücher und deine Musik und dein … dein …« Tränen schossen ihr in die Augen und sie rannte aus dem Raum.

KAPITEL 27

Becca schaffte es, wenn auch mit Mühe, den Rest des Schultages hinter sich zu bringen. Als sie die AUD-Box aufhob, stellte sie fest, dass diese stark beschädigt war. Sie war nicht völlig kaputt, funktionierte aber nicht mehr richtig. Das Rauschen war nur noch mit Unterbrechungen zu hören.

Sobald der Unterricht aus war, steckte sie die defekte AUD-Box in ihren Rucksack und verließ die Schule so schnell sie konnte. Sie wusste, dass sie ohne die Box Probleme haben würde, denn sowohl während der Mathe- als auch in ihrer Jahrbuchstunde hatte so viel Geflüster in der Luft gelegen, dass sie sich nur mit Mühe auf den Lehrer hatte konzentrieren können.

Jetzt verstand Becca auch, warum ihre Großmutter immer »Friedhofszeit« gerufen hatte, wenn sie sich als kleines Kind schreiend die Ohren zugehalten und den Kopf gegen die Wand geschlagen hatte.

Becca wusste also, wohin sie gehen musste, um in Ruhe darüber nachdenken zu können, was sie jetzt, da die AUD-Box nicht mehr richtig funktionierte, tun sollte. Sie nahm ihr Rad und machte sich die Maxwelton Road entlang auf den Weg zur Stadt.

Als sie beim Friedhof ankam, stellte Becca ihr Fahrrad am Rand des

Hauptweges ab. Sie lief kreuz und quer um die alten Grabmäler und Grabsteine herum und suchte das Grab von Reese Grieder auf. Es war mit Ahorn- und Platanenblättern bedeckt. Becca setzte sich auf einen Haufen Laub und lehnte sich an den Grabstein.

Sie nahm die AUD-Box aus ihrem Rucksack und inspizierte sie genauer. Die Rückseite war zerbrochen und musste ersetzt werden. Im Innern der Box waren drei Drähte abgerissen, die wieder gelötet werden mussten. Der Kopfhörer war intakt, aber der Arbeitsaufwand, der nötig sein würde, um das Gerät wieder funktionstüchtig zu machen, erschien einen Moment lang unermesslich groß. Becca seufzte, warf die AUD-Box neben sich ins hohe Gras und legte den Kopf auf ihre angezogenen Knie.

Ihr war einfach völlig schleierhaft, warum Jenn McDaniels sie so hasste. Schließlich hatte Becca ihr nichts getan. Sie versuchte doch nur, auf Laurels Rückkehr zu warten und in der Zwischenzeit weiter auf die Schule zu gehen und Becca King zu sein, die ganz anders war als das Mädchen, das San Diego und alle ihre Freunde verlassen hatte, um Jeff Corrie zu entkommen. Aber jetzt, da Derrics Vater Laurels Namen kannte, wusste Becca nicht, was ihr noch alles bevorstand.

Was sie jetzt wirklich brauchte, war jemand, mit dem sie über all das und insbesondere über Jenn McDaniels reden konnte. Sie bemühte sich, dem Ganzen etwas Positives abzugewinnen, aber da kam ihr nur eine Sache in den Sinn: Wenn Sheriff Mathieson auf Laurels Spur war, spürte er sie vielleicht tatsächlich auf, brachte sie nach Whidbey Island und beschützte sie und Becca vor Jeff Corrie. Aber natürlich nur, wenn sie ihm die ganze Wahrheit erzählten und er ihnen auch glaubte. Andererseits könnte er jetzt, da er Laurels Namen kannte, auch einfach nach San Diego fahren und Jeff Corrie ausfindig machen oder ihn anrufen und sich bei ihm nach Laurel erkundigen. In diesem Fall würde Jeff Corrie wissen wollen, warum ein Sheriff aus dem Bundesstaat Washington ihn wegen seiner flüchtigen Frau anrief. Wenn das passierte, würde Jeff Corrie irgendwann auf Whidbey Island auftauchen. Und dann würde er sie finden. Vielleicht würde er erst einmal eine Weile nach ihr suchen müssen, aber früher oder später würde er sie finden. Becca wusste, dass er nicht eher ruhen würde, als bis er sie aufgespürt und unschädlich gemacht hatte.

Alles erschien Becca düster und trostlos. Alles erschien ihr aussichtslos. Sie drehte sich um und betrachtete Reese Grieders Grabstein, als könnte sie darauf ein paar Antworten finden.

Arme Reese, dachte sie. Ihr Grab war ein trauriger Anblick. Der Stein war mit Flechten überwachsen, ihr Foto war angeschimmelt, weil der Rahmen einen Sprung hatte, und auf dem Grab selbst wucherte Unkraut. Es war alles so trist. Es war ungerecht, dass man Reese so im Stich und in Vergessenheit geraten ließ.

Becca entfernte das Laub von der Grabstätte und fing an, das Unkraut zu jäten. Als sie damit fertig war, kramte sie ihr Lineal aus dem Rucksack und schabte damit die Flechten ab. Becca war gerade eifrig bei der Arbeit, als eine Hand sie an der Schulter berührte. Sie schrie auf. Diana Kinsale machte einen Satz nach hinten und drückte sich die Hand aufs Herz. Sie sagte: »Grundgütiger! Entschuldige.«

Becca blickte hinter Diana und sah, dass ihr Pick-up auf der anderen, neueren Seite des Friedhofs, nicht weit vom Grab ihres Mannes, geparkt war.

»Ich hab sie heute zu Hause gelassen«, erklärte Diana und meinte die Hunde. »Ich wollte nur Charlie Hallo sagen.« Sie blickte auf Reese Grieders Grab hinunter. »Machst du es sauber? Das ist sehr nett von dir.«

»Es hat irgendwie traurig ausgesehen.«

»Ein oder zwei Blumen wären nicht schlecht«, erwiderte Diana. »Ein bisschen Grünzeug könnte auch nicht schaden, wenn du es in den

Blumenhalter steckst. Soll ich dir ein wenig von dort drüben holen?« Sie machte ein paar Schritte in Richtung der Bäume am Rand des Friedhofs, wo reichlich Farne wuchsen. Aber so steuerte sie direkt auf die AUD-Box zu und Becca schrie: »Halt!«

Diana schaute überrascht. Becca sprang auf und hob die AUD-Box vom Boden auf, wo sie halb verborgen zwischen hohen Grasbüscheln gelegen hatte.

»Ist das deins?«, fragte Diana, nahm ihr das Gerät ab und drehte es in der Hand, sodass sie den von Jenn angerichteten Schaden sehen konnte. »Was ist das?«

Becca erklärte ihr, was sie über ihr angebliches Hörproblem mittlerweile auswendig wusste. Sie schmückte es für Diana Kinsale ein wenig aus und fügte hinzu: »Ich hatte als Kind ständig Mittelohrentzündungen ... Deshalb höre ich nicht mehr so gut. Es hat was mit meinem Hörspektrum zu tun.«

Diana blickte sie fragend an. »Und das ist wirklich kein Radio, Becca?«

»Schön wär's. Das Gerät hilft mir nur, die Geräusche um mich herum zu filtern. Es blendet Hintergrundgeräusche aus, damit ich mich konzentrieren kann.« Sie hatte so oft gehört, wie ihre Mutter diesen Sermon Lehrern und anderen Erwachsenen vorgebetet hatte, dass sie ihn schon im Schlaf konnte.

»Es sieht kaputt aus.«

Becca log, ohne darüber nachzudenken, warum sie sich die Mühe machte, Jenn McDaniels zu schützen. »Ich bin einen Berg in der Nähe der Marktwiese hochgefahren. Da ist es mir aus der Tasche gefallen und ich bin mit dem Hinterrad genau darübergerollt. Ich muss es unbedingt reparieren lassen, weil ich ohne das Gerät völlig aufgeschmissen bin, wenn um mich herum mehr als eine Person redet.«

Was sie ihr nicht sagte, war, dass sie ohne die AUD-Box Dianas

Flüstern hätte hören müssen, da Diana momentan der einzige Mensch weit und breit war und sich in ihrem Kopf auf jeden Fall irgendetwas abspielen musste. Aber wie schon zuvor drang nichts von dieser Frau zu ihr, nicht das geringste Flüstern, nicht ein einziges Wort.

»Ich kenne da jemanden, der es wahrscheinlich reparieren könnte. Wenn du magst, bring ich es ihm vorbei«, schlug Diana vor.

»Ich dachte, ich könnte es vielleicht zur Metallwerkstatt der Schule bringen. Vielleicht können sie es dort löten.«

»Vielleicht«, erwiderte Diana, »aber so etwas ist denen in der Metallwerkstatt bestimmt noch nicht untergekommen.« Sie hielt kurz inne. Ein paar Regentropfen fielen herab. Sie schaute zum Himmel und dann zu Becca und fügte schließlich hinzu: »Ich *kann* dir helfen, weißt du.«

Becca zögerte. Sie war nicht sicher, ob sie Hilfe annehmen sollte, weil ihr eigentlich nur die beiden Menschen wirklich helfen konnten, die nicht bei ihr waren. »Ich hab nur gedacht ... Wegen der Schule brauche ich es so schnell wie möglich zurück.«

»Ich bring es dir so schnell wieder, dass du kaum Zeit haben wirst, es zu vermissen«, gab Diana zurück.

Dann ging sie zu Charlies Grab. Dort setzte sie sich auf eine kleine Bank und beugte den Kopf vor, und zum ersten Mal schnappte Becca ein Flüstern in der Luft auf, das von ihr kommen musste: *Ist sie es, Charlie? ... wie erkenne ich es ...*

Becca schaute schnell weg und zu Reese Grieders Grabstein. Sie machte sich wieder daran, die Flechten abzukratzen.

Nachdem Becca Diana Kinsale die AUD-Box gezeigt hatte, versuchte sie, sich keine Sorgen darüber zu machen, ob sie sie wieder zurückbekommen würde. Es war schon schwer genug, sich ohne das Gerät zu konzentrieren.

Aus diesem Grund verbrachte sie viel Zeit in der Stadtbücherei. Sie verrichtete auch ihre Arbeiten für Debbie. Und sie ging zum Friedhof, um Reese Grieders Grab weiter herzurichten, und bemühte sich, Jenn McDaniels möglichst aus dem Weg zu gehen. Außerdem machte sie einen großen Bogen um alle Orte, an denen der Sheriff ihr begegnen und sie mit den Fragen konfrontieren könnte, die er offenbar allen stellte, denen er über den Weg lief. Leider bedeutete das, sich vom Krankenhaus in Coupeville fernzuhalten. Und das bedeutete wiederum, Derric nicht zu sehen.

Ihre Gedanken kreisten dennoch die ganze Zeit um den Jungen. Insbesondere dachte sie an das Foto auf seinem Nachttisch, mit ihm und seiner Band und seinem Saxofon. Sie dachte an ihn zwischen den kleinen Kindern, die an ihm hingen, und seinen Bandkollegen. Sie dachte an die Musik, die die Luft erfüllt hatte, als sie seine Hand berührte. Becca schickte ihm in Gedanken die allerbesten Wünsche, wusste aber, dass sie es nicht riskieren konnte, ihn zu besuchen.

Doch Becca wusste auch, dass sie mit jemandem reden musste. Denn jener Fußabdruck auf dem Pfad, wo Derric gestürzt war, ließ ihr keine Ruhe. Kein Wort darüber zu sagen, bedeutete, den tatsächlichen Ereignissen an jenem Tag im Wald nicht auf den Grund zu gehen. Aber wenn sie jemandem davon erzählte, würde der Sheriff davon erfahren, und bei diesem Gedanken kam sie jedes Mal zu demselben Schluss: Er würde mit der Person reden wollen, die den Fußabdruck gesehen hatte. Und dazu durfte es auf keinen Fall kommen.

Einige Tage, nachdem sie Diana Kinsale die AUD-Box gegeben hatte, saß Becca in der Bücherei von Langley und arbeitete an einem Englischaufsatz. Sie benutzte einen der Büchereicomputer und musste sich wegen des unentwegten Flüsteransturms unglaublich anstrengen. Während die ihr zuströmenden Gedanken sonst nicht mehr als unnütze Informationen waren, die sie nicht einmal einer bestimmten

Person zuordnen konnte, brachte es die Stille in der Bücherei mit sich, dass sie genau ausmachen konnte, woher das Flüstern kam, was es ihr noch schwerer machte, sich auf ihre Arbeit zu konzentrieren.

Am schwersten fiel es ihr in diesem Moment, mit den Gedanken des Mannes klarzukommen, der an dem Computer neben ihr saß. Er schaute sich im Internet eine Online-Dating-Seite an, und Becca kribbelte es in den Fingern, ihm auf sein Flüstern: *Was glaubt sie wohl, was für Bücher ich mag,* zu antworten. Der Mann war steinalt und sah sich die Profile von Frauen an, die etwa fünfundzwanzig waren. Becca hätte ihm am liebsten gesagt, dass es diesen Frauen wahrscheinlich ziemlich egal war, welche Bücher er mochte, sofern er nicht auch steinreich war. Also sollte er sich lieber überlegen: *was sie wohl glaubt, wie reich ich bin,* und das als Anknüpfungspunkt nutzen, anstatt zu versuchen, sich mit ihnen über *Huckleberry Finn* zu unterhalten.

Becca musste bei dem Gedanken ein Kichern unterdrücken. Sie wusste, sie hatte den Punkt erreicht, an dem ihr nichts Interessantes mehr für ihren Aufsatz einfallen würde. Deshalb benutzte sie ihre restlichen Fünfundzwanzig-Cent-Münzen, um ihre bisherigen Ergüsse über den *Kaufmann von Venedig* und seine Bedeutung für die heutige Zeit auszudrucken, und verließ die Bücherei.

Sie überquerte die Straße, um an der Steilküste entlang zurück zum *Cliff Motel* zu laufen, und blickte hinaus auf das Meer. Es war später Nachmittag und die Sonne stand hinter ihr, sodass die überwachsene Steilküste lange Schatten auf das goldglänzende Wasser warf.

Da erblickte sie etwas, das ihr ein Lächeln auf die Lippen zauberte. Eine Flosse brach durch die Wasseroberfläche. Dann tauchte eine zweite auf und eine dritte. Sie waren alle riesig und schwarz. Schließlich erhaschte sie auch einen flüchtigen Blick auf die Schwanzflossen.

»Schwertwale!«, rief sie und rannte weiter zum *Cliff Motel.* Die Kinder wollen das bestimmt sehen, dachte sie. Und Debbie auch.

Sie stürmte ins Büro und rief: »Hey, hört mal, da sind …«, aber Debbie war am Telefon und hob die Hand, damit Becca nicht weiterredete, und sagte zu jemandem am anderen Ende der Leitung: »Rühr die Flasche nicht an. Soll ich zu dir kommen?« Dann hielt sie die Hand über die Sprechmuschel und sagte zu Becca: »Zimmer zwölf-sechzehn muss geputzt werden.«

Becca nahm ihren Rucksack ab und erwiderte: »Alles klar. Wo sind die Kinder? Da sind mindestens drei Schwertwale …«

»Zimmer zwölf-sechzehn, Becca. Ein paar Gäste aus Bothell sind schon unterwegs.«

Aber Josh war aus der Wohnung ins Büro gekommen und rief: »Schwertwale! Wo?« Chloe kam ebenfalls ins Büro gerannt.

»Wir sind gleich wieder zurück. Versprochen«, sagte Becca zu Debbie, und zu den Kindern: »Schnell, kommt mit.«

Sie ging mit ihnen hinten ums Motel herum. Von dort hatte man einen freien Blick auf die Saratoga-Passage und konnte sehen, wohin die Schwertwale geschwommen waren.

Sie half den Kindern, sich oben auf der Klippe durch hohe Kaskadensträucher zu zwängen, indem sie beide an der Hand hielt. Chloe hüpfte vor Aufregung auf und ab, und Josh zählte alles auf, was er über Schwertwale wusste, was, wie sich zeigte, ziemlich viel war. Man nannte sie auch Killerwale, erklärte er Becca, sie gehörten zur Familie der Delfine und seien unglaublich groß. Auch brächten sie keine Menschen um, sondern nur Meerestiere, von denen sie sich ernährten. Sie seien ausgezeichnete Jäger und …

»Da!« Becca zeigte auf die Flossen. Inzwischen waren sieben zu sehen.

»Wale, Wale, Wale!«, schrie Chloe.

Sie hüpfte auf und ab, während Josh vor Freude jauchzte, und Becca dachte, wie frei sie alle in diesem Moment waren: sie und die Kinder und besonders die Wale. Niemand jagte sie mehr. In der Bucht waren sie in Sicherheit.

Als die Schwertwale endgültig verschwunden waren, war es fast dunkel. »Ich muss Zimmer zwölf-sechzehn putzen, bevor mir eure Grandma die Hölle heiß macht«, sagte Becca.

»Wir helfen dir«, bot Chloe an, als sie über den Rasen hinter dem Hotel gingen.

Becca konnte sich nicht vorstellen, dass Debbie besonders erfreut darüber sein würde, wenn sie die Kinder zum Putzen einspannte, und außerdem würden sie ihr wahrscheinlich sowieso nur im Weg stehen. Daher schlug sie vor: »Ich hätte da zwei Sachen, bei denen ihr mir helfen könnt. Chloe, du bringst die Laken und die Handtücher in die Waschküche. Und du, Josh, holst den Putzwagen und schiebst ihn rüber zum Zimmer. Ich treffe euch dann dort und …«

Sie liefen gerade um die Ecke des Motels, als Becca abrupt stehen blieb und die Kinder schnell wieder zurück um die Ecke zog, wo man sie nicht sehen konnte. Der Wagen des Sheriffs fuhr gerade auf den Motelparkplatz. Laurel, San Diego und Handy, dachte Becca. Ihre Befürchtungen hatten sich endgültig bestätigt. Jetzt würde Jeff Corrie auch nicht mehr lange auf sich warten lassen, das stand fest. Der Tag der Abrechnung war gekommen.

KAPITEL 28

Wir spielen erst mal was anderes«, flüsterte Becca den Kindern zu. »Räuber und Gendarm. Ihr müsst ganz leise sein.«

Die Kinder quietschten vergnügt. Chloe hielt sich die Hand vor den Mund und hüpfte aufgeregt von einem Fuß auf den anderen.

»Das geht so«, sagte Becca. »Ihr schleicht euch zum Büro, ohne dass euch jemand sieht.«

»Nicht mal Grandma?«

»Nicht mal Grandma. Dort holt ihr meinen Rucksack. Der steht direkt hinter der Tür, okay? Bringt ihn mir, ohne dass euch jemand dabei erwischt.«

»Was ist mit Zimmer zwölf-sechzehn?«

»Darum kümmern wir uns später«, erklärte Becca ihnen.

»Kriegen wir eine Belohnung, wenn uns niemand sieht?«, flüsterte Josh.

»Eine Belohnung gibt's immer. Aber erst später, nicht jetzt, okay?«

»Okay.«

Becca beobachtete sie, während sie an der Veranda entlangschlichen. Dann ging sie wieder in Deckung und hoffte, dass es ihnen gelingen würde. Selbst wenn der Sheriff vor ihnen das Büro erreichte, um mit

Debbie zu reden, bestand immer noch die Chance, dass sie hineinschleichen und sich den Rucksack schnappen konnten, ohne entdeckt zu werden.

Sie schafften es. Oder zumindest Josh, denn Chloe, so erklärte er Becca, »macht eine Ablenkungsmöwe. Sie hat so getan, als wäre sie hingefallen. Wir mussten das machen, weil Grandma noch am Telefon war.«

»Super«, sagte Becca. »Jetzt flitz schnell zurück, und ich sehe dich später. Nachdem der Sheriff weg ist, okay?«

»Aber der Sheriff ist nicht …«

»Geh einfach zurück und sag niemandem ein Wort. Ich bin schneller wieder da, als du denkst.«

Das war eine Lüge, und Becca hoffte, dass er sie ihr irgendwann einmal verzeihen würde. Sie zog Josh an sich und küsste ihn auf den Kopf. Dann nahm sie eine Abkürzung durch ein paar Büsche und kam auf der Cascade Street wieder raus.

Sie ging über die Straße und rannte hinter das lange, mit Schindeln gedeckte Gasthaus *Saratoga Inn*. Dort konnte sie von der Straße aus nicht gesehen werden, die der Sheriff bestimmt entlangfahren würde, sobald er sein Gespräch mit Debbie beendet hatte, was genau *dann* passieren würde, wenn er von dem vierzehnjährigen Mädchen erfuhr, das im *Cliff Motel* wohnte und auf die Rückkehr seiner Mutter wartete.

Becca kauerte sich vor einen Müllcontainer am Rand des Gasthofgrundstücks. Sie saß so, dass man sie von den Fenstern aus nicht sehen konnte, weil sie Zeit zum Nachdenken brauchte.

Dem Sheriff zu begegnen, wäre nicht das Schlimmste gewesen. Vielleicht konnte sie sogar ein richtiges Gespräch mit dem Mann führen, ohne sich zu verraten. Aber wenn Jeff seine Frau und seine Stieftochter als vermisst gemeldet und dem Sheriff auf seine aalglatte Jeff-Corrie-Art gesagt hatte: »Ich maile Ihnen mal ein Foto von den beiden, damit Sie wissen, nach wem Sie suchen müssen«, bestand immer noch die Möglichkeit, dass sich ihr Aussehen nicht ausreichend verändert hatte und der Polizist sie erkennen würde, und das konnte sie nicht riskieren.

Becca schlug sich leicht mit den Fäusten gegen die Stirn, als würde ihr das helfen, darauf zu kommen, was sie tun sollte. Sie legte die Wange auf die Knie und sah, wie in der Bücherei die Lichter ausgingen. Neben der Bücherei stand das winzige Backsteingebäude, in dem das Rathaus und die Polizei untergebracht waren. Sie konnte also kaum bleiben, wo sie war, weil der Sheriff bestimmt bei der städtischen Polizeiwache vorbeischauen würde, um dort das Foto herumzuzeigen und die Polizei darüber zu informieren, nach wem sie Ausschau halten sollte.

Sie stand auf, überquerte die Second Street und machte sich schnell auf den Weg zum Gemeindezentrum. Wenn mir überhaupt jemand helfen kann, dann Seth, dachte sie. Sie vertraute ihm nicht rückhaltlos. Das konnte sie auch nicht. Aber sonst gab es niemanden, an den sie sich wenden konnte.

Er war nicht dort. Sie schaute sich in allen Räumen um. Schließlich hatte sie keine andere Wahl mehr und musste die Leute dort fragen, ob irgendjemand wusste, wo er war, und sie hatte Glück. Wie sich herausstellte, hatte Seth von allen Geld eingesammelt und war rüber zur Pizzeria gegangen, um eine große Salami-Pilze-Pizza zu besorgen.

Becca spürte Panik in ihr aufsteigen, weil sie wieder hinaus auf die Straße musste, zwang sich aber dazu. Die Pizzeria war auf der First Street, fast auf dem höchsten Punkt der Steilküste, die die Passage überblickte. Gleich daneben befand sich hinter einem Lattenzaun und einer Hecke ein kleiner Garten mit schmiedeeisernen Tischen, wo Touristen im Sommer ihre Pizza aßen. Becca wartete hier nervös, aber als Seth nicht so schnell auftauchte, wie sie gedacht hatte, fasste sie sich ein Herz und ging hinein.

Er bezahlte gerade. Becca ging auf ihn zu, aber der Lärm in der Pizzeria stürmte gnadenlos auf sie ein. Der Raum war erfüllt von einer Mischung aus Musik, Gesprächen und Flüstern, und für einen kurzen Moment schwankte sie nach hinten, weil sie das Gefühl hatte, etwas würde sich ihr in den Kopf bohren.

Seth drehte sich um, als könne er Beccas Panik spüren. »Hey. Was ist los?«, fragte er, als man ihm die Pizza reichte.

Sie antwortete: »Du musst … Seth, ich brauche Hilfe … Ich habe niemanden …«

Er zeigte mit dem Kopf zur Tür. »Draußen.«

»Ich kann nicht! Sie könnten mich sehen.«

»Wer? Außerirdische? Komm schon.« Er führte sie nach draußen, aber nicht auf den Gehsteig. Stattdessen ging er mit ihr in den kleinen Garten der Pizzeria, wo Becca ihm erzählte, dass der Sheriff im Motel war.

Er fragte: »Und?«, und ein einziges geflüstertes Wort drang durch Beccas Panik. *Verfolgungswahn*.

»Du verstehst nicht.« Sie stammelte, dass der Sheriff in der Schule aufgetaucht sei, und erzählte Seth von den Fragen, die er gestellt hatte, von dem Handy, davon, dass die Polizei das Handy zurückverfolgt hatte, der Name ihrer Mutter erwähnt worden war und der Sheriff ihn jetzt kannte.

»Sie haben mittlerweile wahrscheinlich mit meinem Stiefvater gesprochen. Sie *müssen* mit ihm geredet haben. Ich kann nicht zurück zum Motel. Wenn der Sheriff mich sieht und meine Verkleidung nicht gut genug ist und er meinem Stiefvater erzählt … Der Sheriff wird ihn direkt zu mir führen, Seth. Dann wird er mich umbringen, Seth. Verstehst du? Er wird mich *umbringen*.«

»Was zum Teufel …?« Seth sah sie merkwürdig an. Sie konnte es ihm kaum verübeln. Je mehr sie ihm erzählte, umso verrückter hörte sich die ganze Geschichte an. »Willst du mich nicht mal aufklären, was *wirklich* los ist?«, fragte er und darüber hinaus konnte sie noch hören: *Vorsicht, Vorsicht*. Er vertraute ihr genauso wenig wie sie ihm, und sie wusste nicht, wie sie sein Vertrauen gewinnen konnte.

»Ich kann nicht. Seth, bitte. *Bitte*. Ich kenne sonst niemanden, der …«, flehte sie.

»Okay, okay.« Seth trat von einem Bein aufs andere, während Becca ihm über die Schulter blickte und nach den Scheinwerfern des Polizeiautos Ausschau hielt. Schließlich sagte er: »Warte hier. Ich muss die Pizza rüber zum Gemeindezentrum bringen. Hast du Hunger? Hier, nimm ein Stück. Mach ruhig, ist kein Problem. Du kannst meins haben.«

Becca nahm es mit zitternden Händen. Sie konnte das Stück Pizza kaum halten, geschweige denn es vernünftig zum Mund führen. Seth machte die Schachtel wieder zu und sagte ihr, sie solle sich auf einen der schmiedeeisernen Stühle am anderen Ende des Gartens setzen. Dort würde sie niemand sehen, weil die Ecke in Dunkelheit gehüllt war.

Als er weg war, ging Becca in den hinteren Teil des Gartens. Hier drang der Lärm der Pizzeria nur noch gedämpft zu ihr herüber. Sie konnte die Wellen gegen die Klippen klatschen hören. Davon abgesehen hörte sie nur ein Auto vorbeifahren, konnte aber nicht ausmachen, ob es der Wagen des Sheriffs war, weil ihr das Gebüsch die Sicht auf die Straße versperrte.

Sie dachte an Jeff Corrie und daran, was passieren würde, wenn er hier auf der Bildfläche erschien. Er würde sie problemlos packen und mitnehmen können, und dann wäre sie ihm völlig hilflos ausgeliefert. Er war zwar nicht ihr Vater, aber den kannte sie ja nicht einmal. Jeff Corrie brauchte nichts weiter zu tun, als die Heiratsurkunde vorzulegen, die bewies, dass er mit Beccas Mutter verheiratet war. Sobald er den Anruf vom Sheriff erhielt, würde er alles genau planen. Das konnte er gut, und Becca wusste, was er mit ihr vorhatte, wenn er sie fand. Und wie sollte sie das alles abwenden? Indem sie dem Sheriff erzählte, dass sie die Gedanken ihres Stiefvaters gelesen und dabei herausgefunden hatte, dass er ein Mörder war? Tolle Idee!

»Okay.«

Becca schreckte auf. Seth war, ohne dass sie es bemerkt hatte, in den Garten zurückgekommen.

»Komm mit. Ich kenne einen guten Unterschlupf. Du musst vorsichtig sein und es darf dich niemand dort sehen, aber sonst ist es ideal«, sagte er und ging wieder zurück zur Straße.

Becca flüsterte scharf: »Ich kann nicht wieder auf die Straße!«

»Wir bleiben nicht lange auf der Straße. Es wird schon nichts passieren.«

Sie spürte, wie ihr die Angst Tränen in die Augen trieb. »Seth, ich *kann nicht*.«

Er erwiderte geduldig: »Becca …«, aber dann lenkte er ein. »Na gut. Es gibt einen anderen Weg, aber der ist nicht ganz ohne und wenn wir danebenspringen, landen wir in den Brombeersträuchern. Ist das okay?«

»Ich tu *alles*, solange ich nicht zurück auf die Straße muss.«

Er ging mit ihr zurück, aber anstatt die Eingangstür der Pizzeria anzusteuern, drehte er in Richtung der Klippe ab. Hinter dem Gebäude versperrte ein Lattenzaun den Eingang zu einer privaten Frühstückspension, die unterhalb davon in die Klippe gebaut war. Mehrere Zimmer führten dort auf einen Balkon mit Blick auf das Wasser. Seth kletterte über den Lattenzaun auf den Balkon, und obwohl er etwas von einem Sprung erzählt hatte, dachte Becca zuerst, er hätte vor, in eines der Zimmer einzubrechen, um sich dort zu verstecken. Aber er forderte sie mit einer Handbewegung auf, ihm zu folgen, und sobald sie auf der anderen Seite des Zauns war, führte er sie an das Balkongeländer und sagte: »Da springen wir runter«, womit er meinte, dass sie sich vom Balkon in die darunterliegenden Büsche fallen lassen würden.

Diese wuchsen überall wild und hielten die Erosion auf. Es waren Brombeersträucher mit Dornen, so groß wie Kinderdaumen, Efeu, Rebhuhnbeeren, Farne und Kaskadensträucher. Der Plan, flüsterte Seth ihr zu, sei, sich erst so weit wie möglich am Balkon herunterzulassen und sich dann in die Büsche fallen zu lassen. Mit etwas Glück, erklärte er, würden sie in den Kaskadensträuchern landen und nicht inmitten des stacheligen Brombeergestrüpps.

Am Fuß der Klippe lag Seawall Park, eine Grünanlage, die parallel zur weit darüber liegenden Straße verlief. Der Park war nachts erleuchtet, aber wenn der Sommer vorbei war, kamen nur wenige Leute nach Einbruch der Dunkelheit hierher, und keine Menschenseele war jetzt dort unterwegs.

»Sollen wir?«, fragte Seth sie.

Becca leckte sich die Lippen. Sie erwiderte: »Okay«, und beobachtete, wie er durch das Balkongeländer hindurchschlüpfte. Er hielt sich an einem der Pfosten fest und ließ sich langsam herunter. Als er so tief wie möglich war, sagte er: »Jetzt«, und ließ sich auf die Klippe fallen. Sie hörte ihn fluchen. Er war im Dornengestrüpp gelandet. Sie zuckte zusammen und flüsterte ihm zu: »Seth, es tut mir leid.«

»Verdammter Mist! Ich hab einen Dorn im Hintern. Wirf erst mal deinen Rucksack runter und hangle dich dann an dem Pfosten weiter drüben runter. Dann passiert dir nichts.«

Seth hatte recht. Bis zur Klippe ging es mindestens drei Meter in die Tiefe, aber die Büsche fingen sie weich auf. Wie ein Dschungelforscher bahnte sie sich einen Weg durchs Gestrüpp, ging bis ganz zum Fuß der Klippe hinunter und kam beim Seawall Park heraus. Seth wartete.

Lautlos führte er sie durch die Grünanlage. Als er das Ende erreicht hatte, blieb er stehen und sagte: »Hier.«

Über ihnen ragten die Rückseiten der Läden auf der First Street auf. Unter ihnen wogte das Wasser der Saratoga-Passage. Becca sah sich um und fragte: »Wo?«

Seth zeigte auf die Reihe Gebäuderückseiten, insbesondere auf die letzte ganz am Ende. Das Betonfundament war direkt in die Klippe eingelassen und darüber erhoben sich drei Stockwerke. Das Gebäude war in einem düsteren Rot gestrichen, das mittlerweile verblasst war. Innen war es völlig dunkel.

Von Westen war der Seawall Park für Servicefahrzeuge über eine geteerte Auffahrt zu erreichen. Auf diese steuerte Seth als Nächstes zu. Angst durchzuckte Becca, als sie sich wieder der Straße näherten.

Seth war keine eineinhalb Meter hochgelaufen, als ein städtisches Polizeiauto in die Auffahrt einbog. Das Licht der Scheinwerfer fiel quer über das Wasser. Seth drückte sich schnell in den Schatten des Gebäudes und flüsterte scharf: »Verdammt! Sind die Stadt-Cops auch hinter dir her?«

Das war genau der Albtraum, den Becca vorausgesehen hatte. Sie sagte: »Oh mein Gott!«

Aber dann stieß der Polizeiwagen zurück, wendete und fuhr wieder die First Street zurück, von wo er gekommen war. Becca wartete einen Augenblick und gesellte sich dann zu Seth in den Schatten.

Er sagte: »Hier lang«, und führte sie hinter eine Treppe, die sich über ihnen entlang des Gebäudes mit dem Betonfundament erhob.

»Was ist das hier?«, wollte Becca wissen.

»Das *Dog House*«, erwiderte er.

»Die alte Kneipe?«

»Jep. Es steht schon seit Jahren leer. Niemand will, dass es abgerissen wird, aber keiner weiß, was man damit machen soll.« Er grinste. »Gut, dass *ich* es weiß, was?«

Sie sah ihm zu, wie er sich einer kleinen, etwa 1,20 Meter hohen Tür aus Sperrholz näherte. Sie war mit einem einfachen Haken verriegelt, an dem ein Vorhängeschloss befestigt war. Seth zog an dem Haken und er löste sich aus dem Holz, das schon vor langer Zeit im Regen morsch geworden war. Er öffnete die Tür nur so weit, dass er ins Haus schlüpfen konnte, und forderte Becca auf: »Komm.«

Im Gasthaus war es stockfinster. Es roch nach Schimmel, Staub und alten Steinen. Es war so kalt wie das Herz einer Hexe, und in dem wenigen Licht, das von draußen hereinleuchtete, konnte Becca Stapel Pappkartons mit durchhängenden Böden ausmachen. Sie hörte auch, wie ganz in der Nähe Ratten hin und her huschten.

Sie wich zurück. »Ich kann hier nicht …«

Seth sagte: »Warte einfach hier. Oben ist es nicht ganz so schlimm. Aber ich kann dich da ohne ein paar Sachen nicht raufbringen.«

»Was für Sachen?«

»Welche, die ich jetzt schnell besorge. Ich hole auch deine Sachen aus dem Motel. Es wird eine Weile dauern. Ein paar Stunden. Aber ich komme zurück.«

»Können wir die Tür offen lassen?«

»Auf keinen Fall. Die Polizei fährt hier Streife. Die Tür muss zu bleiben, aber mach dir keine Sorgen. Du hast ja gesehen, der Haken schließt nicht mehr richtig. Niemand wird dich hier einsperren und sie leuchten auch nur mit der Taschenlampe drauf. Es wird für sie so aussehen, als wäre die Tür abgeschlossen. Solange du dich ruhig verhältst, ist alles in Ordnung. Okay? Keine Sorge, ich komme zurück. Ich muss zu meinem Großvater fahren. Die Sachen sind dort.«

»Was für Sachen?«, fragte sie noch einmal.

Er antwortete geduldig: »Die Sachen, die du hier brauchen wirst. Okay?«

Sie nickte. Und dann war er weg und zog die Tür fest hinter sich zu. Das Letzte, was sie ihn von der anderen Seite der Tür sagen hörte, war, dass sie ihm vertrauen könne. In der Dunkelheit und der Kälte und mit den Ratten, die um sie herumhuschten, blieb Becca nichts anderes übrig, als ihm zu glauben.

Es kam Becca so vor, als vergingen Tage, während sie im Keller des *Dog House* auf Seth wartete. Von dem Lichtstreifen rund um die Sperrholztür abgesehen, war es völlig dunkel.

Es war ein merkwürdiges Gefühl. Kein Flüstern drang zu ihr. Das hatte sie bisher nur erlebt, wenn sie über eine Sache so aufgebracht war, dass sie die Gedanken anderer Leute nicht deutlich wahrnehmen konnte – wie es jetzt bei Seth der Fall gewesen war –, oder wenn sie sich auf dem Friedhof oder in Diana Kinsales Gesellschaft befand. Sonst nie.

Als die kleine Tür zum Keller endlich aufging, hielt Becca einen Moment lang den Atem an, da sie dachte, es sei die Polizei. Aber dann wurde ein Seesack durch die Öffnung gequetscht, gefolgt von einem Schlafsack und einem prall gefüllten Kissenüberzug, auf den Seths Schnauben und dann Seth selbst folgte.

»Hu, das war nicht einfach«, sagte er. »Ich dachte, ich wüsste, wo der ganze Kram ist, aber Grandpa hat ein paar Sachen weggeräumt.«

»Seth! Hast du deinem Großvater erzählt, dass …?«, wollte Becca wissen.

»Immer mit der Ruhe. Er war in der Werkstatt beschäftigt. Also schauen wir mal …« Seth kramte in dem Kissenüberzug und fand, was er suchte. Dann zog er die Sperrholztür zu und schaltete eine starke Taschenlampe ein. Er bewegte den Lichtstrahl durch den Keller und das Licht fiel auf Spinnweben und ein paar winzige Rattenaugen. »Oh Mann. Verschwinden wir lieber von hier.« Er schnappte sich den Seesack und den Schlafsack. Becca nahm den Kissenüberzug und folgte ihm.

Die Treppe befand sich ganz am anderen Ende, zur Vorderseite des Gebäudes hin. Sie gingen zu einer weiteren Tür hinauf, die normal groß und unverschlossen war. Seth schob sie auf und sie betraten eine Restaurantküche. Sie war klein und roch nach Fett. Hier standen ein Herd mit einem gigantischen Grillrost, ein riesiger Kühlschrank und ein badewannengroßes Spülbecken.

»Benutze hier *nichts* außer dem Wasserhahn«, riet Seth ihr. »Wenn du den Herd anmachst, fliegt wahrscheinlich das ganze Haus in die Luft. Komm.«

Sie traten durch Flügeltüren aus der Küche und Seth schaltete im dahinterliegenden Raum die Taschenlampe aus, weil dieser Teil des *Dog House* auf die First Street hinausging. In dem Zimmer standen ein Billardtisch, mehrere kleine Tische, Stühle und ein riesiger Spiegel, in dem sich alles widerspiegelte. Die Fenster waren zwar übermalt worden, aber es drang immer noch gedämpftes Licht hindurch. Draußen, auf der anderen Seite der Straße, blinkte die Winterbeleuchtung auf der Veranda von *Mike's Restaurant*.

Im hinteren Teil des Gebäudes gingen die Fenster auf das Wasser hinaus und die staubigen Tische und Stühle in dem Raum bezeugten, dass dieser Ort früher einmal ein Gastronomiebetrieb gewesen war. Seth setzte den Seesack hier nicht ab. Stattdessen öffnete er eine weitere Tür zu einem Treppenaufgang, der zum zweiten Stock des Gebäudes hinaufführte.

Das Zimmer dort oben war riesig. Hier, sagte Seth, würde sie es sich heimisch machen.

Er fing an, den Seesack auszupacken, und Becca sah, dass er ihr eine Campingausrüstung mitgebracht hatte: einen kleinen Campingkocher, Kochgeschirr, eine faltbare Wasserflasche und ein paar Packungen Trockennahrung. Er baute sogar einen Hocker aus verschiedenen Teilen zusammen, die aus dem Sack herausfielen. Da begriff Becca, dass sich ihr Aufenthalt im *Dog House* nicht auf eine einzige Nacht beschränken würde.

»Seth, nein! Muss ich etwa *hierbleiben?*«

Er blickte auf. »Es gibt sonst keinen anderen Ort. Wenn du bei einem Mitschüler übernachtest, werden die Eltern Fragen stellen. Vielleicht nicht gleich am ersten Abend, aber danach. Sie werden bestimmt wissen wollen, was du bei ihnen zu suchen hast. Willst du das?«

»Aber was mache ich, wenn mir das Essen ausgeht? Was mache ich, wenn ... Hier drin ist es eiskalt.« Becca konnte sogar ihren Atem sehen. Sie fragte sich, wie viel kälter es im Laufe der Nacht werden würde, geschweige denn, wenn der Winter kam. Sie dachte darüber nach, Diana Kinsale aufzusuchen und sie um Hilfe zu bitten, aber wie konnte sie das tun? Sie würde Diana Kinsale in alles einweihen müssen, das Flüstern eingeschlossen, und dass es überhaupt erst an all den Problemen schuld war, vor denen sie und Laurel jetzt auf der Flucht waren. Das konnte Becca nicht tun. Das war völlig ausgeschlossen.

Sie schluckte. »Dann muss ich wohl hierbleiben.« Sie sah sich nach dem Rest ihrer Habseligkeiten um, den Sachen, die sie im *Cliff Motel* zurückgelassen hatte, aber davon war nichts unter den Dingen, die Seth mitgebracht hatte.

»Und meine Sachen aus dem Motel?«

Seth schüttelte den Kopf. Er war gerade dabei, eine Luftmatratze aufzublasen, die er aus dem Kissenbezug geholt hatte. »Die konnte ich nicht holen. Ich versuch's morgen noch mal. Der Sheriff war auf dem Parkplatz und hat mit dieser Primavera von der Highschool geredet. Ich wollte auf keinen Fall, dass die beiden sehen, wie ich in dein Zimmer gehe.«

»Ms Primavera?«, fragte Becca. Ihre Lage wurde immer aussichtsloser. Tatiana Primavera hatte Laurels Nachricht auf Carols Anrufbeantworter gehört und würde jetzt dem Sheriff davon erzählen, und dann würde er endgültig die Verbindung zwischen ihr und Laurel herstellen. Es war unvermeidlich. Die Leute waren schließlich nicht auf den Kopf gefallen. »Was hat sie da gemacht?«, stöhnte Becca.

»Woher soll ich das wissen?« Seth blies die Luftmatratze fertig auf und breitete den Schlafsack darauf aus. »Ich versuch morgen noch mal, den Rest deiner Sachen zu holen. Mach dir in der Zwischenzeit keine Sorgen. Du wirst es hier ganz gemütlich haben. Es gibt sogar ein Badezimmer. Ich bring dir Seife und ein Handtuch vorbei. Und Shampoo. Halt einfach die Ohren steif. Das kriegst du doch hin, oder?«

Becca blieb gar nichts anderes übrig. Das *Dog House* würde wohl oder übel ihr neues Zuhause werden.

TEIL IV

DER MEADOW-RUNDWANDERWEG

KAPITEL 29

Hayley Cartwright fuhr gerade mit dem Pick-up vom Schulparkplatz, als sie sah, wie Becca King ein Fahrrad mit einem Platten zur Schule schob. Aber die Schule war aus. Becca war in der falschen Richtung unterwegs.

Hayley erkannte das Rad. Es gehörte Seth. Auf der Insel konnte es kein zweites Fahrrad mit einem verrückt psychedelisch bemalten Lenker geben. Hayley fragte sich, warum dieses unattraktive Mädchen mit dem großen Brillengestell es hatte. Offensichtlich hatte Seth es ihr gegeben, aber Hayley war nicht klar, was das bedeutete. Eigentlich sollte sie das gar nicht kümmern. Aber aus irgendeinem Grund tat es das doch. So wie es Hayley kümmerte, dass diese Becca im Krankenhaus Derric einen Zettel in die Hand gedrückt hatte. *Gib ihn mir zurück, wenn du wieder wach bist,* hatte darauf gestanden. Für Hayley drückte diese Nachricht mehr als nur eine Sache aus. Vor allem Zuversicht. Zuversicht in Bezug auf Derric, Zuversicht in Bezug auf seine Genesung wie auch Zuversicht in Bezug auf ein paar andere Dinge. Hayley sagte sich, dass sie selbst ein wenig von dieser Zuversicht gebrauchen könnte. Deshalb kurbelte sie das Fenster herunter und rief Beccas Namen.

»Kann ich dich mitnehmen? Du bist in der falschen Richtung unterwegs.« Sie lächelte. »Die Schule ist aus. Bist du gerade erst gekommen?«

Hinter dieser komischen Brille blinzelte Becca wie eine Eule. Sie hatte so viel schwarzen Lidschatten um die Augen, dass sie wie ein Panda aussah.

»Oh. Hi«, sagte sie und fügte mit einem Blick auf das Fahrrad hinzu: »Ich hab 'nen Platten. Ich wollte ein paar Sachen aus meinem Spind holen.«

»Wenn du willst, kann ich dich mitnehmen, nachdem du deine Sachen geholt hast. Auf der Bundesstraße ist ein Reifenhandel. Ich kann dich dort absetzen.«

»Okay«, sagte Becca. »Das wäre gut. Ich dachte, ich hätte das blöde Ding gestern geflickt, aber ich hab's wohl nicht besonders gut gemacht.« Sie wartete, bis Hayley an den Straßenrand gefahren war, und gab ihr dann ihr Rad. Sie sagte, sie wäre gleich zurück und eilte auf das Schulgebäude zu. Dabei sah sie sich ein wenig verstohlen um.

Als Becca zurückkam, war ihr Rucksack zum Bersten voll.

»Wow. Beeindruckend. Sind das alles Hausaufgaben?«, fragte Hayley.

»Ich war ein paar Tage nicht in der Schule. Ich muss den Stoff nachholen«, erwiderte Becca.

Dass Becca nicht in der Schule gewesen war, wusste Hayley. Denn sie hatte an der Anmeldung gesessen, als Debbie Grieder völlig aufgebracht anrief. »Wo ist Becca King?«, wollte sie wissen. Könnte Hayley ihr sagen, ob sie in der Schule sei? Sie sei aus dem *Cliff Motel* verschwunden, aber ihre Sachen wären immer noch in ihrem Zimmer. Debbie Grieder wollte sich gar nicht *ausmalen,* was das bedeuten könnte. »Bitte, bitte sag mir, dass sie in der Schule ist!«, hatte sie geschrien. Hayley hatte sie mit der Schulverwaltung verbunden. Sie hatte nicht gewusst, wie sie ihr sonst hätte helfen können.

Sie öffnete die Heckklappe des Pick-ups und lud das Fahrrad ein. Dann fuhren sie in Richtung Bundesstraße los.

Hayley sagte zu Becca: »Debbie Grieder hat die Schule angerufen. Sie hat gesagt, dass du verschwunden wärst, aber deine Sachen noch im Motel wären. Sie ist wirklich …«

»Ich habe meine Sachen abgeholt«, unterbrach Becca sie schnell. »Na ja, Seth hat sie für mich abgeholt. Ich hab bei Debbie gewohnt, aber es ist nicht so gut gelaufen.«

»Oh.« Hayley überlegte, worüber sie sonst reden könnte. Seth schien in diesem Moment das offensichtlichste Gesprächsthema, aber sie wollte nicht, dass Becca ein falsches Bild bekam. Ein anderes gutes Thema wäre »Wo wohnst du jetzt?« gewesen, aber …

»Debbie mag Seth nicht«, erklärte Becca plötzlich. »Sag ihr nicht, dass er mir geholfen hat, wenn du sie siehst, okay?«

Hayley blickte sie neugierig an. Becca betrachtete ihre Fingernägel, die dreckig waren. Das traf auch auf den Rest von ihr zu. Sie roch recht streng. Hayley fragte sich, wo um alles in der Welt sie jetzt wohnte, wenn sie nicht mehr im *Cliff Motel* war. Sie sah aus wie jemand, der in einem Auto schlief. Seths Auto vielleicht, aber das ergab keinen rechten Sinn. Würde Seth sie nicht einfach zu seinen Eltern oder zu seinem Großvater bringen, wenn sie eine Bleibe brauchte?

»Ich bin natürlich nicht mit ihm zusammen oder so«, fuhr Becca auf einmal fort. Sie blickte starr aus dem Seitenfenster und Hayley konnte ihr Gesicht nicht sehen.

»Was?«

»Seth. Ich bin nicht mit ihm zusammen. Er ist nur … ich hab ihn gleich am Anfang kennengelernt, als ich auf die Insel gekommen bin. Ihn und Diana Kinsale. Na ja, eigentlich habe ich Diana Kinsale zuerst getroffen, weil ich mit meinem Fahrrad – meinem anderen Fahrrad – auf der Bob Galbreath Road unterwegs war und keine Ahnung hatte, wie schlimm die Strecke ist. Ich konnte nicht mehr weiter und sie hat mich mitgenommen. Seth hab ich am nächsten Tag im *Star Store* kennengelernt.«

Wie merkwürdig, dachte Hayley. Irgendetwas stimmte hier nicht. Sie konnte es spüren. Seth, Becca, Diana Kinsale, der *Star Store*, Debbie Grieder, das *Cliff Motel* sowie die Tatsache, dass Becca das Motel verlassen hatte, aber Debbie Grieder nichts davon wusste und Becca jetzt ohne ersichtlichen Grund darüber redete. Es kam ihr fast so vor, als …

»Es hat mit Drogen zu tun, verstehst du?«, sagte Becca schnell. Sie hatten das Ende der Maxwelton Road erreicht, standen an der Ampel und warteten darauf, auf die Bundesstraße zu fahren. »Debbie glaubt, dass Seth was mit Drogen zu tun hat.«

»Seth nimmt keine Drogen.«

»Debbie glaubt das aber.«

»Mann. Das ist so unfair.«

»Das hab ich auch gedacht. Deshalb …« Becca zuckte mit den Schultern.

Sie lässt es so klingen, als hätte sie Debbie aus Loyalität zu Seth den Rücken gekehrt, dachte Hayley. Das war zwar nett, kam ihr aber eher unwahrscheinlich vor. Denn wie lange kannte sie Seth überhaupt? Nein. Da steckte mehr dahinter. Sie wollte Becca gerade fragen, was wirklich los war, als Becca ihr zuvorkam.

»Wie geht's Derric?«, fragte sie. »Ich habe ihn nicht mehr im Krankenhaus besuchen können.«

»Unverändert«, erwiderte Hayley. Die Ampel schaltete um und sie fuhren auf die Bundesstraße in südliche Richtung. »Ich habe die Nachricht gesehen, die du ihm in die Hand gelegt hast. Du scheinst dir sicher zu sein, dass er gesund wird. Das ist schön.«

Da sah Becca sie endlich an. Sie runzelte die Stirn und sagte: »Ich wollte nur … Es war dumm, aber ich wollte ihm gern etwas geben. Ich hatte sonst nichts dabei und ich hab die ganzen Ballons und Blumen und anderen Sachen gesehen. Ich hatte das Gefühl, es wäre etwas … Es hat nichts zu bedeuten. Ich erwarte nicht, dass er … Ich bin nicht hinter ihm her oder so.«

»Was wäre dabei? Er ist ein toller Typ.«

»Mein Gott«, hauchte Becca. »Das ist komisch.«

»Was?«

»Seid ihr zwei nicht … Du und Derric …? Du weißt schon.«

»Das hat dir Seth erzählt, oder?« Typisch, dachte Hayley. »Er hat keine Ahnung.«

»Oh.«

»*Wirklich* nicht. Außerdem schaltet er immer erst sein Hirn ein, nachdem er gehandelt hat. Wenn du viel Zeit mit ihm verbringst, wirst du bald mitbekommen, wie er drauf ist. Du tust irgendwas und er gibt dir keine Chance, es ihm zu erklären, und dann wird er wütend und …« Hayley unterbrach sich. Sie hörte sich selbst reden. Handeln ohne nachzudenken, und Derric lag im Koma und konnte mit dem Finger auf denjenigen zeigen, der ihn vom Steilhang gestoßen hatte. *Wenn* man ihn gestoßen hatte, sagte sich Hayley.

Becca schwieg zu allem, was Hayley gesagt hatte. Und Hayley ließ es dabei bewenden. Aber die Stille zwischen den beiden Mädchen war in diesem Augenblick alles andere als freundlich. Finstere Gedanken und Verdächtigungen hingen in der Luft.

So viel zum Grund für ihre Zuversicht, dachte Hayley. So viel zu ihrer Vermutung, Becca wäre zuversichtlich, dass Derric wieder gesund würde. Denn wenn sie jetzt so eng mit Seth Darrow befreundet war, wusste sie wahrscheinlich mehr über das Ganze, als sie sagte. Vielleicht war sie mit Seth gar nicht ins Krankenhaus gekommen, um Derric einen Freundschaftsdienst zu erweisen, sondern vielmehr, um ihm zu drohen.

Gib ihn mir zurück, wenn du wieder wach bist bekam damit eine völlig andere Bedeutung, nämlich: »Ruf mich an, wenn du wieder bei Bewusstsein bist, weil du und ich ein paar Dinge zu besprechen haben.«

Der Gedanke, wohin das alles führen konnte, war zu schrecklich. Hayley wollte Becca nicht mehr in ihrem Pick-up haben. Zum Glück kam der Reifenladen in Sicht. Hayley trat aufs Gas. Dort angekommen, bremste sie scharf. Sie wartete darauf, dass Becca ausstieg, ihr Fahrrad nahm und sich aus dem Staub machte. Aber stattdessen sagte Becca etwas völlig Merkwürdiges: »Seths Sandalen. Du weißt, welche ich meine?«

»Was? Was ist mit ihnen?« Hayley hätte sie am liebsten aus dem Pick-up geworfen, aber Becca schien es nicht eilig zu haben.

»Ich habe gesehen, dass dieser Dylan genau dieselben hat. Ich hab solche Sandalen noch nie gesehen.«

Hayley starrte sie an. »Und?« *Was für eine komische Tussi,* ging ihr durch den Kopf.

Becca wurde rot. »Ich hab mich nur gefragt … Glaubst du, die gibt es hier irgendwo zu kaufen? Die sehen irgendwie cool aus. Ich würde gern ein Paar …«

»Hier gibt's kein Schuhgeschäft in der Nähe, wenn du das meinst. Wahrscheinlich sind sie aus einem Laden auf dem Festland. Seattle vielleicht. Aber was willst du mit Sandalen in dieser Jahreszeit? Dazu ist es doch viel zu kalt.«

»Ja, wahrscheinlich«, erwiderte Becca. »Ich hab noch nie … Ich meine, die hat sonst keiner.«

Hayley hätte am liebsten losgeschrien: Und *wieso* ist das wichtig …?, aber sie schwieg und dachte wütend nach. Sie konnte keinen Zusammenhang zwischen Beccas Themenwechseln erkennen, außer einem. Und der lag auf der Hand und hatte mit Seth und Derric zu tun und mit dem, was Becca über die Saratoga Woods wusste.

Hayley fragte: »Schützt du Seth?«

»Wovor?«, gab Becca zurück. Endlich hatte sie die Hand auf der Türklinke. Endlich würde sie aus dem Pick-up aussteigen. Aber nicht bevor Hayley herausfand, was Becca wusste, denn sie wusste auf jeden Fall etwas. Es stand ihr förmlich ins Gesicht geschrieben.

»Komm schon«, sagte Hayley. »Du weißt, was ich meine. *Schützt* du ihn, Becca?«

Becca schüttelte den Kopf.

»Du lügst doch, oder?«, fragte Hayley sie.

Da sah ihr Becca direkt in die Augen. Ihr Blick war so durchdringend, dass es Hayley eiskalt den Rücken hinunterlief. »Nicht mehr als du«, erwiderte sie.

In Hayleys Kopf überschlugen sich die Gedanken, als Becca weg war. Seth, Derric, Diana Kinsale, Saratoga Woods, Dylan, die Sandalen. Becca King redete in Rätseln und Hayley konnte kein einziges lösen. Als sie nach Hause kam, war sie das reinste Nervenbündel. Und dieser Zustand verschlimmerte sich noch, als sie sah, dass der Geländewagen nicht da war.

Ihr Magen verkrampfte sich. Wenn der Geländewagen weg war und ihre Mutter auch, bestand immer die Möglichkeit, dass ihrem Vater etwas zugestoßen war.

Sie stieg aus dem Pick-up. Aber dann hörte sie den Motor der Ackerfräse. Für gewöhnlich war da immer ein greinendes Geräusch, aber dieses Geräusch war weg, und das konnte nur eins bedeuten: Ihr Vater hatte endlich den Motor auseinandergenommen, was er schon seit Langem vorgehabt hatte. Und da das Geräusch von den Gemüsebeeten kam, musste er dort wohl gerade bei der Arbeit sein.

Der Gedanke, dass ihr Vater endlich draußen auf dem Land arbeitete, freute sie so sehr, dass sie auf die riesigen Beete zueilte. Aber es war gar nicht ihr Vater, der dort arbeitete. Es war Seth. Hayley schaute sich nach Sammy um, aber der VW war nirgendwo zu sehen.

Seth blickte auf und sah sie. Er grüßte sie mit einer Kopfbewegung und sie winkte ihn zu sich. Seth stellte den Motor der Ackerfräse ab, marschierte über die Beete und traf sie am Wildzaun.

»Was machst du hier? Wo ist mein Dad? Wo ist dein Auto?«, wollte Hayley wissen.

Seth wirkte erstaunt über den Ansturm von Fragen. Er zog sich seine viel zu weite Jeans hoch, so wie er es immer tat, und erwiderte: »Hallo erst mal, Hayley.«

»Antworte mir.«

»Wenn's sein muss, Hayl. Deine Mom musste Brooke und Cassidy zum Zahnarzt fahren. Und weil dein Dad mit dem Geländewagen beschäftigt war, habe ich ihnen Sammy geliehen.«

»Und wo ist der Geländewagen jetzt?«

»Ist das ein Verhör?«

»*Wo* ist der Geländewagen, Seth?«

»Woher soll ich das wissen? Dein Vater hat gesagt, er bräuchte etwas von der Tankstelle drüben in Greenbank. Ich weiß nicht, was. Zündkerzen vielleicht. Motoröl. Er hat's mir nicht gesagt.«

»Und du hast ihn einfach fahren lassen?« Hayley trat einen Schritt vom Wildzaun zurück. »Was ist los mit dir?«

»Was ist los mit *dir?* Es ist sein Geländewagen. Er kann damit machen, was er will.«

»Du verstehst …« Hayley brach ab. Es ist alles in Ordnung, sagte sie sich. Sie hatte nur Angst. Sie dachte nicht klar. Sie machte sich Sorgen um Derric, sie machte sich Sorgen um ihren Vater, sie machte sich Sorgen, wie ihre Mutter und ihre Schwestern die Farm weiterführen sollten, und jetzt machte sie sich Sorgen um ein Paar Sandalen. Denn Seth trug seine gerade nicht, und was hatte *das* zu bedeuten?

Sie sagte barsch: »Komisch. Du fragst nicht mal, wie's ihm geht.«

»Deinem Dad? Hey, ich hab schon gedacht, dass irgendetwas mit ihm nicht stimmt. Weißt du …«

»Ich rede nicht von meinem Dad! Ich rede von Derric. Warum erwähnst du ihn nicht mal? Warum fragst du nicht nach ihm? ›Ist er am Leben? Ist er tot? Liegt er noch im Koma?‹ Warum fragst du mich das nicht? *Willst* du das alles gar nicht wissen?«

Seth trat jetzt ganz nah an den Wildzaun heran und legte die Hände darauf. Er sagte ruhig: »Worum geht's hier, Hayley? Was ist los?«

»Wo sind deine Sandalen, Seth? Warum hast du sie nicht an?«

Er betrachtete seine Füße. Dann sah er sie an und sagte: »Hayley, du redest wirres Zeug. Was spielt es für eine Rolle, dass ich die Sandalen nicht anhabe?«

»Du hast sie *immer* an. Du trägst nie andere Schuhe.«

»Stimmt doch gar nicht.

»Und ob.«

Seth hatte wie üblich seinen Filzhut auf. Er zog an seiner Krempe, als wollte er sein Gesicht verbergen, und sagte: »Was geht dich das an, was ich für Schuhe trage? Was geht dich das an, ob ich auf Socken rumlaufe? Was geht dich überhaupt irgendetwas an, Hayley? Wenn ich mich recht erinnere, bin ich dir sowieso egal. Also spar dir die blöden Fragen.« Er drehte ihr den Rücken zu, als wollte er sich wieder an die Arbeit machen.

»Was machst du hier, Seth? Warum arbeitest du in den Gemüsebeeten? Warum hast du das Holz aufgestapelt? Mom hat mir erzählt, dass *du* das warst. Was *willst* du von mir?«, rief sie.

»Ich versuche nur zu helfen, okay? Ich habe die Ackerfräse repariert und ich hatte …«

»Das ist ja toll! Du hast die *Ackerfräse* repariert. Ich werde es heute Abend gleich allen auf meiner Facebook-Seite mitteilen. Was ist los mit dir? Warum trägst du nicht wenigstens eine Jeans, die dir passt? Warum besorgst du dir keinen vernünftigen Job? Warum lernst du nicht für deine Prüfung? Darum hast du dich nämlich überhaupt nicht gekümmert, oder? Du hast nicht mal damit angefangen. Glaubst du wirklich, du kannst hier einfach auftauchen und ein bisschen Holz stapeln und im Garten arbeiten, und ich komme nicht dahinter, was du getan hast?«

»*Getan?* Wovon redest du überhaupt?«

»Du hast ihn den Abhang hinuntergestoßen, oder? Du warst im Wald. Du hast dich meinetwegen mit ihm gestritten. Wir haben uns geküsst, *na und*, Seth. Ich habe versucht, es dir zu erklären, aber du wolltest mir ja nicht zuhören. Aber dann hast du ihn gesehen und deine Chance gewittert und …«

»Hey, hey, hey!«, rief Seth. »Geht's hier etwa um *Derric?*« Er drehte sich zum Zaun und schlug mit der Faust darauf ein. Dann stieß er sich von ihm ab und stapfte davon. Er wirbelte herum und kam zurück, wandte sich wieder ab und trat gegen die Erde. Er lief wieder auf Hayley zu und schlug mit der Faust auf den Zaunpfosten. »Na toll«, sagte er. »Großartig. Warum rufst du nicht einfach den Sheriff an und zeigst mich an?«

»Tu allen einen Gefallen«, erwiderte sie, »und stell dich.«

Damit ließ sie ihn stehen und marschierte zum Haus. Ihre Mutter rumpelte mit Seths VW in die Auffahrt.

KAPITEL 30

Seth hätte am liebsten noch einmal mit der Faust in den Wildzaun geschlagen, nur um irgendetwas zu tun. Vor allem wollte er Hayley hinterhergehen, sie an den Schultern packen und so lange schütteln, bis ihr Kopf hin und her wackelte. Aber alle anderen stiegen gerade aus dem VW aus, und Cassidy weinte und schrie: »Das ist unfair! Sie hat es *gesagt!*«, und Brooke brüllte zurück: »Ich hab vorne gesessen! Ich konnte es nicht mit dir teilen! Mom, *sag's* ihr!«, und Mrs Cartwright sah völlig fertig aus.

Cassidy jammerte lauthals, dass die Zahnärztin Brooke gesagt habe, sie müsse das »blöde Comicbuch« mit ihrer Schwester teilen, und Brooke wiederholte mehrfach, dass sie das nicht konnte, weil sie vorne im Auto saß, und schimpfte: »Hier, da hast du's, du dumme Kuh, steck's dir sonst wohin«, während sie es ihrer Schwester an den Kopf warf und türenknallend ins Haus marschierte, Cassidy direkt hinter ihr.

Hayley war bereits ins Haus gegangen, und Mrs Cartwright fing an, sich mit einem verwirrten Ausdruck im Gesicht umzusehen. Seth ahnte, dass sie ihn auch gleich fragen würde, wo der dämliche Geländewagen war, und beschloss, zu ihr zu gehen und ihr zu sagen, dass

Mr Cartwright mit dem Auto nach Greenbank gefahren war, um Zündkerzen oder Öl oder sonst was zu besorgen.

Als er ihr das mitteilte, rief sie aus: »*Was?* Wann ist er losgefahren? *Greenbank?*« Das letzte Wort sprach sie aus, als wäre Greenbank Miami und nicht der nächste Ort, an dem es eine Tankstelle und einen Gemischtwarenladen gab. Sie schrie: »Wir müssen ihn finden. *Sofort.*« Seth war es völlig schleierhaft, warum sie einen Mann finden mussten, der gerade einmal acht Kilometer weit weggefahren war.

Aber er hatte keine Zeit, dies anzumerken. Mrs Cartwright warf ihm die Schlüssel seines VWs zu und sagte: »Du fährst. Ich halte nach ihm Ausschau«, so als hätte Mr Cartwright den Geländewagen aller Wahrscheinlichkeit nach in einen Graben gefahren.

Seth nahm die Schlüssel und stieg ins Auto, während er gleichzeitig darüber nachdachte, dass hier etwas ernsthaft nicht stimmte.

Schon nach etwa drei Kilometern entdeckten sie den Geländewagen. Er war halbwegs ordentlich am Straßenrand geparkt, in einer Straßenbucht unter einer Gruppe großblättriger Ahornbäume. Mrs Cartwright sprang aus dem VW, bevor er ganz zum Halten gekommen war. Sie rannte zur Fahrertür, versuchte, sie zu öffnen, und fing an, gegen das Fenster zu hämmern. Seth erkannte, dass sie vergessen hatte, dass sich die Tür nicht mehr von außen öffnen ließ, rannte zur Beifahrertür und stieg ein.

Mr Cartwright saß einfach nur untätig auf dem Fahrersitz. Er blickte nicht einmal zum Fenster, gegen das seine Frau klopfte. Als Seth ihn fragte: »Mr Cartwright, ist alles in Ordnung?«, drehte er langsam den Kopf.

»Ja, mein Junge«, antwortete er lächelnd. »Ich kann nur die verdammte Kupplung nicht ganz durchtreten. Irgendwas stimmt mit ihr nicht.«

Mittlerweile war Mrs Cartwright auf Seths Seite des Wagens gerannt und fing an, an Seths Beinen zu zerren, damit er vom Beifahrersitz aufstand. Ihr Verhalten war so extrem, dass sich Seth allmählich fragte, ob sie ein wenig verrückt geworden war. Er stieg wieder aus.

Mrs Cartwright kroch hinein und sagte zu ihrem Mann: »Es ist alles in Ordnung, Schatz. Es ist alles in Ordnung, Liebling.« Dann wandte sie sich an Seth: »Ich brauche deine Hilfe, um ihn über die Gangschaltung zu hieven.«

Seth wollte sie fragen, warum sie Mr Cartwright nicht einfach bat, selbst über die Gangschaltung zu klettern, aber sie schien nicht in der Verfassung zu sein, solche Fragen zu beantworten. Deshalb sagte er einfach: »Kein Problem«, und sie bat ihn, auf den Rücksitz zu klettern und Mr Cartwrights Schultern zu halten, während sie seine Beine nahm.

Mr Cartwright sagte: »Ich komm schon allein klar, Julie«, worauf seine Frau erwiderte: »Bill, komm, wir helfen dir auf den anderen Sitz, Liebling.«

Soweit Seth es erkennen konnte, kam Mr Cartwright überhaupt nicht allein klar. Sie mussten sein ganzes Gewicht tragen, und ihn vom Fahrersitz über die Gangschaltung und auf den Beifahrersitz zu befördern, war keine leichte Aufgabe. Da der Geländewagen nicht fahrtüchtig war, verstand Seth nicht, was für einen Sinn das Ganze überhaupt haben sollte, und sagte zu Mrs Cartwright: »Er meint, dass etwas mit der Kupplung nicht stimmt. Vielleicht sollten wir den Wagen hierlassen, damit …«

»Mit der Kupplung ist alles in Ordnung.« Sie schnallte ihren Mann mit dem Sicherheitsgurt fest. Er sackte zur Seite, und sie schrie: »Bill! Bill!«

Mr Cartwright sagte: »Mir geht's gut. Die verflixte Kupplung …«

Seth war klar, dass etwas ernsthaft im Argen war, und es hatte nichts mit dem Wagen zu tun. »Sollten wir ihn nicht vielleicht ins Krankenhaus bringen?«

»Er hat gesagt, es liegt an der Kupplung!«

»Aber Sie haben gerade gesagt …«

»Seth, nicht jetzt. Bitte.«

Seth konnte sehen, dass sie den Tränen nahe war, und sagte schnell: »Okay. Ich fahre den Geländewagen, Sie nehmen Sammy.«

Sie erwiderte: »Ich fahre ihn nach Hause«, aber Seth machte sie darauf aufmerksam, dass es für ihn einfacher wäre, über den Rücksitz auf den Fahrersitz zu steigen, als für sie, über ihren Mann zu klettern, und falls mit der Kupplung tatsächlich etwas nicht in Ordnung sei, wäre es besser, wenn er sich darum kümmerte.

Dem stimmte sie zu. Sie wischte sich über die Wangen und sagte: »Bill? Seth fährt dich jetzt nach Hause. Ich bin gleich hinter euch. Mach einfach nur die Augen zu.«

Mr Cartwright murmelte: »Konnte die Kupplung einfach nicht durchtreten«, und sie sagte ihm, dass alles gut werden würde.

Aber Seth wusste: Nichts würde gut werden.

Was Seth betraf, stand eine Sache völlig außer Frage: Er würde seinem Großvater davon erzählen müssen. Als er das Grundstück auf der Newman Road erreichte, war in Ralphs Werkstatt hinter dem Haus das Licht an. Er ging hinüber und sah durchs Fenster. Dort beobachtete er so etwas wie ein kleines Wunder, das ihn sofort aufheiterte. Denn Gus saß auf einer alten Armeedecke, etwa eineinhalb Meter von Ralph entfernt, der auf einem Hocker vor seiner Werkbank saß. Die Augen des Labradors waren auf Seths Großvater gerichtet, was völlige Hingabe hätte andeuten können, wenn da nicht ein kleiner Haufen Trockenfutter neben der Sache gelegen hätte, an der Ralph gerade arbeitete. Seth sah zu und hörte, wie Ralph sagte: »Bleib, Gus«, und dann: »Komm. Sitz«, was der Hund gehorsam befolgte. Ralph lobte ihn und gab Gus ein winziges Stück Trockenfutter. Dabei sah er den Hund nicht an.

Stattdessen richtete er seine ganze Aufmerksamkeit darauf, an dem Ding herumzuhantieren, das auseinandergelegt auf der Werkbank lag. Ohne dem Hund den Blick zuzuwenden, sagte Ralph: »Bett«, und Gus kehrte zur Armeedecke zurück. »Bleib«, befahl Ralph ihm, und der Hund rührte sich nicht vom Fleck. »Platz«, und schon legte er sich hin und blieb an Ort und Stelle. Das ist das achte Weltwunder, ging es Seth durch den Kopf.

Er dachte, dass sich alles sofort ändern würde, sobald er die Tür aufmachte und die Werkstatt betrat, aber Gus hob lediglich den Kopf, wedelte mit dem Schwanz und stellte die Ohren leicht auf. Ralph blickte über seine Schulter, und als er Seth sah, sagte er zu Gus: »Okay«, und zu Seth: »Wenn er hochspringt, drehst du ihm den Rücken zu. Es ist mir egal, wie sehr du ihm zeigen willst, dass du sein bester Freund bist. Du tust genau, was ich sage. Wir *werden* diesen Hund erziehen.«

Es waren drei Versuche nötig, aber Gus hörte schließlich auf, an Seth hochzuspringen und ihn mit typischer Labrador-Begeisterung zu begrüßen. Seth konnte ihm den Kopf tätscheln und die Ohren kraulen, und als sein Großvater ihm zwei Stückchen Trockenfutter gab, sagte Seth: »Braver Hund, Gus. Guter, guter, *guter* Hund!«

»Übertreib es nicht mit deinem Lob, Enkelsohn«, knurrte Ralph. Er hatte ihm den Rücken zugekehrt, um sich wieder seiner Arbeit zu widmen. »*Ein* ›Gut‹ reicht. Jetzt sag ihm ›Bett‹.«

Seth tat es. Gus sah so überrascht aus, wie es für einen Labrador möglich war, dass er von jemandem einen Befehl erhielt, den er zuvor immer als seinen liebsten Spielgefährten betrachtet hatte. Aber der Hund war folgsam, nahm freudig ein Lob entgegen und erhielt für diese außerordentliche Leistung ein Stück Trockenfutter.

Seth stellte sich zu seinem Großvater an die Werkbank. Er sah, dass er das Gerät, das Becca King gehörte, auseinandergenommen hatte, und sagte: »Wo hast du das her, Grandpa?« Dann fügte er noch hinzu: »Was ist das?«, um die Tatsache zu überspielen, dass er wusste, wem es gehörte.

»Diana hat es vorbeigebracht.«

»Mrs Kinsale?«

»Kennst du 'ne andere Diana?« Ralph hatte die Drähte auseinandergezogen und betrachtete sie stirnrunzelnd.

»Nein«, räumte Seth ein, fragte sich aber gleichzeitig, wie Mrs Kinsale an Beccas Gerät gekommen war. Er fragte sich auch, wie Becca ohne das Gerät klarkam. Sie hatte nichts davon gesagt, dass sie es verloren oder beschädigt hatte. Andererseits war sie völlig panisch vor Angst gewesen, als er sie zum *Dog House* gebracht hatte, und hatte wohl in diesem Moment größere Sorgen gehabt.

Er dachte darüber nach, als sein Großvater sagte: »Seth, hast du jetzt eine Erklärung für mich?« Er unterbrach, was er gerade tat, und blickte Seth an, und Seth konnte sehen, dass seine Augen ungewöhnlich traurig wirkten.

»Erklärung wofür?«

»Es sieht dir nicht ähnlich, mir gegenüber nicht offen zu sein«, erwiderte Ralph.

»Ich wär's ja, wenn ich wüsste, wovon du redest.« Gus gab ein Jaulen von sich und Seth blickte zum Labrador. Der Hund beobachtete sie beide wie ein Kind ein Tennisspiel.

»Meine Campingausrüstung ist verschwunden, Seth. Du hast den Spanngurt von den Dachsparren hängen lassen.«

Seth senkte den Blick. Er sah wieder auf, als Ralph an der Werkbank die Stellung wechselte, sodass sein Gesicht im Schatten lag, als er sich dagegenlehnte. Die starke Arbeitsleuchte war jetzt hinter ihm und bildete einen Heiligenschein um seinen Kopf. Seine Haare waren offen und glänzten im Licht.

»Hast du aus irgendeinem Grund Geld gebraucht?«, fragte Ralph ruhig.

»Was meinst du?«

»Ich meine, hast du meine Campingausrüstung verkauft?«

»Warum sollte …« Seth unterbrach sich. Er schaute zu seinem Großvater hinüber und sah einen Ausdruck auf Ralphs Gesicht, den er nie erwartet hätte: Misstrauen. »Nein, Grandpa, ich habe sie nicht verkauft.« Aber seine Stimme klang angespannt und er wusste, dass er sich jetzt defensiv anhörte. »Ich habe sie für einen Freund gebraucht. Du bekommst sie zurück.«

»Es sieht dir nicht ähnlich, dir Sachen zu borgen, ohne mich zu fragen«, bemerkte Ralph. »War ich hier, als du die Sachen mitgenommen hast?«

»Nein!«, log Seth. »Ich hätte dich gefragt, wenn du da gewesen wärst. Ein Junge, den ich kenne, hat 'ne Zeit lang bei verschiedenen Freunden auf der Couch geschlafen. Aber er hatte jetzt alle durch und wusste nicht, wohin. Deshalb hab ich gedacht, er könnte die Sachen gebrauchen. Ich weiß, wo er ist. Du bekommst alles zurück.«

Ralph schwieg, aber Seth erkannte an der Art, wie sein Großvater die Mundwinkel hängen ließ, dass er nicht nur an ihm zweifelte, sondern auch dachte, dass Seth die Ausrüstung wirklich verkauft haben könnte, obwohl er das Gegenteil beteuerte. Es konnte nur einen Grund geben, warum Ralph zu diesem Schluss gekommen war: Drogen.

Seth hatte *nie* Drogen genommen und sein Großvater sollte das wissen. Aber Tatsache blieb nun einmal, dass er in der Vergangenheit mit Sean Grieder befreundet gewesen war und Sean Grieder jetzt wegen Meth und ein paar anderen Dingen im Gefängnis saß. Und das allein kam einer Verurteilung gleich.

Seth wollte losbrüllen: Er hat mir Schach beigebracht! Er hat mir keine Drogen angedreht! Aber in den Augen aller anderen machte ihn seine Freundschaft mit Sean ebenso schuldig. Seth hatte Sean gekannt, und genau wie Sean hatte er die Schule abgebrochen. *Alle* zogen ihre Schlussfolgerungen daraus. Außer seine Eltern. Außer sein Großvater. Bis jetzt.

Seth hatte das Gefühl, als reiße ihm etwas die Brust auf. Er sagte: »Na dann.«

»Und was soll das jetzt heißen?«, fragte Ralph.

»Nur ›na dann‹. Bis später.«

»Du bist doch wegen was Bestimmtem vorbeigekommen, oder? Also, was ist los?«

»Ich wollte nur reden. Aber das haben wir ja schon getan.«

»Seth ...« Die Stimme seines Großvaters war jetzt freundlicher, aber Seth wollte keine Freundlichkeit von ihm.

Er ging zur Tür, machte sie auf und trat aus der Werkstatt, aber Gus folgte ihm.

»Bleib, Gus«, sagte er, doch der Hund gehorchte ihm nicht. Stattdessen sprang er an ihm hoch, als bitte er Seth, zu bleiben, mit ihm zu spielen und sein allerbester Kumpel zu sein. Als Seth anfing, davonzumarschieren, trottete ihm Gus unbeirrt hinterher. Seth steuerte auf den Weg zu, der zu seinem Auto führte, und Gus sauste an ihm vorbei. Am Ende des Wegs sprang der Labrador voller Eifer hoch und Seth stolperte nach hinten und verlor beinahe den Halt. »Nein! *Nein!*«, rief er und stieß Gus weg.

Gus gab ein überraschtes Kläffen von sich. Dann stand Ralph an der Tür der Werkstatt und befahl scharf: »Gus. Komm.«

Der Hund gehorchte sofort.

KAPITEL 31

Becca hatte gedacht, die Nacht im *Dog House* zu verbringen, würde das Schlimmste sein. Aber den Unterricht zu verpassen, um dem Sheriff während seiner Suche nach Laurel Armstrong nicht in die Arme zu laufen, war viel schlimmer. Sie hatte alle ihre Bücher dabei und versuchte, das nachzuarbeiten, von dem sie glaubte, dass sie es gerade in der Schule durchnahmen. Aber Mathe war der Horror, und für ihre Jahrbuch-Klasse konnte sie alleine sowieso nichts machen.

Obwohl Seth ihr Campingessen mitgebracht hatte, wollte sie den Gaskocher lieber nicht benutzen, weil sie Angst hatte, einen Brand zu verursachen. Deshalb fuhr sie immer frühmorgens, wenn es noch dunkel war, zum *Star Store*, wenn Seth dort arbeitete. Aber nachdem sie sich ein paarmal etwas zu essen gekauft hatte, ging das wenige Geld, das Debbie Grieder ihr für ihre Arbeit im Motel gegeben hatte, langsam zur Neige. Bald würde sie es komplett ausgegeben haben und dann hätte sie nur noch ihr Erspartes aus San Diego, das sie vorerst noch nicht anrühren wollte. Sie hatte keine Ahnung, was sie dann tun sollte, außer sich von den Speiseresten zu ernähren, die Seth ihr überlassen würde, so wie am ersten Morgen, als sie sich kennengelernt hatten.

Anfangs hatte Becca gedacht, dass sie ohne die AUD-Box in der Lage sein würde, Wahrheit von Lüge zu unterscheiden, wenn sie mit Seth zusammen war, und so herausfinden konnte, was es mit dem Fußabdruck auf sich hatte, den sie an der Stelle gefunden hatte, wo Derric gestürzt war. Aber in Seths Kopf ging es nie um die Saratoga Woods, und erst recht nicht um seine Sandalen. Immer, wenn sie ihn morgens traf, drehte sich sein Flüstern allein um die Cartwrights. Wenn er nicht über Hayley nachgrübelte, dachte er über ihren Vater nach, über ihre Mutter oder über ihren Geländewagen. Als ob er wüsste, dass Becca seine Gedanken lesen konnte, und deshalb absichtlich an etwas Unverfängliches dachte.

Wenigstens hatte er es geschafft, ihre restlichen Sachen aus dem Motel zu holen. Er erzählte ihr, er habe sich so lange in der christlichen Mission auf der anderen Straßenseite aufgehalten, bis Debbie zu einem ihrer Treffen gegangen war. Dann habe er sich in Beccas Zimmer geschlichen und alles eingepackt, was er finden konnte. Er hatte sogar ihr Fahrrad mitgenommen, das sie im Keller vom *Dog House* versteckt hatten. Nur für alle Fälle, hatte er gesagt.

Mit dem Fahrrad konnte Becca ihren Sorgen entfliehen und sich ablenken. Davon, dass sie nichts von ihrer Mutter gehört hatte, und von der Angst, dass Jeff Corrie in der Stadt auftauchen oder der Sheriff beim *Dog House* herumschnüffeln könnte. Immer, wenn sie die Einsamkeit und die muffige Luft in der verkommenen alten Kneipe nicht mehr aushielt, schlich sie sich für eine Stunde nach draußen und fuhr mit dem Rad zum Friedhof von Langley. Dort fand sie ein wenig Trost, indem sie Reese Grieders Grab herrichtete.

Becca war gerade dabei, als sie Diana Kinsale wiedersah. Sie war auf den Knien und säuberte den Grabstein, als sie diesmal ihren Wagen herannahen hörte. Dianas Hunde kamen sofort angelaufen und umzingelten sie. Becca ärgerte sich schwarz, dass sie nicht im *Dog House* geblieben war, und hoffte inständig, dass Diana nicht mitbekommen hatte, dass sie aus dem *Cliff Motel* weggelaufen war.

Diana hatte an ihrem üblichen Platz geparkt, ganz in der Nähe des Grabes ihres Mannes, aber diesmal blieb sie nicht dort, sondern überquerte den Rasen und kam direkt auf Becca zu. In der Hand trug sie einen Beutel.

Die Hunde sprangen herum, schnüffelten und hoben ihr Bein an den Büschen. Becca warnte sie: »Wehe, ihr pinkelt auf das Grab«, und sie hörte, wie Diana gutmütig lachte.

Doch dann hörte Becca noch mehr. *Kannst du hören, was ich denke, Becca King?*, drang ganz deutlich an ihr Ohr, und zwar genauso deutlich, wie sie das Gedicht ihrer Mutter immer hörte: *Hört her meine Kinder und gebt gut acht auf Paul Reveres Ritt durch die dunkle Nacht.*

Becca hielt inne und schluckte schwer, sie war zu Tode erschrocken. In diesem Augenblick gingen ihr viele Gedanken durch den Kopf, aber zuallererst musste sie an Jeff Corrie denken und was es für Folgen gehabt hatte, dass neben ihrer Mutter und Großmutter noch jemand anders von ihrer Gabe erfahren hatte.

»Hi«, sagte sie also so fröhlich, wie sie nur konnte, und fuhr fort, Reeses Grabstein zu säubern.

Und als wäre nichts gewesen, antwortete Diana: »Wusste ich doch, dass ich dich hier finde. Ich hab dir was mitgebracht.«

Sie hielt ihr den Beutel hin und Becca sah hinein. Darin lag die AUD-Box mitsamt dem Kopfhörer. Beides funktionierte wieder. Sie war unglaublich erleichtert und fragte: »Wer hat sie repariert?«

»Ralph Darrow. Seths Großvater. Der Mann kriegt alles wieder hin.« Diana lächelte und ergänzte: »Alles, außer gebrochenen Herzen.«

Sie stellte sich neben Becca und schaute auf Reeses Grab hinunter. »Das hast du schön gemacht. Jetzt brauchst du nur noch ein neues Foto von ihr.« Sie ging auf die andere Seite des Grabes, um Becca gegenüberzustehen. »Debbie macht sich Sorgen um dich, Becca. Sie hat mich angerufen.«

Becca sagte nichts und überlegte, was sie am besten darauf antworten könnte.

»Warum bist du bloß aus dem Motel weg?«

»Weil es Zeit war.«

»Geht Debbie immer noch zu ihren Treffen?«

Komische Frage, dachte Becca, sagte aber: »Soviel ich weiß, schon.«

»Dann ist ja gut.« Diana hockte sich hin und fegte das frisch gefallene Laub vom Grab herunter auf die Seite. »Du fehlst ihr. Und den Kindern. Für Josh ist es doppelt schwer, weil Derric im Krankenhaus liegt.«

Der Gedanke an Chloe und Josh versetzte Becca einen Stich ins Herz. »Wie geht es ihnen?«

»Gut. Wenn Debbie da ist.«

»Wieso? Geht sie denn manchmal weg und lässt sie allein?«

»Nein. Aber manchmal ist man körperlich anwesend, aber mit dem Herzen ganz woanders.«

»Oh.« Becca wusste, dass ihre Stimme genauso schuldbewusst klang, wie sie sich fühlte. Chloe und Josh war es besser gegangen, als sie bei ihnen war, das wusste sie.

Als hätte sie gehört, was Becca dachte, sagte Diana: »Ich glaube, Chloe und Josh ging es ein wenig besser, als du noch im Motel gewohnt hast.«

»Vielleicht.« Becca wusste, dass sie traurig klang, denn sie war auch traurig, wenn sie an die beiden Kleinen dachte.

Dann sagte Diana rasch: »Das habe ich nicht gesagt, damit du zu ihnen zurückgehst. Das sollst du nicht denken. Wenn ich etwas sage, dann meine ich immer nur genau das und will nichts anderes andeuten, verstehst du?«

»Ich glaub schon«, entgegnete Becca.

»Ich meinte damit nur, dass du ihnen die Herzlichkeit geschenkt hast, die Debbie ihnen momentan nicht geben kann.«

»Warum nicht?«

Diana klopfte mit der flachen Hand auf das Grab. »Deshalb.«

»Und wo ist ihre Mom? Das hat Debbie nie erzählt.«

»Weg.«

»Tot?«

»Auf und davon. Sie ist vor langer Zeit nach Arizona gegangen, als die Kinder noch bei Sean gelebt haben.«

»Und warum hat sie sie nicht mitgenommen?«

»Weil sie Drogen genommen hat. Und zwar mehr als Sean. Das war nicht gut für die Kinder.«

Becca sah weg. Ihr Blick wanderte von Diana zu drei Monolithen, die zu dem Teil des Friedhofs überleiteten, wo die Asche von Verstorbenen verstreut und ihre Namen in die Steine geritzt wurden, damit man sie nicht vergaß.

Chloe und Josh taten ihr leid. Sie wusste, dass Debbie sie lieb hatte und dass sie bei ihr besser aufgehoben waren als bei ihrer Mom. Aber Diana hatte recht, dass Debbie nicht immer ganz für die Kinder da war. Das hatte Becca selbst schon beobachtet, obwohl sie immer noch nicht wusste, warum Debbie über Reeses Tod nicht hinwegkam.

Da sagte Diana: »Ein Kind zu verlieren ist das Schlimmste, was einer Frau passieren kann, Becca. Bis auf eine Ausnahme.«

»Und die wäre?«

»Noch schlimmer ist, wenn man selbst dafür verantwortlich ist.«

Sie entfernten sich von Reese Grieders Grab. Becca ging zu ihrem Rad, das sie an einen Amberbaum gelehnt hatte, der im Nachmittagslicht rot und golden leuchtete. Diana steuerte auf ihren Wagen zu und stellte zwei Fragen, von denen Becca gehofft hatte, dass sie ihr erspart bleiben würden.

»Wo wohnst du denn jetzt? Und warum gehst du nicht mehr zur Schule?«

Um der ersten Frage auszuweichen, beantwortete Becca die zweite. »Ohne die AUD-Box konnte ich nicht zur Schule. Aber jetzt habe ich sie ja wieder, da kann ich auch wieder hingehen. Danke, dass Sie sie für mich haben reparieren lassen.«

Es war das erste Mal, dass Becca Diana Kinsale angelogen hatte. Das mit der AUD-Box stimmte zwar, und auch, dass sie ihr dankbar war. Aber dass sie jetzt wieder zur Schule gehen würde, war genauso erfunden wie die Geschichte vom Weihnachtsmann.

Diana fragte noch einmal: »Wo wohnst du jetzt, Becca?«

»Bei einem Freund.«

»Bei Seths Familie?«

»Seth? Nein.«

»Willst du es mir nicht verraten?«

Becca sah Diana gequält an.

»Na gut.« Diana war an ihrem Wagen angekommen, stieg aber noch nicht ein, sondern machte den Hunden hinten nur die Ladeklappe auf. Sie gehorchten und sprangen auf die Ladefläche. Alle, bis auf Oscar natürlich. Diana machte ihm die Beifahrertür auf, stieg aber immer noch nicht ein. Stattdessen sagte sie nachdenklich zu Becca: »Ich muss nach Coupeville, weil ich dort einen Termin habe. Willst du mitkommen? Dann könntest du Derric besuchen.«

Becca wollte nichts lieber als das. Es war schon so lange her, seit sie überhaupt den Mut gehabt hatte, das Risiko einzugehen, ihn zu sehen. Und das Risiko war jetzt noch größer geworden, nachdem sie so deutlich Dianas Flüstern gehört hatte. Aber Becca wollte trotzdem hin. Also sagte sie Ja. Für Derric war sie bereit, jedes Risiko einzugehen.

Sie legten ihr Rad auf die Ladefläche des Pick-ups und fuhren los. Diana bog auf die Fairground Road ab und schwieg, bis sie am Ende der steilen und kurvenreichen Abfahrt angelangt waren.

Was sie dann sagte, stürzte Becca in einen tiefen Gewissenskonflikt.

»Darf ich Debbie Grieder erzählen, dass ich dich gesehen habe und dass es dir gut geht?«

Becca wollte Diana ungern enttäuschen, aber es gab nur eine mögliche Antwort. »Bitte nicht.«

»Becca, was ist denn los? Erzähl es mir doch. Du kannst mir vertrauen.«

Wie konnte Becca es ihr erzählen? Dann müsste sie ihr auch sagen, dass die Suche nach Laurel Armstrong den Sheriff unweigerlich zum Motel führen würde. Und dann wäre er nur ein paar Meter von Beccas Zimmer entfernt und würde sie sicher bald entdecken. Dann müsste sie Diana auch von Jeff Corrie und San Diego erzählen. Und das ging einfach nicht. Also erwiderte sie: »Ich kann nicht. Aber ich habe nichts Schlimmes gemacht. Es ist nur … Ich kann einfach nicht.«

Sie standen am Stoppschild an der Kreuzung zur Langley Road und Diana fuhr nicht weiter, sondern sagte stattdessen: »Weißt du eigentlich, dass Seth Darrow deinetwegen in Schwierigkeiten ist?«

»Seth? Aber warum?«

Diana erklärte ihr, dass Tatiana Primavera gesehen hatte, wie Seth Darrow vom Motel weggefahren war, kurz bevor Debbie Grieder entdeckte, dass Beccas Sachen nicht mehr in ihrem Zimmer waren. Debbie schloss daraus, dass Seth Beccas Sachen mitgenommen hatte und dass er entweder wusste, wo Becca war, oder dass er ihr etwas angetan hatte. »Und Debbie ist sich ziemlich sicher, was davon zutrifft«, ergänzte Diana. »Es ist nur eine Frage der Zeit, bis sie zum Sheriff geht und ihm davon erzählt.«

Becca ließ den Kopf gegen die Kopfstütze fallen. Jetzt hatte sie Seth tatsächlich noch mehr Ärger bereitet! Sie musste ihn warnen. Aber alles, was ihn betraf, war so mysteriös, dass sie bei ihm auch nicht wusste, woran sie war. Zum Beispiel, dass er nicht aufhörte, über Hayley und die Cartwrights nachzugrübeln. Oder der Fußabdruck, den sie im Wald gefunden hatte. Und dann hatte er auch noch zugegeben, dass er Derric nicht leiden konnte. Becca war ganz schwindlig, denn sie hatte keine Ahnung, was sie tun sollte.

Auf der restlichen Fahrt nach Coupeville hörten sie die Dixie Chicks. Als sie am Krankenhaus ankamen, fuhr Diana auf den Parkplatz. Sie sagte, sie hätte einen Arzttermin auf der anderen Straßenseite, aber das würde nicht lange dauern. Danach würde sie in Derrics Zimmer kommen, denn sie wollte ihn auch besuchen.

»Arzttermin?«, fragte Becca rasch. »Sind Sie krank?«

Diana lächelte. »Wenn man erst mal so alt ist wie ich, wird die Gedichtzeile wahr: ›Die Welt zerfällt, die Mitte hält nicht mehr‹. Und dieses Stadium habe ich inzwischen auch erreicht.« Sie drückte die Tür auf und befahl Oscar und den anderen Hunden, im Wagen zu bleiben. »Bis gleich«, sagte sie zu Becca.

Es war mitten am Schultag und in Derrics Zimmer war kein Mensch. Anstatt dass ihm jemand vorlas, spielte Musik. Die fröhlichen Marimbaklänge gingen von einem iPod aus, den jemand auf den Tisch neben seinem Bett gestellt hatte. Neben dem iPod stand das Bild, das Becca hatte fallen lassen, in einem neuen Rahmen. Er war aus Chrom, aber er hatte einen klebrigen Fleck, wo das Preisschild nicht sauber entfernt worden war. Becca setzte sich neben dem Bett auf einen Stuhl, nahm den Bilderrahmen und versuchte, den Kleber mit dem Daumennagel abzureiben. Gleichzeitig griff sie nach Derricks Hand und fing an, ihm zu erzählen, was sie so machte. Dass sie ihm diesmal nichts zum Vorlesen mitgebracht hatte, aber dass sie ihm erzählen würde, was um ihn herum so passierte, wenn er einverstanden wäre.

Innerhalb von einer Sekunde schlug die Musik um. Plötzlich war die Marimbamusik einer Jazzmelodie gewichen, die von Saxofonen, Trompeten, einer Tuba und einem Schlagzeug gespielt wurde. Daneben hörte sie wieder das Kindergelächter und eine Stimme, die *Derric* rief. *Derrrrr...ick!* Über dem Rufen erhob sich das Wort *Freude*, und die Jazzmusik wurde lauter. Doch sie kam nicht aus dem iPod.

Da bewegten sich Derrics Finger in Beccas Hand. Sie schlossen sich um ihre Finger und hielten sie fest. Becca hielt die Luft an und sah zu ihm hinüber. Seine Augen waren auf und er sah sie an.

Sie dachte: *Oh Gott!*, und sah sich hektisch um, denn sie wusste, dass sie jemandem Bescheid sagen musste. Aber sie hatte Angst, seine Hand loszulassen, denn sie wusste, dass sie dadurch die Verbindung unterbrechen würde, die zwischen ihnen entstanden war.

Becca war nicht sicher, ob er sie sehen konnte, aber sie sah, dass sich Tränen in Derrics dunklen Augen bildeten. Sie liefen seine Schläfen hinab und machten das Kissen nass. Von seiner Hand zu ihrer floss ein unglaublich tiefer Schmerz. Er schien nach Atem zu ringen.

»Derric, kannst du mich sehen?«, fragte sie ihn. »Derric?«

Weil sie seine Hand in beide Hände nehmen wollte, stellte sie das gerahmte Bild wieder auf den Tisch.

Doch da war auf einmal alles weg: die Musik, die lachenden Kinder, der Ruf *Derrrr...ick!*, *Freude* und vor allen Dingen Derric selbst. Seine Hand erschlaffte, seine Augen schlossen sich und er atmete wieder ruhig und gleichmäßig. Die schwache Spur der Tränen auf seiner Schläfe und die feuchten Flecken auf seinem Kissen waren die einzigen Anzeichen, dass sich sein Zustand verändert hatte.

»Nein!« Becca sank in ihren Stuhl zurück. Ihr Blick wanderte von Derric zu dem Bild mit der Kapelle und den Kindern. Und da endlich begriff sie es.

Es war ganz einfach. Er war genau wie sie. Er wollte zurück nach Uganda, in seine Heimat. Er gehörte ebenso wenig nach Whidbey Island wie sie.

Und dann hatte sie eine Idee, wie man ihn aus dem Koma holen könnte. Irgendwie müsste man seinem Unterbewusstsein zu verstehen geben, dass er nach Uganda zurückkehren dürfe. Und wenn ihnen das gelänge, würde er bestimmt aufwachen. Denn dann hätte er einen guten Grund.

Becca wusste, dass sie seine Eltern darüber informieren musste. Aber wie? Und wer würde ihr überhaupt glauben, wenn sie behauptete, zu wissen, was Derric ihnen mitzuteilen versuchte?

Da ging die Tür auf und Diana Kinsale kam herein. Sie musterte Becca und kam zum Bett. »Er will zurück nach Uganda«, flüsterte Becca.

Sie stand von ihrem Stuhl auf und ging zu der Wand auf der anderen Seite des Zimmers, wo die Afrikakarte hing, wieder zurück zu Derrics Bett und wieder zur Wand, wo sie die Fähnchen auf der Karte betrachtete.

Dann drehte sie sich wieder zum Bett um. Diana hatte ihre Hand auf Derrics Stirn gelegt. Ihre Augen waren geschlossen.

Die Tür ging abermals auf und Derrics Vater kam herein. Er schaute weder nach rechts noch nach links, sondern geradeaus auf das Bett und Diana Kinsale, die danebenstand. Als der Sheriff den Raum durchschritt, um sich neben Diana zu stellen, erstarrte Becca.

Diana wandte sich zu ihm um, nahm ihre Hand von Derrics Stirn und streckte sie Dave Mathieson entgegen. Als dieser sich vorbeugte, um Derric einen Kuss auf die Stirn zu geben, nickte Diana erst Becca zu und dann zur Tür. Becca schlich lautlos hinaus, während sie Diana zu Derrics Vater sagen hörte: »Er kommt zurück. Das verspreche ich dir, David.«

Becca hatte gewusst, dass es riskant war, das *Dog House* zu verlassen und zum Friedhof zu fahren. Und sie wusste auch, dass es noch riskanter war, nach Coupeville zu fahren und Derric zu besuchen. Aber die Gelegenheit, ein wenig frische Luft zu schnappen und Derrics Hand wieder zu berühren, schienen das Risiko wert zu sein. Doch jetzt zweifelte sie daran, als sie die Anhöhe zur First Street und zur alten Kneipe hinaufstrampelte. Es war schon spät am Nachmittag und sie fuhr gerade am Secondhandladen vorbei und konzentrierte sich nur auf den Weg, um schnell zurück zum *Dog House* zu kommen, als Jenn McDaniels aus dem Laden trat.

»Hey!«, rief sie Becca zu und der Ausruf wurde begleitet von einem regelrechten Schwall von Schimpfwörtern, der zwar nur in ihren Gedanken existierte, aber für Becca darum nicht weniger deutlich hörbar war. Als sie Jenn sah, wurde ihr mulmig zumute. Neben ihr stand eine Frau mit sandfarbenem Haar, die eine Plastiktüte mit gebrauchten Kleidern in der Hand trug. Jenn sagte etwas zu ihr und sprang auf die Straße.

»Wo bist du die ganze Zeit gewesen?«, fragte sie. Die Frau ging auf eine Reihe von Autos zu und stieg in eines von ihnen ein. Doch sie startete den Wagen nicht.

»Ach, hallo«, sagte Becca beiläufig. »Ist das deine Mom?«

»*Ich* stell hier die Fragen, Beck-*kaaa*«, antwortete Jenn.

»Echt? Sind wir hier in einer Polizeiserie, oder was?«

»Sehr witzig. Weißt du eigentlich, was du für einen Ärger kriegst, weil du nicht mehr zur Schule gehst?«

»Na und? Seit wann bist du für die Schulschwänzer zuständig?«, fragte Becca zurück.

»Du kommst *gar* nicht mehr, oder?«, fragte Jenn. »Genauso wie dein Loser-Freund. Und der hat noch größeren Ärger als du. Jeder, der es mit dir zu tun hat, kriegt Schwierigkeiten. Warum haust du nicht einfach ab und nimmst den Ärger mit?«

»War schön, dich zu sehen, Jenn«, sagte Becca und wollte weiterfahren.

Da hielt Jenn den Lenker von ihrem Fahrrad fest. »Bevor du hier aufgetaucht bist, hatte keiner ein Problem, Beck-*kaaa* King. Es war alles wunderbar. Dann erscheinst du auf der Bildfläche, Derric soll auf dich aufpassen und plötzlich liegt er im Koma.«

»Als ob ich damit irgendwas zu tun hätte!«

»Klar hast du«, konterte Jenn. Sie verlagerte ihr Gewicht von einem muskulösen Bein auf das andere. Sie dachte einen Augenblick nach und äußerte dann ihre scharfsichtige Vermutung: »Du warst an dem Tag im Wald, oder? Du wusstest, dass er dort sein würde, und deshalb bist du einfach auch dort aufgetaucht. Aber er war gar nicht so froh, dich zu sehen, wie du gehofft hattest, und da hast du dich gerächt. So war es doch, oder?«

Becca antwortete nicht. Sie war so nahe an ihrem Zufluchtsort. Das *Dog House* war nur dreißig Meter von dort entfernt, wo sie standen. Am liebsten hätte sie Jenn McDaniels weggestoßen und sich in Sicherheit gebracht. Gleichzeitig hätte sie ihr aber auch gerne eine Ohrfeige verpasst. Doch darauf wartete Jenn nur. Becca hörte: *komm schon, komm schon, komm schon, na los*, und sie sah, wie Jenn die Faust ballte in Erwartung dessen, was als Nächstes passieren würde. Ihre Mutter saß zwar im Wagen und wartete, aber Jenn hatte noch eine Rechnung offen und war fest entschlossen, diese zu begleichen. Toll, wie ich es schaffe, nicht aufzufallen und dem Sheriff aus dem Weg zu gehen, dachte Becca.

»Du hast doch keine Ahnung, wovon du redest«, sagte sie zu Jenn.

»Meinst du? Wir können ja mal Derrics Dad fragen, was er dazu sagt.«

Becca erschrak furchtbar, versuchte aber, sich nichts anmerken zu lassen. »Was soll das denn schon wieder heißen?«

»Was das heißen soll? Ganz einfach: Er wird dich fragen, wo du an dem Tag gewesen bist, Schlauberger. Die Cops haben zwar Namen aufgeschrieben, aber deinen haben sie nicht. Was glaubst du, was die sagen, wenn ich denen alles erzähle?«

»Wahrscheinlich fragen sie dich, ob du ihn selbst runtergestoßen hast«, erwiderte Becca. Sie riss Jenn das Lenkrad aus der Hand und stieg aufs Rad. Sie fuhr die First Street weiter und entfernte sich wieder vom *Dog House*. Es ging lange bergauf, aber *damit* hatte Becca inzwischen keine Probleme mehr.

KAPITEL 32

Nachdem er sich beruhigt und über alles nachgedacht hatte, kam Seth zu dem Schluss, dass er sowieso nichts daran ändern konnte, wenn ihm sein Großvater das mit der Campingausrüstung nicht abnahm. Ihm zu sagen, dass Becca sie hatte, würde sie in Gefahr bringen, und das wollte er nicht. Schließlich war sie seine Freundin. Aber er konnte etwas tun, das Hayley betraf. Zwar war ihm jetzt klar, dass es zwischen ihnen endgültig aus war, aber das hieß noch lange nicht, dass sie mit jeder Lüge durchkommen würde. Ganz gleich, ob sie jemand anderen belog, ihn oder sich selbst. Und Seth wollte zumindest einer Sache auf den Grund gehen: was es mit ihrem Vater auf sich hatte.

Irgendetwas stimmte nicht mit Mr Cartwright, und je früher seine Familie sich das eingestand, desto eher konnte sie etwas unternehmen, um dem armen Kerl zu helfen.

Als er ein paar Tage später nach Langley fuhr und vor dem Gemeindezentrum parkte, hatte es gerade angefangen zu regnen. Es war ein kalter Nachmittag, also ging er schnell hinein und nahm sich etwas von dem heißen Apfelmost, der in einem Topf neben der Espressomaschine köchelte. Die Tasse nahm er mit in einen Raum am hintersten Ende des Gebäudes, in dem die Computer standen.

Die Internetverbindung war so zäh wie kalter Sirup, den man versuchte, auf Pfannkuchen zu streichen. Endlich war sie hergestellt und Seth googelte »Sachen fallen lassen«, weil er an die Wasserflasche dachte, die Mr Cartwright aus der Hand gefallen war, und die Holzscheite, die er nicht hatte tragen können. Aber da fand er nicht viel, also gab er »Muskelschwäche« ein, obwohl er »Schwäche« nicht auf Anhieb richtig schrieb. Rechtschreibung war noch nie seine Stärke gewesen.

Da erschien eine brauchbare Liste auf dem Bildschirm, wo er alles fand, von »Muskelschwäche Ursache« bis »Muskelschwäche Symptome«. Seth sah die Liste sorgfältig durch. Schließlich klickte er auf »Muskelschwäche in den Beinen«, da Mr Cartwright so seltsam gelaufen war und es nicht geschafft hatte, die Kupplung zu treten. Aber auch, weil Seth die vier Wörter »Muskelschwäche in den Beinen« am leichtesten lesen konnte. Doch er war geschockt, als plötzlich zweiundvierzig Seiten mit Webadressen auf dem Bildschirm erschienen.

Das war ein echtes Problem. Er warf einen Blick hinüber zum Computer neben ihm. Dort saß ein junges Mädchen und studierte ihre Facebook-Seite. Er wollte sie schon fragen, ob sie ihm helfen könne, aber dann brachte er es doch nicht über sich. Sie sah aus wie zwölf, und vor einem zwölfjährigen Mädchen wollte er nicht zugeben, dass er nicht gut genug lesen konnte, um die richtige Website auszusuchen. Also fing er an, sich allein durchzukämpfen.

Da gab es Seiten über Ermüdung und Muskelschwäche, über die Ursachen für Schwächegefühle in den Beinen, über Fibromyalgie-Symptome und über Muskel-Skelett-Erkrankungen. Bald taten ihm die Augen weh, und irgendwann stützte Seth den Kopf auf eine Hand. Er starrte auf den Bildschirm und dachte, dass jemand, dessen Gehirn nicht so hoffnungslos überfordert war wie seines, die Liste in zwanzig Sekunden durchgesehen hätte.

Dann sah er etwas, das sein Gehirn mühelos erkannte: Unter einem der Links war die erste Zeile eines Artikels zu lesen und da waren zwei Wörter, die Seth nicht einmal zu lesen brauchte, weil er sie schon sein ganzes Leben lang immer wieder gesehen hatte: *Whidbey Island.*

Er klickte darauf und es war ein Artikel über Borreliose. Es gelang ihm, den Artikel zu lesen, indem er die einzelnen Buchstaben lautlos vor sich hin sprach, so wie er es in der Grundschule gelernt hatte. Aus dem Artikel ging hervor, dass Washington das höchste Aufkommen von Multipler Sklerose, aber die wenigsten Fälle von Borreliose hatte.

Seth dachte eine Weile darüber nach. Er wusste, dass Borreliose von Zecken übertragen wurde, die hauptsächlich auf Wild lebten, und dass es auf Whidbey Island von Wild nur so wimmelte. Manchmal hatte es den Anschein, als gebe es auf der Insel mehr Rehe und Hirsche als Menschen. Und dann fragte er sich, wie sie wohl ursprünglich auf die Insel gekommen waren. Waren sie hergeschwommen? Oder waren sie sogar hier entstanden? Sie waren bestimmt nicht über die Brücke gekommen. Aber wer weiß …

Seth schlug sich vor die Stirn. Es war immer das Gleiche. Immer, wenn er versuchte, etwas zu lesen, fielen ihm andere Sachen ein, die ihn vom Hölzchen aufs Stöckchen kommen ließen, bis er von dem eigentlichen Text völlig abgekommen war. Deshalb zwang er sich zur Konzentration.

In dem Artikel ging es um einen Mann auf Whidbey Island, bei dem Multiple Sklerose festgestellt worden war. Jahrelang wurde er wegen MS behandelt, bis sich schließlich herausstellte, dass er nicht Multiple Sklerose, sondern Borreliose hatte. Seth las sich die Symptome beider Erkrankungen durch und spürte, wie er immer aufgeregter wurde.

Es war nur zu offensichtlich. Mit der Kupplung vom Geländewagen war alles in Ordnung. Das Problem lag bei Mr Cartwright selbst.

Seth wusste, dass er die Antwort gefunden hatte, nach der er gesucht hatte, und dass er der Familie Bescheid sagen musste. Er ließ den

Computer stehen und ging aus dem Spieleraum. Er ging auf die Ausgangstür zu, als diese sich öffnete und der Sheriff hereintrat.

Als er Dave Mathieson sah, war Seths erster Gedanke, dass Hayley nicht mehr darauf hatte warten wollen, dass er sich selbst stellte, sondern den Sheriff angerufen und Seth beschuldigt hatte, Derric in den Saratoga Woods den Abhang hinuntergestoßen zu haben. Aber wie sich herausstellte, wollte Dave Mathieson mit Seth gar nicht über die Saratoga Woods sprechen, sondern über Becca King.

»Dich habe ich gesucht«, sagte er zu Seth. »Debbie Grieder hat ihre Nichte als vermisst gemeldet. Becca King. Was weißt du über sie?«

»Becca King?«, fragte Seth zurück und überlegte dabei fieberhaft, was er dem Sheriff sagen konnte, ohne ihm etwas Brauchbares zu verraten. Denn vor diesen verräterischen Brotkrumen hatte Becca Angst, weil sie ihren Stiefvater direkt zum *Dog House* und zu ihr führen würden.

»Debbie sagt, dass du dich mit Becca angefreundet hättest«, sagte der Sheriff. »So wie mit Sean damals.«

»Ja, ich kannte Sean«, erklärte Seth genervt. »Er hat mir Schachspielen beigebracht. Wollen Sie mich deshalb einsperren?«

»Jetzt werd nicht frech. Man hat dich gesehen, wie du kurz nach Beccas Verschwinden aus dem Motel rausgekommen bist.«

»Wer will mich denn gesehen haben?«

»Wer es war, ist nicht so wichtig. Es kommt bloß darauf an, *dass* dich jemand gesehen und mich darüber unterrichtet hat. Kannst du mir was darüber erzählen? Wir haben ein vermisstes Mädchen, das seine Habseligkeiten zurückgelassen hat, aber jetzt sind die auch nicht mehr da. Ich vermute, dass sie weggelaufen ist. Und das werde ich so lange vermuten, bis du mir einen Grund nennst, der dagegenspricht. Also, warst du im Motel?«

Die Frage verriet Seth, dass der Sheriff sich nicht sicher war, ganz gleich, was man ihm erzählt hatte. Also antwortete er: »Nicht, seit Becca ausgezogen ist.«

»Aber du *weißt*, dass sie ausgezogen ist.«

»Sie haben mir doch gerade gesagt, dass sie weggelaufen ist, Mann«, entgegnete Seth ungehalten. »Was wollen Sie eigentlich von mir? Glauben Sie, ich hätte ihr was getan? Warum sollte ich? Warum sollte ich überhaupt irgendjemandem was tun?«

Der Sheriff ließ Seths Frage im Raum stehen, wie um anzudeuten, dass nur Seth selbst sie beantworten könne. Er musterte ihn eindringlich, so als würde er ein Buch lesen. Das Schweigen zog sich hin.

Schließlich sagte Seth gereizt: »Ich weiß überhaupt nichts über Becca King. Ich weiß auch nichts über irgendjemanden sonst. Ich weiß gar nichts.«

»Das werden wir ja sehen«, antwortete Sheriff Mathieson. »Aber denk daran: Ich habe ein Auge auf dich, Seth.«

Nach dieser Auseinandersetzung wäre Seth um ein Haar gar nicht mehr zur *Smugglers Cove Blumenfarm* gefahren. Stattdessen war er kurz davor, das *Cliff Motel* aufzusuchen und Debbie Grieder die Meinung zu sagen. Seit sie zu den AA-Treffen ging, hatte sie vielleicht viel über Alkoholismus gelernt, aber dafür gab es massenhaft Dinge, von denen sie keine Ahnung hatte oder die sie einfach gern ignorierte.

Zum Beispiel war es schwer vorstellbar, dass sie nicht wusste, dass Sean schon mit fünfzehn Jahren angefangen hatte, Drogen zu nehmen, nämlich kurz nachdem Reese gestorben war. Und dass er auf dem Teil der Klippe, der am meisten Sonne abbekam, zwischen den Büschen und für alle sichtbar, Hanf angebaut hatte. Und sie musste es gemerkt haben, als er anfing, Speed zu nehmen. Seth war zwar zehn Jahre jünger als Sean Grieder, aber selbst *er* hatte gemerkt, dass es mit Sean bergab ging.

Er konnte Debbie Grieders Einstellung nicht ändern, dachte er, als er die Schnellstraße in nördliche Richtung fuhr. Und Sean konnte er auch nicht helfen. Und an Beccas Situation konnte er auch nicht viel ändern, außer sie ihr ein wenig zu erleichtern. Aber eines *konnte* er tun, und zwar die Informationen aus dem Internet sinnvoll nutzen.

Als Seth in die Zufahrt zur *Smugglers Cove Blumenfarm* einfuhr, bemerkte er das wilde Sommergras, das noch am Rande des Weges stand. Es war längst vertrocknet, aber er wusste, dass diese Gräser Zecken anzogen. Ebenso wie Socken, Beine, Füße und Zehen von Menschen. Wenn man nicht aufpasste, konnte man tagelang eine Zecke mit sich herumtragen, ohne es überhaupt zu merken.

Seth hatte ein gutes Gefühl dabei, etwas für die Cartwrights tun zu können. Es war deutlich zu sehen, dass sie sich große Sorgen um Hayleys Dad machten, und er hatte die Antwort und konnte ihnen sagen, was mit ihm los war. Er lächelte bei dem Gedanken, ihnen helfen zu können. Und er lächelte noch immer, als er vor dem Haus hielt und die Hupe des VW betätigte.

Hayley kam sofort aus dem Haus in den Regen gerannt. Sie wedelte mit den Armen, und als er aus dem Auto stieg, war das Erste, was sie sagte: »Pscht! Was soll der Krach? Spinnst du?«, bevor er auch nur die Wagentür schließen konnte. Sie klang ziemlich wütend.

»Reg dich ab, Hayley. Ich wollte sehen, wie es deinem Dad …«, begann Seth.

»Was soll mit meinem Dad sein? Mit Dad ist alles in Ordnung. Der Geländewagen hat bloß den Geist aufgegeben.«

»Darüber wollte ich mit euch sprechen. Denn als ich mit dem Wagen zurückgefahren bin, hat die Kupplung ganz normal funktioniert.«

»Na und? Was geht *dich* das an?« Hayleys Gesicht war puterrot, obwohl es regnete.

»Ich mein ja nur«, erwiderte Seth. »Können wir vielleicht reingehen? Oder wenigstens auf die Veranda?«

»Nein, können wir nicht.«

Er klappte den Kragen seines Flanellhemdes hoch und zog sich die Krempe seines Filzhutes tiefer ins Gesicht. Er sagte: »Okay. Wie du meinst. Aber hör mir trotzdem zu, Hayley. Ich habe im Internet nachgeguckt, weil dein Dad so komisch ...«

»Lass meinen Dad endlich in Ruhe!« Ihre Stimme wurde lauter und Seth sah, dass sie nicht nur ein rotes Gesicht, sondern auch Tränen in den Augen hatte. Aber das schien sie noch wütender zu machen, denn sie ballte die Faust und sagte: »Was ist eigentlich mit dir los? Du musst doch in ein paar Tagen sowieso ins Gefängnis.«

»Hey, ich habe keine Ahnung, wer mich am *Cliff Motel* gesehen haben will, aber selbst *wenn* ich dort war – was nicht heißen soll, dass ich's wirklich war –, habe ich keine Ahnung, warum Becca King weggelaufen ist, klar?«

»Wovon sprichst du eigentlich?«

»Vom Sheriff, von wem sonst? Er hat mich vorhin beschuldigt ...« Da musterte Seth sie etwas genauer und er erkannte, dass sie gerade komplett aneinander vorbeiredeten. »Wow. Saratoga Woods und Derric. Du hast also letztens nicht nur geblufft, was? Du hast das ernst gemeint, dass ich mich stellen soll ...«

»Was hast du an dem Tag dort gemacht?«

»Das geht dich einen Scheißdreck an.«

»Sag es mir!«

»Ich bin mit Gus laufen gegangen, okay? Und was hast *du* dort gemacht?«

»Was hattest du für Schuhe an? Deine Sandalen?«

Seth blieb der Mund offen stehen. Er klappte ihn wieder zu und sagte: »Was zum Teufel ... Was sollen die Fragen, Hayley?«

»Jetzt trägst du sie nicht. Du hast sie *gar* nicht mehr angehabt.«

»Nein, weil es regnet. Falls es dir noch nicht aufgefallen ist.«

»Du hast sie aber *immer* an. Hast du sie noch? Oder hast du sie verschenkt? Hast du sie Dylan Cooper gegeben?«

Seth fluchte innerlich. Sie war völlig verrückt geworden, und er war noch verrückter, dass er überhaupt hergekommen war. Was wollte er hier? Es war vorbei, vorbei, vorbei zwischen ihm und Hayley. Aber er konnte das nicht akzeptieren und klammerte sich an sie, an Hayley, an ihre Familie und an die Farm.

Sie sagte: »Jetzt sag schon! Becca King hat von den Sandalen gesprochen. Ich habe zwar keine Ahnung, was es zu bedeuten hat, aber irgendetwas weiß sie. Genau wie du. Und ich schwör's dir, Seth, wenn du mir jetzt nicht ...«

Seths Schädel fühlte sich an, als würde er gleich platzen. Er sank zurück in den Fahrersitz des VW und legte den Kopf in die Hände. Ihre Gedanken. Seine Gedanken. Anschuldigungen. Wahrheit. Es war, als würde jemand in seinem Gehirn einen Ballon aufblasen, und die Schmerzen waren unerträglich.

»Ja, klar«, war Hayleys Reaktion auf ihn. »Du hast ja *so* viel, worüber du nachdenken musst. An deiner Stelle würde ich als Erstes darüber nachdenken, warum du mich nicht endlich in Ruhe lässt, mich und meine ganze Familie. Was willst du eigentlich? Du kannst nicht einfach die Schule abbrechen und deinen Abschluss in den Wind schießen und dann auch noch eifersüchtig sein und jemanden angreifen, bloß weil er mein Freund ist und mich geküsst hat und ich ihn auch geküsst habe und es mir gefallen hat. Hast du gehört? Es hat mir gefallen. Und dann lässt du dir von Becca King helfen, deinen fiesen Plan zu ...«

Seth sprang auf und hielt Hayley den Mund zu. Er schrie: »Hör endlich auf! Wie soll ich dabei denken?«

Sie riss sich los. »Ganz genau. Du kannst nämlich gar nicht denken.«

Da ging die Haustür auf und Mrs Cartwright trat hinaus. Sie schlang die Arme um sich, wegen der Kälte und des Regens, und rief: »Ihr müsst endlich aus dem Regen raus. Was macht ihr da eigentlich?«

»Nichts«, erwiderte Hayley.

Mrs Cartwright lächelte zaghaft. »Danach sieht es mir aber *nicht* aus. Wie geht es dir, Seth?«

»Ganz gut. Danke«, presste Seth zwischen den Zähnen hervor. Und dann fiel ihm wieder ein, warum er eigentlich hergekommen war. »Aber ich habe gesehen, dass es Mr Cartwright nicht so gut geht.«

Er erzählte Hayleys Mutter von der Borreliose, von dem Mann auf Whidbey Island, bei dem irrtümlich Multiple Sklerose festgestellt worden war, und von der Verbreitung von Borreliose auf der Insel allgemein. Während er sprach, zischte Hayley mehrmals seinen Namen und Mrs Cartwright fuhr sich mit der Hand an den Hals. Aber er konnte nicht aufhören, bis er alles gesagt hatte, und Hayley war ihm plötzlich völlig egal, um sie ging es hier nicht. Hier ging es darum, dass er endlich einmal etwas richtig machen konnte. Er erklärte, dass Mr Cartwright vielleicht nicht gemerkt hatte, dass er eine Zecke am Körper hatte, und dass er Gus oft Zecken aus dem Fell zupfte. Er fuhr fort, dass Borreliose gefährlich werden konnte, wenn man sie nicht behandelte, und …

Tränen liefen Mrs Cartwright die Wangen hinunter. »Danke, Seth. Danke, dass du gekommen bist, mein Lieber«, sagte sie. Dann ging sie ins Haus zurück.

Hayley sah Seth an. Sie war vom Regen durchnässt, aber ihr Gesicht war nicht mehr rot. Stattdessen hatte sie einen eigenartigen Gesichtsausdruck. Dann sagte sie mit einer völlig veränderten Stimme, ganz ruhig, so wie sie früher immer mit ihm gesprochen hatte: »Was ist an dem Tag im Wald passiert, Seth?«

Aber Seth konnte ihren Gesichtsausdruck nicht deuten und er wusste nicht, warum Hayley auf einmal wieder so sprach wie früher. Also antwortete er: »Das spielt sowieso keine Rolle mehr.« Und damit stieg er in seinen Wagen und fuhr davon.

KAPITEL 33

Von all den Dingen, die Seth belasteten, als er die Cartwright-Farm verließ, stand die Sache mit den Sandalen an erster Stelle. Wenn Becca sie Hayley gegenüber erwähnt hatte, dann hatte sie einen guten Grund dafür.

Er bereute es fast, die Sandalen gekauft zu haben. Sie waren perfekt geeignet für jedes Wetter und jeden Boden. Man konnte damit durchs Wasser gehen und an Land laufen. Wenn man warme Socken trug, konnte man die Sandalen das ganze Jahr über tragen, außer bei Schnee. Und deshalb hatte er sie gekauft: damit er sie immer und überall tragen konnte.

Aber im Augenblick trug er sie nicht, und zwar, weil … und zwar, weil er sie nicht trug. Ganz einfach. Und das ging Hayley gar nichts an. Und es stand ihr auch nicht zu, ihm Fragen darüber zu stellen. Oder ihm *überhaupt* Fragen zu stellen, wenn man es genau nahm.

Sie fing langsam an, ihm auf die Nerven zu gehen. Aber inzwischen ging ihm so ziemlich alles auf die Nerven.

Zum Teil war es seine eigene Schuld. Er hatte mit seinen Eltern eine Abmachung, aber er hielt sich nicht daran. Außerdem war er ihnen gegenüber nicht ehrlich, wenn es darum ging, wie er seine Zeit verbrachte. Hayley hatte recht, wenn sie ihm vorwarf, dass er sich nicht um seine Berufsbefähigungsprüfung bemühte. Er hatte keinen Nachhilfelehrer und lernte auch nicht alleine. Und warum war das so? Weil er es nicht ausgehalten hätte, bei dem Test durchzufallen und für alle Zeiten als der Oberloser dazustehen.

Als er die Schnellstraße erreichte und nach Freeland hineinfuhr, war die Ampel auf der Straße zum Einkaufszentrum der Stadt gerade auf Rot gesprungen. Einer Eingebung folgend, bog er plötzlich links ab. Es gab noch etwas, das er tun konnte, um sich selbst zu beweisen, dass er kein hoffnungsloser Fall war. Er fuhr zum Geschäft für Farmzubehör und parkte seinen Wagen neben ein paar Heuballen. Sie waren – zum Schutz vor dem Regen – mit einer Plane bedeckt, aber ihre rechteckige Form war noch immer gut zu erkennen. Er betrat das Gebäude und streifte durch die Gänge, bis er das Hundefutter entdeckte. Er musste zwei Tage halbtags im *Star Store* arbeiten, um genug Geld für Gus' Hundefutter zu verdienen, denn es war ohne Zusätze hergestellt. Aber er machte das gerne und war froh, es überhaupt bezahlen zu können.

Er hievte sich einen Achtzehn-Kilo-Sack auf die Schulter. Dann suchte er etwas, das Gus gefallen würde, ohne dass er es in dreißig Sekunden kaputtgebissen hätte. Er entschied sich für einen echten Knochen mit Knorpel, ein riesiges Ding, an dem Gus tagelang herumknabbern oder es herumtragen konnte, wenn er nicht gerade daran nagte.

Seth nahm den Knochen und ging zur Kasse. Die Kassiererin tippte schon seine Waren ein, als jemand die Hand auf seine Schulter legte, und eine Stimme, die er besser kannte als seine eigene, sagte: »Ich bezahl das. Und das hier auch.«

Er schaute auf und erkannte seinen Großvater. Ralph trug genau das gleiche Hundefutter über der Schulter. Als Seth das sah, schnürte sich ihm der Hals zu, denn es bedeutete, dass Ralph, neben all seinen anderen Vermutungen, auch davon ausgegangen war, dass Seth das Futter für seinen eigenen Hund vergessen würde.

»Kommt gar nicht infrage«, widersprach Seth und reichte der Kassiererin das Geld. Er nahm das Futter und den Knochen und ging nach draußen. Er lief zu den Heuballen, doch als er dort ankam, war seine Wut fast schon wieder verraucht. Er stellte den Beutel mit dem Hundefutter auf den Boden und ließ sich auf einen Heuballen sinken. Den Knochen drehte er wieder und wieder in seiner Hand.

Mit einem dumpfen Plumpsen setzte sich jemand neben ihn. Dann erklang die Stimme, die Seth mehr als alles auf der Welt liebte: »Ich habe dir unrecht getan, Seth. Ich hätte es besser wissen müssen, aber das habe ich nicht und möchte dich um Verzeihung bitten. Ich hoffe, du kannst mir vergeben.«

»Du hast sogar gedacht, ich würde das Futter für Gus vergessen«, warf Seth seinem Großvater vor.

Und Ralph räumte ein: »Stimmt. Und das war auch unrecht von mir. Ich habe mir etwas zusammengereimt und ich lag falsch. Bitte verzeih mir auch das, Seth.«

»Grandpa, ich habe deine Sachen nicht geklaut«, beteuerte Seth. »Und ich nehme auch keine Drogen. Mein Gehirn ist auch *so* schon verkorkst genug. Wie wäre ich erst drauf, wenn ich Drogen nehmen würde?«

Ralph seufzte. Er nahm seinen Hut ab, kratzte sich heftig den Kopf und setzte ihn wieder auf. Dann sagte er: »Das weiß ich doch. Einen Moment lang habe ich daran gezweifelt, aber Zweifeln ist menschlich und ich hoffe, du weißt, dass ich auch nur ein Mensch bin. Die Menschen reimen sich Dinge zusammen und manchmal liegen sie eben falsch. Aber das Allerwichtigste ist doch: Ganz gleich, was ich denke oder gedacht habe, ich habe keine einzige Sekunde aufgehört, dich lieb zu haben, mein Junge.«

Seth dachte über seine Worte nach und was es bedeutete, sich zu irren und Schlussfolgerungen zu ziehen, bevor man überhaupt alle Fakten kannte, aus denen sich eine Erklärung ergeben könnte. »Ich dachte, ich hätte gute Gründe, dich nicht erst zu fragen. Ich brauchte die Sachen, weil jemand anders meine Hilfe brauchte. Es tut mir leid, dass ich dich nicht gefragt habe. Aber ich hatte Angst, dass du Fragen stellst, wenn ich es tue.«

»Na und?«, fragte Ralph. »Was wäre gewesen, wenn ich das getan hätte?«

»Das darfst du nicht, Grandpa. Hierüber nicht. Ich muss einem Freund helfen und du musst mir einfach vertrauen.«

Ralph sah ihm lange in die Augen. Dann nickte er und sagte: »Gut.«

Einen Augenblick blieb er stumm und betrachtete den Knochen, den Seth in der Hand hielt. Er nahm eines von seinen Cowboytaschentüchern heraus und schnäuzte sich lautstark. Dann knüllte er es zusammen und sah Seth wieder an. »Kann ich dich was fragen? Wie viel von dem, was gerade so passiert, hat mit Hayley zu tun?«

Das war eine gute Frage, die Seth nicht einmal sich selbst beantworten konnte, geschweige denn seinem Großvater.

»Wenn ich das wüsste …«, antwortete er.

»Aha«, sagte Ralph und lehnte sich an die Heuballen. Er sah hinauf zum grauen, grimmigen Himmel. Dann stieß er einen langen Seufzer aus und murmelte: »Liebe ist verdammt schwer.«

Seth musste kichern. »Da sagst du was Wahres.«

»Weißt du, was das Schlimmste ist? Die Ungewissheit«, fügte Ralph hinzu.

»Ob der andere die Liebe erwidert?«

»Das ist das eine«, erklärte Ralph. »Aber auch die Tatsache, dass man nie weiß, was als Nächstes geschieht. Wenn ein Mann und eine

Frau sich lieben, ist das immer eine große Sache. Das Problem ist nur, dass man diese Sache nicht mit Händen greifen kann.«

»Stimmt. Das kann ich auch nicht«, bestätigte Seth.

»Da bist du nicht der Einzige, glaub mir.« Ralph legte seine Hand um Seths Nacken. Sie war warm, voller Schwielen und vertraut. »Darf ich dir was von meiner Großvater-Weisheit aufdrängen, Seth? Wahrscheinlich ist es bloß ein großer Haufen Müll, aber ich will es dir trotzdem nicht vorenthalten.«

Seth war nicht sicher, ob er sich Müll anhören wollte, ganz gleich, ob er nun von Ralph stammte oder von jemand anderem. Aber nach Ralphs Entschuldigung war die Stimmung zwischen ihnen wieder etwas entspannter, also forderte er seinen Großvater auf, loszulegen, was dieser sich nicht zweimal sagen ließ. Ralph erklärte, es sei wichtig zu wissen, dass, wenn einer aufhört zu lieben, die Liebe für beide vorbei sei. Und man müsse lernen zu erkennen, wann dieser Zeitpunkt gekommen sei, und dürfe sich nicht dagegen wehren.

»Das soll jetzt nicht heißen, dass Hayley aufgehört hat, dich zu lieben«, ergänzte Ralph rasch. »Aber du musst abwarten und darfst es nicht erzwingen, sonst siehst du Dinge, die in Wirklichkeit gar nicht da sind. Denn ich habe den Eindruck, das tust du bei Hayley. Habe ich recht?«

»Kann sein«, sagte Seth. »Ehrlich gesagt, weiß ich es nicht. Ich bilde mir zwar ein, ich wüsste, warum ich manche Dinge tue, aber manchmal liege ich auch falsch.«

»Und was heißt das?«

»Zum Beispiel, dass ich zur Farm fahre, weil etwas mit ihrem Dad nicht stimmt, und ich glaube, ich weiß, was er hat. Und das will ich ihr und der ganzen Familie sagen. Aber sie glaubt, ich würde aus einem anderen Grund kommen.«

»Und was glaubst *du?*«

»Ich glaube«, sagte Seth zögernd, »dass sie irgendwo dazwischenliegt.«

»Wer?«

»Die Wahrheit.«

»Aha.«

»Weißt du, sie denkt nämlich, ich sei eifersüchtig, und dass mein ganzes Verhalten nur darauf zurückzuführen ist.«

»Und hat sie recht?«

»Wahrscheinlich. Dabei weiß ich genau, wie schwachsinnig es ist, eifersüchtig zu sein«, sagte Seth. »Es bringt ja nichts. Das sehe ich schon ein. Aber eins steht fest, Grandpa: An meinen Gefühlen kann ich nichts ändern. Sie sind einfach da und ich muss ihnen folgen.«

»Aber das kann leicht aus dem Ruder laufen«, bemerkte Ralph.

»Das weiß ich ja. Sie helfen mir weder dabei, einen Nachhilfelehrer zu finden, noch bei der Musik mit meinem Trio. Sie helfen mir überhaupt nicht.«

»Gut, dass du das einsiehst.« Ralph seufzte erneut. »Ich für meinen Teil versuche immer, den Gefühlen, die nichts bringen, aus dem Weg zu gehen. Und Eifersucht gehört dazu.«

»Bisher hat die Eifersucht mir jedenfalls *nicht* viel eingebracht«, gab Seth freimütig zu.

»Gut, dass wir uns wenigstens darin einig sind. Neben der Notwendigkeit, Futter für deinen Hund zu besorgen.«

Ralph klopfte sich auf die Oberschenkel und stand auf. Dann hievte er sich den Beutel mit Hundefutter auf die Schulter. Seth folgte seinem Beispiel. Sie liefen zu Ralphs Wagen, der – wie Seth sah – direkt neben seinem VW geparkt war. Drinnen saß Gus. Als Seth die Tür öffnete, sprang der gelbe Labrador heraus und an ihm hoch, wobei er seine Pfoten auf Seths Schultern legte.

Ralph ließ ihn eine Minute lang gewähren und sagte dann: »Ins

Auto, Gus«, und der Hund gehorchte. Dann wandte Ralph sich an Seth. »Ich habe etwas vor, möchte dich aber vorher um Erlaubnis bitten, Seth.«

Seth hob die Augenbrauen. Das war etwas *ganz* Neues. »Was denn?«

»Ich möchte mit Hayley sprechen.«

»Ach, nein, Grandpa. Bitte nicht. Ich meine …«

Ralph hob die Hand, um ihn zu unterbrechen. »Nicht wegen euch beiden. Jedenfalls nicht direkt. Aber es gibt etwas, das ich mit ihr besprechen muss und ich möchte deine Erlaubnis. Wenn du nicht willst, vergessen wir es. Aber wenn du einverstanden bist …«

Seth dachte darüber nach. Noch nie hatte sein Großvater etwas getan, das anderen geschadet hätte.

Deshalb sagte er: »Na gut. Von mir aus. Aber darf ich dir etwas raten?«

»Sicher. Schieß los.«

»Erwähne nicht ihren Vater.«

Ralph dachte darüber nach und strich sich über den Schnurrbart. »Seth«, erwiderte er schließlich, »wenn ich eins im Leben gelernt habe – und ich habe weiß Gott nicht *viel* gelernt –, dann war es, dass die Dinge, die man Menschen gegenüber nicht erwähnen sollte, der eigentliche Grund sind, warum man überhaupt mit ihnen spricht.«

KAPITEL 34

Als Hayley vorsichtig die Tür aufdrückte, sah sie, dass Rhonda Mathieson bei ihrem Sohn im Zimmer war. Sie war dabei, Derrics Kopf zu rasieren, der inzwischen keinen Verband mehr trug. Sein Kopf war glatt und rund, ohne dass Hayley auch nur die geringste Unebenheit erkennen konnte. Sie hatte ihn einmal gefragt, warum er sich den Kopf rasierte, und ihn geärgert und gesagt, er wolle nur mit seiner perfekten Kopfform angeben. Da hatte er gelacht, mit seinem typischen, ausgelassenen Derric-Lachen, und gesagt, dass es in Uganda Brauch sei. Außerdem hatte er es gerne so.

Rhonda schaltete den Rasierer aus. »So, mein Schatz«, sagte sie. Dann drehte sie sich um und sah Hayley in der Tür stehen. »Dich habe ich gar nicht erwartet, Hayley«.

»Ich steh nicht auf der Anmeldeliste. Ich wollte nur kurz sehen, wie es ihm geht.«

»Unverändert.« Rhonda rang sich ein Lächeln ab. »Und wie geht es dir, Liebes?«

»Er fehlt mir.«

»Das kann ich gut verstehen.«

»Wie kommen Sie und Sheriff Mathieson zurecht?«

Rhonda drehte sich wieder zum Bett und fummelte an Derrics Bettzeug herum, zog das Bettlaken glatt und zupfte an seiner Decke. Dabei sagte sie: »Wir sehen uns zur Zeit nicht so häufig. Wir lösen uns immer hier ab, also treffen wir uns fast nur zum Frühstück. Dave hält sich viel in Langley auf. Er will unbedingt herausfinden, wer dem Jungen etwas getan hat. Und was Derric im Wald wollte. Bei mir ist das anders. Ich will bloß, dass Derric wieder aufwacht.« Dabei berührte sie sanft die Wange ihres Sohnes.

Hayley fand, dass es noch mehr gab, worüber sie beide hätten sprechen können, aber sie schwieg, und auch Rhonda sagte nichts weiter. Hayley sah sich im Raum um und bemerkte, dass die Ballons keine Luft mehr hatten und ersetzt werden mussten. Rhonda folgte ihrem Blick und band die erschlafften Ballons vom Fußende des Bettes los.

»Ich lass dich ein wenig mit ihm allein, Hayley. Es ist immer schön, dich zu sehen. Danke, dass du gekommen bist.«

»Kein Problem«, erwiderte Hayley und ging zum Bett, während Rhonda den Raum verließ. Als sie neben ihm stand, sah sie, dass Derric trockene Lippen hatte, also holte sie ein kleines Döschen mit Lippenbalsam aus der Tasche und trug etwas davon auf seine Lippen auf. Den Rest verteilte sie auf ihren eigenen Lippen. Das war wie ein Kuss und sie dachte wieder an den Abend, als sie sich nach der Tanzveranstaltung geküsst hatten. Sie konnte noch immer nicht vollständig erfassen, was sich in dem Augenblick alles verändert hatte und was seitdem passiert war.

Er war so ein guter Freund. Etwas ganz Besonderes.

Ich schenke dir Afrika so lange, bis du es selbst besuchen kannst, hatte er ihr gesagt und die ersten von unzähligen Fotos von dem Waisenhaus ausgepackt, wo Rhonda ihn zum ersten Mal gesehen hatte. *Sieh mal, mit diesem Wagen sind wir in Kampala herumgefahren*, erzählte er lachend. *Zum Glück hat es nicht viel geregnet, sonst wäre das Ding sicher auseinandergefallen. Sieh mal das Dorf, Hayl. Da sind wir mal zu einem Fußballspiel hingefahren, aber statt Fußball haben wir dann Musik gespielt. Siehst du das Ding? Das ist eine Art afrikanisches Xylofon. Und das ist Warren. Er hat es gelernt, als er zehn Jahre alt war. Ich habe immer schon lieber Saxofon gespielt.*

Es machte sie traurig, sich vorzustellen, sie könne seine Stimme hören. Hayley legte ihren Kopf neben Derrics Kopf aufs Kissen. Sie schloss die Augen und flüsterte ihm ins Ohr: »Bitte komm zurück, Derric. Du bist der Einzige, der weiß, warum, und ich kann das nicht allein. Du musst zurückkommen.«

Als sie die Augen wieder aufschlug, waren seine noch immer geschlossen, mit dem schmalen Halbmond aus Weiß am Lidrand. »Wir sind alle im Krankenhaus, Derric. Mom, Dad und ich. Es wird schlimmer, weißt du?«

Nachdem sie sein Zimmer verlassen hatte, ging Hayley zur Radiologie im hinteren Bereich des Krankenhauses. Dort wurde bei ihrem Vater eine Kernspintomografie gemacht und ihre Mutter saß im Wartebereich und hatte eine offene Zeitschrift auf dem Schoß liegen. Aber sie las nicht. Stattdessen saß sie mit gesenktem Kopf und geschlossenen Augen da. Sie betete. Und das tat ihre ganze Familie. Das taten sie schon seit einigen Monaten, aber jeder im Stillen für sich, ohne dass sie es sich gegenseitig eingestanden.

Als Hayley sich setzte, blickte ihre Mutter auf. Ihre Augen waren feucht und Hayley fragte rasch: »Haben sie schon was gesagt?«

»Nein, nein. Ich musste nur an den Leuchtturm in Kalifornien denken. Weißt du noch? Der mit den vielen Stufen.«

Hayley nickte, denn die Geschichte hatte sie schon oft gehört. In ihren Flitterwochen hatte sich ihr Vater auf eine Wette eingelassen und war alle dreihundert Stufen des Turms hinauf- und wieder hinuntergelaufen. Und als er wieder runterkam, war er noch nicht einmal außer Atem gewesen.

»Er ist noch in der Maschine«, berichtete ihre Mom, während sie in ihrer Handtasche nach einem Taschentuch kramte. »Hörst du das Klopfen? Sie wollten ihm Valium geben, aber du weißt ja, wie dein Vater ist. Er wollte nicht. Und dann hat er gesagt … Er hat gesagt: ›Ich muss mich ja sowieso an geschlossene Räume gewöhnen.‹«

Da strömten ihrer Mutter die Tränen über die Wangen und sie presste sich das Taschentuch auf den Mund und sagte: »Tut mir leid, tut mir leid, Schatz.«

Hayley wusste genau, was er mit *geschlossenen Räumen* meinte. Sie spürte, wie ihr selbst die Tränen kamen, und stand hastig auf. »Ich geh ein bisschen an die frische Luft«, sagte sie.

Als ihre Mutter nickte, eilte Hayley hinaus.

Auf der Straße war es so kalt, dass ihr der Atem stockte. Bis auf den Parkplatz gab es hier nicht viel und sie sah sich um und blinzelte dabei. Sie bemerkte den wunderschönen Zuckerahornbaum am anderen Ende des Parkplatzes, dessen purpurfarbenes Laub sich vom blauen Himmel abhob. Sie ging darauf zu, um ein wenig Schönheit zu genießen, an einem Tag, an dem ihr sonst alles grau und bedrückend erschien.

Unter dem Baum stand eine Bank und dort setzte sie sich hin. Sie versuchte, nicht an ihren Vater und auch nicht an Derric zu denken. Aber beide beherrschten hartnäckig ihre Gedanken, und wenn sie die Augen schloss, sah sie beide vor sich, und das machte die Sache nur noch schlimmer.

Da setzte sich jemand neben sie auf die Bank. Sie sah auf und erkannte Seths Großvater, der sie anschaute. Ralph Darrow trug einen Hut, der an Indiana Jones erinnerte, und seine Haare waren ausnahmsweise offen. Er sah aus wie eine Mischung zwischen einem Banditen und einem Mann aus den Bergen, aber er lächelte und sagte: »Du hier auf der Bank mit dem roten Laub am Baum … ein wunderschönes Bild. Erlaubst du einem alten Mann, sich neben dich zu setzen?«

»Ja, warum nicht«, antwortete sie.

Eine Weile sprachen sie nicht, bis Ralph wieder ansetzte: »Weißt du, ich mag den Herbst. Viele sagen, er ist der Botschafter des Winters und kündigt die langen, dunklen Tage an. Aber ich finde es wunderbar, zu Hause vor meinem Feuer zu sitzen und so zu tun, als würde ich ein Buch lesen.«

»Genauso sehe ich Ihr Haus im Herbst vor mir«, erwiderte Hayley. »Aber damals haben wir zusammen mit Seth Poker gespielt.«

Ralph sah sie an und lächelte. »Und du warst verdammt gut, Mädchen. Ich kenne niemanden, der so gut bluffen kann.«

Hayley holte ein Taschentuch aus ihrer Tasche und putzte sich die Nase. Ralph schaute auf den Parkplatz, wo außer Autos nichts zu sehen war, und es schien, als spreche er zu ihnen: »Ich bin bei der Farm vorbeigefahren. Und Brooke sagte mir, dass ihr alle hier seid.«

»Mom hat mich gebeten, mitzukommen. Und ich sollte auch besser wieder reingehen. Mein Dad ist … Er hat einen Arzttermin.« Hayley wusste, dass sie schon zu viel gesagt hatte, und sie wusste auch, dass sie eigentlich im Krankenhaus bei ihrer Mutter sein sollte. Aber hier mit Ralph Darrow auf der Bank zu sitzen, hatte etwas Tröstliches und sie verstand, warum Seth so gerne bei ihm war. Sie fragte, mehr aus Höflichkeit denn aus echtem Interesse: »Wie geht es Seth?«

Ralph strich seinen Schnurrbart glatt. »Na ja, ich muss sagen, Seth ist nicht so gut beisammen. Aber es wird besser. Obwohl er viele Sorgen hat.«

»Was denn für Sorgen?«

Ralph warf ihr einen Blick zu, als wollte er sagen: *Hayley, das weißt* du *doch wohl am besten.*

Hayley sagte nichts, aber sie rutschte unruhig auf der Bank hin und her. Sie musste jetzt wirklich zurück ins Krankenhaus, dachte sie.

Da begann Ralph: »Ich mische mich grundsätzlich nicht in die Herzensangelegenheiten zweier Menschen ein. Die Wege der Liebe sind unergründlich und ich betrachte mich selbst als Glückspilz, dass ich eine Frau so geliebt habe, dass ich den größten Teil meines Lebens mit ihr verheiratet war. Aber ich habe nachgedacht, und zwar lange und gründlich, und ich komme einfach nicht dahinter, Hayley.«

»Was meinen Sie, Mr Darrow?«

»Früher hast du mich Grandpa genannt. Hat mir besser gefallen.«

»Grandpa«, sagte sie.

»Danke. Darf ich fortfahren?«

»Na gut.«

»Gut. Ich komme nicht dahinter, warum du Seth nicht die Wahrheit sagst.«

»Das habe ich doch!«, rief Hayley aus. »Wenigstens habe ich es versucht. Er hat mich zusammen mit Derric gesehen, und *er* war es doch, der mich nicht zurückgerufen hat, als …«

»Ich rede nicht von Derric«, unterbrach Ralph sie. »Ich wusste gar nichts von ihm. Und ich sage doch: In Herzensangelegenheiten mische ich mich nicht ein, Hayley.«

»Aber Sie haben doch gefragt, warum ich …«

»Warum du ihm nicht die Wahrheit sagst. Ja, das habe ich dich gefragt. Und wenn wir Derric einmal beiseitelassen, kommst du sicher darauf, welche Wahrheit ich meine.«

Hayley blieb stumm. Sie wollte ihren Worten so gerne freien Lauf lassen. Aber in diesem Augenblick sah sie ihre Eltern aus dem Krankenhaus kommen und zwischen ihr und Ralph Darrow stand auf einmal eine Mauer: das Versprechen, zu schweigen, um den Stolz der Familie zu wahren.

Ihr Vater ging langsam und zog ein Bein nach, wie er es schon seit einiger Zeit tat, und ihre Mutter hatte den Arm um seine Hüfte gelegt, um ihn zu stützen. Hayley konnte an seinem Gesichtsausdruck erkennen, dass er nicht wollte, dass seine Frau ihm half. Aber dem Gesichtsausdruck ihrer Mutter entnahm sie, dass sie entschlossen war, es trotzdem zu tun.

Hayley presste die Lippen aufeinander, um zu verhindern, dass sie alles ausplapperte. Sie wollte so gerne mit jemandem sprechen. Aber seit Derric im Koma lag und Diana Kinsale erklärt hatte, dass die Sache mit Hayleys Vater bis zum bitteren Ende ausgestanden werden müsse, hatte Hayley keinen mehr zum Reden. Ihre Mutter oder ihr Vater würden jedenfalls nicht mit ihr darüber sprechen.

Ralph fragte ruhig: »Was soll ich tun, Hayley?«

Hayley riss den Blick von ihren Eltern los und schaute den alten Mann an. Sie sah, dass er ihren Dad beobachtete, und flüsterte: »Grandpa, es ist nie um Seth gegangen.«

Ralph nahm ihre Hand und hielt sie mit seinen beiden Händen fest, und das gab ihr viel Kraft und Trost. »Irgendwie habe ich das schon die ganze Zeit vermutet.«

»Aber bitte sagen Sie es ihm nicht«, bat sie.

»Natürlich nicht. Das musst du schon selbst tun.«

»Das geht nicht. Ich habe es versprochen.«

»Gut. Doch manchmal muss man Versprechen umgehen. Aber keiner kann dir sagen, wann der richtige Zeitpunkt dazu ist. Und ich kann es auch nicht. Aber er braucht dich.«

»Ich will nicht gebraucht werden.«

»Das würde ich an deiner Stelle nicht so endgültig sagen«, widersprach Ralph. »Was ich meine: Es ist an der Zeit, Seth aus seinem Schlamassel herauszuhelfen. Ich kann das nicht tun, denn mir fehlt der Überblick. Außerdem hätte Seth sicher was dagegen, wenn ich mich einmische, und das könnte ich ihm nicht mal verdenken. Er ist kein Kind mehr und ich kann ihn nicht mehr wie eins behandeln. Und deshalb brauche ich deine Hilfe.«

Hayley sah ihn an. Sie wusste, dass er nicht ganz ehrlich mit ihr war, denn Ralph Darrow hatte immer den Überblick, sobald er alle Informationen beisammenhatte, die er brauchte. Und er würde keine Sekunde zögern, sich einzumischen, um Seth zu helfen. Deshalb wusste sie, dass sie ihm helfen sollte, um sich selbst zu helfen. Und damit konnte sie leben. Denn Hilfe hatte sie dringend nötig.

»Okay, Grandpa.« Dann stand sie auf.

Ralph Darrow folgte ihrem Beispiel. »Danke«, sagte er. »Dann will ich mal deinem alten Vater Guten Tag sagen.«

KAPITEL 35

Drei Abende später erschreckte Seth Becca im *Dog House*. Sie hatte sich so lange wie möglich in einer Ecke der Bücherei versteckt und ein paar Fragen in ihrem Geschichtsbuch durchgearbeitet. Aber als die Bücherei ihre Türen schloss, hatte sie keine andere Wahl, als sich auf den Weg zum Seawall Park zu machen, wo sie nicht Gefahr lief, von irgendjemandem gesehen zu werden, während sie zur Kneipe zurückging.

Es war bitterkalt geworden. Sie wusste, dass es in den vier Wänden ihres verlassenen Unterschlupfs nur geringfügig wärmer sein würde als draußen, aber zumindest wartete dort ein Daunenschlafsack auf sie. In den konnte sie hineinkriechen und darauf warten, dass die Stunden vergingen.

Die Taschenlampe war dort, wo sie sie hingelegt hatte, als sie aus dem Haus gegangen war: direkt hinter der Kellertür aus Sperrholz. Sie ging hinauf zum ersten Stock. Die alte Eichentheke mit dem Spiegel dahinter warf ihr Bild wie ein Gespenst zurück und von hier oben konnte sie wie immer die Laternen auf der anderen Seite der Straße sehen. Wegen der übermalten Fenster drang ihr Licht nur gedämpft in den Raum, aber es war hell genug, dass sie die Taschenlampe ausschalten konnte, bevor sie eintrat, so wie Seth es an ihrem ersten Abend hier getan hatte.

Genau in diesem Augenblick tauchte Seth wie ein Untoter aus seinem Grab hinter der Theke auf. Becca schrie vor Angst auf.

Er sagte: »Reg dich ab. Ich bin's. Mann, ich warte schon seit … mindestens zwei Stunden auf dich. Wo hast du gesteckt?« *Blöde Kuh* drang so glasklar zu ihr herüber, als hätte er eine Gedankenblase über dem Kopf.

Eigentlich sollte sie auf niemanden wegen seiner Gedanken wütend sein, die sie sowieso nicht kennen dürfte, aber *blöde Kuh* ging Becca einfach zu weit. Sie überlegte, die AUD-Box einzuschalten, um Seths Flüstern abzublocken. Das wäre nur höflich gewesen. Aber sie entschied sich dagegen. Auch wenn er ihretwegen in Schwierigkeiten geraten war und sie ihm zumindest die Privatsphäre seiner Gedanken lassen sollte, war sie doch der Meinung, dass es ihm nicht zustand, Gemeinheiten über sie zu denken, nur weil er ein wenig hatte warten müssen. Sie hatte ja nicht gewusst, dass er kommen würde.

»Ich kann hier nicht vierundzwanzig Stunden am Tag bleiben«, erklärte sie. Wenn sie ein wenig schnippisch klang, würde er es darauf zurückführen müssen, dass sie müde war.

»Wo warst du also? Ich dachte, es wäre so superwichtig, dass dich niemand sieht.«

»Das kann dir doch völlig egal sein, wo ich war. In der Bücherei, wenn du's unbedingt wissen musst.«

»Ach? Weil dein Stiefvater ja bestimmt nicht in der Bücherei und an jedem anderen Ort in der Stadt nach dir suchen wird, wenn er hier auftaucht? Was ist mit dem Sheriff? Ich dachte, du würdest dir auch wegen ihm Sorgen machen.« *Lügen … sie denkt genau, was … Hayley könnte vielleicht …*

Becca wünschte sich inständig, Seths Flüstern wäre eindeutiger.

Sie brauchte mehr als nur Satzfetzen, um zu wissen, was sie in diesem Moment glauben sollte, und entgegnete: »Ich *mache* mir wegen beiden Sorgen. Glaubst du etwa, ich habe dich angelogen?«

»Das hab ich nicht gesagt.« *Mann … was ist los mit … hat ihre Tage … wenn irgendjemand genervt sein sollte, dann …* »Hab ich gesagt, dass du lügst?«

»Du hast es gedacht, Seth.«

»Oh, und das weißt du woher, bitteschön? Kannst du vielleicht Gedanken lesen?«

»Es steht dir förmlich ins Gesicht geschrieben.« Sie kamen jetzt der Wahrheit gefährlich nahe und Becca wusste, sie musste das Gespräch so schnell wie möglich in eine andere Richtung lenken. Ihr war kalt, sie hatte Hunger, sie wusste nicht, ob sie jemals aus dem *Dog House* rauskommen würde, aber sie durfte sich deswegen nicht dazu verleiten lassen, irgendetwas preiszugeben, das man gegen sie verwenden könnte. Deshalb fragte sie: »Wo hast du überhaupt den VW geparkt? Wenn jemand erst das Auto sieht und dann, wie du den Abhang zur Kellertür hinuntergehst …«

»Ich bin ja nicht blöd«, gab Seth zurück. »Ich hab den Wagen auf dem Parkplatz am Ende der Third Street geparkt, wenn du wirklich solche Panik schiebst. Ich hab dir was zu essen mitgebracht.« Er schob ihr eine braune Einkaufstüte über die Theke hin.

Becca musterte ihn angespannt. Sie fragte sich, was es bedeutete, dass er ihr etwas zu essen mitgebracht hatte: dass sie ihm vertrauen oder dass er sich wie Jeff Corrie einfach gut verstellen konnte. Sie *hasste* es, im Dunkeln zu tappen. Sie *hasste* es, ständig Entscheidungen über Leute treffen zu müssen.

Sie näherte sich dem Beutel auf der Theke und konzentrierte sich so fest sie konnte auf Seths Flüstern. Seine Gedanken würden ihr verraten, wer er wirklich war, aber dazu musste sie sie zunächst einmal hören und dann verstehen. Was sie jedoch auffing, waren die üblichen ärgerlichen Satzfetzen, Dinge wie: *Zecken … diese Felder … Weg vielleicht … sogar … niemand … großartig …* Damit konnte sie absolut nichts anfangen. Im Gegenteil, sie warfen nur noch mehr Fragen auf: Wer war er wirklich? Was hatte er angestellt?

Sie musste sehen, ob er seine Sandalen anhatte. Deshalb ging sie auf die andere Seite der Theke und nahm die Tüte. Sie holte ein Sandwich und einen Trinkbecher heraus. Sie senkte den Kopf, um Seth zu zeigen, dass sie ihm dankbar und ein wenig verlegen war, nutzte die Gelegenheit aber, um einen Blick auf seine Füße zu werfen. Was sie da sah, waren Stiefel, keine Sandalen.

Es liegt an der Jahreszeit, sagte sie sich. Regen, Schnee, Graupel. Sie war nicht mehr in Südkalifornien. Hier trugen die Leute nicht das ganze Jahr über Sandalen. Aber sie war davon selbst nicht überzeugt und Seths Flüstern beruhigte sie auch nicht wirklich.

Ja … sie denkt … was machst du jetzt wegen … dieses Mal wirklich … nicht die geringste Chance …

»Es wird wohl kalt sein«, sagte Seth, und einen Moment lange dachte Becca an kalte Gräber und kalte Spuren, bis ihr klar wurde, dass er von dem Sandwich und dem Inhalt des Bechers redete.

Sie erwiderte, dass es ihr nichts ausmachen würde, bedankte sich und meinte, sie würde es ihm zurückzahlen, sobald sie Geld hätte. Dann fügte sie vorsichtig hinzu, dass er nicht auf sie hätte warten müssen. Er hätte das Essen auch oben neben ihren Schlafsack legen können.

Er sagte: »Ich wollte mit dir reden.« Gleichzeitig prasselte sein Flüstern heftig auf sie ein, und darin drehte sich alles um Hayley Cartwright. *Hayley … was sie erzählt hat … warum hat sie gesagt, dass … Wenn ich sie nicht überzeugen kann …*

Becca fragte sich, ob Seth wusste, dass Hayley sie an dem Tag, als sie den Platten hatte, mitgenommen hatte. Wenn es so war, wusste er bestimmt auch, dass sie mit Hayley über seine Sandalen gesprochen hatte. »Klar. Schieß los«, forderte sie ihn auf.

Er erwiderte: »Lass uns nach hinten gehen.«

Sie dachte kurz darüber nach. Es kam ihr relativ sicher vor. Die Fenster waren zwar nicht übermalt, aber sie gingen auf die Saratoga-Passage hinaus und nicht auf die Stadt. Deshalb folgte sie ihm in den ehemaligen Restaurantbereich. Die Lichter aus dem darunterliegenden Park erhellten den Raum genug, um zu sehen, dass ihre Schuhe Fußspuren im Staub hinterließen.

Becca betrachtete erst ihre Fußspuren und dann Seths. Sie musste noch einmal an den Sandalenabdruck denken. Er war wie ein gelbes Warnschild. Bis sie herausgefunden hatte, warum der Abdruck neben Derrics Absturzstelle gewesen war, würde sie Seth einfach nicht rückhaltlos vertrauen können. Und *wenn* sie herausfand, warum er dort gewesen war, bestand immer noch die Möglichkeit, dass sie Seth dann überhaupt nicht mehr vertrauen konnte.

»Willst du das nicht mal essen?«, fragte er sie. *Ärger ... als wäre ... Geld auf den Bäumen ... kann nicht ständig ...* Seth beäugte sie, als rieche sie schlecht, und dieser Blick zusammen mit seinem Flüstern verriet Becca, dass er, Panini hin oder her, nicht gekommen war, um ihr ein wenig Gesellschaft zu leisten.

Einen kurzen Moment lang dachte sie, er hätte das Sandwich vergiftet und würde jetzt nur noch darauf warten, dass sie den ersten tödlichen Bissen nahm. Aber sie gab sich geistig einen Ruck, bemühte sich, sein Flüstern ins rechte Licht zu rücken, und begriff, dass er an den Preis des Sandwichs dachte. Da wurde ihr klar, dass sie nicht so weiterleben und von Seth Darrow erwarten konnte – ganz gleich, wer er war –, ihr ständig aus der Patsche zu helfen. Sie würde etwas unternehmen müssen, um ihre Situation zu ändern, und das so bald wie möglich.

»Ich muss mit dir reden, Becca. Hayley glaubt ...«, begann Seth, und einen Moment lang hörte Becca nichts weiter, weil die Wucht seines Flüsterns, als er Hayleys Namen aussprach, ihre Trommelfelle regelrecht zum Beben brachte: *Hayley ist gekommen … ich will … warum kannst du nicht … nein, hab ich nicht, und warum würde ich das tun … verstehen, warum du nicht … kennst mich, kennst mich, KENNST MICH … etwas Besonderes, aber es geht nur um ihn, es ist immer nur um ihn gegangen, oder … ODER HAYLEY …*

Tatsächliche Worte begleiteten sein Flüstern, das jedoch alles übertönte, was er sagte. Becca warf die Arme hoch. Sie drückte sich die Handflächen auf die Ohren und schrie: »Hör auf!«, bevor ihr bewusst wurde, was sie tat und was sie sagte und welchen Eindruck es auf Seth machen würde.

Ihre Reaktion erstaunte ihn so sehr, dass sein Flüstern und das, was er sagte, abrupt verstummten. Einen Moment später war sie wieder in der Lage, ihn sagen zu hören: »Was soll ich nicht tun? *Womit* soll ich aufhören? Ich beschuldige dich doch gar nicht. *Ich* bin derjenige, den man beschuldigt. Wenn du also irgendeinen Grund hast, Hayley nach meinen Sandalen zu fragen, würde ich den gerne kennen, und zwar sofort.«

Sie erwiderte: »*Welche* Sandalen?« Aber nicht, weil sie sich dumm stellen wollte. Momentan versuchte sie nur, nach allem, was auf sie eingestürmt war, wieder Halt zu finden.

Doch Seth verstand das nicht. Wie konnte er auch? Er schob seinen Stuhl zurück, der über den alten Holzfußboden scharrte, und fuhr sie an: »Na, großartig! Dann denkst du das also auch. Ich *fass* es einfach nicht! Jetzt hör mir mal gut zu: Ich hab diesen Typen nicht angerührt! So etwas würde ich nie tun! Für wen halten mich die Leute eigentlich?«

Dann entfernte er sich abrupt vom Tisch. Er marschierte zum großen Spiegelglasfenster und schlug einmal so fest mit der Faust dagegen, dass die ganze Scheibe erbebte. Er hatte Glück, dass sie nicht zerbrach und er sich dabei verletzte. *Wünschte … einfach alles beenden …* verriet Becca, dass er genau das gehofft hatte.

Sie starrte ihn an. Seine Schultern hoben und senkten sich. Er schnappte laut nach Luft.

Für einen flüchtigen Augenblick wunderte sie sich darüber. Oh mein Gott, dachte sie. Er versuchte, seine Tränen zurückzuhalten. Und dann hörte sie: *Hat alles keinen Sinn … totale Lachnummer.* Und da war sich Becca auf einmal sicher.

Manchmal bestand das Flüstern nicht aus willkürlichen Gedanken. Manchmal war das Flüstern ein Zeichen. Und das Flüstern, das jetzt von Seth kam, verriet ihr, was wirklich war und was nicht. Er hatte nichts getan, um Derric Mathieson zu schaden. Er hatte ihm kein Haar gekrümmt.

Becca stand von ihrem Platz auf. Sie war unschlüssig, ging aber trotzdem auf ihn zu, legte ihm die Hand auf die Schulter und spürte, wie er zusammenzuckte. Er wirbelte herum und diesmal zuckte sie zusammen.

Bevor er etwas sagen konnte, erklärte sie: »Ich hab den Abdruck deiner Sandalen in den Saratoga Woods gesehen. Direkt neben der Stelle, wo Derric gestürzt ist. Ich habe Hayley nach deinen Sandalen gefragt, weil ich dachte, dass hier in der Gegend vielleicht viele Leute dieselben Sandalen tragen. Vielleicht war es gar nicht dein Fußabdruck.«

Seth blickte sie fest an. Sie blickte Seth fest an. *Was soll ich tun? … was soll ich tun? …* lag schwer in der Luft, und sie wusste, warum. Es lag daran, dass sie es beide dachten, nicht nur Seth. Und ihr *was soll ich tun?* wurde begleitet von: Was kann ich tun, um Seth zu helfen, der niemandem etwas zuleide getan hat? Aber jemand anders hatte es getan, und sie ahnte auch, wer.

»Dieser Dylan hat dieselben Sandalen wie du, Seth. Vielleicht besitzen noch ein paar andere Leute diese Schuhe. Ich habe sie an niemand anderem gesehen, aber …«

»Er war an dem Tag im Wald«, unterbrach Seth sie.

»Dylan? Ich hatte mich das schon gefragt. Hayley meinte, dass sich oben bei dem großen Felsen Leute treffen …«

»Beim Findling, ja. Die Kiffer gehen dorthin.«

»Wohin noch?«

»An viele andere Orte.«

»In den Saratoga Woods?«

»Nicht unbedingt, aber …«

»Was ich sagen will, ist: Könnten die Kiffer auf dem Meadow-Rundwanderweg gewesen sein? Wo Derric gestürzt ist? Könnte Derric sich mit einem von ihnen dort oben getroffen haben?«

»Dylan, meinst du?« Seth rieb sich den Nacken. »Vielleicht. Ich weiß es nicht. Aber Derric ist kein Kiffer, soweit ich weiß. Manche Sportler nehmen Drogen, aber nicht mal *die* hängen mit den Kiffern ab.«

»Kaufen sie Drogen von ihnen?« Becca gefiel dieser Gedanke überhaupt nicht. Es erschien ihr unmöglich. Aber Derric hatte an diesem Tag irgendetwas im Wald gemacht, und das war eine der Möglichkeiten, die sie in Betracht ziehen mussten.

»Du meinst, er könnte von Dylan Drogen gekauft haben? Ihm vielleicht sogar Geld schulden?« Seth dachte darüber nach und atmete geräuschvoll aus. »Möglich ist es. Aber wenn das der Fall ist, hat er allen ganz schön was vorgemacht. Ich weiß nicht, Becca. Es fällt mir schwer, das zu glauben, und ich mag den Kerl nicht mal.«

»Warst du auf dem Weg, Seth? Kannst du dich erinnern?«

»Auf dem Rundwanderweg? Wer weiß? Ich war an dem Tag *überall* im Wald. Und du auch. Du hast auch nach Gus gesucht. Weißt du noch, wo du überall warst? Ich nicht. Warum sollte ich? Warum sollte sowas irgendjemand wissen? Ich meine, Gott und die Welt waren an dem Tag im Wald. Ich hatte wenigstens einen *Grund*, dort zu sein, aber niemand …«

Becca hob die Hand, um ihn zum Schweigen zu bringen. Plötzlich wurde ihr bewusst, dass seine Worte und sein Flüstern zum ersten Mal so stark übereinstimmten, dass sie verschmolzen. Sie hatte das Gefühl, dass sie die Macht des Flüsterns jetzt ein wenig besser verstand. Wenn Worte und Flüstern völlig übereinstimmten, kam sie der Wahrheit der Menschen näher.

Aber während der vielen Stunden, die Becca in Jeff Corries Büro verbracht hatte, wenn sie eigentlich beim Training des Mädchen-Fußballteams hätte sein sollen, hatte sie etwas Wichtiges gelernt: Manchmal war das, was die Leute als die Wahrheit betrachteten, nur das, was sie dafür hielten.

In Wirklichkeit war die eigentliche Wahrheit da draußen in der Welt, und sie würde sie finden. Denn das war die einzige Möglichkeit, Seth zu helfen und ihn von der Last der Verdächtigungen zu befreien.

KAPITEL 36

Als der Sheriff auftauchte, saß Hayley im Geschichtsunterricht, ihrem Lieblingsfach, und lauschte ihren Mitschülern, die darüber debattierten, welche moralischen und ethischen Fragen die Einnahme der Gebiete einheimischer Völker aufwarfen.

Die Lehrerin Ms Stephany trat kurz aus dem Unterrichtsraum. Als sie zurückkam, blickte sie ernst. »Hayley, man verlangt nach dir … Am besten nimmst du deine Sachen gleich mit.«

Bei ihrem Tonfall schossen Hayley tausend Möglichkeiten durch den Kopf, die alle mit ihrem Vater zu tun hatten. Sie nahm ihren Rucksack. Vor dem Unterrichtsraum wartete Sheriff Mathieson auf sie.

Er sah genauso ernst aus wie Ms Stephany. Als Hayley die Klassenzimmertür schloss, sagte er: »Du und ich müssen miteinander reden.«

»Stimmt etwas nicht?«, fragte Hayley, obwohl sie die Antwort auf ihre Frage eigentlich lieber nicht hören wollte.

»Es wird langsam Zeit, dass du mir die Wahrheit über die Saratoga Woods sagst, Hayley. Du hast mir nicht die ganze Geschichte erzählt. Die will ich jetzt hören.«

Hayley sank gegen die Wand. Sie fühlte sich so unglaublich erleichtert, dass es *nicht* um ihren Dad ging, dass sie dachte, sie würde gleich hier vor dem Sheriff zerschmelzen. Da wurde ihr bewusst, wie ängstlich sie gewesen war, wie lange sie diese Angst schon mit sich herumgetragen hatte und dass sie *alle* Angst hatten, ihrem Vater könnte etwas zustoßen, weil sein Körper ihm nicht mehr richtig gehorchte.

Sheriff Mathieson packte Hayley am Arm, führte sie vom Klassenzimmer weg, den Gang hinunter, und sagte: »*Sehr* gut. Wie du siehst, hat es keinen Sinn, mich anzulügen.«

Sehr gut? Hayley runzelte die Stirn. Aber dann verstand sie es. Er interpretierte die Tatsache, dass sie gegen die Wand gesackt war, nicht als Erleichterung darüber, dass mit ihrem Dad alles in Ordnung war, sondern als Schuldeingeständnis. Sie wusste nicht, was sie seiner Meinung nach verbrochen haben sollte, aber die Art, wie er sie jetzt ansah, zeigte ihr einen ganz anderen Mann als den, den sie bisher gekannt hatte. Bis jetzt war er einfach Derrics Dad gewesen, dieser tolle Kerl, der Dinge gemacht hatte, wie sie nach Seattle zu einer Ausstellung kongolesischer Kunst zu fahren. Jetzt … wusste Hayley nicht mehr, wer er war.

»Muss ich deine Eltern da mit hineinziehen, Hayley?«, fragte der Sheriff sie und zerrte sie am Arm. »Oder wirst du mir endlich antworten? Ich habe mit den anderen Schülern auf der Liste gesprochen. Ihre Geschichten habe ich. Jetzt will ich deine. Und zwar die ganze.«

Da wurde Hayley bewusst, dass sie keine einzige seiner Fragen beantwortet hatte. Da er an ihrem Arm zerrte und bei dem Gedanken, dass er sogar ihre Eltern damit behelligen würde, was sie an jenem Tag in den Saratoga Woods gemacht hatte, wenn sie doch schon mehr als genug am Hals hatten, spannte sie sich innerlich an. Und diese Anspannung verwandelte sich in Wut, sodass sie in diesem Augenblick den Entschluss fasste, diesem Mann nicht zu helfen. Obwohl ihr das Herz bis zum Hals schlug, erwiderte sie bestimmt: »An dem Tag waren eine Menge Leute im Wald. Nicht alle sind auf Ihrer tollen Liste.«

»Ich verstehe«, sagte er, schürzte aber die Lippen auf eine widerliche Art und Weise. »Und ist diese Becca King, die ich versucht habe zu finden, auch eine von ihnen?«

Hayley antwortete: »Ich kenne Becca King kaum«, was eigentlich keine Antwort auf seine Frage war.

»Sie ist aus dem *Cliff Motel* verschwunden«, erklärte er ihr. »Sie war auch seit Wochen nicht mehr in der Schule. Was weißt du darüber?«

»Überhaupt nichts«, erwiderte Hayley. »Sie ist mir kaum aufgefallen, als sie noch hier war, warum sollte es mir da groß aufgefallen sein, dass sie hier nicht mehr aufgetaucht ist?« Sie merkte sofort, dass sie das Falsche gesagt hatte. Der Sheriff trat einen Schritt auf sie zu. In diesem Moment dachte sie, er würde sie vielleicht ins Büro des Direktors oder ins Gefängnis in Coupeville oder sonst wohin schleppen, um sie zu zwingen, ihm alles zu erzählen.

Er stand so dicht vor ihr, dass sie an seinem Mundwinkel ein paar Schnurbarthaare sehen konnte, die er beim Rasieren übersehen hatte. Sie konnte seinen Atem riechen, der alles andere als angenehm war.

»Jetzt hör mir mal gut zu. Du warst im Wald und du bist die Einzige, die mir noch nicht erklärt hat, was sie da gemacht hat. Jemand hat meinem Jungen in diesem Wald etwas angetan, und ich werde diese Schule nicht verlassen, bevor ich weiß, wer. Kehren wir also zu der Frage zurück, die du nicht beantwortet hast, und hören wir uns die Antwort an. Was hast du dort gemacht?«

Hayleys Herz schlug immer heftiger. *Mein Junge,* hallte ihr durch den Kopf. Nicht *mein Sohn*, sondern *mein Junge.* Wie *mein Fahrrad, mein Auto, mein Kühlschrank.* Ihr fiel wieder ein, wie Derric ihr einmal erzählt hatte, dass der Sheriff ihn nie als seinen Sohn bezeichnete. Er sagte immer: »Das ist unser Junge Derric« oder »Das ist unser Derric«. Was hatte es zu bedeuten, dass er ihn nie »Sohn« nannte?

In diesem Moment verlor sie die Fassung. »Warum nennen Sie ihn immer ›mein Junge‹? Er mag das nicht. Es tut ihm weh. Warum sagen Sie nie, dass er Ihr Sohn ist?«

Der Sheriff richtete sich auf. Sein Mund verzog sich zu einem dünnen Strich, wie eine Narbe im Gesicht. »Für wen hältst du dich, zum Teufel?«

»Ich bin Derrics Freundin. Und nein, ich habe mich dort nicht mit ihm getroffen, falls Sie das immer noch denken. Ich habe mich mit Mrs Kinsale getroffen. Und der Grund für unser Treffen geht Sie überhaupt nichts an, es sei denn, Sie glauben, dass wir ihn zusammen den Abhang hinuntergestoßen haben.«

Hayley hatte noch nie in diesem Ton mit einem Erwachsenen geredet, aber sie sprach weiter, weil sie dachte, sie hätte jetzt die Oberhand. »Wissen Sie, Sheriff Mathieson, an dem Tag waren auch lauter Kiffer im Wald, und die haben sich alle aus dem Staub gemacht, bevor die Polizei ihre Namen notieren konnte. Warum konzentrieren Sie sich nicht auf die, anstatt Ihre Zeit damit zu verschwenden, die Leute zu drangsalieren, die Derric mögen?«

»Er nimmt keine Drogen.«

»Das habe ich auch nicht gesagt. Aber *er* war dort und *sie* waren dort, und im Wald laufen sich ständig Leute über den Weg. Haben Sie daran überhaupt schon gedacht?«

Der Sheriff griff in seine Tasche und holte ein kleines ledergebundenes Notizbuch und einen Stift heraus. Er schlug das Notizbuch auf und warf Hayley einen vielsagenden Blick zu, und Hayley erkannte, dass sie gerade in eine Falle getappt war.

»Namen«, sagte er.

Sie war sich nicht hundertprozentig sicher. Sie waren alle zu schnell weggerannt. Außerdem hatte sie da gerade mit Seth gesprochen. Aber eine Information konnte sie Dave Mathieson geben, um ihn loszuwerden.

»Dylan Cooper«, sagte sie. »Ich glaube, er war dort.«

»Geht er hier zur Schule?«, fragte der Sheriff, während er den Namen aufschrieb.

»Ja. Ich nehm's an. Ich meine, ja.«

Aber Hayley hatte ein ungutes Gefühl dabei, ihm auch nur einen einzigen Namen zu nennen. Schließlich wusste sie nichts über die Sache. Das Einzige, was Dylan Cooper mit dem Vorfall in Verbindung brachte, war ein Paar Sandalen, und *das* hatte Becca King ihr erzählt. Hayley wusste nicht einmal, was das für eine Bedeutung hatte oder ob es wichtig war oder ob Becca es nur erwähnt hatte, um sie auf eine falsche Spur zu bringen. Sie *glaubte*, dass auch Becca King an jenem Tag in den Saratoga Woods gewesen und vermutlich weggerannt war, bevor der Krankenwagen eintraf. Aber warum sie weggerannt war, das wusste Hayley nicht. Sie wusste nur, dass dadurch niemand Beccas Namen mit Derrics Sturz in Verbindung brachte.

Sheriff Mathieson klappte sein Notizbuch zu. Er hatte jetzt einen Namen, aber er wirkte darüber nicht besonders glücklich. Vielmehr wirkte er äußerst unglücklich. Er sah aus wie jemand, der in einem Albtraum gefangen war. Einem Albtraum des Nichtwissens.

Wenn sie bedachte, wie er sie gerade behandelt hatte, war sie mehr als überrascht, dass sie Mitgefühl für diesen Mann empfand. Aber für einen kurzen Augenblick fühlte sie tatsächlich mit ihm. Sie verstand, wie schwer es auf einem lasten konnte, im Ungewissen zu sein. Sie verstand das besser als alles andere.

Als der Sheriff gegangen war, fing Hayley wieder an, normal zu atmen, aber sie war zutiefst erschüttert. Nicht nur wegen ihres Gesprächs, sondern auch, weil sie ihm Dylan Coopers Namen genannt hatte. Auf der anderen Seite des Flurs war die Mädchentoilette und sie steuerte darauf zu. Als sie hineinging, traf die Tür jemanden. Jemanden, der hinter der Tür gestanden und ihr Gespräch mit Derrics Vater belauscht hatte.

Dieser Jemand war Jenn McDaniels. Wer sonst?, dachte Hayley entnervt. Jenn war vermutlich in die Toilette geschlüpft, während der Sheriff vor der Tür zu Ms Stephanys Klassenzimmer gestanden und darauf gewartet hatte, dass Hayley herauskam.

Hayley eilte an ihr vorbei zu den Waschbecken. Sie nahm ihre Brille ab und drehte das Wasser auf. Ihre Hände zitterten.

Jenn sah es offensichtlich auch, denn sie sagte: »Was ist los? Hast du etwa Parkinson, Hayley?« Sie ging hinter Hayley vorbei, spazierte zu einem der Milchglasfenster und öffnete es.

Hayley spritzte sich Wasser ins Gesicht und hörte, wie hinter ihr ein Streichholz angezündet wurde. Sie roch den brennenden Tabak, weil die kalte Brise von draußen den Rauch direkt zurück in den Raum blies, anstatt ihn wegzuwehen. Hayley benetzte weiter ihr Gesicht und beachtete Jenn nicht.

»Äh … Ich glaube, du bist jetzt sauber, Hayley.«

Hayley drehte das Wasser ab. Sie zog ein paar Papierhandtücher aus dem Spender und trocknete sich das Gesicht. Dann setzte sie ihre Brille wieder auf, mit der sie Jenns spöttisches Grinsen viel besser sehen konnte.

»Also«, sagte Jenn. »Du hattest ja ein ganz interessantes Gespräch mit dem Sheriff. Vielleicht solltest du ein bisschen vorsichtiger sein, wenn du irgendwelche Leute beschuldigst.«

Hayley nahm keine Notiz von ihr und wandte sich zum Gehen, aber Jenn bewegte sich blitzschnell vom Fenster weg. Sie warf ihre Zigarette auf den gefliesten Boden und ließ sie einfach brennend dort liegen. Sie stellte sich Hayley in den Weg.

»Was soll das?«, fragte Hayley.

»Das wirst du schon sehen.«

Als Hayley versuchte, an Jenn vorbeizugehen, hatte sie das Gefühl, in eine Wand zu laufen. Jenns zierlicher Körper bestand nur aus Muskeln. Hayley stellte fest, dass das andere Mädchen zwar so aussah, als würde der leichteste Windstoß sie umwehen, aber sie war stark wie ein Fels.

»Ich hätte dich nie für eine Petze gehalten, *Hayley*«, zischte Jenn. »Ein Wort von mir und Dylan erfährt alles, was du dem Sheriff erzählt hast. Also … willst du etwas unternehmen, um mich davon abzuhalten?«

In diesem Augenblick wollte Hayley ihr vor allem eine Tracht Prügel verpassen und ihr mit der Faust direkt ins Gesicht schlagen. Aber obwohl sie größer war als Jenn McDaniels, wusste sie, dass sie es nicht mit ihr aufnehmen konnte. Jenn war knallhart und gehörte zu der Sorte Mädchen, die jederzeit zu einer Prügelei bereit waren.

»Ich sag dir mal was, Jenn. Irgendwie *gefällt* es dir, dass Derric in diesem Krankenhausbett liegt. Dir gefällt das Gefühl, dass du für ihn, seine Eltern und sogar seine Genesung wichtig bist. Dein Problem ist nur, dass er im Koma *bleiben* muss, damit du weiter wichtig sein kannst. Denn wenn er aufwacht, bist du nur einfach wieder Jenn McDaniels, das Mädchen, dem alle aus dem Weg gehen, weil es so eine totale Nervensäge ist.«

Jenn zog das Gesicht zusammen wie eine Faust. Hayley wusste, dass sie ins Schwarze getroffen hatte. Aber sie hasste sich dafür, dass sie sich auf das Niveau dieses Mädchens begab. Das sah ihr nicht ähnlich.

»Du«, fauchte Jenn, »weißt überhaupt nichts über mich. Du weißt überhaupt nichts über irgendjemanden, Derric eingeschlossen. Du glaubst, er und du hättet diese besondere Beziehung, bei der sich alles um *Aff*-rick-aa dreht, aber das ist alles nur ein Vorwand, um dich an ihn ranzuschmeißen. Du willst doch nur mit ihm rummachen, und so stellst du's an: ›Oh, Derric, erzähl mir alles über Uganda.‹« Jenn verschränkte die Hände unter ihrem Kinn und klimperte sarkastisch mit den Augen.

Hayley machte den Mund auf, sagte aber erst nichts. Die Fähigkeit dieses Mädchens, Dinge zu verdrehen und sie anstößig erscheinen zu lassen, wenn das überhaupt nicht zutraf … war einfach unglaublich.

»Warum bist du so fies?«, fragte Hayley schließlich. »Wie, glaubst du, wird dein Leben irgendwann aussehen, wenn du nichts weiter tust, als nach den Schwächen der Menschen zu suchen, damit du ihnen wehtun kannst?«

»Ich kenne lieber das wahre Gesicht der Leute, als mir von ihnen was vormachen zu lassen.«

»Ich mache niemandem was vor«, gab Hayley zurück.

»Von wegen. Jeder macht jedem was vor.«

»Nein, das tut nicht jeder. Dein Problem ist, dass du wilde Vermutungen über Leute anstellst. Aber es sind nur Vermutungen.«

»Ach ja? Willst du dann mal meine Vermutungen über dich hören? Und über Seth? Und über Beck-*kaaa* King?«

»Was ich jetzt will, ist, unser Gespräch sofort zu beenden.«

»Gut, du musst nämlich jetzt nichts weiter tun, als mir zuzuhören«, erwiderte Jenn spöttisch. »Also sperr die Ohren auf. Becca King hat Derric den Hang hinuntergestoßen, nicht Dylan Cooper. Sie hat ihn angemacht. Er hat sie abgewiesen. Da hat sie ihn geschubst. Genau das ist passiert. Das Ganze ist ihre Schuld, und ich werde dem Sheriff helfen, sie zu finden.«

»Ich finde dich zum Kotzen«, sagte Hayley.

Jenn zeigte mit dem Kopf auf eine der Kabinen. »Na, da ist das Klo.«

Hayley musste zugeben, dass sie Becca kaum kannte. Die meisten Schüler an der South Whidbey Highschool kannte sie schon seit der

Vorschule, aber Becca King … Was wusste sie über dieses Mädchen? Eigentlich nichts. Aber sie kannte jemanden, der es tat.

Früh am nächsten Morgen fuhr sie direkt zum *Star Store*. Sie hämmerte gegen die Tür und rüttelte an der Türklinke. Dann fing sie wieder an, gegen die Tür zu hämmern, bis Seth auftauchte. Er trug einen Wischmopp über der Schulter wie ein Gewehr, und als er sah, wer es war, blieb er wie angewurzelt stehen. Hayley rüttelte wieder an der Türklinke und rief: »Seth, mach auf! Ich muss mit dir reden.«

Er legte den Mopp zur Seite, ließ sie aber nicht rein, als er die Tür aufschloss. Nach ihrer letzten Begegnung hütete er sich vor ihr, und Hayley konnte das verstehen, da sie sich seit Monaten völlig irrational verhalten hatte.

»Ja?« Seth klang nicht unbedingt unfreundlich, aber den roten Teppich rollte er auch nicht gerade für sie aus. Er wirkte nicht überrascht, sie zu sehen. Vielmehr machte er den Eindruck, als erwarte er ihren nächsten merkwürdigen Ausbruch.

Hayley kam in den Sinn, dass sie sich für so einiges entschuldigen musste, und als Allererstes musste sie sich dafür entschuldigen, dass sie nicht von Anfang an erkannt hatte, dass sie und Seth absolut nicht zusammenpassten. Sie hatte gedacht, ihre gemeinsame Liebe zur Musik würde genügen, um sie aneinander zu binden, denn er war ein brillanter Musiker und niemand würde das je leugnen können. Sie hatte auch gedacht, dass seine grundsätzliche Gutmütigkeit den Rest tun würde. Aber die Musik und Seths Anständigkeit waren nicht genug gewesen und sie erkannte das jetzt. Aber sie konnte das jetzt nicht mit ihm diskutieren und sagte deshalb: »Ich muss mit dir über Becca reden.«

»Was ist mit ihr?«

»Der Sheriff glaubt, dass sie Derric den Abhang hinuntergestoßen hat. Oder zumindest wird er das glauben, sobald Jenn McDaniels ihm das erzählt.«

»Warum zum Teufel sollte Jenn das tun?«

»Warum tut Jenn irgendwas? Ich weiß nur, dass sie sich einredet, Becca hätte versucht, mit Derric anzubandeln, er aber nicht interessiert war und Becca ihn deshalb vom Weg geschubst hat. Natürlich ist sie auch davon überzeugt, dass so ziemlich jedes Mädchen versucht, sich an Derric ranzuschmeißen. Außer ihr natürlich. Ihr käme so was natürlich nie in den Sinn.«

Seth schien das alles sorgfältig zu überdenken. Schließlich sagte er: »Auf keinen Fall. Ich war dort. Ich und Gus waren da und …« Aber dann brach er ab und Hayley wusste, dass ihm etwas eingefallen war.

»Was?«

»Nichts.« Aber er sagte es zu langsam. *Nichts* bedeutete: *nichts, das ich dir sagen kann.*

Sie erwiderte: »Seth, Becca war dort, und du hast sie aus den Augen verloren, oder? Alle haben sich aus den Augen verloren und …«

»Du warst auch dort«, warf Seth ein. »Wen hast *du* aus den Augen verloren?«

»Nicht Derric. Seth, hier geht es nicht um mich und Derric. Zwischen uns läuft sowieso nichts. Wir waren immer nur Freunde … Wir haben uns zwar geküsst, aber es war nur ein Kuss und … Ach, das ist jetzt nicht wichtig. Wichtig ist Becca und was Jenn vorhat.«

»Ich verstehe nicht, warum dir das so wichtig ist.«

»Weil es *falsch* ist. Glaubst *du* denn, dass Becca Derric etwas angetan hat?«

Er schüttelte den Kopf. »Sie hat sich ganz komisch verhalten, aber …«

»Dann *war* sie also da.«

»Ja, aber wir haben nach Gus gesucht.«

»Zusammen?«

»Nein. Wie du schon gesagt hast, haben wir uns aus den Augen verloren. Ich weiß nicht, wo sie hingegangen ist. Ich weiß nicht mal, wo *ich* hingegangen bin. Ich hab nur versucht, den Hund zu finden. Und sie auch, soviel ich weiß. Das kann ich dem Sheriff sagen, wenn er wirklich glaubt, dass Becca es war.«

»Aber das Problem ist, dass du dir nicht sicher sein kannst, oder?«

»Ja.«

»Dann überleg mal, wie das Ganze für ihn aussehen wird, sobald Jenn die Klappe aufmacht. Becca war an dem Tag dort. Becca ist verschwunden. Becca ist nicht mehr zur Schule gekommen. Jenn will Becca schaden, denn das kann sie am besten: Leuten schaden. Also wird sie dem Sheriff helfen, sie zu finden. Du weißt doch, wo sie ist, oder?«

Seth blickte argwöhnisch. »Das habe ich nicht gesagt.«

»Du musst es auch gar nicht sagen. Ich kenne dich, Seth. Wenn sie aus irgendeinem Grund zu dir gekommen ist, hast du ihr geholfen. So bist du nun mal. Also hilf ihr jetzt.«

Seth musterte sie, während er nachgrübelte. Nicht nur darüber, was sie gesagt hatte, sondern auch darüber, was es bedeutete. »Ich hab ihn nicht gestoßen, Hayley.«

»Ich weiß«, erwiderte sie. »Es tut mir leid, dass ich das jemals gesagt oder gedacht habe … Hör mal, wir müssen da über ein paar Sachen sprechen, du und ich, aber das ist jetzt nicht der richtige Zeitpunkt. Momentan kommt es nur darauf an, Becca zu schützen. Du musst dafür sorgen, dass sie weder dem Sheriff noch Jenn in die Arme läuft. Kannst du das tun, Seth?«

Er nickte langsam. Sie wandte sich zum Gehen. Aber sie spürte seinen Blick auf sich, als sie zurück zum Pick-up lief.

KAPITEL 37

Es war noch früh am Morgen, als Becca aus dem *Dog House* schlich und zum Stadtrand radelte. Sie nahm eine Abkürzung, die sie entdeckt hatte, und kam an der Sandy Point Road heraus, eine Strecke, die sie ein paar Wochen zuvor noch völlig fertiggemacht hätte. Aber jetzt bereitete sie ihr keine Probleme mehr, zum einen dank Seths Fahrrad und zum anderen, weil sie inzwischen eine wesentlich bessere Kondition hatte. Bald würde sie in der Lage sein, problemlos dreißig Kilometer am Stück zu fahren.

Sie fuhr schnell und war bald bei Diana Kinsales Haus angekommen, wo in der Küche und auf der Veranda Licht brannte. Diana machte ihr die Tür auf. Sie war schon angezogen.

»Becca. Komm rein«, sagte sie. Ihr Haus war in warmen Herbstfarben eingerichtet, und als Becca hindurchging, war es ihr, als würde sie von einer sanften Umarmung aufgefangen.

Im Wintergarten lagen Dianas Hunde auf dem warmen Boden und auf dem Tisch stand eine Kanne mit Tee und Geschirr für einen Gast. »Hunde, sitzen bleiben«, befahl Diana, als sie die Köpfe hoben. Die Schwänze wedelten, aber sie gehorchten wie immer.

»Durften sie die ganze Nacht im Haus bleiben?«, fragte Becca.

»Nein. Aber sie wollten dich heute Morgen begrüßen.«

Becca bekam eine Gänsehaut, als ihr klar wurde, dass Diana gewusst hatte, dass sie kommen würde. Außerdem hörte sie ganz deutlich: *Außer uns beiden weiß es keiner, Becca*, aber das machte ihr Angst. Denn sie wusste, dass sie nur dann ein Flüstern von Diana hörte, wenn diese sich bewusst dazu entschloss, gehört zu werden. Und sie wusste nicht, was das bedeutete.

Sie erinnerte sich, dass ihre Großmutter zu ihr gesagt hatte: »Manchmal musst du den Sprung wagen, und das wird nicht leicht für dich sein. Wenn die anderen Menschen solch einen Sprung tun, springen sie in vollkommene Dunkelheit, das heißt, sie wissen nicht, was sie erwartet. Und bis du das Flüstern vollkommen beherrschst, wirst auch du nur ins Halbdunkel springen.«

Endlich begriff Becca, was das bedeutete: Das Flüstern, das sie momentan hörte, verriet ihr einiges, aber längst nicht alles. Und bei Diana musste sie ins Halbdunkel springen.

Das Halbdunkel spiegelte sich auch draußen, hinter den Fenstern des Wintergartens wider, wo sich das Morgengrauen langsam über den Hügeln ausbreitete wie eine Flagge, die sich entfaltet. Am Horizont verwandelte sich das Rosa des Himmels zunächst in Aprikosenfarbig, dann in Perlgrau, während sich darüber noch der dunkle Bogen der Nacht spannte.

Dann sagte Becca zu Diana: »Ich muss Ihnen vertrauen können, Mrs Kinsale.«

Diana setzte sich hin und gab Becca ein Zeichen, es ihr gleichzutun. Sie goss Tee ein und entgegnete: »Ich glaube, du hast das Vertrauen schon gefunden. Sonst wärst du nicht hier.« Sie sah hinaus auf das dunkle Wasser, in dem sich zaghaft der Himmel zu spiegeln begann. Dann fügte sie hinzu: »Heute wird ein schöner Tag.« Und nach einer Pause: »Wie kann ich dir helfen, Becca?«

Becca sah den heiter-gelassenen Ausdruck auf Dianas Gesicht und spürte, dass sie frei war von jeglichem Vorbehalt ihr gegenüber. Dieses Gefühl ging von ihr aus wie ein Fluss, in den Becca hätte springen können, wenn sie gewollt hätte. Also sagte sie, wonach sie sich schon seit Wochen gesehnt hatte, obwohl sie deswegen gar nicht hergekommen war: »Wissen Sie, wo meine Mutter ist, Mrs Kinsale?«

»In Sicherheit. So viel weiß ich«, antwortete Diana. »Und so viel sehe ich.«

Beccas Augen wurden feucht. »Sie fehlt mir.«

»Es fühlt sich an wie ein Loch in der Brust. Ich kenne das Gefühl«, und während Diana sprach, ging eine friedliche Aura wie ein See der Ruhe von ihr aus.

Da sagte Becca spontan: »Darf ich bei Ihnen wohnen? Zusammen mit den Hunden?«

Und bevor Diana antworten konnte, kam alles aus ihr herausgeströmt, wie eine Flutwelle, die danach strebte, sich in einen See zu ergießen. »Der Sheriff sucht mich. Ich musste das *Cliff Motel* verlassen. Ich habe im *Dog House* gewohnt, ich konnte nicht zur Schule und ich will baden oder duschen und wieder zur Schule gehen und ein Dach über dem Kopf haben und …«

Diana erhob sich und kam zu ihr. Sie kniete sich vor Beccas Stuhl auf den Boden und legte die Hände auf ihre Knie. Becca sah auf sie hinab. Dianas Hände waren rau von der Gartenarbeit und von ihrem langen, arbeitsreichen Leben.

»Wirst du mir endlich vertrauen, Becca?«, fragte sie.

Da spürte Becca, wie sich etwas Schweres und Quälendes aus ihrer Brust löste. Es war, als würde sich ihr Körper Stück für Stück in die Luft erheben, sich auflösen und davongeschwemmt werden.

»Ja«, antwortete sie.

»Gut. Ich will, dass du mir glaubst, wenn ich dir Folgendes sage:

Dieses Haus, die Hunde und ich … sind nicht das, was du im Augenblick brauchst. Das wird sich ändern, und wenn es so weit ist, werde ich es wissen und dir Bescheid sagen. Aber noch ist es nicht so weit.«

Becca war enttäuscht. »Warum nicht?«

»Weil du erst noch andere Dinge klären musst.«

»Aber ich weiß nicht, wie.«

»Doch, das weißt du. Auch wenn es dir nicht so vorkommt. Aber du besitzt die Weisheit, weiterzumachen und das zu tun, was notwendig ist.«

Weisheit?, dachte Becca. Das, was ihr Innerstes aufwühlte, war sicher keine Weisheit. Sie kam sich vielmehr vor wie in einem Labyrinth, wo an jeder Sackgasse etwas Neues lauerte, das sie entweder nicht verstand oder von dem sie keine Ahnung hatte, wie sie damit umgehen sollte: Derric, Seth, der Sheriff, Jeff Corrie, ihre Mom, sich im *Dog House* verstecken, den Unterricht verpassen … Becca sehnte sich nach jemandem, der sie aus diesem Schlamassel befreite.

Aber sie selbst war die Einzige, die das konnte. Darauf wollte Diana hinaus.

»Ich wünschte, ich hätte Derric besser gekannt, bevor das mit ihm passiert ist. Ich wünschte, ich hätte alle besser gekannt. Dann könnte ich jetzt tun, was richtig ist.«

»Und das wäre?«

Dies war der Ausgangspunkt. Hier gabelte sich der Weg und Becca wusste, dass sie sich aussuchen konnte, in welche Richtung sie gehen würde. In San Diego hatte sie die falsche Entscheidung getroffen, angetrieben von Jeff Corries strahlendem Lächeln … Das durfte ihr nicht noch einmal passieren. Es stand zu viel auf dem Spiel. Aber Diana wartete, genauso wie Jeff Corrie gewartet hatte, und Becca musste sich entscheiden, wenn sie erfahren wollte, was es mit dieser Frau wirklich auf sich hatte.

Sie schluckte schwer. »Dann könnte ich dem Sheriff sagen, was ich im Wald gesehen habe.«

Diana stand auf. Sie nahm eine Fußbank, schob sie zu Beccas Stuhl und setzte sich darauf. So war sie ihr näher. Sie nahm Beccas Teetasse, reichte sie ihr und legte Beccas Hände um das warme Porzellan. »Der Sheriff steckt da genauso drin wie du. Er macht sich genau die gleichen Gedanken wie du, weil sich alle auf die gleiche Situation und die gleichen Leute konzentrieren.«

»Nur, dass ich dazugehöre und er mich sucht. Wenn ich also mit ihm rede …«

»Er weiß nicht, woran er ist, Becca. Genau wie du. Der einzige Unterschied ist, dass er erwachsen ist. Er kämpft sich durch die gleichen Zweifel und Ängste. Und auch er will Derric helfen. Genau wie du.«

»Kann schon sein, aber ich kann trotzdem nicht zu ihm hingehen, Mrs Kinsale. Nicht nur wegen dem *Dog House* und so, sondern weil er dann jemandem auf die Spur kommt.«

»Wäre das nicht gut?«

»Nicht, wenn diese Person nichts Schlimmes getan hat.«

Becca warf Diana einen verzweifelten Blick zu, deren blassblaue Augen freundlich auf ihr ruhten. Sie kämpfte einen Moment mit sich und versuchte, eine Entscheidung zu treffen. Dann sagte sie seufzend: »Seth.«

»Ah.«

»Er mag Derric nicht, aber er hat ihn nicht gestoßen.«

»Nicht?«

»Wahrscheinlich war es Dylan Cooper.«

»Bist du sicher?«

»Was meinen Sie?«

»Fangen wir mit Seth an. Bist du sicher, dass er Derric nicht gestoßen hat?«

Becca überlegte, was sie über den Jungen wusste, und vor ihrem inneren Auge entstanden verschiedene Bilder: Seth und sein Hund, Seth, der ihr sein Fahrrad schenkte, Seth, der ihr an ihrem ersten Tag in Langley ihm *Star Store* ein Sandwich gab, Seth, der sie nach Coupeville fuhr, damit sie Derric besuchen konnte, Seth, der sie im *Dog House* untergebracht hatte.

Diana sagte rasch: »Ja. Ja, ich sehe schon.«

Becca starrte sie an und Diana legte den Kopf schief. Becca fragte: »Sie … Sie *sehen?*«

Diana lächelte. »Ja.«

Noch eine Weggabelung, erkannte Becca. Wieder eine Entscheidung zu treffen. Und sie fuhr fort: »Seth hat mir immer geholfen. Und jetzt will ich *ihm* helfen.«

»Das kann ich verstehen. Lass mich mal einen Moment überlegen.« Diana sah wieder aufs Wasser, wo die Morgendämmerung nun rasch fortschritt, und auf den Himmel, wo sich Lichtstreifen immer weiter ausbreiteten. »Ich weiß noch, wie ich dich im Wald gesehen habe. Du hast einen Hund gesucht, und ich gab dir Oscars Leine. Gehen wir zurück zu dem Augenblick, als du den Wald betreten hast. Schließ die Augen und sag mir, was du in deinen Erinnerungen siehst.«

Becca gehorchte und ließ zu, dass sich die Bilder jenes Tages vor ihrem geistigen Auge entfalteten: wie sie erst mit Seth und Gus über die Wiese lief und auf die Lichtung zu, wo der Wanderweg in den Wald begann, riesige Tannen über ihr, verschiedene Abzweigungen von dem Weg, den sie entlanggingen. Aber sie hatte sich die Namen der Wanderwege nicht gemerkt, denn sobald sie den Wald betreten hatte …

Becca machte die Augen auf. Sie sah Diana an und hatte Angst, noch mehr zu verraten. Wieder so ein Moment des Halbdunkels. *Sprich weiter, Liebes.*

Diana sagte nichts. Sie trank einen Schluck Tee und wartete.

Dann fuhr Becca fort: »Na gut. Ich hörte Flüstern in der Luft, also wusste ich, dass der Wald voller Menschen war. Normalerweise müssen Menschen in meiner Nähe sein, wenn ich ihr Flüstern hören will, aber diesmal war es anders. Ich weiß nicht, warum. Außerdem nahm ich einen Duft wahr, der mir verriet, dass Derric im Wald war. Dann hörte Gus andere Hunde bellen und lief weg. Seth lief hinter ihm her und ich versuchte, ihnen zu folgen, aber ich habe mich verlaufen.«

»Und seitdem hast du den rechten Weg nicht wiedergefunden«, murmelte Diana. »Und das gilt für alle anderen genauso. Für Seth, Hayley Cartwright und Jenn McDaniels.«

»Jenn glaubt, ich hätte es auf Derric abgesehen. Sie will mir immer nur Ärger machen. Sie hat auch meine AUD-Box kaputtgemacht. Sie hat sie gegen die Wand geworfen. Seit meinem ersten Schultag war sie so eine …«

»Ja«, murmelte Diana. »Aber lass mich kurz überlegen.«

Einen Moment saßen sie schweigend da. Diana hatte ihre Augen geschlossen. Und als sie sie wieder öffnete, sagte sie: »Wir machen eine kleine Fahrt. Es dauert nicht lange. Aber es wird dir helfen, zumindest etwas deiner vielen Probleme und Fragen zu klären.«

Diana fuhr in Richtung Stadt, aber am Ende der Sandy Point Road bog sie nicht nach rechts Richtung Langley ab. Sie fuhr nach links, und kurz danach waren sie auf der Hauptbundesstraße. Dann fuhren sie auf die Cultus Bay Road, die auf die andere Seite der Insel führte.

Die Straße lag zunächst tief im Wald. Er war dunkel, wegen der vielen Nadelbäume, und dazwischen standen Erlen, die herbstlich gelbes Laub trugen. Dann hörte der Wald auf und etwa einen Kilometer lang breitete sich Ackerland vor ihnen aus. Dann waren sie wieder von Bäumen umgeben und die Straße bahnte sich Richtung Süden einen

Weg, bis sie eine kurvenreiche Abfahrt hinunterführte und die Nähe zum Meer die Luft mit dem Geruch von Salzwasser erfüllte.

Sie fuhren eine Haarnadelkurve nach der anderen, bis sie zu einer zerfurchten Auffahrt kamen. Dort stand ein rostiges, handbemaltes Schild mit der Aufschrift *LEBENDE KÖDER*, und ein verblasster roter Pfeil zeigte zum Wasser.

Diana fuhr rechts heran, nickte in Richtung Auffahrt und sagte: »Von hier aus müssen wir laufen.«

Die Kiesel knirschten laut unter ihren Füßen, als Diana und Becca den ungepflasterten Weg entlangliefen. Sie bliesen weiße Atemwölkchen in die Luft, die feucht war und nach Seetang und Rauch roch. Nach etwa zweihundert Metern verbreiterte sich der Weg und leitete in einen unebenen Parkplatz über, auf dem ein paar baufällige Gebäude standen.

Eines davon war ein heruntergekommener, verrosteter Wohnwagen mit verschlissenen Vorhängen und eingetretenen Stufen, die direkt zur Eingangstür hinaufführten. Daneben stand eine ungestrichene Bretterbude mit der Aufschrift *LEBENDE KÖDER*. Das letzte war ein altes graues Haus mit abgesacktem Dach und einer mit Laub verstopften Regenrinne, in der Unkraut wuchs.

Wie der Wohnwagen hatte auch dieses Haus eingetretene Stufen, die zu einer schmalen Veranda und der Eingangstür führten, deren Fliegengittertür in schlechtem Zustand war. Genau wie der Wohnwagen hatte das Haus verschlissene Vorhänge an den Fenstern, und es war zu erkennen, dass sie vor langer Zeit aus Bettlaken genäht worden waren.

Das Haus stand in der Nähe des Wassers und ein Landungssteg führte von ihm hinaus. Zwischen dem Haus und der Bretterbude hing eine Wäscheleine mit Kleidungsstücken, obwohl man sich kaum vorstellen konnte, dass die bei der feuchten Luft jemals trocknen würden. Hier und da lagen – ohne ersichtliche Ordnung – Fischernetze,

Schwimmkörper, Krebskörbe, Eimer, Schubkarren und Rettungsringe herum. Etwas weiter weg lag eine Toilette auf der Seite und darüber war eine vergammelnde Hängematte gespannt. In der Nähe der Toilette stand ein Anhänger mit einem Boot aus Aluminium, das eine dicke Delle am Bug hatte und dessen Motor mit einer Plane bedeckt war.

Der Rauch, den sie auf dem Weg hierher gerochen hatten, kam von dem Haus. Während sie es beobachteten, ging ein Licht an. Die Tür ging auf und Diana zog Becca in den Schatten, aber nur so weit, dass sie den Mann, der aus dem Haus kam, noch sehen konnte. Er hustete rasselnd und ging zum Steg, wo er wieder hustete, ausspuckte und ins Wasser pinkelte. Am Ende des Stegs saß eine Möwe träge auf einem Pfahl. Er hob eine Muschel auf und warf sie nach der Möwe. Er spuckte erneut, aber diesmal auf die Bretter des Stegs. Er verwischte den Auswurf mit dem Fuß und ging zurück zum Haus.

Diana berührte Beccas Arm. Becca sah sie an. *Komm, wir gehen, Schatz.*

Sie sprachen erst wieder, als sie in Dianas Wagen saßen und sie ein Stück weiter zur Bootsanlegestelle am Ende der Straße gefahren war. Dort hielt Diana kurz an, sah zu Becca hinüber und fragte: »Du weißt, warum ich dich hergebracht habe, oder?«

»Hier wohnt Jenn«, sagte Becca.

Diana legte Becca eine Hand auf die Schulter und Becca fühlte das gleiche Kribbeln wie schon zuvor, als Diana sie berührt hatte. »Um sich nicht von der Verzweiflung überwältigen zu lassen, kompensieren manche Menschen sie mit Hass.«

Becca schluckte und sah aus dem Fenster. Sie nickte.

Sie schwiegen, bis sie wieder an Dianas Haus angekommen waren.

»Auf jede Frage gibt es eine Antwort«, sagte Diana dann. »Ganz gleich, ob sie Jenn, Derric oder Seth betrifft. Aber man muss auch aufmerksam sein und sie erkennen, wenn man sie sieht. Vor allem darf man nie aufgeben.«

Sie stieg aus dem Wagen aus, und als Becca ihrem Beispiel folgte, sah Diana sie über die Motorhaube hinweg an. »Du schaffst das, Becca«, sagte sie bestimmt. »Glaub mir. Ich weiß, dass du es schaffst.«

KAPITEL 38

Seth ging gerade in die morgendliche Dunkelheit hinaus zu seinem Auto, als der Geschäftsführer des *Star Store* auf den Parkplatz gefahren kam und neben ihm anhielt. Jake kurbelte das Fenster seines Toyotas herunter und sagte: »Gut, dass ich dich noch erwische. Trevor hat mich vorhin angerufen und gesagt, er kann nicht kommen und die Warenlieferung annehmen. Der Laster ist jeden Augenblick da. Kannst du noch bleiben und die Sachen einräumen?«

Seth sagte: »Klar.« Das Geld konnte er immer gebrauchen. Er ging zum Supermarkt zurück und machte gerade die Tür wieder auf, als der Lieferwagen von der Second Street auf den Parkplatz einbog. Der Fahrer schob die Tür auf und der Geruch von Gemüse wehte ihnen entgegen. Brokkoli, Blumenkohl und Kohl … Seth ging zurück in den Lagerraum, nahm ein Messer vom Halter und fing an, es zu schärfen.

Als der Lieferant die erste Palette in den Gemüsebereich am Eingang des Supermarkts rollte, war er fertig. Durchs Fenster konnte man auf die First Street sehen, und die Straßenlaternen beleuchteten immer noch die menschenleeren Bürgersteige. Seth fing mit der Arbeit an und schnitt in die schmutzigen Brokkoli-Enden. Nach fünf Minuten sah er, wie der Wagen des Sheriffs vom Rathaus her auf den Supermarkt zufuhr.

Seth schaute in den Innenraum, um zu sehen, wer am Steuer saß, aber eigentlich wusste er schon, dass es Dave Mathieson sein musste. Der Sheriff suchte Augenkontakt mit ihm und zeigte auf ihn, so als wolle er Seth auffordern: Bleib, wo du bist. Aber Seth hatte auch gar nicht vor, wegzugehen. Er wollte seine Arbeit zu Ende machen.

Drei Minuten später stand Derrics Vater vor ihm, mit einer Hand auf dem Pistolenknauf am Gürtel. »Ich will mir dir sprechen.«

Seth dachte: Da wäre ich nicht drauf gekommen, fragte aber: »Wie geht es Derric?«

Der Sheriff ignorierte seine Frage, aber Seth war darauf vorbereitet, was anstelle eines Krankheitsberichtes über seinen Sohn kommen würde. »Sag mir alles über Becca King«, sagte Dave Mathieson, und Seth wusste, dass Hayley recht hatte. Jenn McDaniels hatte sie angeschwärzt.

»Was wollen Sie denn wissen?«, fragte Seth.

»Was sie für ein Verhältnis zu Derric hatte.«

»Keine Ahnung.«

»Und wo ist sie? Alle sprechen über sie, aber keiner weiß, wo sie ist. Auf der Highschool haben sie nicht mal ein Foto von ihr. Als die Schulfotos gemacht wurden, war sie nicht da. Auf Facebook ist sie auch nicht, und langsam habe ich das Gefühl, dass es sie gar nicht gibt, dass sich irgendwer den Namen bloß ausgedacht hat.«

»Ich bin auch nicht auf Facebook.«

»Das ist natürlich ein Argument.«

Seth ließ den Blick sinken. Er wusste ganz genau, was der Sheriff meinte. In Dave Mathiesons Augen war er ein Schulabbrecher, der früher oder später in die Ferienwohnung eines Internetmillionärs einbrechen oder irgendeinen anderen Unsinn machen würde. »Ja, so bin ich, Sheriff. Von der Wiege bis zum Grab.«

In dem Augenblick wurde Dave Mathieson bewusst, dass er zu weit gegangen war, und dass ein Gesetzeshüter nicht so mit einem Jugendlichen sprechen konnte, der nur ein Stück Brokkoli in der Hand hielt.

»Hör mal, Seth, ich will bloß dieses Mädchen finden. Ich will herausfinden, was mit Derric passiert ist, das verstehst du doch. Alles, was ich höre, hat irgendwas mit Becca King zu tun oder mit der anderen Frau, Laurel Armstrong, die es auch nicht zu geben scheint, jedenfalls nicht auf Whidbey Island. Deshalb will ich mit Becca sprechen. Aber sie ist so wenig greifbar wie ein Geist.«

Während der Sheriff sprach, tauchte Becca aus dem Nichts hinter ihm auf – so als wäre sie tatsächlich ein Geist. Seth sah über Dave Mathiesons Schulter, wie sie die First Street aus Richtung des *Dog House* überquerte und auf den *Star Store* zugelaufen kam. Wahrscheinlich wollte sie zu ihm, denn es war zu früh, um jemand anderen aufzusuchen. Außer ihm, Jake und dem Sheriff war noch keiner unterwegs. Er riss seinen Blick von Becca los, als der Sheriff fragte: »Kannst du mir wenigstens sagen, wie sie aussieht?«

»Wie ein Mädchen halt«, erwiderte Seth. »Was weiß ich.«

»Seth. Wie sieht sie aus?«

Seth rief zu Jake hinter der Feinkost-Theke rüber. »Jake, du kennst doch Becca King. Wie sieht die aus?«

Jake sah von einer Fleischplatte auf und antwortete: »Ähm … dunkle, braune Haare, ein bisschen pummelig. Riesige Monsteroberschenkel, Hintern wie ein Pferd. Ihre Brille sieht aus wie von 1952, und ihre Klamotten sind das Letzte, aber ich würd's mit ihr treiben.«

Seth sagte zu Dave Mathieson: »Ich nicht. Sie ist erst vierzehn.«

Jake grinste anzüglich und zwinkerte. »Je jünger, desto besser.« Dann sah er durchs Fenster und schnell wieder zu Seth. »Hey …«

Seth unterbrach ihn rasch. »Ich wette, der Sheriff möchte mit dir mal ein paar Worte über vierzehnjährige Mädchen wechseln.«

Jake zog den Kopf ein. »War doch nur ein Witz, Darrow.«

Vor dem Supermarkt hatte Becca den Sheriff gesehen und sich auf dem Absatz umgedreht. Sie lief rasch die Straße wieder zurück und Seth hoffte, dass sie eine Weile in Deckung bleiben würde. Der Sheriff würde nicht ewig im *Star Store* bleiben, sondern auch in der Stadt noch weiter nach ihr suchen.

Mathieson sagte: »Sehr lustig, ihr zwei. Ich mach mir in die Hose vor Lachen. Aber mein Junge liegt im Krankenhaus am Tropf und ist an einen Herzmonitor angeschlossen und sein Bein steckt in einem Streckverband. Und irgendjemand ist dafür verantwortlich. Also hör mir gut zu.« Er sah Seth durchdringend an. »Du findest Becca King und bringst sie zu mir, damit ich sie verhören kann. Verstanden?«

»Klar. Aber ich weiß ja nicht, wo sie ist.«

»Da habe ich aber was anderes gehört.«

»Sie war nur einmal hier, als sie Öl für ihre Fahrradkette brauchte. Und manchmal kauft sie ein Sandwich. Mehr weiß ich nicht, und Jake auch nicht.«

Der Sheriff sah Seth lange streng an. Dann nahm er die Hand von der Pistole und zeigte mit dem Finger auf ihn.

»Verarsch mich nicht. Wir können auch zurück nach Coupeville ins Gefängnis fahren und uns dort weiter unterhalten. Wie würde dir das gefallen, Seth?«

»Tun Sie, was Sie nicht lassen können«, antwortete Seth. »Ich habe in letzter Zeit Schlimmeres erlebt, als nach Coupeville zu fahren.«

Aber Seth war gar nicht zufrieden mit seinem Gespräch mit dem Sheriff, als er ein paar Stunden später im *Star Store* ausstempelte. Seine Arbeitszeit war verlängert worden. Nachdem er die Lebensmittel eingeräumt hatte, musste er an die Kasse, weil noch zwei weitere Mitarbeiter nicht aufgetaucht waren, wahrscheinlich, weil die Sonne schien und sie lieber am Strand surfen gehen wollten, als acht Stunden im *Star Store* herumzuhängen.

Die Kasse zu bedienen, war fast so schlimm wie sein schlimmster Albtraum: Er sitzt im Geschichtsunterricht und muss irrtümlicherweise einen Infinitesimalrechnungstest schreiben. Mrs Prince, eine Bekannte seines Großvaters, nahm es ihm zum Glück nicht allzu übel, dass er ihr für eine Zeitung, ein Sixpack Bier, ein Vollkornbrot, ein Glas Erdnussbutter und ein halbes Kilo grüne Bohnen aus Versehen zweitausendeinhundert Dollar berechnen wollte.

Aber nachdem Seth das kleine Problem beseitigt hatte, war er ziemlich gestresst, und der Rest des Morgens war eine einzige Quälerei.

Als er Feierabend hatte, stieg er in Sammy ein, legte den Kopf aufs Lenkrad und sagte zum Auto: »Kannst du nicht alleine nach Hause fahren? Ich kann nicht mehr!«

»Das geht aber nicht«, kommentierte Becca, während sie sich auf dem Rücksitz aufsetzte, wo sie sich unter einem alten Strandtuch versteckt hatte. »Du musst mich von hier wegbringen.«

Seth sprang zehn Zentimeter hoch in die Luft. »Verdammt noch mal!«

Becca warf das Handtuch ab. »Das Ding stinkt furchtbar.«

»Das gehört ja auch Gus. Was erwartest du? Dass es nach Rosen duftet?«

»Wäschst du es denn nie?«

»Wozu? Es wird doch sowieso sofort wieder schmutzig.« Er startete den Wagen und fuhr vom Parkplatz runter. Er bog in die Second Street ein und fuhr den Berg hoch, zum nördlichen Stadtrand. Dann fuhr er auf den Parkplatz des Waschsalons und blieb dort stehen. Becca kletterte auf den Beifahrersitz, und Seth fiel auf, dass Jakes Beschreibung nicht mehr zutraf. Sie trug zwar noch die komische Brille und hatte die hässlichen braunen Haare, aber sie war nicht mehr pummelig. Von dem vielen Fahrradfahren hatte sie eine richtig gute Figur bekommen. Wenn sie die Brille ausrangieren und das Eulen-Make-up weglassen würde, würde sie fast gut aussehen.

»Ich habe gesehen, wie du mit dem Sheriff gesprochen hast«, sagte sie. »Ich wusste nicht, wo ich mich verstecken sollte, aber ich dachte, in Sammy sucht er mich bestimmt nicht.«

»Gute Idee«, entgegnete Seth. »Aber du bist jetzt eine Verdächtige.« Und er erzählte ihr, was er von Hayley wusste: dass Jenn Gerüchte verbreiten wollte.

Becca hörte zu und schüttelte langsam den Kopf. »Was soll ich …? Ich soll Derric den Abhang hinuntergestoßen haben, weil er nicht mein Freund sein wollte?«

»So ungefähr.« Seth wandte den Blick von ihr ab. Auf der anderen Straßenseite war ein verlassenes Grundstück, das schon so lange leer stand, wie er denken konnte. Im Augenblick wohnte dort ein Reh mit drei Kitzen. Drillinge, dachte er. Das sah man nicht oft.

»Seth …«, fing Becca an, wie um seine Aufmerksamkeit wieder auf sich zu lenken. »Du glaubst doch nicht, dass ich es war, oder? Dass ich Derric runtergestoßen habe?«

»Kann ich mir nicht vorstellen.«

»Vielen Dank! Sehr beruhigend!«

Er wandte sich wieder zu ihr um. »Was weiß ich. Ich hab ihn jedenfalls nicht gestoßen. Und irgendjemand muss es getan haben. Ich weiß nicht, wer es war. Woher soll ich wissen, dass du es nicht warst?«

»Toll.« Becca ließ sich auf den Sitz fallen und starrte aus dem Fenster zum Waschsalon rüber. Sie seufzte.

Es sah so aus, als ob Seth und Becca mit ihrer Freundschaft an einem Scheideweg angekommen waren, und einer von ihnen musste den ersten Schritt tun. Aber *er* wollte nicht derjenige sein. Während er das dachte, wandte Becca den Kopf zu ihm um und sah ihn an.

»Irgendwann«, begann sie, »müssen wir anfangen, einander zu vertrauen, sonst kommen wir nie aus dem Schlamassel raus.«

»Was soll *das* denn heißen?«

»Das soll heißen, dass ich wissen will, warum du deine Sandalen nicht mehr trägst. Dylan hat seine immer noch an, also kann es nichts mit dem Wetter zu tun haben.«

Seth fluchte und sagte: »Die verdammten Sandalen. Ich wünschte, ich hätte sie nie gekauft.«

»Das ist jetzt egal«, sagte Becca. »Aber kannst du dir vorstellen, wie das aussieht, dass du kurz nach Derrics Sturz aufgehört hast, sie zu tragen?«

»Und weißt *du*, wie das aussieht, dass du kurz nach Derrics Sturz einfach abgehauen bist? Und das blöde Handy auf dem Parkplatz im Wald liegen gelassen hast?«

»Ja. Das weiß ich. Aber ich musste es tun.«

»Ach ja? Also, ich musste auch ein paar Sachen machen.«

»Was zum Beispiel? Derric den Hang runterstoßen?«

»Jetzt hör schon auf.«

»Okay, okay.« Becca sah ihn einen Moment lang so an, als wolle sie in sein Gehirn eindringen. Schließlich sagte sie: »Wie gesagt, irgendwann müssen wir einander vertrauen, also hör zu: Ich habe einen Fußabdruck von den Sandalen an der Stelle gesehen, wo Derric gestürzt ist, *und* ich sage, dass du ihm nichts getan hast.«

»Gut. Denn der Junge ist über 1,80 Meter groß und kräftig wie ein Linebacker, und ich bin ja nicht bescheuert. Den würde ich nicht mal anfassen. Und was ist mit dir?«

»Ich schubse auch keine Jungs Abhänge runter. Selbst wenn sie mir sagen, dass sie bei meinem Anblick Pickel kriegen. Okay?«

Er lächelte. »*Pickel?* Okay. Und jetzt?«

»Jetzt erzähl mir, was es mit den Sandalen auf sich hat.«

Seth verdrehte die Augen. »Schon wieder die Sandalen. Mensch, Becca, die sind beim Schuster. Ich musste sie nach Seattle schicken. Ungefähr eine Woche, nachdem Derric den Sturz hatte. Die Sohle löste sich, und die Dinger haben über hundertfünfzig Dollar gekostet und kamen mit einer lebenslangen Garantie.«

»Ist das alles?«

»Ja. Das ist alles. Punkt. Die sind für jedes Wetter geeignet und der ganze Mist, und dann geht die Sohle ab! Ich war stinksauer. Also habe ich sie reparieren lassen.«

»Warum hast du das nicht *gleich* gesagt?«

»Wieso? Und *wem*? ›Hey, Welt! Meine Sandalen sind beim Schuster!‹ Ich wusste doch nicht mal, dass sich jemand dafür interessierte.«

Becca schüttelte den Kopf, aber Seth konnte sehen, dass es nicht war, weil sie ihm nicht glaubte, sondern weil sie verblüfft war. Ihrem Gesichtsausdruck nach war diese einfache Antwort vollkommen logisch.

»Dann müssen wir mit Dylan Cooper sprechen«, stellte sie schließlich fest.

»Sieht so aus«, erwiderte Seth. »Wenn du den Fußabdruck gesehen hast, dann ist er derjenige, der irgendwas wissen muss.«

»Weißt du, wo wir ihn finden?«

Seth sah auf die Uhr. »Zu dieser Tageszeit? Kein Problem.«

KAPITEL 39

Als Seth mit Becca zurück in die Stadt fuhr, spürte sie ein Gefühl der Beklemmung in ihr aufsteigen. Sie war seit Wochen nicht mehr am helllichten Tag draußen gewesen, außer wenn sie für eine Stunde zum Friedhof radelte oder sich über den Seawall Park in die Bücherei schlich. Deshalb kauerte sie sich auf ihrem Sitz zusammen, als sie die Second Street entlangsausten, und duckte sich ganz, als sie am *Cliff Motel* vorbeikamen.

Sie konnte es nicht fassen, als Seth auf die Maxwelton Road abbog. Wie es aussah, waren sie zur South Whidbey Highschool unterwegs. In seinem Flüstern schnappte sie nur *Dylan … Kiffer immer … wie Sean gesagt hat* auf und vermutete, dass er sicher war, wo sich Dylan Cooper gerade aufhielt. Sie hoffte nur inständig, dass er nicht vorhatte, Dylan zu finden, indem er ins Sekretariat der Schule marschierte und nach ihm fragte.

Aber kurz vor der Schule bog er links auf eine Straße ab, die hinter das Gebäude führte. Sie fuhren an einem Baseballfeld vorbei und erreichten einen Parkplatz, von dem aus zwei Wanderwege in einen Wald abzweigten, den Becca noch nie zuvor bemerkt hatte.

»Wo sind wir?«, fragte sie.

»Im South Whidbey Gemeindepark. Ein Teil des Parks grenzt hinten an die Highschool an. Ausgesprochen praktisch für die Kiffer. Komm.«

Er ging voran zwischen die Bäume. Es war ein breiter Pfad, der jedoch bald schmaler wurde. Aber anders als in den Saratoga Woods zweigten hier keine weiteren Wanderwege ab. Es ging eine ganze Weile immer geradeaus, bis sie zu einer einfachen Gabelung kamen. Seth zögerte nicht. Er ging nach rechts, auf den Weg, der sie mehr oder weniger zurück zur Schule führte. Sie befanden sich jedoch weit hinter und weit über ihr. In der Ferne kündigte eine Glocke den Beginn der nächsten Stunde an.

Dieser Pfad war enger als der vorherige. Büsche mit Rebhuhnbeeren und Farne wuchsen hier so dicht beieinander, dass Becca die nächste Abzweigung verpasst hätte, wenn Seth sie nicht auf eine junge, gekrümmte Erle aufmerksam gemacht hätte, die zwischen den Bäumen und dem Dickicht den nächsten Pfad kennzeichnete.

»Hier lang«, sagte er und tauchte im Gebüsch ab. Becca folgte ihm. Kurz darauf roch sie, was sie suchten, bevor sie es sah. Der Duft von brennendem Gras war unverkennbar und wurde von Stimmengewirr und *oh Mann, heftig … boah, woher kommt dieses Zeug … zieh Alter … das haut richtig rein* begleitet, was einiges über den Zustand verriet, in dem sie die Marihuanaraucher gleich vorfinden würden.

Sie waren zu dritt und völlig zugedröhnt. Becca erkannte sie alle, als sie hinter Seth auf eine kleine Lichtung hinaustrat. Dylan Cooper war dort – mit seinen Sandalen –, und seine zwei Begleiter waren die Jungs, mit denen er Jenn und sie vor dem neuen Gemeinschaftsraum drangsaliert hatte. Hinter und unter ihnen konnte Becca die Schule sehen. Sie war relativ nah, sodass es für die Kids, die sich einen Joint reinziehen wollten, nicht allzu schwer war, sich heimlich in den Wald abzusetzen.

»Was ist los?« Dylan sprach als Erster. »Seth, cool. Willst du mal ziehen?«

»Das ist diese Schlampe«, sagte einer der anderen Jungs und zeigte auf Becca. »Puh, du bist echt hässlich wie die Nacht.«

»Oder willst du was kaufen?«, fragte Dylan, als hätte der andere Junge gar nichts gesagt. »Ich hab drei Pillen für später, aber ich kann dir eine verkaufen.« Und zu Becca sagte er: »Wusste gar nicht, dass du eine von uns bist.«

»Bin ich auch nicht«, erwiderte Becca.

»Hässlich reden tut sie auch«, warf der andere Junge ein.

Der dritte Kiffer kicherte. »Arrogant«, sagte er zu niemandem im Besonderen.

»Wir müssen mit dir reden«, klärte Seth Dylan auf.

Dylan zog an dem Joint, den er in der Hand hielt, und lächelte langsam und vielsagend. »Ich wette, ich weiß, worüber. Und wetten, dass es mir egal ist?«

Becca verdrehte die Augen. Das Ganze würde ein totaler Albtraum werden. Sie fragte: »Ihr geht doch manchmal in den Saratoga Woods kiffen, oder? Am Wochenende machen das bestimmt die meisten von euch.«

»Oben beim großen Felsen«, fügte Seth hinzu. »Das weiß doch jeder.«

Dylan zuckte mit den Achseln. »Na und?«

»Dann warst du auch an dem Tag dort, als Derric Mathieson gestürzt ist«, stellte Becca fest.

Dylan blickte so vorsichtig, wie es ihm in seinem bekifften Zustand nur möglich war. Einer der anderen Jungs bemerkte: »Schon wieder dieser Mathieson-Typ. Wann lassen die uns *endlich* mit dem in Ruhe?«

Dylan lächelte und sagte zu Becca: »Vielleeeiiicht. Vielleeeiiicht auch nicht.«

»Ich hab dich gesehen, Cooper«, warf Seth ein. »Du bist abgehauen, als die Cops aufgetaucht sind, aber ich hab dich gesehen, und alle anderen, die da waren, auch.«

Dylan hatte offensichtlich nicht daran gedacht. Oder zumindest nicht in seinem gegenwärtigen Zustand. Er schwieg, doch Becca konnte sehen, dass er versuchte, ein paar Sachen in seinem Kopf zu sortieren. Sie hörte, wie ihm *sch… muss … holla … verdammt …* wild durch den Kopf schoss, aber sonst nichts. Ihre Hoffnungen, irgendetwas Brauchbares aus diesem Jungen herauszuholen, waren so ziemlich dahin. Aber sie musste es trotzdem versuchen.

»Hast du dich mit Derric im Wald getroffen?«, fragte sie ihn.

Er blickte sie mit zusammengekniffenen Augen an. »Mit wem?«

»Ach, komm schon. Du weißt, von wem ich rede. Hast du dich mit Derric Mathieson in den Saratoga Woods getroffen?«

»Warum sollte ich mich mit *dem* treffen?«, wollte Dylan wissen.

»Das fragen wir *dich*«, gab Seth zurück. »Du hast nämlich auf dem Rundwanderweg genau an der Stelle einen Fußabdruck hinterlassen, wo er gestürzt ist, und wenn du nicht willst, dass der Sheriff davon erfährt …«

»Hey, hey, hey!« Dylan war im Nu auf den Beinen, was darüber hinwegtäuschte, wie sehr er tatsächlich zugedröhnt war. »Was willst du damit sagen, Alter?«

»Dass du dort warst und etwas weißt und es Zeit wird, dass du damit rausrückst«, erklärte Seth ihm.

Dylan kam näher. Er und Seth waren gleich groß, aber mit seinen Freunden als Verstärkung – ganz gleich, in welchem Zustand – standen die Chancen schlecht. Dylan kam ganz nah an Seths Gesicht heran und fragte höhnisch: »Und was ist mit *dir?*«, während sich seine beiden Freunde hochrappelten. »*Du* warst dort, und *er* war dort, und du bist so eine Scheißniete und er ist so ein Scheißass …«

Seth legte Dylan eine Hand auf die Brust, um ihn auf Abstand zu halten, und sagte: »Wo wir gerade von Nieten sprechen, Alter ...«

Dylans Begleiter waren jetzt auf den Beinen und umzingelten die beiden Jungs sofort. Einer sagte: »Hau ihn einfach um, Dyl«, während der andere Becca beäugte, als müsste er sie abfertigen, sobald die Prügelei losging.

»Komm, Seth. Wenn diese Typen irgendwas wissen ...«

»Nein«, erwiderte Seth. »Dylan wird den Mund aufmachen. Wenn er's nämlich nicht tut, kriegt er eins auf die Zwölf.«

»Äh ... Seth?«, merkte Becca an, weil einer der Jungs einen abgebrochenen Ast entdeckt und beschlossen hatte, ihn als Waffe zu benutzen.

Seth warf einen Blick darauf. Dann sah er zu Becca. »Damit trifft er nicht mal 'nen toten Truthahn«, gab er zurück.

Der Junge fasste das als Herausforderung auf und schwang seinen behelfsmäßigen Knüppel. Aber Seth war zu schnell für ihn. Ein Ausweichmanöver genügte Seth, um den Ast zu packen und so lange zu drehen, bis der Schläger auf dem Boden landete. Seth warf den Ast zur Seite. »Kommt schon. Ihr seid alle viel zu high, um euch zu prügeln. Wir können gerne weitermachen, aber in eurem Zustand wird sogar Becca mit euch fertig. Also, beantwortet ihr jetzt meine Fragen oder wollt ihr euch lieber mit mir prügeln?«

Dylan wollte sich prügeln. Er landete einen Treffer, doch in seinem Zustand streifte er Seth nur leicht. Aber ein Kinnhaken von Seth und er lag auf dem Boden. Seth seufzte. »Jungs«, sagte er. »Macht euch nichts vor.«

»Verpiss dich. Loser.«

»Fett und hässlich.«

»Ja, Alter. Is' klar«, erwiderte Seth. »Also, was ist im Wald passiert? Oder muss ich mich auf dein Gesicht setzen, damit du's endlich ausspuckst?«

»*Nichts* ist im Wald passiert, okay?«, gab Dylan zurück. Er lag immer noch am Boden, aber er beachtete Seth kaum mehr, sondern hielt vielmehr nach dem Joint Ausschau, den er hatte fallen lassen, als er sich vorgenommen hatte, es mit seinen beiden unliebsamen Besuchern aufzunehmen. »Ich wusste gar nicht, dass der Typ überhaupt da war. Was ist mit *dir?* Wir haben den Scheißlärm gehört. Das war's. Und plötzlich sind die Cops im Anmarsch. Als würden wir mit *denen* reden wollen.«

Becca achtete ganz genau auf alles, was er sagte und dachte, aber da war nichts Interessantes zu hören. Zwischen den Jungs lag auch nichts in der Luft, das darauf hingedeutet hätte, dass Dylan ihnen Lügen auftischte. Er war zwar ein Mistkerl, doch er sagte offenbar die Wahrheit. Und wenn er oben auf dem großen Felsen in den Saratoga Woods auch nur annähernd in demselben Zustand gewesen war, in dem er sich jetzt befand, wäre er sowieso nicht in der Lage gewesen, irgendjemanden irgendwohin zu stoßen, am allerwenigsten Derric Mathieson, der wahrscheinlich fast zwanzig Kilo schwerer war als er und mit Sicherheit einen doppelt so hohen IQ wie er besaß.

Sie sagte zu Seth: »Das war's dann.«

»Bist du sicher?«, fragte er.

Sie nickte. »Gehen wir.«

Auf dem Weg zurück zum Auto dachte Becca die ganze Zeit wütend nach. Sie wollte Antworten und sie wollte sie *jetzt.* Aber dieser Wunsch, Antworten auf einem Silbertablett serviert zu bekommen, rief ihr wieder ins Gedächtnis, was Diana Kinsale zu ihr gesagt hatte, als sie von ihrem Abstecher zu Jenn McDaniels Haus zurückgekommen waren: Der Sinn, sich mit den Fragen auseinanderzusetzen, lag darin, die Antworten zu erkennen, wenn man sie gefunden hatte. Sie hatte sich mit ihren Fragen über Jenn McDaniels und deren Abneigung gegen sie auseinandergesetzt und die Antworten waren an dem Ort zu finden gewesen, wo Jenn lebte, in seiner zermürbenden Armut und seiner Hoffnungslosigkeit. Jetzt war sie hier mit noch mehr Fragen konfrontiert, und auch wenn Dylan Cooper ihr keine Antworten geliefert hatte, hatte sie dennoch das Gefühl, dass sie ihr bereits deutlich vor Augen standen.

Sie sagte kein Wort, während sie zurück zu Seths VW gingen. Es kam ihr so vor, als hätten sie ein ungefähres Bild der Ereignisse an jenem Tag in den Saratoga Woods, aber wie konnten sie es vervollständigen? Sie hatte gedacht, ihr Gespräch mit Dylan würde sie einen Schritt weiterbringen. Sie hatte sich geirrt. Sie musste also einen anderen Weg finden.

Als sie den Parkplatz erreichten, lehnte sie sich an den VW. Seth stieg ein und trommelte mit den Fingern auf das Lenkrad. Sie stellte sich noch einmal die Saratoga Woods vor, so wie sie es für Diana getan hatte. So viele Leute waren dort gewesen. Aber wie viele von ihnen konnten auf dem Wanderweg gewesen sein, wo Derric gestürzt war? Er war völlig abgeschieden und verlief, ganz vor Blicken verborgen, auf der anderen Seite der Wiese. Er war zwar hoch oben im Wald mit anderen Wanderwegen verbunden, aber diese konnte man viel leichter sowohl vom Parkplatz als auch vom Wald selbst aus erreichen. Dafür, dass Derric sich dort aufgehalten … dass sich irgendjemand dort aufgehalten hatte … musste es also einen guten Grund geben, der nichts mit einer Tageswanderung zu tun hatte. Eine Tageswanderung ergab nämlich keinen Sinn. Nicht auf diesem Weg. Nicht da, wo er entlangführte. Nicht so, wie man ihn erreichte.

Sie beugte sich in den VW vor und sagte zu Seth: »Ich glaube, wir müssen das Ganze noch mal angehen.«

»Was? Mit diesen Nieten reden? Wohl kaum.«

»Nein. Ich meine, wir müssen noch einmal in die Saratoga Woods gehen. Seth, ich glaube, wir müssen den Tag noch einmal vor Ort durchleben, weil wir etwas Wichtiges nicht sehen, obwohl wir es direkt vor Augen haben.«

»Wie kommst du darauf?«, fragte er sie.

»Weil Antworten das so an sich haben«, gab sie zurück.

KAPITEL 40

Sie brauchten Gus. Wenn sie den Tag so durchspielen wollten, wie sie ihn beide erlebt hatten, musste Gus dabei sein. Seth war sich aber nicht sicher, wie sein Großvater auf seine Bitte, den Hund zurückzunehmen, reagieren würde. Deshalb setzte er Becca in Bayview Corner ab, einer kleinen Siedlung mit restaurierten und umfunktionierten Gebäuden nicht weit von der Hauptbundesstraße.

Er gab ihr keine Zeit, ihm zu widersprechen. Stattdessen stieß er die Wagentür auf und ging mit ihr zu einem überlebensgroßen, aus einem Stück Rasen gestalteten Schachbrett, das sich zwischen einigen mit Schindeln bedeckten Läden und einem Kindergarten befand. Er zeigte auf eine Stelle auf dem Schachbrett und sagte: »Warte dort bei dem Springer auf mich. Ich komme mit dem Hund zurück.«

Sie ließ sich auf den Boden plumpsen und lehnte sich an die Schachfigur. »Kann ich dir nicht helfen?«, fragte sie.

»Nicht bei dieser Sache«, erwiderte er.

Er zuckelte los und dachte darüber nach, was er seinem Großvater sagen würde.

Bei ihrer letzten Begegnung im Geschäft für Farmzubehör hatten sie sich im Guten getrennt, aber Ralph hatte vorgehabt, mit Hayley zu sprechen. Seth wollte nicht, dass sein Großvater dachte, er würde ihn nur besuchen, um ihn deswegen auszuquetschen.

Er hätte sich jedoch nicht den Kopf darüber zu zerbrechen brauchen, wie er das Gespräch mit Ralph beginnen sollte. Als er abbog, um den Berg zu Ralphs Haus hochzufahren, kam ihm ein rostroter Mazda entgegen. Er fuhr an die Seite und sah zu seinem Verdruss, dass Mrs Prince, die bedauernswerte Dame, der er im *Star Store* eine Rechnung über zweitausendeinhundert Dollar präsentiert hatte, gerade wegfuhr. Sie winkte ihm fröhlich zu und grinste, und Seth winkte tapfer zurück. Er fragte sich, wie Ralph darauf reagiert hatte, dass sein Enkel als Kassierer versagt hatte, und konnte sich lebhaft vorstellen, wie Mrs Prince sagte: »Ralph, ich frage ja nicht gerne, aber kann der Junge überhaupt zählen?«

Seth fuhr den Rest des Bergs hoch. Als er zum Haus stapfte, stand Ralph vor der Küchenarbeitsfläche und Gus saß unter dem Tisch. Ralph blätterte in einem Kochbuch, mit einem Sixpack Bier neben ihm auf der Arbeitsfläche, während Gus jede seiner Bewegungen beobachtete, in der Hoffnung, dass irgendwann etwas zu fressen herausspringen würde.

Der Hund bellte einmal zur Begrüßung, als er Seth erblickte, und setzte dazu an, aufzustehen.

Ralph sagte: »Bleib, Gus!«, als der Labrador anfing, mit wild wedelndem Schwanz unter dem Tisch hervorzukommen. Gus zögerte und blickte mit seinen braunen Augen von Ralph zu Seth und wieder zu Ralph. Ralph wiederholte: »Bleib!«, und der Hund zog sich sofort wieder unter den Tisch zurück, wo er sich hinsetzte.

»Echt cool«, sagte Seth. »Kann ich ihm Hallo sagen?«

»Natürlich. Ist ja dein Hund.«

Seth beugte sich unter den Tisch und drückte seine Wange auf Gus' Kopf. Der Schwanz fegte schneller über den Boden.

Ralph knallte das Kochbuch zu. »Fran Prince hat mir erzählt, dass du im *Star Store* jetzt an der Kasse arbeitest, Lieblingsenkelsohn.«

Seth stöhnte. »Ich habe sie gerade wegfahren sehen. Ich hätte nicht gedacht, dass sie gleich herkommen würde, um es dir brühwarm zu erzählen. Sie hält mich bestimmt für einen Volltrottel.«

Ralph runzelte die Stirn. »Warum?«

»Ich habe ihr zweitausendeinhundert Dollar für ihren Einkauf berechnet. Hat sie dir das nicht erzählt?«

»Nö.«

»Was hat sie dann hier gemacht?«

Ralph zeigte mit dem Kopf auf das Sixpack. »Sie hat mir das hier vorbeigebracht. Ich hab gestern ihre Hintertür repariert, und das närrische Frauenzimmer hat gedacht, sie müsste mir dafür was als Dankeschön geben.«

Seth sagte: »Oh.« Er fragte sich, wie sein Leben aussehen würde, wenn er aufhören würde, voreilige Schlüsse zu ziehen, sobald er jemanden irgendetwas tun sah. »Ich habe sowieso nur zwanzig Minuten an der Kasse gearbeitet. Sie wollen mich da nicht dauerhaft einsetzen. Da würden sie sicher bald bankrott gehen.«

Ralph antwortete zunächst nicht. Stattdessen verstaute er die Bierflaschen eine nach der anderen im Kühlschrank und Seth konnte an seiner Miene ablesen, dass er angestrengt nachdachte. Schließlich sagte er: »Genug davon. Komm mit, Seth.«

Seth dachte: Oh-oh, folgte seinem Großvater aber ins Wohnzimmer. Ralph marschierte zu einem Schrank mit offenen Regalen voll mit Büchern, gerahmten Fotos und Erinnerungsstücken. Von diesen Regalen nahm er eins der Bilder und einen kleinen Holzkasten.

»Schau dir das hier mal an.«

Seth erwiderte: »Grandpa, ich bin nur gekommen, weil ich fragen wollte …«

»Ach, zum Teufel, Junge, ich weiß, dass du aus einem bestimmten Grund hier bist. Ich bin ja nicht auf den Kopf gefallen. Aber du und ich müssen da noch ein paar Dinge klären, und dazu musst du dir erst mal diese Sachen hier anschauen.«

Seth wusste natürlich, was es war. Der Kasten war seine allererste Holzarbeit, ein plumper Behälter, den er in einem Sommerhandwerkskurs gemacht hatte, als er von der dritten in die vierte Klasse wechselte. Das Bild zeigte ihn, wie er vor ein paar Jahren auf der Terrasse des Baumhauses stand und grinste.

Ralph sagte: »Zu wissen, was man im Oberstübchen hat, ist eine Sache …« Er zeigte auf seinen Kopf. »Und den Verstand zu haben, es auch zu nutzen, eine andere. Du bist ein ausgezeichneter Musiker und ein ebenso ausgezeichneter Handwerker, Seth. Gott verdamm mich, wenn ich zusehe, wie du dir selbst einredest, du wärst ein Versager, weil du glaubst, der Rest der Welt möchte, dass du jemand anders bist. Der Welt ist es egal, wer du bist, mein Enkelsohn. *Du* bist derjenige, dem das nicht egal sein sollte.«

Er nahm Seth den Kasten und das Foto ab und stellte sie zurück aufs Regal. Dann ging er wieder in die Küche, wo er sich mit verschränkten Armen und Seth zugewandt gegen die Arbeitsfläche lehnte. Seth ging ihm hinterher.

»Also, was ist los?«, wollte er wissen.

Seth seufzte. Er blickte zurück ins Wohnzimmer und zu dem Kasten, der wieder auf dem Regal stand. Er sah sich auch das Foto an und sagte: »Ich habe bisher keinen Finger gerührt, um einen Nachhilfelehrer für meine Berufsbefähigungsprüfung zu finden.«

»Na, das ist ein echtes Problem.«

»Das kannst du laut sagen. Schließlich habe ich es Mom und Dad versprochen.«

»Weißt du denn, warum?«

»Warum ich keinen Nachhilfelehrer habe?« Seth lehnte sich an die Arbeitsfläche und imitierte die Haltung seines Großvaters. »Ich würde gern sagen, weil diese Prüfung totaler Mist ist. Ich bin Gitarrist und ich bin *gut*. Wozu brauche ich dann noch eine Berufsbefähigung?«

»Das würdest du gern sagen, ja?«, fragte Ralph. »Liegt es in Wahrheit denn an etwas anderem?«

Seth atmete geräuschvoll aus. »Ich glaube schon.«

»Und?«

»Ich habe Angst, die Prüfung nicht zu bestehen. Und ich will nicht, dass irgend so ein Nachhilfelehrer mitbekommt, dass ich eine totale Niete bin.«

»Eine totale Niete? Himmelherrgott! Denk doch mal an das Baumhaus.«

»Ja, ich hab ein Baumhaus gebaut«, gab Seth zurück. »Na, wenn schon? Das hätte ich nie geschafft, wenn du nicht danebengestanden hättest, um mir zu sagen, wo ich die Nägel reinhauen muss.«

»Das ist genau der Punkt, mein Junge. So hast du es gelernt. Wenn ich dich jetzt in den Wald hinausschicken und dir auftragen würde, einen geeigneten Platz zu finden und noch ein Baumhaus zu bauen, könntest du es dann?«

»Jetzt schon. Überhaupt kein Problem.« Seth betrachtete seine Stiefel und erkannte, dass sein Großvater recht hatte. Er musste irgendwo anfangen, um irgendwo anders anzukommen. Was er jedoch nicht erkennen konnte, war, was das mit einer Prüfung zu tun hatte, die ihm in seinem Leben nichts nützen würde.

Ralph sagte: »Ich werde mich nicht mit dir darüber streiten, ob diese verdammte Prüfung wichtig oder die totale Zeitverschwendung ist. Darum geht's nicht.«

»Worum geht es dann?«

»Es geht darum, dich an die Abmachung zu halten, die du mit

deinen Eltern getroffen hast. Wenn du dich nicht darum kümmerst, wirst du dich weiter so schlecht fühlen. Ich sehe dich jetzt schon seit Monaten zögern und zaudern, Seth, und wenn du nicht endlich anpackst, was du versprochen hast, wird sich das auch nicht ändern. Und alle Hayleys dieser Welt …«

»Es *geht* nicht um Hayley, Grandpa.«

»*Alle* Hayleys dieser Welt«, fuhr Ralph unbeirrt fort, »können nicht wettmachen, was du versäumt hast zu tun.«

Ralph stieß sich von der Arbeitsfläche ab. Er drückte sich die Fäuste ins Kreuz, und als Seth das sah, fiel ihm auf, dass sein Großvater nicht mehr der Jüngste war. Er würde nicht ewig leben. Da erkannte er, dass sich alles um Zeit drehte und Zeit verstrich. Seine Zeit ebenso.

»Diese verdammte Prüfung? Dieser Nachhilfelehrer? Bestehen, durchfallen, was auch immer? Du schuldest dir das selbst. Ja, du hast es deinen Eltern versprochen. Aber du musst auch die Versprechen halten, die du dir selbst gegeben hast.«

»Du hast ja recht.« Seth blickte von seinem Großvater zu Gus. Der Labrador wartete immer noch geduldig unter dem Tisch.

»Grandpa, kann ich meinen Hund wiederhaben?«, fragte Seth.

»Natürlich, Lieblingsenkelsohn«, erwiderte Ralph. »Ist ja deiner.«

Seth stieß sich ebenfalls von der Arbeitsfläche ab und sagte: »Komm, Gus«, und der Hund stand auf. Dann fügte Seth hinzu: »Grandpa, da ist noch was.«

»Was denn, Seth?«

»Du nennst mich immer ›Lieblingsenkelsohn‹, und das gefällt mir. Aber eigentlich bin ich dein einziger männlicher Enkel.«

Ralph sah ihn an, seine blauen Augen funkelten. Er lächelte. Dann lachte er schallend. »Details«, gab er zurück. »Das sind nur Details, Seth.«

KAPITEL 41

Warum müssen wir unbedingt am Motel anfangen?« Seth war mit dem VW an dem Stoppschild stehen geblieben, welches das Ende der Sixth Street markierte und auf der anderen Seite vom *Cliff Motel* stand. »Das bringt doch nichts. Hier ist nichts passiert. Das war alles nur im Wald.«

Verflixte … hasst mich … rafft nicht … totaler Schwachsinn … genau wie Sean verriet Becca, dass er wohl keine große Lust hatte, Debbie Grieder zu treffen, und das konnte sie ihm nicht verdenken. Aber sie bestand darauf, denn sie hatte so ein Gefühl. Sie mussten den Tag komplett durchgehen, um die Ereignisse in einem anderen Licht zu sehen, und am *Cliff Motel* hatte der Tag begonnen. Während sie sprach, saß Gus auf dem Rücksitz, jaulte und schlug mit dem Schwanz auf das Polster.

»Das ist schon mal genauso wie an dem Tag. Da hat er auch den ganzen Weg gejault, weil er laufen wollte.« Seth fuhr über die Kreuzung und blinkte, um auf den Motelparkplatz zu fahren. »Und wie schaffen wir es, Debbie Grieder aus dem Weg zu gehen?«

»Es ist ein Uhr«, sagte Becca. »Sie ist noch bei ihrem Treffen. Und die Kinder sind in der Schule. Kein Problem.«

Seth fuhr auf das Motelgelände und parkte den Wagen. »Hauptsache, wir müssen die ganzen Blumenzwiebeln nicht wieder ausgraben.«

Becca lachte und machte die Autotür auf. Doch bevor sie ihm antworten konnte, war Gus aus dem Wagen nach draußen gesprungen. Er hatte ein Eichhörnchen gesehen und bellte wie ein Verrückter.

»Das fängt ja gut an«, stöhnte Seth. Er lief hinter dem Labrador her und schrie: »Gus! Hiergeblieben!«, und verschwand hinter dem Gebäude.

Da ging die Bürotür auf und Debbie Grieder trat heraus, und erst da sah Becca, dass Debbies Geländewagen neben dem Motel parkte. Chloe kam hinter ihr herausgestürmt und schrie: »Ist das Gus?« Sie lief in die Richtung, aus der das Bellen kam, während Debbie bei Beccas Anblick erstarrte.

Dünn … was bedeutet das … so wie Sean … oh Gott durchbrach die Luft zusammen mit Gus' Gebell und Chloes Geschrei. Aber mehr hörte Becca nicht, weil jetzt auch Josh aus dem Motel kam. Doch er stolperte und eine Wärmflasche, die mithilfe eines Halstuchs an seinem Kopf festgebunden war, fiel auf den Boden, lief aus und bespritzte seine Pantoffeln.

Becca ging zu ihm und kniete sich vor ihn hin. »Hey, Josh, was ist denn mit *dir* passiert?«, wollte sie wissen.

»Ohrenschmerzen«, antwortete er. »Grandma sagt, es ist eine Entzündung, also darf ich zu Hause bleiben, und Chloe auch. Warum bist du ausgezogen?«

Da sagte Debbie streng: »Geh zurück ins Haus, Josh. Bei der Kälte werden deine Schmerzen noch schlimmer.«

Er legte den Kopf schief und erwiderte: »Okay …«, woran Becca erkennen konnte, dass es ihm wirklich nicht gut ging, sonst hätte er nicht so schnell gehorcht.

Becca stand wieder auf. Debbie betrachtete sie und *so viel abgenommen … was das bedeutet …* war die Botschaft ihres Flüsterns. Für Laurel wäre das ein Grund zum Feiern gewesen, dachte Becca. Für Debbie war es etwas anderes. Debbie sah von Becca zum VW und von dort zur Ecke des Gebäudes, wo Gus' Gebell herkam. Im selben Augenblick kam Seth mit Chloe und Gus um die Ecke, doch er verlangsamte seinen Schritt, als er Debbie sah, und brachte den Hund zurück zum Auto.

»Siehst du, es ist genau das eingetreten, wovor ich dich gewarnt habe«, sagte Debbie zu Becca. »Ich habe dir doch gesagt, du sollst dich von ihm fernhalten. Ich wusste, dass nichts Gutes dabei herauskommt. Vor wem lauft ihr weg? Vor seinem Händler?«

Becca blinzelte verwundert. *Sein Händler* konnte in diesem Zusammenhang nur eins bedeuten, und sie erwiderte: »Er hat mir geholfen.«

»Ja, das will er dich glauben machen. Das sagen sie alle. Dabei bist *du* eigentlich diejenige, die ihm hilft. Die Frage ist nur, wie. Willst du es mir erzählen?«

»Es ist ganz anders, als Sie denken. Ohne Seth wäre ich …«

»Ohne Seth würdest du hier in Zimmer 444 wohnen. Ohne ihn würdest du zur Schule gehen. Ohne ihn wäre ich nicht vor Sorge darum, wo du warst und was mit dir passiert ist, ganz krank gewesen.«

»Das tut mir leid. Ich wollte nicht, dass Sie sich Sorgen machen.«

»Warum bist du dann weggelaufen? Du wusstest doch, dass ich mich sorgen würde.«

Becca dachte angestrengt darüber nach, was sie Debbie sagen konnte, ohne ihr zu viel zu verraten und ohne sie zu belügen. »Wissen Sie noch, am Anfang, als ich einen Platz zum Schlafen brauchte und einen Platz in der Schule, und Sie mir geholfen haben? Ich war Ihnen so dankbar, aber Sie haben mir keine Fragen gestellt. Und es gab Sachen, die ich Ihnen nicht sagen konnte. Ihnen nicht und auch sonst niemandem. Wo meine Mutter ist, weil ich das selbst nicht weiß, und warum sie mich hier allein gelassen hat, was ich zwar weiß, aber nicht verraten kann, weil das keiner verstehen würde. Na ja, zum Teil vielleicht schon, aber zum größten Teil nicht. Sie sagte mir, ich solle eine Freundin von ihr aufsuchen, aber als ich herkam, war die Freundin gerade gestorben und ich konnte meine Mutter nicht auf dem Handy erreichen, um ihr Bescheid zu sagen. Deshalb bin ich zum Gebäude der Anonymen Alkoholiker gegangen, um Sie zu treffen, aber als an dem Abend die Polizei kam, musste ich weg, weil …«

»Augenblick. Augenblick.« Debbie kratzte ihre vernarbte Stirn, wühlte in der Tasche und holte ihre Zigaretten heraus. Bevor sie eine anzündete, fragte sie: »Wann ist denn *die Polizei* gekommen?«

»Als ich mit Josh und Chloe draußen war, ist doch der Sheriff gekommen. Als ich ihnen die Schwertwale gezeigt habe. Ich konnte nicht zulassen, dass sie mich mitnehmen, Debbie. Und schon gar nicht vor den Kindern.«

»Sprichst du von Dave Mathieson?«

Becca nickte. »Ich dachte, jemand hätte mich verraten. Er suchte mich sowieso wegen dem Handy, das ich im Wald liegen gelassen hatte. Und ich dachte, wenn er herausfindet, dass meine Mutter mich auf der Insel zurückgelassen hat …«

Debbie blies eine Rauchwolke aus. »Du dachtest, Sheriff Mathieson wäre *deinetwegen* zum Motel gekommen?«, fragte sie und legte die Hand auf die Stirn. Dann sagte sie zu Chloe: »Gehst du ins Haus, Schatz, und siehst nach Josh?«

»Aber ich will mit Gus und Becca spielen«, protestierte Chloe.

»Ich komm später noch mal wieder und spiel dann mit dir«, kündigte Becca an. »Versprochen.«

Das kleine Mädchen schlurfte widerwillig zur Eingangstür. Als sie die Tür hinter sich geschlossen hatte, sagte Debbie: »Becca … Der Sheriff wollte an dem Abend nicht zu dir. Manchmal … Manchmal hat er hier im Motel noch was mit jemand anders zu erledigen.«

Becca runzelte die Stirn. »Was hat er denn zu erledigen?«

Seth hustete laut. Debbie sah zu ihm hin. *Ich wusste es … Leben ist …* ging vom einen zum anderen. Und die Blicke, die sie austauschten, und Debbies Flüstern erinnerten Becca an etwas, das sie beobachtet hatte: Tatiana Primaveras Hand auf dem Arm des Sheriffs im Gemeinschaftsraum. Und seine Finger, die in ihre griffen. Die Geste war so flüchtig gewesen, dass sie alleine keine Bedeutung hatte. Aber wie so viele andere Ereignisse auf dieser Insel stand sie nicht allein.

Becca sagte: »Oh.«

»Es ging an dem Abend nicht um dich«, erklärte Debbie. »Nachdem ich dich vermisst gemeldet hatte, kam er natürlich wieder her. Aber nicht an jenem Abend. An dich hat er als Allerletztes gedacht. Aber wo bist du bloß hin?«

»Ich habe Seth gesucht. Er hat mir geholfen. Genauso wie vorher auch schon.«

»›Wie vorher auch schon‹?«

»*Er* hat mir gesagt, ich solle auf der Second Street vor dem weißen Gebäude auf Sie warten. Er sagte, dann würden Sie mich dort finden. Und er sagte, dass Sie mir helfen würden. Weil sie immer anderen helfen.«

»Das hat Seth gesagt?« Als Becca nickte, sah Debbie Seth an und ließ ihren Blick auf ihm ruhen. »Er hat dir nichts getan? Er hat dich nicht belästigt? Er hat dir … nichts gegeben? Oder dich dazu angestiftet, etwas zu tun?«

»Was meinen Sie?«

Debbie sah wieder Becca an und musterte sie. Dann sagte sie: »Drogen. Gras. Tabletten. Meth. Hat er dir nichts gegeben?«

Becca schüttelte den Kopf. »Außer eine Campingausrüstung und Essen.«

Debbie murmelte: »Ach Gott.« Dann sagte sie: »Er hat sich also um dich gekümmert? Er hat dir einen Platz zum Übernachten besorgt?«

»Ja, er ist mein Freund.«

Debbie schien mit dieser neuen Information völlig überfordert. Sie wirkte wie eine Frau, der man Ziegelsteine auf die Schultern geladen hatte.

Berater … unrecht … was für eine vierte lautete ihr Flüstern, doch es vermischte sich mit Flüstern über Sean. *Jahre seines Lebens … was ist wirklich …* Diese Gedanken schwirrten durch die Luft und überkreuzten sich mit denen von Seth, denn darin ging es um *Menschen müssen endlich aufhören, zu denken … wie etwas aussieht … Sean, aber nicht ich …* bis Becca es nicht mehr hören konnte. Sie kramte ihre AUD-Box heraus und steckte sich den Kopfhörer ins Ohr.

»Die Kinder haben dich vermisst, Becca«, sagte Debbie.

»Ich komme wieder, um sie zu besuchen.«

»Und was ist mit der Schule?«

»Ich habe für mich alleine weitergelernt. Und irgendwann gehe ich auch wieder hin.«

»Verrätst du mir auch, wann?«

»Bald. Hoffe ich.«

»Aber worum geht es hier eigentlich? Willst du mir das nicht erzählen? Oder du, Seth?«

Becca warf Seth einen Blick zu, der hilflos die Arme hob und sie wieder fallen ließ, und Becca damit zu verstehen gab, dass er ihr die Entscheidung überließ. Becca sagte zu Debbie: »Ich *werde* es Ihnen erzählen. Aber jetzt noch nicht. Jetzt müssen Seth und ich erst mal zurück in die Saratoga Woods. Und wir mussten vorher hier vorbeikommen, weil es an dem Tag, an dem Derric gestürzt ist, auch so angefangen hat.«

»Alles hat mit diesem verdammten Tag begonnen, nicht wahr?«, sagte Debbie.

Becca dachte darüber nach und ihr wurde klar, dass das nur zum Teil der Wahrheit entsprach. »Das meiste«, stimmte sie ihr zu, fügte aber noch hinzu: »Aber nicht alles. Das glaube ich zumindest.«

Als sie auf den Parkplatz in den Saratoga Woods fuhren, standen dort weder Autos noch waren Fahrräder an die Informationstafel gekettet. Zusammen mit dem Hund stiegen sie aus.

»Gus, Platz«, befahl Seth, und der Labrador gehorchte. Aber er leckte sich die Lefzen und starrte hinaus in den Wald. Dann sah er Seth vielsagend an.

»Ich bin beeindruckt«, sagte Becca.

»Das klappt nur so lange, wie keine Kaninchen oder Eichhörnchen in Sicht sind.« Seth beugte sich zum Hund hinunter und strich ihm über den Kopf, während er ihm die Leine anlegte. Dann liefen sie über die Wiese und Gus trottete neben ihnen her.

Becca zeigte in südliche Richtung, wo etwas weiter weg ein Wanderweg begann und zwischen riesigen Douglastannen verschwand. »Derric war auf diesem Pfad. Aber ich bin nicht von hier aus zu ihm gelangt. Da bin ich nur rausgekommen, nachdem ich ihn gefunden hatte.«

»Ja. Ich weiß noch. Das ist der Meadow-Rundwanderweg«, sagte Seth. »Da kommt man über die Coral Root hin. Sollen wir erst da langgehen?«

»Ich würde alles genauso machen wie an dem Tag. Außer Gus laufen zu lassen.«

»Da bin ich aber froh«, erklärte Seth. »Da könnte ich nämlich für nichts garantieren. So gut erzogen ist er noch nicht.«

Sie steuerten auf den Hauptwanderweg zu, der direkt vor ihnen lag, am Ende des Weges durch das raschelnde Wiesengras. Seth gab Gus etwas mehr Leine, sodass dieser die Markierungen tausend anderer Hunde erschnüffeln konnte, und dann betraten sie den Weg in den Wald.

Zwischen den Bäumen drangen nur gedämpfte Geräusche an ihr Ohr und sie musste daran denken, wie viele Geräusche sie an jenem Tag im Wald gehört hatte, als Derric gestürzt war. Aus allen Richtungen war Flüstern auf sie eingeströmt, ganz zu schweigen von dem Duft und dem Gebell. Aber dann war plötzlich alles abgebrochen, bis auf das Hundegebell, das nicht aufhören wollte.

Als könne er ihre Gedanken lesen, sagte Seth: »Ich weiß noch, dass Gus andere Hunde bellen hörte und loslief. Und ich bin auf dem Indian-Pipe-Weg hinter ihm hergerannt.«

Also taten sie das wieder und liefen auf dem Weg mit dem feuchten Boden und der schweren Luft, die nach vermoderten Pflanzen roch. Als sie die erste Weggabelung erreichten, blieb Seth stehen. »Ja, ich kann mich erinnern. Ich war froh, dass er nicht den Wintergreen-Weg langgelaufen war, denn da war in diese Richtung viel Matsch und man konnte keine Spuren sehen. Deshalb bin ich davon ausgegangen, dass er bis zum Flowers Trail auf dem Indian-Pipe-Weg geblieben war, und da bin ich dann auch lang.«

»Und da habe ich mich verlaufen«, sagte Becca. »Du warst auf und davon und ich hörte nur noch die Hunde. Irgendwo bin ich links abgebogen, aber ich kannte den Wald ja nicht, also bin ich auf einem Pfad gelandet, der steil nach oben und über ein Privatgrundstück führte. Und da traf ich Diana Kinsale. Gus war auch bei ihr und sie gab mir eine Leine, um ihn anzubinden, aber er ist trotzdem entkommen.«

»Privatgrundstück?«, wiederholte Seth. »Das klingt ganz nach der Coral-Root-Verknüpfung. Die verbindet diesen Wald mit den Putney Woods. Und auch mit den Metcalf Woods. Wenn Gus mit Mrs Kinsale auf diesem Weg war, müssen wir *auch* da entlang.«

Seth ging mit ihr nach links, auf den Nebenpfad, und sie fingen an zu klettern. Der Aufstieg war steil und schmal und schnitt eine Kerbe in den Hügel, der mit Büschen und Bäumen bewachsen war. Man hörte nichts weiter als Gus' Schnüffeln am Wegesrand und das Klopfen eines Buntspechts an einem abgestorbenen Baumstamm.

Nach einer Weile zweigte ein neuer Weg ab und hier kam Becca die Gegend bekannt vor. Sie sah einen flachen Felsen, der von einer dichten Farnmauer umgeben war, an der riesige Spinnweben hingen, wie Halloweenschmuck. Sie erinnerte sich, hier auf einem Baumstumpf gesessen und das Geräusch von herannahenden Hunden vernommen zu haben. Sie sagte zu Seth: »Hier habe ich Diana Kinsale und ihre Hunde getroffen. Und dann ist Gus da langgelaufen ...«, sie zeigte mit dem Finger in die Richtung, »... und ich bin hinter ihm her.«

Seth zeigte seinerseits auf ein kleines Schild, auf das *MEADOW-RUNDWANDERWEG* geschnitzt war.

»Gehen wir«, sagte er.

Becca lief hinter ihm her. Langsam erinnerte sie sich wieder an alles, aber mehr an das, was sie gehört als an das, was sie gesehen hatte. Sie erinnerte sich an den Augenblick, in dem der Duft, den sie mit Derric in Verbindung gebracht hatte, plötzlich verschwunden war, wie durch einen Schlag ins Gesicht. Sie erinnerte sich an das Gefühl, als würde sie haltlos treiben, an einem Ort, den sie nicht kannte und nicht verstand. Sie erinnerte sich an die Einsamkeit und Leere, die dieses Gefühl mit sich brachte.

Seth wandte den Kopf und sagte über die Schulter: »Wo hast du denn den Fußabdruck gesehen? Die Stelle sollten wir als Nächstes finden.«

Sie sagte ihm, dass der Fußabdruck an der steilsten Stelle des Pfades gewesen war, oberhalb der Stelle, wo Derric den Abhang hinuntergefallen war. Seth nickte und kletterte weiter, und nach ein paar Minuten hatten sie die Stelle erreicht.

»Hier, Seth«, sagte Becca und zeigte auf den Baum unten am Fuße des Abhangs, an dem Derric gelehnt hatte. »Gus war unten bei ihm. Als ob er ahnte, dass Derric verletzt war. Er lag direkt neben ihm.«

»Und wo war der Fußabdruck?«

Becca sah sich um und versuchte, sich an die genaue Stelle zu erinnern, wo der Abdruck gewesen war, aber stattdessen sah sie, dass ein kleinerer Weg den Hügel hinaufführte, den die andere Seite des Meadow-Rundwanderwegs abdeckte. Dieser Weg war eher ein wilder Pfad, wie ihn sich Wanderer auf eigene Faust durch das Dickicht bahnten, und kein offizieller Wanderweg. Er schlängelte sich hoch zu den Überresten eines riesigen moosbewachsenen Baumstumpfs einer großen Hemlocktanne. Daran lehnten Teile mehrerer anderer Tannen, die vor langer Zeit vom Sturm gefällt worden waren. Sie hatten die Form eines kleinen moosbewachsenen Tipis.

»Meine Güte«, sagte sie. »Seth, sieh dir das an.«

Sie begann, hochzuklettern, ohne genau zu wissen, warum. Sie hatte bloß das Gefühl, es tun zu müssen.

»Sei vorsichtig«, ermahnte Seth sie. »Da liegt eine Menge Windbruch herum. Wenn der unter deinen Füßen wegrutscht … Gus, bleib hier. Du brauchst da nicht auch noch hochzuklettern.«

Oben angekommen, kroch Becca in das Tipi und setzte sich im Schneidersitz hin. Sie befand sich etwa zehn Meter oberhalb des Pfads und sah auf Seth und Gus hinab, dessen Schwanz auf den Boden peitschte. Sie sagte langsam: »Seth … Das hier … Das ist irgendwie komisch.«

»Wahrscheinlich ist es eine Waschbärhöhle, und du sitzt mitten auf einem Waschbärhaufen. Hoffentlich kommt er nicht so bald zurück, die Viecher können nämlich garstig werden. Komm lieber wieder da raus.«

Becca sah sich um. Die Höhle war tief und es drang nur wenig

Tageslicht herein. Da war kein Waschbärhaufen und es roch hier überhaupt nicht nach Tieren, nur nach Pflanzen. Doch dann entdeckte sie etwas, das in der hintersten Ecke der Höhle lag, und kroch hin, um zu sehen, was es war, als Seth rief: »Was machst du denn da?«

»Ich hab was gefunden!«, rief Becca zurück. Es war eine Plastiktüte aus dem Supermarkt, die zwei weitere Plastiktüten bedeckte, die stramm um eine Art Kiste geschlagen waren. Es war eine alte Star-Wars-Frühstücksdose, die zwar schon ein bisschen rostig, aber noch brauchbar war.

Becca kroch aus dem Tipi und machte die Dose auf. Darin fand sie Briefumschläge. Einen ganzen Stapel. Und auf jeden Umschlag war das gleiche Wort geschrieben. Auf den ersten Umschlägen war die Schrift noch eine einfache Blockschrift. Dann wurde sie zu einer etwas unsicheren Schreibschrift und entwickelte sich dann zu einer klaren, selbstbewussten Handschrift. Als Becca das Wort erkannte, das immer wieder auftauchte, während sie durch die Umschläge blätterte, wunderte sie sich nicht. Dort stand: *Freude.*

Es waren Briefe, Dutzende Briefe. Sie begannen mit *Liebe Freude* und endeten alle – ganz gleich, ob sie in der Block- oder der klaren Handschrift verfasst waren – gleich: *Dein dich liebender Bruder Derric.* Als Becca das las, begriff sie, dass Derric diesen Ort aufgesucht hatte, um Briefe zu verstecken, die er seiner geliebten Schwester geschrieben hatte.

Wie aus weiter Ferne hörte Becca, wie ihr Name gerufen wurde. Und sie rief zurück: »Es ist ein Name, Seth. Freude ist ein Name!«

»Was?« Seths Gesicht zehn Meter unter ihr drückte Verwirrung aus. Rasch steckte Becca die Briefe wieder in die Dose, wickelte die Plastiktüten darum und stand auf.

Da wurde ihr schwindlig. Und plötzlich wusste sie, was passiert war.

»Oh Mann. Er ist gefallen. Seth, er ist von selbst gefallen. Er wurde nicht gestoßen. Du bist vorbeigerannt, um Gus einzufangen, und deshalb ist er rasch aufgestanden und … Er ist von selbst gefallen!«, rief sie.

»Wie kommst du darauf?«

Sie hielt die Dose hoch. »Das sind Briefe, die er geschrieben hat. Er kam her, um sie zu schreiben oder sie zu verstecken, aber das ist auch egal. Wichtig ist, dass er aufgestanden ist, ausrutschte und den Abhang runter…«

»Nie im Leben«, sagte Seth. »Nette Idee, aber nie im Leben!«

»Warum nicht?« Becca begann, wieder hinunterzusteigen, aber nach vier Schritten rutschte sie ab und fiel. Aber wie um Seth recht zu geben, wurde ihr Fall von einer Wurzel gebremst. Sie rappelte sich wieder hoch, stieg den Rest des Weges zum Pfad hinunter, und als sie unten ankam, nahm Seth ihren Arm.

»Ich nehme alles zurück«, sagte er. »Trotzdem: Derric hätte auf einem Schnürsenkel die Niagarafälle überqueren können. Er ist Sportler, Becca. Und zwar ein verdammt guter. Der wäre nie im Leben ausgerutscht. Und selbst wenn, wäre er nicht weiter gefallen als bis auf den Hauptweg. Hier wäre er liegen geblieben oder an einer Wurzel oder einem Rebhuhnbeerbusch hängen geblieben. Trotzdem eine gute Idee.« Er zeigte auf die Dose. »Was ist das?«

»Briefe«, sagte sie. »Wie gesagt, an jemanden, der Freude heißt.«

»Was ist *das* denn für ein komischer Name? Woher weißt du überhaupt, dass das ein Name ist?«

»Weil er mir von ihr erzählt hat, als ich ihn zum ersten Mal gesehen habe«, sagte Becca. »Aber bis heute habe ich nicht verstanden, was er meinte.«

KAPITEL 42

Sogar Gus merkte, dass irgendetwas passiert war. Anstatt den Kopf aus dem Fenster zu stecken oder auf Seths Schulter zu legen, hatte er sich flach auf den Rücksitz des VW gelegt. Becca saß auf dem Beifahrersitz und hielt die Frühstücksdose fest, die auf ihrem Schoß lag. Das Einzige, was sie gesagt hatte, seit sie den Meadow-Rundwanderweg zurückgelaufen waren, war: »Wir müssen zum Krankenhaus.«

Das klang so drängend, dass Seth einen Augenblick dachte, es ginge ihr nicht gut. Während sie fuhren, biss sie sich nur auf die Lippe, und Seth fragte sich, ob sie nicht *doch* dachte, dass er für Derrics Sturz verantwortlich war.

Wie aus heiterem Himmel sagte Becca: »Ich weiß, dass du ihn nicht runtergestoßen hast. Dein Fußabdruck war zwar da, aber wahrscheinlich waren deine Abdrücke über den ganzen Wald verstreut.«

Seth wurde ganz anders. Es war nicht das erste Mal, dass Becca etwas sagte, das direkt an seine Gedanken anknüpfte. »Darüber habe ich gerade nachgedacht«, erwiderte er.

»Hab ich mir gedacht.«

»Da wäre noch Dylan.«

»Er mag Derric nicht«, stimmte Becca zu. »Er hat ihn einmal in der Mittagspause schikaniert, als ich dabei war. Aber kannst du dir vorstellen, dass Dylan Derric alleine angreift? Er kommt mir eher vor wie jemand, der für so was ein Publikum braucht. Und außer dem einen Fußabdruck habe ich keinen gesehen, der genauso frisch war. Das muss deiner gewesen sein.« Sie machte die Dose auf und blätterte die Briefe durch.

Seth sah zu ihr hinüber und konnte erkennen, dass die Handschrift zuerst krakelig war und dann immer ordentlicher wurde.

»Warum hat er sie nicht einfach abgeschickt?«, fragte er. »Oder glaubst du, Freude ist bloß eine Fantasiefreundin? Ich hatte auch einen Fantasiefreund, als ich klein war. Er hieß Jeter.«

Becca sah ihn verschmitzt an. »Und was ist *Jeter* für ein komischer Name?«

»Der perfekte Name für einen Fantasiefreund. Ein Nichtname. Die brauchen keine echten Namen. Freude könnte auch so einer sein.«

»Hast du deinem Fantasiefreund jemals Briefe geschrieben?«

»Warum sollte ich? Er war ja immer da.«

»Eben«, sagte Becca.

Seth dachte darüber nach. Das war ein schlagendes Argument.

Sie schwiegen, bis sie in Coupeville angekommen waren und auf dem Krankenhausparkplatz geparkt hatten.

Dann fragte Seth: »Bist du sicher, dass du da reinwillst? Vielleicht ist sein Dad bei ihm.«

»Er weiß ja nicht, wie ich aussehe«, antwortete Becca. »Außerdem spielt das jetzt keine Rolle mehr. Die Dose hier ist wichtiger. Derric muss erfahren, dass jemand Bescheid weiß.«

»Und wozu soll das gut sein?«

»Es würde jetzt zu lange dauern, dir das zu erklären. Vertrau mir einfach, ja?« Sie sah ihn ernst an, als sie das sagte, und Seth war sicher, dass sie eine Menge Dinge wusste, die sie ihm nicht verriet. Darüber dachte er einen Moment nach und kam dann zu dem Schluss, dass es in ihrem Leben vermutlich ebenso viele offene Rechnungen gab wie in seinem, und dass einiges davon eben mit Derric Mathieson zu tun hatte.

Sie nickte, als ob er all das laut ausgesprochen hätte, was ihm einen Schauer über den Rücken jagte. »Na gut, dann gehen wir rein. Du bleibst her, Gus!« Er kurbelte das Fenster halb herunter, damit der Hund die Gerüche von Coupeville schnuppern konnte.

Als sie zu Derrics Zimmer kamen, stand die Tür auf, aber es war kein Besuch da. Es war das erste Mal, dass Seth den Jungen sah, seit er gestürzt war. Er sah sich im Zimmer um und bemerkte all die verwelkten Blumen, die längst hätten weggeworfen werden können. Er wollte sich schon nützlich machen und damit beginnen, doch stattdessen zwang er sich, zu Derric hinüberzusehen. Der Junge war an Schläuche und Pinkelbeutel und tausend andere Sachen angeschlossen. Seth sah, wie der Sportler, den er so sehr beneidet hatte, nun völlig auf die Hilfsbereitschaft anderer angewiesen war.

Becca ging zum Bett und sagte über die Schulter: »Kannst du bei der Tür stehen bleiben? Und falls jemand reinkommt, sagst du ihm, dass er kurz warten soll, okay?«

Seth nickte. Er machte die Tür zu und fragte Becca, was sie jetzt vorhatte. Er dachte an Dornröschen und den Prinzen, der sie wach geküsst hatte, und er dachte an Schneewittchen und ihren Prinzen, und dass jedes Mädchen anscheinend nur darauf wartete, von ihrem Prinzen geküsst und gerettet zu werden. Dabei war das gar nicht möglich. Jeder musste sich selbst retten.

Becca sah ihn wieder an und Seth bemerkte ihren wissenden Blick. Er wusste nicht, was er davon halten sollte, aber plötzlich hatte er grenzenloses Vertrauen zu ihr.

Er sah zu, wie Becca die Dose auf den Tisch neben Derrics Bett stellte und öffnete. Sie ging die Briefe durch und suchte einen aus, den sie aus dem Umschlag nahm. Sie faltete ihn auf, strich ihn glatt und legte ihn Derric – mit der beschriebenen Seite nach oben – auf die Brust, sodass sie ihn lesen konnte. Dann nahm sie ein gerahmtes Bild vom Tisch und hielt es fest. Mit der anderen Hand nahm sie Derrics schlaffe Hand und umschloss seine Finger mit ihren. Sie beugte sich über das Bett, sodass sie den Brief sehen konnte, und begann ihm vorzulesen.

Seth hörte nur den ersten Teil, »Liebe Freude«, und dann gelegentlich einen Satzfetzen wie »die Leichtathletikmannschaft dieses Jahr in der Schule« und »spricht immer gerne mit mir über das Friedenskorps« und »Goss Lake zum Zeitfahren«. Er hörte zu und versuchte, sich in Geduld zu fassen, aber das war nicht so leicht. Er konnte sich nicht vorstellen, dass die Aktion irgendwas bringen würde, und das wollte er Becca gerade sagen, als sie zum Satz »vermisse dich so sehr, Freude« kam und danach »dich herholen« vorlas, und das Unvorstellbare geschah.

Derrics Füße bewegten sich. Dann führte er die freie Hand zur Brust. Sie wanderte über den Brief und blieb auf ihm liegen, sodass Becca nicht mehr weiterlesen konnte. Aber das machte nichts, weil sie schon am Ende des Briefes angekommen war, denn sie hatte »liebender Bruder« und »Derric« gesagt. Seinen Namen hatte sie gesprochen, als würde sie ihn rufen, und Seth begriff, dass sie genau das getan hatte. Sie hatte ihn gerufen.

Seth spürte, wie sich sein Herz in seiner Brust zusammenzog. »Becca«, sagte er. »Er wacht auf.«

»Ja«, sagte sie, und dann sprach sie zu Derric: »Ich habe die Briefe im Wald gefunden, Derric. Ich weiß darüber Bescheid. Jetzt verstehe ich.«

Da sah Seth, wie Derrics Augenlider flatterten. Er hob mühsam den Kopf, um Becca anzusehen. Seine Lippen öffneten sich und seine Stimme klang kratzig, weil er so lange nicht gesprochen hatte. Kurz bevor Seth aus dem Raum stürmte, um zum Schwesternzimmer zu laufen, hörte er Derric sprechen. Und was er sagte, hätte eindeutiger nicht sein können.

Derric sagte: »Wo kam dieser blöde Hund her, Becca?«

Sie waren alle so dumm gewesen, dachte Seth.

Seths Großvater benutzte gerne die Redewendung »den Wald vor lauter Bäumen nicht sehen«, aber Seth wusste, dass auf ihn und die meisten anderen genau das Gegenteil zugetroffen hatte. Sie hatten nämlich den Baum vor lauter Wald nicht gesehen. Der Baum der Wahrheit hatte die ganze Zeit vor ihrer Nase gestanden. Aber keiner hatte ihn gesehen, weil jeder mit seinen eigenen persönlichen Problemen zu tun hatte.

Seth hatte an dem Tag Gus durch den halben Wald gejagt. Er war die Wege hinauf- und hinuntergelaufen und Becca hatte genau das Gleiche getan. Und Gus hatte natürlich gedacht, es sei ein Spiel. Je schneller Seth und Becca rannten, desto schneller rannte auch Gus. Da konnte es gut möglich sein, dass der Labrador um eine Ecke gerast und auf Derric getroffen war, der gerade aus seinem Versteck gekommen war, und sich – wie es so seine Art war – freudig auf ihn gestürzt hatte, um ihn zu begrüßen. Der Junge hatte den Halt verloren und war den Abhang hinuntergestürzt. Minuten später hatte Seth die Stelle passiert, an der Gus längst vorbei war. Und Seth hatte nichts gemerkt, denn in dem Moment, als er dort vorbeilief, war nichts zu sehen. Der Sturz war bereits geschehen und er *wusste* ja nicht, dass jemand gestürzt war. Er wollte nur seinen Hund finden.

Keiner konnte was dafür, dachte Seth. Dafür konnte wirklich keiner was.

Beim Schwesternzimmer angekommen, sagte er: »Er wacht auf«, und die Krankenschwestern wussten sofort, wovon er sprach. Eine von ihnen nahm das Telefon und wählte eine Nummer, und eine andere stand auf und lief in Derrics Zimmer.

Seth wusste, dass bald auch der Sheriff kommen würde, um seinen Sohn zu sehen. Aber da Becca in seinen Augen immer noch als vermisst galt, würde er mit ihr sprechen wollen. Außerdem war da noch die Sache mit dem Handy, und Seth fragte sich, wie es wohl aussah, wenn Dave Mathieson die Verbindung herstellte zwischen ihm, ihr und der Tatsache, dass sie frühzeitig den Unfallort verlassen hatte. Deshalb ging Seth zurück ins Krankenzimmer und versuchte von der Tür aus, auf sich aufmerksam zu machen.

Die Krankenschwester machte sich am Bett zu schaffen und rief: »Sind wir endlich aufgewacht! Du hast aber lange geschlafen«, und redete mit Derric, als wäre er ein Fünfjähriger. Sie notierte etwas auf der Krankenakte, überprüfte den Tropf und plapperte munter weiter: »Mom und Dad werden sehr froh sein, wenn sie das erfahren«, und ignorierte Becca völlig, die neben Derrics Bett saß. Derric hielt ihre Hand, als würde sein Leben davon abhängen.

Seth wollte ihr gerade zurufen, dass sie lieber abhauen solle, bevor der Sheriff kommt, als sie aufstand und zu ihm sagte: »Ja, wir sollten lieber gehen.«

Zu Derric gewandt, fügte sie hinzu: »Ich komme wieder. Ich bewahre sie so lange für dich auf.«

Aber Derric schien ihre Hand nicht loslassen zu wollen. Der Schwester gefiel das überhaupt nicht. Mit falscher Herzlichkeit sagte sie: »Jetzt hör mal zu, Derric. Der Arzt möchte dich gleich untersuchen und da stört deine kleine Freundin hier nur, in Ordnung? Sie kommt ja wieder, nicht wahr?«, an Becca gewandt. »Siehst du? Sie nickt. Das bedeutet Ja. Jetzt lass sie los.«

Derric sah nur Becca an. Sie beugte sich über das Bett und gab ihm einen Kuss auf die Stirn. Dann trafen sich ihre Lippen und blieben einen Moment aufeinander liegen. Seine Hand berührte ihre Wange. Ihre Hand berührte seine.

»Das reicht jetzt«, sagte die Schwester fröhlich. »Er soll sich ja nicht gleich so aufregen.«

»Ich komme wieder«, versprach Becca.

Er nickte und drehte den Kopf, als Becca zur Tür ging, und seine Augen trafen Seths Blick. Er nickte erneut, diesmal zur Begrüßung, für alles andere war er zu schwach.

Seth sagte: »Hey, Mann. Schön, dich zu sehen«, und als Derric murmelte: »Kümmer dich«, wusste Seth sofort, dass er Becca meinte, und sagte: »Klar. Gute Besserung, ja?«

Und als Derric wieder nickte, hatte Seth das Gefühl, als wäre ein Band zwischen ihnen entstanden.

Er und Becca schlichen aus dem Zimmer und Becca hielt die Frühstücksdose mit den Briefen in der Hand.

»Warum lässt du die nicht bei ihm?«, fragte Seth, aber Becca schüttelte den Kopf und sagte: »Er will, dass ich sie für ihn aufbewahre.«

»Sie haben etwas Besonderes zu bedeuten, oder?«, wollte Seth wissen. »Ich meine, sie haben etwas mit euch beiden zu tun.«

Becca sah erst *ihn* an und dann die Dose in ihrer Hand. Dann sagte sie langsam: »So habe ich das noch nicht gesehen. Aber ich glaube, du hast recht.«

»Es war seltsam, aber als er mich ansah …«, begann Seth. Er wusste nicht, wie er den Satz zu Ende bringen sollte, aber das brauchte er auch nicht, denn Becca sagte sofort: »Ja. Das habe ich auch gespürt.«

Sie gingen den Flur entlang. Als sie die Empfangshalle erreichten, kam Sheriff Mathieson durch den Eingang gerannt. Seth wollte sich schon verstecken. Er wollte Becca am liebsten hinter die künstliche

Pflanze mit den großen, staubigen Blättern schieben. Aber das war gar nicht nötig. Der Sheriff wollte nur zu seinem Sohn. Vor lauter Wald und Bäumen sah er nichts sonst.

KAPITEL 43

Becca stieg aus dem Bus und spürte die kühle Nachmittagsluft von Coupeville und den leichten Nebel, der von der Bucht die Straße hinaufwehte. Sie gähnte und setzte sich den Rucksack auf. Er war schwer, weil die ganzen Bücher und Hefte darin waren, die sie brauchte, weil sie so viel Unterricht verpasst hatte.

Auch Debbie Grieder gegenüber hatte sie einiges aufzuholen. Sie hatte wieder angefangen, die Zimmer sauberzumachen und den Kindern bei den Hausaufgaben zu helfen, und es war mehr oder weniger Frieden in ihre kleine Gruppe eingekehrt. Vor allem Josh war wieder glücklich, da die Aussicht bestand, dass er seinen Beschützer Derric bald wiedersehen würde.

Becca und Debbie hatten über Vertrauen geredet, aber Becca hatte den Eindruck, dass es etwas gab, das noch unausgesprochen zwischen ihnen blieb. *Seth* und *wer er ist* und *was ich dachte* waren die einzigen Flüsterfetzen, aus denen Becca ein paar Hinweise ableiten konnte. Aus ihnen schloss sie, dass Debbie zwar wusste, dass sie sich in Seth getäuscht hatte, dass es ihr aber schwerfiel, sich bei ihm zu entschuldigen.

An der Eingangstür zum Krankenhaus kramte Becca die AUD-Box aus ihrem Rucksack und steckte sich den Kopfhörer ins Ohr. Sie ging zu Derrics Zimmer, aber das war leer. Man sagte ihr, er sei in ein normales Zimmer verlegt worden. Da er nicht mehr im Koma lag, hatte er die Intensivstation verlassen können.

Becca war sehr glücklich darüber. Es sah so aus, als sei Derric körperlich wieder ganz hergestellt. Sie fragte sich nur, ob das Gleiche auch für seinen Geist galt.

Als sie zu seinem neuen Zimmer kam, wurde sie schon wieder von einer Krankenschwester aufgehalten, die sie informierte, dass der Patient nur zwei Besucher auf einmal empfangen dürfe und dass sie warten müsse. Sie meinte es ernst und gab ihr zu verstehen, dass keine Ausnahmen geduldet würden.

Becca verzichtete darauf, mit ihr zu diskutieren. Sie konnte ja zum Eingangsbereich zurückgehen und dort warten, denn sie hatte genug Arbeit dabei, um bis ans Ende des Schuljahrs beschäftigt zu sein. Als sie gerade gehen wollte, ging die Tür zu Derrics Zimmer auf und Rhonda Mathieson und Jenn McDaniels kamen heraus. *Natürlich* Jenn McDaniels, wer sonst!, dachte Becca.

Rhonda lächelte erfreut, als sie Becca sah. Sie rief: »Jenn, sieh nur, wer da ist! Derric hat gerade noch nach dir gefragt.«

Jenn gefiel das gar nicht, aber Rhonda fuhr zu Becca gewandt fort: »Ich wusste nicht, wie ich dich erreichen konnte.«

»Das weiß keiner«, bemerkte Jenn giftig. »Wenn man Langley nicht durchstreift wie ein FBI-Agent, hat man keine Chance, sie zu finden.«

Becca achtete gar nicht auf sie und sagte zu Rhonda: »Ich gebe Derric meine Nummer. Er hatte sie schon mal, aber wahrscheinlich hat er sie verloren.«

Jenn verzog wieder das Gesicht.

Rhonda sagte: »Gut. Jetzt geh rein. Und wenn du fertig bist … Jenn und ich gehen in die Cafeteria und wollen was essen. Komm einfach nach, ja?«

Jenn sah sie an, als wünschte sie ihr, dass ihr Essen aus Schnecken auf Toast bestehen würde, und Becca versprach Rhonda, es zu versuchen. Aber eigentlich hatte sie vor, sofort wieder nach Langley zu fahren, nachdem ihr Besuch bei Derric vorbei war.

Sie betrat sein Zimmer. Derrics Bein hing in einem Streckverband, so wie vorher, und das erinnerte Becca daran, wie schlimm der Bruch ausgesehen hatte, als sie ihn im Wald gefunden hatte. Sie fragte sich, wie sich die Verletzung auf seine künftige Sportlerkarriere auswirken würde.

»Sie meinen, das würde wieder in Ordnung kommen«, sagte er, als sich ihre Blicke trafen. »Aber dieses Jahr noch nicht, und nächsten Sommer muss ich auch noch vorsichtig sein.«

»Hast du gerade meine Gedanken gelesen?«, fragte sie.

Er lachte. »Wenn ich Gedanken lesen könnte, könnte ich alle Mädchen rumkriegen und würde mit der Frau aus dem Vampirfilm zusammen sein. Nee. Aber du hast auf mein Bein geguckt, und das tue ich auch die meiste Zeit. Also dachte ich mir, dass du dich das Gleiche gefragt hast wie ich, als ich aufwachte und es zum ersten Mal sah.« Dann wurde sein Gesichtsausdruck weich. Er klopfte auf die Matratze neben sich. »Schön, dass du gekommen bist. Ich habe mich schon gefragt … Du weißt schon.«

Becca wusste, dass er sie aufforderte, sich neben sie aufs Bett zu setzen, aber auf einmal wurde sie schüchtern. Also setzte sie sich stattdessen auf den Stuhl neben dem Bett. Er sieht toll aus, dachte sie. Genauso gut wie an dem Tag, als sie ihn zum ersten Mal getroffen hatte, mit seiner glatten, dunklen Haut und dem strahlenden Lächeln. Sie dachte krampfhaft darüber nach, was sie sagen könnte. Es gab so viel, was sie ihm eigentlich sagen sollte, aber nicht konnte. Auf dem Tisch sah sie einen Stapel Schulbücher und griff das als Anknüpfungspunkt auf. Sie nickte in Richtung der Bücher und sagte: »Wir haben das gleiche Problem«, und er bestätigte: »Ja, ziemlich blöd«, als wüsste er genau, was sie meinte. Es war seltsam, aber gleichzeitig auch ganz natürlich, dass sie sich mit so wenigen Worten verständigten. Am liebsten hätte sie nach seiner Hand gegriffen und sie gehalten, aber er lag schließlich nicht mehr im Koma, sondern sah sie mit seinen großen dunklen Augen erwartungsvoll an.

Er begann: »Ich kann mich nicht an viel erinnern. Da war nur … Plötzlich kam dieser Hund aus dem Nichts auf mich zugesprungen. Da habe ich wohl das Gleichgewicht verloren. Ich glaube, ich habe ihn erschreckt, aber er mich auch, das kannst du mir glauben. Und als ich wieder aufwachte, beugte sich Dad über mein Bett und das war's.«

Daraus schloss Becca, dass sich Derric nicht daran erinnerte, das Bewusstsein zurückerlangt zu haben, während sie neben ihm saß. Das machte sie sehr traurig, ohne dass sie genau wusste, warum. Sie sagte ruhig: »Derric, ich glaube, Freude hat dich zurückgeholt.«

Seine dunklen Augen schienen sich noch mehr zu verfinstern. »Was?«, fragte er vorsichtig, und sie erzählte ihm, dass sie die Briefe gefunden, sie ins Krankenhaus gebracht und ihm einen vorgelesen hatte. Sie sah sich um und entdeckte das Foto, das sie an dem Tag in der Hand gehalten hatte. Sie nahm es auf und fragte: »Freude ist eins von den kleinen Kindern, nicht wahr?«

Er sagte nichts. Beccas Blick wanderte vom Foto zu ihm und sie sah, dass sich seine Augen mit Tränen füllten. Sie flüsterte: »Oh nein. Ist sie gestorben? Hast du deshalb die Briefe versteckt?«

Er schüttelte den Kopf. *Nein, nein, nein.* Die Tränen rollten ihm die Wangen herunter. Er wandte sich von ihr ab und sie sah, wie er gegen die Tränen ankämpfte, aber das machte es nur noch schlimmer. Becca befürchtete, dass er einen Rückfall erleiden und wieder an den Ort zurückgehen könnte, an dem er während seines Komas war, deshalb nahm sie seine Hand und sagte: »Sag mir, was mit ihr passiert ist. Ich bin deine Freundin. Jetzt und für alle Zeit. Derric, du musst es mir erzählen.«

Sie dachte an die furchtbaren Dinge, die Menschen in Afrika widerfahren konnten, als Folge von politischen Aufständen, Bürgerkriegen, Völkermord, Hungersnot und Krankheiten.

»Bitte sag es mir«, wiederholte sie.

»Ich habe sie im Stich gelassen«, sagte er.

»Was? Wen?«

»Ich habe ihnen nicht gesagt, dass sie meine Schwester ist.« Die Tränen liefen ihm weiter die Wangen herunter, während er sich Becca wieder zuwandte. »Und selbst als ich die Möglichkeit hatte, adoptiert zu werden, habe ich immer noch nichts gesagt. Also haben sie es nicht mal gewusst.«

»Die Mathiesons?«

»Alle«, sagte er. »Sie war drei und ich acht, und ich habe nie ein Wort gesagt. Da waren so viele Kinder, und Jungen und Mädchen schliefen in verschiedenen Gebäuden. Meine Mom kam mit ihrer Kirchengruppe dorthin und wollte mich mitnehmen, und die einzige Möglichkeit …« Seine Finger formten eine Faust. »Also habe ich nichts gesagt und ihr nichts von Freude erzählt, und als sie mit meinem Dad wiederkam und sie mich fragten: ›Willst du unser Sohn sein, Derric?‹, haben sie nichts von einer Tochter gesagt, und da habe ich auch nichts gesagt. Ich hatte solche Angst, dass sie es sich anders überlegen.« Voller Trauer wandte er sich ab.

Nun verstand Becca, wie alles gekommen war. Dieses Geheimnis war die Ursache für den Kummer und die Traurigkeit, die sie stets bei ihm gespürt hatte. Nun verstand sie auch, warum seine Seele immer und immer wieder *Freude* ausgerufen hatte. Sie setzte sich auf den Bettrand. »Ist schon gut«, sagte sie.

»Nichts ist gut«, widersprach er. »Ich dachte, wenn ich ihr schreibe und erzähle, wie glücklich ich bin, und ihr verspreche, dass ich sie herhole, sobald ich die Möglichkeit habe ... Aber wie sollte ich das alles schaffen, wenn ich mich noch nicht mal traute, die Briefe abzuschicken, denn dann hätten sie es erfahren. Außerdem hätte sie die Briefe sowieso nicht lesen können ...«

»Du musst es ihnen erzählen«, sagte Becca. »Dann werden sie Freude finden und sie herholen.«

»Ich kann es ihnen nicht sagen. Welches Kind würde seine Schwester zurücklassen? Welches Kind würde seine Schwester verleugnen? Hättest *du* das gemacht? Das hätte keiner gemacht. Sie werden mich hassen. So wie ich mich selbst hasse.«

Becca schwieg, denn sie konnte diese Fragen nicht beantworten. Was er getan hatte, war schrecklich gewesen, aber er war kein schrecklicher Mensch. Doch er sah sich einer Tatsache gegenüber, die – wie ihre Großmutter immer gesagt hatte – »einem das Herz ausreißt«. Was man einmal getan hatte, konnte man nicht rückgängig machen. Man musste mit den Folgen leben.

»Derric, du warst verzweifelt«, sagte sie. »Das würde jeder verstehen. Du warst ein kleines Kind. Du wolltest Eltern, die dich lieb haben und sich um dich kümmern, und deshalb hast du es getan. Aber der Mensch, der du heute bist, würde das nicht mehr tun. Dazu wärst du gar nicht mehr imstande.«

»Woher soll ich das wissen?«, schluchzte er.

»*Ich* weiß das«, erwiderte sie.

Sie nahm ihn in den Arm, und er klammerte sich fest an sie. Sie streichelte ihm den Rücken und legte die Hand auf seinen Hinterkopf. Dann sah sie, wie die Tür aufging.

Jenn McDaniels kam herein. Aber als sie die beiden sah, hielt sie sofort inne: Derric und Becca umarmten sich. Blanker Hass spiegelte sich auf ihrem Gesicht wider und Becca wusste, dass dieser Hass nicht so bald verfliegen würde.

Sie verließ den Raum. Vor Jenn konnte sie sowieso nicht weiter mit Derric reden, und Jenns Gesichtsausdruck war anzusehen, dass sie Becca nicht mehr mit Derric allein lassen würde. Also sagte sie ihm, dass sie bald wiederkommen würde, und ging zurück zum Eingangsbereich.

Da sah sie Sheriff Mathieson mit einem Stapel Zeitschriften hereinkommen. Becca war sicher, dass sie problemlos an ihm vorbeikäme, weil er immer noch nicht wusste, wie sie eigentlich aussah. Aber in diesem Augenblick hörte sie Rhonda Mathieson hinter ihr rufen: »Becca! Du willst doch nicht gehen, ohne dich zu verabschieden.« Und was noch schlimmer war: Danach sprach sie mit ihrem Mann. »Dave, das ist dein geheimnisvolles Mädchen. Das ist Becca King.«

Becca zuckte innerlich zusammen, sah den Sheriff aber unverwandt an: »Geheimnisvolles Mädchen?«, fragte sie so beiläufig wie möglich.

Dave Mathieson musterte sie von Kopf bis Fuß. Dann sagte er ohne ersichtlichen Grund: »Pummelig?«

Becca nahm den Kopfhörer ihrer AUD-Box aus dem Ohr. Wenn es jemals eine ideale Zeit gegeben hatte, um dem Flüstern der anderen zu lauschen, dann war es jetzt. Aber sie hörte nur: *dämlich, zu denken … die Jungs von heute spinnen,* und versuchte, sich einen Reim darauf zu machen, als sie merkte, dass der Sheriff mit ihr sprach und sie fragte, wo sie die ganze Zeit gewesen sei und ob sie eine Ahnung hätte, was ihre Tante sich für Sorgen gemacht hatte? Daraus schloss Becca, dass Debbie Grieder sie trotz ihrer Zweifel nicht verraten hatte, obwohl sie sich selbst verraten fühlte, weil sich Becca mit Seth Darrow angefreundet hatte.

»Mal hier, mal dort«, sagte Becca zu Dave Mathieson. »Tante Debbie und ich hatten … Es gab ein Missverständnis wegen eines Jungen …«

»Wegen Seth Darrow?«, fragte der stellvertretende Sheriff scharf.

»… aber wir haben es geklärt. Ich wohne jetzt wieder bei ihr.«

»Im Motel?«

»In Zimmer 444, so wie vorher.«

»Ich wusste gar nicht, dass Debbie eine Nichte hat«, wunderte sich Rhonda Mathieson. »Aber man lernt ja nie aus und erfährt immer wieder neue Dinge. Selbst über Menschen, die wir besser zu kennen glauben als uns selbst.«

Da wurde der Sheriff knallrot. Er sagte zu Becca: »Hat dir keiner gesagt, dass ich dich suche? Hayley Cartwright oder der Darrow-Junge oder Jenn McDaniels?«

»Ich war ja nicht in der Schule.«

»Darüber müssen wir auch noch sprechen. Du kannst nicht einfach tagelang die Schule schwänzen. Und weglaufen. Weißt du eigentlich, wo so was hinführen kann?«

Eigentlich hätte Becca vorsichtig sein müssen, aber das Flüstern des Sheriffs drehte sich um ganz andere Sachen: *Motel … immer gewusst … Tatiana … so blöd …*

Becca sah erst Dave Mathieson an und dann seine Frau. Was zwischen den beiden vorging, hatte nichts mit ihr zu tun, weder damit, dass sie die Schule geschwänzt hatte, noch dass sie weggelaufen war. Das war allzu deutlich. Also sagte sie: »Es war dumm von mir. Aber jetzt gehe ich wieder zur Schule und werde den Stoff nachholen.«

»Ich hoffe, ich höre keine Klagen mehr«, ermahnte der Sheriff sie.

»Werden Sie nicht.«

»Dave«, wandte Rhonda ein. »Sie hat Derric sehr geholfen. Ich finde, du könntest ein bisschen nachsichtiger mit ihr sein.«

Er sah erst seine Frau an und dann Becca. Dann nickte er. »Derric hat mir erzählt, dass ein verrückt gewordener Hund frei im Wald herumgelaufen ist. Daran kann er sich erinnern. Und auch an andere

Sachen. Dass ihr ihm vorgelesen, Musik gespielt und mit ihm gesprochen habt. Aber mit dir verbindet ihn etwas ganz Besonderes. Deshalb … Danke, dass du mitgeholfen hast und für meinen Jungen da warst. Für meinen *Sohn*, meine ich.« Endlich entspannten sich seine Gesichtszüge und er lächelte. »Ich hoffe, du kommst ihn wieder besuchen, Becca.«

Sie versprach es ihm. Dann streckte er seine Hand aus, und sie schüttelte sie. Doch er zog sie zu sich heran und drückte sie ein wenig ruppig an sich. Da wurde Becca klar, wie sehr er Derric liebte und wie wenig er imstande war, seine Liebe in Worte zu fassen. Er ließ sie los und verabschiedete sich. Sie war schon fast draußen, als Dave Mathieson ihr noch hinterherrief.

»Hast du jemals was von einer Laurel Armstrong gehört, Becca?«

Becca schluckte. Dies war ihre Gelegenheit, wieder Kontakt zu ihrer Mutter aufzunehmen. Aber sie wusste, wie die Dinge standen, und dass sich nichts geändert hatte. Laurel war die Verbindung zu Jeff Corrie, und das bedeutete Gefahr. Deshalb schüttelte sie langsam den Kopf und sagte: »Ich glaube nicht. Aber ich bin ja noch neu auf der Insel und es gibt viele Leute, die ich nicht kenne.«

»Debbie hat mir erzählt, dass du aus San Luis Obispo kommst. Wie weit ist das von San Diego entfernt?«

Becca stellte sich San Luis Obispo vor, in der Nähe der Küste, von der Morro Bay ein paar Kilometer im Landesinneren. Einmal war sie dort gewesen. Sie hatte die echte Becca King kennengelernt, bevor sie gestorben war. Ein fröhliches Mädchen, das Leukämie bekommen hatte. Sie hatte tapfer gekämpft, aber schließlich verloren. »Ich weiß nicht genau. Vielleicht fünfhundert Kilometer?«

Er nickte, sah sie aber länger an, als nötig zu sein schien. Also fragte sie: »Warum?«

»Laurel Armstrong gehört das Handy, mit dem der Krankenwagen bestellt wurde, an dem Tag, als Derric verletzt wurde. Wir haben sie bis zu ihrer Adresse in San Diego zurückverfolgt, aber wir können sie nicht erreichen. Deshalb wissen wir immer noch nicht, wer angerufen hat.«

»Wahrscheinlich jemand, der nicht darin verwickelt werden wollte«, sagte Becca.

Er dachte darüber nach. »Das warst nicht zufällig *du*?«, wollte er wissen.

KAPITEL 44

Seth erkannte den Lärm einer Cheerleaderveranstaltung, als er aus seinem VW ausstieg und Gus anwies, im Auto zu bleiben. Aus der Turnhalle kam das Geräusch von Fußgetrampel auf den Zuschauertribünen, gefolgt von lautem Geschrei. Einen Moment lang dachte er darüber nach, dass sich manche Dinge an der Highschool nie änderten.

Er schlenderte hinüber zum Verwaltungsgebäude und gab sich die größte Mühe, den Eindruck zu erwecken, dass er sich an diesem Ort absolut wohlfühlte. Er ging zur Anmeldung und dankte demjenigen, der im Himmel dafür zuständig war, dass Hayley Cartwright heute nicht am Empfang saß und Besucher willkommen hieß. Aber es saß auch sonst niemand dort. Deshalb wanderte er den Flur entlang, am Zimmer der Krankenschwester vorbei, und fand sich vor dem Büro der Sekretärin wieder.

Ms Ward kannte ihn. Ms Ward kannte alle. Sie blickte über ihre Brille zu ihm auf. »Seth. Kommst du wieder zur Schule? Ohne dich war es hier ziemlich langweilig.«

»Nö«, erwiderte er. »Ich und die South Whidbey Highschool sind einfach nicht füreinander geschaffen.«

»Was kann ich dann für dich tun?«

Jetzt kam der schwierige Teil, der Teil, bei dem er sich jemandem offenbaren musste, und auf den freute sich Seth kein bisschen. Aber er hatte es satt, seine Versprechen sich und anderen gegenüber zu brechen, und sagte deshalb: »Ich möchte mit Ms Primavera über einen Nachhilfelehrer für die Berufsbefähigungsprüfung reden.«

Ms Ward lächelte. »Eine ausgezeichnete Idee.« Sie stand auf und ging zum Büro der Schulberaterin, das gleich hinter ihrem lag und mit »A-L« an der Tür gekennzeichnet war. Sie kam sofort wieder zurück und sagte ihm, er solle durchgehen, Ms Primavera würde sich freuen, ihn zu sehen.

Das mit dem Freuen bezweifelte er zwar, ging aber trotzdem um Ms Wards Schreibtisch herum. Tatiana Primavera war gerade mit etwas beschäftigt, und Seth konnte sehen, dass es ihr nicht besonders gut ging. Ihre Nase war rot und zwei Päckchen Taschentücher lagen auf ihrem Schreibtisch. Seth sagte zu ihr: »Oh, hey, ich kann später wiederkommen. Geht es Ihnen nicht gut? Sind Sie erkältet?«

»Heuschnupfen«, erwiderte sie mit einem milden Lächeln.

Seth hielt das für eine Ausrede. Es war nicht wirklich die Jahreszeit für Heuschnupfen. Aber er dachte: Wenn du meinst, und erklärte ihr, was er wollte und brauchte. Zuerst bräuchte er einen Nachhilfelehrer. Dann müsse er die Prüfung bestehen.

Das schien sie etwas aufzumuntern. »Gute Idee. Was hast du vor?«

Er antwortete: »Immer noch dasselbe. Ich will Profigitarrist werden. Aber ich will mich zuerst um diese Sache hier kümmern.«

»Aber du spielst doch immer noch Gypsy-Jazz, oder?«, fragte sie.

»Natürlich«, gab er zurück. »Mit dem Trio. Aber ich werde wahrscheinlich noch was anderes nebenher machen, zumindest eine Zeit lang. Ich kann recht gut schreinern und hab gedacht, ich könnte halbtags für einen Bauunternehmer arbeiten.«

Sie sah ihn ernst an. »Und das ist okay für dich, Seth? Ich weiß, dass viele Leute auf der Insel Nebenjobs haben, um ihre künstlerischen Tätigkeiten zu finanzieren, aber ich erinnere mich daran, dass du dich ganz auf die Gitarre konzentrieren wolltest und sonst nichts.«

»Das will ich immer noch«, erwiderte er. »Aber es wird Zeit, dass ich das Ganze realistisch angehe.«

»Seth? Seth!«

Er wusste, wer ihn da rief. Er hatte es fast geschafft, wieder aus der Schule zu verschwinden, ohne ihr über den Weg zu laufen, aber der Ablauf der Cheerleaderveranstaltung hatte sich geändert und jetzt hatte Hayley ihn gesehen. Sie hatte auch Gus gesehen und fragte: »Du hast Gus zurück? Das ist toll«, als sie über den Parkplatz und zum VW ging.

Seth fühlte sich befangen in ihrer Gegenwart, weil er sie seit dem Morgen, als sie zum *Star Store* gekommen war und ihn gebeten hatte, Becca zu helfen, nicht mehr gesehen hatte. Wenn er bedachte, wie vor diesem frühmorgendlichen Besuch ihre letzten beiden Begegnungen verlaufen waren, konnte er immer noch nicht ganz verstehen, warum sie das getan hatte.

Sie blieb auf Gus' Seite des Autos stehen. Das Fenster war heruntergekurbelt und sie erlaubte dem Labrador, sie zur Begrüßung auf seine typisch übereifrige Art vollzuschlabbern. Sie grüßte Seth, und er grüßte zurück, und dann schienen sie sich nichts mehr zu sagen zu haben, bis Hayley ihn fragte, ob er das mit Derric gehört hätte.

Er antwortete: »Ja. Hast du das mit Gus gehört?«

»Du meinst, dass Gus Derric vom Weg gedrängt hat?« Und als er nickte, sagte sie: »Ja.« Sie blickte zum Rand des Parkplatzes, wo die Ahornbäume den Rest ihrer rotbraunen Blätter abwarfen. »Es tut mir leid, dass ich gedacht habe … dass du Derric gestoßen hast.«

Er trat von einem Bein aufs andere. »Ist schon okay. Du hast mich ja nicht angezeigt oder so. Und außerdem tut mir das, was ich gedacht habe, auch leid.«

»Und das wäre?«

»Dass du und Derric zusammen seid.«

»Wir waren immer Freunde, Seth. Wir haben uns geküsst und ich weiß, dass dich das verletzt hat, aber mehr war da nicht. Es war nur dieses eine Mal.«

»Ich hab's jetzt kapiert.«

Beide ließen die Köpfe hängen und betrachteten ihre Füße und den feuchten Boden, auf dem sie standen. Seth hatte das Gefühl, dass es sonst nichts mehr zu sagen gab, und streckte die Hand nach der Türklinke aus. Im gleichen Augenblick sagte Hayley: »An dem Tag, als du zur Farm gekommen bist, um Mom von Borreliose zu erzählen …«

»Ja?«

»Da habe ich gewusst, dass du Derric nichts getan hast. Weißt du, ich mache mir Sorgen wegen … wegen vieler Dinge in meinem Leben, und nichts davon hat mit dir zu tun. Du hast nur alles abgekriegt.«

Seth dachte darüber nach und sagte: »Dein Dad.«

Sie sah ihn über das Dach des alten VW an und schluckte schwer. »Seth, ich kann zur Zeit mit niemandem zusammen sein. Bei mir zu Hause liegen einfach zu viele Dinge im Argen. Es ist einfach zu schwer.«

Sie strich sich das Haar aus dem Gesicht mit dieser typischen Geste, die Seth immer an ihr geliebt hatte, aber als sie es jetzt tat, versetzte es ihm einen Stich gleich unter dem Herzen. Sie fuhr fort: »Ich dachte, mein Leben würde so einfach sein. Ich würde die Schule abschließen und mit einem Stipendium in Seattle auf die Uni gehen. Dann würde ich ein paar Jahre im Friedenskorps arbeiten und meinen Doktor machen. Das ist jetzt alles in weite Ferne gerückt. Und … das tut weh, weißt du?«

»Das verstehe ich«, erwiderte Seth.

»Ich kann also nicht mit dir zusammen sein oder mit sonst irgendjemandem. Ich will's nicht einmal. Es liegt nicht an dir. Es liegt an mir. Es liegt daran, wie die Dinge momentan stehen.«

Seth dachte darüber nach, wie die Dinge für sie alle standen, und fragte dann: »Könntest du einfach mit jemandem befreundet sein, Hayl?«

»Natürlich kann ich mit jemandem befreundet sein. *Wir* könnten Freunde sein.«

»Das fände ich gut«, erwiderte er. »Aber kann ich dich was fragen?« Und als sie nickte: »Was hast du an dem Tag im Wald gemacht? Warum hast du den Pick-up versteckt?«

Zuerst antwortete sie nicht, und Seth wusste, dass sie eine Entscheidung zu treffen versuchte, wie viel sie ihm erzählen sollte. Schließlich sagte sie: »Ich dachte, Mrs Kinsale könnte meinem Dad helfen, gesund zu werden. Wir haben uns im Wald getroffen, um darüber zu reden.«

»Warum glaubst du, dass sie ihm helfen kann?«

»Es war nur ... Ich dachte, wer sie ist und was sie ist könnte ... Aber ich habe mich geirrt. Das, was sie für Leute tut ... Das funktioniert nicht so. Das hat sie mir erklärt.«

Seth wunderte sich über das Ganze. Vermutlich meinte Hayley, dass Diana Kinsale alternative Medizin praktizierte, da es auf der Insel alle möglichen Heilpraktiker gab: von Vertretern fernöstlicher Medizin bis zu Wünschelrutengängern. Er hatte Mrs Kinsale nie für eine von ihnen gehalten, aber er lernte schnell, dass er über die Leute, die er jeden Tag traf, eine Menge nicht wusste.

»Es tut mir leid. Ich wünschte, ich hätte ihm helfen können«, sagte Seth.

»Ich auch. Aber das kann niemand.«

»Was heißt das?«

Tränen traten ihr in die Augen, aber sie hielt sie zurück. »Du weißt, was das heißt, Seth. Du *weißt* es. Das ist der Grund, warum ich nicht mit dir zusammen sein kann, warum ich nicht aufs College gehen werde, warum ich nie dem Friedenskorps beitreten werde. Er wird sterben. Es wird eine Weile dauern, aber er wird sterben. Wir wissen es alle, aber wir reden nicht darüber. So ist es einfach.«

»Aber er scheint nur ein bisschen tollpatschig zu sein«, wandte Seth ein.

»Damit fängt es an.« Sie wischte sich über die Augen und fügte schnell hinzu: »Ich muss jetzt los. Ich muss Brooke abholen.«

Er nickte, und sie eilte davon. Als er ihr hinterhersah, dachte er darüber nach, dass man niemanden wirklich je kannte, nicht einmal die Leute, die man zu kennen glaubte. Er dachte auch darüber nach, dass man nie irgendetwas über sie erfuhr, wenn man die ganze Zeit nur in seiner eigenen Gedankenwelt blieb und zu verstehen versuchte, was in ihrer vorging.

KAPITEL 45

Becca schloss ihr Fahrrad an der Informationstafel am Rand der Wiese ab. Die dunklen Douglastannen der Saratoga Woods erhoben sich wie eine lautlose Armee am Hang, aber Becca wusste, dass sie nicht allein im Wald sein würde. Diana Kinsales Pick-up stand auf dem Parkplatz. Bei diesem besonderen Vorhaben wollte sie jedoch nicht gesehen werden. Sobald sie ihr Fahrrad abgeschlossen hatte, nahm sie daher schnell den versiegelten Plastikbeutel mit seinem Inhalt aus ihrem Rucksack.

Auf der anderen Seite der Wiese stieg sie den Meadow-Rundwanderweg hinauf. Es war ein kühler, aber strahlender Tag, und die Sonne schien. Es wirkte kaum mehr wie der Ort, an dem Derric so schlimm gestürzt war.

Am Ende von Derrics schmalem Pfad blickte sich Becca nach links und rechts um und lauschte aufmerksam, um sicherzugehen, dass sie unbemerkt zu dem Zelt aus Bäumen hinaufgelangte. Außer dem Schrei eines Diademhähers über ihr war es immer noch vollkommen still, sodass sie anfing, vorsichtig den Steilhang hinaufzugehen.

Derrics Versteck war so, wie sie es hinterlassen hatte: trocken und sicher. Becca kämpfte sich zur Rückseite durch und steckte das Paket an die Stelle zurück, wo sie es gefunden hatte. Während sie es tat, wünschte sie sich, dass die Dinge für Derric anders wären. Sie wünschte sich, er würde seinen Eltern die Wahrheit sagen. Aber sie wusste, dass es an ihm und nicht an ihr war, sie darüber zu informieren. Sie hatte selbst Geheimnisse, und vielleicht war es das, was sie in dem anderen erkannten und was sich wie ein besonderes Band zwischen ihnen anfühlte.

Nachdem sie das Paket sicher an seinem Platz verstaut hatte, kroch sie wieder nach draußen. Sie wartete erneut und lauschte, ob sich jemand auf dem Weg näherte. Aber Derric hatte sein Versteck gut gewählt: Der Rundwanderweg wurde nur wenig genutzt.

Becca sah Diana und ihre Hunde erst, als sie ihr Fahrrad aufschloss. Sie tauchte zwischen den Bäumen aus der Richtung des Waldnymphenwegs auf, der westlich der Saratoga Road lag. Er führte in einer ganz anderen Richtung durch den Wald als die Wege, die von der Wiese abgingen.

»Hallo, Fahrrad-Mädchen«, sagte Diana, während die Hunde Becca umzingelten und sie in ihrer üblichen Rudelmanier zur Begrüßung anstupsten. »Langsam wird das zur Gewohnheit. Du, das Fahrrad, die Hunde, ich, der Pick-up … Kommst du oder gehst du?«

»Ich gehe«, erwiderte Becca.

»Soll ich dich mit zurück in die Stadt nehmen?«

Becca bejahte, und wie schon zuvor hob Diana das Rad auf die Ladefläche des Pick-ups. Sobald alle an ihrem Platz waren, machten sie sich auf zur Stadt.

»Debbie hat mir erzählt, du wohnst wieder im Motel«, sagte Diana, und als sie Beccas verwunderten Gesichtsausdruck sah, fügte sie hinzu: »Debbie und ich haben ein paarmal zusammen Kaffee getrunken. Soll ich dich dort absetzen? Beim Motel, meine ich.«

»Ja, das wäre nett«, antwortete Becca, und Diana fügte hinzu, dass sie zuerst beim Friedhof vorbeifahren müsse. Sie wollte einen Blick auf eine Korkenzieherweide werfen, die sie gepflanzt hatte, um Charlies Grab und die dazugehörige Sitzbank zu schützen. Becca war einverstanden. Sie war schon lange nicht mehr an Reese Grieders Grab gewesen. Es wäre gut, es von dem ganzen toten Laub zu säubern, das der Wind daraufgeweht hatte.

Nachdem Diana den Pick-up geparkt hatte, ließ sie die Hunde frei herumlaufen.

Becca lief über den Rasen zu Reeses Grab, während Diana zu Charlies Grabstätte marschierte. Die Weide bot einen hübschen Anblick neben der Bank.

Bei Reeses Grab ging Becca auf die Knie. Das Gras war feucht, da es erst kürzlich geregnet hatte, und das Laub war durchweicht. Sie fing an, die welken Blätter zusammenzuklauben, und als sie am Grabstein angelangt war, bemerkte sie etwas, das bei ihr zugleich Überraschung und Freude hervorrief. Reeses angeschimmeltes Foto war durch ein neues ersetzt worden. Es war ein Schulfoto, auf dem sie glücklich grinste, und es war mit einer neuen Plexiglasabdeckung geschützt, die ordentlich versiegelt war.

Das kann nur eine Person getan haben, dachte Becca. Sie blickte sich um und entdeckte sie.

Debbie Grieder schien wie aus dem Nichts aufgetaucht zu sein. Sie saß neben Diana auf der Bank neben Charlies Grab, als wären sie schon die ganze Zeit dort verabredet gewesen. Diana hatte ihren Arm um Debbies Schulter geschlungen. Sie unterhielten sich.

Während Becca sie beobachtete, stand Debbie auf. Sie drehte sich zu ihr und ging auf Reeses Grab zu. In den Händen hielt sie einen Topf Chrysanthemen, deren leuchtendes Gelb sich gegen ihre schwarze Fleecejacke abhob.

Sie ging neben Becca auf die Knie. Gemeinsam betrachteten sie

Reeses Grab. *Jetzt … tut weh … glaube nicht, dass es einen erleichtert …* kam von Debbie. Laut sprach sie jedoch aus: »Danke, dass du ihr Grab wiederhergerichtet hast, Becca.«

»Es hat irgendwie verlassen ausgesehen.«

»Das war eine gute Tat von dir. Du hast eine Menge guter Dinge getan. Ich habe das zuerst nicht erkannt, aber ich sehe es jetzt.«

»Ach.« Becca war nicht sicher, was sie sonst erwidern sollte. Sie hatte das Gefühl, dass Debbie ihr etwas sagen wollte, wusste aber nicht, wie sie sie ermutigen konnte.

Debbie brauchte jedoch keine Ermutigung und sagte: »Ms Ward ist mit Reese zusammengeprallt, als Reese mit dem Fahrrad auf der Langley Road unterwegs war. Der Teil der Geschichte hat gestimmt. Der Teil, wer daran schuld war, war gelogen.«

Becca schwieg. Sie wusste, dass gleich etwas Bedeutsames kommen würde. Sie wagte kaum zu atmen, weil sie auch wusste, wie wichtig es war, dass Debbie ihre Geschichte zu Ende erzählte.

»Ich war sturzbetrunken«, erklärte Debbie. »Ich bin die Treppe runtergegangen und hingefallen und dabei hab ich mir den Kopf aufgeschlagen. Daher kommt die Narbe.« Sie zeigte auf die gezackte Linie quer über ihrer Stirn. »Überall war Blut. Reese wollte den Notarzt rufen, aber ich habe sie angeschrien, dass sie es nicht tun soll. Ich wollte auf keinen Fall, dass mich irgendjemand in diesem Zustand sieht. Aber sie hatte Angst wegen dem ganzen Blut. Deshalb hat sie sich aufs Fahrrad gesetzt und ist losgefahren, um Sean zu suchen, weil ich keinen Krankenwagen wollte und sie nicht wusste, was sie sonst tun sollte. Wahrscheinlich hab ich geschrien: ›Hol Sean, Herrgott noch mal!‹, und weil sie ein gutes Mädchen war, wollte sie mir helfen. Sie war auf der Langley Road und sie hatte panische Angst, weil sie dachte, ihre Mutter würde verbluten, bevor sie ihren Bruder fand. Ein Reh ist auf die Straße gesprungen und sie war nicht darauf gefasst. Sie hat versucht, ihm auszuweichen, und ist dabei direkt mit Ms Wards Auto zusammengeprallt. Und so ist sie gestorben.«

Becca sagte: »Oh Gott. Das tut mir so leid.«

Leidtun ist nicht … es wird nicht … Vergangenheit zurückdrehen strömte zu ihr herüber, begleitet von Debbie Grieders grenzenlosem Schmerz. Debbie erwiderte: »Für so eine Schuld bezahlt man nie. Man lebt damit, aber man bezahlt nicht dafür.« Sie streckte die Hand aus, berührte Reeses Namen auf dem Grabstein und sagte: »Ich konnte nicht hierherkommen. Ich konnte es nicht über mich bringen, mir dieses Bild anzusehen und zu wissen, dass ich für ihren Tod verantwortlich bin. Die Leute sagen, dass ich nach ihrem Tod endlich aufgehört habe zu trinken und daher etwas Gutes dabei herausgekommen ist. Aber ich würde mich liebend gerne ins Grab trinken, wenn es nur mein kleines Mädchen zurückbringen würde.«

»Das verstehe ich«, erwiderte Becca. »Ich verstehe beides, denke ich.«

Debbie setzte sich auf die Fersen und blickte Becca an. »Außer in meinen AA-Treffen habe ich noch nie irgendjemandem diese Geschichte erzählt. Vermutlich wissen alle Bescheid, aber niemand spricht mit mir darüber. Was für eine fast fünfzehnjährige Fee bist du also, Becca King, dass ich mit dir über das alles rede?«

»Ich bin einfach nur ein junges Mädchen, dem Sie helfen wollten«, sagte ihr Becca. »Das ist nämlich, was Sie tun, finde ich.«

»Vielleicht«, gab Debbie zurück. »Sollen wir zusammen zurück zum Motel gehen?«

Becca nickte. »Sehr gerne.«

EPILOG

Drei Wochen später fing Hayley Cartwright Becca auf ihrem Weg zum Englischunterricht ab und sagte: »Seth spielt heute Abend mit seinem Trio im *Prima Bistro*. Magst du mitkommen?« Sie fügte mit einem verschmitzten Lächeln hinzu: »Derric kommt übrigens auch. Ich hole ihn ab. Bist du dabei?«

Becca dachte nach. Derric außerhalb der Schule und unabhängig von seinen Treffen mit Josh zu sehen, wäre toll, aber sie zögerte. Es war vor allem eine Frage der Sicherheit. Sie fühlte sich immer wohler dabei, auf der Insel umherzustreifen, aber sie hatte stets Laurels Ermahnung im Kopf, im Hintergrund zu bleiben. Doch *Prima Bistro* erschien ihr sicher. Es war nicht im Freien, sondern befand sich in der First Street über dem *Star Store.* Es war ein kleines Restaurant mit einer Bar, wo am Abend Musiker von der Insel auftraten. Zu dieser Jahreszeit gingen nur Leute aus Langley dorthin. Die Touristen waren schon lange weg und würden erst nach dem Memorial Day im Frühsommer wieder auf die Insel kommen.

»Ich bin dabei«, sagte sie.

»Dann hol ich dich um halb acht ab.«

Becca war bereit. Sie hatte im Secondhandladen eine Jeans sowie ein Oberteil und eine hüftlange Strickjacke gefunden. Sie trug einen Gürtel darüber und lieh sich einen Schal von Debbie. Abgesehen von der Brille und den Haaren sah sie okay aus, fand sie. Für den Abend trug sie etwas weniger Make-up auf als sonst. Ein kleiner Kompromiss wird schon keinen umbringen, dachte sie.

Derric saß im Pick-up der Cartwrights und wartete, als Becca durch den Regen auf ihn zurannte. Er schenkte ihr ein strahlendes Lächeln und klopfte auf den Sitz. »Setz dich zu mir«, sagte er ihr und rutschte rüber.

»Ihr müsst euch den Gurt teilen«, erklärte Hayley.

»Kein Problem«, erwiderte Derric und legte den Arm um Becca, damit der Gurt um sie beide passte.

Becca sah Hayleys kleines Lächeln. Da spielt wohl jemand Amor, dachte sie. Aber es störte sie nicht. Ihr gefiel das Gefühl, Derrics Arm um sich zu haben. Ihr gefiel das Gefühl, wie sich seine Hüfte eng an ihre schmiegte.

»Was macht das Bein?«, fragte sie ihn und klopfte auf den Gips.

»Es tut ein bisschen weh«, erwiderte er. »Aber es heilt wohl.«

Sie fuhren los. Es war nur eine kurze Fahrt in die Stadt und Becca wusste, dass sie die Strecke hätte laufen können. Hayley wusste das auch und Derric ebenso. Aber wie es aussah, hatte Hayley Pläne geschmiedet, was sie und Derric betraf.

Sie hatte einen Tisch reserviert, der jedoch recht weit weg war von dem Bereich, wo die Musiker an diesem Abend spielen würden. Stattdessen war er in einer Ecke verborgen, die lediglich von einer Kerze erleuchtet wurde.

»Wow, ganz schön romantisch«, bemerkte Hayley. »Setzt ihr euch nach hinten. Ich setze mich hierhin.«

Dieses Arrangement bedeutete, dass Hayley mit dem Rücken zu ihnen und mit dem Blick zu den Musikern dasaß. Es war insofern logisch, als Seth und die zwei anderen jungen Bandmitglieder gerade ihre Plätze einnahmen, um mit dem Konzert zu beginnen. Aber es war auch völlig offensichtlich, was Hayley damit bezweckte, und Becca wurde ganz heiß vor Verlegenheit.

Derric meinte: »Cool. Danke, Hayley«, und als er und Becca sich setzten, rückte er mit seinem Stuhl ganz nah an ihren heran und sagte: »Das ist klasse. Außer in die Schule bin ich gar nicht aus dem Haus gekommen. Courtney, das Mädel, das die Bibelgruppe leitet, lädt mich ständig zu ihren Treffen ein, aber ich hab's nicht so mit der Bibel. Das hier gefällt mir schon besser.«

»Ja. Ich auch nicht«, erwiderte Becca. »Ich hab's auch nicht so mit der Bibel, meine ich.«

Dann fiel ihr nichts mehr ein, was sie sagen könnte. Sie wollte ihn über seine Briefe an Freude ausfragen und ob er seinen Eltern von ihr erzählt hatte. Aber sie hatte das Gefühl, dass es den schönen Abend verderben würde, wenn sie nach seiner Schwester fragte, und verkniff es sich. Diese Fragen konnten warten.

Seth und die anderen Musiker des Trios fingen an zu spielen. Wie an dem Tag, als sie sie im Gemeindezentrum hatte proben hören, riss der Gypsy-Jazz sie sofort mit. Sie beobachtete, wie die Finger der Musiker mit einer Geschwindigkeit über die Saiten glitten, die ihr nahezu unmöglich vorkam. Er ist so begabt, dachte sie über Seth.

Sie blickte zu Derric. Er lächelte sie an. »Ganz schön beeindruckend, was?«, sagte er. »Nächsten September nehme ich dich mit aufs Festival. Da wird in der ganzen Stadt Gypsy-Jazz gespielt. Seth tritt da bestimmt auch auf.«

Bei der Vorstellung von *nächstem September* breitete sich ein wohliges Gefühl in Becca aus. Einen Moment lang vergaß sie darüber sogar Laurel, British Columbia und die Stadt Nelson, wo ihre Mutter ihnen ein neues Zuhause einrichtete. Es reichte ihr, an *nächsten September* zu denken und mit Derric zusammen zu sein. Sie würden gemeinsam der Musik lauschen und Schulter an Schulter, Hand in Hand dasitzen.

Er nahm ihre Hand, als würde er gerade dasselbe denken. Er verschränkte die Finger mit ihren, beugte sich vor und sagte: »Danke.«

Sie sah ihn an. »Wofür?«

»Für alles.« Er küsste sie.

So weiche Lippen, so ein süßer Atem, dachte sie. Sie wollte, dass der Kuss und der Abend nie vorübergingen.

»Glaubst du, Mrs Grieder ist damit einverstanden, wenn du an Thanksgiving zu uns kommst?«, fragte er sie so nah an ihrem Mund, dass sie ihn noch einmal küssen wollte. Und das tat er, als sie Ja sagte. Und dann fügte er mit einem Lächeln hinzu: »Was ist mit Weihnachten?«

Becca fühlte sich ganz benommen. Es war ein besonderer Augenblick und sie schwor sich, dass sie ihn nie vergessen würde.

Sie hielt an all dem fest, als Seth sie später nach Hause brachte. So war es am sinnvollsten. Schließlich mussten Derric und Hayley in dieselbe Richtung. Und vier Leute hätten einfach nicht in Hayleys Pick-up gepasst. Becca und Derric verabschiedeten sich mit einem langen sehnsuchtsvollen Blick und einem noch längeren Lächeln voneinander. Dann stieg Becca in Sammy und tätschelte den allgegenwärtigen Gus, der auf dem Rücksitz des VW aus dem Schlaf gerissen wurde. Sie sagte zu Seth: »Du warst toll.«

Seth lächelte und fragte: »Habt ihr zwei überhaupt zugehört? Hat mir nicht danach ausgesehen.«

Becca spürte, wie sie rot wurde. »Man kann sich küssen und gleichzeitig zuhören, weißt du?«

»Hey«, zog Seth sie auf, »das will ich gar nicht wissen!«

Er legte den Gang ein und hupte ein paar Bekannten zu, die gerade das Bistro verließen. Dann bog er in die Second Street ab, für die kurze Fahrt zum *Cliff Motel*.

»Du magst ihn, stimmt's?«, sagte er zu Becca.

»Ich mag ihn sehr«, erwiderte sie.

»Bist du bereit, dich mit der Hälfte der Mädels an der South Whidbey Highschool um ihn zu schlagen?«

»Das bin ich.«

»Sogar mit den Cheerleaderinnen?«

»Hipp, hipp, hurra!«, gab Becca zurück.

Seth lachte in sich hinein. Sie bogen auf die Cascade Street ab und sausten hoch über dem Wasser an der Steilküste entlang. Kurz darauf erreichten sie das Motel und Seth blinkte, um auf den Parkplatz zu fahren.

In diesem Augenblick brach Beccas Leben zusammen.

Ein Mann stieg vor dem Motel gerade aus einem Auto. Etwas an ihm kam ihr bekannt vor ... die Haltung seiner Schultern ... die Form seines Kopfes ... Er drehte sich zu Seths VW. Becca sah ihn deutlich. Sie schrie auf.

»Seth! Dreh um!«

Seth sagte: »Was zum Teufel ...?«, und dann sah er den Mann. »Oh, verdammt«, hauchte er. »Ist *er* das? Der Typ ...«

»Ja! Ja! Bitte, Seth. Fahr los! Wenn er mich sieht, wenn er mich findet ... Wir müssen hier weg!«

Becca musste Seth das nicht zweimal sagen. Blitzschnell setzte er mit dem Wagen zurück, wie ein Tourist, der die falsche Abzweigung genommen hatte. Dann gab er Vollgas in die entgegengesetzte Richtung, die Sixth Street zurück und raus aus der Stadt.

»Bring mich irgendwohin«, bettelte Becca. »Bring mich an einen sicheren Ort.«

Seth warf ihr einen Blick zu. Er schätzte ihre Panik ab und traf eine Entscheidung. »Was hältst du von Baumhäusern?«, fragte er.

»Die finde ich prima.«

»Gebongt«, sagte er.